近世文学考究

西鶴と芭蕉を中心として

中川光利　著

和泉書院

目次

凡例　x

西鶴の創作意識の推移と作品の展開……………………………………三

(一)　町人物の各説話に表れた警句法とテーマを中心として　三

はじめに　三
一、『日本永代蔵』における警句法　六
二、『永代蔵』における警句法の特徴　二〇
三、『永代蔵』の各章のテーマと警句法　二四
四、『永代蔵』の序章と主題　三〇
むすび　三七
五、『日本永代蔵』に表れた警句（一覧表）　三八

(二)　『世間胸算用』と『西鶴織留』の各説話に表れた警句法とテーマを中心として　五八

はじめに　五八
一、『世間胸算用』における警句法――『胸算用』に表れた警句――　六二
二、『日本永代蔵』と『世間胸算用』に表れた警句法の相違点と関連性　六七
三、『世間胸算用』の主題　一〇四
むすび　一一二

四、『世間胸算用』に表れた警句（一覧表）　一二六

㈢ 西鶴の町人物（三作品）の比較考察による町人物の総括と、『西鶴置土産』の各説話に表れた警句法とテーマを中心として　一四三

はじめに　一四三
一、『甚忍記』の行方についての私見　一四四
二、『西鶴織留』における警句法と、『織留』二分説の論拠　一五九
三、『西鶴織留』の主題と、西鶴の町人物（三作品）の総括　一八〇
四、『西鶴置土産』の主題と、『置土産』に表れた警句法　一八六
むすび　一八九
五、『西鶴織留』に表れた警句（一覧表）　一九〇
六、『西鶴置土産』に表れた警句（一覧表）　二二九

㈣ 『西鶴俗つれづれ』と『万の文反古』の考察　二三六

はじめに　二三六
一、『万の文反古』の構想と方法――その序文を中心として――　二三六
二、『万の文反古』の成立　二四四
三、西鶴が書簡体小説を採用したのは何故か　二五三
四、『万の文反古』の主題　二六三

五、『万の文反古』の諸問題――その草稿の成立時期に及ぶ――　二六三
六、『西鶴俗つれづれ』について――巻三の一「世にはふしぎのなまず釜」小考――　二八八
むすび　二九〇

『西鶴諸国ばなし』と伝承の民俗――「巻四の三」の素材と方法を中心として――……………二九一
はしがき　二九一
一、作品の構成上の問題点と私見　二九二
二、覚海上人の伝承を中核的素材源とする論拠　二九七
三、作品と素材（覚海伝承）との関係（共通点）　三〇七
四、覚海伝承の素材源の考察　三一八
五、作品（弟子坊主）と素材（如法・小如法伝承）との関係（共通点）　三三一
六、如法・小如法伝承の素材源の考察　三三七
七、西鶴の作品と毘張房の伝承との関係（新資料）　三四六
むすび　三四八

「命に替る鼻の先」の素材と方法の再検討――『西鶴諸国はなし』考――……………三五一
はしがき　三五一
一、　三五二
二、　三五八

三、　三六〇
むすび　三六二
西鶴と『沙石集』……三六七
はじめに　三六七
一、西鶴の作品と『沙石集』との関係――『沙石集』の目録（巻・番号）にそって――　三六八
二、西鶴の作品と『沙石集』との関係――西鶴の述作年代順（推定）にそって――　三七二
むすび　三八九
『おくのほそ道』における「三代の栄耀」の読み方……三九一
はじめに　三九一
一、問題点と私見　三九一
二、論拠の第一点　漢詩的な発想と方法　三九四
三、論拠の第二点　伝統的な規範意識　三九八
四、論拠の第三点　辞書史の主流は「えいえう説」である　四〇八
むすび　四一五
芭蕉における風狂性について――『おくのほそ道』の旅を中心として――……四一七
はじめに　四一七

一、芭蕉における風狂性としての乞食志向と増賀像　四一九
二、「魚類肴味口に払捨」た精進生活の意味するもの　四二六
むすび　四三四

芭蕉における「無能」の表現意識について――『おくのほそ道』を中心とする――……四三九
はじめに　四三九
一、『おくのほそ道』の旅行の動機と目的　四四一
二、『おくのほそ道』における問題点と私見　四四六
三、論拠としての内部徴証と「移芭蕉詞」　四四八
四、「無分別」（「分別」）の表現意識　四五四
五、思想的背景としての『撰集抄』　四五六
むすび　四六〇

『幻住庵記』序説――その構想と方法――……四六三
はじめに　四六三
一、『幻住庵記』執筆の意図　四六五
二、「記」のモデルとしての『挙白集』とその異本　四六七
三、「記」の系譜としての『幻住庵記』　四七〇
四、「先たのむ椎の木も有夏木立」の句意とその典拠（創見）　四七九

むすび　四八二

『幻住庵記』考——主題と句解を中心として——……………………四八五

はじめに　四八五
一、『幻住庵記』の主題と句意　四八七
二、句意の論拠の第一点——終章の結びと句に投影している『荘子』の思想——　四八九
三、句意の論拠の第二点——句意に投影している「無何有の郷」の意味するもの——　四九四
四、句意の論拠の第三点——句意に投影している『挙白集』——　四九八
むすび　五〇四

『幻住庵記』における解釈上の問題点の考察……………………五〇七

はじめに　五〇七
一、「唯睡癖山民と成て、孱顔に足をなげ出し、空山に虱を捫て座ス。」の真意　五〇八
二、「罔両に是非をこらす。」の真意（むすび）　五二八

『幻住庵記』における解釈上の問題点……………………五三一

はじめに　五三一
一、問題点と私見　五三二
二、「罔両に是非をこらす。」の真意（むすび）　五五〇

芭蕉における「無能」の表現意識について──『幻住庵記』を中心として──……五五三
はじめに　五五三
一、問題点と私見　五五五
二、論拠の第一点　「無能」の表現意識とその系譜──原点としての「南花の心」──　五五九
三、論拠の第二点　否定（実は肯定）の論理としての「無用の用・不才の才」の思想　五六一
四、論拠の第三点　思想的背景としての周辺資料　五六六
五、論拠の第四点　「俳諧道」樹立の自覚の系譜と無能意識　五七一
六、論拠の第五点　『幻住庵記』（五異文）の文章構成と推敲過程（むすび）　五七三
『彼此集』の序文執筆者と編者について
──解題を通して特に編者説を中心に、竹亭と暮四の位置づけに論及する──……五七五
『無韻惣連千九百余吟』……五九七
一、書誌　五九七
二、本文　五九九
三、解説　六〇五

俳諧作法書『をだまき』の諸本について
――通説の元禄十年版（二冊本）は他の異版である点を中心に――……六一三
一、　六一三
二、　六一五
三、　六二三
むすび　六二八
初出一覧　六三〇
あとがき　六三三

凡例

一　本書は著者提供の初出原稿を基とし、収録論文全編の編成も著者の意向に依るものであるが、注記については一部の同一論文内に限り、全体の編成を整えるため、それを稿末へ移した。

二　表記については原則として初出通りとし、全体を整えるため左記の方針によった。

1　明らかな誤字・誤植はこれを訂した。

2　表記の仕方・用字などについては、全体統一を計った場合もある。

3　敬称については初出の儘としたが、一部、論文内の統一を計った。

4　出典については表記の順序を整えた。

5　資料の引用については、出典との照合を可能な限り行い、一部、（ママ）とした箇所もある。

6　旧字体・異体字などは原則として新字体に統一を計ったが、固有名詞などについてはこの限りではない。

（編集部）

近世文学考究

――西鶴と芭蕉を中心として――

西鶴の創作意識の推移と作品の展開

(一) 町人物の各説話に表れた警句法とテーマを中心として

はじめに

「町人物」とは便宜上の分類の名称であるが、学界でほぼ定着した定義に従うと、近世小説史において、町人の経済生活を主題にした浮世草子ということになる。西鶴の作品としては、具体的には『日本永代蔵』(三〇話)・『世間胸算用』(二〇話)・『西鶴織留』(二三話)の三作品(七三話)を指すのが通例である。私見として他の西鶴諸作品の中から、二〇話あまりの町人物作品を抽出することも可能であるが、紙幅の都合で本稿は主として『日本永代蔵』(以下『永代蔵』と略称)を主対象として考察する。

「警句法」を厳密に定義することはむずかしい。[1] 辞典類の最大公約数は、「奇抜で巧みに鋭く真理をつかんだ簡潔ないいまわしをする方法」というような定義になる。つまり内容的には、簡潔な語句の中に、道徳上・芸術上の真理、あるいは道理や人生の機微、生活の知恵などを、含蓄のある言葉で諷刺し、人の意表に出る発言をするのが警句であり、修辞学上そのような警句を用いることによって効果を高める表現手法が警句法であると考えておく。私見は基本的にほぼこの基準に従ったが、便宜上定義にとらわれすぎず、弾力的な取り扱い方をした。警句に対する定義については、前記の通り異論はない。ここで自明で、言わずもがなの事であるが、私見の立場について少し触れておく。警句に対する共通の認識としては、形式的には簡潔なことばである。内容的には、寸鉄人を刺すような諷刺性、意外性、機知を持つという性格、つまり意味深長な、文明や人生に対する価値判断乃至批評精神が働いている必要があるわけである。右のように尺度の設定は必要であるが、われわれの固定概念や常識に従って、警句を形式的・図式的に裁断し、選別することの当否については、一考の要があるのではないか。[2]西鶴は今日の一般概念における短篇小説や説話のつもりで、『永代蔵』を執筆したのではないわけである。その軽妙・洒脱な警句の背景には、晩年まで作家であるとともに、[3]談林俳諧師であることを止めなかった、西鶴特有の、はなしの姿勢や呼吸の息遣いがあるのではないか。そのような意味で、前記の形式や内容上で、問題点を持つ警句であっても、『永代蔵』について、主題・構想とその方法といった文芸性や、精神構造を、よりよく理解できると判定した場合は、広義に解釈して警句を選定した。その一、二例を示そう。「人はしれぬ物かな」（巻一の二話・分類番号7。拙論の最後に掲出した「五、『日本永代蔵』に表れた警句」参照。以下便宜上、拙論で警句何番とする時は、右の警句一覧表における通し番号を意味する。）は、[4]『故事・俗信ことわざ大辞典』に、「人は知れぬもの」の項目として収録されているが、文脈上、話のモチーフや構成に密接に関連しているキー・ワードとも言うべき警句と判定し、考察の対象とする。次ぎに、「惣じて親の子にゆるがせなるは、家を乱すのもとひなり。随分厳しく仕かけても、大かたは母親ひとつになりて、ぬけ道をこしらへ、其身に過ぐる程の悪遣ひする事ぞかし。烈しきは其子がため、温《ぬる》きは怨《あだ》なり。」（警句150）は、散文調の三つのセンテンスを持ち、到底簡潔な言い回しとは言い難い。しかし、文脈上三者は一組となっており、末尾の警句のねらいを、より具体化しているので、切り離さないで考察の対象とする。

さて、西鶴の文学には、二百五十以上の諺と、その数倍以上と目される警句が、作品の随所に鏤《ちりば》められており、西鶴の文学は、「諺と警句の文学」であるともいえる。ところで西鶴の諺については、[5]杉本つとむ氏による調査研究があるが、警句法についてはごく一部の恣意的調査のみで本格的な研究はなされていない。『永代蔵』の警句について、谷脇理史氏の調査は、(6)その抽出と分類に苦心のあとが認められ、出色のもので参考となるが、それ以上の考察がなされていないのは惜しい。

ところで古くから人々に言いならわされてきた言葉であり、人々の心を動かし、日常一般に使用されているという意味で、ある程度の客観性を持つ「諺」に対し、原則として「警句」は、個性的なものであり、千差万別で、その判定には主観的判断が入りやすい。警句法についてはごく一部の恣意的調査のみで、本格的な研究がなされていない理由の一端がここにある。しかし、西鶴の創作意識や執筆動機、さらには作品の主題にアプローチしようとする場合、警句と密接な関連性を持つ教訓性と娯楽性の接点の把握、その相関や文芸性との関係の考察については避けて通れないわけである。西鶴の作品自身が内包している実用性は、約まるところ報導、教訓、娯楽の三要素に分析することが可能であり、これらの要素を、西鶴は芸術的に昇華させているのだという見解があり、(7)参考となる。本稿の意図する方向は、警句と、作者又は作品とのこれらの価値関係の検討を通して、創作意識の推移や作家態度を解明する手がかりをつかもうとするものであり、あわせて西鶴をして筆を執らせ、情熱を燃やさせたものは何であったのかを、他の諸条件とともに考えてみようとするものであり、『永代蔵』の考察はその第一歩である。もちろん文芸性と切り離された警句の抽出と考察は無意味であるが、警句の使用意図には当然何らかの意味があるはずであり、作品それ自体の中に内在する作者の人間乃至人生観が、どのように芸術的形象を果して具体化しているかという観点からも考察を進めたい。

注

(1)　北原保雄氏他四名共編『日本文法事典』有精堂・昭和56年。381頁。他に①国語学会編『国語学大辞典』東京堂・昭和55年。②『日本国語大辞典七巻』小学館・昭和49年等参看。
（2）金井寅之助氏『西鶴考　作品・書誌』八木書店・平成元年。18頁。「西鶴は〜わけである」について同氏の説を参照。他に浮橋康彦氏「西鶴作品の章構成―永代蔵・胸算用・織留―」（『立正女子大学短大紀要』昭和42・12。17〜18頁）を参照。
（3）近著を一、二挙げる。井上敏幸氏『武道伝来記・西鶴置土産・万の文反古・西鶴名残の友』岩波書店・平成元年。633頁に「『西鶴名残の友』巻一の一の冒頭部に、作者西鶴が談林俳諧を理想とする立場が如実に示されている」（中川の要約）とある。又、塩村耕氏は、「『西鶴名残の友』の芭蕉評について」（『国語と国文学』67巻3号。平成2・3・1。39〜48頁）において、西鶴の芭蕉評は好意的ではなかったとする。
（4）尚学図書編・小学館・昭和57年。974頁「人の性質は、外見だけではわからない。また、人の寿命の予測できないことをいう。」とあり、用例として、西鶴の『本朝桜陰比事』「巻五の七」の一節「日比律義といひしに人は知れぬものと取沙汰せられて」を示す。
（5）『西鶴語彙管見』ひたく書房・昭和57年。351〜373頁で、約255例の諺を列挙し解説。
（6）『日本永代蔵』小学館・昭和58年。298〜305頁に、「永代蔵百訓」を分類し列挙する。
（7）中村幸彦氏『中村幸彦著述集第四巻』中央公論社・昭和62年。86〜87頁。（「第三章西鶴作品の史的意義」の「三西鶴の小説観」。「西鶴の作品自身が内包している実用性〜見解」について同氏の説を参照したが、同氏は、報導性・教訓性・娯楽性を西鶴作品の示す実用性とする。私見により要約したので、詳細は右記の論考を参照されたい。）

一、『日本永代蔵』における警句法

（一）『永代蔵』に表れた警句

私見によって警句と考えるものを『永代蔵』からできる限り抜き出し、内容的に分類、整理し、配列したものが、後記の「五、『日本永代蔵』に表れた警句（一覧表）」である。表の作成は容易なようであるが、案外骨の折れる作業である。その凡例で断ったように、分類はあくまで便宜的で、いちおうのメドを示すに過ぎない。従って分類の基準だけではなく、その警句を使用した作者の意図をどう解釈するかによっても当然見解の相違が考えられる。私見による分類の方法は、論より証拠、表を一読して戴くと、凡その見当がつくと思われるが、二、三付記しておく。第一点「四　長者訓」（警句は延べ31例）は、当然「五　商人の心得」の範疇に入れるべきであるが、別項目とした理由は何か。それは、商人の心得であっても、長者訓（分限の教訓を含む。警句85における両者の区別は、他の西鶴の用例によって厳密ではなく、両者を金持の意と考える）として、直接（又は間接）話法によって、明確にその点を示しているものを、「四」に入れた。なお、『永代蔵』のテーマ（後記）について、致富道を描いたという学説と、これに反対する学説があり、両説を検討する時に参考になるという点も若干考慮した。又、厳密に言うと、長者訓に入れるべきものが、ある程度商人の心得に入っている点も付記しておく。第二点「商人の心得」（警句は延べ44例）は、用例が一番多く、内容が多岐に分かれているので、下位分類による細分化を考えたが、紙幅の都合と煩瑣《はんさ》になるので一項目に纏《まと》めた。例えば、[1]中村幸彦氏の分類のように、商家の衣・食・住や縁談等を、「商家の生活の心得」として独立項目とするのも一つの方法である。私見でも、例えば町人の縁組に関する警句（140～147の8例）を一まとめにするなど、配列について相当工夫した。又、随時その点を考慮して解説を付記した警句も多いので、下位分類は比較的容易であろう。第三点　例えば「何より、我子をみる程面白きはなし」（警句148）の分類はどうなるか。私見は、「我子をみる」の意味を、「子供の成長を観察する」と考える。又は、前後の文脈より、意訳して、「世話をし、[2]教育する」とも考えられないこともない。要するにこの発言の真のねらいを長者訓の一環として把握するが、「いづれ女の子は遊ばすまじき物なり」（警句149）という商人の子女教育論との連携より、一応「五」に分類した。しかし、テーマとその構成・文脈、具体的には、近所の男子が、「長者に成りやうの指南」を受けに、藤市（長者）宅を訪問した時に、父に劣らない始末ぶりをさりげなく実行した長者の娘の動き等を総合判断すると、長者訓という事になる。つまり、一種の人間観ともとれないことはないが、始末教育の必要と重要さという視点から、幼児からの長者訓が実り、近所の平凡な若者と比較して、自主的に身についた始末娘に成長したわが子の姿（かしこ娘の成長ぶり）を笑顔で見ている藤市の心理を、長者の立場になって述べた警句と判断するわけである。

西鶴の『永代蔵』に表れた警句180例を、私見により左記のように七分類したが、便宜上二・三・七の三項目を、それぞれさらに二分類したので、十分類となった。そこで参考のため全篇三十章（話）において、この十分類による警句の用例数を示したのが左表「参考表1」である。又、三十章について致富か倒産か、簡単に二分類できない章があるが、通説に従って致富成功譚《だん》二十章、倒産失敗譚十章に一応分類し、右の十分類による警句との関係を考察した。なお、(3)浮橋康彦氏は、『永代蔵』における一章の構成要素として四つの視点（1教訓部分・2世態部分・3主人公部分・4小人物部分）を設定し、さらに全章に遍在する教訓部分を棚上げした三要素の比重、乃至混合の程度により、大まかな分類基準であるが、『永代蔵』全三十章を四つの型（A主人公型。B主人公・世態型。C小人物〈並話〉型。D世態・人物混合型）に分類されている。この分類には問題点を含むが、拙論の考察について有効と考えられるので、一覧表「参考表1」の作成と考察に利用させて戴く事にする。

（表における成功・失敗譚《だん》の記号についての見方。原則として、単純な成功・失敗譚は、それぞれ○と×印。夫が失敗して死亡の後、妻が成功（一の五話）や、主人公が一時失敗したが、後半成功（二の三・三の四・四の二・五の二話）の例は、いずれも△印。反対に、初代での成功、二代での失敗（一の二・五の三・五の五・六の一話）や、主人公が一時成功し、後失敗した話（三の二話）の例も△印とする。なお、簡単に区分できない例が、三の五話である。即ち初代成功、二代失敗で△印としたが、金持に見そめられた美人の娘のおかげで、幸運をつかんだ二代目の話は、通説では失敗譚とするが、商売の失敗者でも、現実の幸運者とする方が正しいわけである。なお細別すると、例えば、六の二話の主人公と脇役の三文字屋は成功者であり、脇役の善五郎は失敗者であるというように複雑である。）

㈡　作品中の警句の多寡には意味があるのか

左の一覧表「参考表1」を通して気の付くいくつかの問題点を、箇条書き風に取り上げてみたい。

第一点。警句は合計180例なので、一章平均6例となる。この平均値に比べて、特別に警句の多い（又は少ない）章はどれか。どういう種類の警句が、どういうわけで多い（少ない）のか。その多寡には意味があるのか。

警句の多い章は、多い順番に挙げると、五の二（15例）・一の一（13）・四の五（10）であり、一の三・一の五・四の一・六の四・六の五の五章は、いずれも9例でこれに続く。（一）この警句の多い八章は、六の四の失敗譚のみ例外で、いずれも成功譚である。（この点の考察は後記）（二）前記の「章構成要素による四つの型」の分類では、「主人公・世態型」（B）が最多で、半数（一の一・一の五・六の四・六の五）を占める。「世態・人物混合型」（D）は2例（四の五・一の三）で、これに続き、「小人物（並話）型」（C・五の二）と、「主人公型」（A・四の一）が各1例で一番少ない。（後記）（三）「どういう種類の警句が多いか」の解答の一端は、前記の一覧表が雄弁に語っている。商人の心得（10例・五の二）を筆頭に、同じく商人の心得（6例・一の五）、人生観（6例・四の一）、長者訓（4例宛・一の三と六の四）、一般の世相（4例・六の五）というように、同一内容や小テーマを、警句で四つ五つと連続的、集中的に角度を変えて描く場合がある。例えば数字記述といった具体的・即物的な表現と、抽象的な表現を柔軟に組み合わせる重層描写は、その好例である。『永代蔵』を通覧しただけでも気が付く警句の表われ方の特徴の一つである。その畳み掛けるような警句の連続的波状攻撃の特徴が最も鮮明に表われている箇所がすくなくとも七箇所あり、その中の六箇所が、最も警句の多い右の八章の中（五の二・一の一・四の五・一の五・四の一・六の五）にあるというのも極めて自然である。今一つは二の二話であり、その序段から医師森山玄好の登場する第二段末にかけて、警句が波状的に六回も頻出する。（四）どういうわけで警句が多いのか。先ず一の一と六の五の二章は、まさに全巻の首尾の章で、序・跋に当たり、四の一話とともに町人の生き方、理想の一生を警句を通して描き、

○参考表1　『永代蔵』における四つの型と、警句の分類とその分布状況

巻	一					二					三				
章	一	二	三	四	五	一	二	三	四	五	一	二	三	四	五
章構成による四つの型	B	A	D	B	B	A	C	C	A	C	A	A	B	B	A
成功譚か、失敗譚か	○成功	△失敗	○成功	○成功	△成功	○成功	×失敗	△成功	○成功	○成功	○成功	△失敗	×失敗	△成功	△失敗（幸運）
地名（小地名）	江戸（小網町）	京都	泉州（大坂）	江戸（駿河町）	奈良（春日の里）	京都（室町）	大津	京都	紀州（太地）	酒田	江戸	豊後（府内）	伏見	大坂	駿河
職業（屋号又は人名）	舟問屋（網屋）	扇屋 初代（成功） 二代（失敗）	米商（唐金屋） 両替商（老女の息子）	呉服商（三井九郎右衛門）	晒布の買問屋 松屋某（失敗） 松屋後家（成功）	長崎商（藤市）	醤油屋（喜平次） △小人物群（医師・商人・後家・針屋）	呉服商 初代・大黒屋新兵衛（成功） 二代・同新六（失敗後成功）	油屋（漁師天狗源内）	米買入問屋（鐙屋惣左衛門）	材木商（箸屋甚兵衛）	職業不明（初代） 油商→新田→農業（二代・万屋三弥） 一時成功、後失敗	質商（菊屋の善蔵）	商売不明（伊豆屋）	呉服屋（紙子問屋） 初代（成功） 二代（忠助）失敗の後→幸運
一　人間観	2	1	1	0	2	0	2	0	0	0	0	0	0	1	0
二　A　人生観	1	0	0	0	0	0	0	0	0	0	0	0	0	1	0
二　B　処世訓	2	1	0	0	1	1	2	0	1	0	0	0	0	1	0
三　A　積極的金銭観	3	1	2	0	0	0	0	0	0	0	2	0	0	0	0
三　B　消極的金銭観	2	1	0	1	0	0	1	1	0	0	3	0	0	0	1
四　長者訓	1	0	4	1	0	1	0	0	1	0	2	1	0	1	0
五　商人の心得	1	0	1	2	6	3	1	2	0	3	0	0	1	0	0
六　商売の諸相	0	0	0	0	0	0	0	0	0	3	0	0	1	0	0
七　A　一般の世相	0	0	1	0	0	0	2	0	0	0	0	1	0	0	1
七　B　世の人心	1	0	0	0	0	0	0	0	0	0	0	0	0	0	1
合計	13	4	9	4	9	5	8	3	2	6	7	2	2	4	3

合計			六					五					四				
30			五	四	三	二	一	五	四	三	二	一	五	四	三	二	一
D 4　C 6　B 9　A 11			B	B	B	D	A	A	C	A	C	C	D	A	D	B	A
○成功15　△成功5　×失敗4　△失敗6　(但し、「△失敗」の三の五話は人生の幸運者)			○成功	×失敗	○成功	○成功	△失敗	△失敗	○成功	△失敗	△成功	○成功	○成功	×失敗	○成功	△成功	○成功
江戸5　京都5　大坂2　堺2　淀の里2　敦賀2　(以下は各1)			京都(北山の里)	淀の里	泉州(堺)	江戸(通町)	越前(敦賀)	美作	常陸(鏐が原)	大和(朝日の里)	山城(淀の里)	長崎	堺(大小路)	越前(敦賀)	江戸(堺町)	筑前(博多)	京都
両替商5　諸種の問屋4　呉服商3　味噌又は醤油商2　長崎商人2　(その他は省略)			農業(三夫婦)	漆《うるし》商(与三右衛門)	小刀屋(長崎商人)	銭屋(夫婦は成功・その養子は大成功) △小人物群(三文字屋・成功。金持の息子・失敗)	味噌・醤油屋 初代の年越屋(成功) 二代・長男(失敗)	両替商 初代の万屋(成功) 二代・養子・甥(失敗)	在郷の行商人(日暮の某)	初めは百姓後には綿商人(初代の九助・成功)(二代の九之助・失敗)	油商↓魚商↓両替商(山崎屋) △小人物・魚商の手代↓米屋(失敗)	菓子屋(長崎の男・某)	酢商(樋口屋)	茶の問屋(小橋利助)	両替商(分銅屋) △小人物群(見世物屋・役者)	貿易商(長崎商人金屋)	染物屋(桔梗屋甚三郎)
人間観	17	一	0	1	0	0	0	0	2	0	2	0	0	1	2	0	0
人生観	12	二A	2	0	0	0	0	0	0	0	0	0	2	0	0	0	6
処世訓	18	二B	0	2	0	0	0	0	0	1	1	0	1	2	1	0	1
(積極的)金銭観	12	三A	1	1	0	0	0	0	0	0	0	0	0	0	1	0	1
(消極的)金銭観	16	三B	0	0	0	0	1	0	1	0	0	0	2	1	0	0	1
長者訓	31	四	2	4	0	4	1	0	2	2	0	3	1	0	0	0	0
商人の心得	44	五	0	1	1	1	1	3	1	0	10	0	1	1	1	3	0
商売の諸相	12	六	0	0	0	1	0	0	0	0	0	4	0	0	2	1	0
一般の世相	11	七A	4	0	0	0	0	0	0	0	1	0	1	0	0	0	0
世の人心	7	七B	0	0	0	1	0	0	0	1	1	0	2	0	0	0	0
分類／合計	180	分類	9	9	1	7	3	3	6	4	15	7	10	5	7	4	9

作者のボルテージがあがる。四の五と一の三の二章は、堺の気質の特殊性や、北浜・中の島周辺の米商売の活況の[4]ルポであり、無類の情報収集によって裏付けられた報導性にその得意の知見を披露する。五の二と一の五の二章は、掛金の取り方・払い方、仲人気質や各種の縁談・縁組を通して、商人の秘密・内幕の暴露や処世法の伝授があり、「西鶴　若年の比、大坂上町足皮（中川注。足袋）屋に奉公して銀廿匁引負欠落す（同。借金して駆落ちする）書残す歌一首」[5]（『住吉秘伝』）という貴重な資料や逸話を残している、商人出身の苦労人、西鶴の独壇場。六の四話も正道の勧めで警句（教訓）に力がこもる。特に警句最多の五の二話は、『胸算用』の世界である点は一目瞭然、作者の志向した作家魂（創作意識）や文学の世界が暗示されているというだけではなく、本書における光と影の「影の部分」（下層町人階級の世相と人心）を照射している態度にこそ、『永代蔵』の文芸構造の重層性（二重構造）が認められる。なお、[6]野間光辰氏が、はなしの方法（「西鶴五つの方法」）として指摘されている三段枕を持つ、五の二話における、15の警句のメリットと比重の重さは後述する。

今度は反対に警句の少ない章を、『永代蔵』から、少ない順番に挙げると、六の三（1例）に続いて、二の四・三の二・三の三の三章が2例、二の三・三の五・五の五・六の一の四章がいずれも3例、述べ八章が平均値6例に比べて少ない。（一）　警句の少ない八章の内訳は、成功譚（前記の表の直前の注記を利用すると、「○成功」は六の三・二の四の二つの章。「△成功」は二の三の一つの章）が延べ三章であり、失敗譚（「×失敗」は三の三話のみ。「△失敗」は三の二・三の五・五の五・六の一の四つの章）は延べ五章である。成功の「三」は、全章の成功譚二十章の一割五分、失敗の「五」は、失敗譚十章の五割であり、特に「△失敗の四章」は、全章の「△失敗譚六章」の過半を占めている点について、成功・失敗の四分類における比重において有意差を認める。（この点は後記。）特に付記しておきたい点は、六の三話の1例（一章の末尾にある警句128番「此気〈中川注。大気〉大分仕出し、家さかへしとなり」）は、筆者作成の第一草稿（警句数、延べ151例にはなく、広義に解釈した再案で収録）にはなかったわけであって、前記の最多15例と最少の1（又は零）例との有意差は歴然たる事実である。同じ説話の結びでも、右の六の一話の末尾「人々心得の有るべき世わたりぞかし」は、西鶴特有の軽妙、洒脱なエスプリがなく、陳腐・平凡、まさに蛇足というよりは、この結びの一句で、この年越屋の倒産譚のメリットを落した事は明らかで、同話の警句71・105の末尾の「油断する事なかれ」・「家普請する事なかれ」の、ワン・パターンなど、西鶴らしからぬ筆致は、他作とまでは言えなくても、短期間執筆か、心身の不調の時の執筆であろう。後述するが、巻六の作品における警句の多寡の問題は文芸性を抜きにしては語れず、特に前記の六の一、六の三の二章における警句の量・質の低下と、作品自体の持つ文芸性の貧困さとは、ある種の相関性を持っていると考えるわけである。従って右記の六の一話の末尾の文は、当然警句として取り上げていない。㈡　警句の少ない八章について、「章構成要素による四つの型」の分類では、「主人公型」（A）が最多で、過半数を越え、有意差が認められる。即ち、二の四・三の二・三の五・五の五・六の一の五章であり、「主人公・世態型」（B）は2例（六の三と三の三）、「小人物（並話）型」（C）は1例（二の三）である。㈢　どういうわけで警句が少ないのかは後述する。以上、『永代蔵』全三十章について、各章における警句の多寡についての、統計を通して、その実態と問題点の一端に照明を与え、検討した。警句の多寡と文芸性の高低とは、必ずしも正比例するものではなく、その反対の場合もあることに留意する必要がある。

㈢　章の構成と警句について

第二点。「章構成要素による四つの型」と警句との関係、又「成功・失敗譚四分類」と警句との関係、そしてこの両者の組み合わせと警句との関係について若干考察する。最初に、「四つの型」についての浮橋康彦氏の定義を[7]確認し、援用しながら照明を与える。

⑴　「主人公型」（A）とは、主人公が文字どおり一章の主人公で、その性格・行動・運命を描くことに章の目的が

ある。この主人公型構成の典型的なものは、一の二話であり、A型は作品の筋として相対的に整然としたものである。A型は合計11章・警句数47例・一章の平均値4.3である。四つの型では最少の平均値を持ち、「△印の失敗譚」6章をすべて含んでいる点に特に留意させられる。D型の平均値8.3と比較して有意差を認める。『永代蔵』における二代目没落譚（一の二・三の二・五の三・五の五・六の一）と、没落後美人の娘のおかげで幸運をつかんだ二代目の話（三の五）が、即ち「△印の失敗譚」の6章であり、警句数の平均値は3.2となり、A型平均値を更に下廻る点に一つの示唆《しさ》があるのではないか。前記のように勧懲を否定する近代の小説の概念で、『永代蔵』の文芸性を批評する事に問題性を痛感するが、例えば、傑作として定評のある一の二話に教訓が少ないのは、教訓的姿勢を越えた文芸性の優位といわざるを得ない。この話の警句（7番）「人はしれぬ物かな」のメリットについては後述する。諸説の通り、西鶴は、仕末の権化（藤市的人間像）と放蕩の典型といった相反する人間を、相対的に対照させて、巨視と微視、具象と抽象を通して、重層的に、又は総体的に描写することが得意である。従って、素材的にも二代目没落譚は、ストーリー自身、否、扇屋の二代目自身が、既に無言の高度な警句であり、他山の石でもある。さて、かりに作者の理想的な致富道を説くのが『永代蔵』のねらいであるとすれば、当然A型における成功譚（4例）が主流を占めてもよさそうであるが、反面教師とも言うべき失敗譚が、A型で、64％（7例）を占めている点、本書の長者教的性格の限界が認められる。

(2)「主人公・世態型」（B）とは、Aに準ずるものとして、いちおう主人公を持ちながらも、世態人情の描写をかなり大きく含みこんでいるもの。世態部分とは、作中なり一作中人物なりが、世相をある角度から観察し、世人の人情の傾向を認知した部分であり、往々にして教訓部分と混在・接合する、いわば主人公型と世態型との混融と見てよい。B型は合計9章・警句数55例・一章の平均値6.1であり、全篇の平均値6にほぼ同じ。警句の多いもの、延べ、4章（一の一は13例。一の五・六の四・六の五は各9例）、少ないもの、延べ、5章（一の四・三の四・四の二は各

4例。三の三は2例。六の三は1例）と二分極化しており、成功譚延べ7例・失敗譚延べ2例の比率である。前記の通り、全巻の首尾の章を含み、まとまりはそれ程よろしくはないが、B型は、『永代蔵』の重層的性格の一面を、その量と質において暗示している。『永代蔵』の性格のみならず、C・D型とともに、その主題を問題とする時、A型11章を除く、延べ19章、約三分の二に近い、これらの型の文芸性を、過不足する事なく測定し、評価する必要がある。浮橋氏は、一の四話をB型の代表として、又、連想による構成の見本として検証されているのは卓説である。私見としても、例えば、谷脇理史氏のように、[8]この章を四段構成と考えると、私見による警句、延べ4例（末尾の一覧表では、140・124・62・76）が、それぞれ各段落の小テーマを表現するか、又は、全体のテーマを展開するのに直接関与するキー・センテンスとして、各段落を求心的に引き締めている、いわば警句の持つメリットを重視したい。

(3)「小人物（並話）型」（C）。この型の小人物とは、A型で説明した一章の主人公とはいい難く、一章の点景人物であったり、並列人物の列挙であったりする場合をさす。C型はいわゆる並話形式のものが多い。しかし、C型は、単純に小人物ばかりを並列することで成り立っているのではなく、列挙の場として、小人物達の生活を観察する者、見聞する者、あるいは小人物の生活の場を提供する者としての仮の主人公を持っているのが原則である。見方によってはA型の変型であるが、章の主想は列挙される小人物にあると見てよい。C型は合計6章・警句数45例・一章の平均値7.5で、全篇の平均値6に比べて少し高い。そこで当然の事であるが、確認できるC型の特徴の第一点は、二の三話（警句数3）を除き、いずれも標準か（二の五・五の四は各6例）、標準以上であり（五の一は7例、二の二は8例）、特に全巻中最多の警句数（15例）を持つ五の二話が含まれている点である。

第二点は、二の二話（×印失敗譚）を除き、いずれも成功譚（△印の二の三話と五の二話を除き、他の三章は○印の成功譚）である点。第三点は、巻二・巻五の二つの巻〔二の二・二の三・二の五〕と〔五の一・五の二・五の四〕にいずれも所属しており、他の型はいずれも、少なくとも三以上の巻に分かれている。（A型は六。Bは四。Dは三の巻々に分布）、A・B型は11章と9章というように絶対数が多いので、多極化は当然といえるが、C型の6章に対するD型の4章という比率と、A型の全巻分布という分布状況より、一考の余地がある。つまり、近年の『永代蔵』成立の過程説は論争中で、決着したとは言い難く、巻別考察の立場からも、巻二と巻五の各過半を、小人物（並話）型で占めている点、B型の考察で指摘した『永代蔵』の性格と主題論を考えるに当っても看過でき難いので、問題点を指摘しておきたい。なお、浮橋氏は、並話の小人物間の対照と、それらをまとめて、もう一つ大きな円周で主人公ないし観察者と対照させるという形式は、西鶴の並話的章構成の特色ある方法をなしており、二の二話を、そのC型の好例として、八段落（ないし視点）から分析、検証されており、有益である。私見は別記（後記）の通り、段落構成と警句との関係を、一応考察しているので、この話やこの型について詳記できないが、この二の二話における八つの警句は、B型の一の四話同様、巧みな導入の警句に始まり、小段落（小話題）の小テーマの壺を押さえ、的を射たものが多く、「諺と警句の文学」として、その有効性をここでも確認する。具体例を付記すると、冒頭文「細波や近江の湖に沈めても、一升入壺は其通り也」（警句16番）で、喜平次の商人としての力量、（埒《らち》のあかぬ男）を暗示し、主人公の人物を誘導し、話の展開の伏線となる。第二段では、男の無常観（諦観）を三つの警句（末尾一覧表、以下同じ。72・44・111）で、象徴的にアッピールしており、第三段の小人物（医者森山玄好）に対する警句「せんじやうつねにかはらぬ衣装つき、医師《くすし》も傾城の身に同じ、呼ばぬ所へはゆかれず。」（警句166番）は、はやらない医者を言い得て妙。富の偏在と貧富の懸隔大きい世相の核心をついた、前の三つの警句と照応し、連句における前句・付句間における交響現象にも似て人物の戯画化に成功している。従って次ぎの「身すぎはかけて、隙の有る程気の毒なる物はなし。」（168）の警句も、極めて自然で生きている。又、第六段の「人の内証はしれぬ物、此大津のうちにも、さまざまあり。」（5）の警句は、直接には針屋の内証を指しながら、間接的・総括的には、医者以下の様々の小人物群の生きざまを意味している。この警句は、「人の内証は張り物」の人間観、世評として、結び（第八段）の警句「是をおもふに当所《あてど》のかならず違ふものは世の中」（36）とも照応する。この結びの警句は、落雷現象と世相をひっかけての文明批評でもある。以上のように、警句は文脈の流れにおいて、飛躍はあっても連想による構成の基本型を逸脱せず、ごく自然であり、むしろ核となって生彩を放っている事がわかる。

(4)「世態・人物混合型」（D）。完全な並列形式ではないが、主人公と目されるものを含めて、色々の人物を書きこんでいる章である。この類は様々の人物や話が、一見雑然とつめこまれた感じもするが、やはりその底には脈絡がつけられる。D型は合計4章・警句数33例・一章の平均値は8.3である。D型の特徴の第一点は、右記のように、A（4.3）・B（6.1）・C（7.5）と比較して最高の平均値、つまり警句が相当多く、何れも7例以上である。（四の三と六の二は、各7例。一の三は9例。四の五は10例。）第二点は、四章すべて「○印の成功譚」のみである。第三点、『永代蔵』の後半に多く、特に四巻に半数存在する。さて、このD型に警句が一番多い理由は、右記の「参考表1」に示してあるように、例えば、四の三や六の二話にある小人物の登場であり、様々の話や世相描写という分極化の現象である。浮橋氏は同じくD型の代表として、有名な一の三話を挙げており、八視点を通しての結論は、連句的構成より、「米」をモチーフとした章であり、後家と悴《せがれ》の出世町人が一章の中心である。章の構成は、繁栄の現象とそれを支える人間を、あわせて描き出す意識的な構造であり、まとまりに欠けるようなD型の話も、作品の内部にたち入ってみると、作者の主体的な姿勢において内絡されていると結論する。基本的には賛成できる卓説であろう。但し、この様に細部に段落（又は視点）設定をするとなると、当然「悴《せがれ》」を独立項目とするのが、より適切ではないか。つまり、「其後世悴《せがれ》にも」→「此男買出せば」→「旦那」と、いつの間にか主体が変っており、「金銀の威勢ぞかし」（警句51番）の金銭観は、後に続く「歴々の聟」とともに、明確に老女ではなく息子に対してのものとなっている。又、「みずから破滅していく手代気質」は、「奉公は主取が第一の仕合せなり」（警句131）を連想して、「大商人の生い立ち」から筆が逸れたと判定したいところである。なお、この章のモチーフについては、当時の丁稚小僧を激励するためのものだという真山青果氏説があるが、主題説で若干触れる。以上、第二点は、浮橋康彦氏の有益な分類とその定義の上に立って私見を進めたが、『永代蔵』の主題と構想を考えるに当って示唆される点も多い。(9)

第三点　「成功・失敗譚四分類」と警句との関係については、必要に応じ、右記の第一・第二点という二つの角度からも考察したので、これ以上のアプローチは同義反復となる恐れもある。但し、全体のトータルを示していないので若干補記しておく。

「○印の成功譚」は一覧表「参考表1」の通り15章、全巻の半数を占め、警句数102、平均値6.8で、全巻の平均値6と比較してやや高い。「△印の成功譚」は5章、警句数35、平均値7.0である。「×印の失敗譚」は4章、警句数24、平均値6.0で、全巻のそれと一致する。「△印の失敗譚」は右記の通り6章、警句数19、平均値3.2となって、成功譚の半数以下の数値より有意差が認められるが、既にこの点の考察を右記したので再説しない。なお、参考のため各巻別の警句数を示すと、巻一・39。巻二・24。巻三・18。巻四・35。巻五・35。巻六・29。計180となる。巻三は、巻四・巻五の約半数に近いのは、前記の通り、失敗譚の三章（×印一と△印二）を含み、他の成功譚二章もそれ程多くはない。巻五の二章を除き、他の四巻（一・二・四・六）は何れも「○印の成功譚」を公平に三章宛持っているのは偶然かどうか、一考の価値はありそうである。巻二の警句数24も少ないが、巻三のみ「○印」が一つで何等かの失敗や挫折が他と比較して多すぎる点に留意するわけである。今一つ注意したい点は、巻六を除き、各巻頭が成功譚であり、巻一・二・三の三巻は、特に第一話成功譚（網屋）（藤市）（箸屋）、第二話失敗譚（扇屋）（喜平次）（三弥）となっている点である。これは全篇の首尾を祝言としてめでたい成功譚で照応させており、特に巻頭の「銀がかねをためる世の中」（警句63）という典型的な商業資本主義社会の致富譚に対し、同じく典型的な倒産譚

（一の二話）を対置させた構想上の配慮とは無縁と断じきれないものがある。『西鶴織留』巻頭の「近年町人身体たたみ、分散にあへるは、好色・買置、此二つなり」という言葉は、あまりにも有名であるが、この警句をまさに地でゆき、「塵も灰もな」いまでの見事な遊蕩ぶりと、その変身の過程は自然で、必然的に見えるが、極限とも言いたい二者の相反する人物像と、致富・倒産のプロセスを考察すると、偶然とは言い切れないものがある。西鶴得意の一手法（対照的手法）が、すくなくとも全篇の前半（巻三）までは働いていたという可能性を考えたい。

注

（1）「日本永代蔵」『国文学解釈と鑑賞』25巻11号。昭和35・10・1。66頁。
（2）大藪虎亮氏『日本永代蔵新講』白帝出版・昭和28年。11頁に「何よりわが子を教育する程面白い事は外に無い」と口訳する。
（3）「西鶴作品の章構成―永代蔵・胸算用・織留―」『立正女子大学短大紀要』昭和42・12。18～23頁。
（4）「はじめに」の注（2）の金井寅之助氏の同書「西鶴小説のヂャーナリズム性」17頁。
（5）石川了氏「紀海音門人哥縁斎貞堂―西鶴逸話の紹介と翻刻『狂歌松の隣』―」『大妻国文』10号。昭和54・3・15。33頁。
（6）『西鶴新新攷』岩波書店・昭和56年。115頁。
（7）前記の注（3）に同じ。
（8）『井原西鶴集　三』（日本古典文学全集40）小学館・昭和47年。106～110頁。
（9）『真山青果全集第十六巻』講談社・昭和51年。203～204頁（「『日本永代蔵』講義・巻一の三」の項目）。

二、『永代蔵』における警句法の特徴

（一）「枕」（章首表現）と警句

作家として西鶴が話の書き出しについて工夫し、苦心した点については、前記の野間光辰[1]・堀章男[2]両氏による勝れた研究成果があるので、枕に表れた警句を指摘し、若干問題点に触れる程度にとどめたい。『永代蔵』の枕に表れた警句は都合12例であるが、野間氏による広義の解釈では、もっと増加する見込みである。先ず用例を示す。

（最初の数文節程度を示すとともに、拙論末尾の一覧表の番号も合わせて挙げておく。）

野間氏による広義の解釈では、末尾に掲出した⑬と⑭とが適格と判定できるので、都合14例、全篇の枕の約半数近く（47％）が、警句と考えられる。『古文真宝』の一節の利用（①）、『徒然草』のパロディー（②③）、諺（④⑤⑦）や成句（⑧⑪）の利用など、その腐心のあとは歴然としているわけである。話の内容に暗示を与えるなどの導入が多い。野間氏御指摘の通り、読まぬ先から読者に興味と関心を抱かせる効用があるわけである。次ぎに結びについて、まとめた結果を示しておく。

○参考表2　『永代蔵』の枕に表れた警句

No.	巻・章	警句の一節（分類）	警No.	No.	巻・章	警句の一節（分類）	警No.
①	一の一	天道言はずして、（人間観）	1	②	一の二	人の家に有りたきは、（金銭観）	50
③	一の五	用心し給へ、国に賊、（商人の心得）	141	④	二の二	細波や近江の湖に（人間観）	16

⑤	三の四	物には時節、（処世訓）	45
⑥	四の二	今程舟路の慥《たし》か成（商売の諸相）	158
⑦	四の五	生あれば食あり、（処世訓）	46
⑧	五の二	人の翔《かせ》ぎは早川の（商人の心得）	114
⑨	五の五	近代の縁組は、（商人の心得）	146
⑩	六の二	和国の商ひ口とて（商売の諸相）	162
⑪	六の四	人の翔ぎは早川の（商人の心得）	113
⑫	六の五	世界のひろき事、（一般の世相）	164
⑬	三の一	（参考）人は智恵（金銭観）	74
⑭	五の四	（参考）惣じて産業（商人の心得）	112

○参考表3　『永代蔵』の結び（広義）に表れた警句

No.	巻・章	警句の一節（一篇の話に、けりをつける結び）（結びの型）（分類）	警No.
①	一の一	親のゆづりをうけず…此銀の息よりは幾千万歳楽と祝へり。（祝言型）（長者訓）	85
②	一の二	見る時聞く時今時はまふけにくひ銀…子共に是をかたりぬ。（伝聞型）（金銭観）	61
③	一の三	諸国をめぐりけるに今もまだかせいで…銀もありといへり。（伝聞型）（金銭観）	59
④	二の一	最早夜食の出づべき所なり。…引糊を摺らしたといはれし。（落し型）（長者訓）	81
⑤	二の二	是をおもふに当所のかならず違ふものは世の中、…悔みぬ。（落し型）（処世訓）	36
⑥	三の一	人若い時貯へして年寄り…なふてならぬ物は銀の世中。（詠歎型）（金銭観）	53
⑦	四の三	人はしつけたる道を一筋に覚えてよしとぞ。（教訓型）（商人の心得）	109
⑧	四の四	世間にかはらぬ世をわたる…成るまじき事には非ず。（教訓型）（処世訓）	40
⑨	五の四	町人は算用こまかに…金の有徳人…申しわたされける。（伝聞型）（長者訓）	83
⑩	六の二	もっとも六十年はおくりて…家業油断…長者のかたりぬ。（教訓型）（長者訓）	80
⑪	六の三	此の気大分仕出し家さかへしとなり。（教訓型）（商人の心得）	128

（二）「結び」と警句

枕に劣らず、話にとって大切なテクニックはその結びであり、特にその点に心を用いた作品の一つが『永代蔵』である点、先覚御指摘の通りであり[3]、枕・結びともに教訓型（結びには伝聞型も）が多い。なお、「参考表3」の「分類」について、②を警句一覧表に従い金銭観に分類したが、内容的には長者訓とするのが妥当であり、便宜的な分類にすぎない。全篇の結びの約三分の一強（37％）が、警句と考えられる。

（三）「諺」と警句（警句の中に表れた諺）

西鶴の諺については、前記の通り杉本つとむ氏の優れた研究があるが[4]、警句の中に表れた諺（広義）という視点からも、若干の見解の相違もあり、参考のため纏めた。

『永代蔵』の警句の中に表れた諺は、意外に多く、都合27例。全警句の15％に当たるが、考えてみると、警句という言葉の意味からも、極めて自然であり、簡潔さと機知、奇抜さと含意（含蓄）において共通性を持ち、かつ世人周知の諺を取り込む事の必然性を改めて確認し、西鶴の世間智と巧妙な手法に脱帽するものである。なお諺の適用については、一部見解の相違が予想されるが、諸種の辞典[5]や先覚の研究成果に負う所が大きい[6]。この諺を含む警句が、西鶴の作品でどのように活用されているかについては、紙幅の都合もあり、諸注釈書に譲り論を進める。

レトリック（修辞法）から考えられる西鶴の手法については、研究の余地がないとは言えまい。諺や成句、先行する諸文芸、特に雑芸からの西鶴の引用について考察を更に進めるべきであろう。『永代蔵』における警句について、古典からのパロディー、縁語、掛詞、等については、若干の調査もあるが、すべて割愛する。

○参考表4　『永代蔵』の警句に表れた諺（広義）

No.	巻・章	「諺」（長いのは一部）（分類）	警No.
①	一の三	とかくに「人はならはせ」（人間観）	15
③	二の一	『こけても土』（商人の心得）	118
⑤	二の二	『正直は阿呆の異名』（商人の心得）	111
⑦	二の三	金が金を儲ける（呼ぶ）（金銭観）	63
⑨	三の一	『蒔《ま》かぬ種は生へず』（金銭観）	65
⑪	四の一	人皆「欲の世の中」（金銭観）	67
⑬	四の一	金銀は回り持ち（金銭観）	54
⑮	四の一	「正直の頭に神宿る」（商人の心得）	120
⑰	五の一	「あはぬ算用」ぞかし（商売の諸相）	159
⑲	五の二	昔の剣「今の菜刀」（処世訓）	34
㉑	五の四	かせぐに追ひ付く貧乏なし。（商人の心得）	112
㉓	五の四	「器用貧乏」（長者訓）	79
㉕	六の四	金がかねまうけして⑦・㉒（長者訓）	99
㉗	一の五	「人は知れぬもの」（人間観）	4

No.	巻・章	「諺」（『　』は異文）（分類）	警No.
②	一の五	『よい事に二つなし』（処世訓）	42
④	二の二	『一升袋は一升』（人間観）	16
⑥	二の二	『当てが違ふ』（処世訓）	36
⑧	二の四	信あれば徳あり（処世訓）	33
⑩	三の四	物には時節「のある物」（処世訓）	45
⑫	四の一	一生は夢の如し（夢の世とはしらず）（人生観）	23
⑭	四の三	水の泡の世わたり（商売の諸相）	155
⑯	四の五	生あれば食あり（処世訓）	46
⑱	五の一	「よい事に二つなし」②（商売の諸相）	153
⑳	五の三	「煎豆に花咲く」（処世訓）	47
㉒	五の四	銀が銀を設る時節⑦（金銭観）	70
㉔	六の二	「六十年は暮せど六十日を暮しかぬる」（長者訓）	80
㉖	二の二	人の内証はしれぬ物「張物」（人間観）	5

注

（1）第一章の（二）の注（6）の同書「枕の型」の項。110～116頁。
（2）「西鶴の章首表現―その形式上の考察―（一）」『武庫川学院女子大学紀要』4集。昭和32・3・15。73～106頁。「同上（二）」『同紀要』5集。昭和33・3・15。73～90頁。
（3）右記の注（1）の同書。「結びの型」の項。116～120頁。
（4）「はじめに」の注（5）参看。
（5）紙幅の都合で主要なものの一部のみあげる。①「はじめに」の注（4）の同書。②藤井乙男氏『諺語大辞典全』有朋堂・昭和5年。③頼惟勤氏解説『春風館本諺苑』新生社・昭和41年。④宗政五十緒氏編『譬喩盡並ニ古語名數』同朋社・昭和54年。⑤同上の『解説・索引』同上・昭和56年。⑥鈴木棠三・広田栄太郎両氏共編『故事・ことわざ辞典』東京堂・昭和48年。⑦同上『続故事ことわざ辞典』同上・昭和53年。
（6）①杉本つとむ氏の著書。注（4）②加藤定彦・外村展子両氏共編『俚諺大成』青裳堂書店・平成元年。③前田金五郎氏『新注日本永代蔵』大修館書店・昭和53年。

三、『永代蔵』の各章のテーマと警句法

西鶴は『永代蔵』（三の一）の中で、「金言」と言う語を使っているが、もちろんこれは、長者丸の妙薬の処方五訓と、毒断十六訓を合わせた二十一訓、即ち「福者の教」を指し、「是皆金言と悦《よろこ》び」服用する事になる。さて、アフォリズムの訳語に、警句・金言・格言・箴言などがあり、一定の訳語ができていないという。(1)西鶴の使った金言は、「かまだや・なばや・いづみや、この三人の金言を、よくよくふんべつして」という『長者教』(2)の影響が考えられる。この金言ならぬ警句を重んじた西鶴は、前記の通り、話の枕や結びに大いに活用しているが、話の中でも同様であったと考えられる。ところで、各章におけるテーマと警句との関係はどうか。簡単なようであるが、実

証的に、納得いくように簡潔に示すのは容易ではない。テーマそのものについても当然見解の相違が予想される。既に紙幅も少ないので、各章の各段落中での位置（首・中・尾か）を調べ、その後、各段落の小主題と警句との関係（段落中での警句の働き）を通して、どうテーマと結びつくかを考えてみる。ところで段落自身の定義に異説が[3]あり、又、『永代蔵』における段落区分について、諸説必ずしも一定していないが、原則として、一般に普及していると思われる「日本古典文学全集」[4]（谷脇理史氏担当）を主テキストとし、『新注日本永代蔵』[5]（前田金五郎氏執筆）を参考に段落設定した。但し、より細分した方が、わかりやすい時は、例えば二の二を八段落としたように私見を加えた。（段落区分では、八段落が最高なので、該当しない段落は、斜線で示す。「○印」はその段落中の「起筆の文」であり、「□印」は、同じく「終筆の文」である。又番号は警句の一覧表（中川作成）の番号である。番号がないのは、「首尾」ではない部分に位置する。又「枕」は前記の「章首」、「結」は「結び」の警句である。）

『永代蔵』全篇における警句180例が、各章の各段落の中で、起筆か結びかを調査した結果、起筆の警句21例、結びの警句36例、延べ57例となる。この数値は私見による全警句の約三分の一弱（32％）であるが、これに、前記の「枕」の14例と「結び」の11例を加算すると、82例、全警句の約46％となって半数にやや近い、相当な数値になる点に留意したい。ここで、主題、段落、小主題等の定義や関係について論じ、全用例を検証する余裕がないので、二、三の例を通して結論めいた事を示しておきたい。私見として全用例を検証した心証は、連句的構成の場合であっても、連想の筋に力点があり、その文脈の導入、展開、結びの意味の流れにおける、いわゆる節目（急所・力点）に、警句が置かれている場合が、意外に多かったと考える。そして、これは単なる主観的な心証ではなく、（前記のテキスト等、幾つかの注釈書の段落設定において共通点も相当あり）右の図表の結果が示すように段落の節目に当たりやすい位置に、相当数の警句がちりばめられている現象と、全く無縁であると断じ切れない、ある種の相関性が考えられる。なお、右の図表で、起筆と結びの段落における位置（分布状況）を、参考のため示しておく。（但し、

○参考表5　『永代蔵』の各段落中での警句の位置

六・4	六・2	五・5	五・3	五・1	四・4	四・2	三・5	三・3	三・1	二・4	二・2	一・5	一・3	一・1	巻・章
枕113 [99]	枕162	枕146 [147]	[96]	[159]	[120]	枕158	[66]		枕74 [64]		枕16	枕141 [142]	[86]	枕1 [32]	第一段
[3]						(125)			(65)	(33)	[111]	(129)			二
[89]	[94]			(161)					結53			[145]	[87]	(75)	三
	[100]	(150)		(97) [92] [93]					／	／		(2)	(106)	結85	四
／	結80	／			結40	／	／		／	／				／	五
／	／	／		／	／	／	／		／	／			結59	／	六
／	／	／	／	／	／	／	／		／	／		／	／	／	七
／	／	／	／	／	／	／	／		／	／	結36	／	／	／	八

六・5	六・3	六・1	五・4	五・2	四・5	四・3	四・1	三・4	三・2	二・5	二・3	二・1	一・4	一・2	巻・章
枕164 [21]			枕112 [70]	枕114 [119]	枕46		[67]	枕45 [10]		[58]				枕50	第一段
(103)	結128			(137)	(123) [177]	(56)		(98)				(31) [118]			二
	／		[8]	[13]	[69]		(22)		(167) [91]	[133]					三
(173)	／			[34]		[35]	／								四
／	／		結83	(116) [170]		結109	／	／	／	／		[149]			五
／	／		／		／	／	／	／	／	／		結81		結61	六
／	／		／	(12)	／	／	／	／	／	／		／		／	七
／	／		／	／	／	／	／	／	／	／		／		／	八

その警句の所属する章毎に、段落数が相違するので、段落数毎の類型で分類するのが至当であるが、詳細は参考表5に譲り、その結果を示す）

右の参考表5について、（各章の各段落を単位として）警句を含む起筆と結びを持つ26の章の段落の平均値は、4.7なので、約五段と考えておく。第一点は、起筆では第一段が枕なので当然なく、最初の第二段が比較的多く、結びでも同様最初の第一段が、44％と半数に迫る。短絡は避けるべきであるが、蓋然性として、この数字に「枕」の警句14例を加算すると、第一段末で30例（第二段末で43例）となって、少なくとも修辞的には、比較的話の初めの方に、（警句数が多いので）力点が置かれていると考える。厳密には、警句の量と質、その他の要素を考慮する必要があるが、第二点は、第三段の結びがやや多い点に留意させられる。

さて、従来この種の基礎的調査が、管見では見当らないので、筆を費したが、各章のテーマと警句法、『永代蔵』の主題・構想と警句という重要で力説すべき点に入りたい。私見としては、既に、一の四話（第一章の㈢）の第二点の⑵について、四つの警句が、各四段の小テーマを表現するか、又は全体のテーマを展開するのに直接関与するキー・センテンスとして、四つの段落を求心的に引き締めている点を指摘した。又、二の二話（第一章の㈢）の第二点の⑶では、八つの警句を具体的に挙げて、各段落中のメリットを指摘し、各段落の核となっている点を考察した。警句の機能を考える時、[6]「段落の役割」が一つの示唆を与えている。警句は一つの段落ではないが、参考になるので、段落を警句に読みかえ、私見を入れてその機能を示してみる。（一）主要警句（主題の展開に直接

○参考表6　『永代蔵』における各段落での警句の位置（但し、枕・結びを除く）

	第一段	二	三	四	五	六	七	合計
起筆	0	9	5	5	1	0	1	21
結び	16	4	9	5	2	0	0	36
計	16	13	14	10	3	0	1	57

関与しているもの）。（二）導入の警句（「枕」と警句の項参照）。（三）結びの警句（同上「結び」参照。付記すると、テーマや意図する論点を仕上げたり、又、単に話に「けり」をつけるもの）。（四）つなぎの警句（話題から話題へ移る時に、両者を結びつけるもの）。（五）補足の警句（前の話題で言い残した事などを補足したり、角度を変えての繰り返し、又は要約）。（六）強調したい事を視覚的に目立たさせるため入れた警句。（七）会話や文章の引用を通しての警句。以上七種である。例えば「それ世の中に借銀の利足程おそろしき物はなし。」（一の一話・警句75）は、別の拙論で詳説したように、話の筋としては、右の（一）主要警句と考えるが、話の倫理的骨格としては、「善悪の中に立って〜常の人にはあらず」（同上・警句18）を、命題的発言として、主要警句と考える（後記）。同様に「人はしれぬ物かな」（一の二・警句7）が、この話のキー・ワードであり、核である点を指摘した。この強烈な人間的関心は、西鶴の全作品を通して、強弱濃淡の差はあれ、一貫していたと考える。次ぎの一の三話に表れた最初の警句「大人小人の違ひ各別、世界は広し。」（163）は、第一段の中心思想である。さて、この章のテーマを、前記のように当時の丁稚小僧を激励するためのものとする真山青果氏の説では、「おのれが性根によって長者にもなる事ぞかし。」（87）が主要警句として、当然テーマに直結してくると考える。私見としてこの真山説の延長線上にあるものと考えられるが、暉峻康隆氏は、親の譲りと無関係な農村出身の手代クラスを激励の対象とし、名もなく貧しい若者たちに、夢と希望を与えるのが『永代蔵』の最初の意図であったとされる。今後の検討に値する有力な説と考えるが、『永代蔵』の性格としての作者の理想的な致富道を示すものとして、私見は一部肯定できる面もあるが、結論的には賛成し難い（後記）。問題点を一の三話に戻すと、私見は、「とかくに人はならはせ、公家のおとし子作り花して売るまじき物にもあらず」（15）の警句を、主題の展開に直接関与しているものとして、相当重視する。と言うのは、人は境遇や習慣、そして教育次第、つまり「氏より育ち」の重要であるという視点が、直接的には、「奉公は主取が第一の仕合せなり」（131）という警句に展開し、又、間接的には、第六段（「其後世悴《せがれ》にも九歳の時よりあそばせずして、……」）における母（老婆）の子に対する商人教育の成功譚というテーマに展開していると考えるからである。[9]専門家によると、当時の丁稚教育は商家における労務管理の根幹を成すという。そのような意味で、大商人にとって「分限はよき手代有る事第一なり。」（六の五・102）という経営者側に必要な警句に視点が移動し、展開するのが自然であるが、大商人の若年時代という話題から、その警句と表裏の関係にある奉公人側の就職論（警句131）に飛躍、転換した。ここで主体が大商人から奉公人へ転換した証拠は、話題の完全な転換により、北浜過書町の指物師の弟子が主体となり、しがない人生の描写が行われている点である。ここで留意すべきは、話題の進行で、単に脇道に逸れたと言い難い要素（巻五の二話の『胸算用』の世界の描写など）が『永代蔵』の章の構成に多過ぎる点である。しかし、「寄らば大樹の陰」という観点から、奉公先の選択が将来の命運を左右するという趣旨で、この弟子のしがない人生の裏話を締め括っている点、又、後続の老婆の成功譚は、その息子の出世譚と相俟って、大商人の話題と見事に照応しているという意味では、この章に関して先覚の説に同調できる。ところで、「大人・小人の違ひ……」（163）の警句に戻ると、諸説のように大名と小禄の家臣の暮らしの規模の大小というように限定すべきではなく、この母子（特に息子）は、大名貸をする掛屋という大身になったという意味でも、大人・小人の両方に関与しており、箇落米を掃き集める零細企業の描写など、下層町人の世界の比重を相対的に同時に重くみる、つまり重層的構造として把握する必要があるのではないか。不十分ではあるが、数例のみあげて、テーマと警句法の考察を終える。

注

（1）「はじめに」の注（1）の①の同書。18頁。

（2）朝倉治彦氏校訂・解説『長者教』（古典文庫）昭和29年。27頁（寛永四年版）。

（3）「はじめに」の注（1）の最初に掲出した『日本文法事典』348〜352頁。
（4）『井原西鶴集　三』小学館・昭和47年。89〜261頁。
（5）第二章の注（6）の③の同書。2〜170頁。
（6）前記の注（3）の同書。（「段落」の項）351頁。
（7）「『日本永代蔵』の序章について」『大阪商業大学論集』82・83合併号。昭和63・10・1。831〜830頁。
（8）『西鶴新論』中央公論社・昭和56年。356頁。前記の注（4）の同書。7頁。
（9）作道洋太郎氏他四名共著『江戸期商人の革新的行動』有斐閣・昭和53年。31頁。

四、『永代蔵』の序章と主題

『永代蔵』の主題についての私見は、表面上、長者訓的な型を踏襲しながら、その内実は、金銭欲・物欲をめぐって展開される町人の経済生活や諸相や、複雑微妙な世の人心の動きを、「思ひの外なる」（1）（巻一の二話など同一発想は延べ12例）珍奇な「咄の種」（一の二）に焦点をあわせて描写する所に、作者のねらいがあったと考える。「表面上」というのは後記するが、ともかくその構成・文言において、少なくとも長者訓的色彩や内容を持っていることは否定でき難い事実である。虚心坦懐に読んだ心証において、教訓的口調だけではなく、話の内容においてである。西鶴は、『永代蔵』で金儲けを奨励したとは思えないという村田穆《あつし》氏や、「致富」を『永代蔵』の主題であるとするのは些か本末転倒のきらいがあるという吉江久彌氏の見解（2）のように、本書の性格を一刀両断にできない語り口や色彩が、全篇にくまなく張り巡らされ過ぎていると考える。紙幅の都合で結論のみ示すと、私見は書誌学や内容上より、前四巻と後二巻との間の断層を肯定するものであり、初稿（前四巻）を貞享三年末まで（下限）、追加稿（巻五・六）は同四年中の執筆説の立場を取る。又、私見として、初稿を執筆する以前に持っていた西鶴の当初の腹案（構想）は、貧富のどちらにも焦点を置かない、臨場感あふれる時事的な町人の経済生活を通じての生きた世相であり、さまざまな人間の生態や人心の動きを描写する事にあったと考える。断片的な経験[3]（町人物的傾向の説話）はあっても、纏《まとま》った経済小説というテーマは未経験の領域であり、諸国咄のスタイルを採用すると、旅はしても生活圏外における未消化の素材の形象化という二重の隘路《あいろ》をはらみ、しかも、テーマにまとまりがないというような不安感に基づく未成熟な状態の折に、西鶴も考えたことがある致富道や出世譚がよいという一部の周囲の者の意見（文人仲間や、本屋側の商策による意見も含む）に、一応納得し、草稿を執筆後、西鶴と交渉のあった京阪の文人仲間に、出版に先立って回覧されたものと推定する。しかし、自律、他律を問わず、西鶴の本来のねらいや願いは、前時代的な立身出世譚ではなく、『二十不孝』と同様、珍奇な話であり、貞享現在の経済機構であり、臨場感あふれる生きた経済生活を通しての世相、人心の動きであったために、その様相が露呈してくるのは必然であったと考える。主題の説明で「表面上」と言ったのはその点である。さて、「国々を見めぐりてはなしの種をもとめぬ」（自序）という、全国的規模を誇る情報の収集と提供の姿勢は、『諸国咄』のみのものではない。「諸国をめぐりけるに」（一の三）というスタイルとともに、「つらつら人の内証をみるに」（六の五）という探訪記事にも比すべき報導性は、『永代蔵』における西鶴の得意とする基本の姿勢であり、「内証」[4]の用例が少なくとも27回も頻出し、三分の二を越える大半の章（21章）に表れてくるのは必然であった。例えば売掛金徴収の秘訣を、「商人のひみつ也」（五の三）とする語り口も、同一手法である。その「内証」は、当然の帰結として、「内証うすくなりて、……内証かなしく」（一の四）。「内証心もとなし」（一の五）となり、「内証あぶなかりしは……内証脇よりの見立と違ひ」（二の五）であり、とどのつまり、「人の内証は張物」（五の五）という結論に達する。「内証」の用例上、「内証のつよき事」（四の三）・「内証のよろしき所」（四の五）という人生の光の部分（肯定面は8例）に対し、影の部分（否定面は15例）に照明が当る場合が多い点に、西鶴の姿勢と『永代蔵』の見逃す事のできない性格（文芸性）を感得すべきであろう。さて、その「人の内証はしれぬ物」（二の二・警句5）と同様に「人はしれぬ物かな」（前記）であり、「其後つらつら世上を見るに、色々に成り行くさまこそをかしけれ」（五の四・同9）、又、「所々の人の風俗おかし」（四の五・同178）と変化、流動していく世相・人心への興味・関心は極めて旺盛である。私見ではその点を配慮して、警句一覧表の人間観の項目（1〜17）を作成している。従って、「大商人の心」（一の三・四の二）のみならず、一般の「商人形気」（二の五・六の二）にも、必要以上に眼を向けるのも必然性のしからしむるものと考える。西鶴の批評眼はまことに手厳しく、「世の風義をみるに……近年の人心よろしからず」（一の五）、「皆いつはりの世中」（同上）、「おそろしの世」（六の四）と言う。「人皆欲の世なれば」（四の一）、「欲に目のあかぬ人」（四の二）や「欲でかためし人」（四の四）が多過ぎるのである。「欲をまろめて今の世の人間とはなりぬ」（三の四）と言うのは至言であり、[5]「近世は本質的には欲望充足原則の支配する社会」と言われる所以であろう。「欲心」関係の用例調査[6]では、「欲」（8例）・「人心」（6例以上）・「悪心」（3例）・「欲心」（2例）となるが、『見聞談叢』に語られているように、人情にも聡く、洞察力を持った苦労人である西鶴は、「道ならぬ悪心」（四の四）や、「欲に目のあかぬ人」（前記）は断罪するが、「内証のならぬ（家計や経営状態の窮迫）より思ひの外なる悪心もおこりし」（五の二）人には寛大で、むしろ同情と理解を示している。西鶴の評価に関して、「芸術家として革命的な業績を残し得たのである。その業績の一つは、町人社会の生活とその精神の分析であった」とする[7]土屋喬雄氏の見解は、過褒ではないと考える。又、同氏の「その描写・分析に交えて、時折、教訓的なものが記されてあるとしても、それは教訓というよりも、西鶴の人生観の片鱗が表れたものと見るべきであろう」とする見解は、説得力を持つ。さて、本章の冒頭の主題論で、「長者訓的な型を踏襲しながら」と述べた私見の論拠は何か。首章を中心に、簡明にその要点のみ示したい。『永代蔵』の序文に相当する冒頭文の中心思想は何か。正解は冒頭第四文の「善悪の中に立って、すぐなる今の御代を、ゆたかにわたるは、人の人たるがゆへに、常の人にはあらず」（警句18）と考える。その論拠は、「大福新長者教」

のサブタイトルを持ち、長者訓的な型を踏襲する本書において、その内実はともかく、全篇を通して帰納された、期待される町人像を、端的・かつ明快に語っているからである。さて、「金銀が町人の氏系図」（六の五・55）であるとするならば、当然の帰結として、右の「人の人たる人」の意味は自明であり、「常の町人、金銀の有徳ゆへ世上に名をしらるる事」（同・103）、つまり「出世の町人」（四の一・20）（六の五・21）になるという意味で、西鶴は、「とかく大福をねがひ、長者となる事肝要なり」（六の五・102）と主張する。又、「さすが王城の風俗なれ共、かく豊かなる人は稀にして、悲しき渡世の人数多《あまた》なり」（五の二・170）というように、冒頭第四文の「ゆたかにわたる人」は、「悲しき渡世の人」に対して、「常の人にはあらず」。つまり、選ばれた、特別の人間である。しかし、現実的には、「何れを聞きても、大分限の始め、常にては及びがたし」（五の一・93）、又、「常のはたらきにて長者には成りがたし」（六の二・94）という両文脈が証明するように、可能性はあっても、尋常な方法では実現は容易ではないのである。重友毅氏は、(8)右の冒頭第四文に、『永代蔵』成立の根本動機があり、町人の人間宣言ともいうべき貴重な文字であるという。又、土屋喬雄氏は、(7)「金銀が町人の氏系図」（前記）を中心とする警句（55と102）を指して、武士階級に対する一つのレジスタンスの現われでもある。あるいは町人が武士階級に対し、人間としての対等性の自覚を宣言したものだといってもよい、と揚言されている。私見はそこまでは踏み込めないが、右記の「出世の町人」をめぐる警句（21・103）を指して、こうした考えは、西鶴の主観だけのものではなく、当時の町人社会に普遍的な観念であったという土屋氏の見解を重視する。(7)ここで私の言いたい事は、右の「人の人たる人」とは、結局「期待される町人として、優れた人」を意味している点と、右のような西鶴の主張が、当時の社会で正当性を持ち、市民権を獲得した理由は何かという点である。その解答は周知の通り作品自身が雄弁に語っているわけで、致富の方法が倫理的にも正しく、目的が合理的で、反社会的ではなく、一家一門の繁栄や社会奉仕に通じる場合も多いという事になる。具体例として重要な争点の一つに、巻尾の「人は堅固にて、其ぶんざいさうおうに世をわたるは、大福長者にもなをまさりぬ」（六の五・27）という一文の解釈がある。結論として前記の警句（六の五・102）が示すように、大福長者は一貫して肯定こそすれ、否定されていない点、矛盾はないのである。但し、右の大福長者は、『為愚痴物語』（警句27の説明参看）に描かれている人物、つまり、文学・仏道・遊楽を好まない吝嗇家であって、いわば手段としての金銭を目的化したような点、西鶴が語る町人の理想像（四の一・24）とは相反しており、特に西鶴の主張する成功後の、「老いの楽しみ」（四の一・22と24）（四の五・26）や「（浮世の）面白ひ事」（三の四・29）を排斥する人物となっている。不正を働いた菊屋（三の三）や、金銭の魔性に翻弄され、手段としての金銭が目的化された人間の末路（四の四）など、その悪心はすかぬ男として断罪する。なお、巻尾（六の五）で示した理想的人間（百姓）像は、「男女のめしつかひ者棟をならべ」る金持である点、無言の長者訓になっている点に留意すべきであろう。右記の「堅固」とともに、「福徳（幸福）は其身の堅固に有り」（一の一・30）と西鶴は言う。この二つの「堅固」（他に警句31）は、心身の健全を意味しているわけで、心身健康で、円満な、正道を歩む金持を否定している文はどこにもないわけである。金銭は、「残して子孫のためとなり」（一の一・58）、「年寄りての施し」（三の一・53）となるわけで、例えば「世に銭程面白き物はなし」（四の三・56）という警句の前後の文脈を見ると、長者である分銅屋の蒔銭《まきせん》に対し、理想的町人像の行為の一環として西鶴が描写している点、疑問の余地は全くない。特に「漸《やうや》う百両に積りて、それより次第に東長者となりぬ」（五の四）とあるように、西鶴は巨視的にも、ある程度の資本に達すると、急速に増殖し始める前期商業資本社会の機構における経済的効率性を見逃さないで洞察する。識者(9)によると、西鶴の経営思想は、近世町人の理想的な人生哲学でもあり、また近世商法の原点ともなった処世訓である。始末・才覚・算用という、近世におけるビジネスの三徳目は、関西商法の原点であり、その発想は『永代蔵』に大きな典拠を求めることができるという。その冒頭文の一節で、西鶴は「殊更世の仁義を本として神仏をまつるべし」（32）と説く。これは、一定の社会的連帯感や社会的信用を重視するという意味であり、西鶴が示した近世町人の行動規範が、分を守り、人間性を喪失しない限り、その正当性を保ち、市民権を獲得するプロセスには必然性があったと考える。右のように、警句としての長者訓は、一覧表に示したように延べ31の用例を数えるが、広義に解釈すると、もっと増加するはずである。『永代蔵』には、このように長者訓的色彩はかなり濃厚であり、全巻中、首（一の一）・中（四の一）・尾（六の五）と一貫し、かつ見事に首尾照応した豊かな人の賛美にもかかわらず、前記の通り、致富道をすすめたり、丁稚小僧を激励するためであるとは言い難い。詳細は別稿に譲るが、『永代蔵』の章構成において、例えば純粋の主人公型が少なく（11例）、小説的なストーリーの構成を意図しない章（三の四話は、主題となる話は、一章の六分の一強を占めるに過ぎない）の存在を含むなど、その特定の主人公の人物の形象化に主眼を置かず、[10]新発見の素材の形象化（三の四話における計画的倒産を作品に摂取したのは西鶴が最初であり、流行に極めて敏感で、新しい事物を一番早く作品に取り上げている事実を指す）の方に力点が置かれている場合や、奇談（二の三話の犬の黒焼や、四の一話の貧乏神を祭る話など）的傾向や、前記の意外性をねらう志向が認められ、基本的には、単なる教訓書や実用書の性格を逸脱した不統一性と魅力（文芸性）を同時にはらんでいる。やはり「世の慰草を何かなと尋ねて」（『諸艶大鑑』の跋）諸国に素材を求めて執筆したとする娯楽性が基本的なものであり、報導性と合わせて、その教訓性を上回る性格に文芸性とその魅力がある。例えば、[11]歴史的・伝承的には、初代藤市（二の一）や桔梗屋甚三郎（四の二）は、それぞれ、罵倒されたり、斬殺された人物であるが、いずれも期待される町人像に形象化されている点、事実譚（モデル小説）としての教訓性よりは、その文芸としての創作性をこそ感得すべきであろう。『永代蔵』を創作するため、西鶴に筆を執らせ、情熱を燃やさせたものは、やはり、本来少数特定の人間ではなく、金持を含めた町人群像であり、世相の活写であり、物欲・金銭欲に翻弄される、この不可思議な人間の心の動きであったと言える。

注

（1）「思ひの外」9例（一の二・二の一・二の四・二の五・四の四・五の二のみ2例・六の二・六の三）「人の思ひよらざる」（一の三）「思ひもよらざり」（三の二）「思ひもよらず」（三の五）

（2）村田穆《あつし》氏『日本永代蔵』新潮社・昭和52年。230頁。吉江久弥氏『西鶴 人ごころの文学』和泉書院・昭和63年。240頁。

（3）筆者（中川）執筆「浮世草子町人物の展開」『はまなす』故荻野清先生追悼文集刊行会編・第一印刷出版株式会社。昭和36・8・2。33頁。

（4）肯定面（二の四・四の三・四の五のみ2例・五の四・六の三・六の四・六の五）否定面（二の三・三の二・三の三・三の四・五の一・五の二のみ2例・五の五・六の二・他の6例は本文参照）その他（一の三「内証あつかひ」・三の一「内証金」・四の五「内証細かに」・六の二「内証りやうり」）

（5）宮本又次氏『近世商人意識の研究』有斐閣・昭和17年の再版。39頁。

（6）欲（一の一・一の二・一の五・五の二・五の五・他の3例は本文）人心（四の三・四の四・四の五・五の四・一の五・二の四。但し「町人心」四の五を除く）悪心（二の三・他は本文）欲心（一の三・四の二）

（7）『日本経営理念史』日本経済新聞社・昭和42年・5版。140・137・149～150・154頁（引用順）。

（8）『西鶴の研究』文理書院・昭和49年。315～316頁。

（9）第三章の注（9）の同書。41と44頁参看。

（10）「計画的倒産」は第二章の注（6）の③の同書。189～190頁参看。「流行に極めて敏感云々」は『潁原退蔵著作集第十六巻』中央公論社・昭和55年。148頁参看。「曙染」等の用語例で説明。

（11）「初代藤市」については注（10）の同書（前田金五郎氏『新注日本永代蔵』）179頁。他に小西淑子氏執筆『近世小説』「研究資料日本古典文学第四巻」明治書院・昭和58年。112～115頁参看。「桔梗屋」については野間光辰氏『西鶴集下』岩波書店・昭和35年。500頁参看。

むすび

最後に、若干の補足と、要約を通して今後の課題と展望について、箇条書き風に少し触れておきたい。第一点、警句と教訓性について。『永代蔵』を冒頭文から読んでゆくと、その本文と同様に警句は、概ねきびきびとして歯切れがよく、力強い感じを受ける。その理由の一端に、文体上短句構成であり、[1]文の末尾が断定的（又は否定的）に言い切る場合が、約半数にやや近いという事が考えられる。意外に命令口調が少ない。もちろんこれらの警句における、いくばくかの教訓的色彩を否定できないが、前記の通り、警句は大上段に振りかぶった教訓と言うよりは、作品自体の中に内在する西鶴の人生観の片鱗であり、思わず発する処世上の世間智と言うべきであろう。第二点、警句の功罪と文芸性。右のように、警句は簡潔で力強く、切れ味の鋭さを持っているだけではなく、巧みさと深さを持つ。読者の教養とニーズによるが、親しみやすく、わかりやすいとも言える。「金銀が町人の氏系図」は、その最たるものであり、その効果を倍増させている秘密の一端は、諺の摂取（27例・全警句の15％）や成句の利用であり、軽妙・洒脱な枕（14例）や結び（11例）のテクニックである。警句は、段落の節目（急所・力点）に当りやすい位置（起筆と結び）に置かれている場合が多く（82例・全警句の46％）、各段落を求心的に引き締める、キー・センテンスや核となる。しかし、一部分は多用によるマンネリと類型化の兆しや、レトリックとしての駄作も認められるので、過不足のない評価を下す必要があろう。結論として西鶴の警句は巧みで、文芸性を高めているといえる。第三点、警句は成功譚に比較的多く、失敗譚に少ない。警句の多寡と文芸性との高低とは、必ずしも正比例するものではなく、その反対の場合もあるが、警句の量・質の低下と、作品自体の持つ文芸性の貧困さとは、ある種の相関性を持っていると考える。最後に、今後の課題と展望について、本稿は『永代蔵』を基礎として、『世間胸算用』

と『西鶴織留』、さらに西鶴の諸作品を通じ、その創作意識の推移と作品の展開を考察しようというねらいがある。警句とその章の構成や主題の考察はその一視点に過ぎない。小論は、諸先学の学恩に負うところが極めて大きい。厳しく御叱正を願う次第である。

注

（1）警句一覧表（但し1～100の百例について、その末尾文によって概算した数字）では、末尾で断定的に言い切る例は、約22例（断定の助動詞が主体）である。又、否定的に言い切る例も、約22例（形容詞の「なし」9例。助動詞「ず」6例等）である。なお末尾が禁止を示す「なかれ」5例。命令その他の「べし」5例である。

五、『日本永代蔵』に表れた警句（一覧表）

厳密には警句の定義とその用例の判定は困難であり、見解の相違が予想される。ここでは、「はじめに」記したように、私見によって警句と考えるものを、できる限り掲出するよう努めた。他に若干警句として認めてもよいものや、用例の中に不適当と思われるものもあるはずであるが、大勢を考察する上においてそれ程支障はないと考える。警句の分類は必ずしも厳密なものではなく、あくまで便宜上のものであって、一応のメドを示すに過ぎない。

凡例

一　本文は便宜上、『定本西鶴全集第七巻』（解説は暉峻康隆氏・中央公論社・昭和52年・9版）を底本とし、現在初版に最も近いとされている三都版の影印本を参照した。影印本は、「第二期　近世文学資料類従　西鶴編9『日本永代蔵』」

（解題は吉田幸一氏・勉誠社・昭和51年）である。

二　漢字は、旧字体・異体字をなるべく通行字体に改めた。仮名遣い・当て字・誤字は、原則として原本通りとしたが、改めたところもある。送り仮名・振り仮名及び句読点は、読解の便宜のため必要に応じ改めたり、補った。

三　底本には中黒「・」はない。又当然必要な濁点のない例が多いが、読み易くするために、中黒や濁点を私意に施した。同様に、圏点は中川の私意による。

四　警句中の（　）の部分は、必要上省略された語句を私意で補ったものである。又、特に必要な場合は、〈　〉の部分に、私見で語句の意味や、警句の要語や、そのねらいを示した。

五　便宜上、警句に通し番号を付した。警句の末尾の（　）の中に、各説話の巻と章を示した。その下段の算用数字は、底本（前記）の本文中のページと行数を示している。又、その最下段の（　）の中の数字は、その警句が、巻頭を起点として何番目のものであるかを示したものである。

一　人間観

1　天道言はずして、国土に恵みふかし。人は実あって、偽りおほし。（一の一）　19・3（1）

2　世間体《てい》ばかり、皆いつはりの世の中に、（一の五）　38・4（38）

3　さてもおそろしの世や、うかとかし銀ならず、仲人まかせに娘もやられず。念を入れてさへそん銀おほし。（六の四）〈偽り多く恐ろしの世〉　170・1（168）

4　人の身代死なねばしれぬ物ぞかし。（一の五）　39・2（39）

5　人の内証はしれぬ物、此大津のうちにもさまざまあり。（二の二）　53・5（51）

6　世間には唐〈空〉大名の見せかけ商売おほし。（四の三）〈人はしれぬ物〉　109・6（96）

7　人はしれぬ物かな。（一の二）　27・4（16）

8　それぞれの人心かく替〈変〉り有るこそ浮世なれ。（五の四）　145・13（145）

9　其後つらつら世上を見るに、色々に成り行くさまこそおかしけれ。（五の四）〈変化・流動する人の心と世相〉　145・14（146）

10　欲をまろめて今の世の人間とはなりぬ。（三の四）　87・12（77）

11　欲でかためし人も、おろかなる物ぞかし。（四の四）〈人は欲のかたまり〉　114・10（104）

12　人程賢くて〈賢そうに見えて〉愚かなる者はなし。（五の二）　136・14（136）

13　内証のならぬ〈家計の窮迫〉より思ひの外なる悪心もおこりし。（五の二）　133・3（130）

14　其心《ン》は本虚にして物に応じて跡なし。（一の一）〈人間の本性は性善でも性悪でもない。しかし、金銭欲や物欲によって変化しやすい存在〉　19・2（2）

15　とかくに人はならはせ〈諺。境遇や習慣次第〉、公家のおとし子作り花して売るまじき物にもあらず。（一の三）　30・2（23）

16　細《さざ》波や近江の湖に沈めても、一升入壺は其通り也。（二の二）〈諺。物にはそれぞれ分に応じた限度がある。貧乏性の人間の宿命〉　50・2（45）

17　（明暦三年の江戸大火後）独りも身過《すぎ》をかへたるは見えず。貧者ひんにて、分限は分限に成りける。是程ふしぎなる事なし。（四の三）　111・6（100）

二　人生観（処世訓）

A　町人の生きざまと理想（但し、19番は武士）

18　善悪の中に立って、すぐなる今の御代《おんよ》を、ゆたかにわたるは、人の人たるがゆへに、常の人にはあらず。（一の一）〈参考の警句は92番・今弐千貫目のふり廻し、其時の家の風たかうふかすも、出世の町人しかられず。何れを聞きても、大分限の始め、常にては及びがたし。94番・いかにはんじゃうの所なればとて、常のはたらきにて長者には成りがたし。170番・さすが王城の風俗なれども、かく豊かなる人は稀にして、悲しき渡世の人数多《あまた》なり。〉　19・4（3）

19　末々の侍《さむらひ》、親の位牌《いはい》知行を取り、楽々と其通りに世を送る事、本意にあらず。自分に奉公を勤め、官禄に進めるこそ出世なれ。（四の一）　102・8（85）

20　町人の出世は、下々を取り合せ、其家をあまたに仕分くるこそ、親方の道なれ。（四の一）　103・1（87）

21　やうやうふうふの友すぎしかねるもあれば、壱人のはたらきにて大勢をすごすは、町人にても大かたならぬ出世、其身の発明なる徳なり。（六の五）　172・3（175）

22　此人数多《あまた》の手代を置きて諸事さばかせ、其身は楽しみを極め、わかひ時の辛労を取かへしぬ。是ぞ人間の身のもちやう〈本当の人間の生き方。人の一生の模範〉なり。（四の一）　102・4（83）

23　たとへば万貫目持ちたればとて、老後迄其身をつかひ、気をこらして世を渡る人、一生は夢の世とはしらず、何か益あらじ。（四の一）　102・5（84）

24　人は十三才〈歳〉迄はわきまへなく、それより廿四五までは親のさしづをうけ、其後は我と世をかせぎ〈自力で才覚、努力して稼《かせ》ぎ〉、四十五迄に一生の家をかため、遊楽する事に極まれり。（四の一）〈町人の理想〉　102・13（86）

25　下人壱人もつかはぬ人は、世帯持とは申さぬなり。旦那といふものもなく、朝夕も、通ひ盆なしに手から手にとりて、女房もり手《で》くふなど、いかに腹ふくるればとて、口をしき事ぞかし。（四の一）　103・3（88）

26　若き時心をくだき身を働き、老いの楽しみはやく知るべしと、うそつかぬ大黒殿の御託宣なり。（四の五）　118・8（113）

27　人は堅固にて、其ぶんざいさうおうに世をわたるは、大福長者にもなをまさりぬ。〈家さかへても屋継なく、又は夫妻にはなれあひ、物ごとふそくなる事は、世のならひなり。爰に京の北山の里かくれもなき三夫婦《めうと》とて、人のうらやむ人あり。……願ひのままに、田畠・牛馬、男女のめしつかひ者棟をならべ、作り取同前の世の中、万を心にまかせ、神をまつり仏を信じんふかく、おのづから其徳そなはりて〉（六の五）〈参考になる作品に、寛文二年刊『為愚痴物語』（巻二の第十七・嵯峨の大福長者）がある。西鶴は、このような人間や、本書の万屋三弥（三の二）・小橋の利助（四の四）等の分限・長者を町人の生き方の理想とはしなかった事は明白であり、右の三夫婦のように、家族とも心身健康で、円満な正道を歩む金持を否定していない点に留意すべきである。〉　174・3（180）

28　いかに利発顔しても、手前のならぬ人の云ふ事は聞く者なし。愚かにても福人〈金持〉のする事よきに立つなれば、闇《くら》からぬ人の身を過ぎかぬる、口惜しき事ぞかし。（四の五）〈諺「金持ちは馬鹿も利口に見える」の類〉　118・5（112）

29　〈むかし難波の今橋筋に、しはき名をとりて分限なる人、其身一代独り暮して、始末からの食養生、残る所なし。〉此人も男ざかりに、うき世を何の面白ひ事もなく果てられ、其跡の金銀御寺へのあがり物、四十八夜を申してから役に立たぬ事なり。（三の四）〈戯画化されている分限の一生に留意〉　86・5（76）

B　処世訓

30　福徳は其身堅固〈心身ともに健全〉に有り。朝夕油断する事なかれ。（一の一）〈福徳とは、幸福であり、栄える幸運である。〉　20・2（8）

31　〈藤市、利発にして、一代のうちに、かく手まへ冨貴になりぬ。〉第一人間堅固なるが身を過ぐる元なり。（二の一）　45・7（40）

32　殊更世の仁義〈社会生活を送るに当って、常識的に要求される道理。又交際上の義理ともいえる。社会的信用でもある。〉を本《もと》として、神仏をまつるべし。（一の一）〈「信あれば徳あり」（二の四）という諺には両義性があり、徳性と御利益の二重の効用性に留意。致富には身に徳を備えることが必要であり、警句56と関連性を持つ分銅屋の蒔《まき》銭の話（四の三）はその好例であろう。〉　20・3（9）

33　信あれば徳ありと、仏につかへ神を祭る事おろかならず。（二の四）　61・9（57）

34　たとへば、公家のおとし子・大名の筋目あればとて、昔の剣《つるぎ》の売食ひ、運は天に具足は質屋に有りては、時の役には立ちがたし。只智恵・才覚といふも世わたりの外はなし。（五の二）　134・12（133）

35　金銀溜めて商人になるべき心掛け、しるにもあらず。其道々〈その職業、専門の内容・特性〉をしる事、人の肝心なり。（四の三）　110・4（99）

36　是をおもふに当所《あてど》のかならず違ふものは世の中。（二の二）〈諺「当てが違ふ」〉　53・14（52）

37　同じ世すぎ〈世渡り〉、各別の違ひあり。これを思はば、暫時も油断する事なかれ。（四の一）　103・10（89）

38　〈瀬々の流れも、昼夜七十五里につもり、水の行末さへかぎりあるなれば〉人間一生長うおもふて短かし。（六の四）〈備えあれば憂いなし〉　167・6（164）

39　いかに身過なればとて、人《にん》外なる手業《てわざ》する事、たまたま生を受けて世を送れるかひはなし。其身にそまりては、いかなる悪事も見えぬものなり。（四の四）〈人間性喪失に警告を発するのは40・41とも同じ。〉　115・14（105）

40　世間にかはらぬ世をわたるこそ人間なれ。是を思ふに、夢にして五十年の内外《うちそと》、何して暮せばとて成るまじき事には非《あら》ず。（四の四）　116・1（106）

41　人のしはきを笑ふ事は非なり。それは面々の覚悟に有る事なり。手を出して物はとらねど、其心に違はざる非道の人、世にまぎれて住めり。（六の四）　168・8（167）

42　よい事過ぎて、かへって難義ある物ぞかし。（一の五）〈長所は短所〉　37・11（35）
43　惣じて人には、其分限相応のおもはく有り。（一の二）〈経済力相応の支出〉　25・4（15）
44　世は愁喜貧福のわかち有りて、さりとは思ふままならず。かしこき人は素紙子きて、愚かなる人はよき絹を身に累《かさ》ねし、とかく一仕合〈ひともうけするという事〉は、分別の外ぞかし。（二の二）　50・8（47）
45　物には時節〈諺〉花の咲き散り、人間の生死、なげくべき事にあらず。（三の四）　85・11（75）
46　生《しやう》あれば食《じき》あり。世に住むからは、何事も案じたるがそんなり。（四の五）　116・4（107）
47　もし煎《いり》豆に花の咲く〈諺〉事もやと待ちしに、物は諍《あらそ》ふまじき事ぞかし。（五の三）〈警句96と照応して初代九助の繁栄を誘導〉　138・1（139）

三　金銭観

A　積極的（又は肯定的）発言

48　一生一大事。身を過ぐるの業、士農工商の外《ほか》、出家神職にかぎらず、始末大明神の御託宣にまかせ、金銀を溜むべし。（一の一）　19・5（4）
49　ひそかに思ふに、世に有る程の願ひ、何によらず、銀徳にて叶はざる事、天が下に五つ〈寿命と考えるが、故意に謎めかしたか。〉有り。それより外はなかりき。是にましたる宝船の有るべきや。（一の一）　19・10（6）
50　人の家に有りたきは、梅・桜・松・楓、それよりは金銀米銭ぞかし。（一の二）　23・2（14）
51　中にも祖先をさがして、なんぞ、あれめに随ひ、世をわたるも口惜しきと、我を立てける人、物の急なる時にさしあたって迷惑し、是も又御無心申さるる、金銀の威勢ぞかし。（一の三）　32・9（25）
52　銀《かね》さへあれば何事もなる事ぞかし。（三の一）　76・13（69）

53　人若い時貯へして、年寄りての施し肝要也。とても向《さき》へは持ちて行けず、なふてならぬ物は銀の世中。（三の一）　77・2（70）

54　金銀はまはり持ち、念力〈根性又は執念〉にまかせ、たまるまじき物にはあらず。（四の一）　103・13（90）

55　俗姓・筋目にもかまはず、只金銀が町人の氏系図になるぞかし。たとへば、大しょくはんの系《つり》あるにしてから、町屋住ゐの身は、貧なれば猿まはしの身にはおとりなり。（六の五）　172・10（177）

56　世に銭程面白き物はなし。（四の三）〈警句32で触れたが、本論参照。〉　108・13（95）

57　以前にかはり、世間に金銀おほくなって、まうけもつよし、そんも有り。商のおもしろきは今なり。随分世わたりにそりゃくをする事なかれ。（六の四）　170・4（169）

58　時の間の煙、死すれば何ぞ、金銀瓦石にはおとれり。黄泉の用には立ちがたし。然りといへども、残して、子孫のためとはなりぬ。（二の一）　19・8（5）

59　諸国をめぐりけるに、今もまだかせいで見るべき所は、大坂北浜、流れありく銀もありといへり。（一の三）〈警句51と連携関係。58は功罪〉　32・14（26）

B　消極的（又は否定的）発言

60　今此姿婆に摑《つかみ》どりはなし。（一の一）〈以下「儲けにくい金銀」の事が11回も頻出。一説によれば本書執筆時は、通貨収縮による不景気時代のただ中に当っていたともいう。〉　20・9（11）

61　見る時、聞く時、今時はまふけにくひ銀〈をと、身を持ちかためし鎌田やの何がし、子共に是をかたりぬ。〉（一の二）　27・6（17）

62　以前とちがひ、今はん昌の武蔵野なれ共、隅から角《すみ》まで手入れして、更に摑取りもなかりき。（一の四）

34・11（29）

63　いかないかな、此広き御城下なれ共、日本のかしこき人の寄り会ひ、銭三文あだにはもうけさせず。ただ銀がかねをためる世の中といへり。（二の三）　59・3（55）

64　人の大事にかくる物はおとさず。銭を壱文いかないかな目に角《かど》立てても拾ひがたし。是を思ふに、あだにつかふべき物にはあらず。（三の一）　74・12（66）

65　とかく商売に一精《ひとせい》出し見んと心は働きながら、手振でかかる事は、今の世の中に、取手《とりで》の師匠か、取揚婆々より外に銀に成る物なし。種蒔《ま》かずして、小判も壱歩もはへる例なし。（三の一）〈諺「蒔《ま》かぬ種は生へず」〉　75・3（67）

66　惣じて金銀もうくるは成りがたくて、へる事はやし。（三の五）　90・10（79）

67　人皆欲の世なれば、若恵比須・大黒殿・毘沙門・弁才天に頼みをかけ、鉦《かね》の緒に取り付き、元手をねがひしに、世けんかしこき時代になりて、此事かなひがたし。（四の一）　99・4（82）

68　（今時の人かしこく……）此中にても、銭を壱文ただはとられず、盗人中間もむつかしの世や。（四の四）　112・6（102）

69　是程人の出しかねる金銀を分《わけ》もなき事には少しも遣ふ事なかれ。溜るはとけしなく〈待ち遠しく〉、へるはやし。（四の五）　119・3（115）

70　今は銀がかねを設る時節なれば、中々油断して渡世はなりがたし。（五の四）　143・7（144）

71　されば金銀はもふけがたくてへりやすし。朝夕十露盤に油断する事なかれ。（六の一）　158・2（152）

72　金銀も有る所には瓦石のごとし。身代程高下の有る物はなし（と喜平次、荷桶おろして無常観じける。）（二の二）　50・6（46）

73　さりながら、今程能い事をさせぬ事はなし。金銀昔に増さり、次第に沢山に成りけるを、どこへ取って置いて見せぬ事ぞ、合点のゆかぬ事也。(四の五)　118・12(114)

74　人は智恵・才覚にもよらず、貧病のくるしみ、是をなをせる療治のありや。(三の一)　73・2(64)

75　それ世の中に借銀の利足程おそろしき物はなし。(一の一)〈借銀は諸刃の剣、一年倍返しの貸主には無類の収入源〉　21・4(12)

四　長者訓

76　此亭主を見るに、目鼻手足あって、外の人にかはった所もなく、家職にかはってかしこし。大商《あき》人の手本なるべし。(一の四)　36・3(30)

77　長者丸といへる妙薬の方組〈処方〉伝へ申すべし。朝起五両。家職二十両。夜詰八両。始末十両。達者七両。此五十両を細かにして、胸算用・秤目の違ひなきやうに、手合せ〈薬の調合、裏に売買契約の意〉念を入れ、是を朝夕呑み込むからは、長者にならざるといふ事なし。然れ共、是に大事は毒断〈禁忌〉あり。(三の一)〈毒断十六訓は省略する。右の方組五訓と合わせた二十一訓を金言とし、福者の教とする。〉　73・6(65)

78　四十年のうちに十万両の内証金、是ぞ若い時呑み込みし長者丸の験なり。(三の一)　76・8(68)

79　是を思ふに、銘々家業を外になして、諸芸ふかく好める事なかれ。是らも常々思ふ所の身とはなりぬ。かならず、人にすぐれて器用といはるるは、其身の怨《あだ》なり。(五の四)〈長者丸と毒断に照応〉　146・8(147)

80　もっとも、六十年はおくりて六日の事くらしがたし。是を思ふに、それぞれの家業油断する事なかれ(とさる長者のかたりぬ。)(六の二)　164・3(161)

81　もはや夜食の出づべき所なり。出さぬが長者に成る心なり。(二の一)〈長者丸の始末十両の服用〉　49・10(44)

82　人より徳を取る事、是天性にはあらず。朝暮油断なく、鋤《すき》・鍬《くは》の禿《ちび》る程はたらくが故ぞかし。（万に工夫のふかき男にて、世の重宝を仕出しける。）（五の三）〈長者丸の朝起・夜詰等の服用〉　138・11（141）

83　町人は算用こまかに、針口の違はぬやうに、手まめに当座帳付くべし。（と金《こがね》の有徳人のあまたの子どもに申しわたされける。）（五の四）〈始末・才覚・算用は、一説に近世商法の三大項目、関西商法の原点。警句71・121・122参看。〉　146・11（148）

84　我そもそもは少しの物にて、一代にかく分限になる事、内証の手廻しひとつなり。足を聞き覚えてまねなばあしかるまじ。（四の五）〈家計の切り回しが死命を制する〉　120・5（116）

85　惣じて、親のゆづりをうけず、其身才覚にしてかせぎ出し、銀五百貫目よりして、是を分限といへり。千貫目のうへを長者とは云ふなり。此銀の息よりは幾千万歳楽と祝へり。（二の一）　22・12（13）

86　〈泉州の唐かね屋が米商で〉次第に家栄えけるは、諸事につきて、其身調義〈才覚・工夫〉のよきゆへぞかし。（一の三）　28・3（19）

87　おのれが性根によって長者にもなる事ぞかし。（一の三）　29・13（21）

88　扶桑第一の大商、人の心も大腹中にして、それ程の世をわたるなる。（一の三）〈本文の読みについて、通説は「大商人」。異版の読み方を採用〉　28・10（20）

89　商の心ざしは、根をおさめてふとくもつ事かんようなり。（六の四）〈基礎や土台を固めて気を大きく持つ事。一説に、資本を強固にして、大理想を抱く事。警句88・102と共通する〉　170・7（171）

90　〈ある長者の詞に〉ほしき物をかはず、おしき物を売れとぞ、此心のごとく、かせぎて奢をやむれば、よきに極まる事なり。（六の四）　170・6（170）

91　〈むかしの真野の長者の此奢り〈万屋三弥の所行〉には何としてかは及ぶまじ〉内証は、人知らねばとて、天の咎《とが》め

も有るべし。（三の二）　80・5（72）

92　今二千貫目のふり廻し〈資金・商品の運用〉、其時の家の風たかうふかすも、出世の町人しかられず。（五の一）
130・12（122）

93　何れを聞きても、大分限の始め、常にては及びがたし。皆一子細〈特別のわけ〉づつ各別の替〈変〉り有り。（五の一）　130・13（123）

94　いかにはんじゃうの所なればとて、常のはたらきにて長者には成りがたし。（六の二）　162・14（158）

95　（大鯨前代の見はじめ、七郷の賑ひ……其身其皮・ひれまで捨《すた》る所なく、長者に成るは是なり。……いつとても捨て置く骨を源内もらひ置きて、これをはたかせ……）するすゑの人のため大分の事なるを、今まで気のつかぬこそおろかなれ。（二の四）　61・4（56）

96　諸事の物、つもれば大願も成就する也。（五の三）〈警句47と照応。主人公がまいた大豆一粒が実り、年々増収、十年後道しるべの灯籠を建てた功徳が、諸事の語義にふくまれる。塵積《つ》もりて山となるわけであり、章題とも照応する。〉　138・5（140）

97　銘々の親方分限のなりたてを語りけるに、其種〈特別の事情やわけ〉なくて長者になれるは独りもなかりき。（五の一）　130・2（121）

98　分限は、才覚に仕合せ手伝はでは成りがたし。随分かしこき人の貧なるに、愚かなる人の富貴、此有無の二つは、三面の大黒殿のままにもならず、鞍馬の多門天のをしへに任せ、百足のごとく身を働《うご》きて、其上に身代のならぬ、是非もなし。天も憐み有り、諸人の不便《ふびん》をかくるなり。（三の四）　87・13（78）

99　（此の里の長者とは成りぬ。）これらは、才覚の分限にはあらず。てんせいの仕合せなり。おのづと金がかねまうけして、其名を世上にふれける。（六の四）　168・4（165）

100　これらは各別の一代分限、親よりゆづりなくては、すぐれてふうきにはなりがたし。（六の二）　163・3（159）

101　利発なる小判を長櫃の底に入れ置き、年久しく世間を見せ給はぬは、商人の形気にあらず。（此心から大分限になり給はず。）（六の二）　161・10（157）

102　とかく大福をねがひ、長者となる事肝要なり。其心山のごとくにして〈太っ腹で〉、分限はよき手代有る事第一なり。（六の五）　173・2（178）

103　一切の人間、目有り鼻有り、手あしもかはらず生れ付きて、貴人・高人、よろづの芸者は各別、常の町人、金銀の有徳ゆへ世上に名をしらるる事、これを思へば、若き時よりかせぎて、分限の其名を世に残さぬは口をし。（六の五）〈警句24等に共通する町人の理想〉　172・5（176）

104　常にて分限になる人こそまことなれ。（六の四）〈正道を歩め〉　168・7（166）

105　久しく仕なれ、人の出入りしつけたる商人の家普請する事なかれ。（と徳ある長者のことばなり。）（六の一）　158・5（154）

106　（おのれが性根によって長者にもなる事ぞかし。〈警句87〉）惣じて大坂の手前よろしき人、代々つづきしにはあらず。（一の三）　29・14（22）

五　商人の心得

107　手遠きねがひを捨てて、近道にそれぞれの家職をはげむべし。（一の一）　20・1（7）

108　商人はただしにせ〈永続性による社会・顧客の信用〉が大事ぞかし。（五の二）　134・6（131）

109　（独りも身過をかへたるは見えず。〈警句17〉……又もとの珠数屋を後生大事として、命の珠をつながれ、）人はしつけたる道を一筋に覚えてよしとぞ。（四の三）〈108・110とも、転職を禁じ、しにせの大切さを説く。〉　111・13（101）

110　是に付けても、仕付けたる事を止めまじき物ぞと、いふ程よろしからず。よい智恵の出時もはやおそし。（二の三）　57・12（53）

111　其身袒《はたら》かずして、銭が一文天から降らず、地から湧かず。正直にかまへた分にも埒《らち》は明かず。〈諺「正直は阿呆の異名」等を利かせたか。〉身に応じたる商売をおろそかにせじ。（二の二）　50・10（48）

112　惣じて産業《すぎはひ》の道、翺《かせ》ぐに追ひ付く貧乏なし〈諺〉と言觸《ことぶれ》がいふてまはりしに、正直の耳にはさみて、一文の銭をもあだにする事なかれ。（五の四）〈111・113・114とも、一業専心への徹底を強調。出精は企業精神の基調〉
143・3（143）

113　人の翺ぎは早川の水車のごとく〈諺〉常住油断する事なかれ。（六の四）　167・5（163）

114　人の翺ぎは早川の水車のごとく、夜昼の流れも七十五里につもり有りて、年波のせはしき世の事、算者も是をつもれり。（五の二）　131・5（124）

115　大節季の闇《くら》き事は、秋の頃《ころ》の月夜よりしれたる事を、人皆さし当りて是を驚きぬ。（五の二）　131・6（125）

116　一年の暮程、世上の極めとて恐ろしき物はなし。それを油断して、十二月中頃過ぎよりの分別はをそし。（五の二）〈油断大敵、前二者とともに、『世間胸算用』の世界における警句と同一発想〉　134・14（134）

117　あれさへ心ながく巣をかけおおせて楽しむなれば、いはんや人間の気短に、物毎打ち捨つる事なかれ（四の二）〈根性・根気。警句87に同じ。〉　106・2（94）

118　（葬礼の帰りの野道は）ただは通らず、跪《けつま》づく所で燧石《ひうちいし》を拾ひて袂に入れける。朝夕の煙を立つる世帯持は、よろづか様に気を付けずしてはあるべからず。（二の一）〈諺「転ぶ所には起き様に土なりとも摑む」、「こけても土」。西鶴はこのがめつさを「万事の取廻し、人の鑑にもなりぬべき願ひ。」として肯定的に描く点に留意〉　46・8（41）

119　（債権としての売掛け金の回収について、控え目に見積り、債務の支払い能力を考える点について）世間に尾を見せ

ず、狐よりは化けすまして世をわたる事、人の才覚也。（五の二）　131・9（126）

120　とかく正直の頭をさげて〈諺「正直の頭に神宿る」〉、当座の旦那あひしらひに、物買ひをまねき、商上手の者は世をわたりかねず。（四の四）〈愛想をよくし、客のあつかいを巧みにして買主を多く獲得し、商品を多く売りさばき、商売の繁昌をはかるのも才覚〉　112・7（103）

121　何にひとつくらからねど、身過の大事をしらず。当所《あてど》もなく江戸にくだりて、奉公するに、銀《かね》見るか〈銀貨の良否の識別〉、算用かといへば、さしあたって口おしく、諸芸此時の用に立たず。（六の二）　163・12（160）

122　何をしたればとて、人の中には住むべきものをと腕だのみせしが、かかる至り穿さく、当分身業《みすぎ》の用には立ちがたく、十露盤をおかず、秤目しらぬ事を悔しがりぬ。（二の三）〈『西鶴織留』（五の三）に「十露盤をひとり子と思ひて是を抱いて寝るべし。」とあるように、比喩的に算用を強調。「万の事に付けて、帳面そこそこにして、算用こまかにせぬ人、身を過るといふ事ひとりもなし。」（同上巻五の一）とも断言し、強調する。〉　58・6（54）

123　惣じて人の始末は、正月の事なり。（四の五）　116・11（109）

124　商人のよき絹きたるも見ぐるし〈古今集・仮名序の一節のパロディー〉。紬《つむぎ》はおのれにそなはりて見よげなり。（一の四）　34・4（28）

125　是を思ふに人をぬく事は跡つづかず。正直なれば神明も頭に宿り、貞廉《（ママ）》なれば仏陀も心を照す。（四の二）〈後文は『沙石集』六下九話の文を利用する。〉　105・5（93）

126　（さてもすかぬ男。……請売りの焼酎《しょうちゅう》・諸白《もろはく》）あまひも辛ひも人は酔はされぬ世や。（三の三）〈不正直で、不正な男に対する西鶴の批評文〉　85・8（74）

127　大商人の心を渡海の舟にたとへ、我が宿の細き溝川を一足飛びに宝の嶋へわたりて見ずば、打出の小槌に天秤の音きく事有るべからず。一生秤の皿の中をまはり、広き世界をしらぬ人こそ口惜しけれ。（四の二）

104・4（92）

128　四十貫目にたらぬ身代にて、銀百枚の薬代せしは、堺はじまって町人にはない事なり。此気〈大気〉大分仕出し、家さかへしとなり。（六の三）　167・2（162）

129　世の風義〈風潮〉をみるに、手前よき人、表むきかるう見せるは稀なり。分際より万事を花麗にするを近年の人心、よろしからず。（一の五）　36・12（33）

130　惣じて見せ付〈店構え〉のよしあし、鮫・書物・香具・絹布、かやうの花車商ひは、かざりの手広きがよし。質屋のかまへ、食物の商売は、ちいさき内の自堕落なるがよし。（六の一）　158・3（153）

131　是を思ふに、奉公は主取が第一の仕合せなり。（一の三）〈有能な大商人に学ぶ必要。雇主の立場では、人材登用の確保となる。例えば住友家の家訓では、丁稚や手代などの育成を重視し、子飼いの者を養成した。〉　30・3（24）

132　親がたかかりの、程なく親方になる人〈今主人持ちの手代ですぐに主人になるような人〉は、気の付け所格別なり。（二の五）　66・2（61）

133　干鮭のぬけ目のない男、間なく上がたの旦那殿より身代よしとなられける。いづれ、物には仕やう〈情報収集など〉の有る事ぞかし。（二の五）　66・7（62）

134　惣じて問丸〈問屋〉の内証、脇よりの見立と違ひ、思ひの外、諸事物の入る事なり。それを実体《じってい》なる所帯〈地味で実直すぎる営業ぶり〉になせば、かならず衰微して家久しからず。（二の五）〈紙幅の都合で、以下私見は原則として省略〉　67・8（63）

135　借銭の宿にも様々の仕掛者あり。油断する事なかれ。たとへば、万の売掛する共、其人と次第に念比《ごろ》にならぬやうに常住の心入れ、商人のひみつ也。親しく成りて能き事もあれど、それは稀なり。（五の二）　136・15（137）

136　敷銀にして物を売るとも、前より残銀かさむ時は、見切りて是を捨つべし。それにひかれて、後は大分の損を

する事、みな人先の見えぬ欲からなり。（五の二）　137・2（138）

137 商ひ巧者なる人のいへり。掛銀は取りよきから集むる事なり。（五の二）　131・10（127）

138 惣じて掛乞の無常を観ずる事なかれ。（五の二）〈集金に仏心は禁物〉　131・12（128）

139 払ひ方はすこしの物から済まし、大分の所を明け置く物なり。手前に銀子のたまり有共、大年の夜に入りて渡すべし。（五の二）〈支払い側の秘訣〉　132・14（129）

140 女の身持、娘の縁組より内証うすくなりて、家業の障りとなる人数しらず。（一の四）〈警句140～147の八訓は町人の縁組に関するもの〉　33・7（27）

141 用心し給へ、国に賊《ぬすびと》家に鼠、後家に入聟いそぐまじき事なり。（一の五）〈『毛吹草』に「国にぬす人、家にねずみ、僧に法あり」・『徒然草』のパロディー〉　36・9（31）

142 （縁組は）一代に一度の商事、此損取かへしのならぬ事、よくよく念を入るべし。（一の五）　36・11（32）

143 娌の敷銀〈持参金〉を望み、商の手だてにする事、心根の恥づかしき。（一の五）　37・3（34）

144 小男なりとも、はげあたまなりとも、商口利きて、親のゆづり銀をへらさぬ人ならば、縁組すべし。（一の五）　37・12（36）

145 娌も、高人の家は各別、民家の女は、琴のかはりに真綿を引き、伽羅の煙よりは、薪の燃えしさるをばさしくべたるがよし。それぞれに似合ひたる身持するこそ見よけれ。（一の五）　38・2（37）

146 近代の縁組は、相生・形にもかまはず、付けておこす金性の娘〈持参金の多い娘〉を好む事、世の習ひとはなりぬ。（五の五）　147・2（149）

147 今時の仲人、先づ敷銀の穿さくして、跡にて其娘子は片輪ではないかと尋ねける。むかしとは各別、欲ゆへ人のねがひも替れり。（五の五）　147・3（150）

148　何より、我子をみる程面白きはなし。（二の一）　48・6 (42)

149　いづれ女の子は遊ばすまじき物なり。（二の一）　48・13 (43)

150　惣じて親の子にゆるがせなるは、家を乱すのもとひなり。随分厳しく仕かけても、大かたは母親ひとつになりて、ぬけ道をこしらへ、其身に過ぐる程の悪遣ひする事ぞかし。烈しきは其子がため、温《ぬる》きは怨《あだ》なり。（五の五）　149・6 (151)

六　商売の諸相

151　遠国へ商《あきなひ》につかひぬる手代は、律義なる者はよろしからず。何事をもうちばにかまへて、人の跡につきて利を得る事かたし。（二の五）　65・11 (59)

152　大気にして、主人に損かけぬる程の者は、よき商売をもして、取過しの引負〈私商いで生じた借金。一説に取引の失敗で生じた借金〉をも埋むる事はやし。（二の五）　65・12 (60)

153　金銀すぐれてもうくる手代は、算用は合せてつかふ事にかしこく、律義に構へて始末過ぎたる若ひ者は、利を得る事にうとし。とかくよい事ふたつはない物ぞかし。（五の一）　129・13 (120)

154　惣じて役者子供の取銀《かね》は、当座の化花《あだばな》ぞかし。（四の三）　110・1 (98)

155　（見せ物商売は）水の泡の世わたり、消ゆる事安し。（四の三）　110・1 (97)

156　荷縄なひ売り〈荷造り用の縄をなって売る〉したればとて、細長ひ命はつながれまじ。うき世に住むに哀れ多し。（三の三）　83・1 (73)

157　世に船程重宝なる物はなし。（二の五）　64・6 (58)

158　今程舟路の艤《たし》か成る事にぞ。世に舟あればこそ、一日に百里を越し、十日に千里の沖をはしり、万物の自由を

叶へり。（四の二）　104・3（91）

159 （時計は）今世界の重宝とはなれり。さりながら、口過にはあはぬ算用ぞかし。（五の一）　127・6（117）

160 律義なる他国《ひとの》にも、よき事は深く秘《かく》すとみへたり。（五の一）　127・12（118）

161 （日本富貴の宝の津〈長崎〉は……）世界の広き事思ひしられぬ。（五の一）　129・10（119）

162 和国の商ひ口とて、利徳をとらぬと空誓文〈偽りの誓い〉をたつれば、是に気をゆるし、何によらず買求むる世のならはしなり。（六の二）　158・12（155）

七　一般の世相と人心

A　一般の世相

163 大人小人〈大名と小禄の家臣、その規模〉の違ひ格別、世界は広し。（一の三）　27・12（18）

164 世界のひろき事、今思ひ当たれり。（六の五）　171・3（172）

165 世帯の仕かた程格別に違ふ物はなし。人の渡世はさまざまに替〈変〉れり。（六の五）　172・2（174）

166 せんじやうつねにかはらぬ衣装つき、医師《くすし》も傾城の身に同じ、呼ばぬ所へはゆかれず。（二の二）　51・3（49）

167 何国も花の色香に違ひはなくて、花みる人に違ひ有り。おもしろの女臈の都や。（三の二）　79・8（71）

168 身すぎはかけて〈商売不振で、生計不足がち〉隙《ひま》の有る程気の毒〈つらい〉なる物はなし。（二の二）　51・11（50）

169 世のつまりたるといふうちに、丸裸にて取り付き、歴々に仕出しける人あまた有り。米壱石を拾四匁五分の時も、乞食はあるぞかし。（六の五）　171・4（173）

170 さすが王城〈京都〉の風俗なれ共、かく豊かなる人は稀にして、悲しき渡世の人数多《あまた》なり。（五の二）

135・5（135）

171　毎年世間がつまり、我人迷惑するといへど、それぞれの正月仕舞、餅突かぬ宿もなく、数の子買はぬ人もなし。
（四の五）　116・4（108）

172　子にかかる〈子の世話になる〉時を得て〈幸運な身の上となって〉、一生楽々とをくりぬ。美目《みめ》は果報のひとつ。
（三の五）　93・2（81）

173　人のすみかも三ケの津に極まれり。遠国に分限《ぶげん》あまたあれど、其さたせざる人多し。（六の五）　173・13（179）

B　世の人心

174　水間寺の観音に、貴賤男女参詣《まふで》ける。皆信心にはあらず。欲の道づれ。（一の一）　20・4（10）

175　人の情も家繁昌の時にて、親類縁者の遠ざかれば、ましてや他人は見ぬ顔も恨みがたし。（三の五）

90・12（80）

176　手前のよき親類も、銭銀の頼りにはならぬ物と、今まで洒《こぼ》せし涙をやめて、この家を見限り、我里〳〵に帰りぬ。（五の三）　141・1（142）

177　江戸つづきて、〈大阪は江戸に続いて〉町の人心ふてきなる所、後日の分別せぬぞかし。（四の五）　117・5（110）

178　三里違ふて大坂は各別、けふを暮してあすをかまはず。……堺は始末で立つ、大坂はぱつとして世を送り、
所々の人の風俗おかし。（四の五）　118・1（111）

179　京は台所の事せちがしこく、人振舞にも是にて埒《らち》を明け。（五の二）　134・7（132）

180　（江戸は）上がたとちがひし事は、白銀《しろがね》は見えず、壱歩の花をふらせける。秤いらずに、是程よき物はなし。
人みな大腹中にして、諸事買物大名風にやって、見事なる所あり。（六の二）　159・10（156）

(二)『世間胸算用』と『西鶴織留』の各説話に表れた警句法とテーマを中心として

はじめに

最初に本稿執筆のねらいについて記すと、原則的には前稿[1]における『日本永代蔵』(以下『永代蔵』と略称)に表れた警句法とテーマを中心としての考察(特に「はじめに」と「むすび」の項)で指摘したねらいと共通する。確認するため再度その要点のみ掲出すると、文芸性と切り離された警句の抽出と考察は無意味であるが、警句の使用意図には当然何らかの意味があるはずであり、創作意識の推移と作品の展開や作家態度を解明する手がかりをつかもうとするものである。又、西鶴をして筆を執らせ、情熱を燃やさせたものは何であったのかを、他の諸条件とともに考えてみようとするものである。例えば西鶴の作品の各巻の成立論や、各説話(各章)の執筆の前後関係(執筆順)の判定の材料の一つとして、警句が利用される場合がある。『永代蔵』における初稿(私見は前四巻)と追加稿(同巻五・六)との執筆時期や執筆順の判定について、警句と密接に関連している西鶴の経済観や人生観乃至処世訓といった思想性の矛盾とか同一性が問題となる場合である[2]。『世間胸算用』(以下『胸算用』と略称)における文体、発想の比較を通して、二つの警句の酷似その他の諸点を総合判断して、巻二の四話よりも巻三の二話が先に執筆されているという創作順の論証[3]もその一例である。

なお、本稿のタイトルに示した「警句法」とは、前稿と同様に「奇抜で巧みに鋭く真理をつかんだ簡潔な言い回しをする方法」であり、「テーマ」は、「文章表現にあたって、作者が叙述の主要な対象とするもので、その作品を通して表現しようとする問題・中心的思想」というような定義[5]と考える。しかし、前稿で警句の取り扱い方に対する私見の立場について説明したように、厳密な警句の定義に従うと、その用例は著しく減少するが、『胸算用』の主題と構成、或は精神構造などを、よりよく理解できると判定した場合は、弾力的に広義に解釈して選定した。

『胸算用』は、西鶴の作品の中では、[6]最も会話文が多く、口語表現が増大しており、地の文と会話文を同一次元で表現しているため、地の文と会話とがはっきりした切れめを持たない。その典型的な例として、巻一の四「鼠の文づかひ」と、巻二の四「門柱も皆かりの世」の二章を挙げることができる。『永代蔵』と比較して、このような文体上の変化のみならず、創作意識や方法の変質等の諸点から、『胸算用』に表れた警句の抽出は、文字通り骨の折れる作業となった。例えば、前記の巻一の四話「鼠の文づかひ」より、金銭観と人間観の二つの警句（分類番号36と11。拙論の第四章に掲出した「『世間胸算用』に表れた警句」参照。以下便宜上、拙論で警句何番とする時は、右の警句一覧表における通し番号を意味する。）を抽出したが、いずれも会話文中の隠居婆の言葉であり、厳密には警句として不適当と考える事も可能であり、従って一の四話には警句法なしというべきかもわからない。又　巻二の四話「門柱も皆かりの世」より、六つの警句を抽出した。本文の順に従って示すと、世の人心（警句128・地の文）・商人の心得（82・地と独り言の部分）・金銭観（48・独り言）・人間観（12・同上）・商売の諸相（103・地の文と99・会話文）の内訳となる。問題となるのは商人の心得に関する警句である。

A「されば世の中に、借銭乞に出あふほどおそろしきものはまたもなきに、数《す》年負いつけたるものは、大晦日にも出違はず。」（以上「地の文」）①「むかしが今に、借銭にて首切られたるためしもなし。②有るものやらで置くではなし。やりたけれども、ないものはなし。」（以上「独り言」。警句82）「おもふままなら今の間に、③銀のなる木をほしや。さてもまかぬ種ははへぬものかな。」（以上「独り言」。警句48）

前記の通り、右記の一部分と酷似するのが、巻三の二話の次ぎの金銭観の警句（49番）である。

B「借銭は大名も負《おほ》せらるる浮世、①千貫目に首きられたるためしなし。②あってやらずにおかるるものか。③此大釜《がま》に一歩《ぶ》一ぱいほしや。根こそげにすます事じや。」

さて、A文の「独り言」は、大晦日に姑息な居留守や出違い（借金取りに逢わないように家を留守にする事）を選ばず、居直って債権者を迎え撃つ「埒明かず屋」（不良債務者）の、厚顔無恥とも言うべきエゴとその無法な言い分である。警句の分類について、右のA・B二文（①・②文の酷似。B文の方が秀句。）の比較で分かるように、A文の「独り言」（①と②文）を金銭観に分類する方が合理的であるが、文脈上、Aの地の文と独り言（①・②文）は、悪質な債務者の立場を示し、大晦日の貸借者双方の権謀術数の秘術の限りを尽くす攻防戦の描写の一こまとして、このようなしたたかな「埒明かず屋」を攻める債権者の心得としても、一纏《まと》めの文脈として把握する方がより現実的で分かりやすいと考えた。又、「出違い」は商人にとって商売の諸相であり、その当事者である消費者には死活問題であっても、第三者の眼には世相の一こまに過ぎないという表裏の関係にある。但し、小説的主題という視点から見ると、この話の前半の主役は「埒明かず屋」の独壇場であるが、後半（そして実質的）の主役は、役者が一枚上の材木屋の手代（債権者側）に移り、夫婦喧嘩《けんか》という新手の借金取り撃退法を借金馴れしているこの男に伝授するという文脈からも、便宜商人の心得に分類した。要は研究者の視点の相違により、警句の選定と分類について見解の相違が当然予想されるが、大勢の傾向や特徴を考察する手蔓《てづる》として、必ずしも厳密なものではなく、あくまで便宜上のものであって、一応のメドを示すに過ぎない。

最後に『西鶴織留』の考察について、その書誌的、乃至作品研究の進展により、近年遺稿集が抱える不透明さがクローズアップされてきているわけであり、最新の学説としては旧年（平成三年）末に発表された西島孜哉・広嶋進[7]両氏の考察が管見に入った。問題提起を伴う諸論究は未解決で流動的であるので、創作意識の追究も当然慎重さが要請される。従って紙幅の都合もあり、本稿は主として『世間胸算用』を主対象とし、『西鶴織留』については若干の考察に止め、続稿を約したい。

注

（1）「西鶴の創作意識の推移と作品の展開—町人物の各説話に表れた警句法とテーマを中心として—」『商業史研究所紀要』創刊号。平成2・10。160～127頁。本書収録。

（2）①暉峻康隆氏『西鶴新論』中央公論社・昭和56年。364～369頁。（「『日本永代蔵』における思想の変貌—初稿と追加稿について—」篇の「巻五、六の経済観」の項。特に注（1）の『日本永代蔵』に表れた警句の番号で説明する。警句85「惣じて、親のゆづりをうけず、其身才覚にしてかせぎ出し〈分限や長者になる。〉」を持つ巻一～四は初稿。これに対して、警句70「今は銀がかねを設る時節なれば、……〈五の四話〉」・警句97「其種なくて長者になれるは独りもなかりき。〈五の一〉」・警句100「これらは各別の一代分限、親よりゆづりなくては、すぐれて富貴にはなりがたし。〈六の二〉」等を持つ巻五・六は追加稿であり、その逆は、時代錯誤の矛盾した経済観を示すことになる。）②これに対する浅野晃氏の説は、暉峻説の直接の反論ではないが、微妙な相違が認められる。「経済小説の光と影・日本永代蔵」『国文学解釈と教材の研究』24巻7号。昭和54・6・20。65頁参照。「ある時には、『分限は、才覚に仕合せ手伝はでは成りがたし。〈巻三の四〉警句98』と言うが、また他方では『これらは才覚の分限にはあらず。てんせいの仕合せなり。〈巻六の四〉警句99』とも言ったりする。この両様の発言は、決して矛盾するものではなく、己れの知恵、才覚による致富も、また、幸運に恵まれたための成功も、ともに現実の姿なのだという立場からの発言である。」③私見は、西鶴は『胸算用』でも警句52では「分限になる要因は幸運でなく、知恵才覚だ。」（巻二の一話）と言い、警句55では「利発に幸運が手伝わないと分限にならない。」（巻四の四話）と言う点などより、いちおう浅野説を妥当と考えるが、問題は単純ではないので後考を俟《ま》つ。

（3）早崎捷治氏「『世間胸算用』の創作意識—作品形成への一視点」『近世文学論集—小説と俳諧—』富士印刷社・昭和46年。197頁。

（4）北原保雄氏他四名共編『日本文法事典』有精堂・昭和56年。381頁。

（5）国語学会編。西田直敏氏執筆の項目『国語学大辞典』東京堂出版・昭和55年。488頁。（「主題」の項。）

（6）浮橋康彦・真下三郎両氏共編『小説と脚本の表現（表現学大系　各論篇第七巻）』冬至書房・昭和61年。58頁。（「浮世草子の表現」第七章『世間胸算用』の項。）

（7）檜谷昭彦氏責任編集『西鶴とその周辺』勉誠社・平成3年。（西島孜哉氏執筆「『西鶴織留』をめぐる諸問題」449〜496頁。広嶋進氏「『世の人心』と『徒然草』」497〜528頁。広嶋氏は『西鶴織留』の「巻三の一〜巻六の四」の章群をさして、『世の人心』とする。他に、同書の「巻三・四」とする檜谷昭彦氏説や、「巻三の一〜巻四の一」とする谷脇理史氏説、各種の遺稿を集めたものとする加藤裕一氏説、巻一〜巻六を二分割しないで、同一の主調音を聞く篠原進氏説などがある。）

一、『世間胸算用』における警句法―『胸算用』に表れた警句―

私見によって警句と考えるものを『胸算用』からできる限り抜き出し、内容的に分類、整理し、配列したものが、後記の「四、『世間胸算用』に表れた警句」である。私見による分類の方法は、原則的に前稿における『永代蔵』に準ずる。従って西鶴の『胸算用』に表れた警句135例を、私見により左記の「参考表1」のように七分類したが、便宜上二・三・七の三項目を、それぞれさらに二分類したので、十分類となった。そこで参考のため全篇二十章（話）について、この十分類による警句の用例数を示したのが「参考表1」である。なお、浮橋康彦氏は、[1]『胸算用』を『永代蔵』とほぼ同じ基準に従って四分類されている。この分類には問題点を含むが、浮橋説を援用した前稿（『永代蔵』の考察）との関連性もあり、かつ拙論の考察についても有効と考えられるので、前稿と同様に、一覧表の作成と考察に利用させて戴く事にする。但し、同氏の説明では『永代蔵』における「世態・人物混合型」が、『胸算用』では「世態型」となっているので、確認のためにも四つの型を簡単に説明しておく。『胸算用』における

○参考表1　『胸算用』における四つの型と、警句の分類とその分布状況

巻	一				二				
章	一	二	三	四	一	二	三	四	一
章構成による四つの型	B	C	B	A	B	A	B	A	C
地名。（　）内は主な異説	大坂	大坂か（伏見説）	大坂	大坂	大坂	大坂か	京都	京都	京都
登場人物と各地の気風・風俗と歳末風景。（登場人物は一部に過ぎない。特定の主人公のない章が多い。又、各地の風景や住民気質等の描写もその主要なものを挙げたので、人物と同様そのすべてではない。）	亭主の亡父（夢枕に立つ）と亭主	裏長屋六七軒の主（浪人の女房が主か。）	・所帯上手な隠居の母親と息子の商家の親仁 ・大坂人の気質と歳末の大坂風景	吝嗇な隠居の老婆と母屋の息子	一匁講仲間のうっかり（失敗）男と智恵者	出違いの商人（債務者）と相方の茶屋女	（小人物）金持の長男（失敗譚）と次男（成功譚）	材木屋の手代（債権者）と借金馴れしている男	・川西の若者（五六人）と富豪の江戸人 ・京都人の気質と歳末の京都風景
一　人間観	1	0	1	1	1	1	0	1	0
二　A 人生観	0	0	1	0	2	0	0	0	1
二　B 処世訓	2	2	2	0	0	0	2	0	0
三　A 積極的金銭観	0	0	0	1	0	0	0	0	0
三　B 消極的金銭観	0	0	0	0	0	0	0	1	0
四　長者訓	0	0	0	0	2	0	0	0	0
五　商人の心得	4	1	2	0	1	0	3	1	2
六　商売の諸相	1	1	1	0	0	3	0	2	1
七　A 一般の世相	0	3	2	0	0	1	1	0	0
七　B 世の人心	1	0	1	0	0	0	3	1	1
合計	9	7	10	2	6	5	9	6	5

三	二	B	京都か （大坂説）	掛取り上手の五良左衛門とふるなの忠六	4	0	0	0	2	0	2	1	0	1		10
	三	A	伏見	貧乏男と乳母奉公に出た妻（祖母と人置きのかか）	0	0	0	1	3	1	0	0	0	0		5
	四	B	堺	・堺に派遣された歳徳神（貧家の夫婦と丁稚） ・堺人気質と堺の風景	0	0	0	0	0	0	4	0	1	2		7
四	一	B	京都	・祇園の神事での二十七八の能弁男。京都の富豪 ・全国の祭礼・行事と京の八坂神社の削り掛けの神事	1	0	0	3	1	1	1	0	0	0		7
	二	B	奈良	・〔小人物〕鮹売の八助。追剝浪人など ・奈良人の気質と歳末の奈良風景	2	0	0	0	0	1	1	0	2	0		6
	三	C	伏見	伏見の下り船の乗客五人の身上話	0	0	0	0	0	0	1	2	2	0		5
	四	B	長崎か （京都説）	・京の糸商人仲間で、うだつの上がらぬ男と成功者 ・長崎人の気質・風習と歳末の長崎風景	0	0	0	1	1	2	1	2	1	1		9
五	一	C	伏見か （京都説）	食酒を続ける貧しい鍛冶屋	0	0	2	3	0	0	1	1	1	0		8
	二	C	大坂か	手習師匠が語る四人の子供（弟子）の評価	3	0	0	1	0	3	2	0	0	0		9
	三	C	大坂	住職と懺悔《ざんげ》話をする三人の参詣人	2	0	0	0	0	0	0	0	0	1		3
	四	D	江戸	・特に中心人物なし ・江戸人の気質と歳末の江戸風景	0	0	0	0	1	0	1	2	0	3		7
合計	20	A 4 B 9 C 6 D 1	大坂 8 京都 5 伏見 3 （以下は各1）		18	4	10	10	9	10	28	17	14	15		135

一章の構成要素として四つの視点（1教訓部分・2世態部分・3主人公部分・4小人物部分）を設定し、さらに全章に遍在する教訓部分を棚上げした三要素の比重、乃至混合の程度により、大まかな分類基準であるが、『胸算用』全二十章を四つの型（A主人公型。B主人公・世態混合型。C小人物並列型。D世態型「主人公や作中人物のないもの」）に分類するのが浮橋説である。

○参考表2　『永代蔵』と『胸算用』に表れた警句の分類とその分布状況の比較表

警句の分類			『日本永代蔵』			『世間胸算用』		
			（警句数）	（順位）	（百分比）	（警句数）	（順位）	（百分比）
一		人間観	17	④	9.4	18	②	13.3
二	A	人生観	12	⑥	6.7	4	⑩	3.0
	B	処世訓	18	③	10.0	10	⑥	7.4
三	A	積極的金銭観	12	⑥	6.7	10	⑥	7.4
	B	消極的金銭観	16	⑤	8.9	9	⑨	6.6
四		長者訓	31	②	17.2	10	⑥	7.4
五		商人の心得	44	①	24.4	28	①	20.9
六		商売の諸相	12	⑥	6.7	17	③	12.6
七	A	一般の世相	11	⑨	6.1	14	⑤	10.4
	B	世の人心	7	⑩	3.9	15	④	11.0
分類／合計			180	順位	100%	135	順位	100%

さて、近年の西鶴学の研究の重要な一視点に作品の成立論がある。『胸算用』は旧稿を整理補筆して、年の終わりの一日に状況を集約し、短篇小説としての体裁を整えた作品であるという説[2]である。例えば既に早く宗政五十緒氏[3]は、『永代蔵』と同様に『胸算用』も作品二分成立説の推定が可能である点を提唱されている。伊藤梅宇の『見聞談叢』に出てくる西鶴執筆の作品『西の海』とは、写本として巷間《こう》に流布した『胸算用』の「巻一～三」の稿本系の書名であり、その後、巻四・五を補筆刪補《さんぽ》して現行の『胸算用』ができた。その二分成立説の論拠の要点は、各章題名の副題における「大晦日」という記載の有（巻一～三）・無（巻四・五）と、各章の素材の差違（特に各地方―京都・奈良・長崎・江戸―の歳末風俗の記述は巻四・五にのみ認められ、巻一～三には

○参考表3　『永代蔵』と『胸算用』に表れた「長者訓」の警句の分類とその分布状況の比較表

No.	作品／警句とキー・ワード／長者訓のねらい	日本永代蔵 小計	キー・ワード	巻と章	警句の番号	キー・ワード	巻と章	警句の番号	世間胸算用 小計	キー・ワード	巻と章	警句の番号	キー・ワード	巻と章	警句の番号
(1)	家職の尊重	7	家　職 長者丸 家　業 かせぎ	(一の四) (三の一) (六の二) (六の五)	76 78 80 103	家職 家業 朝暮…	(三の一) (五の四) (五の三)	77 79 82	3	家　職 渡　世	(五の二) (五の二)	56 61	身　過	(三の三)	57
(2)	始　末	3	夜食… 内証…	(二の一) (三の二)	81 91	奢をやむ	(六の四)	90	1	たくはへ	(五の二)	58			
(3)	才　覚	3	才覚 大鯨…	(一の一) (二の四)	85 95	調　義	(一の三)	86	3	智恵才覚 思ひ入れ	(二の一) (四の四)	52 54	いちもつ	(四の一)	53
(4)	算　用	2	算用	(五の四)	83	内　証	(四の五)	84	0						
(5)	おのれが根性	3	性根 〈性根〉	(一の三) (一の三)	87 106	常にて	(六の四)	104	0						
(6)	大気(太っ腹)	3	大腹中 心山の…	(一の三) (六の五)	88 102	ふとく	(六の四)	89	0						
(7)	仕合せ(幸運)	2	仕合せ	(三の四)	98	仕合せ	(六の四)	99	1	仕合せ	(四の四)	55			
(8)	遺産や資本	3	ふり廻し 小　判	(五の一) (六の二)	92 101	ゆづり	(六の二)	100	1	利　銀	(二の一)	59			
(9)	特殊な理由	3	一子細 常の働…	(五の一) (六の二)	93 94	其　種	(五の一)	97	0						
(10)	その他	2	諸事	(五の三)	96	家普請	(六の一)	105	1	外　聞	(四の二)	60			
合計		31							10						

（キー・ワードとして適当な語句のない場合は、任意に警句から選定した。なお、ねらいの分類について、紙面の都合で、若干不合理な点がある。例えば、「(7)仕合せ」の98・55番は、「才覚又は利発に仕合せが手伝はでは」分限に成りがたいという記述が西鶴の趣旨である。又、〈　〉の中の語句は中川の私意による。）

皆無）という二点に帰する。さて、私見として、素材の差違については、「参考表1」に示したように、巻一〜三（特に一の三・三の一・三の四）に若干の地方の気風と風景描写があり、作者は『胸算用』出版の前年に当る元禄四年秋の興行の、京都勧進能（巻三の一）にも触れる。しかし、宗政説のように、特殊な風習を紹介する地方描写が集中する巻四のような巻は、前三巻にないのは確かである。この『胸算用』二分成立説は、前記の浮橋説における章構成の分析と執筆意識の考察という視点の解明にも有効であり、示唆を与えるものである。「参考表1」によると、巻四・五には、前三巻に四章もある「主人公型（A）」が一例もなく、「小人物並列型（C）」が全体の過半数を占めており、特定主人公のない「世態型（D）」を含んでいる点においても、副題における「大晦日」の三字の欠落という書誌の断層と相まって、両者間における距離（執筆時期の相違など）を想定させるに足るものである。但し、『胸算用』の原型を捜る復元論、乃至成立過程説とも言うべき成立論は、複雑精緻な書誌的操作や、素材の考察、『甚忍記』の正体（又は行方）を含めた他作品との連関、作者と出版書肆との関係など、他の諸条件とともに総合判断する事が要請されるのは言うまでもない。先入観念にとらわれないで、一章（一説話）単位に率直に読むという態度が前提として必要であり、考察の原点であることを確認しておきたい。

注

（1）「西鶴作品の章構成―永代蔵・胸算用・織留―」『立正女子大学短大紀要』昭和42・12。18〜19・23〜29頁。

（2）檜谷昭彦氏『西鶴論の周辺』三弥井書店・昭和63年。120頁。（「西鶴晩年の動向」の「三　出版書肆の離合」の文中の言葉。）

（3）『西鶴の研究』未来社・昭和44年。156頁その他。（「西鶴後期諸作品成立考」参看。）

二、『日本永代蔵』と『世間胸算用』に表れた警句法の相違点と関連性

㈠「長者訓」と「人生観」を中心に

私見によって作成した『永代蔵』と『胸算用』との二作品に表れた警句を、それぞれ内容的に抽出、分類・整理した二つの警句一覧表（「参考表2」）によって、その分布状況のトータルを掲出して気の付くいくつかの問題点を、箇条書き風に取り上げてみたい。

第一点。前記の通り、警句の選定と分類は必ずしも厳密ではなく、便宜上のものなので、そのトータルに対して

○参考表4　『永代蔵』と『胸算用』に表れた「商人の心得」の警句の分類とその分布状況の比較表

No.	作品 / 警句とキー・ワード / 商人の心得のねらい	日本永代蔵 小計	キー・ワード	巻と章	警句の番号	キー・ワード	巻と章	警句の番号	世間胸算用 小計	キー・ワード	巻と章	警句の番号	キー・ワード	巻と章	警句の番号
(1)	家職（一業専心）	5	家　職 かせぐ かせぎ	(一の一) (五の四) (五の二)	107 112 114	商　売 かせぎ	(二の二) (六の四)	111 113	5	家　　職 か　せ　ぎ 〈自己の本分〉	(三の四) (四の三) (五の二)	63 65 78	かせぐ かせぎ	(四の一) (四の四)	64 66
(2)	しにせ（永続的信用）	3	しにせ 仕付けたる事	(五の二) (二の三)	108 110	しつけたる道	(四の三)	109	1	仕似せ	(一の三)	62			
(3)	始　　末	3	始末 花麗（の禁）	(四の五) (一の五)	123 129	商人の…	(一の四)	124	7	身躰相応 女房の分 旦那（在宅の徳） 〈分相応の奢り〉	(一の一) (一の一) (二の三) (三の一)	67 69 71 89	奢り（の禁） 無用の外聞 霜先の金銀	(一の一) (一の一) (三の一)	68 70 72
(4)	才　　覚	4	才覚 〈店構え〉	(五の二) (六の一)	119 130	才覚 問丸の内証	(四の四) (二の五)	120 134	2	才覚	(一の三)	76	才覚	(五の四)	77
(5)	算　　用	2	算用	(六の二)	121	十露盤	(五の三)	122	3	そろばん枕 毎月の胸算用	(三の四) (一の二)	73 75	心胸算	(五の二)	74
(6)	根性・がめつさ	2	心ながく	(四の二)	117	〈こけても土〉	(二の一)	118	1	勢ひひとつ	(三の二)	83			
(7)	正　　直	2	正直	(四の二)	125	〈不正直な男〉	(三の三)	126	1	おのれが心	(四の二)	80			
(8)	大気（太っ腹）	2	大商人の心	(四の二)	127	此（大）気	(六の三)	128	1	心だま（度量）	(五の一)	79			
(9)	大節季の心得	2	大節季	(五の二)	115	一年の暮	(五の二)	116	1	借銭乞に出あふ	(二の四)	82			
(10)	借金取りの心得	4	念比にならぬ 取りよきから集む	(五の二) (五の二)	135 137	見切り 無常（の禁）	(五の二) (五の二)	136 138	1	取りよい所より	(三の二)	84			
(11)	借金の返済法	1	すこしの物から	(五の二)	139				0						
(12)	町人の縁組	8	娘の縁組 一代に一度の商事 小男・はげ頭 金性の娘	(一の四) (一の五) (一の五) (五の五)	140 142 144 146	後家に入聟 嫁の敷銀 似合ひたる身持 敷銀の穿さく	(一の五) (一の五) (一の五) (五の五)	141 143 145 147	4	かるき縁組 五歳より衣裳	(二の三) (三の四)	85 87	長持に丁銀 形おもはしからぬ娘	(二の三) (三の四)	86 88
(13)	その他（子女教育論等）	6	奉公は主取 〈情報収集〉 女の子	(一の三) (二の五) (二の一)	131 133 149	親方になる人 我子をみる 烈しきは…	(二の五) (二の一) (五の五)	132 148 150	1	内証の不埒な商人	(二の一)	81			
	合　　計	44							28						

（作成の要領は、参考表３に準じる。）

軽々しく短絡化するべきではないが、明確に有意差を認めるその第一点は、著しい「長者訓」の減少である。長者訓は広義では「商人の心得」の一種とも考えられるが、『胸算用』の10例は、いずれも「分限」（7例）・「長者」（2例）・「富貴人」（1例）の文字が文中（警句54のみ前文）に顕在化しており、その長者訓のねらいは、「参考表3」に示した通り、家職と才覚の尊重が各3例、始末・幸運・資本の運用の重視が各1例、その他外聞が良いという富貴人礼賛が1例ある。西鶴は『胸算用』で下層町人大衆のみを取り上げたのではないが、「遣り繰りに苦労しない大金持ちの年越しが出てくるのは、巻四の一のみである」という指摘[1]が本書の性格の一面を雄弁に物語っているように、随時、対象として上層町人の生態を点綴乃至対照させながら、主として中・下層の町人大衆に焦点を当てて、大晦日の遣り繰り話を中心に世相・風俗・人心を描写していることは確かである。諸家[2]により登場人物の上・中層の判定には若干見解の相違が認められるが、私見として左記の人物像を上層クラスと考えておく。（一）大黒講の手前よろしき者で、大名貸をする親仁たち（二の一）。（二）烏丸通りの歴々で、息子（弟）は後に二千貫目の所得者と一門から評価（二の三）。（三）栄華なる能見物の江戸者（三の一）。（四）加賀藩と思われる北国の大藩の蔵屋敷に出入し、米代二百貫目を調達する掛屋（三の二）。（五）堺のよきくらしの人（三の四）。（六）自己評価二万五六千貫目の京都の長者（前記。四の一）。（七）一門繁栄し、羨望の的となる奈良の富貴人（四の二）。（八）長崎商人で糸商売する京の人（四の四）。他に、かって幼少時代に寺子屋に通い精進した分限者とその親（五の二）や、一旦那のひとり子（五の三）などは見解の分かれるところであろう。要は少なくとも『胸算用』二十章の40％に当たる八章（いずれも「参考表1」におけるA型ではない）に、上層町人が顔を出しているが、主役的人物は少なく、この『胸算用』に対して、前四巻二十章のうち、二章（巻二の二と巻二の五）を除く十八章の主人公がすべて一六六〇年代の寛文期以前の一代分限で占められているという[3]『永代蔵』と比較する時、『胸算用』における著しい長者訓の減少は納得しやすい。前四巻のモデルが寛文以前、つまり三十年前という設定から、一六九〇年代の『胸算用』執筆時期への推移について、「元禄という時代に入ると、景気の上昇気運もだいぶゆるやかになっており、いままでのように個人の才覚や働きによって産をなすことができる時代は去りつつあった」[4]という史家の説明や主題の相違点のみで、長者訓の減少という問題は氷解するのか。西鶴の『胸算用』での発言、「世にあるものは銀《かね》なり。其子細は諸国ともに三十年此かた、世界のはんじやう目に見えてしれたり。」（五の一。警句34）・「人の分限になる事、仕合せといふは言葉、まことは面々の知恵才覚を以てかせぎ出し、其家栄ゆる事ぞかし。」（二の一。警句52）と矛盾撞《どう》着はないのか。結論として、若干前記（但し、「はじめに」の注（2））した通り、矛盾するものではなく、後者（警句52）の十数行後の本文で、「此者どもが手前よろしく成りけるはじめ、利銀取り込みての分限なれば、今の世の商売に、銀かし屋より外によき事はなし。」と言って、利子を生む資本としての資金の貴重さを賛美しているわけである。例えば、追剝浪人が強奪した菰包みを「四人してあければかずのこなり。」（四の二）というのも現実、夜市で購入した煙草箱の中に「小判三両入れ置きしは、思ひもよらぬ仕合なり。」（五の一）というのも現実であり、時宜にかなった応変の発言と考える。例えば、寛永初期より元禄八年までの大坂・江戸の米価の表を通覧[5]すると、その毎年の変動の落差や、時々突発する大変動の数値に驚くが、当時も現今も世間がつまり、不景気になる時があった事は確かであろう。米価の変動について、『胸算用』（三の二。警句4）の本文を利用すると、「むかしは売がけ百目あれば八十目すまし、此二十年ばかり以前は（寛文十二年頃は、米一石銀四八、〇匁）半分たしかに済《すま》しけるに、十年此かたは（天和二年頃は銀七三、七匁）四分払ひになり、近年は（元禄元年は銀八五、七匁。同五年は銀四一、一匁）百目に三十目わたすにも、是非悪銀二粒はまぜてわたしける。人の心次第にさもしく……よろづ時《とき》世《よ》に替るもおかし。」と記し、掛売りの代金の支払率の低下を分析している。やはり西鶴の業績の一つは時代の変化に伴う町人社会の動的世相とその精神の客観的分析にある点を改めて再確認する。ここで、論を『永代蔵』と『胸算用』の比較論にもどすと、著しい長者訓の減少（17.2％→7.4％）という問題は、やはり創作意識や方法の変化という視点からの検討が必要となる。

第二点。両作品の比較において、明らかに有意差を認めるその第二点は、「人生観」の激減であり、量的変化（6.7%→3.0%）のみならず、その警句の表現の仕方や出し方に質的変化が表れていると考える。その具体的な好例は、町人の理想的な生きざま（人生コース）を示した、左記のA文の警句の出し方である。

A「世に金銀の余慶有るほど、万に付けて、目出たき事外になけれども、それは二十五の若盛より油断なく、三十五の男盛りにかせぎ、五十の分別ざかりに家を納め、惣領に万事をわたし、六十の前年より①楽隠居して、寺道場へまいり下向して、②世間むきのよき時分なるに、仏とも法ともわきまへず、欲の世の中に住めり。③死ねば万貫目持っても、かたびら一つより皆うき世に残るぞかし。」（二の一。「よき時分」まで、「人生観」警句20。「世間むき」以下を「人間観」警句2、そして分類。従って、「②世間～時分なるに」の部分は重複して利用。）

B（栄花なる能見物の江戸者）「此人大名の子にもあらず、ただ金銀にてかく成る事なれば、何に付けても銀もうけして、①心任せの慰みすべし。かかる人は、跡のへらぬ分別しての①楽しみふかし。」（「人生観」警句21）「身躰さもなき人、霜さきの金銀あだにつかふ事なかれ。」（三の一。「商人の心得」警句72）

C（町人の生活目標は）「分際相応に人間衣食住の①三つの楽しみの外なし。」（「人生観」警句19）「家業は、何にても親の仕似せたる事を替へて、利を得たるは稀なり。とかく老いたる人のさしづをもるる事なかれ。何ほど利発才覚にしても、若き人には三五の十八、ばらりと違ふ事数々なり。」（一の三。「商人の心得」警句62）

D「④人の分限になる事、仕合せといふは言葉、まことは面々の知恵才覚を以てかせぎ出し、其家栄ゆる事ぞかし。⑤是福の神のゑびす殿のままにもならぬ事也。」（「長者訓」警句52）「大黒講をむすび、当地の手前よろしき者ども集り、諸国の大名衆への御用銀の借《かし》入れの内談を、酒宴遊興よりは増したる世の慰みとおもひ定めて、寄合座敷も色ちかき所をさって、生玉下寺町の客庵を借りて、毎月身躰詮議にくれて、命の入日《いりひ》かたぶく老躰ども、後世の事はわすれて、ただ利銀のかさなり、①富貴になる事を楽しみける。」（二の一。「人生観」警句22。この後文がA文。）

E（一）「此人数多の手代を置きて諸事さばかせ、①其身は楽しみを極め、わかひ時の辛労を取かへしぬ。是ぞ人間の身のもちやうなり。」（『永代蔵』四の一。「人生観」警句22）（二）「たとへば③万貫目持ちたればとて、老後迄其身をつかひ、気をこらして世を渡る人、一生は夢の世とはしらず、何か益あらじ。」（同上。警句23）……（三）「人は十三才まではわきまへなく、それより廿四までは親のさしづをうけ、其後は我と世をかせぎ、四十五迄に一生の家をかため、①遊楽する事に極まれり。」（同上。警句24）……（四）「町人の出世は、下々を取り合せ、其家をあまたに仕分くるこそ、親方の道なれ。」（同上。警句20）（五）「惣じて三人口迄を身過とはいはぬなり。五人より世をわたるとはいふ事なり。」（六）「下人壱人もつかはぬ人は、世帯持とは申さぬなり。」（同上。警句25）

F（一）「むかし難波の今橋筋に、しわき名をとりて分限なる人、その身一代独り暮して始末からの食養生、残る所なし。」（二）「此人も男ざかりに、①うき世を何の面白ひ事もなく果てられ、其跡の金銀御寺へのあがり物、四十八夜を申してから役に立たぬ事なり。」（『永代蔵』三の四。「人生観」警句26）……（三）「④分限は、才覚に仕合せ手伝はでは成りがたし。随分かしこき人の貧なるに、愚かなる人の冨貴、⑤此有無の二つは、三面の大黒殿のままにもならず。」（同上。「長者訓」警句98）

引用が長くなったが、A～D文は『胸算用』、E・F文は『永代蔵』である。AとE文は、ともに町人一代の理想的生き方を典型的に示しており、端的に言えば、B文はそのモデル・ケースに適合した合格例、DとF文は不合格例、C文は町人の生活目標を格言的に示したものと要約できる。町人の理想は、関西商法の原点ともいわれる始末・才覚・算用のビジネスの三徳目（後記）を尊重して、青壮年時代は家職に励み、商売を繁昌させて、蓄財し、身代を作り上げ、老後は楽隠居して遊楽し、神社参りや施しをし、分相応に生活するところにあると西鶴は説く。西鶴は『永代蔵』で、町人にとって「金銀が町人の氏系図」「二親の外に命の親」「銀《かね》さへあれば何事もなる」ので、不正や不労所得行為を排し、先例・祖法に従い、世の仁義や分を守り、大いに働いてからよく遊ぶという民衆の生きる論理と倫理（町人道）を示したと言える。(6) 町人のあるべきライフ・サイクル（AとEの両文）は、『西鶴織留』にも認められる。

G「人は四十より内にて世をかせぎ、五十から楽しみ、①世を隙《ひま》になす程、寿命ぐすりは外なし。」（五の一）

青壮年時代によく働き、蓄財後、老いの楽しみを極めるという人生観は、町人物三作品に認められる西鶴の一貫した思想であり、当時の上方町人の代弁者として、(7) 識者の説くように当時の町人社会に普遍的な観念であったと考えられる。なお、右の『胸算用』に表れたAとC文との関連性について、宮本又次氏の示唆に富む見解を付記する。

（E文の（三）の町人の理想について）「我が世を稼ぐ」勤労も、壮年時代までは要求されはしたが、封建社会では営利への限度があったから、年をとっての楽隠居がむしろ理想なのであった。老年の安居がねがわれ、「分際相応に人間衣食住の三つの楽しみの外なし。」とあるとおり衣食住を最高価値とし、結局は消費と安楽を予定しての営利であった。そこにはいつも「分際相応」という限度がおかれていた。

右の宮本氏を含めた識者の説に、(8) 町人の営利は一己の我欲でなくて、家の立場における欲望を充足すべきもので、子孫や一門の繁栄・安楽や家の幸福を目ざすところの生活の手段としての営利に過ぎず、家業の安楽と永続を基本とし、念とする。又、「数多の手代を置き、」（E文の（一））、「下々を取り合せ、其家をあまたに仕分くる……親方の道」（同（四））の自覚も、元禄の町人道の特色であるという。

そこで警句の表現の仕方や出し方に質的変化が表れていると考える論点を具体的に説明する。私は前稿の『永代蔵』に表れた警句について、その特徴を総括して「警句は、段落の節目（急所・力点）に当りやすい位置」（起筆と結び）に置かれている場所が多く（82例・全警句の46％）各段落を求心的に引き締める、キー・センテンスや核となる」とむすびに述べた。これに反して、町人の理想を示した『胸算用』のA文は、六段構成（他に四・五・七段）説の立場をとると、第一段のD文の小テーマ（西鶴の主張に反する守銭奴のような老隠居の生きざま）を受けて、第二段の起筆の位置を占め、主人公が登場してくる前段落としての壱匁講を導入する働きを持っているが、文脈上傍線部分②において、いわゆる曲流文[9]（「捩《ねじ》れ文」とも言う。一つの文中で、その後半の部分で叙述が完結するような態勢で展開して行ったにもかかわらず、完結しないままに、次の文の構成要素となってしまう形式。）となっているため、その意図はよくわかるものの、段落中、キー・センテンスや核となっている印象を著しく弱めている点である。極論すると、幸田露伴[10]の指摘する急スピード、急テンポのリズム感や緊張感と迫力を欠き、警句としての歯切れのよさや力強い感じがない。その原因として、同一素材であるE文を、同じような語り口で繰り返すマンネリが、E文（傍線部③「万貫目……」）に対するA文（同上）、F文（傍線部④と⑤）に対するD文（同上）に、はしなくも露呈しているように、新鮮味の欠如という要素も若干加わっていることは確かである。又ややオーバーに巨視的に言うと、単に文体上の問題のみならず、主として、モチーフやテーマという視点の変質とともに、浅野晃[11]氏の立言に認められるような西鶴を支えている場（基盤）の変質や、作家個人の晩年の作としての心境の深化という背景も考慮する必要がある。なお、A文の曲流文（傍線部②）について付記すると、②の部分は、省略された主語「人は」の述語であるが、同時に、「欲の世の中に（命の入日かたぶく老躰どもが）住めり。」という述語部の連用修飾語となっているので、語法上当然主語の転換により②の末尾で文を切るべきである。又、西鶴の主張する老後の適切な楽しみ方は、A・B・C・E・Gの七つの傍線部①に表れており、彼が守銭奴として否定する楽しみ方は、同じくDとFの二つの傍線部①に表れているわけである。このように曲流文は西鶴の文章の特徴の一つであるが、A文の表現の仕方にあいまいさがあり、文体的にも大名貸をする親仁たちを導入する修飾語的性質を持っているので、E文のような独立文としての自立性と、主題と直結する必然性を持っていない弱さ、軽さを痛感する。なお又、E文には畳み掛けるような警句の連続的掲出の特徴が最も鮮明に表れており、しかも概ね短句構成により、印象がより効果的となっている点を見逃すことができない。その量と質においても『永代蔵』より『胸算用』の方が教訓性が稀薄であるという点は、町人一代の理想的生き方を典型的に示している右の範例がその実態を雄弁に物語っているわけである。

中・下層を主対象とする『胸算用』には、前記のように上層町人が少なくとも八人以上登場しており、長者訓10例の警句を有し、銀箱は石瓦のような扱い方を受け、庭で越年したという大富豪の迎春風景の描写も点綴している。しかし、警句の表現の仕方や出し方に質的変化が表れていると考える論拠は、右記のように一章の主題と直接無関係であり、しかも西鶴の主張する理想的な町人の生き方に反する長者たちの描写に、付帯的に屈折した表現で提出されなければならなかった重要な警句（『永代蔵』の主題は、表面上長者訓的な型を踏襲していると考える私見や諸説においても、この警句は重視されている。）の在り方をその論拠に考えるわけである。なお、ここで本章に対する興味ある[12]見解と私見を付記する。「本篇の中心話題は題にもある一匁講であり、その枕として同種の大黒講を語ったが、これは実話で、一匁講の方は虚構なのではないかと思う。後者を事実譚らしく受け取らせる手段として、豫め同種を述べたのではなかろうか。」私見は守随憲治・大久保忠国両氏のこの推定説に同意するというよりも、一歩進めた大胆な仮説を提起しておきたい。[13]宮本又次氏の説によると、元禄期京都分限者の花形は大名貸であったが、明暦・万治より天和・貞享にかけて京都の大名貸は最盛期に達し、元禄の末よりおとろえるが、この頃から大坂の地位がクローズ・アップされ、大坂商人が大名貸の担当者となると説明する。森泰博氏も[14]『大名金融史論』の中で、大坂の大名貸の時期区分を四つに分け、寛文（一六六〇年代）~正徳（一七一〇年代）を第二期の発展期とする。[15]町人の没落原因と時期について慶安・明暦より元禄初年にかけて「大名貸」が原因で没落した町人は八人だとする報告や『町人考見録』における大名貸による町人の[16]没落事例は三十四件（他に[17]三十一件説）を数えるとも言う。要は、西鶴も『永代蔵』で、「世間には、唐大名の見せかけ商売おほし。」（四の三。警句6）と使っており、町人物の素材としてその視野に入れていた事は、本章を初め、大名貸に筆が及んでいる説話（例えば「三の二」の警句49・『西鶴織留』の「二の一」等）によっても否定できない事実である。さて、私見は、『胸算用』における一匁講の素材は、西鶴の見聞した大名貸の実態の一部分（をデフォルメしたもの）であり、西鶴没後（宝永二年・一七〇五年）の淀屋辰五郎の闕所（財産没収）が象徴的に物語るように、権限を握っていた支配階級の大名の手前を憚って、一匁講に読み替え、仮託して、当時の町人が重大関心事の一つであった大名貸とその内紛、武家の知能犯的権謀術数、深慮遠謀の手練手管を見事に脚色した作品であると考える。その論拠の第一に、筆者の小論でも指摘した西鶴特有のお家芸とも言うべき「逆設定の手法」があり、事件や人物の性格等を逆転したり、逆設定する。（具体的には借り手側の空《から》大名ぶりと、貸し手側の参謀となった知恵者の遠謀に大名貸の素材がある。）その第二は、貸し手・借り手両者による刻々変動する相手側の資産評価とその対応策、相手の正体や計略を見破る秘伝等素材上の類似性（特に擬似婚姻関係と擬似主従関係など）が認められる。具体的には、西鶴の話における持参金付娘の縁談をおとりにして、豊かな屋敷、衣装等を相手にちらつかせ、随時贈物をして気を持たせ、貸金を回収する手法は、その深慮遠謀の武士側の手練手管に匹敵し、大同小異の類似性を共有する。識者による『町人考見録』の中の武士の手法の一部を示すと、貸主の町人に「殿様にお目見得《めみえ》」の名誉を与える。扶持米を与えて主従の関係を結び、貸金取り立ての訴訟に備える（訴訟しても主人を訴えた罪で町人を敗訴）。大金融資の行きがかり上、後へ引けない町人の弱点（高利による返済、欲心）をしっかりつかみ、その実、永年の割払や延滞の手法で貸主を破産に至らせる。その第三は、『永代蔵』には武士の在り方を揶揄《やゆ》又は白眼視するような皮肉な発想や視点が設定されており、恐らくそれは『永代蔵』における基調の一つであり、文章そのものも滑稽味を帯びている場合が多く、作者は笑いの中に韜晦《とうかい》しているのではないかという矢野公和氏による論証の視点である。又、同氏による大名貸による危険《リスク》が伴うことは「銀壱匁の講中」に描かれた商人同士の掛け引きを、対大名にスライドさせて考えれば容易に想像可能であると思われるという。拙論にとっても示唆にとむ指摘である。私見としても「諸国の大名衆への御用銀の借《かし》入れの内談」（前記D文）をする、欲に目がくらんだ親仁達に冷評を浴びせる西鶴の眼には、手段としての金銭が目的化されたような守銭奴的生き方だけではなく、その不労所得行為であり、喧嘩両成敗で、その丸腰の町人をだまし討ちにし、返却切りの止《とど》めを刺す武士も、又鬼のような存在と映っても不思議ではないと考える。西鶴は「今の世の商売に銀《かね》かし屋より外《ほか》によき事はなし。」（警句59）と言うが、林玲子氏も「十七世紀半ばぐらいまでは、大名の金融が最もよい儲《もう》け口であり、……町人相手に比べると、大名貸は約束通りならばこの上もない良い取引で、人数は要らず、帳面一冊、天秤《びん》一挺で埒《らち》があく。まことに寝ていて金を儲《もう》けるとはこの事だ。」[21]と近著で指摘する。又、西鶴は晩年、物や数字で生活や運命を象徴する傾向が著しいといわれるが、大名貸の親仁達が皆二千貫目以上であったという記述[22]は実態に近いものがあるようである。『町人考見録』は、[23]安岡重明氏によると、十八世紀前期に書かれたものであるが、その内容は、主として十七世紀についてであるから、この巻が取扱っている時代についての好材料であるという。周知の通り『永代蔵』（巻六の二）に『町人考見録』中の人物である[24]両替屋善五郎が登場しているが、彼は延宝頃は京坂第一の大両替屋であり、大名貸の問屋（親元）であったが、元禄ごろ困窮しはじめ、のち家は抵当に入れ、財宝は早く売り払ってこの上もない困窮となる記述が同書に認められる。

京の室町れきれき人の男子、何も商売なしに、善五郎などを頼み、大分の銀がしして世をわたり、この利銀、毎日二百三十五匁づつのつもりに入りけるに、何やうにかつかひ果たしける、十五年がうちに此財宝みなになし、江戸へかせぎにくだりける。（『永代蔵』巻六の二）

松本四郎氏の「寛文〜元禄期における大名貸しの特質」という題の[25]論文では、右記の「男子」のように、善五郎は一一家に枝手形（証文）を発行しているので、西鶴は史実に基づいて人物描写をしていると考えるが、大名貸の回収不能が男の倒産の原因で、この事を婉曲にほのめかした西鶴の筆捌《さば》きとする判定の可能性を論じた矢野公和氏説（前記論考）に左袒《たん》したい。「大名借《かし》の銀親へ頼みて、是を預け置きしに……」（『西鶴織留』巻二の一）という大名貸の銀親（善五郎のような大名貸の問屋、親元）を通して長者になった山崎屋嘉兵衛かと言われる人物の描写と相まって、町人物の一素材として大名貸を視野に入れていた点は否定できないわけであり、一匁講の素材は、西鶴が見聞した大名貸の実態の一部分をデフォルメしたものであり、大名貸をしていた大黒講の読み替えであるとする私見の仮説の大要である。

さて、本章の主題は金融業者の貸金回収の秘策であるが、本章と大晦日の関係は極めて稀薄であると言うのが通説である。貸金回収の日が大晦日に過ぎず、他に大晦日に関する纏まった記述も、大晦日である必然性も確かにないが、この章は成立上『胸算用』以前に既に書かれていた原稿であるとする田中節子氏の説[26]は今後の課題として慎重に考えてみたい。

注

（1）市古夏生氏『世間胸算用』ほるぷ出版・昭和61年。222頁。
（2）①吉江久彌氏『西鶴　人ごころの文学』和泉書院・昭和63年。286～287頁。②広嶋進氏『世間胸算用』の章相互の関連について」『近世文芸　研究と評論』31号。昭和61・11・30。5頁。その他省略。
（3）暉峻康隆氏『西鶴新論』中央公論社・昭和56年。362頁。
（4）大石慎三郎氏『元禄時代』岩波書店・昭和45年。69頁。
（5）山崎隆三氏『近世物価史研究』塙書房・昭和58年。50頁。（「第2表　元禄以前の大坂・江戸の米価」参看。）
（6）高尾一彦氏『横笛と大首絵《おおくびえ》―近世の文化・芸能をめぐって―』法政大学出版局・平成元年。113～116頁（西鶴の『日本永代蔵』の章を参看）。他に、三井高房　原編著。鈴木昭一氏訳『町人考見録』教育社・昭和62年。17頁参看。

（7）土屋喬雄氏『日本経営理念史』日本経済新聞社・昭和42年。149頁。他に、古川哲史・石田一良両氏共編『日本思想史講座5近世の思想2』雄山閣・昭和50年。158頁。（執筆者・源了円氏「第4章庶民の人生観」の「2節西鶴と町人の生活意識」の項。）

（8）宮本又次氏『大坂町人論』ミネルヴァ書房・昭和35年。186～187頁。その他略。

（9）①板坂元氏「西鶴の文体―その曲流文をめぐって―」『文学』昭和28・8・10。79頁参看。②『日本文法講座4解釈文法』明治書院・昭和33年。326頁。（島田勇雄氏執筆「西鶴の文法」の「二、各説の『捩《ねじ》れ文』」の項参照）

（10）浮橋康彦・真下三郎両氏共著『小説と脚本の表現』（表現学大系　各論篇第7巻）教育出版センター・昭和61年。9頁。（浮橋康彦氏執筆「西鶴浮世草子の表現」）

（11）『西鶴論攷』勉誠社・平成2年。351～357頁。（第二部「『日本永代蔵』以降」の「一、西鶴浮世草子の場の変質」その他参看）

（12）『日本永代蔵・世間胸算用評解』有精堂・昭和30年。152頁。

（13）宮本又次氏編『史的研究　金融機構と商業経営』清文堂出版・昭和42年。6～7頁。（宮本又次氏執筆　第一部「京都の両替屋」の項。）

（14）新生社・昭和45年。14頁。（「序説」参看）

（15）京都市編『京都の歴史　第五巻　近世の展開』京都市史編さん所・昭和54年新装版。137頁。（執筆者は安岡重明氏。第二章の第二節「商業の変質」の項の「京都商人と金融界」中の「表11・町人の没落原因と時期」による。なお、この表11は『歴史教育』8巻10号に発表した小林茂氏執筆の「元禄時代の町人の経済生活」に基づく。）

（16）「没落事例は三十四件」とする説は右記の注（15）の137頁。安岡重明氏執筆。なお、小林茂氏『近世上方の民衆』教育社・昭和54年。73頁も三十四件説である。

（17）岩生成一氏執筆「近世商業資本の実態」『日本大学文学部研究年報』第一輯（復刊号）昭和26年。349～352頁。

（18）「はじめに」の注（7）の檜谷昭彦氏編集『西鶴とその周辺』114頁と115頁。（執筆は中川。「『西鶴諸国ばなし』と伝承の民俗―「巻四の三」の素材と方法を中心として―」。本書収録。）

（19）林玲子氏編『日本の近世5　商人の活動』中央公論社・平成4年。44～46頁。

(20)　注(18)の同書「『日本永代蔵』に提示された武家像」特に327・331・347の各頁。
(21)　注(19)の同書。44頁。
(22)　注(15)の安岡重明氏執筆の「表12・没落した町人の財産」138頁。なお、注(17)の岩生成一氏の論文352頁には、「元禄前後京阪豪商の資産額は、四五千貫目以上3人、千四五百貫目以上三四千貫目に至る間が、その大部を占め11人、千貫目以下二人あり、西鶴の描く所より幾分増加した様である。」とする。安岡重明氏は「表12」で、「①二～三十万両　②銀八千貫目　③銀七～八千貫目　④銀五～六千貫目　⑤銀四～五千貫目　⑥銀三千貫目（以上各1人）⑦銀二～三千貫目（2人）⑨銀二千貫目あまり（1人）⑩銀二千貫目（2人）⑫銀一～二千貫目　⑬銀千四～五百貫目　⑭銀七～八百貫目（各1人）」とする。
(23)　前記の注(15)の137頁。
(24)　①中村幸彦氏『近世町人思想』岩波書店・昭和50年。195～196頁。(「町人考見録　中」両替善五郎)②三井高陽氏『町人思想と町人考見録』日本放送出版協会・昭和16年。26・72頁。③前記注(6)の鈴木昭一氏訳『町人考見録』80～82頁(〔18〕両替善五郎)各書参看。
(25)　松本四郎氏「寛文―元禄期における大名貸しの特質―『町人考見録』にみえる那波九郎左衛門家を中心に―」『三井文庫論叢』創刊号。昭和42・3・31。69～78頁(「枝手形について」の条)。なお、松本氏は、「第6表　枝手形の一覧」表を70～73頁に掲載し、貸付年月・貸付先・枝主・総銀高・利息・期限等を詳記する。
(26)　「『胸算用』の成立」お茶の水女子大学国語国文学会編『国文』46号。昭和52・1・25。28頁その他参看。

(二)「世の人心」・「商売の諸相」・「一般の世相」を中心に

『永代蔵』と『胸算用』の両作品に表れた警句の比較(〔参考表2〕)を通して、第一点に著しい「長者訓」の減少、第二点に同じく「人生観」の激減を指摘し、若干の考察を試みたが、第三点として「世の人心」の警句を激増(3.9%→11.0%)に有意差が認められる。

第三点。「人心」の用例上、合計7例の内訳は、「人の心ほどおそろしきものは御座らぬ。」(二の一。警句18)・

「おそろしの人こころ」（四の二。同5）・「人の心次第にさもしく」（三の二。同4）・「おろかなる人ごころ」（五の三。同123）・「当代は銀をよぶ人心」（二の三。同86）という人間の影の部分「否定面は5例」に照明が当る場合の他は、「天下の町人なれば京の人心何ぞといふ時は大気なる事是まことなり。」（三の一。同129）・「京・大坂にては、相場ちがひの（高価な）ものは、たとへ祝儀のものにしてから、中々調《ととの》ふべき人心にはあらず。」（五の四。同124）という二都の気風の描写（計2例）に限られているのは、はなはだ暗示的である。人間観を意味する場合の「人心」は、両作品とも人間の影の部分への照明が多い点、警句一覧表の人間観（延べ各17・18例）を通覧すると一目瞭然である。しかし、広義に「世の人心」を解する時、「（大坂は）人の気、江戸につづひて寛活なる所なり。」（一の三。同122）・「京大坂に住みなれて、心のちいさきものも、（江戸に住むと）其（大）気になって」（五の四。同132）とあるように、京坂中心に、三都5例と堺・長崎各1例の各地の住民の気風の描写が、『永代蔵』に比較してやや多く、歳末風景5例がこれに続くのは、副題「大晦日は一日千金」の設定上当然の帰結といえる。『胸算用』における「世の人心」の警句15例に対し、『永代蔵』7例中歳末風景の警句は一例もなく、大坂・堺の正月の風景描写2例が認められる点と、「江戸つづきて、（「大坂は江戸に続いて」の意）町の人心ふてきなる所、後日の分別せぬぞかし。」（『永代蔵』四の五）という大坂人気質の中にも、右記のような小心者がいるという『胸算用』の指摘は『永代蔵』には見当らず、世相、人心の観察の深化と、きめの細かい描写を見落すことができない。

第四点。「商売の諸相」の警句について顕著な増加（6.7％～12.6％）が認められる。『永代蔵』12例と『胸算用』17[1]例の第一の相違点は、サブタイトルによる時間設定により、殆ど越年風景や事件を扱う後者（警句93は「十二月一五日より正月」）に対し、前者には大晦日に関する記事がない点である。第二の相違点は、内容上、借り手[2]（7例）・貸し手[3]側（3例）両者による、攻守双方の虚実の秘策と駆け引きを描くドラマが過半を占める後者に対し、前者には緊張した切迫感とドラマはないが、時計・舟運・外国貿易論等に至るまで、話題の拡散と視野の広さがある。特に「出違ひ」による貸し手撃退法を素材に取り込んだ五章を含む『胸算用』は、概して、総論的・一般論の『永代蔵』に対して、より各論的に具体化・個別化しており、素材上生々しい生活感情やしぶとく生きる庶民の生態とエゴの描写に成功している。第三の相違点は、警句法の定義に従うと、警句らしいスタイルは僅か3例（90〜92）の『胸算用』に対し、『永代蔵』の全用例は概ね簡潔に要点を纏《まと》めており、まさに警句にふさわしい表現である。

西鶴はヘア・スタイルを整え、晴着に包まれた幸福らしい万人の迎春風景に続けて、「人こそしらね、年のとりやうこそさまざまなれ。」（二の二。警句90）と警句を吐く。「人こそ知らね」という商人の秘密や恥部（「内証」）にスポット・ライトを与える、その探訪と剔抉《てつけつ》との真実（文学的）の報導性により、読者の要望に応えようとするところに、『胸算用』の文学精神と、西鶴の姿勢を認める。『世間胸算用』はいわば不正直の例話集であるという定義(4)は、半面の真実を伝えている。私は前稿で、『永代蔵』の「つらつら人の内証をみるに」（六の五）という秘密の報導性のスタイルに、西鶴の得意とする、町人物に一貫する基本の姿勢を認める点を指摘した。「内証」の用例27回、三分の二を越える過半の章（21章）に頻出する『永代蔵』の性格は、『胸算用』において質的に深化され、鋭くなっていると考える。『胸算用』の「内証」の用例（後記）は16回で、半数に当る10章に表れるが、巻四の全四章には僅か1例である点、西鶴の生活圏の本拠地大坂が巻四の背景にはない事と無縁ではなさそうに思われる。「内証」の用例上、人生の光の部分（肯定面は3例）に対し、影の部分（否定面は9例）、〈その他（判定不能2例と、文脈的に表面上の意味は肯定的であるが実体は否定的な例が2例）〉に照明が当たる確率が、『永代蔵』（肯定面8例・否定面15例・その他4例）より高くなっている点に、『胸算用』の性格と特色（文芸性）を感得する。全巻から「内証」の用例を抜き出して検証する。

〔一〕肯定面

①「されども人を気づかひして、金銀借《か》さずにも置かれず、随分内証（借り手の内状、財政状態。）を聞き合せ」（二の一）②「さきのかかとしみじみ内証（打ち明け話）をかたらせ、」（同上）③「毎日心算用して、諸事に付きて利を得る事のすくなき世なれば、内証（家計）に物のいらざるしあん第一と心得て」（五の二。警句74。商人の心得。）

〔二〕否定面

①「今の商売の仕かけ、世の偽りの問屋なり。十貫目が物を買って、八貫目に売りて銀《かね》まはしする才覚、つまる所は内証の弱り（経営の不振）」（一の一。警句7。商人の心得。）②「人のしらぬ渡世、何をかして（妾、売春の類を暗示する浮世後家とするのが通説。）、内証（内情）の事はしらず。」（一の二）③「おやぢは是を笑ふて、其問屋心もとなし。追付、分散にあふべきもの也。内証（経営の内幕）しらずして、さやうの問屋銀《かね》をかしかけたる人の、夢見悪かるべし。」（一の三）④「然れども今程は、見せかけのよき内証（内情）の不埒《らち》なる商人、」（二の一。警句81。商人の心得。）⑤「とても事に、其内証（家の内情）が聞きたし」（同上）⑥「内証（家計のやりくり）のとても埒《らち》の明《あ》かざる人」（二の二）⑦「此若ひ者ども見しれる人ありて評判するを聞けば、内証（正体、素姓。）しらぬ事」（三の一）⑧「御内証（暮らし向き）は存ぜねども」（三の二）⑨「内証（わが家の内幕）の事が両隣へきこえる」（同上）

〔三〕その他

①「水茶屋よりかねて桟敷《さじき》とらせ、内証（お茶屋の帳場。通説は楽屋。）より近付の芸者に花をとらせ。」（三の一）②「しまふた屋と見せて、内証（家の内部）を奥ふかふ」（三の四）③「宵から小うたきげんの人定めて内証（家計の清算）ゆるりと仕舞《しまひ》おかれしや。」（四の三）④「留守のうちに手廻しよく内証仕舞《しまひ》置ける（一年の清算を済ませた）とうれしく」（五の三。ここは錯覚している夫の心理描写であり、内実は火の車である。）

さて、「内証」には現代の「内証事」に通じる秘密の意味があり、西鶴は「是をおもふに、人の身のうへに、まことほど恥づかしきものはなし。」（四の一。警句16）と言い、他人に知られたくない事実を暴露される人間の羞恥《しゆうち》心を警句として表現しているが、「商人のひみつ也」（『永代蔵』五の二）として、売掛金徴収の秘訣を読者に披露するサービス精神に、『胸算用』の作家魂の一面をかいま見る思いである。「内証」と同様に、「暮らし向き・生計・家計」の意味を持つ「手前《てまへ》」の語句が、『永代蔵』と同じ様に『胸算用』に多いのも当然であり、「内証と手前」の文学とも言える。用例のいくつかを参考に示そう。

①「近年銀《かね》なしの商人ども、手前に金銀有るときは」（一の一）②「此者どもが、手前よろしく成りけるはじめ」（二の一）③「すこし手前（家計）取り直したらば」（二の二）④「わが手前を思しめしてさぞ口《くち》おしかるべし」（三の三）⑤「それほど手前（手元）に有るかないか」（三の二）⑥「それは手前（家計のやりくり）もふりまはし（資金の融通）もなる人」（四の三）⑦「当くれ手前（経済状態）さしつまり」（同上）

従って「大名衆への御用銀」の金融業者は「手前よろしき者」（二の一）であり、「糸商売する京の人」（四の四）は「手前者」、長者の娘は「手前者の子」（二の三）として登場するが、『永代蔵』と比較する時、「長者訓」の激減に正比例して「手前者」（金持ち）の描写が少なく、「手前のならぬ人」（「懐具合の悪い人」『永代蔵』四の五）の「手前のならぬ節季」（「苦しい越年」同上）の描写が、『胸算用』に多いわけである。

以上、『胸算用』に表れた「商売の諸相」の警句17例を総括する時、前記の通り、「振手形」の乱発（警句95・96）や「出違ひ」（同101～106・但し103を除く。）の描写、又「世間がつまった」（同91）・「商ひ事がない」（同92）という不景気の世相の指摘など、人生の影（不定面）の部分への照明（12例）が多く、好景気で活況を呈する大江戸の描写（同93・94）という光の部分や、債権者（貸し手側）の視点に立つ越年風景（同99～101）が少ないという諸点に、作者のモチーフや視点が反映していると考えざるを得ない。

第五点。「一般の世相」の警句についてはやや顕著な増加（6.1％→10.4％）が認められるが、『永代蔵』11例と『胸算用』14例の第一の相違点は「世の人心」の警句の考察でも触れたが、伊勢（一の三。警句111）・伏見（四の三。同115～116）・堺（三の四。同117）・奈良（四の二。同118）・長崎（四の四。同120）の各地の異色ある人情風俗や歳末風習の描写であり、京女の世相、風俗（二の三。同113）の紹介である。第二の相違点は、貧民層の越年風景である。「貧家の辺《ほと》りの小質屋」（一の二。同109）や「小家がちなる所（貧乏長屋）」（一の二。同107）、又迎春の資金の調達は「それぞれに質を置きける覚悟有りて、身仕廻《みじまい》する」（一の二。同108）大坂（異説がある）の裏長屋の住民達の紹介である。『永代蔵』でも、「小家がちなる世帯」（五の二）や、町はづれの「菊屋の善蔵といへる質屋」（三の三）を通して下層町人階級の世相と人心に照明を与えているが、一篇の三分の一に過ぎない善蔵の話に対し、質屋から見た長屋の大晦日風景を終始俎《そ》上に載せる『胸算用』の世界とのギャップは明確である。しかし、都に近い同じ伏見の里を舞台とした質屋に視点を置き世相を描写した『西鶴織留』（五の三）の世界は、檜谷昭彦氏の指摘の通り(5)、「『胸算用』の世界と素材や構成における類似性のみならず、質屋業は「亭主は中々心よはくてはならぬ商売、是程いやな事はなし。」（『永代蔵』三の三）・「質屋程世のうき目見る物はなし。気のよはき人の中々成るまじき家業なり。」（『織留』五の三）・「小質屋心よはくてはならぬ事なり。」（『胸算用』一の二）と批評する三者の類同性が認められる。「西鶴は大坂の質屋の息子であったが、その作品の中には、近世初期の上方質屋をめぐる人間模様が実にこわいほどするどく、たくみに描かれている」(6)という質屋史の専攻学者齊藤博氏の見解は興味深い。筆者寡聞で西鶴の質屋説の論拠は不明であると思うが、「けふを暮して明日をさだめぬ、哀れさまざまの人」（前記『織留』五の三）を多角的に描写する上で、素材として質屋の視点の導入は有効適切である。「質《シチ》」と「節季・盆前（他に牢《ラウ》人・侘人等）」は、終生談林俳諧師であることを止めなかった西鶴にとって付合語であり、「質《シチ》」の解説文に「貧しさのみにもあらず、ひろく商をするにはをかでかなはぬとかや。」（『類船集』(7)）と商売上の必要性にも言及する。

以上、『胸算用』に表れた「一般の世相」の警句14例を総括する時、「借人《かす》なければ、万事当座買にして朝夕を送」るという文字通り底辺の貧民層の描写（一の二）を初めとして、「大方《おおかた》行く所なき借銭負《おひ》の顔つき」をしている古道具の夜市の見物人達（五の一）。大晦日の前日の伏見の夜船の中での身の上話は、「いづれを聞きてもおもひのなきはひとりもなし。」（四の三）と何処《いづこ》も同じ秋の夕暮れ、同病相哀れむ、すねに傷を持つ群像（債務者）である。その中に、「大つごもりの入かはり男とて近年の（内にゐる）仕出し〈新案〉」の秘伝が伝授されるが、「出違ひ」の方法のバリエーションとして注目される。又、「神さへ銭もうけは只はならぬ世」なので、当世風で商売上手な神職のスケッチ（一の三）。堺の商家の選択を誤った歳徳神も欲の社会の一員で、「神さへ御目違ひ」（三の四の章題）となり、恵比須の助言を受ける迎春風景と多彩である。概して言えば、例外はあっても、「毎年世間がつまり、我人迷惑するといへど、それぞれの正月仕舞、餅突かぬ宿もなく、数の子買はぬ人もなし。」（四の五）という『永代蔵』の世界に対して、「春の用意とて、いかな事、餅ひとつ小鰯《ごまめ》一疋もなし。」（一の二）という描写が象徴しているように『胸算用』の世界は、中・下層の町人群像を主対象に、貸借関係の重圧下にあって、卑小な人生を生きる大晦日の切迫した遣り繰り話が主流を占めているわけである。

注

（1）第四章の「『世間胸算用』に表れた警句」（警句90～106の17例をさす。）

（2）（3）借り手（債務者）側の立場に立った警句は95と96（一の一）・102（二の二）・103（二の四）・104（二の二）・105と106（四の三）であり、貸し手（債権者）の立場に立った警句は99（二の四）・100（三の一）・101（三の二）である。

（4）高尾一彦氏『近世の庶民文化』岩波書店・昭和43年。133頁。

（5）『井原西鶴研究』三弥井書店・昭和54年。260～266頁。（第二部の五章『西鶴織留』と出版書肆。第二節　巻五の三と『世間胸算用』の条。）

(6)『質屋史の研究』新評論・平成元年。2頁。(序文の一)。なお、同書は質屋と関係ある西鶴の文章を列挙し説明している。『西鶴織留』は61・77・78頁。『日本永代蔵』は同上。『世間胸算用』は61・78頁参看。

(7) 高瀬梅盛編『俳諧類船集』寺田与平次版。延宝四年刊。(『近世文芸叢刊第一巻』昭和44年。般庵野間光辰先生華甲記念会編による。「質」の項は同書の500頁参看。) なお、前句への付心(趣向)を単語で例示し、心付のヒントを与えた大衆向け指南書『俳諧小傘』には、「質《シチ》」(見出し語)の(付心)として「晦日《ツゴモリ》」がある。(同書は、坂上松春編・西村未達校正・西村半兵衛他二名刊。元禄五年刊。百廿八ウ。原本は中川架蔵本による。)

(三)「商人の心得」を中心に

以上『永代蔵』と『胸算用』の両作品に表れた警句の比較を通して、有意差が認められる「長者訓」・「人生観」を初めとして、「世の人心」・「商売の諸相」・「一般の世相」の計五項目にわたり考察してきたが、町人の経済生活を主題とする両作品において、最も重要な項目である「商人の心得」の警句に論及していない。その比較考察の重要性を認識するが故に、前記の通り、「参考表4」として、「商人の心得」の警句の分類とその分布状況の比較表を特に示したわけである。紙幅の都合と、右記の五項目についての考察中に触れた諸点において同義反復の可能性もあるので、「参考表4」の補足説明を兼ねて、気の付く若干の問題点を考察する程度に止めておく。

第一点は、「参考表2」を通して両作品に表れた警句を巨視的に考察する時、先ず第一に気の付く点は、『胸算用』における「人生観」(6.7%→3.0%)・「処世訓」(10.0%→7.4%)・「長者訓」(17.2%→7.4%)・「商人の心得」(24.4%→20.9%)の計四項目が全面的に減少している点である。つまり、「人生観」はさておき、「訓」や「心得」が持つ「教訓性」の側面の全面的後退という現象は、警句という限定付きであるが、従来指摘されてきた教訓性の希薄化という点を裏書きするものと考える。『永代蔵』は息張って倫理を説いているが、『胸算用』はあまり倫理を表面に出さず、それとなく倫理を説いているという特色が見られるとする[1]野田壽雄氏の説は、基本的に妥当な見解である。

第二点は、「参考表4」における、「⑶始末」・「⑷才覚」・「⑸算用」の三大項目の比重の増大という現象である。作道洋太郎氏の説[2]によると、西鶴の経営思想は、近世町人の理想的な人生哲学でもあり、また近世商法の原点ともなった処世訓である。始末・才覚・算用という、近世におけるビジネスの三徳目は、関西商法の原点であり、その発想は『永代蔵』に大きな典拠を求めることができるという。そこで「参考表4」を見ると、「商人の心得」の全警句数に対する始末・才覚・算用の三徳目の合計警句数の比率は、『永代蔵』の20％（44分の9）より、『胸算用』の43％（28分の12）に増大する。仮にやや異質的な「⑿町人の縁組」を除外すると、その比率は25％（36分の9）より50％（24分の12）と相当な割合を占める点に留意させられる。警句としてこの三徳目の表われ方を用例を通して検証するに当り、前記の識者作道氏の説明[3]を参考に示しておきたい。

「始末」はたんに質素・倹約を意味するばかりではなく、「始め」と「終わり」とがあるということ、すわち計画的であるという意味が含まれていた。「才覚」ということには、やりくり・工夫・発明という意味のほかに、「思い入れ」即ち商機を見きわめ、場合によっては投機的取引といえども熟慮断行せざるをえないという積極的な姿勢が含まれていた。また「算用」は算盤勘定に徹する大坂町人の合理性を謳ったもので、期末の決算方法や帳合法などに関して規定している条項が家訓には少なくない。（「江戸時代の商家経営」4「商家の経営方針と文化構造」の文中における「家訓にみられる経営方針」の項。）

まず両作品に表れた三徳目の用例数（但し、警句とは無関係である。上位は『永代蔵』、下位は『胸算用』のそれぞれの用例数を示す。）は、「始末」13例と8例。「才覚」11例と13例。「算用」13例と11例。（但し、『永代蔵』において、「才覚者」〈二の三〉、「才覚男」〈二の三・四の五〉・「才覚人」〈五の四〉、「才覚らしき若ひ者」〈二の一〉を除く。）となる。「参考表4」の『胸算用』の「⑶始末」の警句7例にはすべて「始末」の語を欠くが、実質的には始末の尊重と奨励に要約できる。その内訳の要点は、女房の衣類、装飾品の華奢・寛活の戒しめ（警句68・69）であり、無用の外聞・見栄（同70）や、遊興や好色（同71）の戒め、計画的出費と分相応の観劇による遊興（同72・89）の勧《すす》めとなる。

参考までに「始末」の警句と認める用例3を含めて、『胸算用』における用例をすべて挙げる。

◎『胸算用』の「始末」の用例（肯定的な始末6例。否定的な始末2例。）

①「貧家又は始末なる宿には、これ（海老《えび》）を買はずに祝儀をすましぬ。」（一の三）②「銀《かね》持……あそび事にも始末第一、気のつまるせんさく也。」（二の一）③「尤《もつとも》始末の異見（もっともな倹約についての意見）」（二の三。章題）④「始末（吝嗇《けち》）で鼻紙一枚づつ（地女は）つかふて」（同上）⑤「京の人心……常に胸算用して随分始末のよき故ぞかし。」（三の一。警句129）⑥「人は盗人火は焼木《たき》の始末と朝夕気を付くるが胸算用のかんもんなり。」（三の二。同8）⑦「貧者の大節季、……銭が一文おかぬ棚をまぶりてから出所なし。これを思へば年中始末をすべし。」（五の一。同26）⑧「さても始末（吝嗇《けち》）なやつがうり物ぞ。」（同上）

◎『永代蔵』の「始末」の用例（肯定的な始末12例。否定的な始末1例。）

①「始末大明神」（一の一）②「此世悴《せがれ》親にまさりて始末を第一にして」（一の二）③「是より欲心出来《いでき》て、始末をしけるに」（一の三）④「袖覆輪といふ事、此人（藤市）取りはじめて当世の風俗見よげに始末になりぬ。」（二の一）⑤「盆正月の着《きる》物もせず、年中始末に身をかため」（二の二）⑥「今壱人は、……始末の二字をわきまへなく（二の三）⑦「長者丸といへる妙薬の方組……始末拾両」（三の一）⑧「始末からの食養生残る所なし。」（三の四）⑨「惣じて人の始末は正月の事なり。」（四の五。警句123）⑩「境（堺）は始末で立つ」（同上。178）⑪「律義に構へて始末過ぎたる若ひ者は、利を得る事にうとし。」（五の一。同153）⑫「千七百貫目の銀《かね》は一代の始末にて舒《のば》しければ」（五の三）⑬「其後妹が一子を見立て、……其始末すたれる草履《ぞうり》迄も拾ひ集め」（五の五）

次ぎに、「商人の心得」の中、『胸算用』の「才覚」の警句と認める用例2を含めて、『胸算用』と『永代蔵』における「才覚」の全用例を挙げる。

◎『胸算用』の「才覚」の用例

①「銀《かね》まはしする才覚、つまる所は内証のよはり、」（一の一）②「今といふ今小尻さしつまりて、一夜を越すべき才覚なく」（一の二）③「何ほど利発才覚にしても、若き人には、三五の十八、ばらりと違ふ事数々なり。」（一の三。警句62）④「是程に身躰持ちかためたる人の才覚は格別」（同上。76）⑤「まことは面々の知恵才覚を以《もつ》てかせぎ出し」（二の一。同52）⑥「欲から才覚して済《すま》す事」（二の一）⑦「左の手に握るといふ海馬（竜の落し子）をさいかくするやら」（二の二）⑧「なくば手わけして（現金の）才覚せよ」（三の二）⑨「才覚のぢくすだれ」（五の二。章題）⑩「何とか才覚いたしける餅もつき」（五の三）⑪「色々無分別、年を越すべき才覚なし」（五の三）⑫「母親の才覚にて、御坊さまへ正月四日まで預けにつかはしける」（五の三）⑬「これ（金銀）をもうくる才覚のならぬは諸商人に生まれて口おしき事ぞかし」（五の四。同77）

◎『永代蔵』の「才覚」の用例

①「其身才覚にしてかせぎ出し」（一の一。警句85）②「知恵才覚、算用たけて」（一の四）③「此後家……才覚、男にまされど」（一の五）④「才覚を笠に着る大黒」（二の三。章題）⑤「鐙屋《あぶみや》……其身才覚にて近年次第に家栄へ」（二の五）⑥「人は知恵才覚にもよらず、貧病のくるしみ」（三の一）⑦「分限は才覚に仕合せ手伝はでは、成りがたし」（三の四。同98）⑧「知恵才覚には天晴《あつぱれ》人には、おとらねども」（四の二）⑨「なを才覚の花をかざり」（五の一）⑩「世間に尾を見せず、狐よりは化《ばけ》すまして世をわたる事、人の才覚也」（五の一。同119）⑪「只知恵才覚といふも世わたりの外はなし」（五の二。同34）

次ぎに同じく用例を検証するため、両作品における「算用」の全用例を示す。

◎『胸算用』の「算用」の用例

①「両替には算用指引して」（一の一）②「伊勢ゑび……ひとつ三文する年、ふたつ買ふて算用を合すべし」（一

の三）③「いかに親子の中でも、たがひの算用あひは急度《きつと》したがよい」（同上。警句25）④「大神宮にも算用なしに物つかふ人うれしくは思しめさず」（同上。111）⑤「一割半の算用にして」（一の四）⑥「兼《か》ねて算用には十五両の心あて」（三の一。同100）⑦「此男は長崎の買もの、京うりの算用して、すこしも違ひなく」（四の四。同98）⑧「算用の外の利を得たる事一とせもなくて」（同上。同）⑨「此心から算用すれば」（五の一）⑩「未来にて急度算用し給ふなれば」（五の三）⑪「九拾五匁の算用にして借《かり》ましたよ」（同上）〈他に「毎日心算用して」（五の二）〉

◎『永代蔵』の「算用」の用例

①「弁舌手だれ知恵才覚。算用たけて、わる銀《かね》をつかまず」（一の四）②「算用なしの色あそび」（二の三）③「常には算用のならぬ事なり、」（二の五）④「はかどらぬ算用捨《すて》て、わざくれ心になりて」（四の二）⑤「当分の物入りを算用して、銀《かね》の溜《たま》るを慰みに」（四の四）⑥「算用はあひながら、売掛を取り集めて」（四の五）⑦「算用なし打込み置きて」（同上）⑧「さりながら口過ぎにはあはぬ算用ぞかし」（五の一）⑨「算用しませう」（五の二）⑩「算用はあひながら、その銀《かね》ふさがりて」（同上）⑪「町人は算用こまかに、針口の違はぬやうに手まめに当座帳付くべし」（五の四。警句83）⑫「奉公するに銀《かね》見るか、算用かといへば、さしあたって口おしく、諸芸此時の用に立たず」（六の二。同121）⑬「惣高（全財産）算用して、三分半にまはる程に仕かけ」（六の四）

第三点は、「参考表4」における「(3)始末」・「(4)才覚」・「(5)算用」の三大項目の警句の背景となる両作品について、用例上の「始末・才覚・算用」の意味に変化が認められる。語義それ自身の変化と言うよりは、文脈上用語の用い方の変質と言うべきかもわからない。もちろん同じ使い方もあるわけである。

『永代蔵』と『胸算用』の両作品に表れた「始末」の用例の比較を通して、その相違点を指摘する。概して言えば、『永代蔵』における「始末」の用例は、右記のように致富譚の重要な手段か、又は長者訓の一環として使用される場合が主流を占める。（右記の用例①〜④・⑦・⑫がその該当例。⑧は守銭奴的長者の始末、⑪は大気や投機心を欠き、分限になる適格性を欠く若者の例で、始末を含む正しい町人道を基軸とする発言として、上記の用例に準じて考えると、計8例の過半数となる。）これに反して例外はあるが、概して『胸算用』における「始末」の用例は、長者訓とは無縁な庶民の経済的処世術の一環として語られる場合が多い。貧家や貧者の越年、迎春風景と関連して語られる計画的消費生活（用例①・⑦）。収支の適正・均衡を意味する「胸算用」（『胸』と略称）の語との関連性（⑤・⑥）特に実質的に「吝嗇《けち》」の語義を持つ用例（④・⑧）は『永代蔵』（『永』と略称）にはなく、（但し、『永』⑧は「けち」に近い語義を持つ）見落す事のできない留意点である。両作品に共通する「始末」の用例は、西鶴が一貫して主張する町人の理想像とは相反する守銭奴的始末（『永』の⑧と『胸』の②であるが、特に戯画化されている前者の分限の一生に留意。）であり、正月を初め、年中始末を心掛ける恒常的な計画性（『永』の⑤と⑨と『胸』の⑤〜⑦）等である。

さて、[4]識者によると始末は本来は消費生活のものであるが、消費生活のみならず、商内《あきない》の道にも活用せらるべきものと考えられ、才覚と相並んで始末は長者となる秘訣と考えられた。右の用例（『永』⑦）において、「家職弍十両」に対する「始末拾両」は、一見過小評価のように見えるが、実はそうではなく、西鶴は始末の重要性を相当高く評価していた論拠として、長者丸の方組（処方）五訓の後に記した毒断（禁忌）十六訓の大部分は、奢侈・贅《ぜい》沢《たく》・浪費・無駄と見られるべきものであり、一部分は投機的な事、或は不堅実な事である。従って、それらを断ち止める事は「始末」に帰するわけであると[5]土屋喬雄氏は言う。右の方組五訓と毒断十六訓とを合わせた二十一訓を金言とし、西鶴は福者の教としている点より、土屋氏の立言は妥当と思われる。西鶴は早くから町家における危険な妻の例として、「万《よろづ》の始末心を捨てて、大焼きする竈《かまど》を見ず……」（『好色五人女』二の四）と言い、逆に「すへずへの女に手紬《てつむぎ》を織らせて、わが男の見よげに、始末を本とし、竈も大くべさせず、小遣帳を筆まめにあらため、町人の家に有りたきはかやうの女ぞかし。」（同上。巻三の二）と記して、商家経営にとって「始末」が一家の死命を制する点を強調している。[6]周知のごとく「始末」に似て非なるものに、出すべき時に惜しみて出さない「吝嗇《けち》」があり、必要とあれば惜しみなく出すが、不必要に使用しないのが「始末」である。ところで、両作品における「始末」の警句（「表4」の「商人の心得」の警句の比較表）の頻度数を、説話数の比率において比較すると、『永代蔵』の10％（30分の3）より、『胸算用』の35％（20分の7）に増大している論拠は何か。『胸算用』における掛乞対応劇が、実は都の中層町人に限られているとする吉江久彌氏説はほぼ妥当な見解とかんがえられるが、前記の通り、随時対象として上層町人の生態を点綴乃至対照させながら、主として中・下層の町人大衆に焦点を当てて、収支の計画性とその実行力の是非が問われる貸借の清算日（大晦日）と言う時間（設定）に照明を与えている点が影響している事は確かである。上層町人においても「始末」の重要性は不変であろうと考えるが、より低所得のこまかな利益や収入に頼る階層にあっては、細心の手堅さが要求され、合理性と計画性を基調とする「始末」の重要性が警句となってクローズ・アップされてくるのは必然である。西鶴が『永代蔵』や『織留』で活写した知恵や才覚を駆使して富を築く商人の出現は元禄期前半までのことで、後半になると商人の多くは確立した家業を守ることに力を注ぎ始めたと今井修平氏は解説する。単に生産力の上昇が限界に達しただけでなく、市場機構の整備や取引組織の確立で、新しく個人的に進出することが容易ではなくなったと言うわけである。『町人考見録』についての研究でも、大名貸について、驕奢による没落事例が17例とする報告も「始末」の重要さを物語る証言の一つである。西鶴も、富の偏在や貧富の差の増大を指摘する警句（『永』の警句44「世は愁喜貧福のわかち有りて……」（二の二）・同72「金銀も有る所には瓦石のごとし。身代程高下の有る物はなし。」（同上）・『胸』43「金銀ほど片行のするものはない」（二の二））を吐いているが、『永代蔵』より『胸算用』へ、景気の減速と社会の固定化という時代の流れの反映として、「始末」の警句の増大の意味を再確認するわけである。

次ぎに『永代蔵』と『胸算用』に表れた「才覚」の用例を通して、その異同点を指摘する。概して言えば『永代蔵』における「才覚」の用例は、「始末」と同様に致富譚の重要な手段か、長者訓の一環として使用される場合が過半で、主流を占める。（右記の用例①・③～⑤・⑦⑨の6例がその該当例。⑧は不運な男に芽が出て、大商人になる、その導入の文言なので、これに準じて考えられる。②も番頭や手代の立身を目的とする商才なのでこれに準じる。）これに対して『胸算用』の「才覚」は、概して変化に富み、約半数近くの用例に消極的な商才や、変質した「才覚」の意味を認める。（例えば①は苦しい資金繰りをする工夫や方法を指し、⑥もこれに準ずる。⑫の才覚は商才と全く無縁であり、機転・思案等諸説がある。②と⑪は共通しており、うまい方法・工面等諸説がある。⑩も商才というよりは、やりくり・工面の意味を持つ。）『胸算用』の「才覚」は、『永代蔵』と比較して、消極的、警戒的な配慮にすぎず、かつての絢爛《けんらん》な発明も才能も悪辣《らつ》の分子もどこかに喪失して、殆ど節約、用心、警戒を意味するに過ぎないと言う(10)塚本楢良氏の説は、説明不十分であり、半面の真実を述べたものと言えるが、興味深く参考となる。両者の共通点は、「知恵才覚」（『永』②・⑧・⑪と『胸』⑤）や「利発才覚」（『胸』③）という二語の併用に認められるように、「発明」「工夫」「利発」の内容を持つ点である。特に『胸算用』における長者訓に通じる用例（④と⑬）や、発明の語義を帯びる用例（⑨）等に両者の語感の近似性を認める。他に両者の異同点として、「駆け引き」の内容を持つ用例（『永』⑩）や、不十分な物事を種々に工夫して都合をつける「遣り繰り」の用例（『胸』前記）を見落してはならない。

「才覚」の(11)概念規定は諸説があり、広狭様々で、複雑微妙である上、類語との関連性を究明しないと十全ではないが、その点若干触れておこう。「知恵」の用例は、『永代蔵』(12)7例（他に複合語3例）、『胸算用』(13)6例（同上4例）であり、両作品はともに「利発」の用例(14)（各4例）を共有している。類語として、「新案・工夫」その他の意味を持つ「仕出し」は、『永代蔵』に16例(15)、『胸算用』に約13例(16)（但し、名詞の他に動詞を含む。）、「才覚・工夫」の意味を帯びる「調義」は、『永代蔵』に約2例(17)（一の三・六の四）、その他、思ひ入れ・工夫・分別・思案・調法・いちもつ等の用例がある。結論として「才覚」の類語は、『永代蔵』がより豊富と考えるが、『胸算用』に智恵の文学という性格を読みとることが可能であるという篠(18)原進氏説は新鮮で、一理があり、今後の課題として考えてみたい。

三徳目の最後の一つである「算用」について、両作品の用例を通してその異同点を指摘する。第一に『永代蔵』における「算用」の用例の中に、町人の資質・能力を表すものとして、算用の重視を示したものが3例（①・⑪・⑫）認められるが、『胸算用』にはそのような用例がない。町人にとっても尤も重要な技能は、何よりも算用であるという観点から、町人本来の理想は「算用」にあったと考えてよいというのが識者の見解に多い。西鶴は、「算用」と同じ意味に「十露盤」という言葉をも使用する。

「それ人間の一心、万人ともに替れる事なし。……十露盤をきて商人《あきうど》をあらはせり。その家業、面々一大事をしるべし。」（『武家義理物語』序文）「公家は敷嶋の道、武士は弓馬、町人は算用こまかに、針口の違はぬやうに、手まめに当座帳付くべし。」（『永』五の四。警句83）「十露盤をひとり子と思ひて、是を抱いて寝るべし。」（『西鶴織留』五の三）「知恵の箱と名付けて見せさせ給ふは、諸商人《ばいにん》其家々の帳箱なり。年中請払ひをゆだんなく、心に掛けよとの見せしめなり。万の事に付けて、帳面そこそこにして算用こまかにせぬ人、身を過ぎるといふ事ひとりもなし。」（同上。五の二）

右の四つの文言は、町人の経営理念の内容として「算用」の重要性を遺憾なくアッピールした文言と考える。両作品の異同点の第二として、『胸算用』の「算用」の用例の中に、数字記述が4例（②・⑤・⑥・⑪）と多く、『永代蔵』の1例（⑬）に上回る。数字記述は西鶴の作品で『永代蔵』が最高で、『胸算用』がこれにつぐという統計(19)があるので、一概に有意差があるとは言えないが、『永代蔵』のような大金でなく、何文といった零細な金額が多いという指摘は、作品の内容から言って当然と言えるものの、②と⑤の用例に一応留意させられる。第三に有意差とは認めないが、『永代蔵』には、「算用なし」（②・⑦）の用例のように、否定語との併用が5例（他に③・④・⑧）あるも、『胸算用』にはない。偶然の現象と思われるが参考に記しておく。算用は計量であり、算盤に合うか合わぬかであるという意味で、右記の四例（『永』⑥・⑩と『胸』②・③）は基本的用例である。要するに、「算用」は町人における合理主義の一示現であり、経営や家計において、「始末」を根本方針とした計画的な活用が重要であるという理念を語るものとする識者の見解[20]でまとめておく。

以上「商人の心得」の警句の考察を通して、『永代蔵』と『胸算用』の両作品を比較して、第一点に教訓性の希薄化、第二点に「始末」「才覚」「算用」の三徳目の比重の増大という現象について、第三点にその三徳目の背景となる両作品の「始末・才覚・算用」の、それぞれの用例上の意味に変化が認められる点について、該当する具体的事例を網羅的に列挙し、帰納的に異同点を指摘した。以下「参考表4」の「商人の心得」の警句を通して気のつく顕著な問題点の若干を指摘する。

第四点は、「参考表4」における、(1)家職（一業専心）」と「(2)しにせ（永続的信用）」重視、尊重の姿勢である。「参考表4」[21]における「(12)町人の縁組」の項目が、『永代蔵』では独立項目として最多の警句（8例）を持つが、例えば、中村幸彦氏の分類のように、商家の衣・食・住や縁談等を、「商家の生活の心得」として独立項目とするのも一つの方法であり、「商人の縁談の心得」として別格とすれば、「家職・しにせ」を合計した警句は、両作品にあって最多又は次点を占める。「参考表3」の「長者訓」の警句においても、「(1)家職の尊重」は当然最多の警句となっている。先ず両作品に表れた「家職・家業・身過ぎ」の用例数（但し、警句とは無関係である。上位は『永代蔵』、下位は『胸算用』のそれぞれの用例数を示す。）は、「家職」6例と2例。「家業」両者4例。「見過ぎ」12例と6例となる。

◎『胸算用』の「家職・家業」の用例

①「定めがたきうき世なれば、定まりし家職に油断なく」（三の四。警句63）②「惣じて親より仕つづきたる家職の外に、商売を替へて仕つづきたるは稀也。」（五の二。同56）③「家業は、何にても親の仕似せたる事を替へて利を得たるは稀なり。」（一の三。同62）④「次第に朝霜、夕風、人皆冬籠りの火燵《こたつ》に宵寝して、それぞれの家業外《ほか》に

成り行き、さしつまりて迷惑する事也。」(三の一)⑤「長崎も次第に物さびしくなりぬ。しかし此所の家業は、よろづからもの商《あき》なひ」(四の四。同135)⑥「此心からは、行末分限になる所見えたり。其子細は一筋に家業かせぐ故なり。」(五の二。同56)

◎『**胸算用**』の「**身過ぎ**」の用例

①「朝から日のくるるまで、よの事なしに身過ぎの沙汰」(二の一)②「女房どもは銀《かね》親の人質になして、手代に機嫌をとらせ、身過ぎは外《ほか》にも有るべき事」(三の二)③「夢にも身過ぎの事をわするなと、是長者の言葉也。」(三の三。同57)④「足きり八すけといひふらして、一生の身過ぎのとまる事、これおのれがこころからなり。」(四の二。同80)⑤「此津(長崎)は身過ぎの心やすき所なり。」(四の四)⑥「ひとりあるせがれめが、つねづね身過ぎに油断いたしまして、借銭に乞《こ》いたてられまして」(五の三)

◎『**永代蔵**』の「**家職・家業**」の用例

①「手遠きねがひを捨てて、近道にそれぞれの家職をはげむべし。」(一の一。警句107)②「昼は家職を大事につとめ、夜は内を出でずして、」(一の二)③「此亭主を見るに、目鼻手足あって、外の人にかはった所もなく、家職にかはってかしこし。大商《あき》人の手本なるべし。」(一の四。同76)④「長者丸といへる妙薬の方組伝へ申すべし。……家職弐十両」(三の一。同77)⑤「風絶えて雲静かに、……白銀町の槌《つち》の音、昔見し人其家職かはらず」(四の三)⑥「身業《みすぎ》の種は親代からの油屋なりしが、家職の槌の音を嫌ひ、」(五の二)⑦「女の身持、娘の縁組より内証うすくなりて、家業の障《さは》りとなる人数しらず。」(一の四。同140)⑧「毒断あり。……家業の外《ほか》の小細工、金の放し目貫《ぬき》。」(三の一。同77)⑨「是を思ふに、銘々家業を外《ほか》になして、諸芸ふかく好める事なかれ。」(五の四。同79)⑩「もっとも、六十年はおくりて六日の事くらしがたし。是を思ふに、それぞれの家業油断する事なかれ。」(六の二。同80)

◎『永代蔵』の「身過ぎ」の用例

①「是を思ふに、男よくて身過ぎにかしこく、世間にうとからず、……聟に取りたきとて尋ねても有るべきや。」（一の五）②「身過ぎの道急ぐ犬の黒焼」（二の三。副題）③「身すぎはかけて（商売不振で、生計不足がち）隙《ひま》の有る程気の毒なる物はなし。」（二の二。同168）④「何をしたればとて、人の中には住むべきものをと腕だのみせしが、かかる至り穿さく、当分身業《すぎ》の用には立ちがたく、十露盤《そろ》をおかず、秤目しらぬ事を悔しがりぬ。」（二の三。同122）⑤「今此身になりて思ひあたり、諸芸のかはりに身を過ぐる種をおしへをかれぬ親達をうらみける。」（二の三）⑥「知恵の海広く、日本の人のはたらきをみて、身過ぎにうとき唐楽天が逃げて帰りし事のおかし。」（二の四）⑦「内儀は……上方の問屋とは各別、人の機嫌をとり、身過ぎを大事に掛ける。」（二の五）⑧「それ身過ぎは色々あり。」（四の一）⑨「身過ぎかまはぬ唐人の風俗」（五の一）⑩「淀の里に山崎屋とて、身業《みすぎ》の種は親代からの油屋なりしが」（五の二）⑪「何ひとつくらからねど、身過ぎの大事をしらず。当所《あてど》もなく江戸にくだりて、奉公するに、銀《かね》見るか、算用かといへば、さしあたって口おしく、諸芸此時の用に立たず。」（六の二。同121）⑫「ひそかに田地を買置き、一生の身業《すぎ》を拵《こし》らへ」（六の四）

さて、右記の用例を通して第一に考えられる事は、長者訓として、「朝起五両・家職弐十両・夜詰八両・始末拾両・達者七両」という「家職（家業）」の最重視である。「江戸時代の商家経営」を説いた作道洋太郎氏は(22)、この五項目・五十両の効能に対して、大坂町人の理想的な人生哲学が示されており、このような大坂町人の行動基準は、亨保期以後において大坂の商家で盛んに制定された家訓のなかに具体化されることになったと指摘する。西鶴の「長者丸」にみられる発想法は家訓の原点《ルーツ》をなす考え方であったという意味においても、「家職」や「身過ぎ」を重視する姿勢は、警句のみならず、その用例の量と質とにおいて実証する事が可能である。西鶴は『胸算用』の巻頭文で、「人みな常に渡世に油断して毎年ひとつの胸算用ちがひ」とのべ、又「大暮《ぐれ》までは遠ひ事のやうに思ひ、万人渡世に油断をする事ぞかし。」（三の一）と繰り返し、「渡世・家業」の重要性を強調している。「夢にも身過ぎの事をわするな」（『胸』の③）という長者訓は、家職の尊重を象徴的に示すものである。「只知恵・才覚といふも世わたりの外はなし。」（『永』五の二）と喝破し、「商人《あき》はただしにせが大事ぞかし。」（同上）と強調する。相続者はリレーランナーとして、家名・家業永続第一主義の経営理念を持つ事が要求されていた。「のれん」は老舗《しにせ》の顔であり、誇りであり、「のれん」に傷をつけないように経営することは、老舗にとって最大の課題であると[23]足立政男氏は説く。社会・顧客の永続的信用性という意味において、「参考表4」の「商人の心得」における「(2)しにせ」の重視は必然の徳目となるわけである。

　さて、「家職・家業・身過ぎ」の全用例（見落しがあるかもわからない。）を通して、『永代蔵』と『胸算用』の二作品の異同点は何か。両作品に共通する顕著な点は、「一業専心」の姿勢であり、基本的に大きな相違点はないと考えるが、あえて両者の違いを示すと、用例③・④（『永』の「家職・家業」）のように、『永代蔵』には、大所・高所から、又は原理・原則論から「家職」の重要性を説く文言が認められる。そのような観点からの文言は『胸算用』には希薄である。この点は、「大商人の手本・長者丸」（用例は前記。）という「長者訓」との関連性の強弱とも考えられるが、「分限」と関連性を持つ「家業」の用例（『胸』⑥）が『胸算用』にも認められるので、そのような色彩の強弱という程度の相違と考えたい。量と質との両面において、「一業専心」の姿勢は、より『永代蔵』に強くにじみ出ており、7つの用例（「家職・家業」の①〜④・⑧〜⑩）を通してその点を確認する。第二の異同点は、「一業専心」と表裏の関係にある「転職・兼職（業）の戒め」である。兼業を戒める『永代蔵』（「家業」の⑧）に対して、転職を戒める『胸算用』（「家職・家業」の②と③は同一筆法。）の用例においてその点は明確である。[24]前記の「江戸時代の商家経営」について、特に大坂の代表的な豪商である鴻池と住友との家訓のなかで、「新儀停止《ちょうじ》」（新規の事業には手を出してはならない。）とか、「祖法墨守」（旧来の慣行を守れ。）といった経営方針を打ち出し、一業専心の徹底をはかり、経営の多角化を戒めていることは注目されるという。たとえ利益が見込まれた場合でも、諸商売に手を広げる事を禁止する家訓の実態と、前記の西鶴の用例とを彼此照合する時、いかに文芸とはいえ、西鶴の発言は意味深長であり、見せかけの教訓調のスタイルであり、皮相のポーズとして一刀両断に処理できない点も含まれている事を確認する。第三に『永代蔵』に認められる「身を過ぐる種」（「身過ぎ」の⑤）と「身業《みすぎ》の種」（同⑩）の両用例である。西鶴は『織留』において、「身過ぎは八百八品、それぞれにそなはりし家職に油断する事なかれ。」（「三の四」の枕）と警告を発し、「身過ぎの家業」（二の四）重視の観点から、「身過ぎの種」（三の四・四の一・五の一）・「身過ぎは草のたねぞかし」（五の三〈「五の四」は誤り〉）と諺を多用する。『胸算用』も例外ではなく、「渡世の種のつきける人」（一の二）や、「銀のなる木をほしや。さてもまかぬ種ははへぬものかな。」（二の四）という同一発想が認められる。「家職・家業・身過ぎ」の類語に、「渡世」や「口過ぎ」等の用例が多用されているが、紙幅の都合もあり、第四点の「⑴家職・⑵しにせ」の重視・尊重についての考察を終る。

第五点　その他。「参考表4」の「商人の心得」の警句一覧表を通して考察する必要のある問題点は多い。例えば「⑹根性・がめつさ」の項目における「勢ひとつ」は、商売に対する意気込みの重視である。自力で生きる気概や覇気であり、バイタリティーに通じるものである。時には押しの強気の商法も必要な点は、老舗《しにせ》[25]の店則にも現れている。そのような「したたかさ」とともに、[26]大阪町人は大気・大様を理想としたという意味で、「⑻大気・太っ腹・心だま（度量）」が望ましいとされた。その他、[27]『永代蔵』の巻四には、ほぼ連続する一連の正直談の一グループがあり、「巻四の二」では、端的に正直という実践倫理が語られているが、「⑺正直（正路）」の商法は重要な徳目の一つとして、[28]家訓にも厳然として銘記される場合が多い。その他に考察すべき問題点も多いが紙幅の都合で割愛する。

注

（1）『日本近世小説史　井原西鶴篇』勉誠社・平成2年。624頁。
（2）作道洋太郎氏他四名共著『江戸期商人の革新的行動』有斐閣・昭和53年。41・44頁。
（3）宮本又次・中川敬一郎両氏監修『江戸時代の企業者活動』（日本経営史講座1）日本経済新聞社・昭和52年。75頁。（執筆は作道洋太郎氏）
（4）宮本又次氏『近世商人意識の研究―家訓及店則と日本商人道』有斐閣・昭和17年。34～40頁。（第一に始末・第二に算用・第三に才覚について詳細な考察がある。）
（5）『日本経営理念史』日本経済新聞社・昭和42年。168頁。（第二編江戸時代の商人と経営理念。第二章江戸時代初期の商人の経営理念。第二節西鶴の町人物に現われた商人の経営理念。五　描かれた経営理念の内容（3）の項参看。）
（6）宮本又次氏著注（4）の『近世商人意識の研究』35～36頁。
（7）『西鶴　人ごころの文学』和泉書院・昭和63年。287頁。
（8）新修大阪市史編纂委員会編『新修大阪市史第3巻』大阪市発行。平成元年。518頁。執筆者今井修平氏は第三章七節「新興町人」担当。
（9）この拙論の『二の（一）「長者訓」と「人生観」を中心に』の注（15）の同書137頁（執筆は安岡重明氏。）
（10）「西鶴町人物に現れたる「才覚」の研究」『上方』（西鶴記念号）8号。昭和6・8・1。42～57頁。（主に50頁の一部分を中川の私意で要約）
（11）①例えば前記注（4）の宮本又次氏は同書（38頁）で「知恵・発明・手だれ・弁舌・駆け引き・愛嬌・工夫等一切の商才をこの才覚の中に含ませて私は考えたい。又貨幣鑑定・商品の『めきき』、符牒その他取引上の『こつ』等もいづれも秘伝的な魔術として体得すべきものであったから、これまた才覚と見たい。……『日本永代蔵』を通じて才覚の内容を見るに、利発・用心・発明・忍耐・工夫が看取される。利発・発明・工夫は企業者の創造的役割を示すもので、茲に近世商人に於ける個人意識の萌芽を認めたい。……才覚は更に進んで商機を見て思惑する『思ひ入れ』となる。」とある。②前記注（5）の土屋喬雄氏は同書（154頁）で、「才覚について見るに、それは知恵をはたらかし、目さきを利かして、巧みに商機をつかみ、あるいは工夫をこらして商売上新機軸を出し、さらに愛想をよくし、商品を多く売りさばき、商売の繁昌をはかることである。」とする。

（12）『永代蔵』の「知恵」の用例。①「弁舌・手だれ・知恵・才覚」（一の四）②「よい知恵の出時もはやおそし」（二の三）③「人は知恵・才覚にもよらず、貧病のくるしみ」（三の一）④「知恵・才覚には晴天《あつぱれ》人にはおとらねども」（四の二）⑤「只知恵・才覚といふも世わたりの外はなし。」（五の二）⑥「思ひのほかなる知恵を出して、舟つきの自由させる行水舟をこしらへ」（六の二）⑦「知恵をはかる八十八の升掻《ますかき》」（六の五。章題）他に⑧「知恵付」（二の三）⑨「知恵の海広く」（二の四）⑩「知恵者」（四の一）

（13）『胸算用』の「知恵」の用例。①「人の知恵はこんな事ぞ。」（一の三）②「まことは面々の知恵・才覚を以ってかせぎ出し」（二の一）③「今の知恵ならば春秋の彼岸のうちに祭るべし。」（四の一）④「我ひとり知恵有り顔にいひける」（四の三）⑤「おのれおのれが知恵にはあらず。」（五の二）⑥「人の知恵ほどちがふたる物はなかりし。」（同上）他に⑦「それぞれの知恵袋」（序文）⑧「こなたのやうなる知恵袋は銀《かね》かし中間の重宝々々。」（二の一）⑨「日本の知恵ふくろ」（四の四）⑩「知恵付時に身をもちかためる」（五の二）

（14）『永代蔵』の「利発」の用例。①「利発（なる）手代を追まはし」（一の四）②「此藤市利発にして」（二の一）③「さりとは利発もの」（六の二）④「利発なる小判を」（同上）『胸算用』の「利発」の用例。①「我に銀借《か》すほどの人も又利発にて」（一の一）②「何ほど利発・才覚にしても」（一の三）③「利発にて分限にならば」（四の四）④「本のとさまは利発にあったとおもへ」（五の三）他に「利発がほする男」（一の四）

（15）『永代蔵』の「仕出し」の用例。①「色作る男の仕出し」（一の二）②「髪の結振《ゆひぶり》を吟味仕出し」（一の三）③「近年小ざかしき都人の仕出し」（一の四）④「商の仕出しはなきかと尋ねしに」（二の三）⑤「此菊屋四五年に銀弐貫目あまり仕出し」（三の三）⑥「安部川紙子に縮緬《ちりめん》を仕出し」（三の五）⑦「近年砂糖染の仕出し」（四の一）⑧「明暮工夫を仕出し」（同上）⑨「才覚男の仕出し」（四の五）⑩「弐百貫目仕出しぬ」（五の一）⑪「万に工夫のふかき男にて、世の重宝を仕出しける」（五の三）⑫「鼠の作り物仕出して」（五の四）⑬「三文字といへる人、むかし懐中合羽を仕出し」（六の二）⑭「ひとりの利発にて仕出し」（六の三）⑮「歴々に仕出しける人あまた有り」（六の五）⑯「近代の出来商人、三十年此かたの仕出しなり」（同上）

（16）『胸算用』の「仕出し」の用例。①「振手形といふ事を仕出して」（一の一）②「金銀を仕出し」（二の一）③「今時の女……皆遊女に取り違へる仕出しなり。」(二の三) ④「弟は次第に仕出し、程なく弐千貫」(同上) ⑤「夫婦いさかひ仕出し」(二の四) ⑥「それぞれの仕出し羽織」(「三の二」の副題) ⑦「此おとこ……内にゐる仕出しをいまだ御ぞんじなさそうな」(四の三) ⑧「大つごもりの入かはり男とて、近年の仕出しなり。」(同上) ⑨「京大坂の細工人も手をつくして色々仕出し」(四の四) ⑩「当年の仕出しは、夕日笹のもよふとぞ」(五の一) ⑪「草履のうらに木をつけてはく事仕出しけれども」(五の二) ⑫「ちやんぬりのかはらけ仕出して」(同上) ⑬「大晦日の夜のお祖母《ばば》を返せは我等が仕出しと思案して」(五の三)

(17)『永代蔵』の「調義」(才覚・工夫・策略・駆け引き・遣り繰り算段等の意味を持つ)の用例。①「諸事につきて、其身調義のよきゆへぞかし」(一の三) ②「たとえば、借銀かさみ、次第にふりにつまり、さまざま調義をするになりがたく」(六の四)

(18)「『世間胸算用』論―「野ら犬め」と呟《つぶや》く老婆―」『弘前学院大学国語国文学会誌』6号。昭和55・3・14。27頁。

(19) 浮橋康彦氏(浮橋ゼミナール)「西鶴作品における数字記述」『立正女子短期大学文芸論叢』4号。昭和43・2・10。108～115頁。他に浮橋康彦氏「西鶴作品の数字記述について」『文体論研究』昭和43・11。121～123頁。

(20) 注(6)の同書の37頁。他に注(5)の土屋喬雄氏の同書164～169頁、その他参看。

(21)「日本永代蔵」『国文学解釈と鑑賞』25巻11号。昭和35・10・11。66頁。

(22) 注(3)の同書。「江戸時代の商家経営」74頁。

(23)「京都における老舗の経営理念―老舗の家訓を通して見た―」『経営理念の系譜―その国際比較―』89頁。(監修者は竹中靖一・宮本又次の両氏。東洋文化社・昭和54年。)なお足立氏の論考の「一、家業永続の経営理念」の「1.家業永続第一主義―相続者はリレーランナー」のタイトルを利用した。他に①谷峯蔵氏『暖簾考』日本書籍・昭和54年。②松宮三郎氏『江戸の看板』東峰書院・昭和34年。③足立政男氏『老舗の家訓と家業経営』広池学園事業部・昭和49年。④編集兼発行「京都府」『老舗と家訓』昭和45年。(特に、足立政男氏執筆の第一編老舗の伝統)その他参看。

(24) 注(3)の同書。74・75頁。

（25）注（23）の③の足立政男氏の同書212頁に「⑧強気の商法」の項目がある。
（26）宮本又次氏「商人気質から見た上方と江戸」『大阪の研究（第一巻）』清文堂・昭和42年。30～35頁（「五、大阪の大気と江戸の気風」の項。参看）。なお、宮本又次氏『随想大阪繁盛録』文献出版・平成3年。10頁。「第一章の二大阪の『大気』と決着」の項に「大阪町人は大気・大様を理想とし、……」の文言がある。
（27）『永代蔵』の巻四の二に「正直なれば神明も頭に宿り、貞廉なれば仏陀も心を照す」とあり、『沙石集』六下九の影響が考えられる。この巻四の二の文言は、ほぼ連続する一連の「正直談」の一グループの背景を持って語られている点について、拙論の「西鶴と『沙石集』」（暉峻康隆氏編『近世文芸論叢』中央公論社・昭和53年。192頁。）において指摘した。本書収録。
（28）注（23）の③の足立政男氏の同書210頁に「⑦正直・正路の商法」の項目がある。他に吉田豊氏『商家の家訓』徳間書店・昭和48年。12～14頁。（「二、正道で築く信用」の項で、正直の重要性が強調されている。）

三、『世間胸算用』の主題

『胸算用』の主題についての私見は、町人の経済生活にとって、主として最も劇的で、切実な大晦日の二十四時間の出来事という一日に限定、凝縮して、その時点における町人群像が――主として中・下層の町人大衆に焦点を当てながら、しばしば上層町人、時には最下層の町人の生態を点綴、乃至対照させたり、諸種の人物の複合・対立の関係を設定して、――一年中の収支の総決算日に当る大晦日を、いかに乗り切るかという視点から、のるかそるかの駆け引きの修羅場を劇的に描写し、町人の内証やエゴを通して、町人の経済生活の諸相と、人間の正体や人心の機微を描き出す所に、作者のねらいがあったと考える。同時に「諸国咄」的立場やスタイルから、京阪中心ではあるが、江戸・奈良・長崎等の各地の異色ある人情・風俗や、歳末風習なども随時紹介する重層的構造に『胸算用』の特色と価値が認められる。

まさに食うか食われるかの極限状況下の総決算日に、債権・債務の両者の緊張関係を、常に対照的に描くという意味では「劇的」であり、「借《か》す人なければ、万事当座買にして、朝夕を送」（一の二）る最下層の人間以外には誰でも確実に毎年訪れてくる掛売り・掛買いの清算日であり、契約社会の日常茶飯の出来事という普遍性を持っているという意味では、ある種の「真実性」が保証された素材でもある。フランスの古典劇における作劇法上の規則に、時・場所・筋の一致を規制した「三一致の法則」がある。劇作品は単一の筋のもとに、一日（できれば夜明けから日没まで）の中に生起・発展・終結しなければならぬという意味で、『胸算用』の新しい視点や小説手法に類似の要素が認められて興味深い。因みに序文と全二十章中の十六章の各章に「胸算用」、七章に「算用」（延べ11例。前記。）、一章（五の二）に「心算用」の用例があり、序文と全二十章の各章に「大晦日」（序文を含めて延べ32例。後記。）、「大節季」・「節季」・「年のくれ」・「大ぐれ」・「当くれ」・「大としの夜」・「大つごもり」・「年をこし（たる）」・「年をとる」・「十二月晦日の夜」・「十二月晦日の明ほの」等の類語が、延べ30[1]例（15章に点在）以上も認められる。異論もあるが、題目の「世間胸算用」・副題の「大晦日は一日千金」は、単なるキャッチフレーズに止まらず、内容的に主題を投影しているとみるべきである。

　識者によると、算用とは計算であり、算盤勘定に徹する大坂町人の合理性を謳ったものであり、町人の資質・能力を表すものとして、最も重要な技能は何よりも算用であるという観点から、算用にたけていることは、天下の町人たる第一の資格であるという。前記の通り、公家や武士との本質的な相違点として、町人本来の理想は算用にあったという意味においても、町人の経済生活を主題とした作品に、『世間胸算用』というキャッチフレーズとも言うべき題名の採用は、心憎いばかりである。考えてみると、西鶴は晩年まで作家であるとともに、談林俳諧師であることを止めなかった。西鶴時代の代表的付合集である『類船集』[2]では、「胸」と「算用」（他に「分別」など）は付合語であり、『胸算用』と同年月の元禄五年正月刊行の当代の代表的付合集である『俳諧小傘』[3]では、「胸」の

「付心」として、「算盤」や「分別」等が示されているわけである。『世間胸算用』の原本の「内題」と「柱刻」の「胸算用」が原名であり、「世間」と冠したのは出版者の考えかもわからないとする野田寿雄氏の説[4]は、本書の創作意識を検証する時、一考に値する。

西鶴は『胸算用』の中で、「人こそしらね、年のとりやうこそさまざまなれ」（一の二）と言い、「おなじおもひつきにて油がはらけと油樽と、人の知恵ほどぢがふたる物はなかりし。」（五の二）と警句を吐く。越年・迎春の世相は千差万別であり、人の知恵・能力ほど個人差のあるものはないわけであり、人間の生まれつきの器量はいかんともしがたいという考えが、家職の尊重と相まって後者の主題である。その「人こそ知らね」という商人の秘密や恥部（内証）にスポットライトを与えて、人間のエゴとも言うべき「さもしく」（三の二）・「おそろしき」（二の一・四の二）人の心や、「人の気はしれぬもの」（二の四）という人間の正体を白日の下にさらし、劇的かつ具体的に、リアルに描写しようとするところに、『胸算用』執筆のモチーフがあり、文学精神と西鶴の姿勢を認める。「世間は広し」という警句は西鶴の現実認識の常套語であり、「人はばけもの」（『西鶴諸国ばなし』）・類語は『好色盛衰記』）・「人はしれぬものよ」[5]（『西鶴織留』等）の警句に象徴されるように、未知なるものや、不可解なものに対する探訪精神と強烈な人間的関心は、西鶴の基本的姿勢であり、町人物を一貫している。飽きることを知らない珍奇な話の種の追究と収集が、町人の経営や家計の秘密事とも言うべき「内証」や、人間の欲や、エゴの洞察となって開花した作品こそ『胸算用』の世界であったと言える。能力と個性に応じて駆け引きや遣り繰り話が様々に展開する『胸算用』の世界は、その「算用」と結びついている「才覚」と「知恵」の文学という性格を、その側面に読みとることが可能である。

延宝七年（一六七九）三月刊行の『難波すずめ』[6]では、大坂問屋は四五種、業者三四五軒に達していたとする報告（第二章（三）の注（3）51頁）があるが、「今の商売の仕かけ世の偽りの問屋なり。」（一の一。警句7）という、辛辣《らつ》を極める西鶴の批評眼は、延宝期において確立した近世大坂商業の基軸をなす問屋制度（同上。54頁）の整備・拡充という現実認識に立っての発言だけに、当時の読者にとっては極めて説得力があったと考えられる。「借銭は大名も負せらるる浮世……金銀ほど片行〈偏在〉のするものはない」（三の二。警句49・43）という警句の背景には、貸金が約三十倍になり、後年、千貫目の長者になった大名貸による町人の致富譚（『織留』二の一）も想定できるが、又一方、前記（第二章の（三））の様に、慶安・明暦より元禄初年にかけて、大名貸が原因で没落した八人の町人の実態や、大名貸が原因で倒産した町人の話（『永代蔵』六の二）等との連繫《けい》においても、生々しい実感をもって『胸算用』を読んだ読者の存在も十分想定できる。「金銀ほしや」（二の四・警句48。三の二・同49。三の三・同50。）の渇望は、九つの警句（43～51）となって、六つの章に顕在化しているが、貧富の懸隔が顕著となり、固定化しつつある社会において、生きるための人間性喪失や人間失格者も出現するわけである。警句一覧表の人間観の項目（1～18）には、「欲の世の中」の三用例を初めとして、愚かで偽りの多く、せちがらい世相・人心の否定面や暗黒面に対する発言が意外に多い。

さて、ここで、『胸算用』の主題論の問題点について、いくつかを取り上げておく。

第一点「一定の時、一定の舞台において、一定の層の生活を描くという、きわめて近代的な集約方法」という[7]説明に対する批判である。「一定の層」については、「中下層町人を主とする登場人物」というのが通説であり、私見も異存がない。但し、前記（第二章の（三））のように「掛乞対応劇が、実は都の中層町人に限られている」とする視点が妥当であるとすると、貸借支払いの遣り繰り話を中心とするという意味では、借金する能力のないその日暮らしの最下層（底辺）の町人の描写（一の二）もあるが、主たる対象はむしろ中層町人ではないかという見解も成立する。例えば「大分の借銭負ひたる人は、五節季の隠れ家に、心やすき妾《てかけ》をかくまへ置きけるといふ。」記述に留意したい。西鶴もさすがに「それは手前もふりまはしもなる人の事、貧者のならぬ事ぞかし。」（四の三）と言下に否定しているので、例外であると当然反論されるわけであるが、例えば『永代蔵』において、大晦日に必ずしも、掛売り・掛買いの総清算を予定していない町人の言動が認められる点である。「売掛も、たとへば十貫目の物、みつ《(三)》壱《ひと》ぶんにして三貫目と請け払ひすれば、世間に尾を見せず、狐よりは化けすまして世をわたる事、人の才覚也。」（五の二。警句119）とある記述について、つまり債権者としては三分の一の回収を予定して、債務の方も全部支払わないで、加減する人間こそ才覚者だというわけである。清算されない実態という点では、妾のいる隠れ家案も、実現の可能性を含み、たてまえと本音のギャップと、余裕ある貸借関係の実態を直接、間接に反映、又は証明しているとも考えられる。裏から考えると、債務者の次回の支払能力を信用する相互の経済力が背景に厳然とあり、底辺の町人も質物があるので、西鶴も「楽しみは貧賤に有り」（一の二）とうそぶくことになる。乳母奉公から妻を取り戻した貧乏男のように、「たとへ命がはて次第」（三の三）という極貧状態ばかりの人物や経済状況では、殺風景で小説の興味が半減し、ドラマはマンネリ化して数回位で連続せず、打ち切り必至となる。西鶴は『織留』で「中分の下の身体までは、（乳母を）置きかねけるも断《ことは》り也。」（六の二）とか、「中より下《した》の人のためにもなりぬ。」（三の四）と品定めをしている点よりも、主たる対象は、中層（又は「中の下」）階級位と考えたい。

第二点「一定の舞台」について。「私達読者の身近にある生活空間」説[8]もあるが、むしろこれは作者が日常見聞して、小説に形象化しやすい生活圏内に取材したとも言えるわけであり、大阪、京都、伏見、堺、奈良、江戸と、京阪中心ではあるが、「諸国咄」的立場やスタイルの継続と言うべきか、異色ある各地の風俗・人情の描写によって単調を救い、立体的構造を持つ点に成功した。

第三点　人物について。「中下層町人のみを描こうと意図されたものではなく、上層町人と中下層町人とを常に対比しながら、大節季を無事仕舞ふ者たちと、迷惑する者たちとを対照的に描き出そうとした作品」説[9]がある。「上層と中下層町人とを」「常に対比」とするのは、作品の実態を検証する時承認できないが、条件付で一部賛成できる視点である。[10]浮橋康彦氏は、親子・夫婦・貸し手と借り手・あるいはグループ・群集という人物の複合・対立の関係が多く設定されているとするが、ほぼ承認できる視点である。私見として、登場人物の中で上層クラスと考えられる八人の人物像を具体的に指摘したが（第二章の（一））、栄華なる能見物の江戸者と川西の若者達（三の一）、京の糸商人仲間で、うだつの上からぬ男と成功者（四の四）、一匁講仲間で、うっかり（失敗）男と智恵者（二の一）、金持の長男の失敗譚と次男の成功譚（二の三）、手習師匠が語る四人の子供（弟子）の評価（五の二）等の意識的な人物の対比は、西鶴得意の一手法（対照的手法）と認められ、その点を考慮に入れて「参考表一」の登場人物像（第一章）を作成しているわけである。

第四点「一定の時」について。前記（第二章の（一））の田中節子氏には、成立説に絡《から》ませた詳細な考察がある。私見としても、前記の大晦日の類語（「晦日」等約十種類）が皆無の章は四章（二の一・二の三・四の四・五の二）を数え、この四章すべてが、同氏の『胸算用』成立論で問題となっているのは興味深く、右の四章と、「巻三の一」の計五章について、すべて中心となる話は大晦日である必然性がなく、大晦日に興味を持って書かれた章ではないという指摘は一考に値するものがある。前記の通り、序文と全二十章の各章に「大晦日」の用例があり、「大晦日」の語の二度使用は六章（一の二・一の四・二の二・三の二・四の三・五の一）、三度使用は三章（一の三・四の一・四の二）となって延べ33例と類語30例以上という点に、意識的、積極的に大晦日を描こうとした作者の姿勢が認められる。

以上で主題に関する考察を終るが、作品論とも関連する点で付記しておきたい点がある。それは登場人物や事件・世相に対する作者の評価や所感を、研究者の立場からどうとらえ、考えるかという問題であり、これらには異説[11]が認められる。例えば作者が作り出した虚構の存在としての「はなし手」[12]は作者自身ではなく別個であるとする説である。今は余裕がないので深入りを避けるが、作品に対する複眼的な視点による考察は必要である。例えば下層町人に対しても、厳しい現実認識や、人間の本性を作家の立場から冷静に、人生劇場を傍観者的に観察するような眼も持ち合わせており、その発言もみせかけの教訓調のスタイル、乃至単なる皮相のポーズか、或いは本音か、識別することの困難な例もあるが、今後の課題であることも確かである。例えば「身のさんげする事哀れにも又、おかし」（五の三「平太郎殿」）という表現は、単なる同情や戯画化ではなく、商人出身の苦労人西鶴の人間洞察と理解に支えられた発言であると同時に、客観視する作家精神を想定するわけである。『織留』精読後、意外に健康な常識人の西鶴の発言に驚くわけであるが、人間の悲喜劇におけるユーモアとペーソスの精神が右の作品（「平太郎殿」）に流れているのは確かである。

注

（1）①「晦日」（一の二）②「大節季」（一の三・三の四・五の一）③「節季」（二の二・二の四・三の二・四の二・四の三〈二回〉・五の三〈二回〉）④「年のくれ」（一の四・四の一・四の二）⑤「十二月晦日の夜」（一の四）・「十二月晦日の明ぼの」（三の三）⑥「大ぐれ」（三の一・四の二）⑦「当くれ」（四の三〈二回〉）⑧「大年の夜」（四の一）・「大としの夜」（四の二）⑨「大つごもり」（四の三）⑩「年をこし」（一の二・五の一）⑪「年を取る」（一の一・一の二）・「年をとる」（五の四）⑫「十二月廿九日の朝……けふと明日」（一の一）・「十二月廿九日の夜」（四の三）

（2）高瀬梅盛編・寺田与平次版。延宝四年刊。（『近世文芸叢刊第一巻』241頁。前記第二章の（二）の注（7）参照。）

（3）坂上松春編・西村未達校正。西村半兵衛他二名刊。元禄五年刊。（中川架蔵本。七十八オ。第二章の（二）の注（7）参照。）

（4）岡本隆雄氏と共著『世間胸算用全釈』武蔵野書院・昭和54年。13頁。

（5）①『椀久二世の物語』（上の一）②同上（上の五）③『本朝二十不孝』（三の二）④『西鶴織留』（三の三）同（六の二）その他。

（6）水雲子編著。小嶋屋長右衛門と古本屋清左衛門の合版。（筆者中川は『懐中難波すすめ全』の覆刻版を参照。佐古慶三氏解説。清文堂・昭和44年。）

（7）暉峻康隆氏『西鶴評論と研究下』中央公論社・昭和25年。152頁。

（8）檜谷昭彦氏編『世間胸算用』桜楓社・昭和62年。8頁。

（9）広嶋進氏「『世間胸算用』の章相互の関連について」『近世文芸研究と評論』31号。昭和61・11・30。10頁。

（10）第一章の注（1）の同書24頁。

（11）有働裕氏「『世間胸算用』試論―作品におけるはなし手の位置―」『国文学言語と文芸』94号。昭和58・7・28。21～38頁。

（12）早崎捷治氏「『世間胸算用』に於ける創作意識の展開」『近世文芸研究と評論』4号。昭和48・5・30。23頁。

むすび

町人の経済生活を主題にした西鶴の浮世草子を刊行年代順に示すと、周知の通り、『永代蔵』・『胸算用』・『西鶴織留』となるが、執筆順は『織留』が『胸算用』に先行する。名は体を表わすと言うが、この三部作の書名の意義を熟考すると甚だ興味深いものがある。さて、最後に右の『織留』を視野に入れて、若干の補足と、小稿の要約を通して今後の課題と展望について、箇条書き風に少し触れておきたい。「西鶴の創作意識」というタイトルに従うとすれば、『織留』の考察を先行させて、同書と『永代蔵』の比較を先ずするべきであるが、西鶴没後の第二遺稿集として、又未完の書として、『織留』の複雑な編集過程や成立事情を考慮に入れる時、両者のストレートな比較論には、当然慎重さが要請される。本稿は『永代蔵』と『胸算用』の比較論に終始したようであるが、両作品に表れた警句を通して、第一点に著しい「長者訓」の減少、第二点に同じく「人生観」の激減、第三点に「世の人心」の警句の激増、第四点に同じく「商売の諸相」の警句について、顕著な増加が認められる点を指摘した。第五点に

「一般の世相」の警句にやや顕著な増加が認められるが、例えば「質屋風景」の描写についても、量と質の両面における深化、拡大を通して、貸借関係の重圧下にある中・下層の町人群像のクローズアップの手法が成功している点を強調した。第六点に「商人の心得」の警句を中心に、教訓性の希薄化、「始末・才覚・算用」の三徳目の比重の増大、警句の背景となる両作品における三徳目の用例と、その意味の変化に言及した。特に、三徳目の周辺にある類語を、考察の射程内に入れるとともに、西鶴当時の商家経営上における三徳目の位置づけを、識者の説を援用して考察した。「才覚」とその周辺の類語の多用性の検証は古くて新しい課題である。第七点に警句中の「家職」最重視の思想は、「長者丸」の比喩として結晶し、家訓の原点《ルーツ》となったという意味でも軽視できない点を説いた。

以上の七点は名目上の問題点に過ぎず、警句の増減の実質的な意味や背景乃至原因等の究明が必要であり、いささかの考察と私見を示したつもりである。そこで『織留』を含めて若干の問題点を補足しておく。『織留』については、少なくとも三つの系統に分類して考察する必要があるが、今後の課題として一括して考えたい。

第一点、警句の功罪と文芸性。『永代蔵』の警句は合計180例なので、一章平均6例。(1)『織留』は173例で平均7.5例（「参考表5」参照）。『胸算用』は135例で平均6.8例となる。前稿で指摘したように、三者の中、概ね簡潔に要点を纏めて、警句らしいスタイルを比較的多く取り揃えていると思われるのは『永代蔵』であり、厳密な警句の定義に従うと、『胸算用』の用例は半減し、やや甘い評価であれば約三分の二ということになる。『織留』は最多の警句比率を持ち、平均62.4字であり、最短12字より最長288字に至るまで不揃いであり、平均は概ね2行程度（一覧表の底本による。底本は1行約33字程度。）と思われるが、未完の書として、雑然とした未整理の随想的、評論的な作品群を内包するため、著者の生前に刊行された他の二作品と同じ評価を下すことは適切ではない。しかし、参考のために示すと、警句に表れた「処世訓」は、執筆順に、『永』（警句中の百分比は、10.0％・18例）→『織』（16.8％・29例）→『胸』（7.4％・10例）となって、『織留』が断然多い。特に当時の俳壇批評（三の二）や、子供を養育する男の悲哀を描く話（六の二・六の三）は、作者の体験談に基づくものと考えられ、人生批評のエッセイという視点から、身につまされるような内容、筆致（警句）を持つ。冗漫な同義反復もあるが、急所に触れる、我が意を得た発言も随処に認められ、味わい深い佳品として、他の作品にない文芸性を買いたい。前記の通り、『胸算用』は、口語表現の増大と、地と会話の融合という文体上の特異性もあり、切れ目不明なものや、締まらない警句もまま認められるので、同日に談じ難いが、巧みで切れ味の鋭い西鶴らしい警句も散見し、減《め》り張《は》りの利いた表現は逆に文章を引き締め、洗練された味を出している。

『織留』と『胸算用』の両作品における各段階での警句の位置について概算（大筋は変わらないと思うが、やや厳密さに欠ける）した所に拠《よ》ると、段落の節目（急所・力点）に当りやすい位置（起筆と結び）に置かれている場合が多い事が判明した。『織留』は実に121例（起筆61例・結び60例。全警句の約70％）、『胸算用』は66例（起筆35例・結び31例。全警句の約49％）を占め、各段落を求心的に引き締める、キー・センテンスや核となる。偶然かどうか、『永代蔵』の82例・全警句の46％という数値は、ほぼ『胸算用』に近似するので驚くほかはない。段落の設定区分については、諸説やや見解を異にするが、私見は、前田金五郎氏(2)（角川文庫本）以下二、三の著書を参考にした。今後の精査による警句の文章論における位置づけが要請されるわけである。段落区分の方法によっては数値の変更による軌道修正もおこり得るので、以上の数値は単なるめどを示すものに過ぎない。

第二点、警句と教訓性。波々伯部和子氏の「『世間胸算用』における西鶴の創作意識」の論(3)に、「忠告を目的とした作品群」として、序文以外に八章を列挙し、総体的に見て、教訓、警告、批判が一応目的となっている事が明らかな話ばかりであるとする。教訓の種類として、贅《ぜい》沢、無気力・無責任、好色の戒め。家業、始末の尊重。貸借関係の責任の自覚等、日常茶飯の身近なものから人間としての生き方に忠告を与えるものとする。さて、私見による「参考表1」によると、警句数9例以上の章は、6章あり、この中、10例の「一の三・三の二」、9例の「一の一・

○参考表5

警句の分類			警句数	順位	百分比
一		人間観	17	⑥	9.8
二	A	人生観	10	⑦	5.8
	B	処世訓	29	②	16.8
三	A	積極的金銭観	2	⑩	1.1
	B	消極的金銭観	5	⑨	2.9
四		長者訓	18	⑤	10.4
五		商人の心得	33	①	19.1
六		商売の諸相	9	⑧	5.2
七	A	一般の世相	24	④	13.9
	B	世の人心	26	③	15.0
分類／合計			173	順位	100%

二の三・五の二」の五章が、右記の八章のA群に入っているわけである。私は前稿で、『永代蔵』の警句は大上段に振りかぶった教訓と言うよりは、作品自体の中に内在する西鶴の人生観の片鱗であり、思わず発する処世上の世間智と言うべきであろうと説いた。『胸算用』における警句も基本的に『永代蔵』に通じるものが多いと考えるが、特に後半の「世の人心」は、「説話的要素にとぼしく、大部分はノン・フィクションの身辺雑記的なエッセイ」と指摘されている(4)『織留』はやはり異質的な要素を含む。西鶴における教訓性については見解の相違があり、検討課題の一つとして、波々伯部氏の説を引用した次第である。

『胸算用』には、その他舞台となっている地名不明の章の存在（「参考表1」参照。一の二・三の二・四の四・五の二）の意味や成立論等、問題点も多いが、予定の紙幅を相当超過しているので、考察を終る。最後に、今後の課題と展望について、西鶴の町人物三作品の比較考察による町人物の総括と、第一遺稿集の『西鶴置土産』の各説話に表れた警句法とテーマを考察し、西鶴文学の本質の究明にアプローチを試みたい。『西鶴織留』に表れた警句の一覧表の一部を紹介（後記）して、詳細は続稿に示したい。本稿は、前稿同様に諸先覚の学恩に負うところが極めて大きい。厳しく御叱正を願う次第である。

注

（1）『西鶴織留』に表れた警句の分類とその分布状況。（「参考表5」）
（2）①『西鶴織留』（角川文庫）角川書店・昭和48年。②麻生磯次・富士昭雄氏共著『西鶴織留』（対訳西鶴全集十四）明治書院・昭和59年。③野田寿雄氏『校註　西鶴織留』笠間書院・昭和47年。
（3）『青須我波良』11号。昭和50・11・20。11～12頁。
（4）暉峻康隆氏『日本永代蔵・西鶴織留』小学館・昭和52年。13頁。

付記

本稿執筆に当り、参照させて頂いた主な参考文献（「注」に記した参考文献を除く）を以下に列記し、謝意を表します。

（1）市古夏生氏校注・訳『世間胸算用』ほるぷ出版・昭和61年。
（2）市場直次郎氏『世間胸算用全釈』文泉堂書房・昭和10年。
（3）加藤裕一氏『西鶴織留』桜楓社・平成2年。
（4）白倉一由氏「『世間胸算用』論」『日本文芸論集』4号。昭和52・3・1。11～29頁。
（5）岡本隆雄氏「『世間胸算用』のアイロニー――首章を中心に――」『国語国文研究』61号。昭和54・2・28。1～14頁。
（6）谷脇理史氏『西鶴研究論攷』新典社・昭和56年。
（7）谷脇理史氏『西鶴研究序説』新典社・昭和56年。
（8）谷脇理史・神保五彌・暉峻康隆各氏校注・訳『井原西鶴集三』（日本古典文学全集40）小学館・昭和47年。
（9）浅野晃・谷脇理史両氏編『西鶴物語』有斐閣・昭和53年。
（10）金井寅之助・松原秀江両氏校注『世間胸算用』（新潮日本古典集成）新潮社・平成元年。

四、『世間胸算用』に表れた警句（一覧表）

厳密には警句の定義とその用例の判定は困難であるが、私見によって警句と考えるものを、できる限り掲出するよう努めた。警句の抽出について、『日本永代蔵』の場合においても必ずしも容易ではなかったが、「はじめに」記したように、本書の場合は文字通り骨の折れる作業となった。その理由として創作意識や方法の変質、特に口語調会話文の増大という文体上の変化が考えられる。『永代蔵』と比較して、一篇の主題と構想上の相違点のみならず、書き手と対象としての素材（人物や事件）との距離や視点の変化による『永代蔵』との断層が顕著である。厳密な警句の定義に従うと、その用例は著しく減少するはずである。しかし、主題・構想とその方法といった文芸性や精神構造を、よりよく理解できると判定した場合は、広義に解釈して警句を選定した。他に若干警句として認めてもよいものや、不適当と思われるものもあるはずであるが、大勢を考察する上においてそれ程支障はないと考える。警句の分類は必ずしも厳密なものではなく、あくまで便宜上のものであって、一応のメドを示すに過ぎない。

凡例

一　本文は便宜上、『定本西鶴全集第七巻』（解説は暉峻康隆氏・中央公論社・昭和52年・9版）を底本とし、現在初版に最も近いとされている三都版（国会図書館本）の影印本を参照した。影印本は、「近世文学資料類従　西鶴編14『世間胸算用』」（解題は金井寅之助氏・勉誠社・昭和52年）である。

二　漢字は、旧字体・異体字をなるべく通行字体に改めた。仮名遣い・当て字・誤字は、原則として原本通りとしたが、改めたところもある。送り仮名・振り仮名及び句読点は、読解の便宜のため必要に応じ改めたり、補った。

三　底本には中黒「・」はない。又当然必要な濁点のない例が多いが、読み易くするために、中黒や濁点を私意に施した。

同様に、圏点は中川の私意による。又本文中の「……」は中略を示す。

四　警句中の（　）の部分は、必要上省略された語句を私意で補ったものである。又、特に必要な場合は、〈　〉の部分に、私見で語句の意味や警句の要語の指摘や、そのねらいを示した。

五　便宜上、警句の頭部に通し番号を付した。警句の末尾の（　）の中に、各説話の巻と章を示した。その下段の算用数字は、底本（前記）の本文中のページと行数を示している。その最下段の（　）の中の数字は、その警句が、巻頭を起点として、何番目のものであるかを示したものである。

一　人間観

1　さる程に欲の世の中、百二十末社の中にも、銭〈賽銭〉の多きは恵美酒・大黒、多賀は命神、……と、宮すずめ〈案内をする下級の神職〉声々に商ひ口をたたく。（一の三）〈当世風で商売上手な神職も欲の社会の一員〉　197・4（25）

2　世間むきのよき時分なるに〈楽隠居してお寺参りをしてこそ世間体もよい年頃であるのに、この大黒講の親仁《おやじ》どもは〉仏とも法ともわきまへず、欲の世の中に住めり。死ねば万貫目持っても、かたびら一つより皆うき世に残るぞかし。（二の一）〈「人皆欲の世なれば」『永代蔵』（四の一）の深化・諦念〉　207・10（32）

3　いかに欲の世にすめばとて、念仏講中間の布に利をとるなどは、まことに死ねがな目くじろ〈死んでくれたらよい、そしたら目玉までえぐり取ってやろうの意。貪《どん》欲非道の喩え〉の男なり。（四の二）　260・8（90）

4　〈むかしは売がけ百目あれば八十目すまし、此二十年ばかり以前は半分たしかに済《すま》しけるに、十年此かたは四分払ひになり、近年は百目に三十目わたすにも、是非悪銀二粒はまぜてわたしける。〉人の心次第にさもしく、物かり〈掛け買いしておき〉ながら、迷惑はいたせど、商ひやめる外なく、又節季わすれて掛帳に付置きける。（三の二）　237・7（62）

5　〈足きり八すけと、その不正な鮹《たこ》の足を買う煮《に》売屋の悪徳に対して〉さりとはおそろしの人こころぞかし。物には七十五度〈諺。物事には限度がある。〉とて、かならずあらはるる時節あり。（四の二）　261・1（91）

6　亭坊も横手をうって、さてもさても、身の貧からは、さまざま悪心もおこるものぞかし。〈各《おのおの》もみな仏躰なれども、是非もなきうき世ぞと、つらつら人界を観じ給ふ〉（五の三）〈『万の文反古』（五の一）に同一の発想があり、「さてさて世に金もたぬ程かなしき物はなく候。偽もけいはくも悪心も皆貧よりおこり申し候。」とある。〉　294・2（128）

7　今の商売の仕かけ、世の偽りの問屋なり。（一の一）〈現今の商売の仕方にはいろいろ仕掛けがあって、まるで世間第一の虚偽欺《ぎ》瞞《まん》の総元締めのようなものだ。〉　185・8（7）

8　掛乞にも色々の心ざし〈性質の者もいるが〉、よきものすくなし。人は盗人火は焼木《たき》〈諺「人はぬす人、火は焼《ぜう》亡《まう》」のパロディー〉の始末と朝夕気を付くるが胸算用のかんもん〈主人の心得の最重要事〉なり。（三の二）　239・6（68）

9　つらつら世間を思ふに、随分身になる手代よりは、愚かなる我が子がましなり。子細は……〈我が子の〉身の働きに私なし。……〈召使いの手代の〉大かたは主の為になるものは稀なり。（三の二）（1）〈中井信彦氏によると、町人の経営が急速に拡大した元禄期に、使用人の不正が、めだって多くなり、処罰を規定した法令が多く出された。〉　238・10（67）

10　義理・外聞を思はぬからは、埒のあかぬ事身定め、古掛は捨てて当分のさし引き、〈古い売掛金は回収をあきらめ、最近の掛け売りの代金の差し引き勘定だけする。〉それをたがひに了簡して腹たてずにしまふ事、人みなかしこき世とぞ成りける。（三の二）　238・4（66）

11　此まへ松田といふ放下し〈からくり細工人〉がしたる事なれども、皆人賢過ぎて結局近き事にはまりぬ。（一の四）〈かえって手近かな簡単な事に騙される。諺「燈台もとくらし」『毛吹草（2）（巻二）』の類か。又「人程賢くて愚かなる

者はなし。」『永代蔵』（五の二）という側面も考えられる。〉　199・14（28）

12　人の気はしれぬもの、〈諺「気が知れない」〉今にも、俄に腹のたつ事が出来て、自害する用にも立つ事有るべし。（二の四）〈「人はしれぬ物かな」『永代蔵』（一の二）〉　223・3（52）

13　これかや、あをちびんぼう〈煽ち貧乏。いくら働いても抜けられない貧乏〉といふなるべし。又それほどにあきない事なくて、いよいよ日なたに氷のごとし。〈諺。しだいに小さくなって消滅する事の喩え。〉何としても一升入る柄杓《ひしやく》へは一升よりはいらずとむかしの人の申し伝えし。（五の二）〈諺「一升入る壺は一升」。物にはそれぞれ用途に応じた限度がある事の喩え。「一升入る壺は其通り也」『永代蔵』（二の二）と同類。貧乏性の人間の宿命。〉　285・5（118）

14　さる程に同じ後世（を願う信心）にも、諸人の心ざし〈志〉大きに違ひ有る事哉。（五の二）　285・10（119）

15　おなじおもひつきにて、油がはらけと油樽と〈では、儲けもまるで段違いで〉人の智恵ほどちがふたる物はなかりし。（五の二）　288・11（125）

16　是をおもふに、人の身のうへに、まこと〈他人に知られたくない事実を暴露される事〉ほど恥づかしきものはなし。（四の一）　256・12（82）

17　人の縁ほどしれぬものはなし。〈諺「縁はいな物」(3)。ここは単に男女の縁《えん》のみならず、縁というものは、種々の人々を結びつける、まことに微妙で、不思議なものである意と考える。〉（五の三）　290・15（127）

18　（十貫目箱壱つは、かなものまでうって、三匁五分づつ、拾七匁五分で箱五つ。中には世間にたくさんなる石瓦。）人の心ほどおそろしきものは御座らぬ。両方の外聞、見せかけばかりに内談と存ずる。（二の一）〈「おそろしの人こころ」警句5・「まことにのけば他人、さてもおそろしの人こころや。」『西鶴織留』（四の一）と同一発想。諺「離《の》けば他人」夫婦も離婚すると薄情冷淡になり、どんな秘密も暴露しかねない。〉　210・8（35）

二　人生観（処世訓）

A　町人の生きざまと理想

19　（[4]町人の生活目標、一説に町人の致富出世の目的は）分際相応に、人間衣食住の三つの楽しみの外なし。（一の三）　192・10（17）

20　世に金銀の余慶有る〈あり余る〉ほど、万に付けて、目出たき事外なけれども、それは二十五の若盛より油断なく、三十五の男盛りにかせぎ、五十の分別ざかりに家を納め、総領に万事をわたし、六十の前年より楽隠居して、寺道場へまいり下向して、世間むきのよき時分。（二の一）〈「人は十三才迄はわきまへなく、それより廿四五までは親のさしづをうけ、其後は我と世をかせぎ、四十五迄に一生の家をかため、遊楽する事に極まれり。」『永代蔵』（四の一）・「人は四十より内にて世をかせぎ、五十から楽しみ、世を隙《ひま》になす程寿命ぐすり（寿命を伸ばす薬）は外になし。」『西鶴織留』（五の一）と同一発想。当時人間[5]の定命六十年の人生コースとして、期待される町人の生き方は、蓄財後の楽隠居であり、遊楽・布施《ふせ》・寺社参りであり、そこに町人の経営哲学とも言うべき理念があった。右の三者に共通する楽隠居の時期は、執筆順に高く、四十五歳（貞享三・四年『永代蔵』）→五十歳（元禄元年ごろより三・四年にかけて『織留』）→六十歳前（元禄四年『胸算用』）となっているのは、作者の視点の変化とともに蓄財が困難となってゆく時代状況をも反映するものと考える。〉　207・7（31）

21　此人大名の子にもあらず、ただ金銀にてかく成る事なれば、何に付けても銀もうけして、心任せの慰み〈思いのままの気晴しを〉すべし。かかる人は、跡のへらぬ分別して〈散財しても巨視的には減らない安心感で〉の楽しみふかし。（三の一）　232・2（56）

22　〈大黒講をむすび、当地の手前よろしき者〈手前者《てまえしゃ》とも言われる裕福者〉ども集り、諸国の大名衆への御用銀の借《か》し入れ〈大名貸〉の内談〉……毎月身躰《しんだい》詮議にくれて、命の入日かたぶく老躰ども、後世の事はわすれて、ただ利銀のかさなり、冨貴になる事を楽しみける。（二の一）〈この後文に、前記の警句20と2番が連続する。西鶴にとっては（楽）隠居の楽しみを捨てて、手段としての金銭が目的化されたような「手前よろしき者」の生きざまは、まさに拝金宗であり、排斥すべき長者の生きざまである。参考となるので掲出。〉　207・3（30）

B　処世訓

23　打出の小槌《こづち》、何成りともほしき物、それぞれの智恵袋より取り出す事ぞ。元日より胸算用〈心づもり〉油断なく、一日千金の大晦日《おほつごもり》をしるべし。（序文）　179・9（1）

24　世の定めとて大晦日は闇なる事、天の岩戸の神代このかた、しれたる事なるに、人みな常に渡世を油断して、毎年ひとつの胸算用ちがひ、節季を仕廻《しまい》かね迷惑するは、面々覚悟あしき故なり。（一の一）　183・2（2）

25　さりながらいかに親子の中でも、たがひの算用あひ〈勘定〉は急度《きっと》したがよい。（一の三）〈母屋と(6)隠居とは別会計であり、隠居している合理的な倹約家で、九十二歳の老婆の発言。〉　196・9（23）

26　ことさら貧者の大節季、何と分別〈思案〉しても済《す》みがたし。ないといふてから、銭が壱文、おかぬ棚をまぶりてから〈諺「置かぬ棚をまぶる」ないとわかっているものを捜す愚かさの喩え。〉出所なし。これを思へば、年中始末をすべし。（五の一）　280・4（113）

27　神さへ銭もうけ只《ただ》はならぬ世なれば、まして人間油断する事なかれ。（一の三）　197・9（26）

28　惣じてすこしの事とて、不断常住の事には、気をつけて見るべし。ことにむかしより食酒《けさけ》〈食事の時に飲酒すること。〉を呑むものは、びんぼうの花ざかり〈諺「貧乏の花盛り」益々貧乏がひどくなる。〉といふ事有り。（五の一）　281・1（114）

29　惣じて遊興もよいほどにやむべし。仕舞〈遊興のしめくくり。一説に遊興費の精算〉の見事なるは稀なり。（二の三）　219・4（42）

30　是をおもへば、おもしろからずとも堪忍をして、我内の心やすく、夜食は冷食《めし》に湯どうふ……面々の竈《かまど》将軍〈一家の主人〉、此内につづく兵《つは》ものなければ、たれか外よりとがむる人なく楽しみは是で済《す》む事なり。（二の三）〈遊里で遊ばないで、わが家での健全な人生の楽しみ方とその徳は、一年間ではかりしれないものがある。〉

31　（さても時世《ときよ》かな。〈時々刻々の境遇の変化につれて人心も変る。〉此女もむかしは千二百石取りたる人の息女、万を花　219・5（43）
車にてくらせし身なれども、今の貧につれて、無理なる事に人をねだるとは、身に覚えて口おし。）是を見るにも、（人は）貧にては死なれぬものぞかし。（一の二）　189・12（14）

32　道心〈托鉢の乞食僧。一説に信心又は求道心。〉も堅固〈心身の健全〉になくては勤めがたし。（一の二）　191・9（15）

三　金銭観

A　積極的（又は肯定的）発言

33　世界にないないといへども、有るものは金銀じや。（四の一）　257・3（85）

34　世になきものは銀といふは、よき所〈金回りのよい、大きい所〉を見ぬゆへなり。世にあるものは銀なり。其子細は、諸国ともに三十年此かた、世界のはんじやう目に見えてしれたり。（五の一）　279・5（111）

35　もはや御蔵はしめけるとて、〈銀箱は台所の〉大がまのうしろにかさね置きける。此銀は庭にて年をとりける。〈こんな富商では、庶民にとって貴重な金銀も〉まことに石かはらのごとし。（四の一）〈この銀箱は貧富の差を象徴し

ている。〉

36 〈年玉銀一包の紛失に対する老婆の繰《く》り言〉いかに愚智なればとて人の生死を是程になげく事では御座らぬ。(一の四)〈人間の死より銀《かね》が大事という老婆の執着心とエゴを示す。〉 259・13(88)

37 今の世に(銀を)落する人はなし。それぞれに(銀を)命とおもふて大事に懸くる事ぞかし。いかないかな万日廻向の果てたる場《にわ》にも、天満祭りの明くる日も、銭が一文落ちてなし。とかく我がはたらきならでは出る事なし。(三の三)〈消極的発言であるが銀の貴重さの自覚と考えて、この分類に加えた。〉 199・5(27)

38 ことに銀たいせつにおもへばこそ、百千万里の風波をしのぎ、命と銀と替《かへ》る商ひにのぼりけるにて、世に銀ほど人のほしきものはないと合点いたされよとかたりける。(四の四) 240・12(71)

39 何国《いづく》に居ても、金銀さへもちければ、(なんでも思いのままに)自由のならぬといふ事なし。(五の一) 272・15(107)

40 恋〈遊女との楽しい遊び〉も無常〈悲しい人の死と葬儀〉も、銀なくては成りがたし。(五の一)〈消極的発言であるが、37番と同じ論拠。〉 280・3(112)

41 釈迦も銭ほど光らせ給ふ、今仏法の昼〈隆盛の時〉ぞかし。(五の二)〈諺「阿弥陀も銭ほど光る」仏のご利益も銭次第。〉 283・10(116)

42 此銀箱が世間を久しぶりにて見て、気のつき〈退屈〉を晴らすべし。おもへば、此銀はうつくしき娘をうまれうまれ出家にしたやうなものじやは。一生人手にわたりて、よい事にもあはず。(四の一) 285・13(120)

B　消極的(又は否定的)発言

43 金銀ほど片行《かたゆき》〈偏在〉のするものはない。何としてか銀ににくまれました。一たびは栄へ、とうたひて木枕 257・4(86)

鼓《つづみ》にして横に寝る男には何とも取って付く所なし。（三の二）〈『永代蔵』（四の五）に「金銀昔に増り、次第に沢山に成りけるを、どこへ取って置いて見せぬ事ぞ、合点のゆかぬ事也」（同二の二）・「金銀も有る所には瓦石のごとし。身代程高下の有る物はなし。」という社会状況の深化。〉　238・2（65）

44　さても花の都ながら、此金銀はどこへ行きたる事ぞ。年々節分の鬼が取って帰るもので御座ろ。ことに我等は近年銀《かね》と中たがひして、箱に入りたるかほを見ませぬと、世のすぼりたる〈不景気になった〉物がたりして三条通りを帰れば、（四の一）　256・13（84）

45　此男、つらつら世を見合せ、尤《もつと》もこまへに怪我はなけれども、〈世間を見比べて、自分の商法は、最も小規模で、思いも寄らない損失もないが〉皆人沙汰せらるる通り、利を得る事なし。当年は何によらず我が商ひの外なる事に一思案して、銀もうけせずばあるべからずと、心中極めて長崎にくだり、さまざま分別せしに、銀でかねもふくる事ばかりにて、ただとるやうな事はひとつもなし。（四の四）　272・5（106）

46　〈遊女や奉公人の周旋をする女が〉それは銀がかたき〈諺「銀が敵の浮世」〉、あの娘は死次第と、其母おやがきくもかまはずつれ行きける。（三の三）〈人を絶望させるのも金銭のせいで、人置きのかかや祖母《ばば》のせいではない。しかし、この「人置きのかか」は現実の非情さを象徴しているとも言える。〉　244・4（74）

47　金銀ほど世に辛労いたすものは外になし。是ほど世界に多きものなれども、小判一両もたずに、江戸にも年をとるもの有り。（五の四）　297・14（135）

48　おもふままなら今の間に〈即座に〉、銀のなる木をほしや。さてもまかぬ種ははへぬものかな。（二の四）〈諺「まかぬたねははえず」『毛吹草』（巻二）〉　222・8（51）

49　借銭は大名も負《おほ》せらるる浮世、千貫目（の借金）に首きられたるためしなし。あってやらずにおかるるものか。此大釜に一歩一ぱいほしや。根こそげに〈残らず借金を〉すます事じゃ。（三の二）　237・15（64）

50　さる貧者、世のかせぎは外になし。一足とびに分限に成る事を思ひ、此まへ江戸に有りし時、駿河町見せに、裸銀山のごとくなるを見し事、今にわすれず、あはれことしのくれに、其銀のかたまりほしや。（三の三）〈「ほしや」の渇望は43～51の共通点。〉　241・3（72）

51　今の悲しさ〈貧しさ〉ならば、たとへ後世は取りはづし、ならくへ沈むとも、佐夜の中山にありし無間のかねをつきてなりとも、此世をたすかりたし。目前に福人は極楽、貧者は地ごく、釜の下へ焼《た》くものさへあらず。さても悲しき年のくれや。（三の三）　241・11（73）

四　長者訓

52　人の分限になる事、仕合せといふは言葉（だけのことで）、まことは面々の智恵才覚を以てかせぎ出し、其家栄ゆる事ぞかし。是福の神のゑびす殿のままにもならぬ事也。（二の一）〈この発言[7]は、才覚より幸運を重視する警句55や、「分限は才覚に仕合せ手伝はでは成りがたし。」『永代蔵』（三の四）という警句と、微妙に食い違う点に留意。〉　207・2（29）

53　惣じて世上の分限、第一しはき名を取りて〈倹約者《しまつもの》だと評判され〉、何ぞいちもつ〈逸物。才覚などの特に秀れた商才。〉なふては富貴には成りがたきに、我等が旦那は、万事大名風にして、一代栄花にくらし、其上の此仕合せ、そなはりし福人〈天性の長者〉。（四の一）　257・9（87）

54　それはみな商人《あきんど》心といふものなり。子細は世間を見合せ〈世間の景気をよく観察し〉来年はかならずあがるべきものを考へ、ふんごんで〈思い切って〉買置の思ひ入れあふ事より〈ストックする商機の見きわめが当って〉拍子よく金銀かさむ事ぞかし。ここのふたつものがけ〈二つ物賭。乗るか反るかの勝負や投機的取引。〉せずしては、一生〈長者にならず〉替る事なし。（四の四）〈「商人心」について[8]宮本又次氏は「町人心」『永代蔵』（四の五）が最も古い例といわれるが、その商人共通の社会意識・職分意識の内容については、諸説がある。(9) 作道洋太郎氏は「思ひ入れ」は才覚の一つであるとする。その商機を見きわめ、熟慮断行する積極的姿勢や商人魂がこの場合の「商人心」である。〉

55　まして日本の智恵ふくろは、世俗にかしこく、よい事ばかりはさせぬなり。利発にて分限にならば、此男なれども、時の運きたらず、仕合せ〈幸運〉がてつだはねば是非なし。（四の四）　271・11（104）

56　此心〈自己の本分としての読み書きに徹し、勉学に精進する心〉からは、行末分限になる所見えたり。其子細は一筋に家業かせぐ故なり。惣じて親より仕つづきたる家職の外に、商売を替へて仕つづきたるは稀也。（五の二）　271・1（103）

57　夢にも身過の事をわするなと、是長者の言葉也。（三の三）　287・13（123）

58　すでに町はづれの小家がちなる所までも、長者の万貫・貧者の壱文〈諺「ちやうじやのまんどう、ひんによの一とう」『毛吹草』（巻二）のパロディー〉これもつもれば、一本拾二貫目の丸柱ともなる事ぞかし。是おもふに世はそれぞれに気を付けて、すこしの事にてもたくはへをすべし。分限に成りけるものは其生れつき各別なり。（五の二）　240・11（70）

59　此者どもが手前〈家計〉よろしく成りけるはじめ〈発端は〉、〈貸金の〉利銀取り込みての分限なれば、今の世の商売に、銀かし屋より外によき事はなし。（二の一）　285・15（121）

60　〈元日の礼儀として、年始の礼に先立って、親類まで連れて賑々しく神社に参詣する。〉此とき一門のひろき〈多い〉ほど、外聞に〈体裁よく、名誉に〉見えける。何国《いづく》にても富貴人こそうらやましけれ。（四の二）　208・6（33）

61　我此年まで、数百人子どもを預かりて、指南いたして見およびしに、其方の一子のごとく、気のはたらき過たる〈気転のききすぎた〉子どもの、末に分限に世をくらしたるためしなし。〈本分を忘れた小賢しさはほんものでは　262・14（93）

ない。〉又、乞食するほどの身躰にもならぬもの、中分より下の渡世をするもの他。（五の二）　286・14（122）

五　商人の心得

62　家業は、何にても親の仕似せたる事〈永続性による社会・顧客の信用〉を替へて、利を得たるは稀なり。とかく老たる人のさしづをもるる事なかれ。何ほど利発才覚にしても、若き人には三五の十八〈目算がはずれ、勘定の合わない意の諺。〉、ばらりと違ふ事数々なり。（一の三）〈62〜66は概ね家職尊重の警句。〉　192・10（18）

63　神にさへ此《この》ごとく貧福のさかいあれば、況《いはん》や人間の身の上、定めがたきうき世なれば、定まりし家職に油断なく、一とせに一度の年神に不自由を見せぬやうにかせぐべし。（三の四）　249・12（81）

64　とかく大晦日の闇を、足もとの赤ひうちから合点して、かせぐに追付く貧方〈乏〉なし。（四の一）〈諺「かせぐに追付びんぼうなし」『毛吹草』（巻二）「足元の明《あか》ひ内」も諺であり。西鶴の発句「足もとの赤ひ時見よ下紅葉」[10]『点滴集』もこの諺を利用している。手後れにならぬ内から朝起・夜詰《づめ》に精を出し、家職第一に勤勉せよというのが、この警句の趣旨である。〉　256・12（83）

65　（分別らしき人、目をさまして、あれあれ、あれを見たがよい）人みなあの水車のごとく、昼夜年中油断なくかせぎければ、大節季の胸算用違ふ事なきに、不断は手をあそばして、足もとから鳥のたつ〈諺「あしもとからとりのたつごとし」『毛吹草』（巻二）〉やうにばたくさとはたらきてから、何の甲斐なしと我ひとり智恵有り顔にいひける。（四の三）　264・12（95）

66　これも尤《もつと》もとおもひ、身のかせぎ〈本業。家職〉に油断なく、（副業に）色々のわたり鳥調へて、都にのぼりしに、みな見せて仕舞し跡なれば、ひとつも銭に成りがたく、人の見付けたる〈見馴れた〉孔雀は、まだもすたらず、漸《やうやう》本銀取返しぬ。是を思ふに（世間や人々に）しれた事がよしとぞ。（四の四）〈本業でない副業で、商機を誤り

失敗した話。よく心得た商売をせよ。〉　273・2（108）

67　（大晦日の一日は）一日千金に替へがたし。銭銀なくては越されざる冬と春との峠、是借銭の山高ふしてのぼり兼ねたるほだし〈絆《きずな》。諺「子は三がいのくびかせ」『毛吹草』（巻二）・『たとへづくし』[11]。他に諺「子は浮世のほだし」〉それぞれに子といふものに身躰相応の費、さし当って目には見えねど年中につもりて、はきだめの中へすたり行く。（一の一）〈67〜74は概ね始末（節約）尊重の警句。〉　183・4（3）

68　ことに近年は、いづかたも女房家ぬし奢りて、衣類に事もかかぬ身（でありながら）……是さのみ人の目だたぬ事に、あたら金銀を捨てける。（一の一）　183・10（4）

69　むかしは大名の御前がたにもあそばさぬ事、おもへば町人の女房の分として、冥加《みやうが》おそろしき事ぞかし。せめて金銀我がものに持ちあまりてすればなり。降っても照っても、昼夜油断のならざる利を出す銀《かね》かる人の身躰にて、かかる女の寛活能《よく》々分別しては、我と我が心の恥づかしき義なり。（一の一）　184・4（5）

70　惣じて女は鼻のさき〈諺「女の知恵は鼻の先」『たとへづくし』浅はかな知恵。〉にして、身躰たまるる宵迄、乗ものにふたつ灯挑《ちやうちん》、月夜に無用の外聞〈諺。無用の見栄。〉、闇に錦のうは着〈諺。同上〉湯わかして水へ入れたるごとく、何の役にも立たざる身の程。（一の一）　184・13（6）

71　旦那一人宿にゐらるる徳〈在宅の利益〉、一夜にさへ何程か。まして年中につもりては大分の事ぞかし。（二の三）〈遊興をやめた在宅中心の生活の徳〉　220・2（44）

72　身躰さもなき人、霜さき〈陰暦十月。師走の大晦日を目前に、仕入れに追われ、財政が窮迫状態となり、金銀は特に貴重となる。〉の金銀、あだにつかふ事なかれ。九月の節句過ぎより大ぐれ〈大暮。大晦日〉までは遠ひ事のやうに思ひ、万人渡世に油断をする事ぞかし。（三の一）　232・4（57）

73　よきくらしの人さへかくあれば（この前文は、世渡り上手な堺人の気風の描写がある。）まして身体かるき家々は、そろばん枕に〈「十露盤をひとり子と思ひて是を抱いて寝るべし」『西鶴織留』（五の三）と比喩的に算用を強調する筆法に同じ。〉寝た間ものびちぢみ〈資産の増減に決着がつく〉の大節季を忘るる事もなく。〈節約を心かける手堅い町である、という具体的描写があるが省略。〉（三の四）　247・8 (79)

74　商売の事より外には、人とものをもいはず、毎日心算用して、諸事に付きて利を得る事のすくなき世なれば、内証〈家計〉に物のいらざるしあん第一と心得。（五の二）　285・1 (117)

75　書出し〈請求書〉請《う》けて済まさぬは、世にまぎれて住みける昼盗人〈大胆不敵で良民を装う盗人〉に同じ。是を思ふに人みな年中の高ぐくり〈大ざっぱな計算〉ばかりして、毎月の胸算用せぬによって、つばめ〈収支の決算〉のあはぬ事ぞかし。（一の二）〈75は商人として賃借関係における責任と、算用重視の警句。〉　188・4 (12)

76　人の智恵はこんな事ぞ。四匁八分を二匁五分で埒をあけ、しかも跡の用に立つ事と、おやぢ長談義をとかれしに、いずれも道理につまり、是程に身躰持ちかためたる人の才覚は各別《べち》と、耳をすまして聞所。（一の三）〈76・77は才覚重視の警句。〉　195・10 (22)

77　天下泰平、国土万人江戸商ひを心がけ、其道〱の棚〈各商売の支店〉出して、諸国より荷物、船路、岡付の馬かた〈馬子による馬での陸路運送〉、毎日数万駄の問屋づき、ここ〈この盛況〉を見れば、世界は金銀たくさんなるものなるに、これをもうくる才覚のならぬは、諸商人に生れて口おしき事ぞかし。（五の四）　295・2 (129)

78　若年の時よりすすどく〈賭け事に機敏で抜け目なく〉、無用の欲心〈将来の役に立たない、ただの欲心〉なり。それゆへ第一の手はかかざることのあさまし。〈一番大切な習字をしないのはあきれたことだ。〉その子なれども、さやうの心入れ〈根生〉、よき事とはいひがたし。とかく少年の時は、花をむしり、紙鳥《いか》をのぼし、智恵付き時に身をもちかためたるこそ道の常なれ。（五の二）〈警句56と連携する商人の子女教育論。警句78は自己の本分の重視。〉　287・15 (124)

79　是をおもふに、大場〈大都会〉にすめる商人の心だま〈度量〉、各別に広し。売るも買うも、みな人々の胸《むね》ざんようぞかし。（五の一）〈大気の尊重〉　279・4（110）

80　（其のち、誰《た》が沙汰するともなく世間にしれて、さるほどにせまい所〈奈良〉は角《すみ》からすみまで、足きり八すけといひふらして、）一生の身過〈暮らしの種〉のとまる事、これおのれがこころからなり。（四の二）〈自業自得の悪心〉　261・9（92）

81　然れども今程は、見せかけのよき内証の不埒《ふらち》なる〈内実は財政不良で破綻《たん》している〉商人、大分かりこみこしらへてたふれければ〈多額の借金をした上で計画的に倒産するので〉、思ひもよらぬ損をする事たびたび也。（二の一）〈計画的倒産の悪徳商法〉　208・9（34）

82　されば世の中に、借銭乞に出あふほどおそろしきものはまたもなきに、数《す》年負《お》いつけたるものは、大晦日にも出違はず。むかしが今に、借銭にて首切られたるためしもなし。有るものやらで置くではなし。やりたけれども、ないものはなし。（二の四）〈警句82～84は大晦日の貸借者の秘術を尽くす攻防戦の描写。〉　222・4（50）

83　善はいそげと、大晦日の掛乞、手ばしこく〈手ばやく〉まはらせける。けふの一日、鉄《かね》のわらんじを破り、世界をいだてんのかけ廻るごとく、商人は勢ひひとつの物ぞかし。（三の二）〈「ぜんはいそげ」『毛吹草』（巻二）・「韋駄天走り」（すばらしく速く走ること。）等は諺。商売に対する意気込みの重視。〉　236・2（60）

84　数《す》年功者のいへり。惣じて掛は取りよい所より集めて、埒明《らちあ》かず屋〈けりをつけることが困難な金払い不良者〉としれたる家へ仕廻《しまい》にねだり込み〈最後に強談判に押しかけ〉、言葉質とられて迷惑せぬやうに、先より腹の立つやうに持ってくる。（三の二）　236・3（61）

85　〈所務わけのたいほう〈大法〉は……〉我相応よりかるき縁組よし。（二の三）〈警句85～88は概ね町人の縁組に関するもの。〉　217・2（40）

86　むかしは四十貫目が仕入れして〈嫁入り道具の支度をして〉、拾貫目の敷銀〈持参金〉せしが、当代は銀《かね》を呼ぶ人心〈嫁よりも銀目当ての縁組〉なれば、ぬり長持に丁銀、雑長持に銭を入れて送るべし。（二の三）　217・5（41）

87　娘の子持っては、疱瘡《ほうそう》して後形を見極め、十人並に人がましう、当世女房に生れ付くと思へば、はや三歳、五歳より毎年に嫁入衣装をこしらへける。（三の四）　246・2（77）

88　形おもはしからぬ娘は、おとこ只《ただ》は請けとらぬ事を分別して、敷金を心当てに、りがし商なひ事外にいたし置き〈金融業を本業外の副業にしておいて〉、縁付の時分さのみ大義になきやうに〈負担にならないように〉覚悟よろしき仕かたなり。（三の四）　246・4（78）

89　京に人も見しる程の者〈金持〉にしてあれば、たれ様の御ふく所、どなたの掛屋などいふさへ、悪所〈芝居や遊里〉のさはぎは奢《おご》りらしく見えける。ましてやはした銀の商売人、たとへ気延し〈気晴し〉に芝居見るとも、となりに莨菪《たばこ》のまぬ所を見すまし、円座かりて見て、役者・わか衆の名覚えぬ物か。（三の一）〈十一月の顔見世芝居での分相応の観劇についてのべているが、警句72の趣旨と連携。〉　233・15（58）

六　商売の諸相

90　人こそしらね年のとりやうこそさまざまなれ。（二の二）〈西鶴は「世帯の仕かた程格別に違ふ物はなし。人の渡世はさまざまに替（変）れり」『永代蔵』（六の五）と言う。その千差万別の世相、人心を、一日千金（序文と一の一）のメリットを持つ大晦日の内証（家計や経営の秘密）にピントを当てて、描写しようとするところに、『胸算用』執筆のモチーフがある。まさに「人こそしらね」という商人の秘密や恥部にスポット・ライトを与える探訪と剔抉《てっけつ》性により、読者の要望に応えようとする西鶴の姿勢と精神を認める。〉　213・2（37）

91　万事の商なひなふて、世間がつまつたといふは、毎年の事なり。（五の一）〈西鶴は「万の商事がないとて、我人年々くやむ事、およそ四十五年なり。世のつまりたるといふうちに」『永代蔵』（六の五）、「在郷もつまりまして」『胸算用』（三の四）と言う。[12] 前田金五郎氏は、米の生産量が少なく、金銀が多く、結局、米価や物価が上昇し、生活が苦しくなることを、西鶴の当時、世間がつまると称したと結論する。90・91は町人社会の一般の世相の警句。〉

92　さるほどに、大坂の大節季、よろづ宝の市〈あらゆる財宝を思うままに買える市〉ぞかし。商ひ事がないないといふは、六十年此かた〈寛永期の好景気時代以来の事であるが〉、何が売りあまりて捨《すた》る（廃る）物なし。（一の三）　279・2（109）

〈92は大坂、93・94は江戸の商売の諸相についての警句。〉

93　（さるほどに十二月十五日より通り町のはんじやう、世に宝の市とは爰の事なるべし。……江戸の通り町の）町すじに中棚を出して、商ひにいとまなく、銭は水のごとくながれ、白かね〈銀貨〉は雪のごとし。……神田須田町の八百屋もの、毎日の大根、里馬に付けつづきて、数万駄見えけるは、とかく畠のありくがごとし。（五の四）　193・1（19）

94　伝馬町のつみ綿、みよしのの雪のあけぼのの山々、夕べにはちやうちんつらなり、道明らかう、大晦日の夜に入りて、一夜千金、家々の大商ひ、殊に足袋・雪踏《せきだ》は、諸職人万事買物のおさめにして、夜の明《あけ》方に調へに来たり。一とせ、江戸中の棚に、せきだ〈雪踏〉が一足、たびが片足ない事有り。幾万人はけばとて、かかる事は、日本第一人のあつまり所なれば也。（五の四）　295・4（131）

95　何とか埒を明くる〈支払いを済ます〉事ぞと思ひしに、近年銀《かね》なしの商人ども、手前に金銀有るときは利（子）なしに両替屋へ預け、又入る時は借る為にして、こざかしきもの〈小利口な者〉[13]振手形〈小切手に相当〉といふ事を仕出して、手廻し〈金のやりくり〉のたがひによき事なり。（一の一）〈95・96は新商法である振手形の警句。〉　296・4（132）

96　埒《らち》の明《あ》かぬ振手形〈不渡りではない〉を、銀の替りに握りて、年を取りける。（一夜明くれば、豊かなる春とぞ成　186・8（9）

りける。)(一の一)

97　京の細もとで〈小資本〉なる糸商売の人、此二十年も長崎くだりして、万事人にすぐれてかしこく、京都を出たち〈出発時の朝食〉喰うて旅用意、歩行路《かちじ》・舟路にて、中々銭壱もんも外なる事につかはず。……〈遊女町の遊女など〉夢にも見ずして、枕に算盤、手日記〈メモ〉をはなたず。(四の四)　187・3(10)

98　此男は、長崎の買もの京うりの算用して、すこしも違ひなく、跡先ふまへて〈前後を考えて〉、たしかなる事ばかりにかかれば、算用の外〈予想外〉の利を得たる事一とせもなくて、皆銀の利にかきあげ〈儲けは全部借りた資金の利子に支払い〉、人奉公して気をこらしける。(四の四)〈結果的に他人の奉仕のため働き苦労する。97と98は同一主人公の話。堅実であるが小心であり、大気や投機心とも言うべき商人心に欠けており、長者訓の警句54と密接に連携している点に留意。〉　270・8(102)

99　是々そなたの虎落《もがり》〈無理な言いがかりをつけて、人をゆすり、ねだる事〉、今時は古し。当流が合点まいらぬそうな。此柱はづして取るが当世のかけの乞いやう。(二の四)〈警句99〜106は概ね大晦日の貸借者の秘術を尽くす攻防戦の描写。特に99・100は債権者側の視点に立つ。〉　271・15(105)

100　茶屋は取りつく嶋もなく、夢見のわるひ宝舟〈悪夢を見た思いで〉、尻に帆かけてにげ帰り〈急いで逃げるさまの喩え。島・舟・帆は縁語〉、兼ねての算用には十五両の心あて、預け置かれしあみ笠三がい〈諺「百貫の抵当《かた》に編笠一蓋」のパロディー。僅かな抵当で不釣合の意〉、のこりて大晦日のかづき物〈だまされて損をかぶった物〉とぞ成りける。(三の一)　224・13(54)

101　北国より重手代帰りて、只今二百貫目御くら屋しきへわたすぞ。米は追付《おつつけ》のぼると仕合せ。かねよかねよ、けふ奥(の間)にも琴の小うたの所か、さあ銀のせんさくせよ、といふとき。(三の二)〈忠六は借金で大晦日を越すことができず、さる方へ銀五百目の借金を申し込み、金を借り帰宅寸前、重手代が北国より帰り、金を返すはめとなる。　235・12(59)

警句101〜106は、103を除き、概ね「出違ひ」（支払い日に債務者が借金取りと入れ違いに外出し、支払いの延期を画策、実行する事）に関係する話の警句である。〉　240・3（69）

102　此おきやく、しゆびあしく、人にいひかけられて合力せねばならず。とかく節季に出ありくがわるひと、これにも分別がほして、夜の明けがたに爰を帰る。（二の二）〈出違いで茶屋に出かけ、ない金を無駄遣い、さらに借金取りにつかまり失敗。〉　216・11（39）

103　是ある手〈狂言自殺や殺人のおどし等による借金取り撃退法〉ながら、手のわるひ節季仕廻《じまい》なり。何の詫言《わびごと》もせずに、さらりと埒《らち》を明けける。（二の四）　224・1（53）

104　あそび所の気さんじ〈気ばらし〉は、大晦日の色三絃《じやみせん》、誰はばからぬなげぶし、なげきながらも月日を送り、けふ一日にながひ事、心にものおもふゆへなり。常は（日の）くるるを惜みしに、（今日だけは）各別の事ぞかし。（二の二）〈警句102に連携する出違いの借金男の心理の表裏を描写。〉　215・3（38）

105　（ひとりの男は、弟を歌舞伎若衆に出して、その給料を前借りし、大晦日の借金支払いに当てる積りが、不採用になった。その若衆の応募者が多い。その中には）さてさて世間に人（美少年か）もあるものかな。（四の三）〈大晦日の前日、夜船の乗客の告白。出違いの一風景。〉　265・14（96）

106　（夜船の乗客中のひとりの男は、借金支払の金の工面に失敗、出違いを考える。）外に当所《あてど》もなければ、宿へ帰りてから借銭乞《こひ》にせがまれ、其相手になる事もむつかしければ、大坂よりすぐに高野参りの心ざしを、見通しの〈神通力の持主の〉弘法大師、さぞおかしかるべし。（四の三）　266・14（97）

七　一般の世相と人心

A　一般の世相

107　口より見尽して、〈暦の初めから順次見ていって月日を送り〉末一段〈最後〉の大晦日になりて、〈その日のやりくりで〉浄瑠り・小うたの声も出ず。けふ一日の暮せはしく、こと更小家がちなる所〈小家の多い貧乏長屋〉は、喧《けん》嘩《くわ》と洗濯と壁下地〈塗壁《かべ》の骨組〉つづくると、何もかも一度に取りまぜて、春の用意とて、いかな事〈決して〉餅ひとつ小鰯《ごまめ》一疋もなし。世に有る人〈金持〉と見くらべて、浅間敷哀れなり。（一の二）〈大坂、一説伏見の世相。〉　187・8（11）

108　さる程に、大晦日の暮方まで不断の躰《てい》にて、正月の事ども何として埒《らち》明くる〈どうしてすます〉事ぞと思ひしに、それぞれに質を置きける覚悟有りて、身仕廻《みじまい》するこそ哀れなれ。（一の二）〈大坂の裏長屋の住民の年越・迎春資金について、主たる調達法は質屋通いであった。「貧家によらず、人の内証さしつまりたる時は、質種《しちぐさ》也。……質屋程世のうき目見る物はなし。気のよはき人の中々成るまじき家業なり。ことに此所〈伏見の里〉は、けふを暮して明日を定めぬ、哀れさまざまの人の多し。」『西鶴織留』（五の三）〉　188・7（13）

109　まことに世の中の哀れを見る事、貧家の辺《ほと》りの小質屋心よはくてはならぬ事なり。脇から見るさへ、悲しきことの数々なる、年のくれにぞ有りける。（一の二）〈警句108・109は質屋に視点をおいた大坂の大晦日風景。〉　191・14（16）

110　是に付けても、此津（大坂）のひろき事思ひあたりし。（一の三）　194・8（21）

111　太神宮にも、算用なしに物つかふ人、うれしくは思しめさず。そのためしには、散銭〈賽銭〉さへ壱貫といふを、六百の鳩の目〈実質六百文で済む宮銭〉を拵《こし》らへ置き、宮めぐりにも、随分物のいらぬやうにあそばしける。

（一の三）〈大坂における大晦日風景から伊勢海老、伊勢の国の風習、神宮の商売と話題が展開。〉　197・2（24）

112 万民ともに月額《さかやき》剃って髪結ふて、衣装着替へて出た所は、皆正月の気色《けしき》ぞかし。（二の二の枕）〈大坂と思われる大晦日の出違いの話の冒頭文。〉　213・2（36）

113 さるほどに今時の女、見るを見まね〈諺「見るをみまね」『毛吹草』（巻二）〉に、よき色姿に風俗をうつしける。（二の三）〈すてきな遊女風の化粧や服装をしている。当世風で、玄人風好みの京女の世相・風俗。〉　220・6（45）

114 （大晦日の前日の伏見の夜船で）船中の身のうへ物がたり、いづれを聞きても、おもひ〈心労〉のなきはひとりもなし。（四の三）　267・14（98）

115 是を大つごもりの入れかはり男とて、近年の仕出し〈新案の掛取り撃退法〉なり。いまだはしばし〈場末や田舎などの辺地〉にはしらぬ事にて、一盃くはせける。（四の三）〈警句114～116は概ね[14]伏見が舞台。〉　268・10（99）

116 すでに立ちさかりたる古道具の夜市にまぎれて、世間〈夜市に集合した人々〉のやうすを見るに、大かた行所なき借銭負《おひ》の㒵《かほ》つきぞかし。（五の一）〈伏見で大晦日に催された夜市の世相〉　282・6（115）

117 いづれふたつ取り〈人間化した歳徳神が、繁昌の上方や都会に対して、田舎を避ける、その二者択一〉には、万につけて都の事は各別也。（三の四）〈歳徳神も欲の社会の一員、店構えのよい堺の商家に宿り失敗。〉　245・10（75）

118 むかしから今に（至るまで）、同じ（人の）顔を見るこそおかしき世の中、（四の二）〈付合語集の集大成版『類船集』によると、「替《カハル》」の付合語に「人の㒵《かほ》」がある。千差万別の人の顔、相手も顔も変化してゆくのが当然の浮世、同じ顔を見続ける面白さ。同じ鮹《たこ》の顔を相手の背徳商人八助を引き出す導入部の枕としての警句。〉　260・2（89）

119 小おとこのかたげたる菰《こも》づつみを、心にくし〈あやしい〉、おもきものをかるう見せたるは、隠し銀《がね》にきわまる所とて、おさへて取って、にげざれば、此男こゑを立て、明日の御用には、とても立つまい、立つまいと申す時に、四人してあけて見れば、かずのこなり。是は是は。（四の二）〈奈良へ行商する八助、奈良の大晦日の風俗、京

都から大金を運ぶ奈良の晒問屋、この金をねらう追剝浪人の失敗談とその落ちの手法。〉　263・10（94）

120　惣じてとし玉は、何国にてもかるひ事に極まりて、男は壱匁に五拾本づつの数あふぎ〈安価な扇子〉、女はせんじ茶を少しづつ紙につつみて、けいはくらしき事、ここの惣並〈お粗末な品物だが、これが長崎という土地一般の風習〉なれば、おかしからず。とかく住みなれしところ、都の心ぞかし。（四の四）〈諺「すめば都」『せわ焼草』(15)（一巻）。117〜120の警句は堺・奈良・長崎地方の年越・迎春の世相や風俗描写である。〉　270・4（101）

B　世の人心

121　さてもさても、けふと明日とのいそがしき中に、死んだ親仁の欲の夢見、あの三ツ具足お寺へあげよ。後の世迄も欲が止まぬ事ぞと、親をそしるうちに諸方の借銭乞山のごとし。（一の二）〈夢枕の亡父の戒めを無視し、窮迫し、振手形の乱発に至る経営不良の問屋商人。〉　186・6（8）

122　世のつゐへかまはず、（大坂は）人の気、江戸につづひて寛活なる所なり。（一の三）〈警句122〜124は概ね大坂の世の人心。〉　193・5（20）

123　今晩、一年中のさだめ〈総決算の日〉なるゆへ、それぞれにいとまなく、参りの衆もないと見えました。……仏のおむかひ船が来たらば、それにのるまいといふ事はいはれまじ。おろかなる人ごころ、ふびんや、あさましやな。（五の三）　289・8（126）

124　京・大坂にては、相場ちがひのもの〈高価物〉は、たとへ祝儀のものにしてから、中々調《ととの》ふべき人心にはあらず。（五の四）　297・7（133）

125　せんぎして見るに、傾城と地女〈素人女〉に別《べち》に替つた事もなけれども、第一気がどんで〈気がきかず〉、物がくどふて、いやしひ所〈けちくさい。一説、下品な所〉があつて、文の書きやうが違ふて、酒の呑みぶりが下手で、歌うたふ事がならひで、衣装つきが取りひろげて〈着方がだらしなく〉、立居があぶなふて、道中が腰がふらふらとして、床で味噌・塩の事をいひ出して、始末で鼻紙一枚づつつかふて、伽羅は飲みぐすりと覚へて、万に気のつまるばかり、髪かしらは大かた似たものといへば、（地女は）同じ事にいふも愚かなり。（二の三）　220・10（46）

126　女郎ぐるひする程のものに、うとき〈世情にうといまぬけ〉は、ひとりもなし。（二の三）〈警句126〜128は京都が舞台。〉　220・15（47）

127　（遊興は）よくよくおもしろければこそなれ。爰は分別の外《ほか》ぞかし。（二の三）　221・3（48）

128　惣じて物に馴れては、ものおぢをせぬものぞかし。（二の四の枕）〈大晦日の借金取りに慣れ切った男を登場させる導入部分〉　221・12（49）

129　今日の三番三《ばさう》〈叟〉、所繁昌〈と守らん〉と舞いおさめ、天下の町人なれば、京の人心、何ぞといふ時は大気なる事、是まことなり。これ常に胸算用して、随分始末のよき故ぞかし。（三の一）　231・2（55）

130　よろづ時世に替るもおかし。（三の二）〈すべて物事、世の人心も、時代の流に随って変化していくところが面白い。〉　237・11（63）

131　（十二月十五日よりの江戸の通り町の宝の市での正月用品の売買を見ると）諸大名の子息にかぎらず、（江戸の）町人までも万に大気なるゆへぞかし。（五の四）　295・7（130）

132　京大坂に住みなれて、心のちいさきものも、（江戸に住むと）其気になって〈感化されて太っ腹になって〉、銭をよむといふ事なし。（五の四）〈銭さしにさした銭を一々数えるような、小心でこせこせした態度をとらなくなる。〉　297・10（134）

133　されば泉州の堺[16]は、朝夕身の上大事にかけ、胸算用〈家計〉にゆだんなく、万事の商売うちばにかまへ〈控え目にして〉、表向は格子作りに、しまふた屋〈商売をやめて、家賃や貸金の利息で裕福に暮らす町人〉と見せて内証を奥ふかふ〈内部は奥行が深く広い屋敷で〉年中入帳〈金銀出納帳〉の銀高つもりて、世帯まかなふ事也。（三の四）　245・12（76）

134　まことに、手だてする家〈掛乞いを欺くために手段を弄する家〉につかはれければ、内のものまでも衒《かたり》同前になりける。（三の四）〈諺「類に従う郎等共」。「朱にまじはればあかくなる」『毛吹草』（巻二）〉　248・11（80）

135　しかし此所〈長崎〉の家業は、よろづからもの商なひ〈唐人船との交易〉の時分銀もふけして、年中のたくはへ一度に仕舞ひ置き、貧福の人相応に緩《ゆる》々とくらし、万事こまかに胸算用〈やりくり〉をせぬところなり。（四の四）　269・2（100）

注

（1）『警句9』。『日本の歴史21　町人』小学館・昭和56年初版4刷。275頁。（「家督と暖簾」篇の「暖簾制度の成りたち」の章に「奉公人は『ぬす人』」の見出しの文がある、その一節。）

（2）『警句11』。加藤定彦氏編『初印本毛吹草　影印篇』ゆまに書房・昭和53年。81頁。同『初印本毛吹草　索引篇』ゆまに書房・昭和55年。参照。

（3）『警句17』。尚学図書編『故事俗信ことわざ大辞典』小学館・昭和57年。175頁。（「縁は異なもの」の項。）

（4）『警句19』。「町人の生活目標は」とする解釈は、前田金五郎氏『世間胸算用　付現代語訳』角川書店・昭和62年14版。258頁による。（私見も同意見である。なお、前田氏はこの警句を指して、「知足安分の処世観」と注を付す。同書29頁。）又、「町人の致富出世の目的は、分際相応に快適な生活をすることにある」とするのは、野間光辰氏『西鶴集下』（日本古典文学大系48）岩波書店・昭和35年。206頁の頭注一五による。

（5）『警句20』。西鶴の『武家義理物語』巻一の五「死ば同じ浪枕とや」の冒頭文に、「人間定命の外。義理の死をする事。是弓馬の家のならひ。」とある。この「人間定命」の解釈について、前田金五郎氏は西鶴当時、人間の寿命（定命）を六十歳と考えるのが常識であったと、例証を挙げて結論を出しているので、この説に従っておきたい。横山

重・前田金五郎両氏校注『武家義理物語』岩波書店・昭和41年。182～183頁。補注一八。

（6）『警句25』。『本朝二十不孝』（巻一の一）に「隠居の貯《たくはへ》有るに極りし分限《ぶげん》」とあり、又、同書の（巻四の二）の枕に「都には今、四十の内外をかまはず、法躰して楽隠居をする事、専らにはやりぬ。」とある。これについて、中田薫氏『徳川時代の文学に見えたる私法』岩波書店・昭和59年。224～228頁「23隠居」の項参看。

（7）『警句52』。本稿の「はじめに」の注（2）で、関連する警句の一部と私見を若干示した。

（8）『警句54』。宮本又次氏『あきなひと商人』ダイヤモンド社・昭和17年。35頁。「商人道―ありし姿とあるべき姿―」で、「享保十三年に著わされた三井高房の『町人考見録』には、『商人心』『町人心』『商内ごころ』と云う様な言葉が使用されている。こうした言葉が相当に熟したのはこの頃であろう。」と指摘している。なお、同氏の『近世商人意識の研究』有斐閣・昭和17年再版。24頁。（西鶴の町人物の中に大阪商人の性格が示されている点。家業・信用を重んずる商人心・商人道が西鶴の頃形成されつつあった点を説く。）他に宮本又次氏編『大阪の研究第一巻』清文堂・昭和42年。27～30頁。（同氏執筆「商人気質から上方と江戸」の論題の「四、大阪の商人心」の項目中で、商人心を説く。）

（9）『警句54』。責任編集宮本又次氏『江戸時代の企業者活動』（日本経営史講座第一巻）日本経済新聞社・昭和52年。75頁。（執筆は作道洋太郎氏「江戸時代の商家経営」の論題の「4商家の経営方針と文化構造」の項目中で、「家訓にみられる経営方針」を説く。）

（10）『警句64』。岡崎秀綱の編か。延宝八年九月の西鶴の序があるが、刊年や版元は未詳。西鶴の句は巻三の二十六ウに掲出。野間光辰氏解題『談林俳諧集』八木書店・昭和51年。396頁。（複製の影印本による。）

（11）『警句67』。宗政五十緒氏編『たとへづくし―譬喩盡―』同朋舎・昭和54年。383頁に「子は三界《さんがい》の頸械《くびかせ》」とある。同書の原本は松葉軒東井編。天明六年の序文がある。なお、諺「子は浮世のほだし」は檜谷昭彦氏編『世間胸算用』桜楓社・昭和62年。25頁の「頭注七」によるが、出典をあげていない。私見は『浮世栄花一代男』の（巻四の四）に「子はうき世のほだし」とあるので、諺と考える。

（12）『警句91』。注（4）の角川文庫の102頁の「脚注六〇」と、233～235頁の「補注二〇〇」。

（13）『警句95』。作道洋太郎氏『日本貨幣金融史の研究』未来社・昭和36年。277～279頁。（「振手形」の項）

(14)『警句115』。内田保広・小西淑子両氏編『近世文学の研究と資料』三弥井書店・昭和63年。(小西淑子氏執筆「西鶴における『伏見』」87～107頁。参看)

(15)『警句120』。釈皆虚著。西田庄兵衛板行。明暦二年刊。但し、米谷巌氏編『せわ焼草』ゆまに書房・昭和51年刊の影印本。「世話盡巻第二」の83頁による。

(16)『警句133』。「はじめに」の注(7)の『西鶴とその周辺』の同書。349～369頁に小西淑子氏執筆の「西鶴作品に於ける『堺』」を収載する。他に井口和子氏「西鶴と堺」『西鶴研究』10集。西鶴学会編。古典文庫。昭和32年。247～259頁。伊奈垣実千代氏「西鶴における堺のイメージ」『武庫川女子大学紀要』19集。昭和47・10。57～68頁参看。

(三)　西鶴の町人物（三作品）の比較考察による町人物の総括と、『西鶴置土産』の各説話に表れた警句法とテーマを中心として

はじめに

本稿執筆のねらいは、基本的には同タイトルの(一)と(二)の拙論[1]で指摘したねらいに準じる。文芸性と切り離された警句の抽出と考察は無意味であるが、警句の使用意図には当然何らかの意味があるはずであり、創作意識の推移と作品の展開や作家態度を解明する手がかりをつかもうとするものである。西鶴をして筆を執らせ、情熱を燃やさせたテーマは何であったのか。又、作品それ自体の中に内在する作者の人間乃至人生観が、どのように芸術的形象を果して具体化しているかという観点からも考察を進めたい。警句や教訓性について、作者的擬態や仮装に過ぎず、虚構の世界を構成する一要素である場合もあり、又、例えば説話的要素にとぼしく、大部分はノン・フィクションの身辺雑記的なエッセイと指摘されている[2]『織留』（特に『世の人心』）の一部の警句の中には、西鶴の人間観照の深化や人間理解による本音の部分として、世間智を通して必然的に挿入されているものもあり、そこにも読者を引きつけるささやかな秘密の一端があったのではないか。警句について、虚構か、本音か、というように両者を一刀両断に識別することの困難な例もあると考えるわけである。

さて、西鶴没後の第二遺稿集となった『織留』の創作意識の追究について、未完の書としての複雑な編集過程や成立事情を考慮に入れる時、当然慎重さが要請される。紙幅の都合もあり、前稿は主として『世間胸算用』を中心

に、『永代蔵』との比較を通して、両作品の特徴とともに創作意識の推移と作品の展開を考察した。従って『織留』については、若干の考察に止め、詳細は別稿に譲るとしたので、本稿では『織留』の警句172例を抽出し、『町人鑑』と『世の人心』との二分類の下に、前記のねらいに添って、それぞれの章の構成や主題との関連性を軸として、警句（法）を考察し、文芸性の解明に資するよう心掛けた積りである。警句の意味について、解釈上諸説のあるもの、文脈上意味不明のものがあり、右記の通り必要に応じてテーマや構成上との関連性等、私見を付記したので予想外に紙幅を費した。これはサブタイトルの「各説話に表れた警句法とテーマを中心として」考察する拙論の原点に添うものなのでやむを得ないが、いささか力点を置きすぎたきらいがある。そのために、町人物の総括と『置土産』の考究は簡明にならざるを得ず、繁簡よろしきを得ず不手際な点をおわびしたい。総括の土台ともなる基礎作業として、話の素材（出典）について私見による新説（『町人鑑』の警句14）の提出など、寄与するところがあれば幸いである。なお、警句の撰定については、本稿末尾の警句一覧表の前書きに示したように、前稿と同じ方針で臨んだ。例えば、文脈上警句と、関連性の極めて深い他の文が接続しており、両者を切り離すと、警句自身が形骸化して骨抜きとなったり、その警句のうまみが著しく損なわれると判定した場合は、両者を切り離さないで一括し考察の対象とした。従って「奇抜で巧みに鋭く真理をつかんだ簡潔な言い回しをする方法」という警句法の定義になじまないが、警句とその章の構成や主題の考察は、西鶴文学の本質の究明にアプローチするその一視点に過ぎないと考えて、広義に解釈して警句を選定した。

サブタイトルには「町人物（三作品）の比較考察による町人物の総括……」としたが、主眼を『織留』に置いた。同書は執筆順から当然『永代蔵』から『胸算用』への過渡相を示す作品と位置づけられるが、「世の人心」こそは西鶴晩年の最大の関心あるテーマであり、『世の人心』（『織留』）ではこれまでの人ごころの総決算を企図した証であろうという説[(3)]があるように、作者の体験談に基づく素材を含み、人生批評のエッセイという視点からも、身につまされるような内容や筆致（警句）を持ち、ある意味では、『置土産』とともに、人生への置土産を果した作品とも言えるからである。西鶴最晩年の病中の作となった、第一遺稿集である『置土産』については、団水の加筆説や、未定稿説を含み、究明すべき点が多い。同書を熟読する時、作者の人生洞察の深化に伴い、人間を単純に勝者・敗者ときめつけることのできない達観した心境によって裏づけられた作品と認められ、滅びの美を通して、人間のあり方と人生の真実について考えさせてくれるものがある。西鶴晩年の心境を反映した本書は、不思議な魅力を持つ作品であり、さらに稿を改めて考究したい。

注

（1）「西鶴の創作意識の推移と作品の展開―町人物の各説話に表れた警句法とテーマを中心として―」（『大阪商業大学商業史研究所紀要』創刊号。平成2・10。160～127頁。）・「西鶴の創作意識の推移と作品の展開(2)―『世間胸算用』と『西鶴織留』の各説話に表れた警句法とテーマを中心として―」（『大阪商業大学商業史研究所紀要』2号。平成4・8・1。208～159頁。）いずれも本書収録。
（2）暉峻康隆氏『日本永代蔵・西鶴織留』小学館・昭和52年。13頁。
（3）吉江久弥氏『西鶴　人ごころの文学』和泉書院・昭和63年。63・64頁。

一、『甚忍記』の行方についての私見

貞享三・四年より元禄四・五年に至る西鶴の晩年における町人の経済生活を主題にした浮世草子（町人物）の執筆は、『日本永代蔵』・『西鶴織留』・『世間胸算用』の順であるが、元禄六年の最後の病中に執筆し、文字通り絶筆となった第一遺稿集の『西鶴置土産』と、第二遺稿集の『西鶴織留』は、ともに未完成の作品である。さて、作品

の執筆順を無視しては、西鶴の創作意識の推移を十全に考察できないという意味で、『永代蔵』に予告された『甚忍記』の正体が諸家によって究明されているが、文字通り四分五裂したまま決着がついていないのが西鶴学の現状である。「西鶴の謎」のタイトルの下に、「『甚忍記』は解体したのか」という小見出しで、学説を要領よく整理された近年の広嶋進氏説[1]があるので一部補足すると、幻の小説である『甚忍記』の正体とその行方は、(1)『本朝町人鑑』説。(2)『織留』説。(3)『織留』と『世間胸算用』説。(4)『武家義理物語』説。(5)解体・再利用説となる。結論を先に示すと、私見は「本朝町人鑑」（『織留』巻一・二）は『甚忍記』の未完成原稿の一部であると考える。従って右記の(1)に該当する暉峻康隆氏説[2]が妥当であると考えるが、諸説と同様にその論拠に決め手を欠くため、他の西鶴の晩年の作品の一部に解体されて再利用されている可能性を否定しきれない。特に『世の人心』のごく一部、例えば巻三の四話などには、『甚忍記』の一部が流れ込んでいるかもわからないという、かすかな疑念を持つ。その理由は、『世の人心』の警句一覧表29番でやや詳しく私見を記したように、正直・天理・渡世をキーワードとして、正直の徳を礼賛し、智恵（工夫）を身過ぎの種として強調する（同上警句66）など、右記の(2)説の野間光辰氏御指[3]摘のように、本話の内容・筆致において『町人鑑』との連続性が認められる。ただし、この巻三の四は中下層町人群像の、様々な智恵による風変わりな身過ぎの生態を描く。正直の徳を礼賛する警句29は、本話の枕を構成しているが、その趣旨は、登場人物の生きざまに生かされているとは言い難いので、結論として私見は(1)の『町人鑑』説をとる。但し、『世の人心』三の二話（枕の警句48の後文。約30字余りの部分）に、『堪忍記』[4]（巻四。職人の堪忍第十四の六）の影響が明確に認められる点が気になる。右の原拠（第十四の六）が元禄四年の成稿とされる[5]『西鶴名残の友』（巻三の三）に、より広く活用されている点は今後の課題でもある。

さて、私見の論拠は何か。問題点は、『永代蔵』刊記にある近刊予告であり、具体的には『甚忍記』の角書[6]（「傍題」・「副題」とも。）とみられる「人は一代名は末代」と『甚忍記』の関係である。管見ではこの両者の関連性を深く追究した論文は、筆者寡聞で皆無と思われるが、ここに重要な見落としがあるのではないか。右記の(3)『織留』と『世間胸算用』説をとる檜谷昭彦氏は[7]「人は一代名は末代。とある一句の宣伝文句がやや気掛かりである。」とする。一方(4)の『武家義理物語』説をとる西島孜哉氏は[8]、『永代蔵』巻末の予告内容からはむしろ武家物が想定されるというわけで、『甚忍記』のテーマを「時の喧嘩や口論、自分の事には甚忍し、高名あるいは義理に身を果して名を末代に残す」意と把握する。この西島説を受け止めた檜谷氏は、「人は一代名は末代なる宣伝文句と、仁義礼智信なる五常を掲げた八冊の『甚忍記』刊行予告は、その文言から〈町人物〉浮世草子のイメージを想像するにやや困難ではある。」とその矛盾点を一部肯定する。

　これらの疑問点はいずれも尤もな意見と思われるが、右の『甚忍記』の角書（傍題）「人は一代名は末代」の八文字が、西鶴自身の手によって、一度はストレートに、一度はパロディーとして、いずれも金銭問題を扱った文脈の中に現れている点に先ず注目したい。

（一）何とぞ借銭もなして、跡々にて人にも云ひ出さるるやうに、人は一代名は末代、是非もない事、今月今日百年目、さてさて口おしい事かな。（『世間胸算用』二の四）

（二）俊乗坊重源《しゆんぜうばうてうけん》、諸国を勧進《くはんじん》す。一紙《し》半銭《せん》の奉財《ほうさい》の輩《ともがら》は、此世にては無比《むひ》の楽《らく》に誇《ほこ》り、当来《たうらい》にては、数千蓮《すせんれん》華《げ》の上に坐《ざ》せん。帰命稽首敬《きみやうけいしゆうやま》って申《まふ》すと、天も響《ひび》けと読《よ》み上《あ》げたり。左衛門聞きて、此上はたとひ判官武蔵《むさし》にもせよ許し申すに、はやはや通り給へ。何子細《しさい》なし通れとや。然らば落居《らつきよ》の内隙を取る奉加《ほうが》に遅《をく》れ候へば、御大儀《ぎ》ながら是非《ぜひ》勧進《くはんじん》帳に付き給へ。げにげに現世後世《げんぜごせ》のためとて、鳥目《てうもく》百疋出しければ、いやなふ富樫《とがし》殿、大儀は一度名は末代、御身も名有る侍《さふらひ》の鳥目《ていもく》づれは見苦しし、なまじ（奉加に）つかずはつかぬまでよ。せめて金十両といへば、富樫ぎよっとして、扨々贅《ぜゑ》こき山伏かな。関を許せば奉加を望む。奉加に付けば小分也と、却って我を恥ぢしむる。とはいへ判官ならば許さるるを、悦び子細なく通られんが、誠の山伏しれたりと、また百疋取り出し、何とぞと存ずれ共《ども》、某も貧《まど》しければ、是にて堪忍し給へと、やうやうに詫《わ》びければ、弁慶苦《にが》苦《にが》しき顔《かほ》ばせにて、エヱ軽微なれどもと苛高数珠《いらたかじゆず》をしもんで[9]（『凱陣八島』第二。句読点は中川の私意。判読しやすいように平仮名を漢字に直した。なお、本書は近年西鶴の著作として定着しつつある。）

問題点の角書を文脈の中で西鶴は具体的にどのように利用したか、簡明であるがややデリケートなので確認しておく。（一）の文意は「死ねば、肉体は一代で滅びるが、良いにつけ悪いにつけ名は死後も長く残るから、できたら汚名は残したくない。（何とかして借金もきれいさっぱりとすまし、後々まで人にほめられるようにしておこうと思ったのに）しかし、銀を払えず残念だが汚名を残すことになるのも仕方のないことだ」という位のところである。債権者で、役者が一枚上の材木屋の手代が、夫婦喧嘩《けんか》という新手の借金取り撃退法を、借金馴れしている男に伝授するという文脈である。角書の前文にある「人死《ひとじに》が二三人もあるが合点か。」と後文の「百年目」（諺。悪い事が露顕した時に使い、ここは命の尽きる時）の語感の暗合より、夫婦間で他殺・自殺の血の雨を降らす惨劇を予感させ、訪れる債権者に一種の示威や圧力をかける点は自明であろう。

（二）の場合はどうか。問題点は原文で「大ぎは一度名はまつだい」とある。「人は一代……」のパロディーであり、「大儀なのは一度だけという意。」[10]野間光辰氏の解説の通りである。「大儀」とは「金がかかる」意であり、「子安のお地蔵は御ざり、太義（ママ）なれど、百の餅舟は、阿爺《とと》（父なる世之介）がするぞ。」（『好色一代男』巻二）という用例が参考になる。従って問題点の趣意は「負担の重いと思う奉加銀の寄進もたった一度だけだが、その善意の名は死後も長く残るので、（銭百疋程度の軽微な奉加でなく）もっと大金を寄進しなさい。」と弁慶が関守の富樫に半ば強要するくだりである。文脈上、「天も響けと読み上げたり。」までは、判官物の有名な謡曲『安宅』の詞章を取り入れており、安宅の新関へ到り、富樫にとがめられるが、弁慶が勧進帳を読みあげて無事通過する点、『安宅』と軌を一にする。但し変装した義経が見咎められ、弁慶が杖で義経を打ち、関守を威圧して危機を脱する有名な劇的趣向に対して、西鶴は、金十両という高額の勧進を、しかも主従の死命を制する恐い相手に半ば強要するという離れ技を演じさせる事によって緊張したドラマに仕立て上げたのである。

論を戻すと、右記の通り西鶴は、「人は一代名は末代」の諺を二度利用しているが、いずれも金銭問題を扱った文脈中に取り入れている点、又、金銭や物の多少よりも誠意が大切であるという人の道（倫理）を「たてまえ」として、この諺を利用しているところに共通点がある。ただし、理屈を言うと、前者（一）は借金を残して（約束不履行）死ぬと汚名を末代まで残すという文脈であり、後者（二）は勧進に応じ、一旦銭百疋を出したが、寡少すぎるので、せめて金十両をと大金の奉加を請求する文脈中での活用に相違点があり、筆者は特にこの後者の活用（応用）に留意する。[11]林玲子氏は、近著で、（一）の巻二の四を詳細に取り上げ、近世の商法における「掛売りは信用が基礎」のタイトルで、「西鶴が描く節季勘定」（小見出し）を例証とし、近世の信用経済のからくりを検証する。「（商人にとって）何よりも重要なのは信用であり、信用のもとは正直である。」として、『永代蔵』の警句を例証として、西鶴の商人像を通して、江戸中期の経営理念を説く[12]竹中靖一氏の所説を挙げるまでもなく、「のれん」に傷をつけないように経営する老舗だけではなく、社会・顧客の永続的信用性こそは、町人の死命を制するものと断じても過言ではない。貸借支払いの遣り繰り話を中心とする『胸算用』の世界の描写に当って、一見無縁と思いかねない角書の諺の利用は、そのような意味で有効適切であった。では、後者（二）の活用を重視する私見の論拠は何か。周知の通り、問題の角書は、諺として正保二年刊の『毛吹草』（巻二の世話付古語）に「人は一代名《だいな》は末代《まつだい》」、故事として元禄四年刊の[13]『儒仏雑註漢語大和故事』（巻二・四十）に「人《ヒト》ハ一代名《ダイナ》ハ末代《マツダイ》」とあるように、[14]『俚諺大成』では約22の出典を例示する有名な諺である。一体何時頃から流布され始めたかは不明であるが、室町時代に成立した幸若の判官物の一種『八島』が有名である。

　力及ばず佐藤殿……子供を関所に近付け、「いかに兄弟よ、とても御供を申すならば、命を全う高名をきはめ、佐藤が家の名を上げてたべ。……ただし、弓取は名こそ惜しう候へ。人は一代、名は末代。名に付いたらん其の疵《きず》の、末代までもよも失せじ。かまへて命を全う高名をきはめ、殿原も名をあげ、庄司が名をも上げてたべ」と、かやうに仰せ候ひて、[15]（『八島』）

二人の子供継信・忠信が、父の佐藤庄司の制止も聞かず、義経に従って出国した事情が、母なる尼公の口《くち》から、奥州下向の判官一行に語られるシーンであり、典型的な諺の利用法で説明を要しない。[16]謡曲における「身こそは沈め、名をばしづめぬ。」（『二人静』）・「身は一代、名は末代」（『元服曽我』）や、[17]狂言における「おお扨《さて》、人は一代、名は末代。徳をとらうより名をとれといふ事を知らぬか。」（『髭櫓《ひげやぐら》』）、又、軍記の「然らば人は一代、名は末代なり。」（『甲陽軍鑑』巻第十一）等が辞典類に登録される。問題点はその諺の利用の仕方であり、特に右記の狂言の例に見られる「徳（働き・効果）をとらうより名をとれ」という趣意と、前記の「大儀は一度名は末代」（『凱陣八島』）のそれとが重なる点に留意する。つまり「人は一代」の部分が「大儀（経済的な負担や実質的な損得勘定）は一度」とパロディー化する事により諺の意味は多義化されてくる。

さて、僧侶の勧進という点で、右の『凱陣八島』と共通の素材を含む『世間胸算用』（五の二）の文中の「長者の万貫貧者の壱文」の十文字に着眼する。「ちやうしや《ママ》のまんどうひんによの一とう」[18]（『毛吹草』）の諺のパロディーである点、一目瞭然である。話題の展開で、熊野比丘尼と龍松院（公慶上人）の勧進話となるくだりのごく一部分のみ記す。

龍松院たち出で給ひ、勧進修行にめぐらせられ、信心なき人は進め給はず、……今仏法の昼〈仏法全盛〉ぞかし。是は格別の寄進とて八宗ともに奉加の心ざし、殊勝さ限りなかりき。すでに町はづれの小家がちなる所までも、長者の万貫貧者の壱文、これもつもれば、一本拾二貫目の（大仏殿の）丸柱ともなる事ぞかし。（『胸算用』五の二）

「長者の万燈より貧者の一燈」は「たとえ僅かでも、貧しい人の真心のこもった寄進は、金持の寄進よりも勝っている事」の意より「物の多少より誠意が大切だという喩え」の転義が生じた。そこで考えられる点は、西鶴執筆の二作品『凱陣八島』と共通の素材を持つ『胸算用』（五の二）との二つの諺のパロディーを結び付けるキーワード「一紙半銭」（前者）に留意したい。前記の『漢語大和故事』（巻五・五十）の「一紙半銭トハ」の解説の中に「貧女《ヒンニヨ》ガ一燈《トウ》。長者ノ万燈《マンドウ》」があり、「仏家《ブツケ》ニ布施《フセ》物ノ少《スクナキ》ヲ謂《イフ》ナリ。或抄《アルセウ》ニ一紙《シ》半銭《ハンセン》ノ表事《ヘウジ》ハ、紙ハ白色《ビヤクシキ》清浄《シヤウジヤウ》ノ義ナリ。……万徳《マントク》ヲ具足《グソク》スル義ヲ顕《アラハ》スナリト云《イヘ》リ。実《マコト》ニ白紙《ハクシ》一枚半文銭《マイハンモンセン》ハ。少布施《セウフセ》ナレドモ。功徳広大《クドククハウダイ》ナリトナリ。……」との解説文が付く。「元禄五年みづのえ」（『世間胸算用』一の二）の記事より、同書は元禄四年中の成稿とするのが通説であるが、右記引用の『故事』は元禄四年孟夏（四月）の刊行なので、西鶴披見の有無に拘らず、多義化した意味を西鶴は承知していたと考えられる。例えば早く『日葡辞書』[19] に「一紙半銭の慈悲をも施せ。たとえ紙一枚、銭半銭というような、きわめて僅かな物であろうとも、施し物を与えることを怠るな。」とある点よりも、早くからの広義の解釈の存在を裏づけるものである。

西鶴は一体どのようなねらいを持って、『甚忍記』という書名に「人は一代名は末代」の角書を付けたのか。いささか長い引用文を通しての検証であったが結論を出す段階にきたようである。そのキーワードは、西鶴自身が直接使用した右記紹介の「一紙半銭」（『凱陣八島』）と「長者の万貫貧者の壱文」であり、両者を流れる清貧の思想である。清貧の思想というと語弊が生じる恐れがあるので、前記の通り、「金銭や物の多少よりも誠意が大切であるという人としての倫理」というべきであろう（「清貧」には俗世間にへつらわず、貧乏で節操を守るイメージがある。）。西鶴は宗教的色彩を帯びたキーワードとも言うべき「一紙半銭」と密接な関連性を持つ法語を、二度も話の枕として冒頭文に採用した。「名利の千金は頂を摩《なづ》るよりもやすく、善根の半銭は爪を離すよりも難し。」（『町人鑑』二の五・本稿の警句4と、同注記（1）の解説参看）・「名利の千金は頂を摩《なづ》るよりもやすく、善根の半銭は爪をはなつよりもかたし。」（『西鶴俗つれづれ』三の一）。この法語の出典は不明であり、前記の登場人物に関連する[20]『俊乗房重源史料集成』などを博捜中である。[21]暉峻康隆氏は、右記の『胸算用』（五の二）中の人物公慶上人が、南都東大寺大仏殿再建のため、諸国行脚の時の勧進文の一節とされるが、その可能性を認めたい。この勧進文と思われる法語は、名利に対する人間の本能的執心の根強さを示したものである。西鶴が執筆した『凱陣八島』に登場している俊乗坊が顔を出す『沙石集』（貞享三年版。四下八）の清貧の思想（少なくともその文言・修辞）に、異常なまでに西鶴が関心を示している確実な証拠がある。⑴「富貴にしても苦あり。貧賤にしても楽しみあり。」（『本朝二十不孝』二の一の枕）。⑵「憂ふるものは、富貴にして愁へ、楽しむ者は貧にして楽しむ。」（『武家義理物語』一の一の巻頭文）。⑶「清貧はつねに楽しみ、濁富はつねに愁ふ。」（『西鶴俗つれづれ』四の一の枕）。文脈上、⑵と⑶の上・下文にそれぞれ『沙石集』と関連性のある文言があるなど、[22]論証ずみの箇処である。「俊乗房ニ（法然ガ）申サレケレバ、秦太《ジンダ》瓶《カメ》一《（ヒトツ）》ナリトモ。執心トマラン物ハスツベシトコソ。心得テ候ヘト（俊乗房ガ）カタラル。」と『沙石集』（前記）にある。清貧の思想を象徴するこの名言は『一言芳談』（元禄二年刊の『一言芳談鈔』巻一・十ウにも収録）を通して、西鶴の愛読書である『徒然草』（九十八段）に収録される。この清貧の思想に対して、「今時の人心、ひとつも仏の道に叶ふ事にはあらず。」（『世の人心』五の一。警句99・本話のテーマは警句9に詳記。）とする批判には、見せかけではなく、実のある信仰心を説く主眼が背景にある。ところで『日本永代蔵』を書き終えた西鶴は、目的のためには手段を選ばないという人間性喪失の町人群像は論外として、金力が人間の善悪の評価を左右し、福徳までも司るという町人思想（『世の人心』三の一・三の二。警句15・14参看）や、貧富の懸隔といった前期資本主義社会の実態や機構の本質性を洞察していた筋が強い。『永代蔵』の冒頭文の一節「人は実あって偽りおほし。」の真意は「人間はまことに立派なことを言うが、その内心や行為では、とかく偽りがちなものである。」[23]と考える。文学的表現であるが、単なる仮装・虚構ではなく、本音に裏づけられた警句である。西鶴は町人物の第一作を書いて、重大な岐路に立っていたという論点は確かであろう。[24] 人間の可能性の限界の自覚や宗教意識の深まりを説くことも可能である。少なくとも町人の生きざまを自ら実践し、他人を観察して、なにがしかの人間的自覚を持っていたことは間違いない。西鶴は前記の『凱陣八島』の冒頭文で、教訓的擬態をとりつつも、無責任な人間の言動や偽りの心を戒めているが、貞享初年頃の執筆と思われる『凱陣八島』と、元禄四年頃執筆の『世間胸算用』の両者を繋ぐ文学（執筆活動の軌跡において、（貞享四年末までには執筆完了していたと考えられる）「人は一代名は末代」のねらいは、以上の論点による検証において、自ら定まるのではないか。換言すると、「大儀は一度名は末代」（『凱陣八島』）より「人は一代名は末代」（『世間胸算用』）までの文学的営為の軌跡において、いずれも金銭問題を扱った素材と文脈であり、その中間に位置する問題の角書（『永代蔵』の刊記）の意味は、経済生活をテーマとする町人物のイメージと矛盾することなく見事に照応するはずである。そして、町人にとって「金銀が町人の氏系図」「二親の外に命の親」「銀《かね》さへあれば何事もなる」と説いた『永代蔵』執筆後の西鶴の眼は、人間の生態の凝視と洞察を通して、その内面に向けられ、「人間の生きざまと心」即ち「人の道（倫理）」に、体験と年齢の深まりとともに回帰していったと考えられる。つまり『本朝町人鑑』への志向である。「手代ども聞きて、寔《まこと》に一生一万貫目の身体となられける。天晴《あつぱれ》よき大将、智有り、仁有り、勇有りと、みなみなたのもしく奉公を勤める」（二の三。『町人鑑』警句31）とある文言は、[26] 諸説の通り、『甚忍記』の予告にある「仁・義・礼・智・信（部）」の倫理とまさに照応して、間然する所がないのである。その予定の八冊の『甚忍記』の未完成原稿の一部が『町人鑑』である。その原稿としての『本朝町人鑑』（人の道である実践倫理を説く）という視点から、儒教的仏教的世界観の背景をもって語られている巻二の四に表れた清貧の思想は私見を裏づける。[27] 野間光辰氏は、「義之部」に属する一章と推定されているが、仁義礼智信の五常を説明した『沙石集』（貞享三年版。巻三下七話）で、「義トイフハ。正直ニシテ道理ヲワキマヘ。」と説く通り、野間説は妥当な見解である。『武家義理物語』の巻頭文は右の『沙石集』の本文を典拠とする「信」の文脈である点、(28)先覚の論証もあり、(29)私見も『永代蔵』の巻頭文との関係を検証した。『町人鑑』巻二の四の原拠は、正直を処世のモットーとせよという教訓的意図で執筆された『甚忍記』の柴売り・船頭の二話とする点、ほぼ定説となっているが、『沙石集』の影響について、警句14（一覧表参照）の解説で指摘したので、識者の追認を期待したい。近年『町人鑑』の致富譚の性格や致富の要因の考察について諸説があるが、警句上から考察した論点から、私見を裏づけるため、若干付記する。第一点は、福人の資格となる堪忍（忍耐）・慈悲を説く一の二話（警句10）。第二点は、信心・慈悲・正直の善根（仁徳）が致富の要因となる二の二話（同12）。第三点は、正直・慈悲が同じく商売繁昌を生む二の五話（同15）等である。第四点は、「堪忍」の要語（一の二・一の三）である。特に第一点で、「あひにのぼりし女郎を捨て」る（一の一）致富譚に「好色」（警句36）に対する自制心、つまり実質的な「堪忍」の要素が強調されている点に留意したい。（後記）

では、「人は一代名は末代」と『甚忍記』との関係はどうか。「甚忍」は「じっと深く徹底して堪忍する」意であり、西鶴は「堪忍五両雁帰る空」（(30)『珍重集』延宝六年刊）と句作りしている点よりも「何事も堪忍すれば五両の得がある意で、堪忍の大切さや、堪忍の徳の価値」を説くこの諺の意味を当然自覚していたはずである。武士道に相当する町人道のテキスト（初歩の教訓書）として、近世に流布した(31)『長者教』の「つねにたしなみの事」の条のベスト・テンの第三位に、分別・正直に続いて「堪忍《かんにん》すべき事」がランクされており、「大福新長者教」という副題を持つ『永代蔵』の作者が、町人致富の要諦を説いた『長者教』の性格やその意図を十分認識していた事は確かである。大坂の商家の家訓の原点《ルーツ》ともいわれる西鶴の「長者丸」の説明によく引用される、秀吉作と伝える「加減関白丸」（原文は「円《マル》」・(32)『増補俚言集覧』）に、「世俗堪忍五両」を枕言葉として、「一　正直五両。堪忍四両。思案三両。分別二両。用捨一両」を説き、「主人ハ被官（中川注。「下役」つまり「奉公人」の意。）ニ慈悲ヲセヨ。人ハ義理ヲ思ヒ、万ニ心ニ堪忍スベシ。右十七ヶ条コレヲ敬《ツツシ》ムベシ」と結ぶ。この『俚言集覧』は、太田全斎が寛政九年に著した『諺苑』[33]の増修版とされている通り、彼の自筆稿本と推定される『諺苑』（春風館本カ部）に、ほぼ同文が収録されているのは当然である。右記の正直・堪忍以下の五つの徳目が、何両という金銭価値とともにそっくりそのま[34]宇佐美松鶴堂の家訓に採用されており、「家を治むるは堪忍を第一とす。（矢谷家）」・「倹約と忍耐は貨殖の道なり。（安田多七家）」等、堪忍の哲学をもって家門・家名相続の第一義、渡世・貨殖の道の重要不可欠の条件として、家訓の巻頭に銘記されると足立政男氏は[34]証言する。

　さて、西鶴はこの「堪忍」（但し、好色に対する自制心・忍耐という文脈）が致富の死命を制するキー・ワードとなる話を『町人鑑』の巻頭に置き、「さるほどにたまたまあひにのぼりし女郎を捨て、身過ぎ大事にして利を得たる所、分限に成るべきはじめ也。」（警句22）と言う。吉野太夫との遊興で面白さ限りなく、目前の極楽気分の最高潮（の最中）に隣客から米相場が上るという情報を盗み聞き、起き別れ、大金を入手するという筋書きは、「好色・買置きが分散の二大原因だ」とする警句（36）と呼応し、商機の思い入れの要素以上に忍耐心の必要の重大さを強調する点を見落としてはならない。西鶴はこの好色心をセルフ・コントロールして、始末第一に家庭中心の健全な人生の楽しみ方と、その徳を『胸算用』（二の三）で強調する事になる。「惣じて遊興もよいほどにやむべし。仕舞の見事なるは稀なり。是れをおもへば、（遊里での遊興ほど）おもしろからずとも、堪忍をして、我内〈家庭〉の心やすく、夜食は冷食に湯どうふ、干《ひ》ざかな有あいに……楽しみは是れで済む事なり。」と。ここには「茶は寝ながら内義にもたせ置きて」とあるように、文字通り徹底したマイ・ホーム主義の描写がある。（前記の警句36に両者の関連性を記す。）前記の矢谷家の家訓の「堪忍」の項目の下に「奢をこらへ、欲をおさへて、恣《ほしいまま》にせざるも皆是堪忍也。万の事、心に叶わざる事ありとも、此の堪忍を用ひて、怒りをしらざれば、家の内和らぎ親しむべし。」とある。前記の『町人鑑』の第二話として、林勘兵衛夫婦の成功譚が続くが、その妻は、「うき世帯の時男によくつかへて堪忍をせし身の上」（警句10）とあるように、内助の功を発揮した文字通りの糟糠の妻であり、福人となった要因として「堪忍」の徳を明示する。一家和合には「堪忍」の徳が第一であり、前記の『諺苑』にも、「堪忍ニ價ナシ」（堪忍の価値は無限であり、極めて大切なもの。）とあるように、「堪忍辛抱は立身の力綱」（諺）となる。つまり、「堪忍」の意味はまさに深長で、『町人鑑』の第三話は、この「堪忍」の哲学を実践できず、内証の奢りと嫁の浪費で、一家の和合もならず、離婚・一家断絶した椀屋の二代目物語である。「されば人の花娌《よめ》といふは、親にかかりの隔屋《へや》住《ずみ》のうち、又はよぶと其ままに世帯請《う》けとるも（嫁入りして直ぐに、姑から家計の実権を譲られる場合でも）、わづかに一とせのほどは、たがひに堪忍しあいて、男（夫）の気（嫌）を取り、」（一の三）しているが、出産後、堪忍袋の緒が切れて段々自堕落な女に変貌するプロセスが、急テンポで見事に描写される。以上、『町人鑑』の巻頭より、キー・ワードとなっている「堪忍」を軸として、町家経営における「堪忍」の重要性を三つの連続する説話を対象として考察をしたわけである。

「人は一代名は末代」には、以上の考察の通り、一度はストレートに、一度はパロディーとして（「大儀は一度名は末代」）、いずれも金銭問題を扱った文脈の中に現れている点に着眼したが、考えてみると、「堪忍」は「経済上の耐久力（生活を維持しうるだけの経済力、最低の生活を保ちうる条件。）。生計。」[35]の意味を持つ経済的用語としての側面があり、狂言や浮世草子の用例があるわけである。『甚忍記』を浅井了意の『堪忍記』のパロディーとする立場（私見）よりすると、意味はまさに深長であり、背景に町家経営における堪忍（生計・経済力）の哲学が含意されていると考えることも可能であろう。「人は一代名は末代」は「金銭や物の多少よりも誠意が大切である人の道（町人道の倫理。例えば、正直は誠意の表れ。）を意味し、そこに「町人道のモラルに通じる堪忍の哲学」との密接な関連性を、『本朝町人鑑』を通じて検証した。

最後に近松の名言を挙げて論題を結びたい。「侍の子は侍の親が育てて、武士の道を教ゆる故に武士となる。町人の子は町人の親が育てて、商売の道を教ゆる故に商人となる。侍は利得を捨てて名を求め、町人は名を捨てて利得を取り、金銀を溜める。これが道と申すもの。……死ぬるまで金銀を神仏と尊ぶ、これが町人の天の道。」（『山崎与次兵衛寿の門松』中之巻）「人は一代名は末代」の諺は、謡曲や幸若の判官物の作品に表れているように、本来は武家にこそ相応しい内容（倫理と論理）を持つ言葉であろう。右の作品中の人物である浄閑に、この武士道に対して町人道を語らせている近松の意図は明白である。一見経済価値最優先の町人道を描写したと思われる町人物の巻末近刊予告に、皮肉にも、武士道にこそ相応しい「人は一代名は末代」の角書を持つ『甚忍記』の書名を掲げた理由は何であったのか。（右記の省略文）とまで言う。西鶴は「命の親」と言ったが、近松は「命の買はるる金銀」所詮、政治価値が町人道（経済価値）を支配する封建社会であるという視点のみでは、解答にならないのではないか。私見が論題に対するささやかな解答の一助になれば幸いである。

注

（1）『別冊国文学』45号。平成5・2・10。161・162頁。
（2）『西鶴評論と研究下』中央公論社・昭和25年。506頁。
（3）①『西鶴集下』岩波書店・昭和35年。5～8頁。②『西鶴新新攷』岩波書店・昭和56年。409～418頁。（「西鶴と『堪忍記』」の論題）
（4）浅井了意。万治二年。京都滝庄三郎。本文は影印本による。（小川武彦氏解説『堪忍記（上）』勉誠社・昭和47年。267～269頁。）
（5）暉峻康隆氏『西鶴研究ノート』中央公論社・昭和28年。241頁。（『西鶴名残の友』の論題。）
（6）①「角書」とする説（野間光辰氏の右記の注（3）の②409頁。）②「傍題」谷脇理史氏『西鶴研究論攷』新典社・昭和56年。366頁（「『西鶴織留』をめぐる二、三の問題」）他省略。③「副題」土屋喬雄氏『日本経営理念史』日本経済新聞社・昭和42年5版。138頁（第二章第二節「西鶴の町人物に現われた商人の経営理念」）
（7）「西鶴晩年の動向」『西鶴論の周辺』三弥井書店・昭和63年。120～121頁。

(8)「残余の草稿の行方」『西鶴と浮世草子』桜楓社・平成元年。235〜239頁。

(9) 野間光辰氏校訂『定本西鶴全集第十四巻』中央公論社・昭和28年。356頁。（信多純一氏解説『凱陣八嶋・小竹集』勉誠社・昭和51年。参看。⑴赤木文庫本は18頁。問題の部分は「大ぎは一ど名はまつだい」。⑵大東急記念文庫本は85〜87頁。「たいぎは一度なはまつだい」とある。両者の文には若干の異同がある。）

(10) 右記の野間光辰氏の校訂本。356頁の頭注欄参看。

(11)『日本の近世⑤商人の活動』中央公論社・平成4年。125〜129頁。

(12) 竹中靖一・宮本又次両氏監修『経営理念の系譜―その国際比較―』東洋文化社・昭和54年。64頁。

(13) 蔀遊燕著。洛陽の上村平左衛門板。元禄四年辛未歳孟夏の刊。引用文は巻二・四十「人ハ一代名ハ末代」（十五オ）

(14) 加藤定彦・外村展子両氏共著。青裳堂書店・平成元年。505頁。

(15) 荒木繁氏他二名編注『幸若舞2景清・高館他』（東洋文庫417）平凡社・昭和58年。224頁。他に笹野堅氏『幸若舞曲集本文』臨川書院・昭和54年。386頁参看。

(16) 野々村戒三氏編・大谷篤蔵氏補訂『謡曲二百五十番』赤尾照文堂・昭和53年。『二人静』は181頁。『元服曽我』は437頁。

(17) 古川久氏編『狂言辞典・語彙編』東京堂出版。362頁。なお『髭櫓』の出典は、和田万吉・野々村戒三両氏編『狂言選』とあるが、未確認。野々村戒三・安藤常次郎氏共編『狂言集成』能楽書林・昭和49年。401頁。（「髭矢倉」に同じ文句がある。なお、後記の注（35）の②の『鼻取角力』の問題の本文は380頁にある。）『甲陽軍鑑』は古川氏の同辞典による。未確認。

(18) 松江重頼著。正保二年刊。京都助左衛門版。但し引用は加藤定彦氏編『初印本毛吹草影印篇』ゆまに書房・昭和53年。79頁による。（原本巻二・42オ）

(19) 土井忠生他二名編訳『邦訳日葡辞書』岩波書店・昭和55年。349頁。

(20) 小林剛氏。奈良国立文化財研究所発行・昭和40年。

(21) 右記の注（5）の同書。227頁。（「西鶴俗つれづれ」の項。）

(22) 筆者（中川）執筆。「西鶴と『沙石集』」（暉峻康隆氏編『近世文芸論集』中央公論社・昭和53年。176頁。本書収録。）

(23) 筆者執筆「『日本永代蔵』の序章について」『大阪商業大学論集』82・83合併号。昭和63・10・1。840〜818頁。付記すると、西鶴は『町人鑑』（二の五）でも、「商売に付けての偽りは言葉をかざり、跡からはげる」（警句49）とも言う。

(24) 浅野晃氏『西鶴論攷』勉誠社・平成2年。345頁。（「経済小説の光と影―日本永代蔵論―」の論題。）

(25) 白倉一由氏『西鶴文芸の研究』明治書院・平成6年。552頁。（第二章『西鶴織留』の世界・第一節「『西鶴織留』の成立」の論題。）

(26) ①右記の注（2）の暉峻康隆氏。506頁。（「西鶴織留」の論題。）②右記の注（3）の②の野間光辰氏。415頁（「西鶴と『堪忍記』」の論題。）他略す。

(27) 右記の注（26）の②の同書。414頁参看。

(28) 宗政五十緒氏『西鶴の研究』未来社・昭和44年。87〜89頁。（「西鶴と仏教説話」の論題。）

(29) 右記の注（23）の同論文。

(30) 潁原退蔵・暉峻康隆・野間光辰氏編『定本西鶴全集第十三巻』中央公論社・昭和25年。29頁。（「俳諧独吟・井原西鶴」の条。この独吟は延宝五年冬の興行。）他に荻野清氏編著『談林俳諧篇』養徳社・昭和23年。224頁参看。

(31) 中村幸彦氏編著『近世町人思想』岩波書店・昭和50年。10頁。寛永四年刊の整版本による。（他に古典文庫本その他参看。）

(32) 村田了阿編。名著刊行会刊・昭和40年。644頁。（『俚言集覧』の原編者は奥村三男氏の説では太田全斎である。）

(33) 頼惟勤氏解説『春風館本諺苑』新生社・昭和41年。80・83頁。なお、『日本古典文学大辞典第二巻』386頁の同氏の解説文と、『同大辞典第六巻』209頁の奥村三雄氏の『俚言集覧』についての解説を参看。岩波書店・昭和59と60年。

(34) 足立政男氏『老舗の家訓と家業経営』広池学園事業部発行・昭和49年。133〜137頁。（第一部第二章「七」節の「堪忍」の項目参看）

(35) ①中村幸彦氏他2名編『角川古語大辞典第一巻』角川書店・昭和57年。933頁。②中田祝夫氏他2名編『古語大辞典』小学館・昭和58年。428頁（出典として①②③はいずれも『虎明本狂言・鼻取相撲』を、②は『好色万金丹』巻四の四を挙げる）。③土井忠生氏代表編『時代別国語大辞典・室町時代編二』三省堂・平成元年。428頁。（同書の「堪忍」の③に「日日の暮しの水準を何とか保ちつづけていくこと」とある。）

二、『西鶴織留』における警句法と、『織留』二分説の論拠

元禄原刻本と異なり、元禄通行本五冊の内、巻一・巻二の二冊は「本朝町人鑑」、巻三以下巻五の三冊は「世の人心」の二部に分れ、各巻外題や内題のその旨を表している。このように形式上の相違点のみならず、両者はその執筆の時期や態度・素材にとどまらず、警句や用語の使用法においても、その違いを検証することが可能なので、両者を区別して考察する。しかし、『西鶴織留』は西鶴死没の翌元禄七年三月に、「世の人心」の題簽副題を持つ元禄原刻本（六巻六冊）一冊として、公刊されているわけで、その意味でも必要に応じ、両者を総合した『織留』（一冊本）の視点も当然要請されるわけである。そこで私見によって警句と考えるものを両者からできるかぎり抜き出し、内容的に分類、整理し、配列したものが、後記の「（一）『本朝町人鑑』に表れた警句」と、「（二）『世の人心』に表れた警句」である。私見による分類の方法は、原則的に前稿の『永代蔵』や『胸算用』に準ずる。従って『織留』に表れた警句172例（西鶴の序文中の警句1例を含む。）を『本朝町人鑑』（警句58例）と『世の人心』（同114例）に二分類して考察する。そこで、私見により左記の参考表（1〜4）のように七分類したが、便宜上二・三・七の三項目を、それぞれさらに二分類したので十分類となった。参考のため全篇二十三章（話）について、この十分類による警句の用例数を示したのが「参考表1」であり、『本朝町人鑑』（全九章）と『世の人心』（全十四章）に表れた警句の分類と分布状況の比較表は「参考表2」とした。さらに各章別に細分化して考察したのが、それぞれ、参考表3（『町人鑑』）と参考表4（『世の人心』）である。（付記。前稿で、『織留』の警句数を173例としているが、誤って、団

水の序文に表れた警句1例（処世訓）を入れたので、本稿ではその1例を除外した。）『本朝町人鑑』（『本』）と『世の人心』（『世』と略記）に表れた警句法の相違点と、関連性について以下に考察する。

「参考表1」については、第四章で考察する。私見によって作成した「参考表2」によって、その分布状況のト

○参考表1　『西鶴織留』に表れた警句の分類とその分布状況

警句の分類			警句数	順位	百分比
一		人間観	17	⑥	9.9
二	A	人生観	10	⑦	5.8
	B	処世訓	28	②	16.3
三	A	積極的金銭観	2	⑩	1.2
	B	消極的金銭観	5	⑨	2.9
四		長者訓	18	⑤	10.5
五		商人の心得	33	①	19.2
六		商売の諸相	9	⑧	5.2
七	A	一般の世相	24	④	13.9
	B	世の人心	26	③	15.1
分類／合計			172	順位	100%

○参考表2　『本朝町人鑑』と『世の人心』に表れた警句の分類とその分布状況の比較表

警句の分類			『本朝町人鑑』			『世の人心』		
			（警句数）	（順位）	（百分比）	（警句数）	（順位）	（百分比）
一		人間観	4	④	6.9	13	⑤	11.4
二	A	人生観	3	⑥	5.2	7	⑥	6.1
	B	処世訓	8	③	13.8	20	③	17.5
三	A	積極的金銭観	2	⑩	3.4	0	⑩	0
	B	消極的金銭観	4	④	6.9	1	⑨	0.9
四		長者訓	14	①	24.1	4	⑧	3.5
五		商人の心得	14	①	24.1	19	④	16.7
六		商売の諸相	3	⑥	5.2	6	⑦	5.3
七	A	一般の世相	3	⑥	5.2	21	②	18.4
	B	世の人心	3	⑥	5.2	23	①	20.2
分類／合計			58	順位	100%	114	順位	100%

○参考表3　『本朝町人鑑』に表れた主たる人物と、警句の分類を通してみた分布状況

巻		一				二					合計
章	序	一	二	三	四	一	二	三	四	五	9
主たる地名		◦伊丹	◦港町 ◦江戸	◦大坂	◦近江 ◦京都	◦山崎	◦大坂（薩摩）	◦京都	◦京都	◦江戸	
①主たる登場人物の性格と致富の要因。（致富譚という視点からみた人物なので、他の関連性のある人物や、小人物群像を省く。）②○印は①の視点からみた警句中のキー・ワード。③括弧内の警句は、警句一覧表で、致富の要因等について指摘した、その警句の番号である。	「世の人心」と名づけた作者のねらい。（この西鶴の序文は「参考表４」の序文となるべき性質のもの）	酒屋の長男が遊興中商機をつかみ成功。（子供達の気質の違い）○身過大事・思ひ入・善根（警句16）	不正直な問屋の没落と両替商勘兵衛と妻の才覚・慈悲・堪忍による致富。○正直・仕出し・堪忍・天のあはれみ（10）	碗屋二代目の内証の奢りと嫁の浪費で一家断絶○内証の奢（始末の強調）（8・53）	扇子屋の内義の慈悲と才覚による致富譚と京の行商万平の不運な失敗譚。○才覚・手まはし・慈悲（23）	油の行商人山崎屋の慈悲と正直による致富譚○やさしき心ざし・正直・才覚・天の道・町人鑑（25）	西浜の商人が正直と信心・慈悲心が因となり、美女との奇縁で致富。○仏神のめぐみ・信心・町人の鑑・正直（12）	吉文字屋という万貫持ちの忠実な二人の手代が別家独立後のそれぞれの力量○望姓（資本力）・智仁勇（30・31）	粟田口の塩売りの楽助は正直で、清貧を楽しみ聖人といわれる、そのわけ○天のあたへ・金子を拾ふてかへす（14）	塗物店小川屋は正直で慈悲深く、利害を離れて社会奉仕をする。その善根で繁盛。○正直・慈悲・天のめぐみ（15）	
一　人間観	0	1	1	1	0	0	0	0	0	1	4
二　A　人生観	0	1	0	0	0	0	2	0	0	0	3
二　B　処世訓	0	0	3	0	0	0	2	1	1	1	8
三　A　積極的金銭観	0	1	0	1	0	0	0	0	0	0	2
三　B　消極的金銭観	0	0	3	0	1	0	0	0	0	0	4
四　長者訓	0	1	0	0	1	5	1	2	3	1	14
五　商人の心得	0	2	0	4	2	0	5	0	0	1	14
六　商売の諸相	0	0	0	1	2	0	0	0	0	0	3
七　A　一般の世相	0	0	2	0	0	0	0	0	0	1	3
七　B　世の人心	1	0	0	2	0	0	0	0	0	0	3
合計	1	6	9	9	6	5	10	3	4	5	58

○参考表4　『世の人心』における主たるテーマと、警句の分類を通してみた分布状況

巻		三				四			五		
章		一	二	三	四	一	二	三	一	二	三
①主たるテーマ（世の人心という視点から考察した主たるテーマであるが一章中に二人の主人公が話の核となっている例や、全体として求心力を欠く小話の並列の場合などがあるので異論の出ることが予想される。） ②なお、括弧内の警句は拙稿の警句一覧表で、テーマを指摘した、その警句の番号である。		因果思想による貧富宿命観。（警句15）	家職重視の立場からの芸道批判がテーマ。（人間として修行すべきは書道・学問である。）（22）	好色（の戒め）をテーマとする。（24）	中流階層以下の様々な身過ぎの種をテーマとする。（家職重視の立場から知恵・才覚の必要を説く。）（29）	テーマは転居・離婚に発展する女（妻）の多言をめぐる女心の恐ろしさ・あさはかさ。（51）	医者・病気（病人）にまつわる話題を中心とし、病人に対する親の情が強調されている。（4・54）	伊勢参りの見聞記の形式をとるが、茶屋女の風俗・生態を通して、伊勢の国ぶりと人心を描く。（80）	一見信心をテーマとするようであるが、主想は主婦にとって財産が仕合せを左右する点。副想は俗人化した僧侶群像の生態。（9）	女奉公人の生態をめぐる主婦（経営者）と奉公人の心理を中心とするテーマ。（58・105）	質屋や質入れをめぐる下層階級の生きざまがテーマ。（33）
一	人間観	1	0	0	1	1	4	0	2	0	0
二	A 人生観	4	0	0	0	0	0	0	1	0	0
	B 処世訓	0	3	5	1	1	1	0	1	0	3
三	A 積極的金銭観	0	0	0	0	0	0	0	0	0	0
	B 消極的金銭観	0	0	0	0	0	0	0	0	0	0
四	長者訓	0	0	1	0	0	0	0	0	0	0
五	商人の心得	2	2	0	1	1	3	0	3	1	1
六	商売の諸相	0	0	0	2	0	1	0	0	1	2
七	A 一般の世相	0	3	0	2	1	0	4	1	3	2
	B 世の人心	0	1	1	1	0	1	3	3	4	1
合計		7	9	7	8	4	10	7	11	9	9

六				合計
一	二	三	四	14
官女の移り気（章題）がテーマ。（天職を忘れて転職し、目先の楽しみを追う官女の移り気を戒む。）（10・36）	○前半の小テーマは仲居女や腰元（好色の戒め）にまつわる話 ○後半のテーマは育児と親の慈愛。（38〜40）	乳母（奉公）がテーマ。（11）	金利による貨殖法をめぐる世の人心がテーマ。後継者養成の視点に立つ手代論は主要素材の一つである。（41・12・64）	
1	0	1	2	13
0	1	0	1	7
2	3	0	0	20
0	0	0	0	0
0	0	0	1	1
0	0	0	3	4
0	1	0	4	19
0	0	0	0	6
1	0	4	0	21
1	3	3	1	23
5	8	8	12	114

ータルを掲出して気の付くいくつかの問題点を、前稿と同様に、箇条書き風に取り上げてみたい。

（一）「長者訓」・「商人の心得」・「一般の世相」・「世の人心」を中心に（両者の総括を通してみた両者の性格。）

警句に表れた『本』の「長者訓」は、『世』のそれと比較して6.9倍と断然多く、反対に、『世』の「世の人心」と「一般の世相」は、『本』のそれと比較して、それぞれ3.9倍と3.5倍というように著しく多い。前記の通り、警句の選定と分類は必ずしも厳密ではなく、便宜上のものなので、そのトータルに対して軽々しく短絡化するべきではないが、右記の点に関しては決定的な有意差が認められる。

又、『本』の「長者訓」と「商人の心得」の全体に占める百分比は、いずれも24.1％と高率である。従って右の視点より次ぎの結論が導き出される。『本』の「長者訓」と「商人の心得」の警句の合計が、全体で占める割合（48.2％）は、『世』のそれ（20.2％）と比較して、約2.4倍であり、逆に、『世』の「一般の世相」と「世の人心」の警句の合計が、全体で占める割合（38.6％）は、『本』のそれ（10.4％）と比較して、約3.7倍であり、この比率の決定的な相違点は、『町人鑑』と『世の人心』の両者の性格の断層と象徴的に明示しているものと考える。『日本永代蔵』の「長者訓」（17.2％）と「商人の心得」（24.4％）の警句の合計の、全体で占める割合（41.6％）、又、同じく同書の「一般の世相」（6.1％）と「世の人心」（3.9％）の警句の合計の、全体で占める割合（10.0％）を考える時、『町人鑑』と『永代蔵』の数値上の近似性より、前者は後者の延長線上にある性格の作品であると、警句法の視点から断定できるのである。

一篇中の用語である「世の人心」・「人心」・「町人の鑑」等の有無によって、その一篇を『世の人心』又は『町人鑑』の草稿と即断するのは、『織留』の正しい把握にはならないとする見解[1]がある。これは当然の批判として肯定できるが、総合判断の一環としての用例調査は必要であり、その立論と適用・操作については慎重な配慮を必要とする。そのような意味で、「町人の中の町人鑑・長者になる事町人の鑑也」（『本』二の一）や、「是町人の鑑ぞかし」（同二の二）の文脈は、「彼松屋後家こそ世の人の鑑なれ」（『永代蔵』一の五）や、「（藤市の）万事の取《とり》まはし人の鑑にもなりぬべきねがひ」（同二の一）と同様に、四者いずれも才覚（他の要素を含む場合もある）を主とする町人道を実践した一代分限の説話という意味でも、『永代蔵』の延長線上にあり、西鶴の賞賛する人物群像と考える。『永代蔵』の十八章（巻一～四）の主人公は、いずれも寛文期以前の一代分限であるとする説[2]がある。「親の譲りの金銀にて身を過ぎけるは、武士の位牌知行取りて暮すに同じ」（『本』二の一）と言う警句（27）は、実は『永代蔵』の二番煎じであり、「家業の事武士も……末々の侍、親の位牌知行を取り、楽々と其の通りに世を送る事本意にあらず……」（『永』四の一）等の文言を挙げるまでもなく、内題の「本朝町人鑑」と「本朝永代蔵」の共通項とともに、形式と内容の両面にわたり緊密な連関性を持つ点を見落とすことができない。

（二）『町人鑑』（『本』と略称）に表われた「長者訓」と「商人の心得」

『本』の「長者訓」と「商人の心得」の合計した警句の全体に占める百分比は、右記に指摘したように48.2％となり、ほぼ半数に近いので、その警句の特徴や性質について少し考察する。『本』の14例の「長者訓」は、いずれも「分限」（4例）・「長者」（2例）・「冨貴」（2例）の文字が文中に顕在化するか、明確に長者譚（致富譚）という文脈中の警句であり、「町人（の）鑑」（警句24・28・29）、「一万貫の身体」（31）、「今七千貫目持ち」（33）と具体化する。その長者訓のねらいを二分類して示すと、（一）正直（25・29）、慈悲（23）、智仁勇（31）、報恩の心と幸運（34）、（二）家職（22）、始末（27）、才覚（26・33）、資本（30）となる。警句33は「すこしの事に気をつけて」以下の文脈により、警句34は「厚恩をわすれぬ心から、手代も其の後は我が世の仕合せ継《つ》きて」の文脈から右記のように判定した。『本朝町人鑑』は文字通り、その名の如く町人の模範たるべき人物の致富の経路を示す諸説話を収めており、（但し、巻一の三話は、椀屋二代目の内証の奢りと、これに輪を掛けた嫁の浪費で一家断絶するのは、反面教師であり、他山の石としての機能を持つともいえる。）、右記の（二）の用例のように、家職の重視や、始末・才覚の尊重、資本の重視といった点では、一見『永代蔵』の流れを汲み、その延長線上に位置するように見えるが、資本の力や運という偶然性を認めながら、どちらかと言うとその内実は、右記の（一）の用例のように、致富の要因として、正直・信心・慈悲という善根や忍耐心（前記。第一章）といった仁徳にポイントを置き、（二）の要素を特に軽視するわけではないが）どちらかと言うと精神面（倫理）の重視に大きく傾斜している点に相違点を認める。そのよってくる遠因・近因とも言うべき作者の執筆姿勢の変化については、前章の「甚忍記の行方」の考察を通して、いささか記すところがあった。町人物の第一作を書いて、重大な岐路に立っていた西鶴という視点であり、長者譚的色彩という等質性とともに、又同時に異質性を持つ作品が『町人鑑』である。次ぎに、『本』の14例の「商人の心得」を要約すると、第一に、内証の奢りを排し、家職第一に、始末を説く点（警句36・40〜43）、第二に、町家の縁組を軸とし、結婚後、夫の経営不振の偽《うそ》がばれた時の、嫁の実母の入れ知恵を説く点（45～47）、第三は、本筋から派生した警句であり、一つは商家経営上の適性の有無から、末子を不適格と判定（37）、二つは貨殖法から、貸家賃による高率の利廻りを説く点（44）、三つはおそろしきものは質屋の利銀とする点（48）等である。なお、「聟や嫁を、目下又は軽き方より迎えよ」（41）というのは、始末という視点から内証の奢りを警戒する発言である点、文脈上明白である。前記の通り、『町人鑑』の巻頭以下の連続する三説話は、いずれも町家における「堪忍」の重要性をキー・ワードとして強調しており、家職第一の始末の尊重と相まって、保守的ではあるが、極めて堅実な家庭中心の町家経営の指針が認められる。ここで視点を変えて、説話の手法から「商人の心得」を通して、主題と構成の適否・巧拙を判定する時、形象化の未熟さと不備において、未定稿としての本書の痕跡を認める。例えば右記の警句（38～41）を含む「一の三」話を、「二の一」とともに主人公型（浮橋康彦氏説(3)）と認める立場を採ると、主人公の設定は、大坂堺筋の椀屋となっているが、実質的には一般町家の生活相や、家族・奉公人達の生活感情を通しての処世訓ともいえる警句に過ぎないのである。（警句41の解説）、右記の第二点の警句も、結婚の一般世相とその処世術であり、文脈上、連想語による「はなし」の姿勢や呼吸に、独特の筋の展開が認められる。裏から言えば求心力を欠く構成であり、警句も主題と必ずしも緊密に結びついてはいない。（具体的には警句47の解説参看）

(三)『世の人心』(『世』)に表われた「一般の世相」と「世の人心」

先ず警句の全体に占める百分比で最高率の「世の人心」（20.2％）は、他の『町人鑑』（5.2％）・『永代蔵』（3.9％）・『胸算用』（11.0％）と比較して異常に高く、元禄原刻本の副題を全巻「世の人心」とする所以である。「自分は大した考えもないのに、拙い口をあけて、『心にうつりゆくよしなしごとを、そこはかとなく書き』つけたという『徒然草』にならって、世間のとりとめもない、つまらない事を、筆にまかせて書きつづけておいたが、今、是れを世の人心と命名して、難波に住むこの私が一巻に編みあげて公表するものである。」（『織留』序。警句『本』56）と巻頭で記した西鶴自身の証言が、雄弁に物語るように、庶民の日常生活の生態と、文字通り世の人心の動きを主題とする。致富譚の色彩を持つ『町人鑑』と世間の人々の様々な心を描く『世の人心』との基本的性格の相違点が明確に表れているわけであり、従ってこの序文は、『織留』後半四巻の『世の人心』の序として書かれたものとする[4]暉峻康隆氏の説（四）に賛成する。[5]団水が『永代蔵』・『町人鑑』・『世の人心』を「三部の書と名づ」（団水の序）けたのは、極めて合理的であり、説得力を持つ。然し、「永代蔵は其の功なりて後、町人鑑・世の人心半ば書き遺《のこ》して、……此の世を去りぬ。」（同上）というわけで、『本』・『世』の二部はともに未定稿の宿命を持つため、独立した説話集としての体裁や形象化の不備が目立つわけである。『世の人心』こそは西鶴の『二十不孝』執筆当時からの最大の関心あるテーマとし、その所見を詳記した[6]吉江久弥氏説や、その「世の人心」の内容を13の項目に分類し、緻密に分析した[7]白倉一由氏説その他が備わるわけであるが、警句上からみた「世の人心」について、少し考察する。

私見によって作成した『世の人心』における主たるテーマ（「参考表4」）との関連性を通して記す。第一は、家職（警句『世』48）と始末（49）重視、社会と自己に有益かどうかの実利主義の立場から、「分限相応より高うとま」る世の人心を指摘し、近年流行の諸芸道の風潮を批判する（三の二・92）。人間としての修行すべき第一は、書道と学問以外にはない（処世訓の22）という文脈においても、テーマ（家職重視）に即応した警句でもある。

第二は、人心・人間は刻一刻と流動し、常に変化していく存在であるという認識である。「されば世の人心、何時となく替り行き、定め難し」（三の三・93）、と西鶴は記しているが、この警句は流動の相において人間を把握するという抽象論ではない。例えば早くも、この先例が見事に『椀久一世の物語』に表れている。「（椀久が高野山の）奥の院にては、出家にもなりぬべきほどに思ひ、下向にも信心をわすれず、」色恋話は全くうけつけなかったが、堺で夕方人待ち顔の女郎を見て心が一変、土地の有名な遊女十人を呼び、五日間豪遊した話（上の六）であり、

「近年堺にめづらしきおかた〈遊女〉ぐるひ、いづれうつろひ易き人心ぞかし。」と落ちが付く。この『世』の筋書きは、『永代蔵』（一の二）の二番煎じといわれるように、「好色（の戒め）をテーマとする文脈中の警句であり、色道とは全く無縁の、始末・算用第一の男が、色茶屋での奉公人の不始末を尻拭いして、思わぬ出費に、「只帰るは一代の損」と遊興したのが、運の尽き、百銭も残らぬ男になった筋であり、「人はしれぬものよ。」（前記の『永』は「人はしれぬ物かな」）と呼応するキー・ワード（主題の展開に直接関与）でもある。このような君子豹変《ひょうへん》[8]の先例はいくつもあり、これ又色道を知らず、始末・算用第一で、「世帯もちかたむる鑑」ともなるべき男が、ある時、歌留《かる》多《た》の勝負を挑《いど》み倒産する筋であり、冒頭文で「人の心程、かはり易きはなし。」と枕がつく。

第三は、中流階層以下の様々な身過ぎの種をテーマとする文脈中の警句であり、「近年は人の心さかしうなって、大かたのはたらきにては、中々身過ぎに成り難し。」（三の四・94）とある。この警句のねらいは、「是れ程の事〈猫の蚤取り〉にも、そもそも何としてか分別仕出し〈何とかよい工夫を思いついて〉、身過ぎの種とはなりぬ。」（66）とあり、続いて、「今程諸人かしこく物云はずして合点する世の中」（2）ともあるので、食いはぐれることのないよう、家職重視の立場から知恵・才覚の必要性を説いたもの。この話の枕にある「身過ぎは八百八品、それぞれにそなはりし家職に油断する事なかれ。」（50）という警句とともに、他の章であるが、「されば近年人のありさまを見るに、いづれか愚かなるはひとりもなし。」（三の一・1）という警句の文脈を辿るとその意図がわかりやすい。近年人は知識も豊富で、知恵もあり、中には、悪知恵（悪心）を働かせる人間もいるので、「油断のならぬ人心や」（同上）という警鐘は、皆人賢く世知辛い世の中を生き抜く、生活の知恵としての格言でもある。言わずもがな、生活や文化水準の向上は、生存競争の激化を促し、必ずしも楽観を許さないものがある。従って、俗化した僧侶群像の生態を描写した「五の一」の結びで、「形は出家になれども、中々内心は皆鬼に衣なり」と痛烈な僧侶批判を展開しながら、「（寺の繁昌は）仏の招き給ふ人寄にはあらず、住持世間（渡世）の賢きゆへぞかし。」（101）と、身過ぎの種としての必要悪を弁護とまではいかないが、肯定的である。諸説の中で、「その生き方を僧侶として賢いと賛美している」とする読み[9]方はいかがであろうか。

第四は、世の人心としての信仰心の在り方に対する批判である。「近年、世間に後生を願ふ顔つきすれど、まことの信心まれなり。皆名利にかかはり……今時の人心、ひとつも仏の道に叶ふ事にはあらず。」（五の一・99）と批判し、「諸々の寺法師世わたりの人あしらい〈接待〉在家に替る事なし。……内心は皆鬼にころもなり。」（100）には、無条件の肯定ではなく、いささかの風刺がこめられていると解釈するのが妥当であろう。もちろん僧侶も人間であり、生活の種が必要であり、融通がきき、社会性があり、俗受けする僧侶を肯定し、「出家に似合はざるとも申し難し。外に身過ぎの種なし。」（同上）と理解も示す。

第五は、病気・病人をめぐる世の人心であり、看護する人間のエゴとも言うべき人心である。その（一）は、「されば世の人の付き合ひ、日比のよしみは病中の時しるる〈真相、相手の誠意がわかる〉といへり。」（四の二・95）と言う警句は、至言である。知人・友人と称する相手の正体（利用価値の有無・程度による交誼。）が決定的に判明する時がくるわけで、時に長期の利用価値が失われた患者に対しては、薄情又は疎遠な間柄になることである。その（二）は、「死にさまに看病疎かにいたさぬは、跡職（跡式）の望みゆへなり。親でも子でも欲に極る世の中なれば、死に跡に金銀を残すべし。是れを死に光りといふ。」（同上。5）親子・夫婦間においても、「泣く泣くも良いほうを取る形見分け」（諺）のあさはかな風景が無いとはいえない事を、西鶴は洞察していた。その（三）は、作者の体験に裏づけられた発言と思える警句であり、「さる程に、子の患ふ程、世に物憂き事はなし。人々持たねば知らぬなり。」（同上。7の解説参看）という。親よりわが子との死別がはるかに痛切だとする証言を、筆者は何度も経験者の口から直接聞いた覚えがある事を付記する。以下箇条書き風に簡明に記す。

第六は、育児と親の慈愛をテーマとする文脈中の警句である。「身の続く程は（働いて）、（愛児を）人間の数に

〈一人前に育ててやりたい〉と思ふは、今慈悲の世の〈今の世の慈悲をわきまえている〉人の心ぞかし。」（六の二・93）・「貧にて乳《ち》のなき子を育てけるは、世に思ひ〈この上もない気苦労〉の種ぞかし。」（同上。94）・「ふたり〈夫婦〉は、死んでも此の子が命よ。さて。」（六の三・100）という無償の親の純愛こそは貴重であり、愛児の健全な成長を人生の希望とする人心は古今不易と言えよう。(10)（テーマや、文脈中の警句のねらいより、六の二と六の三話の密接な関係に基づく構成上の諸説は今後の課題である。）

第七は、見栄を張るぜいたくな女が、エゴで子を連れて出歩くのがいやになっているという風潮について、「ひとり下子《げす》〈下女〉に子を抱かせて、袋提げてありく事をうらみける。今の世の女の心、奢りにつれて〈世の奢りにかぶれて〉いなもの〈妙なもの〉にぞなりける。」（六の二・91）とある。

第八は、巻五の二話は女奉公人の生態をめぐる経営者〈特に女将《おかみ》〉と女達の心理を中心とするテーマであるが、西鶴は微妙な青春期の娘心理にも理解を示す。「さのみいたづらぐるひ〈同宿の奉公人宿の男女の色狂い〉を我がまにするといふ楽しみばかりにはあらず。（めかしこんで大道を歩く楽しさもある。）」（五の二・102）他に男達が郷土で見られない女の服装を注視したため、もてない若い醜女が錯覚をおこして、「日々に町あるきしてげり。」（五の二・103）という風刺のきいた警句も、同類であり、反対に、「女は、ひとつ思ひ所〈気にかかる欠点〉ありても、かなしや、さびしやと（思ひ）」（同上。104）と、デリケートに揺れ動く女心や青春群像にも触れる。

第九に、巻四の三は伊勢参りの見聞記の形式をとるが、茶屋女の風俗と生態を通して、伊勢のお国ぶりと人心を描くのがテーマである。「惣じて神職のかたはいふにおよばず、万の商人までも、伊勢（の人）は、（他）人に賢き所を見せずして、皆利発なり。」（四の三・97）・「諸国より随分大気成る人参りけれども、銭百文（のさい銭を大神宮に）投げ付けしは、是れが始めなり。大かたの世の人の心、さのみかはらぬ物ぞかし。」（同上。98）。この二つは、伊勢人気質や何処も同じ虚栄心を指摘した警句と考える。

さて、私見により警句として『世の人心』の分類に入れた用例は23例であるが、形式的に「人心」の語の有無がこの項目に該当するかどうかを判定する目安のすべてではない。しかし、キー・ワードの一つである「人心」の語を含む警句は、右記の考察（但し、参考例としては一部紹介済み）以外に、少なくとも5例あり、明らかに「世の人心」を意味する「心」の用例もいくつかあるので、右記に考察した九項目に若干付記しておく。

第十、自分の非道を自覚しながら、論争の種を作り、からんでくる悪質な男を指して、「油断のならぬ人心や」（三の一・1）という。又、転居・離婚に発展する妻の多言（七去の一）をめぐる女心の恐ろしさ・あさはかさをテーマとする文脈中の警句である。つまり、経済的破綻から夫婦も離婚するとあかの他人であり、どんな秘密も暴露しかねないので、「まことに離《の》けば他人、さてもおそろしの人こころや。」（四の一・人間観3）という。現在も夫婦間では禁句《タブー》とされる相手の親族の悪口（〈夫の〉姉の銀盗人目）がこの性悪女の捨て台詞《ぜりふ》であり、この警句と連動して話の落ちとなる。

第十一、金利による貨殖法をめぐる世の人心をテーマとする文脈中の警句であり、「商人心」（『胸算用』四の四）に通じる「人心」の用例は珍しい。この金利は親の一子に与えた「十貫目より上の家質《かじち》より外に何方も借《か》す事なかれ」という遺言が実行された金融法による。[11]識者によると、家質は徳川時代最も確実にして安全な担保物件として町人間に流行し、経済取り引き上極めて重要な地位を占めたとされる。「此の家（の廃業を）惜しみけれども、わづかの取り付き〈開業時の小資本を〉千貫目にする程の人心、よろしき極め〈最善の決定〉成るべしと沙汰して、すゑ〈この家の将来〉を見しに、子の代に金銀の置き所なきたのし屋〈裕福者・ここは仕舞うた屋〉とぞ成りける。」（六の四・45）とある。商人心とは商人特有の、損得に敏感な気性・気質であり、ここは自分の死後は廃業して仕舞うた屋になれという男の洞察力に裏付けされた思考である。この話のテーマは、商家経営上の親方と手代の在り方を主要素材とするが、利発・才覚よりも、銀《かね》が銀を生む資本家優位の時代（警句41）という文脈や、長者訓の枕

〈43〉とそれぞれ照応するのみならず、目録題や副題のねらいとも一致して間然する所が無いのである。

第十二、金銭が人間の善悪の評価を左右し、福徳までも司るという傾向のある世の人心（風潮）に対して、「うたて」「うとまし」とする作者の心情を記した警句である。「さてもさてもうたての世や……」（三の一・第三段の枕・14）と書き出して、右記の人心を、福者・貧者の両者側よりそれぞれ詳細に例証を具体的に示し、「貧にしてうき世に住める甲斐なし。」と枕を結ぶ。この第三段を、「福者は招かずして徳来り、貧者は願ふに損重なり、さりとてはままならぬ世上沙汰、見るに付け聞くに付け、うとまし。」（同上・15）と結んで、作者は嘆くばかりである。ところで、右の風潮を、右記と同じ「うたて」の用語を通して、「世の人心」が語られる。「作者の貧福にかまはず、まこと〈句の善悪〉をさばくを、まことの宗匠なり、まことに和歌のはしくれなる俳諧さへ、かくすたりゆけば、ましてや外の諸芸の師匠も、是れになぞらへてしるべし。さりとてはかしこ過ぎてうたての人心にはなれり。」（三の二・73）とある。晩年まで作家であるとともに、終生談林俳諧師であることを止めなかった西鶴の体験に基づく当代の痛烈な俳壇批判が、この警句の前文で展開する。

第十三、この「うたてき事」が医者（薬師《くすし》）自身の「人心」として、告白的に、また衝撃的に語られる警句がある。「まことに薬師のうたてき事は、いますこしの所に退屈して〈もう少しで治るという所を患者に飽きられ。一説に医者が治療しあぐねて〉、病人を〈他の薬師に〉取られける。……」（四の二・54）。なお、「渡世は八百八品といふに、医者は其の中のより屑《くず》なるべし。……」（同上・67）と、「世の宝は医者・智者・福者といへり。」（同上・4）とする二つの警句の意味する振幅の大きさに驚くのは筆者だけであろうか。

第十四、その他、変った用例では、刹那主義で、計画性のない心掛けの悪い親が、子孫のために家財を残す人間を指して、「是愚智なる人心なり。」（五の一・9）と冷評し、借金を子孫に残すという筋で、明暗・賢愚を分ける親仁達の話を枕にして、本筋の姉妹が登場し、財力がその幸・不幸を左右するという話のテーマに展開する。従ってこの警句は主題を導入する伏線の役割を担うともいえる。又、「近年いづれも奢る心より用捨〈容赦〉せず。」（三の二・23）等の「奢る心」も、広義の「世の人心」と認定できる。

第十五に、「今の世の人心を見るに、親よりゆづりあたへし小米屋は埃（が立ちやすく）・碓の（騒）音を嫌ひて、紙見世〈紙屋〉に仕替へ〈転業〉、」（六の四・114）更に呉服屋というように、見栄えのする上品な商売に転業し、倒産する話である。「諸商売は何によらず、其の道を覚えて渡世しけるは、商人《ばいにん》のつねなり。」（同上）という筆致は、『胸算用』の「惣じて親より仕続きたる家職の外に商売を替へて仕続きたるは稀也」（五の二）という一業専心・転職の戒めを説く警句と一致する。

第十六、最後に「世の人心」に相応しいものとして、官女の移り気をテーマとする話で例証を締め括る。「この女〈官女〉のかくなりぬべきとは、氏神も知り給はぬ事ぞ。其の時々の人心〈年齢による経験、境遇に従って変化する〉、世に有る時〈順境の盛時〉には、（その人の本質・本性を。一説に逆境に落ちた時を）定め難し〈決められない。一説に予想できない〉。是れを思ふに忝き宮仕へを捨てて、よしなき民家の住居を羨《うらや》みしゆへなり。」（六の一・107）。まさに前条と同様に、天職を忘れて、心やすい町人生活にあこがれ、転職し、零落する話である。

以上、十六項目にわたって「世の人心」をめぐる警句を考察してきたが、右の例証はその一部にすぎない。この用例を総括する時、第六に表れる無償の親の慈愛を別格として、第十一に表れる「商人心」に通じる「思考」の意味を持った「千貫目にする程の人心」等の一部を除き、概ね否定的な負の評価を示している点は明白である。第一の虚栄心、第二の好色、第四の無信心、第五の薄情とエゴ、第七の見栄、第十の油断のならぬ、恐ろしい心、第十二の金銭偏重、第十三のうたてき事、第十五・十六の移り気等々、指摘するまでもない。特に圧巻は、第五の病気・病人をめぐる文脈中の人心であり、遺産目当ての親孝行や、長期の看病にあやしく揺れる人心等のくだりは、何人も身につまされるものがあろう。

　西鶴は人間をどのように考えていたのか。「彼は性悪説を取るように見えて、実は性善説をとるものである。しかしそれは天地自然のままの性善説である。」とする西鶴の[12]人間観に対して、正反対の「性善説よりもむしろ性悪説に近いものをその人間観照の結果として持っていたのではないかと思う。」[13]見解がある。私見としても、西鶴の作品の取り上げ方や、素材と警句との結びつきより推定すると、現象としての人間にはむしろ悪の根強さをまざまざと感じていたのではないか。しかし、西鶴の職業作家の一面も度外視できない。例えば、西鶴は『町人鑑』の執筆に比較的近い元禄元年十一月刊行の『新可笑記』で、「此の題号をかりて、新たに笑わるる合点」[14]（序文）と言う。同書は、珍談・奇談を取り上げた虚の笑いの書である。西鶴の全作品は笑いの文学であると言い切る識者もいるわけである。西鶴は、『永代蔵』を執筆して、「欲をまろめて今の世の人間とはなりぬ。」（三の四）と名言を吐いた。一体、人間とは多くの人は、「叩けば埃の出る身」、[15]文学商品化の端を開いた西鶴が、商品価値を担った作品の形象化に当って、読者に対するサービス精神からも、「人は虚実の入物」（前記の序文）の「実（誠実・善）」相よりも、「虚（虚偽・悪）」相の照射に力が入っていると言えないこともない。従ってその点を割り引くとしても、人間、その心を追求し続けた西鶴は、前記のように、『永代蔵』の冒頭文の一節で、「人は実あって偽りおほし。」と喝破し、続けて、「其心ッは本虚にして、物に応じて跡なし。」と説く。かつて[16]論証したが、当世の人間群像には、私欲のとりこになりやすく、本来性善でも性悪でもない空虚（からっぽ）な心が、外物（金銀）の影響が強すぎるのか、これに感応（変化）して誠の正道を踏み外し、とかく偽りがちになっている人間が多いと読み解く。この人間観は、西鶴の人間認識、人間形象の基本原理であるともいわれる[17]。

　以上、十六項目にわたって「世の人心」をめぐる警句を考察した結果、その人心は様々であり、微妙で、変化しやすいものであり、否定的な負の評価、即ち人生の光の部分（肯定面）に対する影の部分に照明が当る場合が多く、欲やエゴから離れられない人間の正体がクローズアップされる。そこで西鶴の人間観についていささか触れるところろがあった。私見により警句として『世の人心』の分類に入れた用例の23例に対し、他の人間観その他の分類に入っている右記の「人心」の用例（6例）を加算すると、人心の警句の全体に占める百分比は、全体の四分の一強（25.4％）となる。作品としての『世の人心』（『織留』巻三〜六）における警句より見た用例数の突出した多さは、「世の人心」（「人心」・「心」を含む）という言葉の意図的な使用の結果であって、偶然性ではないという結論を導くものである。この結論は、警句と関係なく、全体の個々の章のテーマや、用語においても実証されるという意味においても、広嶋進氏の見解[18]（『世の人心』とは『織留』巻三〜巻六の章群のことである。）は肯定できるわけである。この点を傍証として若干付記しておく。説明の便宜上、『町人鑑』をA、『世の人心』をBとし、その相違点から論点にアプローチする。『織留』の警句は合計172例である。（西鶴の序文1例・A57例・B114例。）一章平均の警句数はA6.3例・B8.1例である。長者訓的色彩を持つAの一章平均の長者訓の警句数は1.6例であるが、町人生活や世相と、それに伴う人心をテーマとし、随想的・評論的色彩の濃厚なBは、さすがに0.3例と低い。さて、警句とは関係なく、「人心」・「心」や「心に関連する文字」の用語について、A・B両文から抽出すると、一章平均の「人心」[19]の用語数は、Aの0.8例に対し、Bは1.2例である。（但し、Aは「人心」・「女の心」各3例、「万人の心」1例であり、Bは「人心」16例、「女の心」1例である。）次に関連語を含む一章平均の「心」[20]の用語数は、Aの2.6例に対し、Bは5.7例と優に倍を越える。（Aは延べ23例、Bは80例。）以上の数値は単なるめどを示すものに過ぎず、短絡的発想を避けるべきであるが、前記の通り総合的に判断すると両者の相当程度の断層（有意差）を認めざるを得ない。形式的にも『世の人心』における目録副題の「世」（「世上」を含む）と「心」の使用状況は、偶然的でなく、意図的な使用と考える方が自然であろう。（「世」は8例。三の二・四の二・五の一・五の二・巻六は全四章。「心」は5例。巻四は全三章・五の三・六の二）、又内容的にも諸説があるが、私見による「参考表4」で示したように、『世の人心』は、各章独自の小テーマを持つが、「世の人心」を主たるテーマの軸として展開されていると考えると、右記の十六項目にわたる各章に点在する「世の人心」の意味も納得しやすく、説得力を持つ。従って、『世の人心』の二分説には賛成することができない。私見は、『本朝町人鑑』と『世の人心』に二分割して、『織留』を論じるのが、妥当であると結論する。

この「世の人心」に続く第二位の「一般の世相」（18.2％）、第三位の「処世訓」（17.5％）（『世の人心』における警句の全体に占むる百分比。参考表2の参看）についても、当然触れるべきであるが、紙幅の都合で他の諸項目同様割愛する。

注

（1）加藤裕一氏『西鶴織留』桜楓社・平成2年。12頁。

（2）暉峻康隆氏『西鶴新論』中央公論社・昭和56年。362頁。（『日本永代蔵』における思想の変貌」の項目。「才覚による一代分限説話集」の条。）

（3）「西鶴作品の章構成―永代蔵・胸算用・織留―」『立正女子大学短大紀要』昭和12・12。29・30頁。

（4）『定本西鶴全集第七巻』中央公論社・昭和52年・9版。302頁の頭注欄。

（5）谷脇理史氏『西鶴研究論攷』新典社・昭和56年。352頁。西島孜哉氏「『西鶴織留』をめぐる諸問題」（檜谷昭彦氏編『西鶴とその周辺』勉誠社・平成3年。456頁。西島氏説は「三部の書と名づく」主体を団水とする谷脇氏説を支持するが、筆者も谷脇氏説の立場をとる。）

（6）『西鶴 人ごころの文学』和泉書院・昭和63年。63頁。

（7）『西鶴文芸の研究』明治書院・平成6年。590～597頁。他に右記の注（5）の檜谷昭彦氏編『西鶴とその周辺』所収の広嶋進氏説（「『世の人心』と『徒然草』」497～528頁。）その他略。

（8）一例をあげると『本朝二十不孝』（巻三の二）の例を参考に掲出した。西鶴は同じく「さりとはしれぬ物は人ぞかし。」と書く。その他略。

（9）右記の注（7）の白倉一由氏著の同書。596頁参看。

（10）檜谷昭彦氏『井原西鶴の研究』三弥井書店・昭和54年。267～272頁。（五章「『西鶴織留』と出版書肆」の項）その他略。

（11）①石井良助氏「家質の研究」『国家学会雑誌』73巻3号。昭和34・10・25。218頁。（「家質」がもっとも確実な担保物件として、『万の文反古』（三の二）・『織留』（六の四）・『胸算用』（四の四）・『永代蔵』（四の五）等の諸例証を掲出する。②中田薫氏『徳川時代の文学に見えたる私法』（岩波文庫）昭和59年。（「4　家質」33～41頁。）

（12）徳田進氏『孝子説話集の研究・近世篇』井上書房・昭和38年。518頁。

（13）第一章の注（3）の②の野間光辰氏著。59頁。（「西鶴と西鶴以後」の項。）

（14）中村幸彦氏『中村幸彦著述集第四巻』中央公論社・昭和62年。87頁。（第三章「西鶴作品の史的意義」の第三節「西鶴の小説観」の条。）

（15）右記の注（2）の暉峻康隆氏の同書。378頁。（「西鶴と出版ジャーナリズム」の章「出版ジャーナリズムの要請」の条。）

（16）第一章の注（23）の中川論文参看。

（17）浮橋康彦氏『日本永代蔵』桜楓社・昭和63年。11頁。（「解題」の項。）

（18）右記の注（5）の『西鶴とその周辺』525頁。（「『世の人心』と『徒然草』」の論題で執筆した論考。なお、『世の人心』の部の目録副題における「世」と「心」については広嶋氏の説があることを付記する。）

（19）(一)『町人鑑』の「人心」の用例。①「算用づくの人心さもし。」（一の二）②「人の心をなやませ」（一の三）③「人の心を書き残せり」（二の三）

(二)『町人鑑』の「女の心」の用例。①「女心には道理千万なり」（一の三）②「女の心其の時々に移り替り、おそろしき物ぞかし」（一の三）③「無理なるしかた女心には道理千万なり」（二の二）

(三)『町人鑑』の「万人の心」の用例。①「世に万人の心すぐなる道に入りて」（一の二）

(四)『世の人心』の「人心」の用例。①「油断のならぬ人ごころや」（三の一）②「今の世の人心分限より高うとまり」（三の二）③「かしこ過ぎて、今うたての人心にはなれり」（同上）④「されば世の人心何時となく替り行き定め難し」（三の三）⑤「近年は人の心さかしうなって」（三の四）⑥「まことにのけば他人、さても、おそろしの人こころや」（四の一）⑦「是れ程の人心にて、何者がいつの代に」（四の三）⑧「大かた世の人の心さのみかはらぬ物ぞかし」（同上）⑨「是れ愚智なる人心なり」（五の一）⑩「今時の人心ひとつも仏の道に叶ふ事にはあらず」（同上）⑪「都の人心請人なしに」（五の三）⑫「其の時々の人心、世に有る時には定め難し」（六の一）⑬「今慈悲の世の人の心ぞかし」（六の二）⑭「夫婦の人の心さへかはらずは」（六の三）⑮「今の世の人心を見るに」（六の四）⑯「わづかの取り付き、千貫目にする程の人心」（同上）

（20）

㈤『世の人心』の「女の心」の用例。①「今の世の女の心奢《おご》りにつれて、いなものにぞなりける」（六の二）

㈥『町人鑑』の「心」の用例。①「長者の心なり」（一の一）②「心よき春をかさね」（同上）③「世界に善心なくては」（同上）④「跡恥かしき親の心入れ」（同上）⑤「世上にかかる心ざしの忰子《せがれ》多し」（同上）⑥「心覚えの帳面」（一の二）⑦「都の心になりて一生の安楽する事も」（同上）⑧「心涼しく扇に家の風ぞかし」（一の四）⑨「此の心の徳ゆへ下々も、草木もなびきて」（同上）⑩「親に心をつくし」（二の一）⑪「見る程万《よろづ》こころにかかれば」（同上）⑫「やさしき心ざしの嬉しや」（同上）⑬「借る人の心せはしく」（二の二）⑭「娘も是れを至極《しごく》して、其の心に成って男のかたに帰る」（同上）⑮「一日づつ夜を重ね、なつかしげなる心たがひに通ひ」（同上）⑯「忰子《せがれ》が一心わるきゆへ」（同上）⑰「離れがたき心底思ひやられし」（同上）⑱「女房に心ひかれ」（同上）⑲「心ざしふびんに」（同上）⑳「さもしき心底なり」（二の四）㉑「厚恩をわすれぬ心から手代も其の後は我が世の仕合せ継《つづ》きて」（同上）㉒「利欲を捨て心に成りける」（二の五）㉓「此の心底からは冨貴になるべき子細なし」（同上）

㈦『世の人心』の「心」の用例。①「其の心ざし皆和歌になって」（三の一）②「是れゆへ悪心も思ひ付き」（同上）③「奢りの心より遊興所へ」（同上）④「万につけて、口惜しき事のみ心にもなき事にうたがはれぬ」（同上）⑤「人の金銀取り乱せしほとりへも、何心なく居ながれ」（同上）⑥「貧者は……乱銭のそばへも寄りかね心にやるせなかりし」（同上）⑦「此の下心」（中川注。相手の本心）のはづかし」（同上）⑧「ひちりき（管楽器）に……心をつくし」（三の二）⑨「近年いづれも奢る心より用捨せず」（同上）⑩「生ある人の此の心ざしなくて有るべからず」（同上）⑪「心にまことあれば」（同上）⑫「此の偽りの心からは」（同上）⑬「よろづに心を移す」（三の三）⑭「親の心ざし」（同上）⑮「是れに心を移し、次第に奢りつきて」（同上）⑯「心のよういはない事」（同上）⑰「ひとつの心」（中川注。自分の心構え一つから）女郎買ひのなれの果《は》て」（同上）⑱「心有る人は耳にも聞きいれず」（三の四）

⑲「心いわゐせしに」（四の一）⑳「万心にまかさず」（同上）㉑「心にかか（ら）ぬ暇の状」（同上）㉒「心もなく（中川注。不注意にも）舞鶴の紋がら書きたる所」（四の二）㉓「後には心にかかり」（同上）㉔「心の外の仕合せ」（同上）㉕「目まい心に足がひへまして」（同上）㉖「心おそろしき事なり」（同上）㉗「さもしき心の見へすきける」（同上）㉘「後には心ざし替りて」（同上）㉙「後は心鬼のごとく成つて」（同上）㉚「人の愁いも心にかからず」（同上）㉛「貴賤男女心ざし有る程の人」（四の三）㉜「爰に心を留るにもあらず」（同上）㉝「出来心の関からの参りなれば（中川注。関の宿で急に思い立って）」（同上）㉞「同じ心の飛びあがりども」（同上）㉟「心に掛けよとの見せしめなり」（五の一）㊱「ふたりの親心各別の違ひぞかし」（同上）㊲「風俗心ざしともに姉よりは見ましけるに」（同上）㊳「男の心ざしもむかしに替り」（同上）㊴「何の心もなきに作病を発《おこ》し」（同上）㊵「心から年をよらす（中川注。自分の気苦労からふける）事のかなし」（同上）㊶「妹の……命を長ふ持つも、皆是れ其の家はんじやうの心のいさみよりなれば」（同上）㊷「京の嶋原へ心ざしければ」（同上）㊸「本心の後世のため」（同上）㊹「奉加帳に町所をあらはさずとも、心ざしすべし」（同上）㊺「此の程の道心のむすびし新庵」（同上）㊻「明暮十露盤に心をつくす坊主有り」（同上）㊼「形は出家になれども、中々内心は皆鬼にころもなり」㊽「無心（中川注。無情）なる主」（五の二）㊾「すこし述懐心をふくみて（中川注。恨みがましい口ぶりで。一説、愚痴な心……）」（同上）㊿「心（中川注。気心）をしつて惜しい人を出す」（同上）(51)「下女も気にいらぬ心を合点して」（同上）(52)「心（中川注。気）のつきたる女がほしや」（同上）(53)「神仏参りの信心から」（同上）(54)「此の心ざしかはり申す」（五の三）(55)「亭主中々同心せず」（同上）(56)「玉琴・和歌に心をなし（中川注。専心し）」(57)「始末心かりにもなかりしに」（同上）(58)「心よげに足を延べて」（同上）(59)「町人ほど心やすき物はなし」（同上）(60)「心ざしもおそろしく、さもしく」（同上）(61)「よろづ聞く程心入れよく」（六の二）(62)「人は心（中川注。心根）しらぬは」（同上）(63)「是れは心やすく世はわたれども」（同上）(64)「旦那に心を移させ」（同上）(65)「我も心の移りたる風情して」（同上）(66)「只の事の腹心にはあらず（中川注。「腹心」は内心の意味もあるが、ここは腹の状態。参考のため掲出）(67)「妻女の心入れ（中川注。深い執心。嫉妬）のうらみ」（同上）(68)「心（中川注。思慮分別）有るべき人」（同上）(69)「めしつかいの者に心（中川注。思い・恋情）かけまじき事」（同上）(70)「何とも御無心なれども」（同上）(71)「何とやら心にかかりて」（同上）(72)「女のする事心からはづかし」（同上）(73)「さまざまの心になりぬ」（同上）(74)「心だての悪敷も

のを」（六の三）⑮「仕掛けもののこころ入れ（中川注。たくらみ）」（六の三）⑯「心をしづめて」（同上）⑰「心にかかる事」（同上）⑱「つかひ捨てける心」（六の四）⑲「一筋ほしやと思ふばかりの心各別世界の人ほど違ひのありけるものはなし」（同上）⑳「壱人の心ざし」（中川注。心構え）を以って」（同上）

三、『西鶴織留』の主題と、西鶴の町人物（三作品）の総括

（一）『織留』の主題と、主題をめぐる問題点

前記（第一章）の通り、私見は『本朝町人鑑』（『織留』巻一・二）は、幻の書とも言うべき『甚忍記』の未完成原稿の一部であると考える。「永代蔵は其功なりて後、町人鑑世の人心半《なかば》書遺して」（団水序）は、書き残された両部を半分ずつとして、取り合せて一部とした意味でもあり、「日本永代蔵・本朝町人鑑・世の人心、これを三部の書と名づく。尤《もつとも》商職人の閲《けみ》するに、日用世をわたるたつきにこころを得《う》べき亀鑑たるべきものにして」（同上）という成立事情の説明は、『織留』の主題を考える上で参考となる。さて、『甚忍記』と『本朝町人鑑』とは同じものか、それとも違って執筆されたものかという点に、[1]学説上、見解の相違が認められるが、私見は前記の通りである。又、「世の人心と名づけ」（西鶴序）たのは、『織留』後半四巻の『世の人心』の序として書かれたものである。そこで、『町人鑑』と『世の人心』の相違点は、その執筆の時期（前者は元禄初年、後者は同三・四年頃）や、態度・素材にとどまらず、警句や用語（「人心」や「心」の関連語等）の使用法においても検証することができるわけである。（第二章参看）。そこで、『織留』の主題は、必然的に『町人鑑』と『世の人心』の二部に分けて考えることになる。

『本朝町人鑑』の主題は、「本朝永代蔵」（『永代蔵』の内題）との繋《つなが》りを意味するように、文字通り、その名の如

く、町人の模範たるべき人物の致富の経路を示すことを主眼とした作品である。その町人の立身出世譚は、主として消極的な忍耐力・正直・信心・慈悲という善根や仁徳にポイントを置き、正しい町人道（町人の生き方）を説く点、積極的に始末・才覚・算用を働かすべきことを強調している『永代蔵』と異質的な側面を持ち、微妙なずれ（断層）があることを認める。従って、前記の通り、家職の重視や、始末・才覚の尊重、資本の重視といった点では、一見「大福新長者教」の副題を持つ『日本永代蔵』の流れを汲み、その延長線上に位置するように見えるが、資本の力や運という偶然性を認めながら、どちらかと言うと倫理（精神面）の重視に大きく傾斜している点を見落すことができない。従って、例えば巻一の一話では、いち早く最新の情報をキャッチした男が、好色のため商機を逸し、二話では不正直な問屋の女房は、何人か安産したが、皆手のない身障者であり、間もなく没落する。三話の椀屋二代目は、奢りや我欲をコントロールする堪忍の陰徳が足らず、内証の奢りと、嫁の浪費で一家断絶する話は、いずれも他山の石として、『町人鑑』の説話的興味と倫理性を支える素材を提供しているともいえる。この『町人鑑』の巻頭以下の連続する三説話は、いずれも町家における「堪忍」の重要性をキー・ワードとして強調しており、家職第一主義による始末の尊重と相まって、保守的ではあるが、極めて堅実な家庭中心の町家経営の指針が認められる点を指摘した。

しかし、『永代蔵』のような主人公独自の生活方針やその具体化よりも、世態一般を語り、町人生活の一般論を語るのに重点を置くという傾向が、『町人鑑』主人公型の特色をなしているとする貴重な見解がある。(2) 事実、右記の巻一の三話の主人公は、形式的には大坂堺筋の椀屋であるが、実質的には一般町家の生活相や、家族・奉公人達の生活感情を通しての処世訓が語られている。嫁の奢りや浪費による離婚・破産に到る経路を、親子二世代の落差（断層）という視点から描写する。『永代蔵』とは異質の側面と、形象化の不備に、未完成原稿の痕跡を認めたい。『町人鑑』（一の四・二の三〜五）のように、一見複数の主人公を持つ話が比較的多く、話題の拡散化と相まって、

○参考表5　西鶴の町人物（三作品）に表れた警句の分類と、その分析状況。（但し西鶴の序文2例〈『胸算用』の処世訓1例と、『織留』の「世の人心」1例〉を含む。）

警句の分類			『日本永代蔵』			『西鶴織留』			（『本朝町人鑑』）			（『世の人心』）			『世間胸算用』			西鶴の町人物（三作品）		
			（警句数）	（順位）	（百分比）	（警句数）	（順位）	（百分比）	（警句数）	（順位）	（百分比）	（警句数）	（順位）	（百分比）	（警句数）	（順位）	（百分比）	（警句数）	（順位）	（百分比）
一		人間観	17	④	9.4	17	⑥	9.9	4	④	6.9	13	⑤	11.4	18	②	13.3	52	④	10.7
二	A	人生観	12	⑥	6.7	10	⑦	5.8	3	⑥	5.2	7	⑥	6.1	4	⑩	3.0	26	⑨	5.3
	B	処世訓	18	③	10.0	28	②	16.3	8	③	13.8	20	③	17.5	10	⑥	7.4	56	③	11.5
三	A	積極的金銭観	12	⑥	6.7	2	⑩	1.2	2	⑩	3.4	0	⑩	0	10	⑥	7.4	24	⑩	4.9
	B	消極的金銭観	16	⑤	8.9	5	⑨	2.9	4	④	6.9	1	⑨	0.9	9	⑨	6.6	30	⑧	6.2
四		長者訓	31	②	17.2	18	⑤	10.5	14	①	24.1	4	⑧	3.5	10	⑥	7.4	59	②	12.1
五		商人の心得	44	①	24.4	33	①	19.2	14	①	24.1	19	④	16.7	28	①	20.9	105	①	21.6
六		商売の諸相	12	⑥	6.7	9	⑧	5.2	3	⑥	5.2	6	⑦	5.3	17	③	12.6	38	⑦	7.8
七	A	一般の世相	11	⑨	6.1	24	④	13.9	3	⑥	5.2	21	②	18.4	14	⑤	10.4	49	⑤	10.1
	B	世の人心	7	⑩	3.9	26	③	15.1	3	⑥	5.2	23	①	20.2	15	④	11.0	48	⑥	9.8
分類／合計			180	順位	100%	172	順位	100%	58	順位	100%	114	順位	100%	135	順位	100%	487	順位	100%

求心力を欠き、緊張と統一を持つ整備された説話集となっていない。右記の巻一の三のように、文脈上、連想語による「はなし」の姿勢や呼吸に、独特の筋の展開が認められる事と無縁ではないであろう。巻一の四や巻二の四のように、複数の主人公を持つ話に、連想語による話の展開が多いと考える。（具体論は後記の関連する警句〈一覧表〉の項で示している。）

一方、『世の人心』は、致富譚というよりは主として中・下層の庶民の日常生活の生態と、文字通りの世の人心の動きを主題とする。十四の各章の小主題は、「参考表4」に掲出したが、いずれも概ね「世の人心」という視点を軸とし、集約する事が可能である。具体的には、十六項目にわたって「世の人心」をめぐる警句を考察し、「世の人心」（「人心」・「心」との関連語を含む）という言葉の意図的な使用法を検証したわけである（第二章参看）。この私見による「世の人心」の考察は、『織留』二分説（『町人鑑』と『世の人心』の二部構成説）を妥当とする見解を導くものである。[3]『織留』全六巻の作品を三つの系統に分類する諸説があり、前稿で筆者もその必要性を指摘し、今後の課題として保留しておいたが、本稿では軌道修正を図った。結論的にもこの二分説は、西鶴の真意か、はたまた団水のさかしらか、いずれにしても、「日本永代蔵・本朝町人鑑・世の人心、これを三部の書と名づく」三部説にもかなうものであり、総合的に判断してごく自然であり、妥当と考えたい。

（二）西鶴の町人物（三作品）に表れた警句の相違点と、関連性（西鶴の町人物の総括）

西鶴の町人物（三作品、73章の諸話）に表れた警句は、「参考表5」に掲出したように、序文2例を除き485例、一章平均6.6例となる。その内訳は、『永代蔵』の警句は合計180例なので、一章平均6例。『織留』は序文1例を除くと171例なので、平均7.4例。『胸算用』は序文1例を除くと134例なので、平均6.7例となる。（『織留』の内訳は、『町人鑑』は序文1例を除くと57例・平均6.3例。『世の人心』は114例・平均8.1例。）つまり、『織留』を二部に分けると、『世の人心』が一章平均の警句数で最高であり、『胸算用』・『町人鑑』・『永代蔵』と続く。この最多の警句比率を持つ『織留』の警句は、平均64.8字である。（内訳は、『町人鑑』は平均68.1字、『世の人心』は63.1字。前者の最高163字・最低12字に対し、後者の最高288字・最低16字。〈前稿を一部分修正した。〉）因に、警句中の百分比による順位は、①「商人の心得」（21.6％・105例）・②「長者訓」（12.1％・59例）・③「処世訓」（11.5％・56例）・④「人間観」（10.7％・52例）・⑤「一般の世相」（10.1％・49例）・⑥「世の人心」（9.8％・48例）・⑦「商売の諸相」（7.8％・38例）・⑧「消極的金銭観」（6.2％・30例）・⑨「人生観」（5.3％・26例）・⑩「積極的金銭観」（4.9％・24例）となっている。警句法の考察という視点の成り行きで、一応統計を示したが、紙幅の余裕もないので今後の課題として気の付く点を付記するにとどめる。町人の経済生活をテーマとし、主体とする町人物に表れた警句の統計として、「商人の心得」が最多の警句比率を持つ点、極めて常識的といえる。上位三者の中、「長者訓」は広義では「商人の心得」の一種とも考えられるが、「訓」や「心得」が持つ「教訓性」の側面と、「娯楽」と「教訓」だけを求める傾向があったという当時の版元のねらいの一面とが不思議に一致しているわけである。このような警句や教訓には、当時の読者が求めた啓蒙性を含む実用性の側面があり、町人階級出身の西鶴がその要求に答えて文芸性を高めている点について、近代小説の概念や理念ではなく、西鶴特有の「はなし」の姿勢や呼吸の会得の上で、過不足のない評価を下すべきであろう。「参考表5」を通して顕著な現象の一つに『世の人心』の金銭観がいずれも最少の警句比率を持つ点と、人生観・金銭観がいずれも下位三者を占めている点である。「世のつまりたる」（『永代蔵』終章）・「在郷もつまりまして」（『胸算用』三の四）・「万事の商なひなふて、世間がつまったといふは、毎年の事なり。」（同上・五の一）という経済状況（米の不作・米価上昇・諸物価騰貴説）の反映とも言えるのではないか。経済的視点から『永代蔵』を詳細に分析した小林茂氏の論文[4]（「元禄時代の町人の経済生活」）は、極めて示唆に富むものであり、元禄期以前と元禄期以後との社会の様相の激変を洞察した徂徠説を肯定しながらも、政治的には相対的安定期に入ったといわれる寛文から元禄にかけて、町人に対する封建権力の圧迫が、大きくかぶさってきている点を指摘し、『永代蔵』はそのような圧力がそう激しくなかった元禄期より以前、本町人の形成期、少なくとも寛文期ごろの世相をとらえているのではないかと結論づけている。『永代蔵』の前四巻のモデル（十八章の主人公のすべて）の設定が、すべて一六六〇年代の寛文期以前の一代分限で占めていることを考証された暉峻康隆氏[5]の説と符合するものがあるわけである。ところで旧稿の私見で、『永代蔵』の主題と関連して、表面上、長者訓的な型を踏襲しながら、その内容は、金銭欲・物欲をめぐって展開される町人の経済生活の諸相や、複雑微妙な世の人心の動きを描写する所に作者のねらいがある点を指摘するとともに、初稿執筆以前の腹案は貞享現在の経済機構であり、臨場感あふれる時事的な町人の経済生活を通じての生きた世相、人間の生態、人心の動きであったために、その様相が露呈してくるのは必然である旨を記述した。そこで考えられる事は、「参考表5」を通しての「人生観」の尻すぼみ的な減少化の傾向であり、そこに必然性が認められる点である。具体的には「金持ちは馬鹿でも利口に見える」（諺）の類の警句が『永代蔵』に認められる。「いかに利発顔しても、手前のならぬ人の云ふ事は聞く者なし。愚かにても福人のする事よきに立つなれば、闇からぬ人の身を過ぎかぬる、口惜しき事ぞかし」（四の五）。この金が人間の善悪の評価を左右し、福徳までも司るという思想は、『町人鑑』（一の一・警句5・109字）と『世の人心』（三の二・14・267字）（三の一・15・67字）の三箇所に表れてくる。特に『永代蔵』（四の五）の60字が『織留』の中の二番目に長い267字となっている点に留意する。「町人の生きざまと理想」という視点で抽出した「人生観」の警句は、中・下層の庶民を対象にした『胸算用』では最低の警句比率（3.0％・4例）であり、『世の人心』では長大化しているだけではなく、7例の人生観の中、過半数（警句14〜17）の4例が、貧富運命論や、福者優位の不合理な社会を告発しており、警句を通して、被差別者側の貧者の立場を代弁したような口吻に留意したい。「親分限なれば不孝者も隠れてしれず」（『町人鑑』5）、「福者は招かずして徳来り」（『世の人心』15）、「さりとてはままならぬ世上沙汰（世相）」（同上）なので、「貧にして憂き世（浮き世）に住める甲斐なし」（同上・14）という嘆きには、明日の明るい展望はなく、当然、福者側に立つ「其の時の家の風たかうふかすも、出世の町人しかられず」（『永代蔵』五の一）という威勢は、全く影をひそめて見当らないのである。

ここで項目を改めて、「西鶴の町人物の総括」を論じる段階に至ったわけであるが、予定の紙幅を相当超過しているので、別稿を約し、若干それらしい点を付記するにとどめる。西鶴の創作意識の推移と作品の展開を追究してゆくと、当然ではあるがそこに内部的必然性というようなものが認められる。西鶴が晩年に、人間の享楽生活や消費生活を支える経済生活を主題にしたというのは常識論であり、新しい「長者教」というべき『永代蔵』を書かせたのは、天和以来の深刻な不景気だという説[7]があり、この点の検証が要請されるわけである。西鶴は町人の哲学とも言うべき町人道（町人の生き方）を模索したところに『町人鑑』に通じる『甚忍記』の作品の成立が予想されたが、この試みは挫折に終ったわけである。やはり西鶴は金銭や色道の魔力に翻弄される、「欲でかためし人」・「欲をまろめて今の世の人間とはなりぬ」（『永代蔵』四の四・三の四）その人間の正体にアプローチしたのが、最後の

『胸算用』や『置土産』の世界であり、やはり最大の関心事はその人間自身、自身を含めたその心であったと考えられる、西鶴は常に個性的なオリジナリティーを重んじ、追究した作家であるが、『永代蔵』執筆以降、創作活動の深刻な危機に直面した事は確かである。それは作家自身の小説的主題の混迷と、西鶴の浮世草子を支えている場の変質とに関係するものだという見解があり、(8) 示唆される点も多く、今後さらに考究・発展させていくべき課題である。

注

(1) 谷脇理史氏『西鶴研究論攷』新典社・昭和56年。325〜382頁。（第五章『西鶴織留』をめぐる二、三の問題）。同氏『西鶴研究序説』新典社・昭和56年。469〜497頁（第六章『甚忍記』とは何か）。その他略。
(2) 浮橋康彦氏「西鶴作品の章構成―永代蔵・胸算用・織留―」『立正女子大学短大紀要』昭和42・12。31頁。
(3) 浅野晃氏「西鶴織留」（大曽根章介氏他五名編『近世小説第四巻』明治書院・昭和58年。145頁）。その他略。
(4) 前田金五郎氏『世間胸算用』（角川文庫）角川書店・昭和47年。233・234頁。
(5) 『封建社会解体期の研究』明石書店・平成4年。173〜195頁。（第二編）
(6) 『西鶴新論』中央公論社・昭和56年。362頁。（「『日本永代蔵』における思想の変貌」）
(7) 野間光辰氏『西鶴新新攷』岩波書店・昭和56年。71頁。（「西鶴と西鶴以後」）
(8) 右記の注（3）の同書。158頁。

四、『西鶴置土産』の主題と、『置土産』に表れた警句法

(一) 『西鶴置土産』の主題について

「凡《およそ》万人のしれる色道のうはもり、なれる行末あつめて此外になし。これを大全とす。」（西鶴自序）と作者自身

の証言があるが、この序文の冒頭文に当る「世界の偽《うそ》かたまって、ひとつの美遊（原文には「ひゆ」と傍訓）となれり。」という一文も、本書の主題を解明するキー・ワードの一つである。「美遊《びゆ》」は「愉快な遊興」[1]（『日本国語大辞典』）・「美遊《ビイウ》」は「贅沢な遊行」[2]（『大漢和辞典』）ともある。私見は直訳的には「贅沢な遊興」と考えるが、結論的には「美意識としての粋という美しい遊び」とする説[3]は貴重である。従って、主題は、その虚妄の美とも言うべき美遊の魔性に取りつかれ、遊女に溺れ、財産を蕩尽し、落魄した大尽達の薄幸な運命と、生きざまや、色道の表裏（真相）を剔抉した作品と考える、特に私見としては、零落した大尽達の姿を通して、「意気地」や「意地」の心理や構造といった視点からも、主題にアプローチしたい。「意地」とはこの場合、「自分の主張や行動をおし通そうとする心」（『日本国語大辞典』第二巻。34頁。）という意味に考える。西鶴の晩年の心境を反映した作品であり、単純に主人公達を人生の敗者とはきめつけることのできない達観した心境が描写されており、そこに「滅びの美と人生の真実を盛り上げている」とする説[4]は貴重で肯定できる。

(二)『西鶴置土産』の警句法

本稿では『置土産』の警句54例を抽出したが、本稿末尾の警句一覧表の前書きに示したように主要な警句を巻頭より順次抽出する程度にとどめ、詳細な考察は主題の考察とともに別稿に譲り、一・二の気の付いた所見を記すことにする。

第一点「去る程に女郎買ひ、さんごじゅの緒《を》じめさげながら、此の里やめたるは独りもなし」（序・警句3）とある口吻は、「惣じて遊興もよいほどにやむべし。仕舞〈遊興のしめくくり〉の見事なるは稀なり。」（『胸算用』二の三）とする警句に重なる。『永代蔵』（一の二）や、『織留』（三の三）の筋書きは『置土産』的世界を描くものとして著名であり、好色物・町人物の垣根を感じさせない融合した世界の展開を認める。

第二点「（是れを女郎の買ひはじめ）此のいきぢ（意気地）、とくしらざるは無念」（二の三）。この警句22の「意気地」の文脈上の意味は何か。「自分の意志を通そうとする態度を言い、ここは心意気や張りのある遊女相手の遊びをいう。」[5]解釈が一般的である。この巻二の三話の枕が警句19であり、その「諸色」は、「色道の種々相・様々な遊興」の意味を持ち、「美遊」（序文）に通じる。又、主人公が、野暮な妄狂いから、粋の美遊（警句20の遊女との遊興）に転身する時の心境が、右記の警句22である。それでは、警句16「まだ此の身になりても、過ぎにし贅《ぜい》やまずして、女郎買ひの行末、かくなれるならひ」という文脈での主人公の意気地の意味は何か。人はどん底の極限状況に落ち込んだ時に、正体（本性）を現すという。人には金魚のえさの棒振虫同然に思われても、自分はそう思わず、金持ちの旧友三人に茶碗酒を振る舞い、同情や助力を振り切るようにして姿を消した極貧男の意気地と、かつて全盛を誇った遊女出身のその妻の心意気を問題にしたい。この話は『置土産』を代表する屈指の一篇であるが、友人の援助に何の価値も認めず、常識的な現実を生きる所に「粋《すい》」の精神があり、最低の生活をしながら、何のこだわりもなく、一種の悟りに近い境地に達している所に、すいの真髄があるとする見解に、[6]心理学者の側からの反論がある。筆者も、この主人公の精神を「粋」ではなく、「意地」と説く立場に賛成であるが、問題を起こしたところで擱筆するのは遺憾であるが、今は余裕がないので、稿を改めて再論したい。その他、問題となる点も多いが今後の課題として検証を約したい。

注

（1）日本国語大辞典刊行会編『日本国語大辞典第十七巻』小学館・昭和50年。137頁。

（2）諸橋轍次氏著『大漢和辞典巻九』大修館書店・昭和46年。57頁。

（3）暉峻康隆氏『西鶴置土産』（現代語訳西鶴全集十二）小学館・昭和52年。16頁。

（4）長谷川強氏「西鶴置土産」『日本古典文学大辞典第三巻』岩波書店・昭和59年。5頁。

（5） 麻生磯次・富士昭雄両氏著『西鶴置土産・万の文反古』明治書院・昭和59年。61頁。
（6） 山野保氏『「意地」の構造』創元社・平成2年。152頁。

むすび

本稿の論題は盛り沢山で、いささか荷が重すぎたため、重点主義をとり、先ず基礎作業として、『西鶴織留』に表れた警句の抽出と分類を通して、警句法を出来るかぎり多角的に考察した。そのため予想外に分量が増えたが、警句の文脈上の意味を、一章のテーマや構成という面からも考察できたので、読みが深まったように思う。次ぎに未解決の『甚忍記』の行方について、「角書」との関係を軸に詳細に追究した積りなので、その解答の一助になれば幸いである。又、『織留』について、近年は主として、三分説・二分説が行われて未確定であるが、筆者は二分説の立場から、テーマや用語を軸として、目録副題等を視野に入れて総合的に検証した。そのため、肝腎の町人物の総括と、『西鶴置土産』については手が届かず、繁簡よろしきを得ず、不手際となったが、拙論の原点とも言うべき町人物三作品にわたる警句法の考察を一応まとめる事が出来た次第である。今後の課題と展望について、問題点の多い西鶴の第三遺稿集である『西鶴俗つれづれ』と、第四遺稿集である『万の文反古』を考察し、西鶴文学の本質の究明にアプローチを試みたい。『置土産』の考察の詳細は続稿に示したい。本稿は、前稿同様に諸先覚の学恩に負うところが甚大であり、厳しく御叱正を願う次第である。

五、『西鶴織留』に表れた警句（一覧表）

『日本永代蔵』や『世間胸算用』の場合と同様の方針によって、警句と考えるものをできる限り掲出するよう努めた。警句の中にはその定義に反する長文のものも含まれている。これはいくつかのセンテンスが一組となって、一つの警句のねらいを、より具体化しているので、切り離さないで考察の対象としたためである。厳密な警句の定義に従うと、その用例は著しく減少するはずであるが、主題・構想とその方法といった文芸性や、作品の精神構造を、よりよく理解できると判定した場合は、広義に解釈して警句を選定した。他に若干警句として認めてもよいものや、不適当と思われるものもあるはずであるが、大勢を考察する上においてそれ程支障はないと考える。警句の分類は必ずしも厳格なものではなく、あくまで便宜上のものであって、一応のメドを示すに過ぎない。『西鶴織留』を構成する『本朝町人鑑』と『世の人心』は、その執筆の時期や態度・素材に止まらず、主題においても明らかに相違し、二つの作品として書き始められたものを後に合わせたものと考えられるので、二分類して掲出することにする。

凡例

一　本文は、便宜上、『定本西鶴全集第七巻』（解説は暉峻康隆氏・中央公論社・昭和52年・9版）を底本とし、元禄原刻本と元禄通行本の両影印本を参照した。元禄原刻本の影印本は、「近世文学資料類従　西鶴編16『西鶴織留』」（解題は青山忠一氏・勉誠社・昭和51年）であり、元禄通行本の影印は、「岩崎文庫貴重本叢刊（近世編第三巻）浮世草子1」（解題は堤精二氏・貴重本刊行会・昭和49年）と『影印本西鶴織留』（解題は吉田幸一氏・笠間書院・昭和48年）とである。

二　漢字は、旧字体・異体字をなるべく通行字体に改めた。仮名遣い・当て字・誤字は、原則として原本通りとしたが、改めたところもある。送り仮名・振り仮名及び句読点は、読解の便宜のため必要に応じ改めたり、補った。
三　底本には中黒「・」はない。又当然必要な濁点のない例が多いが、読み易くするために、中黒や濁点を私意に施した。同様に、圏点は中川の私意による。又本文中の「……」は中略を示す。
四　警句中の（　）の部分は、必要上省略された語句を私意で補ったものである。又、特に必要な場合は、〈　〉の部分に、私見で語句の意味や、警句の要語の指摘や、そのねらいを示した。
五　便宜上、警句の頭部に通し番号を付した。警句の末尾の（　）の中に、各説話の巻と章を示した。その下段の算用数字は、底本（前記）の本文中のページと行数を示している。又、その最下段の（　）の中の数字は、その警句が、巻頭を起点として何番目のものであるかを示したものである。

（一）『本朝町人鑑』に表れた警句（一覧表）

一　人間観

1　さりとは跡恥づかしき親の心入れ、〈親の死後、息子達にとって全く恥かしい慈悲心ともいうべき親心〉是れ人間と形を見へる甲斐なし。（一の一）　312・11（6）

2　むかしの人間は、かしこき人はすぐれ、又愚かなるはあらはれて、鈍智のふたつ各別の相違ありしに、今時の人は相応の知徳〈知恵。一説に知恵・才能、又は知恵と徳行〉をもって産れ、習はずして其道〳〵をしれる顔つき、見た所のうときはひとりもなかりき。（一の二）　313・9（9）

3　女の心其時〳〵に移り替り、おそろしき物ぞかし。（一の三）〈忍耐心に富む家中心主義の新妻時代を通過して、長男を生み、エゴに目覚めてゆく女房気質〉　325・3（24）

4　名利の千金は頂を摩《なづ》るよりもやすく、善根の半銭は爪《つめ》を離すよりも難し。（二の五）〈名利に対する人間の本能的

執心の根強さを示した法語（1）〉　358・2（54）

二　人生観（処世訓）

A　町人の生きざまと理想

5　されば世上にかかる心ざしの悴子《せがれ》多し。天命つきずしてあるべきや。親分限なれば不孝者も隠れてしれず。親貧なれば、すこしの悪も包み難し。貧福の親の違ひ、そんとくの二つ也。冨貴の家にうまれ出《いづ》るは、前生の種也。とかく人は善根をして家業大事にかくべし。（一の一）〈金が人間の善悪の評価を左右し、福徳までも司るという思想は、因果思想による貧福観とともに、『世の人心』の警句15番に同じ。〉　312・12（7）

6　人の身体《しんだい》、智恵・才覚にもよらず、其まはりあはせにて、其家たたむ時は、他国して二たびかせき出し、古里に帰り、妻にも錦をかざらせてこそ本望なり。女房に心ひかれ、其所にて指をさされ、幽《かすか》なる住ゐするは人間にはあらず。（二の二）〈期待される町人として、「出世の町人」が語られている点は、『永代蔵』に通じる。〉　348・8（43）

7　老《おひ》の楽しみは金銀成りと、思い極めて行《ゆく》に、中国路は上がたにちかければ、諸事都に替る事なし。（二の二）〈青壮年時代によく働き、蓄財後、老いの楽しみを極めるという人生観は、西鶴の町人物に認められる一貫した思想である。〉　348・13（44）

B　処世訓

8　神国の日月まことを照し給へば、世に万人の心すぐなる道に入りて、正直の頂《かうべ》をさげ、恐るる人には礼儀をただし、順ふものにはあはれみをかけ、我が物喰へば竈将軍といへど、京も田舎も住みなせる町人、其の所〳〵の作法ひとつも漏るる事なかれ。（一の二）〈諺「かまどしょうぐん」『毛吹草』（巻二）。「我内の竈将軍」『本朝二十不孝』

〈三の三〉。一家の大将の意。この冒頭文の警句に反した本説話の前半の主人公は、不正直がたたって一家断絶する。〉

9　無理なる欲はかならずせまじき事ぞかし。（一の二）〈警句8と連係し、前文中の「万事に偽りなき御代の掟」を守らなかった不心得者を風刺したもの。〉　313・6（8）

10　都の心〈風雅を楽しむ都人の心〉になりて、一生の安楽する事も、うき世帯の時、男によくつかへて堪忍をせし身の上、天是れをあはれみ給ふなり。天下の御めぐみなをありがたし。わづかの灰より分限になりて、冨士の煙の絶ゆる時なく、たしか成る福人也。（一の二）〈キー・ワードは「堪忍」。西鶴の幻の小説といわれる『甚忍記』にふさわしい説話。「福人」の資格・資質としての「忍耐」と、「慈悲」の呼応に因果応報の思想が露呈しているかのようであるが、一種の教訓的ポーズ・スタイルの側面もある。〉　315・12（11）

11　男に飽るる仕掛は、朝寝して髪結《ゆは》ず。気がつきて〈気力がなくなって〉、立ぐらみがするとて、昼も高枕して物いはず。（二の二）〈借金を隠すなど男性の嘘で堅めた結婚に対抗し、母が娘に早く離縁されて上手に実家に戻るために伝授した秘伝の一部。「今時の縁付……大かたはかたり半分」であり、「男のかたに偽《うそ》いふからは」「（母が娘に）悪事をいひふくめけるは、よくよく聟《むこ》のしかたのよろしからざる故也。」という結婚の世相とその処世術の一端を参考例として提出。〉　319・3（16）

12　わづかの油売より質《もとで》仕出して〈資本を作り出して〉、次第に家栄へ、是れと申すも仏神の御めぐみ成りと、信心ふかく、田の浦といふ所に祇園の立たせ給ふ、是れに日参して祈りぬ。（二の二）〈貧乏な少女の孝心に感じ、代償を求めず銀二十匁を与えたが、是非にと置いていった唐織が高価なので返しに行く。行方不明で、唐織が黄金八十枚を生むという筋。油売りの才覚よりも、信心・慈悲・正直の三拍子揃った善根、仁徳が致富の要因、町人鑑として語られている。〉　344・13（40）　349・8（45）

13　世に貧福の二ツは是非なし。（二の三）〈「富貴の家にうまれ出るは、前生の種なり。」（前記警句5番）「町人にても世盛りの家に出生するは、前生の定まり事」（『世の人心』の警句11番）。右の三者に共通する貧富宿命観・運命論と、致富の要因として利発・才覚よりも資本の方が優位に立つとする警句（『町人鑑』18番と『世の人心』41番）に、経済社会の動的世相に対する西鶴の鋭い現実認識の反映が考えられる。〉　351・5（47）

14　今の世、金子を拾ふてかへす事が、そもや〳〵広い洛中洛外にも又あるまじ。是れ程の聖人、唐土も見ぬ事と仰せられける程に、いづれも尤《もっと》もと合点して、此塩うりにおそれ侍るとなり。（二の四）〈聖人と呼ばれる楽介の話の原拠は、正直を処世のモットーとせよという教訓的意図をもって書かれた、柴売りと船頭を主人公とする二説話を収載する『堪忍記』とするのが定説である。しかし、私見は『堪忍記』とともに、同じく正直をテーマとして執筆された連続三説話を収載する『沙石集』（貞享三年本。巻六下の九「正直之女人ノ事」・同十「正直ノ俗士ノ事」・同十一「正直之人宝ヲ得ル事」の三説話。この中、「下の九」と『日本永代蔵』四の二話の関係は定説化している。「下の十一」が核となっている。）も、この話の重要な素材である点を指摘しておく。『甚忍記』の未完成原稿としての『本朝町人鑑』という視点から、儒教的仏教的世界観の背景をもって語られている本説話の清貧思想に留意したい。〉　357・12（53）

15　此の坊主の言葉〈わがたよる所は必ず家さかへ繁昌するぞかし〉少しもたがはぬは、亭主正直なるを、天のめぐみ給へると見へたり。（二の五）〈キー・ワードは「正直」・「天のめぐみ」である。主人公の小川屋の亭主は、前半の話で、「正直」・「慈悲」の道を歩み、商売繁盛とあるので、善根・仁徳が致富の要因として語られている点、警句12・14番等と軌を一にする。〉　360・7（58）

三　金銭観

A　積極的（又は肯定的）発言

16　とかくほしきは金銀ぞかし。算用なしに遣ひ捨てば、此の遊興のおもしろさかぎりあらじ。目前の極楽とは爰の事。（一の一）〈伊丹の醸造家の惣領が、吉野太夫との遊興で、「此の栄花大名もならぬ」至れり尽くせりの手練手管に生きがいを痛感する条（主人公の心理描写）である。しかし、米の相場が上るという情報を隣客から盗み聞き、面白い最中起き別れ、大金を入手するという長者の心（自制と忍耐心を主とし、商機の思い入れを従としている点は、警句22番で明白）を説く伏線として極めて効果的。〉　308・10（3）

17　冨貴は悪をかくし、貧は恥をあらはすなり。身体《しんだい》時めく人のいへる事は、横に車ものいて通し〈諺「横に車」。無理も通り〉、世を暮しかぬるもののいふ事は、人のためになりても是れをよしとは聞かず。何に付けても、金銀なくては世にすめる甲斐なき事は、今更いふまでもなし。諸町人其の合点はして居ながら、身の一大事〈家業〉をわすれ、いつも月夜に釜をぬかれ〈諺。油断して商いで損をする〉、借銭乞ひと無理の口論、大節季の闇とは〈「闇の夜」と「大晦日」とは付合語。『類船集』。借金の返済日。〉元日よりはやしれけるぞかし。（一の三）〈冨貴が人間の善意の評価を左右するという思想は警句5に同じ。「世の定めとて大晦日は闇なる事」という『胸算用』巻頭文の趣意に通じる筆致と文脈に留意。〉　319・7（17）

B　消極的（又は否定的）発言

18　ならねばなるやうに〈窮すれば通ずるように〉世わたりはさまざまあり。然れども望姓《もとで》持たぬ商人は、随分才覚に取廻しても、利銀にかきあげ、皆人奉公になりぬ。よき銀《かね》親の有る人はおのづから自由にして、何時にても見立ての買置き、利得る事多し。（一の二）〈無資本の町人の稼ぎは、結果的に資本家のための人奉公になるという経済機構のからくりを洞察し、資本家の経済的効率性乃至優位性を説く発言。〉　315・12（12）

19　今年は俵物買ひどし〈米などの穀物を買えば儲かる年〉思ひ入れ〈商機を見込んだ思惑《おもわく》〉はありながら、ない物は銀にて、さる程にせはしの世や。（一の二）　316・1（13）

20　其の年より夫婦内談して、とかく銀《かね》がかねをもふくる世なれば、せっかくかせぎて、皆人のためぞかし。外聞を捨てて、身のたのしみこそ老ひ先のたのみなれ。（一の二）〈「皆人のため」は「皆人奉公」（警句18番）と同一の発想である。〉　317・11（15）

21　我一生何程かせぎても、銀三百目より内の身体に極る所を覚悟して、世を渡りぬ。（一の四）〈前期商業資本社会に生きる無（小）資本の零細企業家の宿命・悲運を嘆く声は、警句18〜21に共通するが、逆の立場に立つ資本家の優位性は警句18の後半に認められ、警句16・17の明に対する暗部との対照的手法を通して西鶴の現実認識や観察の鋭さ・深さ・広さを示したもの。〉　331・7（31）

四　長者訓

22　さるほどに、たまたまあひにのぼりし女郎を捨てて、身過ぎ大事にして利を得たる所、分限に成るべきはじめ〈端緒〉。（一の一）　310・4（4）

23　しかじ〈確かに〉、一人のはたらきにして数《す》百人をはごくむ事、大かたならぬ慈悲ぞかし。此の心の徳ゆへ、下々も草木もなびきて、むかしより住みなれたる庭に、枝ものぶり〈物古り〉たる松有り。北野の千貫松・淡路の万貫松にもおとらず。是れちとせの詠めなり。（一の四）〈大商人扇子《あふぎ》屋の致富の要因は、内義の知恵・才覚もさることながら、慈悲・心の徳とする。警句21の主人公（行商万屋）との貧富・明暗の対照的手法により本話を構成する。〉

328・2（29）

24　江戸は天下の町人北村・奈良屋・樽《たる》屋をはじめ、諸国の惣年寄・金座・銀座・朱座、此の外過書の舟持ち、世上に名をふれて、是れ皆町人の中の町人鑑といへり。（二の一）　337・5（32）

25　明《あけ》の年は商売に油断なく、それより次第に家栄へて、後には手前にてしめさせけるに〈自家で油を絞る〉、おのづから正直の首に付くる髪の油もよく、関の明神へ灯明あぐれば、和光の影清く、十四五年のうちに山崎の長者となり、内蔵にはよろづの宝寺、うち出の小槌は目前の油槌と心得て、楠の木分限といふ物に、ちくちく延びて朽《くつ》る事なく、ひとりの男子も十六になりぬ。（二の一）〈盲目の猿を救った山崎屋の慈悲と正直による致富譚。〉　341・3（33）

26　京の羽織やの見せにたより〈頼みこみ〉、はじめて銭六文に売りて帰り、それより我と〈自分自身で〉才覚して、冨貴になりぬ。（二の一）〈警句25の山崎屋の一人息子が、親より渡世の知恵を養う指導を受け、自主独立、才覚男として長者となる。〉　341・12（34）

27　親の譲りの金銀にて身を過ぎけるは、武士の位牌知行取りて暮す〈先祖伝来の俸禄で、無為徒食〉に同じ。されば、人生出してより毎日銭壱文づつ溜めて、百より一割の利を掛けて、六十歳の時は六拾貫目になりぬ。〈諸説の計算の誤りを正した佐古慶三氏「西鶴のゼニ算用を斬る」『歴史読本』二十三巻四号・昭和53年3月号・310と311頁参看。〉是れをおもへば、万事に始末をすべし。銀子を借《か》し〈「貸し」の誤り〉て、利銀のかさなるをおもへば、是れよりよき事はなしと思案。（二の一）　341・13（35）

28　広き都に三十六人の歌仙分限の内に入りぬ。そもそも親の手前〈手許〉より片《へぎ》壱枚・銭二文もらひしを、かく長者になる事、町人の鑑也。（二の一）〈本説話は『本朝町人鑑』の巻頭の一章として執筆されたと考えられるが、形式上首尾照応した「町人（の）鑑」（警句24・28）、「楠の木・歌仙・洛陽分限」等の文字の配置や文脈、長者譚の内容がこ

の点を裏付けるものがある。〉

29　大坂より爰に来ての住家、人皆見およびし、其の身一代のはたらき、是れ町人の鑑ぞかし。殊更正直を本として、すゑずゑ目出度《たき》は、そなはりし仕合せなり。是れを思へば、商《あきない》の道をしれる人の、うかうかと身を持ちくづし、びんぼう神とあい住みして世を果つる事、人の本意にはあらず、合点して見給へ。（二の二）〈警句12に現われた主人公の身の上を語り、正直の徳を説き、一代分限を賞賛する筆法は同一。〉　342・6（36）

30　元より〈商ひの〉道をしりたる事なれば、借《かし》〈貸〉入れの取りまはし〈やりくり〉、〈相場の変動による〉小判の買い込み、銭の売置き、一りんもそんずるといふ事なく、年々分限になる事、其の身才覚ばかりにあらず、是れ皆旦那より望姓《もとで》〈資本〉もらひしゆへなり。（二の三）〈致富の要因として、才覚よりも資本の優位性を説く発想は警句18に同じ。〉　350・2（46）

31　手代ども聞きて、寔《まこと》に一生に一万貫目の身体となられける。天晴《あつぱれ》よき大将、智有り、仁有り、勇有りと、みなみなたのもしく奉公を勤めける。（二の三）〈幻の小説『甚忍記』の予告に「仁・義・礼・智・信（之部）」とあるが、なんらかの関連性が考えられる。〉　351・11（48）

32　番匠は烏帽子《ゑぼし》装束をあらためて、白幣をかざし、鬼門よける弓矢をそなへ、拍子をそろへて棟の槌《つち》をうちそめ、万歳楽と言葉をかさね、五百八十の餅を蒔《ま》けば、是れを拾ふ人大道もせばかりき。立ちとどまりて見る人ごとに、かかる作事《さくじ》をして世をわたるこそ長者なれ。あのごとくして子孫に渡したき願ひなきは一人もなし。（二の四）〈京の呉服商の上棟式を通して、豪商の繁栄を描く第二段は、「世にある人の栄花をうらやむ事なく」という第一段の主人公楽助と極めて対照的であり、第三段の法体の人に対する、第四段の手代にもその手法が窺われる。第五段に名医が登場する五段構成に留意。〉　353・12（49）

33　此のあるじも、二十年以前までは挑灯《ちやうちん》のはりがへして、火ふくちからもなかりしが〈諺。極貧に喩える〉何か　355・4（50）

ら分限にならぬといふことなし。すこしの事に気をつけて、渋油にきら〈雲母〉を引きて、雨夜のちやうちんといふをはじめて、今七千貫目持ちと世間のさしづ〈推定〉に違ひなし。おさかき・たごの手せし人〈竹細工人〉にもあらねば、都にもむかしは大かたに吟味して、歴々の〈大家と〉縁組せし事、いふもくどけ（れ）ども、とかく世は銀《かね》のひかりぞかし。（二の四）〈警句32を含む第二段の後半部。〉　355・10（51）

34　塩屋は天のあたへ〈恵み〉とよろこび、彼の手代がはたらきとはしらずしてすぎぬ。厚恩をわすれぬ心から、手代も其の後は我が世の仕合せ継《つ》ぎて、近年書絵〈墨絵〉小袖を仕出し、俄分限となりぬ。（二の四）〈第四段。楽助に対する手代の恩返しと出世譚。〉　357・1（52）

35　されば今の世の万民、身過ぎの家業是れさかんの時、諸事をうちばにかまへ、利欲を捨心に成りけるは、近年世間に仏道を聞き入れ、自然と気力うさって、只当分の暮しをたのしみ、すゑずゑの事までの願ひはなかりき。此の心底からは、冨貴になるべき子細なし。福徳祈る商人の家に、世の無常を観じ、人のなげきにかまふ事なかれ。（二の五）〈この警句35と前記の警句4番とは矛盾するのではないかとする見解がある。西鶴の長者訓に「物参詣《まうで》・後生心」の毒断（禁忌）・『永代蔵』が示されているので、つじつまが合うが、十全ではない。〉　358・2（55）

五　商人の心得

36　〈神武此のかた、世の人艶女〈遊人〉に戯れ、無明〈煩悩〉の眠《ねぶり》の中に、其の家の乱るる事数をしらず〉近年、町人身《しん》体《だい》たたみ、分散にあへるは、好色・買置き、此の二つなり。〈商売上の〉損銀・〈好色、遊興による〉化銀《あだがね》年々相積りて、才覚の花もちり、紅葉の錦紙子と成り、四季転変の乞食に筋なし。是れをおもふに、それぞれの家業に油断する事なかれ。（一の一）〈西鶴は『胸算用』（二の三）で、「惣じて遊興もよいほどにやむべし。仕舞の見事なるは稀なり。是れをおもへば、（遊里ほど）おもしろからずとも、堪忍をして、我内〈家庭〉の心やすく」と、家庭中心の健全

な人生の楽しみ方とその徳を強調している。〉

37　殊に末子は、町人の家業成る天秤《てんびん》のかけひき・帳面見る物にはあらず。（一の一）〈反面教師とも言うべき、伊丹　307・2（2）
の酒造家の末子は商人として不適格者である。〉

38　今の世に商ひ事なきと人毎にいへり。是れは大きに算用違ひ、むかしとは格別、諸商売多し。（一の三）〈『永代　310・14（5）
蔵』（六の五）・『胸算用』（一の三）にも同一発想が認められる。〉

39　親の時より次第にしにせたる見世にて、今大分の商ひ事ありながら、何とて節季〳〵に手づまり、迷惑する事　319・11（18）
ぞ。（一の三）

40　中居・腰元・お物師つれて、針を蔵につみたればとて、たまる事にはあらず。諸事に付けて、内證の奢りより　321・12（21）
身体をつぶしぬ。（一の三）

41　世に女房さる〈離縁する〉ほど、身体《しんだい》のさはりに〈なる〉事なし。女も又二たびの縁付き、かならずはじめに　323・10（22）
おとるぞかし。とかく世間の外聞かまはず、聟は目下成るを取りてよし。嫁も又、我よりかるきかたよりむかへ
てよし。挑灯《ちやうちん》に釣鐘かけあはぬ事すれば、内證の火の消ゆる〈暮しができなくなる〉にほどちかし。此の椀屋も、
よい舅《しうと》に万事まねて、身上をたふれける。（一の三）〈警句38～41を含む巻一の三話の主人公は、大坂堺筋の椀《わん》屋であ
る。しかし、形式的には主人公の設定はあるが、実質的には一般町家の生活相や、家族・使用人達の生活感情を通しての
処世訓ともいえる警句である。不景気に対する受動的な商家経営や使用人の怠慢、嫁の奢りや浪費による離婚・破産に到
る経路を、親子二世代の落差という視点から描く。『永代蔵』とは異質の側面と、形象化の不備に未完成原稿の痕跡を認
めざるをえない。〉

42　嫁入道具の品々世間にすぐれて念を入れければ、かぎりもなくむつかしう〈面倒な注文で〉、国土の費〈労力や　325・4（25）
資財の浪費〉になる事多し。（一の四）　325・10（26）

43　ゆるし給へ。しばしかりねの夢。是れに浮世御座・長枕、聟に成る人の果報は、前《さき》の世によき種蒔《ま》きて、今はへ出る恋草のはじめ、町人にもかかる嫁入蚊屋、公家も大名も大かたの衆は成るまじ。此の一釣りに弐貫六百目入りける。いかに分限なればとて、是れは奢りの沙汰。（一の四）〈この警句は、話の導入となる42の枕の警句に照応し、上京の中長者町の、ある仕立物屋の亭主の発言部分であり、主役の一人である扇子屋を導入する。豪華な蚊帳《かや》と地味な近江蚊帳との対照を通して主人公が登場するという設定。〉　326・8（27）

44　六分にまはれば、大屋敷買ふて、借《かし》屋賃取る程、慥《たし》か成る事はなし。火難ひとつの気遣ひ、それは百年目〈焼失したら運の尽きだが、それはめったにない喩え〉、十四年には本銀〈元金〉取返し、地は永代の宝ぞかし。（二の二）　342・11（37）

45　今時の縁付き〈縁談〉、仲人十分一取るによって、大かたはかたり半分なり。（二の二）〈諺「なかうどそらごと」『毛吹草』（巻二）。「仲人口は半分にきけ」『譬喩尽』とある。〉　343・7（38）

46　女の身のかなしさは爰也。はや自由ならぬ事ぞ。世の聞え〈世間体〉もよろしからねば、何事も沙汰なしにして、〈娘を婚家に〉帰しざまに、敷金の事は是非もなし。衣装・手道具を借《か》せといふて、質に置かれては取り返しなし。何事も母人《ははびと》に問はねばなりませぬと、小袖一つも借す事なかれ。（二の二）　344・2（39）

47　女の大事爰ぞ。母が言葉をひとつも忘れなといへば、娘も是れを至極して、其の心に成りて男のかたに帰るに、一日づつ夜をかさね、なつかしげなる心たがひに通ひ、いかに親の御意なればとて、又男を持ち替ゆるも、人の本意《ほい》にはあらずと、母の手前を背きて、内證〈非公式〉の勘当《かんど》かまはず、男とひとつ（心）になって、身の裸になる事は扨《さて》置き〈所有物すべてを売り尽くす事はもちろん〉、後には手せんじする〈零落して奉公人もおらず自炊する〉事、世にあるならひぞかし。（二の二）〈警句44～47を含む巻二の二話は、前記の警句11で解説した通り、結婚の世相とその処世術である。第二段枕の警句45の「かたり」は、名義のみのうその「居宅」（第一段結び。商談や縁談の上から利用する者。）を媒介として、章首の警句44の「大屋敷」と文脈上接続する。そこで「仲人のかたり」を媒介として「婿の偽《うそ》」（秘密露顕）が導入されるが、その対策が警句46の娘の母の入れ知恵である。ところが、実家から婚家に戻った娘は、夫婦の情が深まり、親の意に反して無能の夫と添い遂げ、没落の憂き目を見るというのが警句47である。さて、俳諧上、「欺《ダマス》」の付合語に「媒人《ナカウド》」（『俳諧小傘』元禄五年刊）があるように、文脈上、連想語によるはなしの姿勢や呼吸が、『町人鑑』の筋の展開に認められる。〉

48　物事後には合点の行く事あり。貧者になって当座のがれに質を置き、請《う》け返す〈請けもどす〉といふ時節なければ、当銀〈現金〉に売捨てて渡世をすべしと、年久しき小世帯人〈貧乏人〉の語りぬ。とかく年々つもりておそろしきものは、質屋の利銀ぞかし。（二の二）〈『織留』の全警句の約70％が、各段落の枕（起筆）か、結びに位置する。四段構成をとる本話の各四段の枕は、44・45・48・6の四警句の順に表れている。「昔の名残り……」のワン・センテンスを、第三段の枕とする野間光辰[2]・前田金五郎[3]各氏の説もあるが、この一文は、警句45→46→47と続く第二段の結びであって、「世に有る形」とは、「時めいた花嫁（又は奥方）時代の面影」であり、前記の警句47における解説となる。従って、第三段落は、「質入れした花嫁衣装」という「質」の具体論から、「質」の一般論に視点（連想）が移動（飛躍）したと考えるべきであり、警句48は、質に置くより売り払った方が得策だという或人の意見である。質や家質の利子の恐ろしさを説く第三段落に対して、町人鑑に入る主人公の長者が登場するのは、警句6の人生観を枕とする第四段落であり、主人公の立身出世譚が、量的に全体の約27％強を占めるに過ぎないという点に、小説としての『町人鑑』の性格と限界（求心力を欠く構成の弱点）を認める。〉　346・4（41）

49　商売に付けての偽《いつは》りは言葉をかざり、跡からはげる。（二の五）〈野間光辰氏は、この警句の前文（前記の長者訓における警句35）には、商人の偽りの肯定、下文には慈悲・正直による成功譚があり、前後矛盾があるとする。さて、諺にも「屏風と、商人《あきゆうど》とは直《すぐ》なれば身が立たぬ」（『邦訳日葡辞書』29頁。原本は慶長8年刊）。「屏風と商人《あきひと》は直《すぐ》にたてられ　346・10（42）

ぬ」（『訓蒙故事要言』元禄7年刊。）とある。西鶴の意図はどこにあるのか。「『商人と屏風は直ぐにたたぬ』といふ諺は、邪《よこしま》の心を持てといふ世話にはあらず。心は正直にして、商ひの道に至っては方便《てだて》を以て人より商ひの嵩《かさ》をして取り、油断なく心を働かし、商ひ口とて心にもない偽りをいふて、金を儲ける事、……是を商ひの軍配、商売の道に賢しといへり。」（『諸商人世帯気質』巻四の三。享保21年。）とあり、「一匁《もんめ》の利益あるものを五分《ぶ》の損と言って売るの類《たぐい》」が「商人の偽り」であり、その商行為を肯定しているわけである。但し、西鶴はこの口吻には無条件の肯定とは思えない、ある種の批判が感得される。〉　358・6（56）

六　商売の諸相

50　今我が代になりて、親仁の時よりは商《あきなひ》大分にしまして、毎年四拾貫目余の売帳。人も其時とはまして十八人口になれば、以前より世に商ひ事のないとはいはれざりしに、年々手づまり。（一の三）〈本説話の第二段（警句38）と第四段（同39）の各枕に、ニュアンスの違いはあるが、同一筆法が認められる。「古帳（親の代には主従六人口）よりは十八人口（子の代の増加世帯人口）」という章題が示す親子二代の、商売に対する熱意の程度の落差・断層と、物価の上昇と景気の減速という世相の反映が、数字記述を通して語られている。職種・販売高・世帯人口の増加に反比例して、商家経営が不振で、「年々手づまり」状態が進行し、悪化してゆく生活感情をより具体化した警句ともいえる。〉

51　是れより年々仕出し〈新工夫をこらした〉の蚊屋、何程といふつもりなきに〈数限りもなく売れて行ったが〉、世界の広き事おもひやられける。（一の四）〈この八幡商人の扇屋と西鶴との関係については『近江商人中井家の研究』（15頁江頭恒治氏著。雄山閣。平成4年の復刻版）[4]等参看。〉　320・6（19）

52　されば人の渡世ほどさまざまなる物はなし。（一の四）〈三段の構成を持つ本話の第三段の枕に当る警句である。浮[5]　327・8（28）

橋康彦氏の適切な分析を借りると、第一段は上京の仕立屋の豪華美麗なる薄絹の蚊屋の話。第二段は近江八幡の扇子屋が蚊屋の製造で繁昌し、大商人となる成功出世譚。第三段は行商万屋甚平の不運な失敗譚である。「そもそも近江蚊屋の出所は……」の一文を枕として第二段に展開していく運びは自然であるが、右記の52の警句を受けて、「片田舎にさへかかる人もありけるに、万屋甚平とて」と、逆接の助詞を含む一文を挿入し、二人の主人公の明暗・貧富の対照構成をねらう第三段への展開は、「近江への行商」という一点以外に、蚊屋のモチーフが第三段には皆無で、極めて不自然である。前記の警句48を通して、巻二の二話における求心力を欠く構成を指摘したが、本話も同様である。〉　328・5（30）

七　一般の世相と人心

A　一般の世相

53　万事に偽りなき御代の掟をまもりけるためしには、よろづの売掛け、あるひは当座借りの金銀、手形〈借用証文〉なしの事なれば、借り請《う》けぬといふとてもむつかしき出入り〈訴訟〉なるに、心覚えの帳面ばかりにて、請け払ひ〈金銀の受け渡し〉を済しぬ。（一の二）[6]〈大坂その他の諸地方では、商人間の取引には証文を用いず、口約束でする慣習があった。この第三段の枕の警句の「万事に偽りなき御代の掟」を守らず、不正直で、手代を苦しめた悪い問屋が悪運で一家断絶する。本話の枕（警句8）と照応。〉　314・3（10）

54　まことに貧者の手づまる事〈手許が苦しくなる〉、かかる物入り〈失費〉のありけるゆへぞかし。（一の二）〈第四段の枕である警句18と照応する結びの警句。結局、人奉公になるという貧者の嘆きは、下文の第五段の枕となる警句20に通じる。〉　317・10（14）

55　まことに天下の入り込み〈江戸は日本全国の人が寄り集る所〉なれば、近付の外〈知り合いは別として〉、人同じ顔にあらず。（二の五）　359・2（57）

B　世の人心

56　やつがれ〈自分〉がちいさき腹して〈大した考えもないのに〉、つたなき口をあけて、世間《よのなか》のよしなしごとを筆につづけて、是れを世の人心《ひとごころ》と名づけ、難波のくれは鳥〈呉から渡来した織工の名。西鶴をなぞらえる〉織り留むる物ならし〈一巻に編みあげて公表する次第である〉。（西鶴の序文）　302・1（1）

57　是れ不孝第一なり。母のかなしみ、其の身の事にはあらず。我が子を人にあなどらせ、世間の外聞かたがた口惜しきとばかり思ひつめられしは、女心には道理千万なり。（一の三）〈警句41・50で指摘した通り、奉公人の不平不満も、経営者としての息子の責任であり、始末や報恩の心を忘れた息子に長々と意見するのが次ぎの四段である。〉　321・10（20）

58　傾城ぐるひするには、我も人も全盛所〈廓は、客が見栄を張る所〉なれば、風俗作る〈格好つける〉もことはり也。是れさへ今時はかしこく、つねの衣類にて通へど、揚銭の済事をよろこびける。（一の三）〈四段落の結びに当り、「男のごとくひざを立てて、畳をたたき」、無能な息子に意見する点、警句57の解説の通りである。〉　323・14（23）

㈡『世の人心』に表れた警句（一覧表）

一　人間観

1　（1）されば近年人のありさまを見るに、いづれか愚かなるはひとりもなし。（2）むかしは十人寄れば皆物毎にうとく、我が身の上の事斗《ばかり》も埒《らち》明くる者稀なり。ましてや人の事請《う》け取り、出入りのあつかひ〈訴訟沙汰の調停〉、又は内談〈示談〉などに、言葉ならべて物よくいふ人なし。殊更公事《くじ》〈訴訟〉だくみして筋なき事を書き求め、相手に迷惑いたさせ、我が利欲にする事思ひもよらず。自然と義理につまれる〈道理に叶った〉云ひ分にも、一ツ一ツありのままに書き付ける筆者は、五町七丁のうちにもなき事なりしに、（3）今時は物かかぬといふ男はなく、何事にても外の知恵をからず、面々に諸事を済さぬといふ事なし。是れゆへ悪心も思ひ付き、人の難義をかへり見ず、商売あるひは借銀の事までも、我が非分〈非道〉とはわきまへながら、云ひ事〈紛争・口論〉の種をこしらへ、油断のならぬ人ごころや。（三の一）〈（1）・（3）の「近年・今時」に対する（2）の「むかし」の人間観の比較を通して、今時の人は利口になったとする点は、『町人鑑』の警句2の趣意に類似し、『世の人心』（巻三）との連続性を示す。「油断のならぬ人心《ひとごころ》」がキー・ワード。〉　365・5（1）

2　今程諸人かしこく、物云はずして合点《がてん》する世の中に。（三の四）〈第三段の枕に当る警句。第二段の「近年は人の心さかしうなって」・「何にても自由なる世時《よどき》〈便利な時世〉になりける」という世相・人心の推移・変化の洞察という視点に留意。〉　381・12（31）

3　まことにのけば他人〈諺「離《の》けば他人」[7]『譬喩尽し』。夫婦も離婚すると薄情冷淡となり、どんな秘密でも暴露しかねない。〉、さてもおそろしの人こころや。（四の一）　394・9（35）

4　世の宝は医者・智者・福者といへり。中にも、医者のなき里には住む事なかれ。ふたつなき命を頼む事ぞかし。一切の人間、無事堅固になくて、世に住める甲斐はなし。常々灸をたへさず、鰒《ふぐ》汁・大酒をやめて、身をはたらかし、気をなぐさめ、養生はつねの事なり。〈平生の用心が大切だ。〉（四の二）〈第三段の結び。医者・病気にまつわる話題を中心とした本話のキー・ワード。〉　400・5（41）

5　死にざまにかんびやうおろ（そ）かにいたさぬは、あとしき〈遺産〉の望みゆへなり。親でも子でも欲に極る世の中なれば、死に跡に金銀を残すべし。是れを死に光《びか》りといふ。（四の二）〈第四段の結び。〉　401・2（43）

6　死に別るる中にも、親より妻はかなしく、妻よりは又子は各別にふびんのます物なり。（四の二）〈第五段の枕。〉　401・4（44）

7　さる程に、子のわづらふ程世に物うき事はなし。人々もたねばしらぬなり。（四の二）〈警句6と7は寛文五年に祖父、延宝三年に妻、元禄五年に娘に死別、時に西鶴24歳・34歳・51歳の体験に裏づけられた発言であろう。〉　401・7（45）

8　其の身生れ付きての無分別は、文殊のままにもならぬ事ぞかし。（五の一）　415・4（53）

9　（1）〈算用こまかにせぬ人は〉かならずじだらくもの〈自堕落者。身持ちの締らぬ者〉のくせに、「人間百年の栄花なし。わづかにしれたる此の世界、子孫の事まで案じ置きするは、是れ愚智なる人心なり。其の身に仕合せそなはれば、十分成る世を渡るなり。たとへ親より財宝請け取りても、貧者となれる事」〈と〉、当座さばきにけふを暮して、かかる不覚悟の親相応の借銭わたすと〈子供に借金を負わせる親もあれば〉、（2）又〈一方では〉、子の代に家普請に手のかからぬやうにとて、石井筒〈石の井戸側〉に鉄釣瓶《かねつるべ》、あるひは軒口に銅樋《あかがねどい》、諸道具も一度の大願に末代物にして、封付けの銀《かね》箱わたす。（3）此のふたりの親心、各別違ひぞかし。（五の一）〈文脈上、意味の不明な部分について、文字・記号により補記。（1）は「不覚悟〈平生の心掛けの悪い〉の親」、（2）はその正反対の子孫の幸福を願う親で、（3）は両者の総括である。本話は一見信心をテーマとするようであるが、主想〈主たる構想〉は結婚の姉妹が貧富の違いで、老若・美醜・長短命となり、人生の明暗を分けるので、一家の主婦の死命を制するのは「身体《しんだい》の仕合せ」である、つまり財産の良否に正比例するという隠居の教訓譚に置かれている。又、副想〈従たる構想〉は、俗人化した僧侶群像の生態や生きざまである。見せかけの信心を批判し、実のある信仰心を説く主眼がそれて、警句9の明暗・賢愚を分ける親仁達以下の諸話題に力点が移動したと考える。従って他力本願のえせ信心でなく、自力〈家職尊重〉による幸福の獲得こそ作者のねらいであり、俗化した僧侶批判も痛烈である。〉　415・8（55）

10　公家もあたまにかづき、装束〈衣冠〉がむつかし。大名も腰にさして、袴・かたぎぬ〈帯刀・裃《かみしも》〉いやなり。町人ほど心やすき物はなし。（六の一）〈「官女の移り気」という章題がテーマ。ある公家方に奉公する女が、警句の通

り、心やすい町人生活にあこがれ、零落・堕落するプロセスを描く。庶民生活になじまない官女の不運は教訓的。〉

11　町人にても、世盛りの家〈富裕繁栄の家〉に出生する子は、前生の定まり事、格別世界の縁〈他《ほか》と比較して全く異なって、親子の縁が〉ふかし。（六の三）〈警句の「出生する子」から「乳母（奉公）」のテーマが導入されるが、章題の「子をおもふ親仁」（愛児）は、キー・ワード。〉　439・13（84）

12　是れをおもふに、人がらもとかく住所によるなり。（六の四）〈世渡り上手な室町通りの商家の主人から、「奉公人は主取が第一」、「人はならはせ」の視点を通して、テーマの手代論に力点が移るが、商家経営における、後継者養成の視点から親子・主従関係のあり方が強調されている。〉　448・2（95）

13　格別〈上文を承けて、「よき所」と、地味な「針屋」にそれぞれ奉公した手代との性格や考えが格段の違いであり、下文に続けて「格別」と両方にかかる。〉世界の人ほど違ひのありけるものはなし。（六の四）〈警句12と関連して、利巧で大気、愚鈍で地味な両手代の懸隔の大きさを説く。〉　452・7（108）　453・4（109）

二　人生観（処世訓）

A　町人の生きざまと理想

14　（1）さてもさてもうたての世や。（2）身過ぎに仕合せありて、屋造りも人がましくせし人〈住居も立派に構えている人〉のいへることは、ずいぶんと愚かなる事にても、人皆耳をすまして聞き届け、（3）又手前〈暮らし〉浅間敷くなりくだりたる人の一言に、利のせまりたる〈理に合った〉事を申すにも、誰か聞き入れける人なく、万につけて口惜しき事のみ、心にもなき事にうたがはれぬ。（4）世を富貴に暮せし人は、人の金銀取り乱せしほとりへも何心なく居ながれ〈平気で列席し〉、（5）又、貧者は我と身を引きて〈自分で遠慮して〉、わづか成る乱銭《みたけぜに》〈ばら銭〉のそばへも寄りかね、心にやるせなかりし。何程りちぎに生れ付きても、まづしき人には先より油断せずして、手元に有り合ひける小道具なども、目に見えて〈あけすけに〉取り直しける、此の下心の〈相手の心底を思いやると〉はづかし。（6）申しても申しても〈何といっても〉貧にしてうき世に住める甲斐なし。（三の一）〈私見は左記参看〉　367・12（4）

15　いかなる前生の約束にて、貧福のふたつ有り。福者はまねかずして徳来り、貧者は願ふにそんかさなり、さりとてはままならぬ世上沙汰〈この世相〉、（この貧富の実状を）見るに付け聞くに付け、うとまし〈いやになる〉。（三の一）〈警句14と15とに共通する因果思想による貧福宿命観は、『町人鑑』の警句5と13と同一発想であり、警句1の人間観と同様に『世の人心』（巻三）との連続性を示す。金が人間の善悪の評価を左右し、福徳までも司るという思想は、具体的には、前記警句14において、（2）・（4）の福者、（3）・（5）の貧者の立場が、その例証となる。なお（1）・（6）と警句15はその貧富運命論の総括であり、福者優位の不合理な社会で、被差別者側の貧者の立場に立っての嘆きと同情と解することも可能である。〉

16　其の身仕合せは、町人にかぎらず、武家にありける事ぞかし。（三の一）〈貧福の運・不運は武家にもある例証として、さる大名屋敷での福引きの場面の描写であり、低い身分の者で値打ちの物を引き当てた者は一人もいなかったという第四段の枕。〉　368・5（5）　368・7（6）

17　ひとりひとりの果報を見るに、かろき者の重き物に取り合ひけるは、一人もなかりき。（三の一）　369・1（7）

18　いづれの医者の手にさへ叶はざる人間、かぎりある一命を、何れの神に頼みかけたればとて、それはそれは一日もいきのぶにはあるまじ。人は四十より内にて世をかせぎ、五十から楽しみ、世を隙《ひま》になす程〈楽隠居する程〉寿命くすりは外になし。（五の一）〈町人一代の理想的生き方を典型的に示した警句は『永代蔵』（四の一）と『胸算用』（二の一）に示されており、右の警句に、町人の代弁者として、町人のあるべき普遍的なライフ・サイクルを認める。〉

19　定めなきは無常〈人間の命〉、懐胎より身をなやみ、一子を形見に残して世を去りし妻女、其の身はひと道〈冥 418・3（59）
途の一筋道〉なりしが、此の男の身になりてのかなしさ、世に又是れより外に何かあるべし。（六の二）〈警句6と
7と同様に作者の体験談に基づくものと考えられる。〉 446・6（92）

20　其の家の親かたにそなはりし人〈主人たる人〉は、其の身ばかりの世わたりにはあらず。壱人の心ざしを以て、
家内〈家族〉の外何人か身をすぐるよろこび、是れにましたるぜんごん〈善根〉なし。（六の四） 453・12（111）

B　処世訓

21　かくのごとく学び得て、程なう世をさりしに、身の一大事〈生死〉の（深い）覚悟もなく、（その芸を）子孫に
伝へ難く、わづかの（自分一代限りの）遊楽何の益なし。（三の一）〈芸道批判の筆致。〉 370・1（9）

22　人間（として）の（修行すべき）第一は、筆道〈書道〉執行の後、学文〈学問〉の外なし。（三の一） 370・4（10）

23　近年いづれも奢《おご》る心より用捨〈容赦〉せず、継木の椿をもぎ取り、鉢植えの梅もどきを引き切り、霊地の荷葉
を折らせ、神山の椙《すぎ》をとりよせ、我がままのふるまひ、草木心なきにしもあらず、花のうらみも深かるべし。是
れ〈生花も〉只一日の詠め、世の費《つゐへ》なり。（三の二） 371・6（13）

24　人間（の一生は、僅か）一日の遊楽、あけぼのに生じ夕に死す（蜉蝣《かげろう》の如し）。おもへば夢のかり枕、よろづに
心を移す中にも、遊君〈遊女〉のたはぶれは、和漢に古今やむ事なし。（三の三）〈好色をテーマとして、『西鶴置土
産』的世界を描く話の枕。章題「色は当座の無分別」はそのモチーフともいえる。『永代蔵』の（巻一の二話）的発想。〉 374・2（17）

25　からるる程は借り集めてつかひ捨て、跡へも先へもうごかぬ時、石車（の石）を銀《かね》にしてほしやと願ふに、思ひばかゆかずして〈思い通りに運ばず〉、自然と（遊興を）とまらねばならぬ首尾〈はめ〉になって、彼の里がよひをやめける。其の時は、男の魂《たまし》ゐといふ脇指し一腰もなくて、物の見事に身を（無一文の）丸腰にて（身持ちを）おさめけるもおかし。されば人間一生のうちに、一たびは傾城ぐるひに取り乱さぬといふ事、ひとり（も）なし。（三の三）　374・8（18）

26　（遊興も）何とぞおもしろき中程にて、神仏の御ひかへ〈制止〉あって、此の遊興をやめさせ給へば、居宅も売り残し、商売物も小躰《こてい》にして〈商売も縮少して〉渡世に取りつづき、身を捨ててはたらきければ、町内世間の人・親類のすゐずゐまでも、今迄は若気（の過ち）と了簡してゆるしぬ。人としてつつしむべきは此の道、今更いふまでもなし。（三の三）　375・1（19）

27　誰におそれず、此の里の銀を千貫目にても、我が宿で払ふ大じんは、我等が外には御座るまいと、おもふままなる事をいふにも、銀がかたきの世わたり〈諺。銀もうけのためにはどんな無理も忍ばねばならない揚屋商売〉、皆御尤もにしてうけたまはりしに、此の道に奢ればはかのゆく〈銀が随分はやく減る〉物かな。十四五年見およぶうちに、いかないかな百銭も残らず、是れ程まではようもようもつかい捨てける。（三の三）　379・2（22）

28　我もむかしは、日に一筋づつ下帯〈褌〉かきかへたる男、今古《こ》妻もめんもはづかしからず。人はしれぬものよ。〈人の素姓・性質・能力等の正体や運命は外見だけではわからない。諺。〉あなづり給ふなとたはぶれける。ひとつの心〈自分の色に迷った心〉から女郎買のなれの果、此男ばかりにはかぎらず。（三の三）〈右記の警句24～28は、まさに「万人のしつれる色道のうはもり〈とことんまでやり抜いた〉」とも言うべき大坂の二代目両替商の「なれる行末〈なれの果て〉」『西鶴置土産』西鶴の序）を見事に描いた好色の戒めである。「この里やめたるは独りもなし」（同上の序）という発言は、五つの警句を貫き、「長者に二代なし。女郎買に三代なしと京の利発ものが名言」（同巻一の二）を裏づけるものである。近年町人の破産の主原因は「色好〈好色〉・買置此の二つなり」〈同巻頭〉と西鶴は喝破し、「むかしかしこき親仁達が諸書に此事〈好色の戒め〉を残しぬ」〈警句26の下文〉と駄目押しする所以である。〉　379・10（23）

29　今時は、正直をもって其の身の骨をくだけば〈粉骨砕身〉、天理に叶ひ、それぞれの渡世いたさぬといふ事なし。（三の四）〈「正直」と「天道」は、俳諧（『類船集』[8]）では付合語であり、『町人鑑』の警句15における「正直」と「天のめぐみ」や、右記の警句の「正直」と「天理」もこれに準ずる。正直の徳を礼賛する警句や説話は、『町人鑑』の警句8（一の二）・12（二の二）・14（二の四）と前記の15（二の五）等に散見されるわけであり、文中の「中より下の人」〈中流以下の生活の人〉の身過ぎをテーマとする本話の枕の一部をなしているのがこの警句であり、『町人鑑』との連続性が認められる。〉　380・5（25）

30　東西へいきわかれ〈生き別れ〉する事も、此の女の無用の口のすぎたるゆへぞかし。惣じて女、たしなむべきは言葉なり。（四の一）〈多言は七去の一。〉　394・4（34）

31　此の隙《ひま》〈暇〉に、見わたらぬ〈珍しい〉医書を才覚して、写し本〈写本〉にする程のじやうこん〈勝れた根気〉なくては、此道〈医者〉の出世は成り難し。（四の二）〈医者にまつわる話題がテーマ〉　396・11（36）

32　神を頼むまでもなし。人の命をながう望みならば、婬酒の二つをひかへ、杉焼〈料理〉のある世の中に、鰒《ふぐ》汁をやめて、ぶんに過ぎたる人づきあいせず〈知足安分〉、世間並みに夜をふかさず、人よりはやく朝起きして、其の家の商売をゆだんなく、たとへつかみ取りありとも、家業の外の買置き物をする事なかれ。只朝夕のもてあそびには、十露盤置いて見て、節季〳〵請け払ひ大事にすべし。人の物を借り込みさいそく請《う》くる程、人間寿命の毒はなし。（五の一）〈『永代蔵』（三の一）の長者丸と毒断ち参看。〉　416・8（57）

33　此の浪人の町屋住居の身の取りまはし〈暮らしのやりくり〉愚か成るに付けて、物語せしは、惣じて世に落ちぶれし人の、質を置く事、無分別なり。百目かりて、此の百目に元利そろへて請《う》け返す銀《かね》の出所なし。とかく当

座に売り払ふものなり。（五の三）〈質屋や質入れをめぐる下層階級の生きざまが本話のテーマ〉　431・6（78）

34　内證の事〈内輪の世帯のやりくり〉は女の取りまはしにて、連れ添ふ男の世間むき〈世間体〉をよくするこそ本《ほ》意《い》なれ。（五の三）〈内助の功〉　431・14（79）

35　おもへば恥かしき身体《しんだい》（になるのも）、人皆奢《おご》りよりこの仕合せ〈結果〉なり。（五の三）〈警句34・35は妻のふがいなさ。〉　432・5（80）

36　世にある物のならひとて、闇がりの鼠・昼盗人絶へず。兼て用心せよと、世間気《ぎ》〈世渡り〉のかしこき人の云ひしらせける。かくのごとく万事に気づかひをせば、小家に火を焼《た》くまじや、渡海の船に乗るまじや。一切の人間、運は天に有り。神鳴落ちてつかまれけるも、死は前生《ぜんじやう》よりの定まり事といへり。されども用心して、身をのがるる事にはのがれ、長命の後病死をするは、是れ人の常なり。（六の一）〈警句10で本話のテーマを指摘したが、この枕の警句との関連性は希薄。天運、不定の生死の一大事を忘れ、又天職を忘れて転職し、眼前の享楽を追う官女の移り気を戒めたとも考えるが不明。〉　437・2（82）

37　思へば時刻の息引取り〈臨終〉には、何とも用心成りがたし。惣じての人間、爰〈生死〉の大事をわすれ、身の楽しみに年月を暮しぬ。（六の一）　437・11（83）

38　なを吟味するほど　三十日に二度三度発《おこ》るてんかん病《やみ》におどろき、人はしれぬもの（と）、追い出しければ、人置き〈職業周旋業者〉のかか小語《ささやく》は、あれが（五体）まんぞくに御座れば、（色）茶屋へやって、一年に壱貫四五百めは取りますといふ。尤も、世の中によい事そろへてはないはづ〈諺「二つ能事《よい》は無《ない》もの」（譬喩尽し）。「とかくよい事ふたつはない物ぞかし。」（『永代蔵』五の一）〉と大笑ひして暮れける。（六の二）〈キー・ワードは、警句28にも利用されている「人はしれぬもの」（諺）である。つまり、醜女が有能で、美女が無能で病持ちという仲居女の正体は見かけと反対である意。本話の前半の小テーマである仲居女や腰元にまつわる話の枕となる小話の結び。〉

39　されば一生連れ添ふよしみ〈妻との因縁〉、妻女の心入れ〈嫉妬〉のうらみ、世間の人のおもはく、彼是れもっ　442・12（87）
て〈分別〉心有るべき人は、かりにもめしつかひの者に〈好色〉心かけまじき事と、物にこりたる人の、後よく
合点し〈反省し、悟る〉て、道理をせめて〈尽くして〉云ひ置かれし。（六の二）〈警句38の枕を受けて、悪だくみの
腰元奉公人の実例で、好色の戒め。〉　444・9（89）

40　いきとせ生きるもの、子に迷はざるは一人もなし。何ほど愚かに生れ付きたる子息にても、悪敷といふ事、
〈その親の前では〉かならず〈言ふ〉なかれ。（六の二）〈本話の後半のテーマである育児と親の慈愛の話に入る枕に当る
警句。この後半は、次ぎの巻六の三話に入れるのが妥当とする[9]野間光辰氏説をめぐる諸説があり、筆者もこの二章の再構
成説を説く[10]檜谷昭彦氏説に左袒する。〉　444・13（90）

三　金銭観（A積極的〈肯定的〉発言なし。）

B　消極的（又は否定的）発言

41　されども古代に替り、銀《かね》が銀もうけする世と成りて、利発才覚ものよりは、常体《つねてい》の者〈平凡な者〉の、資《もとで》〈資
本〉を持ちたる人の、利徳〈利得〉を得る時代にぞ成りける。（六の四）〈本話のテーマは家職および手代とする説[11]が
あるが、本話の枕の「楠の木分限」と警句41との照応、章題「千貫目の時心得た」〈英断で商売をやめ、堅実な金融方法
で利殖〉と結びの話の呼応等より、金利による貨殖法をめぐる世の人心[12]をテーマと考える。しかし、経営や貨殖方法に当
って、主従・親子関係の、手代や子に対する主人や親の影響力の強大さという視点[13]にも留意したい。〉　452・2（106）

四　長者訓

42　其の比難波の津に、二代つづきて隠れなき人、銀《かね》が銀をまうけし両替見せを出して、ひとつも替つたる事〈危い投機的事業〉にかからず、仕付けたる家業ばかりして、段々に分限に成りて。（三の三）〈商家経営における、新儀停止《ちょうじ》や祖法墨守の経営方針による一業専心の徹底、つまり経営の多角化の戒めについて、『永代蔵』（三の一）をとおして旧稿[14]で触れた。人の心は不変ではない。（警句93。後記）この警句を実践した堅実無比とも言うべき始末男が、好色で一文無しとなる点は、警句24～28で指摘済み。〉　375・5 (20)

43　年々根づよき商人《ばい》を、楠の木分限といへり。（六の四）〈本話の枕。警句41でテーマとの関連性を指摘。〉　451・6 (103)

44　近年分限になる人の子細を聞くに、其の家によき手代ありて、是等がはたらきゆへなり。又家栄へたる人の俄におとろへるを聞けば、是れ又其の家の手代どもが仕かたゆへなり。むかしは若い者のはたらきに利を得たる有り。此の比は、（手代の損失の穴埋めに）たしぬるばかりなり。是れをおもふに、主人の覚悟あしき故、大分の金銀を皆人の物になしぬ。（六の四）〈警句41参看〉　453・4 (110)

45　此の家（の廃業を）惜しみけれども、わづかの取り付き〈開業時の小資本を〉千貫目にする程の人心〈人の考え〉、よろしき極め〈最善の決定〉成るべしと沙汰して、すゑ〈この家の将来〉を見しに、子の代に金銀の置き所なきたのし屋〈裕福者〉とぞ成りける。（六の四）〈巻尾。警句41参看。〉　455・10 (114)

五　商人の心得

46　是れをおもふに〈結局〉、元日の祝儀しまひ〈年賀の廻礼をすませ〉、袴ぬぐといなや、又くる年の大晦日も、月

日の立つは今の事〈実に早くあっという間だ〉と、しばしも〈この事を〉わするる事なかれ。（三の一）366・14（2）

47　〈こわい物がないという事は〉皆人々の覚悟にある事の中にも〈心掛け次第なのだが〉、第一身体《だい》〈財産〉を持ち崩して借銭こはるるほどおそろしくかなしき物此の外に又なし。（三の一）〈『胸算用』の序文で、「元日より胸算用油断なく一日千金の大晦日《おほつごもり》をしるべし」と西鶴は喝破しているが、警句46も全く同じ。『永代蔵』（五の二）や『胸算用』（一の一）その他にも同一筆法が認められ、警句47を含め『胸算用』の世界であり、借金の戒めとしての金言。〉367・11（3）

48　諸芸を鍛錬する事、それぞれの家業の外は、ふかう其の道に入る事なかれと、古人の言葉、ひとつもたがふ事なし。（三の二）〈本話は四段構成を持つ芸能随筆であり、警句48と前記の警句22は、第一段落の首尾照応の警句として、長者丸の後に記した毒断ち〈禁忌。『永代蔵』三の一〉に通じる。〉369・10（8）

49　十炷香《じしゆがう》〈十種香〉はいよいよ福徳そなはれる隙人《ひまじん》の花車あそび〈風流な遊戯〉、是れ聞き分くる鼻にて食《めし》のこげるを聞き出し〈かぎ出し〉、釜の下の薪《たきぎ》をひかすれば〈減らさせれば〉、始末の種にも成るぞかし。（三の二）〈家職重視の立場から芸道批判。〉370・10（12）

50　大海の底に尾閭といふ穴あり。諸川《が》の水、日々夜々に〈海に〈一説「この穴に」〉〉入れども、彼の穴のうちにて失するがゆへに増す事さらになし。人間にひとつの口あり、此の尾閭のごとし。一生のうち、朝夕喰物かぎりもなし。身過ぎは八百八品〈諺。職業は多種多様〉、それぞれにそなはりし家職に油断する事なかれ。（三の四）〈下文の警句29に接続する本話の枕。奇抜な商売を披露《ひろう》する前置き。〉380・2（24）

51　商人・職人によらず、住みなれたる所を替《かゆ》る事なかれ。石の上にも三年〈我慢・忍耐が大切。諺「いしのうへにも三年ゐればあたたまる」『毛吹草』巻二〉と俗言に伝へし。（四の一）〈本話のテーマは、転居・離婚に発展する女（妻）の多言（警句30）をめぐる女心の恐ろしさ（同上3）、あさはかさと考える。同一場所での商売は「居ながら渡世の

種」となるが、七去の原因となる多言が、警句51に反して、町人の死命を制する9回の転居と破鏡に至らしめる。〉
389・2（32）

52　医は聖人のまね〈諺「医は仁術」〉ながら、今の世は自然の道理をもって〈医術が優秀であると必然的に〉〈患家から〉我が名をよびくる時もあるべしとは、〈世知にうとく〉まはり遠し〈迂闊《うかつ》である〉。爰は方便〈患者をひきつける才覚〉なくては、万人思ひ付くべからず〈信用が得られない〉。（四の二）　396・12（37）

53　然れども世間のありさまを見るに、四五年目にはかならずはやり病ひ有る事なり。此の時老医〈老巧な医者〉・上手〈名医〉の直しかけたる跡〈患者〉を請け取り、心の外の仕合せ〈予想外の幸運〉めぐりて、是れより名をあげ、三人まはし〈三枚肩の駕籠《かご》〉乗りつづくる事ぞかし。（四の二）　398・10（38）

54　まことに薬師《くすし》〈医者〉のうたてき事は、いますこしの所に退屈して〈もう少しで直るという所を患者に飽きられ。一説に医者が治療しあぐねて〉、病人を〈他の薬師に〉取られける。又取る事もあれば、たがひ事と思ふべし。（四の二）〈医者と病気をめぐる話であるが、目録の章題と副題、第四・五段における病人に対する親族〈特に親〉の心情という視点、話題を繋ぐ連想的構成の長短に留意。〉　398・13（39）

55　万の事に付けて、〈日々の収支の〉帳面そこそこにして算用こまかにせぬ人、身を過ぎるといふ事ひとりもなし。（五の一）　415・7（54）

56　かいちやう〈丹後の文殊堂の開帳〉の事分別して、其の智恵の箱百もんにて見る事、さしあたって百文入るなり。是れを出さぬ所が第一の智恵とて、是れを拝まずに帰りぬ。惣じて始末より身体《しんだい》よろしく成りける親仁《おやじ》ども、すこしの事もぬけめはなかりし。（五の一）　416・3（56）

57　惣じての女房家主〈一家の主婦〉、身体の仕合せにひかれて〈暮らしの良否に正比例して〉、姿は作りもの〈諺。容姿は先天的なものではなく、化粧の仕方や金次第でどの様にでも変わる〉といへり。（五の一）〈警句55～57について、

本話のテーマ等は警句9に詳記。〉

58 下々はいやしい物〈賤しい者〉に定めて〈きめてかかって〉、上手につかひなす〈つかいこなす〉が奥がた〈主婦〉の利発なり。（五の二）〈本話は女奉公人の生態をめぐる主婦と奉公人の心理を中心とするテーマ。ここは奉公人を牛耳る主婦の力量。〉 417・15（58）

59 此の身過ぎをする人〈質屋渡世の人〉は、住みふるびた家を普請する事なかれ。女家主、〈絹物の〉小袖を着る事なかれ。内蔵火《ひ》相《あい》〈火間。火の工合。防火〉よく念を入れ、つらがまへのかしこき男《お》猫一疋飼ふべし。十露盤をひとり子と思ひて、是れを抱いて寝るべし。（五の三。本文の「四」は誤り。）〈テーマ等は警句33～35参看。〉 424・7（65）

60 近年町人のせちがしこく〈勘定高く〉、廿《はたち》にあまるもの（女）を置きて、十色（十種類）もひとりして埒《らち》をあくやうにつかひなしける。（六の二）〈本話のテーマ等は警句38～40参看。〉 432・9（81）

61 惣じて人間、其の家にうまれて道にかしこき事、士農工商にかぎらず、腹の中〈胎内〉よりそれにそなはりし家業を、おろかにせまじき事なり。（六の四）〈本話のテーマ等は警句41参看〉 443・3（88）

62 今の都室町通りに、軒をならべて家名のあるじ〈家号の有名な店の主人〉、いづれか世わたりにうときはひとりもなかりき。（六の四） 451・9（104）

63 預け銀〈貸金〉の先々へも自身の付け届して〈確認して〉、慥《たし》かに借《か》し所〈貸付け先〉をする事、今時の大事なり。（六の四） 452・4（107）

64 （1）惣じて世上〈世間〉のありさまを見るに、其の親かた次第に福人〈金持〉に成る時は、めしつかひの者どもも我おとらじと勤め、利徳を得る事に油断せず、（2）主人内証もつれし時〈経営悪化〉、爰はひとつはたらきてとおもふ手代はなくて、とてもつづかぬ家なればと、それぞれに奢り、分散じまひ〈破産〉に成る事程なし。 454・3（112）

（3）とかく下々は、其のあるじのつかひなし〈使い方次第だ〉とぞいへり。（六の四）〈警句61～64を含む本話において、手代論は主な素材の一つ。親方が（1）福人の時に対して、（2）落ち目の時の手代の主家に対する態度が豹変する点を指摘。（3）は総括（総評）であり、親方の力量が物を言う。信頼関係に基づく町人共同体が利害関係に転化する時、「随分身になる手代よりは、愚かなる我が子がましなり。」（『胸算用』三の二）という発言が生まれてくるのではないか。町人の経営が急速に拡大した元禄期に、使用人の不正がめだって多くなり、処罰を規定した法令が多く出された点について、中井信彦氏の説(15)がある。〉　454・4（113）

六　商売の諸相

65　惣じて諸国の城下、又は入り舟の湊などは、人の足手かげ〈人の往来〉にて、さまざまますぎわひの種もあるぞかし。（三の四）　380・6（26）

66　是れ程の事〈猫の蚤取り〉にも、そもそも何としてか分別仕出し〈何とかよい工夫を思いついて〉、身過ぎの種とはなりぬ。（三の四）〈本話の枕に当る部分が警句50・29・65であり、警句29にテーマを記す。〉　381・11（30）

67　渡世は八百八品〈職業の種類は多種多様。諺〉といふに、医者は其の中のより屑《くず》なるべし。殊更むつかしき病生〈病症〉あてがはれ、すいりやうの療治をするも、心おそろしき事なり。されば大坂の広き事は、名誉の〈奇妙な〉病人あまたあれども、いづれの手〈医者〉にかけても、直らぬは〈どうしても〉なをらぬなり。（四の二）〈本説話のテーマ等は警句4・31・54で指摘。〉　399・9（40）

68　小宿〈奉公人宿〉に居れば、一日に一升〈分の金額〉は降っても照っても口に付いてまはり〈食う以上は支払わねばならず〉、日数ふる程、〈食費のかたに〉後には布子はがれ、有り付けば〈奉公先が決まると〉、前銀〈給銀の前渡し金〉にて万事を算用しられ、拾匁で壱匁の口銭〈周旋料〉をとられ、着のままで〈奉公に〉出て行けるが、一人も裸で奉公せしものもなし。（五の二）〈不景気な当年（元禄元年）春の奉公人宿の女達の生態の描写。テーマは警句58参看。〉　424・14（67）

69　よろづの虫を取って売るなど、身過ぎは草のたね〈諺「渡世（身過ぎ）は八百八品」（警句50・67）と同一発想。〉ぞかし。（五の三）　428・6（74）

70　質屋程世のうき目見る物はなし。気のよはき人の中々成るまじき家業なり。ことに此の所〈伏見の地〉は、けふを暮して明日を定めぬ、哀れさまざまの人の多し、何国《いづく》も質屋は、昼隙《ひま》〈暇〉にして夜の取りやり〈商売〉ぞかし。（五の三）〈警句69・70を含む本話のテーマは警句33参看。〉　429・11（77）

七　一般の世相と人心

A　一般の世相

71　されば和歌は和朝の風俗にして、（花になく）うぐひす・（水に住む）蛙までも其の声〈がそのまま歌の〉其のすがたなり。……時に連歌の掟をゆるがせにして〈ゆるめて〉、俳諧といふも、これ歌道の一躰《てい》なり。（三の二）　371・11（14）

72　此の点者に成りて諸国に名をしらるる程の人は、先づ廿年をへて八百八品のさし合を中に覚へ、是れより見合《みあは》せ〈指合・去嫌の規定を活用して〉、文台に当座の了簡かぎりなき物ぞかし〈会席に臨んで、即座にあれこれと裁くことが限りもなくできる。〉（三の二）　373・4（15）

73　作者の貧福にかまはず、まこと〈句の善悪〉をさばくを、まことの宗匠なり。まことに和歌のはしくれなる俳諧さへ、かくすたりゆけば、ましてや外の諸芸の師匠も、是れになぞらへてしるべし。さりとてはかしこ過ぎて今うたて〈あいその尽きる〉の人心にはなれり。（三の二）〈作者の体験に基づく当代の痛烈な俳壇批判が前の文で展開

する。警句48・49に本話のテーマを示す。〉

74　是れをおもふに千軒あれば友過ぎ〈諺。商売も成立し、共存できる。〉ぞかし。（三の四）　373・11（16）

75　何にても自由なる世時《よどき》〈時世〉になりける。是れ等は世帯〈家庭〉の事にて、中より下の人〈中流以下の家庭〉のためにもなりぬ。（三の四）〈警句74・75を含むテーマは警句29参看。〉　380・10（27）

76　人のしらぬ世の費〈油虫による大損失〉也。古人も是れをしらば、家に油むし国に酒の酔《ゑい》と書くべし。さてもさても一夏を暮しかね、爰も程なく立ちのきし。（四の一）〈多言が原因での転居先の虫害。テーマ等は警句51参看。〉　381・6（29）　393・10（33）

77　伊勢の焼物を両方〈両面〉やくといふ事なし。よろづ此の手まはし、さりとはさりとは世間各別〈独創的な料理法〉なり。（四の三）　403・10（47）

78　新銭〈寛永通宝〉をなぐる人は稀にして、年々伊勢中のそん、つもり難し〈損失多大〉。是れぞ智恵ない神参りに無用の智恵を付けける。〈諺「ちゑないかみにちゑつくる」（『毛吹草』巻二〉（四の三）　404・7（49）

79　明野が原明星が茶屋こそおかしけれ。いつとても振袖の女〈茶屋の出女〉、赤根染のうら付けたる棉着《もめんきる》物を、黒茶にちらし形付けぬはひとりもなし。さて日本に爰《ここ》の女程白粉《おしろい》を付ける所、又もなし。同じ出茶屋の女の風俗、住吉とは是れ各別〈に相違〉の事也。所によりて伊勢・難波の替りあり。爰に心を留《とむ》るにもあらず。旅のしばしの慰みぞかし。（四の三）〈紙幅の都合で、原則として一部を除き以下私見省略。〉　405・14（51）

80　此の春中に、あんなお姿〈京美人〉は見ませぬといへば、此の男目を細ふして、世界もせまい、などいひさま、ちいさき白銀《しろがね》を一粒づつとらせて通りける。（四の三）〈警句77〜80を含む本話は、伊勢参りによる見聞記のようであるが、茶屋女の風俗・生態を通して、伊勢の国ぶりと人心を浮き彫りする手法に留意。〉　407・11（52）

81　殊更此の程の道心（者）のむすびし新庵、気を付けて見るに、皆おかし。（五の一）　420・1（62）

82　飛鳥川流れてはやき、月日の立つ事夢ぞかし。此の春寝道具入れて半櫃《びつ》を持たせ行きしが、程なく九月五日になりて、出替りせし男女の奉公人宿こそ、さまざまにおかしけれ。（五の二）　420・11（64）

83　世のつまりたるためしには、当年の春の出替り程、女奉公人のあまりたる事なし。（五の二）　424・8（66）

84　すこしぶりかわのとれたる女〈垢抜けした女〉には、（男の方から）宿払ひ請け合ふやら、また小遣銀《こづかひがね》持てきてやるやら、抓《つか》み取りの世中《よのなか》に〈「女があり余っている世の中に」の意。一説「金銭が（以下同文）……」〉、さても違ひの有る事ぞかし。（五の二）　426・12（71）

85　都につづく伏見の里、通り筋の外、今の淋しさ、殊更秋は物あはれに、垣根に咲きたる朝顔の茶の湯の沙汰も絶へて、手釣瓶《つるべ》の縄《なわ》をたぐり〈垣根に〉捨ててかけたり。（五の三）　427・11（73）

86　貧家によらず、人の内証さしつまりたる時は、質種《しちぐさ》也。（五の三）　428・9（75）

87　そこの女に物を頼むなといひふらせしが、都の広さは、此のよこしま〈不正〉にても、年を暮しぬ。（六の一）　441・4（85）

88　此の程乳母《うば》に出る奉公人を見るに、大かたは世帯破り〈生活難による協議離婚した者〉、又は下子共《げすども》〈下女達が〉男定めずたはれて〈男狂いして〉、やうやう其の子を中宿〈奉公人宿〉に産み捨て。（六の三）　448・11（96）

89　あちらこちら成る事〈つじつまの合わない事〉を申して、さまざまに難儀させ、何十軒か此の手を仕掛ける〈同じ手段でだまして歩く〉。（六の三）　449・13（98）

90　まこと成る世帯やぶりの女、是非なく男とあいたいにて〈生活難のため協議離婚の上で〉、乳母に出でける。是れ程世に物哀れなるものなし。（六の三）　449・15（99）

91　惣じて夫婦のむすびなすより、子にそれぞれの物入り〈出費〉あるは、算用のうちなり〈わかりきった事だ〉。何ほどかなしき〈貧乏な〉一日暮しのうら屋住ゐせし人の平産〈安産〉にも、米一斗と銭八百は入る物にして置きしに、此の男其の覚悟〈心構え〉なきゆへに、さしあたって〈さし詰って〉かかるひとり身とはなりぬ。（六の三）　451・1（102）

B　世の人心

92　今の世の人心、分限相応より高うとまり、（蹴《け》）鞠《まり》場の柳陰に（鞠を蹴って遊び）日を暮し、（この遊びは）九損一徳に早足《さそく》がきけばとて〈機敏な動作ができる〉、別《べち》の事なし〈何もえらくはない〉。（三の二）〈第二段の枕〉　370・5（11）

93　されば、世の人心、何時となく替り行き、定め難し。（三の三）〈第三段の枕〉　376・2（21）

94　近年は人の心、さかしうなって、大かたのはたらきにては、中々身過ぎに成り難し。（三の四）　380・10（28）

95　されば、世の人の付き合ひ〈交際〉・日比《ひごろ》のよしみは、病中の時しるる〈真相がわかる〉といへり。（四の二）〈第四段の枕〉　400・7（42）

96　神風や〈枕詞〉伊勢の宮ほどありがたき〈神社〉は又もなし。諸国より山海万里を越へて、貴賤男女〈信仰の心ざし有る程の人、願ひのごとく〈一生の大願に〉御参宮《ぐ》せぬといふ事なし。（四の三）〈話の枕〉　402・3（46）

97　惣じて神職のかたはいふにおよばず、万の商人までも、伊勢〈の人〉は、（他）人にかしこき所を見せずして、皆利発なり。（四の三）　403・14（48）

98　諸国より随分大気成る人参りけれども、銭百文（のさい銭を大神宮に）なげ付けしは、是れがはじめなり。大かたの世の人の心、さのみかはらぬ物ぞかし。（四の三）〈第二段の結び。第三段の枕である警句79に接続する。〉　405・13（50）

99　近年、世間に後生を願ふ顔つきすれど、まことの信心まれなり。皆名利にかかはり、旦那寺の塀瓦の寄進にも定紋を付け、法の道を作れる石橋に（我が）名を切り付け〈刻み〉、とかく願主の世にしるるを第一にいたせり。本心の後世《ごせ》のためならば、貧僧に斎米《ときまい》をほどこし、奉加帳に町所をあらはさずとも、心ざし〈寄付〉すべし。今時の人心、ひとつも仏の道に叶ふ事にはあらず。（五の一）〈第四段の枕〉　418・14（60）

100　諸々《もろもろ》の寺法師、世わたりの人あしらい〈応対ぶりは〉、在家に替る事なし。知行寺〈寺領のある寺〉の外は、かく旦那の機嫌とらるる事、出家に似合はざるとも申し難し。外に身過ぎの種なし。酒宴の中程に立って踊り、精進腹では酒が呑めぬと、しらばけのかる口〈あけすけに冗談を言う〉、さりとは気のさへたる〈気さくな〉長老と、是れは世の人好けり。不断珠数をつまぐりて、参詣のともがらに十念（のお経）の外は無言にして、殊勝千万なる御坊のかたへは、いかないかなのぞく者もなかりし。（五の一）〈警句99の後文、81の前文に当る警句。〉

101　あたまを剃《そ》り、墨衣着て、形は出家になれども、中々内心は皆鬼にころも〈諺。表面は柔和で内面の恐ろしいことの喩え。堕落僧〉なり。鉦《かね》たたきて念仏申して、そればかりにてすむ世の中にはあらず。今寺々の次第にきよら〈善美〉をつくし、ひかりかがやき、はんじやうする事、仏のまねき給ふ人寄り〈参詣〉にはあらず、住持世間〈世渡り〉のかしこきゆへぞかし。（五の一）〈警句99〜101を含む本話のテーマは、警句9に詳記。警句9における善悪の親や、100の住職の在り方に人物の対照的手法と作者の痛烈な批判が認められる。〉　419・11（61）

102　是れ程せつなくて〈生活で困っていながら〉、（出替らずに）居つづけの奉公（口が）あるにも、（奉公先から暇をとっても、直ぐに実家へ帰らずに）小宿ばいり〈奉公人宿へ出入り〉する益をたづねけるに、さりとては何の事もなし。さのみいたづらぐるひ〈同宿の男女の奉公人同士の色狂い〉を我がままにするといふ楽しみばかりにはあらず。〈めかしこんで大道を歩く楽しさもある。〉（五の二）　420・6（63）

103　風俗〈女の身なりが〉国に〈郷土の風俗と〉替れば、尻に窓の明く程（男達が）見送りける。是れをうき世の慰　425・3（68）

みと覚へて、よもや（器量の）悪敷《あしき》ものを、人のあのごとく見るはづはなき事ぞと、（錯覚した醜女は）日々に町ありきしてげり。（五の二）　425・11（69）

104　女（といふもの）は、ひとつ（気にかかる）思ひ所〈欠点〉ありても、かなしや、さびしやと（思ひ）。（五の二）　426・4（70）

105　此の神仏参りの信心から〈事実は外出先での売春の御利益〉、あのごとく成る衣装〈過分な盛装〉が出来ますと、〈算用して、給金と服装との差の合点ゆかぬ女が〉いへば、〈裏を知らない〉親仁何とか合点して〈どう勘違いをしたのか〉南無阿弥〳〵ととなへて、此の女をはるかに拝まれける。（五の二）〈警句102〜105を含む本話のテーマは、警句58で示した通り、女奉公人の生態をめぐる主婦（女将）と奉公人の心理を中心とする。垢抜けした女（前記の警句84）・醜女（103）・いかがわしい女（105）等の人物対照法が認められる。六段構成であり、九つの警句を持つ本話においても、過半数の六つの警句が、各段落の枕（警句82・83・102）、又は結び（58・84・105）である点に留意。〉　427・7（72）

106　まことに都の人心〈王城の地らしい大様さ〉、請人〈保証人〉なしに其の一人の手形にて、切り〈期限〉も定めず借《か》しける。（五の三）　428・11（76）

107　此の女〈官女〉のかくなりぬべきとは、氏神もしり給はぬ事ぞ。其の時々の人心〈年齢による経験、境遇等に従って変化〉、世に有る時〈順境の盛時〉には、〈その人の本質・本性を。一説に逆境に落ちた時を〉定め難し〈決められない。一説に予想できない〉。是れをおもふに、かたじけなき宮づかひを捨てて、よしなき民家の住ゐをうらやみしゆへなり。世界の男女ともに、其の家風をわきまえたる主人の外に、かならず〳〵望む事なかれと、此の鶯のつぼねの本末《もとすゑ》〈出自から末路まで〉をよくしれる人の語りぬ。（六の一）〈警句10に本話のテーマを記す。〉　441・5（86）

108　さて身体《しんだい》を子のためとてかせぐにはあらず。ひとり下子《げす》〈一人置く下女〉に子を抱《だか》せて、袋提げさせてありく事をうらみける。今の世の女の心、奢りにつれて〈世の奢りの風潮に感染〉いなもの〈妙なもの〉にぞなりける。（六の二）〈第五段の結び〉　446・2（91）

109　身のつづく程は（働いて）、（愛児を）人間の数に〈一人前に育ててやりたい〉と思ふは、今慈悲の世の〈今の世の慈悲をわきまえている〉人の心ぞかし。（六の二）　447・2（93）

110　貧にて乳《ち》のなき子をそだてけるは、世に思ひの種〈この上もない気苦労の種。一説に「世に」を副詞ととらず、「世の中（世間）で」と解する。〉ぞかし。（六の二）　447・14（94）

111　置きかかって難儀なる物、乳母に年かさねし仕掛けもののこころ入れ〈乳母奉公に年季を重ねた悪巧みのある女のねらいである。〉（六の三）〈第三段の枕〉　449・5（97）

112　隣のかかたちがあせらかして〈あやして〉、くはほうなる（富相の）耳付き、仕合せのそなはりし目の中と、ひとつ〳〵ほめそやせば、ふたり〈夫婦〉は死んでも此の子が命よさて。〈子供さえ生きてくれれば満足だ。〉（六の三）　450・6（100）

113　さりとは大坂の広く、物の自由成る事ぞしられける。〈世話好き婆さんの手で、二時《ふたとき》あまりで、ピンチの夫婦の子は里子に、女は乳母奉公に出るという仕末がつく、大都会の持つ機能〉。（六の三）〈警句111～113を含む本話のテーマは警句11参看。〉　450・13（101）

114　然れども今の世の人心を見るに、親よりゆづりあたへし小米屋〈小売りの米屋〉は、ほこり〈埃が立ちやすく〉・碓《からうす》の音（騒音）を嫌ひて紙見世〈紙屋〉に仕替へ〈転業〉、紙屋は又呉服屋を望み、次第に見付きのよき事〈見栄えのする上品な商売〉を好みて、元其の家〈先祖伝来の家屋敷〉をうしなひける。諸商売は何にによらず、其の道〈商いの道。一説にそれぞれの道〉を覚えて渡世しけるは、商人《ばいにん》のつねなり。（六の四）〈本話のテーマは警句12参看。転職・兼職の戒めについて『胸算用』（一の三）その他で強調。一業専心の徹底と経営の多角化の戒めは、大坂の豪

商の家訓にも厳然として銘記されている。〉　451・11（105）

注

（1）『警句4』。『西鶴俗つれ〴〵』巻三の一の冒頭文「名利の千金は頂《いただき》を摩《なづ》るよりもやすく、善根の半銭は爪をはなつよりもかたし。」の文意は、西鶴が使用した「（俊乗房重源、諸国を勧進す。）一紙半銭（の奉財）」（『凱陣八嶋』）の諺に通じる。即ち、「一紙半銭トハ、仏家ニ布施物ノ少《スクナキ》ヲ謂《イフ》ナリ。」（『漢語大和故事巻五』元禄四年版）とある通り、『俗つれ〴〵』で、「勧進坊……一銭と進めしに、此商人聞き入れずして」寄進に応ぜず、ねばって最後に一文の喜捨を受けた筋にマッチする。しかし、『織留』では文脈上、世の無常観や、人の歎きに構うなとする警句の後文とマッチしない。正直と慈悲による致富譚を説く本説話と、善根を説く法語という文脈では、多少の脈絡が考えられるが、『俗つれ〴〵』のような照応、乃至整合性を欠くことは確かである。

（2）『警句48』。『西鶴集下』岩波書店・昭和35年。355頁。

（3）『警句48』。『西鶴織留』（角川文庫）角川書店・昭和48年。68頁。なお、四段構成で、私見と同説は、麻生磯次・富士昭雄氏共著『西鶴織留』明治書院・平成5年。60頁である。他に段落の区分数は異なるが、段落の結びという点で、同じ見解は、①藤村作氏『訳註西鶴全集第七巻　西鶴織留』至文堂・昭和27年。97頁。（二段結び）。②野田寿雄氏『校註西鶴織留』笠間書院・昭和47年。44頁。（二段結び）。③金子武蔵氏『西鶴織留新解』みすず出版社・昭和32年。106頁。（三段結び）である。

（4）『警句51』。屋号「扇屋」（伴氏）の一族については、前記注（3）の前田金五郎氏の著書（角川文庫）237・238頁に詳記。初代の伴伝兵衛については、小倉栄一氏『近江商人の経営』サンブライト社・昭和63年。163頁。渡辺守順氏『近江商人』教育社・平成4年。78頁。八幡蚊帳については、小倉栄一氏著『近江商人の経営管理』中央経済社・平成3年。100〜104頁参看。

（5）『警句52』。「西鶴作品の章構成―永代蔵・胸算用・織留―」『立正女子大学短大紀要』昭和42・12。30〜31頁。

（6）『警句53』。石井良助氏『商人と商取引その他』（第六江戸時代漫筆）自治日報出版局・昭和46年。20〜27頁参看。

（7）『警句3』。宗政五十緒氏編『たとへづくし―譬喩盡―』同朋舎・昭和54年。282頁に「離《の》けば他人《たにん》。又夫婦ノ云。

退《の》けば長者が二人。夫婦貧ナルヲイヒテ。離別ヲ相談ス。」とある。

(8)『警句29』。高瀬梅盛編・寺田与平次版。延宝四年刊。（『近世文芸叢刊第一巻』381頁。）又、阪上松春編・西村未達校正・西村半兵衛他二名刊『俳諧小傘』元禄五年刊。架蔵本92ウに「見出し語」の「真《マコト》」に対して、「付合語」の「神ノ恵《メグミ》」や「天ノ道」がある。

(9)『警句40』。野間光辰氏『西鶴集下』岩波書店・昭和35年。453頁の頭注42。

(10)『警句40』。『井原西鶴研究』三弥井書店・昭和54年。（五章「『西鶴織留』と出版書肆」の「三　巻六の三と『世間胸算用』」266～272頁参看。）

(11)『警句41』。①「手代についての論評」とする説は、谷脇理史氏『西鶴研究論攷』新典社・昭和56年。（第三部第五章「『西鶴織留』をめぐる二、三の問題」377頁参看。）②「家職および手代が主題」とする説は、野田寿雄氏『日本近世小説史　井原西鶴編』勉誠社・平成2年。（第五章「西鶴の遺稿」743頁参看。）

(12)『警句41』巻六の四のテーマを「銀利」とする説は、浮橋康彦氏「西鶴作品の章構成―永代蔵・胸算用・織留―」『立正女子大学短大紀要』昭和42・12。36頁。

(13)『警句41』巻六の四のテーマに関連して、西島孜哉氏の説は示唆に富む有力な見解である。檜谷昭彦氏編『西鶴とその週辺』勉誠社・平成3年。（「『西鶴織留』をめぐる諸問題」475頁。）西島説の要点は、（本話は「町人鑑」と見るべきであるが、単なる分限譚ではなく、主人公と奉公人のあり方、銀の世の中の問題などが取り上げられ、二代目のあり方にもふれる。奉公人などの人心の問題が強く意識されている。）とする。

(14)『警句42』。「西鶴の創作意識の推移と作品の展開（2）―『世間胸算用』と『西鶴織留』の各説話に表れた警句法とテーマを中心として―」183頁。本書収録。

(15)『警句64』。『日本の歴史21　町人』小学館・昭和56年初版4刷。275頁。「家督と暖簾」篇の「暖簾制度の成り立ち」の章に「奉公人は『ぬす人』」の見出しの文がある。同書の改修版『町人』（『日本史の社会集団5』小学館・平成2年初版1刷。326頁参看。）

六、『西鶴置土産』に表れた警句（一覧表）

団水が、西鶴の最後の病中に執筆した未整理の遺稿十五章を五巻五冊に編成し、『西鶴置土産』と題して刊行した第一遺稿集であるため、団水の編集による加筆等問題点を持つ作品である。しかし、団水の補筆は最少限とする通説に従い本書を考察する事にする。最晩年の執筆という点からも、晩年の『胸算用』や『織留』中の一部の作品と通じるものもあるが、色道を描いたという意味でも、又、最晩年の心境の反映という視点においても、町人物とは異なる世界を展開しているのは当然であろう。そのような意味で、警句の取り扱いについては、町人物と同様な基準で抽出し、分類することは必ずしも適切ではない。又、予定の紙幅も相当超過しているので、必要な警句を巻頭を起点として、メモ程度にコメントは最少限度におさえて、順次抽出することにし、詳細な考察は別稿に譲りたい。

凡例

一　本文は便宜上、『定本西鶴全集第八巻』（解説は暉峻康隆氏・中央公論社・昭和25年・初版）を底本とし、再版本とされている三都版の影印本を参照した。影印本は、「第二期　近世文学資料類従　西鶴編15『西鶴置土産』」（解題は金井寅之助氏・勉誠社・昭和50年）である。なお、初版本（藤屋長太郎板。野間光辰[1]・金井寅之助[2]両氏説）は未確認であり、早川由美氏[3]は東大霞亭文庫本（巻一～四）を初版本とするが後考に俟つ。

二　漢字・仮名遣い・当て字・誤字や送り仮名・振り仮名及び句読点等は、『織留』における取り扱いに準じる。又、本文中の「……」は中略を示す。底本にない中黒や濁点を私意に施した。警句中の（　）の部分は中川の私意による。

三　便宜上、警句の頭部に通し番号を付した。警句の末尾の（　）の中に、各説話の巻と章を示した。その下段の算用数字は、底本（前記）の本文中のページと行数を示した。

1　世界の偽《うそ》かたまって、ひとつの美遊《びゆ》となれり。（西鶴の序文の枕）　21・1

2　（女郎・遊客・太鼓持・遣手・禿《かぶろ》・揚屋の女房・上働きの女・揚屋の亭主の母・亭主）それぞれに世を渡る業《わざ》おかし。（序）　21・6

3　去《さ》る程に女郎買ひ、さんごじゅの緒《を》じめさげながら、此の里やめたるは独りもなし。（序）　21・7

4　是れをおもふに、女郎ほどまことあるものはなし。（いひかはせし事をたがへずして、身をしのび命にかけて、一夜もあはれをとひなぐさめん事なし。）（一の一）　26・10

5　（聞くほど堪忍ならねど、家質《かじち》の連判頼みをけば、）世上ほど自由にならぬ物なし。（と男泣きすれど）（一の一）　27・4

6　長者に二代なし、女郎買ひに三代なしと、京の利発ものが名言なり。（一の二の枕）　32・8

7　万事しゃれて、女郎ぐるひの今ほどおもしろき事はなし。（一の三の枕）　37・7

8　若き女郎に付けたきものは、ふるきやり手なり。町家《まちや》の若代〈若主人〉に家久しき手代あると同じ。（一の三）　40・14

9　かかる所にも住みなれて其の気〈あさましい気〉になれるは、惣じて人間のならひぞかし。（一の三）　42・3

10　銭さへとれば、おろしたる胞《えな》までも捨てに行く。人の果てこそあさましきものはなし。中々いきては何か甲斐のなき事ながら、其の身に成りてはしなれぬものと見へたり。（一の三）　42・5

11　身にこりたる人の異見〈色道に対する訓戒〉も耳にいらず、皆になして合点のゆく人、それはおそし。昔より女郎買ひのよいほどをしらば、此の躰《てい》迄は成り果てじ。（二の一）　49・6

12　住める甲斐なくおもへど、其身になって舌もくひ切りがたし。科《とが》極まりて首はねらるる者も、その日の朝食箸もってくふは、人の命ほどおしき物はなし。（二の一）　50・8

13　惣じてすい〈粋〉が女郎さまがたの役に立たぬもの、随分しゃれたる男自慢の人、京・大坂・堺にもあまたあれど、無分別につかひ捨て、揚屋の手前も〈借金が残って〉あぢわろく、まはって通るは、その心からのたはけ者、女郎ぐるひばかりにかたづけば、すへながふあそばれしを、また野郎に恋をまたげ、あたら身躰《しんだい》をつぶし、若盛りにあてがひ世帯、うごうごと生きて居て、なにかおもしろい事ある。（二の一）〈揚屋の女房の的を射た痛烈な色道批判〉　53・2

14　〈山崎よりの舟ちんなくて、ひろひわらぢの歩行路《かちぢ》、中食《じき》なしにかえりぬ。〉是れほどこりて、此の身になっても、やまぬものは好色と、あふ人ごとにかたりし。（二の一結び）　54・10

15　〈庭には生《いけ》舟七八十もならべて、……中にも尺にあまりて鱗の照りたる〈金魚〉を、金子五両・七両に買ひもとめてゆくをみて……〉なに事も見た事なくては、咄にも成りがたし。とかく人のこころも武蔵野なれば広し。（二の二）　55・7

16　まだ此の身になりても、過ぎにしぜい〈贅。見栄を張ること。〉やまずして、女郎買ひの行末、かくなれるならひ（なれば、さのみ恥づかしき事にもあらず。いかないかなをのをの御合力はうけまじ。）（二の二）〈主人公の意気地。〉　56・2

17　〈旧友三人の同情や助力を振り切るように姿を消した極貧の男は行方知れず、三人ともに是れを嘆き、〉おもへば女郎ぐるひもまよひの種と、いひ合せてやめける。（二の二結びの一部）　59・5

18　世は定めなし。（いな事がさはりと成りて、その比《ころ》のうす雲・若山・一学、三人の女郎の大分そんといひおはりぬ。）（二の二の結び）〈「世はしれぬものなり。」『好色盛衰記』四の一の結びの一節に通じる。〉　59・8

19　諸色〈好色の種々相〉も其の道に入らざれば、善悪のわかちをしらず。（二の三の枕）　59・12

20　惣じて女郎ほど義理を面《おもて》にして情を心底にふくみ、是れほどおもしろき物はなきに、おしきはあたら銀《かね》にて磯

ぐるひ、（二の三）〈上級でなく下級の遊女や素人女相手の色遊びに対する批判〉 61・15

21　物には時節のある物なり。（二の三）〈諺であるが、妾狂いから端女郎・太夫遊びへの転身と零落という文脈で使用。〉 62・4

22　（是れを女郎の買ひはじめ、）此のいきぢ、とくしらざるは無念。（二の三）〈自分の考えを貫き通そうとする心意気としての意気地に留意。張りのある遊びをめざす。〉 64・8

23　世はさまざまに替《かは》るかな。（二の三）〈美遊の世界から破産、小さな餅屋へというドラマと激変を語るにふさわしい警句であり、下接の「世わたり色々にかはりて」の文言と照応する。〉 64・12

24　物には時節のある物なり。（三の一）〈話の枕にある「（親の）御異見たびたび尻に聞かせて、野郎ぐるひのやむ事なく、明暮《あけくれ》四条河原にかよひける」大尽の衆道狂いも、やめるに適した時機があり、母や親類の期待に一旦添うが、すぐに女郎狂いに転向するという文脈上の諺である。主題の展開に直接関与している警句の機能を重視する。〉 73・3

25　今の世の女郎、心はしゃれて位《くらゐ》〈品位。一説に気位。〉なし。（三の二） 76・7

26　孔子くさひ人までも、朝に道をきいて夕に〈廓に〉通ひなれ、何の古文しんぽう、されば人間死ぬるといふ道具おとし〈弱味又は落とし穴〉、是れに勝つ男達《だて》もなし。すこしのうちも浮世の隙《ひま》さへあらば、此の美君を詠めまいらせ、長命丸といふ薬なり。仙家の不老不死の妙薬取りにやるまでもなし。近道に是れ程よい事をしらざるや。（三の二） 76・9

27　さてもめづらしきあちらこちら〈あべこべなさま〉の世の中や。（三の二）〈「あべこべ」は妾が本妻と同居して、本妻追放に成功する意だけではなく、題の「逆」の字が明示するように、子が親を勘当する事や、「親の身として子を追出し一倍といふ銀を借り給ふは、ためしなきしかた」等の多義を含み、文脈中、筋を求心的に引き締めるキー・センテンスの機能を果している。〉 78・14

28　（是れ〈色道〉に身をそむる帥《すい》〈粋人〉程にもないやつかな。色里に銀の捨《すた》るは、其の算用は格別の違ひあり〈予算など通用しない〉。）惣じて人の世帯に、はんまい〈毎日の食糧代〉よりはこづかひの入るに同じ。女郎ぐるひも、揚銭よりは外の物入りかずかずなり。（三の三）　80・14

29　こんなこみちなる所〈けちくさい暮らし方〉を見ては、一日も中々暮さるる所とはおもはれず。奈良も又なら〈所〉によるべし。かかる大じんもあれば、いづれいにしへの都の人心〈大気〉ぞかし。（三の三）　81・9

30　人の仕合せは定め難し。（三の三）〈人の運・幸や不幸は予知しがたい。〉　83・2

31　むかしと替り、人皆せちがしこくなって、今程銀《かね》のもうけにくひ事はなし。（四の一）　89・6

32　是れも女郎の意気知〈地〉は更にかはる事なし。内衣《ゆぐ》も絹物してはし切りの（上品の）鼻紙、くちすぼめてやうじ喰《くわ》へたる風情、すゑすゑ（の遊女）にてもお町《ちやう》の仕出し〈吉原の風俗〉は格別なり。（四の一）　90・3

33　まことに山川百里をへだて候ふも、勤めの身は肌にあるほくろまでしれて恥づかしき物ぞかし。京の事も爰に居ながらしるるは、蛇の道を上戸（と口添酒のつねよりはうまし〱。とかくしゃれたる物語り聞くさへおもしろし。）（四の一）　91・8

34　いづれ女郎も勤めにこしらへ物ながら、折ふしはわすれぬ程の男もあれば、又たのもしき事もあり。何に付けてもなじみがほん〈根本。第一〉なり。（四の一）　91・10

35　是非もなき世の中、さてもいきては甲斐もなかり。此のかなしさに、此の道（色道）のやまぬは大かたならぬ因果ぞと、よくよく得道して、もは今晩切りとせいもん立てしが、明くれば又身をつかみたつるやうにおもはれて、人目も恥ぢずかよひける……。（四の一）　93・9

36　三つ違ひに四人まで娘の子をもうけしは、是れ程ならぬ〈不自由な〉世帯の中に、さりとてはなさけなし。遊女は子のないものと聞きしに、何事も偽りの世や……。（四の一）　94・4

37　女郎請け出すといふも、すこしの（意地の）はりあひ〈大尽が太夫と粋を競い合う〉なり。（四の二の枕）　94・10

38　さては世の中の人も、目《め》利《きき》はかしこし。わづか五尺にたらぬ身を、小判でのべたる上作物《もの》をみわけ侍る。（四の二）　97・1

39　此のゆるりとしたる世の暮し、我等はいまだせはしき所あり……。（四の二）　98・15

40　朝はしれぬ世の中、善はいそげ〈諺〉と、むかし誰やらがいひけるが、ひとつも是れにはづれず。（四の三の枕）　99・4

41　女郎ぐるひといふは、男も衣装ごのみして色つくるこそ其の甲斐あれ。（四の三）　100・10

42　さるほどに、今時の仕かけ〈遊び方〉、かなしき〈貧しくて情けない〉買手どもあまた見えたり。（四の三）　100・13

43　爪《つめ》に火をともすやうにしまつしても、取りぶきやねのざざぬけする〈ずり落ちる。一説に竹釘などの腐って木片の抜け落ちる〉を、此の四年も葺《ふ》きかへる事のなりかぬる人の、色道は分別の外ぞかし。（四の三）　101・2

44　さてもふびんなる大臣や。あれ〈揚屋や遊女側〉から首尾をたのむに、これ〈客〉から言葉をさげて〈頼むとは〉、さりとては無念なる男、かやうのわけにて女郎ぐるひ、何のおもしろき事ぞ。（四の三）　102・2

45　今程悪所宿の迷惑なる事はなし。是れはよき客とおもへば、人の嫌ひ手をかつぎ〈たちの悪い手にひっかかり〉、物にならぬ事幾たりか。（四の三）　103・1

46　女郎と宿屋とひとつに成る〈ぐるになる〉世とはなりぬ。是れをおもふに、それぞれの分限より、色（遊び）も奢り過ぎたるゆへなり。とかく本（当の）大臣のきれ目なり。（四の三）　103・7

47　此れほど世上に金子の見へぬ折ふしなればこそ、壱両の小判も二度三度いただきけると、客あしらひの女房、立ちならびて是れを笑ひける。（五の一）　113・7

48　いづれ女郎ぐるひの極る所は銀《かね》ながら、ひとつは又仕かけ〈銀のつかい方〉も有る物ぞかし。〈以下具体的説明がつく。〉（五の一）　113・9

49　あの男が廿匁にたらぬけふのさばき〈遊び〉も、けいせいぐるひにこころのかはる事なし。十五《かこい》ぐるひをすれば、三代にもつきせぬ宝〈金〉を、太夫にかかればおもひの外はかの行く事を、いまといふ今合点《がつてん》して、何の役にも立たぬ事ぞかし。（五の一）　114・7

50　後には渡世かなしく、夜毎に蜘《くも》まひの人形拵《こしら》へて朝に売りて、此のいとの細き事にて命をつなぎける。ひん程人の心をかゆる物はなし。（五の一）　114・10

51　さる物は日々にうとし。浮世をみぢかふいふ人、さりとは無分別、極楽にゆきて精進鱠《なます》くふて、物がたひ仏づきあひより、筋鰹《かつほ》のさしみに夜を明かして落し咄《ばなし》の大笑ひ。（五の二）　115・9

52　身に相応の遊山〈遊び〉は、天もとがめ給はず。（五の三の枕）　119・2

53　是れ（色の道）ばかりはかぎりなき物なり。（五の三）　119・7

54　人のこころほどさまざまの取置き〈身の振り方〉各別にかはれる物はなし。〈千差万別である〉　120・6

注

（1）「凡例」野間光辰氏監修『西鶴・解説』天理図書館・昭和40年。146頁。（小説『西鶴置土産』の項）

（2）「凡例」『西鶴考』八木書店・平成元年。189頁。（「『西鶴置土産』の版下、三たび」の項。）

（3）「凡例」「『西鶴置土産』の諸版」『東海近世』1。昭和63・3・31。22頁。

(四)『西鶴俗つれづれ』と『万の文反古』の考察

はじめに

『西鶴俗つれづれ』（五巻五冊。以下『俗つれづれ』と略称）と『万の文反古』（同上。以下『文反古』と略称）は、それぞれ『西鶴置土産』（元禄六年冬刊）、『西鶴織留』（元禄七年三月刊）につぐ西鶴の第三・第四遺稿集である。いずれも遺稿集という特殊事情のため、厳密に考えるとその編集過程はかなり複雑であり、遺稿集が抱える不透明さの故に、それぞれの執筆時期、編集・出版過程、補作・加筆の有無等に対する問題提起を伴う諸論究は未解決であり、論点も複雑に交錯しており、本稿執筆のねらいとも言うべき創作意識の追究も当然慎重さが要請される。従って紙幅の都合もあり、本稿は『置土産』と並んで遺稿集中での傑作として高く評価されており、近年論争（特に草稿の成立時期について）の活発な『文反古』を主対象とし、『俗つれづれ』については若干の考察に止め、続稿を約したい。

一、『万の文反古』の構想と方法――その序文を中心として――

『文反古』における西鶴の創作意識の考察について、立言の余地が無いと思われる程論証され尽した観があるが、比較的言及することの少ないと思われる、取材の原点地ともいえる「高津の里のほとりに、わずかの（貧しくこぢんまりした）隠家」（自序）に焦点を合わせて若干考察する。堀章男氏は近著で、[1]「高津が大坂の市街地に隣接してしかも閑静な地であるところから、世間をはばかる人の隠れ住む地であったことを示している。おそらく貸座敷もあったものであろう。」と解説されている。[2] 堀氏は西鶴文学の地名に関する研究について言う。

作家が、ある地名をみずからの作品の舞台とするについては、当然のことながら、作者自身のその地名に関する深い認識が前提となる。その認識を基礎として、作品の内容との関連においてもっとも適切であるとの判断のもとに、その地名が作品の舞台となり、それにかかわる他の地名もまた採用されるはずのものである。作品を研究し、その作品に託した作者の意図を探ろうとするばあい、地名の研究が重要な要素をなすものである理由がここにある。

無価値な文反古が捨てられず、塵塚のごとく買い集められ、積み上げられていたのは、「高津の里のほとり」であり、その日暮しのしがない生活をする紙細工人の住居であったとする設定には、当然なにがしかの作者の意図があったはずである。では、「世間をはばかる人の隠れ住む地」（前記）と考えられる「高津の里」は、西鶴の場合どのような作品の舞台装置として登場してくるのか、その用例を検証する。

例㈠「それよりは、肥後の久さまこそ。秤・十露盤をも一代手にもたず、人さへ五十人もつかはれし身が、お内義さまとは別れ、今は高原《たかはら》のほとりにましまして、龍頭をかづき、あつた大明神さまのお初尾を、申請《うけ》にあるかしやると、聞くも悲し。」（『諸艶大鑑』二の五）

例㈡　その男目《め》が状箱わすれねば、今時分は大坂に着きて、高津《かうつ》あたりのうら座敷かりて、年寄りたるかかひとりつかふて、先五十日計りは、夜昼なしに、肩もかへずに寝るはずに、おなつと内談したもの、皆むかしになる事の口惜しや。（『好色五人女』一の四）

例㈢　五分取は、自ら戸をさして、……「よいかげんな事をいはしやれ。ところてん売が、この暑い夜、あそんで居てよいもので御座るか。しかも今夜は高津《かうづ》の夏神楽、仕合せがわるくとも、八十もまうけがあらふ物」と、その道々に、さても、せちがしこき事を。（『好色一代女』二の二）

例㈣　多くても見ぐるしからぬとは書きつれども、人の住家に塵・五木の溜る程、世にうるさき物なし。……人の行くすゑは更にしれぬものぞ。我もいつとなく、いたづらの数つくして、今、惜しき黒髪を剃りて、高津《たかつ》の宮の北にあたり、高原《たかはら》といへる町に、軒は笹に葺きて、幽《かすか》なる奥に、この道に身をふれしおりやう（御寮）をたのみ、勤めて、かくも浅ましくなるものかな。（『好色一代女』三の三）

例㈤　春めきて、人の心も見えわたる淀屋橋を越えて、中の嶋の気色……とうから出来《でき》いでかなはぬ物、金平のはつが唐瘡《がさ》、高津《かうづ》の涼み茶屋。（『好色一代女』五の四）

例㈥　さる程に、今時の出家形気程、おかしきはなし。智恵才覚にはかまはず、武士の家にては、弓馬の芸に疎《うと》く、又、病者にして、勤めの成り難きを進（勧）めて、衣をきせ、町人は算用おろかに、秤め覚えず、日記付さへならざるを、「とても、商人には思ひもよらず、世を楽に、墨染になれ」と、親類、了簡の上にて、髪をおろさせ、生玉の辺《ほと》り、高津《たかつ》の宮の片陰、塩町の裏に、合力庵を結び、（『本朝二十不孝』一の四）

例㈦　南のかたより今宮の若ゑびす売りなど、新し雪踏《せった》の音、人の姿も心も春になりて、東は高津《たか(つ)》の宮の松の葉越《ごし》に、初日常とはかはりたる気色、何心もなく早之丞打ながめて、堀江の若水に口そそぎなんどして、身上をいわひて、歳旦の和歌を吟じける所へ、（『男色大鑑』七の三）

例㈧　殊に金吾、情有るやうに見えて、男いくたりか、おもひつき、太夫三、四年に人をあらそひ、我をわすれ、身躰棒にふつて、うどん屋をする大臣も有り。上問屋は唐弓うちとなられ、武士は此君ゆへ浪人して、土人形のさいしきして、高津《かうづ》の辺《ほとり》に住めるも有り。さかんな時とは、（うつて変つて）人程いやしくなれるはなし。

（『好色盛衰記』四の三）

例㈨　すぎし年の暮に、春待つ宿のすす払ひに、鼠の引込みし書捨なるを、小笹の葉ずゑにかけてはき集め、是もすたらず求める人有り。それは高津の里のほとりに、わずかの隠家、けふをなりわひにかるひ取置、今時花《はやる》張貫の形女《すがた》を紙細工せられしに、塵塚のごとくなる中に、女筆も有り、または芝居子の書けるも有り。おかしき噂、かなしき沙汰、あるひは嬉しきはじめ、栄花終り、ながながと読みつづけ行くに、大江の橋のむかし、人の心も見えわたりて是。（『万の文反古』自序）

例㈩　承り申候へば、おはつ事、四人揃へ紋付ひとへ物きせて、外はつねにて内を金砂子に草花書きし駕籠《のりもの》に、時々の仕出し衣装ひけらかし、天王寺の桜・住吉の汐干・高津《かうづ》の涼み・舎利寺参り・毎日の芝居見、さりとは無用に存じ候。（『万の文反古』二の一）

例㈩一　世はさまざまに替るかな。その霧山は請《うけ》られずして、ゆく衛《へ》しれず、越前は病死して、このふたりの太夫昔のやうに成りて、木半といふ大臣は、次第に見にくふ成りて、世わたり色々にかはりて、後は茶碗やき出す高原《たかはら》といふ所に、猿まはしと相住みして、その身はわたざねの油屋にかよひ、金《かな》からうすを踏みて、あし手のだるき身にも、扇屋ながつと口話《くぜつ》をせし高咄し、いまは無用のいたりなり。（『西鶴置土産』二の三）

例㈩二　秋の風あらくな吹そ嗳《あつかひ》に／高津の宮は土取場（瓦土取場）也／御進退夢に目見えて鬼瓦（『西鶴大矢数』第二巻・名残裏一句～同三句目）

例㈩三　そもそも老いて二度大矢数四千句をおもひ立つ日は、延宝八年中夏初の七日、所は生玉の寺内に堂前を定め、西は淡路島、海は目前の硯、東は葛城、雲紙かさなつて山のごとし。北は高津の宮、郭公その日名誉の声を出す。（『西鶴大矢数』第四巻・〈跋文〉）(3)

さて、「高津」（右記の版本の傍訓による用例調査では、「かうつ」5例、「たかつ」3例、の読み方となる。他に不明5

例、計13例となる。）と言う地名（但し、その里と宮）は、西鶴にとって無縁ではなく、日常の確たる生活空間としての認識があった。天下一の矢数俳諧の名誉を担った生玉社を背景に持つ「生玉の辺り《ほと》」（用例六）という表現や、「北は高津の宮」（同十三）という生活圏の自覚にもその一端を窺うことができる。

なお、因《ちなみ》に『大坂大絵図』(4)（貞享四年三月下旬板行・林氏吉永発行）によると、「生玉」の境内は「西高津」に隣接する。又、高津宮・西高津・高津清水の区域とヤリヤ丁（出身地）・すずや丁（転居地）・誓願寺（菩提寺）との位置関係は、隣接地ではないが、巨視的に見て比較的近隣地と言えそうである。右の用例について、「高津の宮（例三・六・七・十三）の北にあたり、高原といへる町」（例四）を広義の「高津の里」の生活空間と位置づけ考察の対象とする。前田金五郎氏(5)によると、一代女が身を寄せた「高原」（例四）は、「土取場」(6)（例十二）に相当する居住地という。この「高原」には、高原焼土器として高原焼(7)があり、同様に「高津」に高津焼(8)があったので、金吾（遊女）に入れ揚げて落魄した武士が、高津の辺《ほとり》で土人形の彩色をして露命をつないだという話（例八）は、製品となった「茶碗」（例十一）や「鬼瓦」（例十二）とともに、現実味を帯び説得力を持つことになる。前記の瓦土取場（例十二）の中に「高原会所」が設けられ、大坂三郷町々で行倒れた非人・乞食を収容し、粥・薬などを与えて回復を図り、さらに御救小屋の常置によって一定の非人集団がここにも形成されたのであろうとする見解(9)があるが、このような施設は西鶴以後の時代としても、西鶴の作品の舞台装置としての「高津の里とその周辺」の一面に、独特の舞台効果が仕掛けられている点を否定することは、用例の検証を俟つまでもなく極めて困難となるに違いない。

高津の里とその周辺（広義）に登場する人物紹介に対する作者の批評が、端的かつ直截にその間の事情を雄弁に物語る。「（肥後の久さまのなりわいこそ、華麗な前半生と比較して）聞くも悲し。」（例一）とあるのは、遊女仲間が大勢集っての世間話に登場するかつての遊客（大尽）の末路である。「かくも浅ましくなるものかな」（例四）とあるのは、その後文に「むかしはかかる事にはあらざりしに、近年遊女のごとくなりぬ。」とあるように、元来由緒ある家に生れて、大内の宮仕えをした一代女が売春婦を経て倫落のコースを歩む姿である。「さかんな時とは、人程いやしくなれるはなし」（例八）とあるのは、前記の通り、武士の成れの果《はて》である。「世はさまざまに替るかな。」（例十二）という警句は、木半という大尽が零落して、猿まわしと同居し、油屋の金唐臼《うす》を踏むという、生活環境の激変に対する人生の無常と多様性を示した言葉である。右記の四者の共通点は、男女や武士・町人の別はさておき、いずれも好色者の成れの果であり、栄光の座からどん底へというコースであり、その人生の終着点が高津の里（広義）という舞台設定に注目したい。「木半」（例十一）がそうであったように、「肥後の久さま」も、『置土産』的世界の人物（零落大尽）にふさわしいという視点にとどまらず、商人の不適格者が、無能の被扶養者として、あたかも掃き溜め（「塵塚」・例九）のように、この里に送り込まれている用例（例六）とその舞台設定を見逃すことができないわけである。

ただし、高津の里はそのような暗いイメージだけではない。高津の宮における松の葉越しの初日の佳景（例七）、郭公の美声（例十三）など、その社頭の眺めは難波津の美観[10]（『摂津名所図会』）であり、「夏神楽」（例三）とあるように、高津祭には「御神前にて、御湯なンどまいらせ、神楽を奏し」たと言う。[11]（『難波鑑』巻五、延宝八年刊。）又、「高津の涼み茶屋」（例五・十）もあり、享保年代には西高津村に[12]西高津新地という遊所が整備されているところをみると、貸座敷（風俗営業を含む）の設備もあったと思われる。お夏と清十郎の両名が、自由恋愛の末に、追手の追及を逃れて姫路から落ち延びる安全で便利な秘密の空間として設定した場所こそが、「高津あたりのうら座敷」（例二）であり、都市空間の裏側に位置する「わずかの隠家」（例九）という『文反古』の舞台装置の効果が、ようやく見えてくるわけである。秘密を背負ったアウト・ローも居れば、どん底の人生の敗残者など、お互いに隣人の職業や素姓さえ不明で、各種多様な人間群像の溜り場であり、清濁を合わせて包容してくれる安全な場所は、ある意味で、個性的で複雑多様な社会の縮図と言える。

さて、無価値で、見苦しく、恥多い文反古が、捨てられず、「高津のほとり」の紙細工人の手によって、塵塚のごとく買い集められ、積み上げられていたという設定の意図は、その無用であるが多様な「文反古」と、同様の「人間群像」とを、オーバーラップさせることによって、その効果が明確になるのではないか。つまり、極言すると、その「高津の里」は、話の種を提供する話の宝庫（泉）という意味合いにおいて、極めて卑俗な話の生産地としての役割を果たす上で、絶好の場所であり、西鶴にとって、日常活動する居住地に近く、虚実の交錯する小説の舞台として極めて効果的な場所であったといえるのである。

要するに、西鶴は自序において、代々の賢人が作った書物は、実生活の上で有用であるが、その点、当世の手紙は全く無用である。しかし、作品として人生の裏面・暗部（陰）を投影している文反古にこそ人生の真実がかえって隠されている点を示したわけである。それは現代風に言えば、無用の用とも言うべき価値観の逆説的提示といえる。

注

（1）『西鶴文学の地名に関する研究・第四巻・ケーサッ』、和泉書院・平成8年。71頁。

（2）堀章男氏『同右・第一巻・アーオ』、ひたく書房・昭和60年。「はじめに」1頁。

（3）例㈠〜（十一）の出典は『第二期近世文学資料類従・西鶴編3・4・5・6・7・12・18・15』の順である。出版年は、昭和49・50・51・50・50・50・49・50年の順である。出版社は勉誠社。編者は、近世文学書誌研究会。例㈠は105頁・㈡は31頁・㈢は79と80頁・㈣は125と129頁・㈤は212頁・㈥は38頁・㈦は358と359頁・㈧は171頁・㈨は5と6頁・㈩は52と53頁・（十一）は88と89頁である。例（十二）の出典は潁原退蔵氏他二名編『定本西鶴全集・第十一巻下』中央公論社・昭和50年。124頁を底本とし、前田金五郎氏『西鶴大矢数注釈第二巻』勉誠社・昭和62年。106と107頁を参看した。例（十三）の出典は、例（十二）の『定本西鶴全集』の同書327頁を底本とし、前田氏の同書106と107頁を参看した。なお、読解の便宜のため、字体・送り仮名・句読点等必要に応じ改めたり、補った。その要領は『大阪商業大学商業史研究所紀要』の1〜3号の拙稿（本書収録）と同じである。

（4）佐古慶三氏『古板大坂地図集成』清文堂出版・昭和45年。（五種の内の一種）

（5）『西鶴語彙新考』勉誠社・平成5年。454頁。（「土取場」の項目）

（6）「瓦土取場」については、①直木孝次郎・森杉夫両氏監修『大阪府の地名1』（日本歴史地名大系28）平凡社・昭和61年。497頁。「御用瓦師寺島惣左衛門が寛永七年（一六三〇）に南瓦屋町北東続きに拝領し、瓦土取場に利用した土地（大阪市史）。野模《のばく》または高原とも称され、「天保町鑑」には「野ばく」として「瓦土とり場と云、から堀北へ下ル所よりあんどうじ橋すじ坂下迄、東は谷町うらより西ハ松や表町南手まで、高原とも云」とある。②有坂隆道・藤本篤両氏編『大坂町鑑集成』清文堂出版・昭和51年。67頁（楠里亭其楽編著『増補大坂町鑑』天保十三年（一八四二）の「野ばく」の項に右記の①の同書記載の文が影印されている。）③編纂委員長・竹内理三氏『角川日本地名大辞典27・大阪府』角川書店・昭和58年。356頁。「瓦屋藤右衛門請地《うけち》」の項目に「江戸期の地名。大坂三郷南組のうち、古来の高津瓦・高原焼の産地として知られる西成郡西高津村内に、元和元年御用瓦師寺島宗左衛門が四万六千坪の地を拝領。寛永七年には同藤右衛門が拝領地東北地続きの地を瓦土取場として拝借した。『天保郷帳』に瓦土取場、高一三一石余と見える。」とある。

（7）注（6）の①の『大阪府の地名1』の「瓦土取場」の項目。497頁に「『浪花文庫』には高原焼土器として『高原の地にあり、茶器・香炉の類を造り之を焼、高麗土器に劣ル事なし、好茶人専ら之を設、高原焼は難波焼より出所古し、器物の類ひは難波焼に同じ、茶碗などは高麗になるほどよく似たるもの也』と記される。」とある。

（8）難波隠士友月翁編『難波鸖』延宝七年（一六七九）刊。京はん木屋伊右衛門板。「二百廿六・諸商人、諸職人買物所付」の項に「土焼物之類・道頓堀ほり詰／同高津焼」とある。（上記の資料は、久松潜一氏編集者代表『西鶴研究と資料』（国文学論叢第一輯）至文堂・昭和32年。146頁。資料翻刻・難波鸖による。）

（9）注（7）の同書、498頁「高原会所跡」の項目参看。

（10）秋里籬島著、寛政八～十年（一七九六～一七九八）刊。（「大坂部・四下・四ノ五十三ウ」の「高津社《かうつのやしろ》」の項目に「難波津の美観也」とある。）

（11）一無軒道冶著、小浜屋七郎兵衛・近江屋次郎右衛門合板。（五ウの「高津《かうづ》祭並相撲」の項目）。但し、『近世文学資

料類従・古板地誌編19・難波鑑』勉誠社・昭和52年。377頁による。

(12)　①注（6）の①の『大阪府の地名1』の「西高津新地」の項目。499頁。西高津町・高津五右衛門・道頓堀立慶町の南、日本橋一―五丁目の東にある。大坂の町人福島屋市郎右衛門・備前屋善兵衛両名が西高津村内に新市街地建設を申請、許可を得て開発に着手したもので、続いて高津入堀河を開削し、遭運の便を図った。……開発年次は享保十八年（一七三三）とされている（大阪市史）②新修大阪市史編纂委員会編『新修大阪市史第4巻』大阪市・平成2年。814頁「図55・大坂の遊所一覧」に「29西高津新地（菊畑）」とある。「大坂にはそのほかにも（中川注。元禄期以後）多くの島場所が存在した。そうした島場所を含む遊所を可能な限り明らかにしたのが図55である。」（同上。第四章近世後期の文化・第六節芸能と風俗・4「遊里の諸相」の項。執筆は大阪市史料調査会の田中豊氏。）

二、『万の文反古』の成立

西鶴の創作意識の推移を考察しようとする時、『文反古』の草稿の成立時期はいつか、という問題は避けて通れない問題であり、近年の『文反古』についての論争もこの点に集中している。しかし、未だ諸説に確証がなく執筆時期について、前記の通り論点は複雑に交錯し、データと帰納的結論の間には論理の飛躍、乃至推定による不安定性が間々認められ、現在決着を見ているとは称しがたい。遺憾ながら未完成の遺稿として、執筆時期の考察は膠着状態にあり、論証は極めて困難であるが、捨て石として若干考察することにする。[1]

版下の筆蹟鑑定という原点から立論した中村幸彦氏の提言に端を発して、谷脇理史氏の二系列説、信多純一氏の原四巻本復元説、さらに島田勇雄・檜谷昭彦・高橋柳二、西島孜哉の諸氏の考察によって『文反古』の書誌学的研究は著しく進展した。さて、この中、信多氏は、本文とは無関係に目録の形式面から、大きく分けて原初巻の五章と、原二巻の四章、そして原三・四巻の八章の三群に分類出来るとする。吉江久彌氏はこの三群を、A・B・Cの[2][3]

グループとし、成立上の何らかの事情を反映しているものと考えられる三グループの検討を通して、『文反古』の構想や執筆時期に言及する。私見としても、上記の谷脇氏以下の六者の説（分類）に抵触する点が少なく、書誌的に見て比較的客観性と合理性を持ち、最も無難な分類法と考えるので、便宜上この観点から論を進めたい。なお、信多氏の原四巻本復元説の章立てについて、高橋氏は柱刻の吟味を通して修正説を提起されたが、データに若干不審な箇所があり、検討の余地があるので、今後の検証に俟ちたい。[4]（『近世文芸』30号・50頁掲載の「甲・乙の分布表」について。第一点は、「巻三の㈡」の「八甲」は「八乙」が正しい。第二点は、「巻四の㈠」の「五乙」は「五甲」が正しいのではないか。第三点は、「巻五の㈢」の「一三甲」に当る字は、甲・乙の判定が困難と考える。つまり、「巻」の字の下部が「已《イ》」となっており、「己《キ》」とも「巳《シ》」とも判読しがたいが、巻五の他の部分が甲なので、結論として甲に従う。）以下、私見については便宜上、信多説の「原巻三」を「C^1」、「原巻四」を「C^2」の各グループとする。周知のことながら、念のため目録における章題と副題（「小見出し」・「副見出し」とも。）を示し、その整合性を検証するためにも、それぞれの字数を下部に示しておく。

確認するため、グループ別に、私見にとって必要な原四巻本復元説の論拠（信多説）の要点の一端を提示しておく。

○**Aグループ**　㈠　章題の字体の大小について。B・Cグループと比べて文字がしまっており、ややこぶり（細め）で、長めになっている点。㈡　副題（小見出し）の長短について。B・Cに比べて長文であり、しかも文脈上、一つながりの文章になっている点。

○**Bグループ**　㈠　章題の字体の大小について。Aグループより太く書かれている点。㈡　副題の起筆は、例外なく「此文に……」である点。㈢　柱刻について。A・Cの柱刻はすべて「萬文」とあるにもかかわらず、例外の一箇所（「五の一」の三丁目のみ「萬文」となっている。）を除き、すべて「文」となっている点。㈣　章題・副題はAと比べて、例外（二の三）を除き、すべて短い。

○Cグループ　㈠　章題の字体の大小について。章題の文字の太さはBグループに同じ。㈡　副題の起筆について。Bのように「此文に……」という表現がない。

○C1とC2グループの区別について。原三巻（C1）と原四巻（C2）との間の差について、信多氏はその差は殆どなく、その割り振りに困却すると言われる。そこで、章題の高さ、そのおさまり具合を始めとして、巻数や丁付の字体、挿絵との関連性や魚尾の有無、その他柱刻の漢字や漢数字の間隔の相違点等、総合的に判断して区別されているが、自身言明されるようにC1とC2は必ずしも明確ではないので、私見は前記の通り三分類法を採用し、便宜上、Cを二分するに過ぎない。

さて、信多氏は左記の「参考表1」のように、『文反古』現五巻本版下をもとに原四巻本版下を復元し、その版下は西鶴の原稿の元の姿をかなり忠実に現わしているものとされた。但し、檜谷昭彦氏[6]はその復元説の証言の正しさを検証しつつ、原四巻本の板下清書原稿というものの実態は、それ自体、これがそのまま上梓発売を意図した完成原稿であったとは認めにくいとし、挿絵と版下起筆の位置、その他の諸点より、原四巻本の以前の編集作業を推定されているが、私見としては原四巻本は上梓を意図した未完成原稿であると考えるわけである。又、現五巻本の目録全体に認められる不整合について、各巻の間には相当程度異同があり、各巻成立時（執筆時期）に時差があったとする見解[7]を支持するわけである。原四巻本版下を、五巻仕立てに再編したのは、営利販売政策に基づく書肆側の作為であり、その造本意識（遺稿集の多くは五巻であり、定型化していた）のしからしむるものと考えるが、書肆の複雑な思惑の反映とする見解[8]もあり、さらに考究したい。現五巻本における目録全体に認められる不整合性は諸説の通りであるが、巻四・五の二巻の章題に傍訓がない点、巻五の章題の「萬」の筆跡の流れ（特に筆跡の末尾の部分）が他の巻と微妙に異なる点を追加したい。つまり、現巻五の目録における「（五）巻」の字体が他の巻二・

○参考表1　原四巻本復元説（信多説）による『万の文反古』の全巻目録[5]（但し、数字は中川の作成による。）

巻・章＼グループ	A	一の一	五の三	五の四	一の三	一の四	行数又は字数の合計	各章の平均の行・字	C1	三の一	一の二	三の二	三の三	行数又は字数の合計	各章の平均の行・字
行数(本文＋挿絵)		88＋22	99＋11	77＋11	71＋0	50＋22	451行	90・20		88＋22	77＋11	122＋11	110＋22	463行	115・75
章（○印の中） 章題 副題（二行） ○付記。上記の行数について、挿絵半丁分を11行分に換算する。		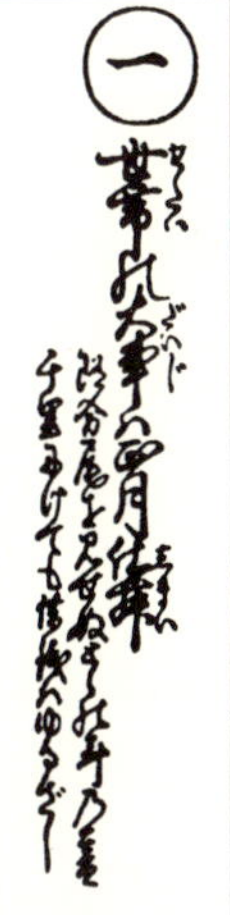	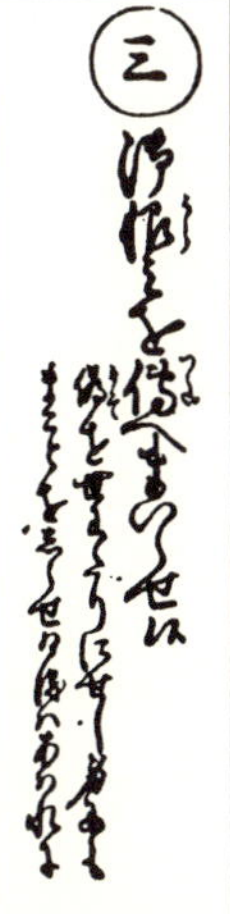	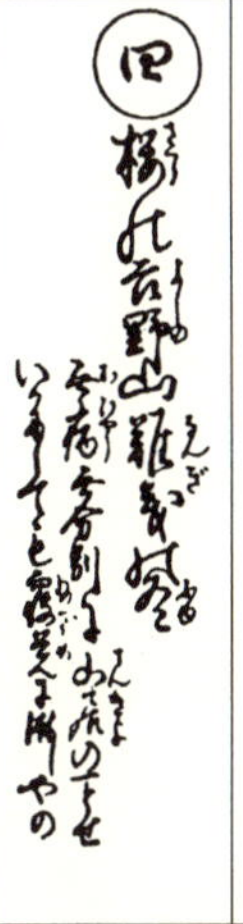	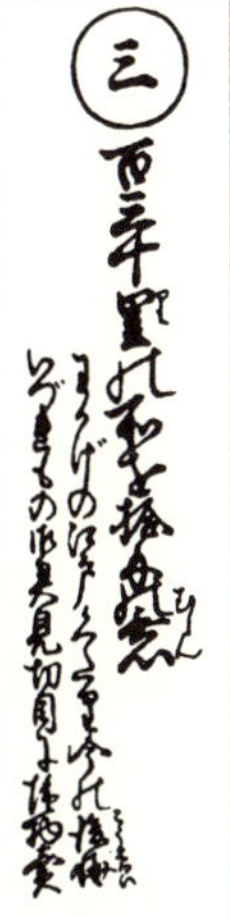		原巻一は丁数に換算すると、二〇・五〇丁（二二行分が一丁）となる。挿絵半丁は一一行分に換算。	原巻一（五章）の平均は、丁数で、四・一丁となり、他の巻と比較して、相当少ない。		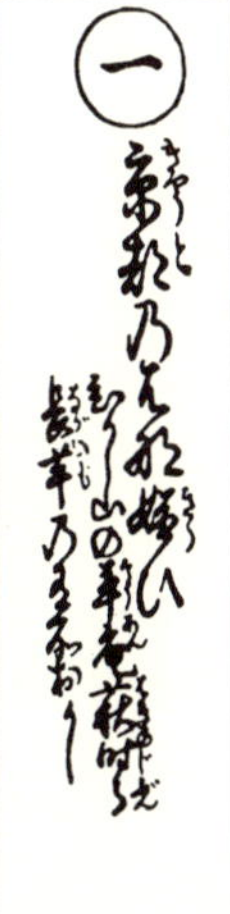	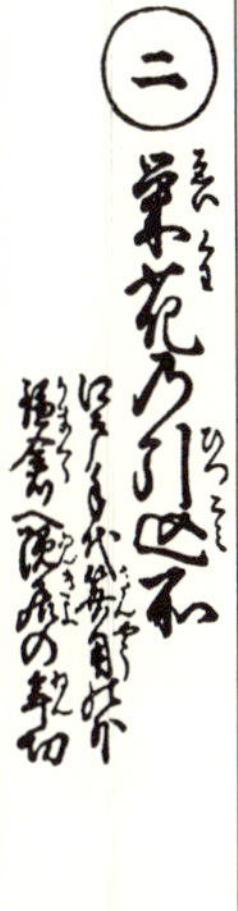	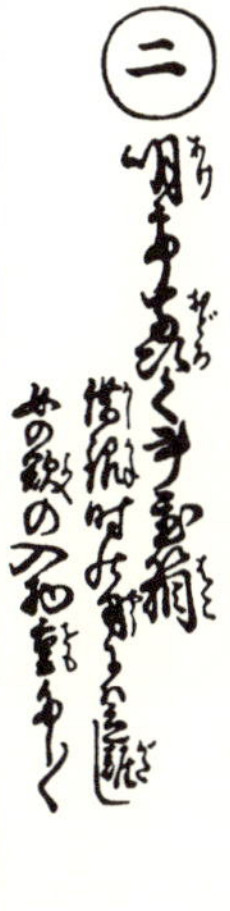	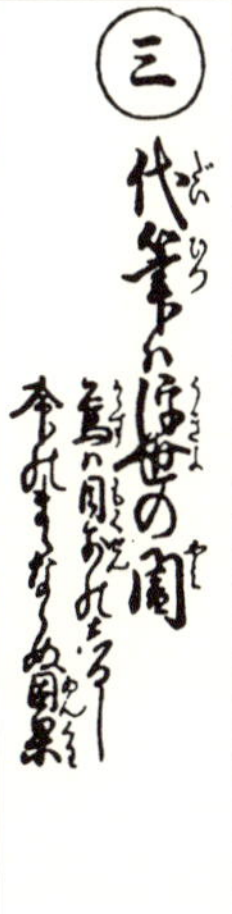	原巻三は二一・〇四五丁、つまり四捨五入して、二一丁となり、他の巻と比較してやや多い。	原巻三（四章）の平均は、五・二六丁となり、他の巻と比較して、一番多いが僅少差である。
章題の字数		10	11	9	12	10	52	10. 40		7	6	7	7	27	6. 75
副題の字数		13・13	14・12	13・12	14・13	14・14				8・10	8・8	10・10	9・8		
副題の合計字数		(26)	(26)	(25)	(27)	(28)	(132)	(26. 40)		(18)	(16)	(20)	(17)	(71)	(17. 75)

巻・章＼グループ	B	二の一	二の二	二の三	五の一		行数又は字数の合計	各章の平均の行・字	C2	四の一	五の二	四の二	四の三	行数又は字数の合計	各章の平均の行・字
行数(本文＋挿絵)		95＋22	81＋11	110＋22	88＋22	参考資料 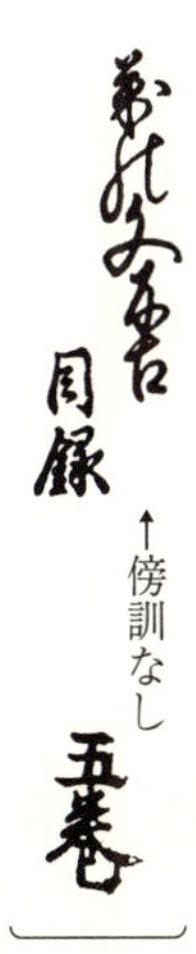 ←傍訓なし	451行	112・75	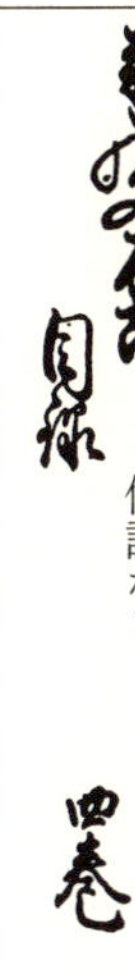 ←傍訓なし	88＋22	88＋11	99＋11	110＋22	451行	112. 75
章（○印の中） 章題 副題（二行） ○付記。上記の行数について、挿絵半丁分を11行分に換算する。			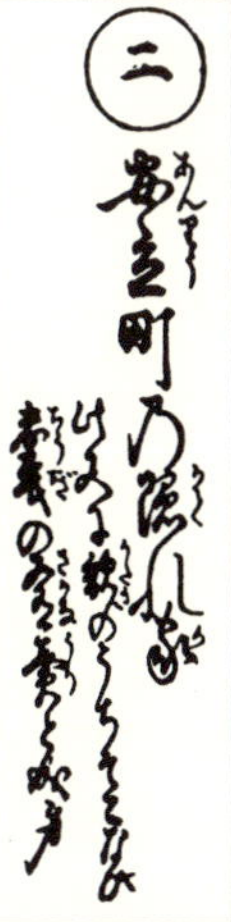		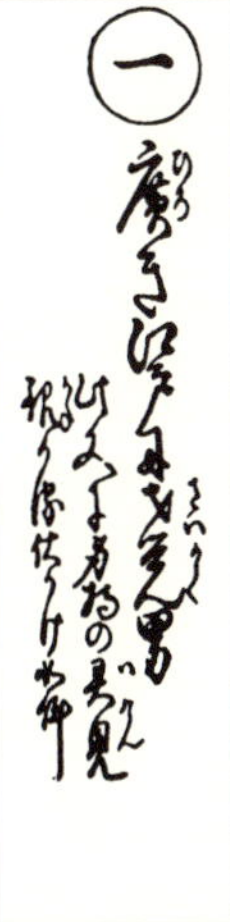		原巻二は、上記の通り、巻一と同じ二〇・五〇丁となる。	原巻二（四章）の平均は、丁数で、五・一二五丁となる。		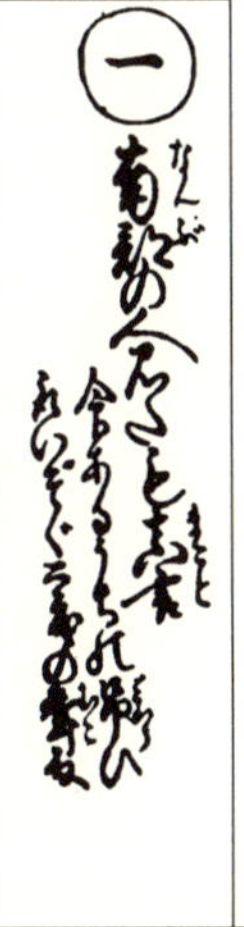	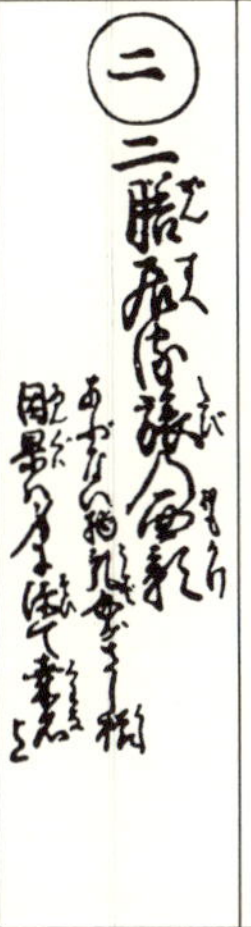	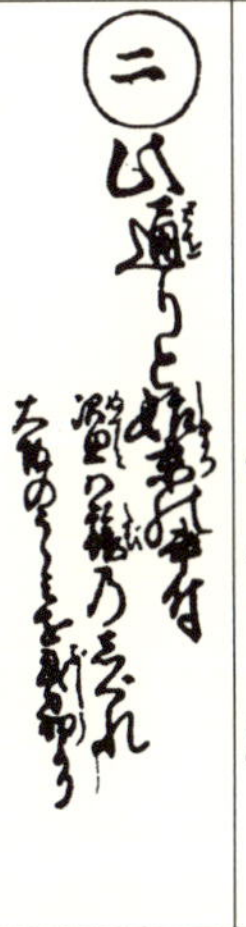	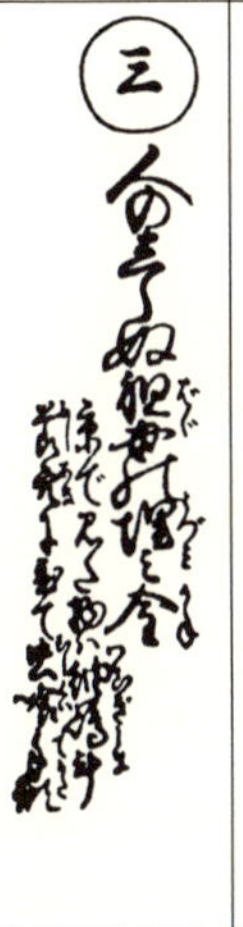	原巻四は、巻一・巻二と全く同じ二〇・五〇丁となり整合性を保つ。	原巻四（四章）の平均は、巻二と同じく、五・一二丁となる。
章題の字数		8	7	11	8		34	8. 5		9	8	9	11	37	9. 25
副題の字数		10・11	8・11	9・11	8・8					9・8	10・11	11・7	9・9		
副題の合計字数		(21)	(19)	(20)	(16)		(76)	(19. 00)		(17)	(21)	(18)	(18)	(74)	(18. 25)

三・四と相違し、「目録」の字体も他の四つの巻とすべて不整合で、ひとり異なるという諸点を総合勘案する時、別人の執筆又は、執筆時期のずれ（時差）を想定する以外に現五巻本の目録全体に認められる著しい不整合性を納得する事がむつかしいわけである。現巻五が特に混成された巻であるという理由は、右記の目録における不統一性や、第二章の副題が三行にわたる些細な変則性一つをとっても検証する事が可能である。

なお、右記の「参考表1」を作成して特に気付く事は、第一点。挿絵半丁分を11行分に換算する時、原巻三（C^{1}）の二一・〇四五丁（463行）を例外として、他の三巻（A・B・C_{2}）はすべて二〇・五〇丁（451行）であり、その落差は〇・五五丁の僅少差となり、数的にはほぼ均質性を保持する。現五巻本では、巻一と巻二の二巻は、ともに一五・五〇丁（341行）、巻三は一七・〇五丁（375行）、巻四は一六・〇〇丁（352行）、巻五は一八・五〇丁（407行）となり、その落差は三・〇丁もあり、原四巻本と比べて著しく不整合である。第二点は、前記の通り章題・副題の字数について、原巻一が概ね最多、巻三が最少、巻二と四はほぼその中間と概括できる。第三点は「表」には出ていないが、各章末の評文（評語）の行数について、原巻一の平均が七・六行（6・11・4・9・8行の順。計38行）と突出して概ね長いのが目に付く。以下、巻三の四・二五行（4・6・3・4行の順。計17行）、巻二の四・〇行（6・4・3・3行の順。計16行）、巻四の三・五行（3・4・4・3の順。計14行）と続く、平均五・〇行より考えると、初巻が最初に執筆されたと考える立場に立つと、評文の全行数（85行）の45％を占める初巻の突出は、常識的に納得しやすい思われる。従って最長（11行）の評文を持つ巻五の三（現五巻本）が、原初巻の第二章に位置づけられる点も自然である。一般に内容により対応（評文）の変化は避けられないが、解説文は後文程簡単となりやすく、殊に後続の類型譚においては当然その傾向があるのは理に適うわけである。第四点は各章の長さについて、一見著しい落差と凹凸《おうとつ》があって、ばらばらのようであるが、約71％の章（12章）は四つの長さの型を持っていることである。即ち挿絵を除く本文（評文を含む）の最長は「三の二」（C^{1}）の五・五五丁（122行）、最短は「一の四」

一丁分を持つ四つの章である。（Aの一の一・Bの五の一・C^1の三の一・C^2の四の一）。第二の型は、本文110行と挿絵一丁分を持つ三つの章である。（Bの二の三・C^1の三の三・C^2の四の三）。第三の型は、本文77行と挿絵半丁分を持つ二つの章である。（Aの五の四・C^1の一の二）。第四の型は、本文99行と挿絵半丁分を持つ二つの章である。（Aの五の三・C^2の四の二）。なお、本文（評文を含む）の長さについて右記した四つの型を通観して考えられる特徴は、各型の中では同一グループ（A〜C^2）の章がそれぞれ一章のみであって二つないという事である。又、本文88行と挿絵半丁分を持つ「C^2の五の二」の章を、第一の型に準じて処理すると、計12章となり、全17章の過半数（71%）を占めるので、当然の事と言えばそれまでであるが、文の長さにめどがあったという事は確言できそうである。

さて、私見を展開する上で、その立論の前提として、信多氏の設定した原『文反古』板下清書原稿の構成形態に基づき、「参考表1」を作成し、若干考察したが、言わずもがなこれは、先学の諸説の無条件継承では当然なく、批判的検証をも含む意図がある。右表を通観・吟味する時、第一の問題点は、原初巻の第四章（現五巻本の巻一の三）に当たる無挿絵の存在であり、第二の問題点は、原巻二の第三章（同上の巻二の三）に当たる一丁分の挿絵の存在である。原四巻本では第三章（同上の五の四・三の二・四の二）は、すべて半丁分の挿絵であり、変則性を確認する。第三の問題点は、同じく原巻二の第一章（同上の巻二の一）の本文のみ四・三二丁分（95行）の長さを持ち、他巻の第一章（同上の一の一・三の一・四の一）は、すべて四丁分（88行）という不整合性を持つ。つまり、前記の通り、本文88行と挿絵一丁分という型が適用されないで、この型は、同じ原巻二の第四章（同上の巻五の一）に適用されているわけである。もし右記の三点が調整されると、原四巻本の第一章は、すべて四丁分の本文と一丁分の見開き絵を持ち、第二章と第三章は、すべて半丁分の挿絵、第四章は一丁分の見開き絵を持つという工合に、著しく整合性を具備する点歴然たるものがある。従って、その造本上の矛盾点を糊塗するために、最短（二一・二七丁。

50行分）の本文を持つ原巻一の五章（同上の一の四）の追加・設定により、原初巻（A）・巻二（B）・巻四（C^2）三

○参考表2『万の文反古』における本文章題の起筆の位置（一覧表）

分類	現五巻本・間隔（糎）・原四巻本	現五巻本・間隔（糎）・原四巻本
㈠ 超短型 0.1〜0.5	一の三・0.2・（一の四）	
㈡ 短型 0.6〜1.0	一の一・0.6・（一の一） 二の一・0.6・（二の一） 五の四・0.6・（一の三）	一の四・0.7・（一の五） 五の三・0.75・（一の二） 二の二・0.85・（二の二）
㈢ 通常型 1.1〜1.5	三の一・1.25・（三の一） 一の二・1.3・（三の二） 三の二・1.35・（三の三）	四の一・1.35・（四の一） 五の二・1.4・（四の二） 四の三・1.45・（四の四）
㈣ 長型 1.6〜2.0	四の二・1.8・（四の三） 三の三・1.85・（三の四）	二の三・1.9・（二の三） 五の一・1.9・（二の四）
（参考）『西鶴俗つれづれ』	一の一・0.5（巻一・五オ・1行） 一の二・1.55（同・八オ・同） 一の三・1.3（同・十六ウ・同） 一の四・0.8（同・十九ウ・同）	二の一・1.45（巻二・二オ・1行） 二の二・0.8（同・七オ・同） 二の三・0.7（同・一八オ・同） （以下略）
『新可笑記』	一の一・0.5（巻一・三オ・1行） 一の二・0.5（同・十ウ・同） 一の三・0.4（同・十四ウ・同）	一の四・0.3（巻一・十九ウ・1行） 一の五・1.4（同・廿七・オ・同） 二の一・1.45（巻二・二オ・同） （以下略）

者の本文と挿絵の総丁数をそれぞれ二〇・五丁分（451行）に整合せしめた編集方法など、以上の問題点を総合判断する時、このような構成形態の矛盾点をはらむ原四巻本に対し、上梓発売を意図した完成原稿であったとは認めにくいという批判（前記）が出てくるのは当然であろう。従って前記のように、私見は発売を意図した原稿（完成原稿に比較的近いものと思われるが）であるが、西鶴の意識としては、結局未完成原稿として生前上梓されなかったという立場をとらざるをえないわけである。

さて、『文反古』の書誌学的研究において、各巻成立時（執筆期）の時差と関連する黙過しがたい視点とデータが、西島孜哉氏[9]により提起されているので少し触れておく。それは各巻各章の本文章題の起筆（書き出し）の位置は西鶴の草稿に忠実であったと考えてよいように思われる、という事を前提とし、かなり上部に余裕のある他の章と比較して、七章（原初巻に当たる五章と原巻二の一・二の二）については、上部の章番号にはいかにも窮屈な状態で書き始められているので、西鶴の意識としては、この七章には章番号を入れる予定をしていなかった。西鶴が自己の作品の本文の章題に章番号を付すようになるのは、『武道伝来記』（刊行は貞享四年四月であり、その執筆時期は貞享三年下半期と考えられる。）の編集過程の時点であるので、『文反古』の前記の七章は、少なくともそれ以前の成立と考えてよい、というのが西島説の要点である。従って現五巻本の章番号は入木という事になる。そこで影印本[10]であるが計測（参考のため、上部の匡郭と、章番号を囲む見出し枠の匡郭側の外側の線との間隔を計測する。原本と影印本による誤差が、当然予想され、厳密さを欠くが大要はわかる。）すると、次のような興味ある結果が出た。便宜上、全17章を間隔の長短により四分類して図示する。例えば「一の三」とあるのは現五巻本の巻と章番号を、括弧内の（一の四）は、原四巻本による構成形態による章番号をそれぞれ意味する。（参考表1を参照のこと。なお、数字の単位は糎であり、記載順は最短から最長へという順をとる。表の末尾に参考資料として、『西鶴俗つれづれ』[11]と『新可笑記』[12]〈但し、いずれも原寸による影印本に基づくものである。〉を、同様方法で計測した結果を一部示した。）

さて、前記の七章はいずれも上表における㈠超短型と㈡短型とを独占しており、原初巻（五章）の執筆時期の同一性と、原巻二の第一・二章の成立が初巻に近接している点の傍証として西島説を肯定することができる。又原巻二に章題の起筆の位置に極端な相違（中川注。右表の現五巻本の二の一は0.6糎であり、二の三と五の一とはともに1.9糎で、その落差は1.3糎もある。）があり、両者の断層はその時差と、西鶴の草稿執筆の中断を推定させるとする見解も納得できる。但し、前記の七章に対し、「原二巻の残り三（中川注「二が正しい。」）章と、原三巻、原四巻とは、ほぼ同様の位置から書きはじめられているという差である。」とある点は、大まか過ぎて実態にそぐわない。右表の㈠超短型と㈡短型・㈡短型と㈢通常型のそれぞれの落差（最短と最長の差）はともに0.4糎であり、㈢通常型と㈣長型の落差は0.45糎となる。従って、原三巻・原四巻の両者は、ともに右記の㈢と㈣との二つの型を共有しているので、この数字上の落差と、執筆時期の時差とを結びつける必然性が脆弱となり、説得力を欠くのではないかと考える。（特に現五巻本の「二の二」と「三の一」の落差は0.4であり、「五の三」と「三の一」のそれも0.5に過ぎない。反対に、前記の七章に入らない「三の一」と「二の三・五の一」との落差は0.65とこれを上回る。）

これを要するに、各巻成立時（特に原初巻が最初であるなど）に時差があったとする見解は、前記の通り肯定しやすいが、「参考表2」の末尾に参考資料の一例として掲出した『俗つれづれ』や『新可笑記』のように、著しい落差と凹凸のある本文章題の起筆の位置と執筆時期との関連性が偶然的なものではなく、必然的なものがあるとする論証には検討の余地があり、私見として今後の課題として留保したい。

注

（1）『万の文反古』の成稿時期の推定については、学説を要領よく整理された近年の杉本好伸氏説があり、参考となる。「『万の文反古』試論―読みの可能性を求めて―」『国語国文論集』21号。平成3年。

（2）①中村幸彦氏「万の文反古の諸問題」編集者代表久松潜一氏『西鶴研究と資料』至文堂・昭和32年。②谷脇理史氏『西鶴研究論攷』新典社・昭和56年。③信多純一氏「『万の文反古』切継考」野間光辰氏編『西鶴論叢』中央公論社・昭和50年。④島田勇雄氏『西鶴本の基礎的研究』明治書院・平成2年。⑤檜谷昭彦氏『井原西鶴研究』三弥井書店・昭和54年。⑥高橋柳二氏「万の文反古の成立経緯について—柱刻の問題を中心に—」『近世文芸』30号。昭和54年。⑦西島孜哉氏「『万の文反古』をめぐる諸問題（上）（下）—原一・二巻の創作意識と草稿成立（上）・原三・四巻の創作意識と遺稿出版（下）—」『武庫川国文』36・37号。平成2年（上）・同3年（下）。

（3）『西鶴 人ごころの文学』昭和63年。

（4）本章の注（2）の⑥の同論文。なお、影印本は①谷脇理史氏編『万の文反古』武蔵野書院・昭和54年。②西島孜哉氏編『万の文反古』和泉書院・平成6年。の両資料を主とし、③岡本勝氏編『万の文反古』桜楓社・昭和58年。④岡本勝氏編『万の文反古』勉誠社・昭和49年。⑤西鶴学会編『西鶴文反古』昭和25年、古典文庫の三資料を従とし、参看・対校した。⑥他に暉峻康隆氏編『影印本万の文反古』新典社・昭和43年（但し、本書には柱刻の部分は影印なし。）⑦監修・編集は東洋文庫で、代表者は榎一雄氏・解説者は堤精二氏『浮世草子1』貴重本刊行会・昭和49年刊行の両書を参看した。

（5）本章の注（2）の③の同論文の466と467頁の「参考第二図」を参考モデルとし、影印本としては、より鮮明な西島孜哉氏編『万の文反古』（和泉書院・平成6年）の本を利用させて戴いた。なお同書の底本は京都府立総合資料館蔵本の初印本である。

（6）本章の注（2）の⑤の同書（第二部の六章「『万の文反古』の成立」の四節「『万の文反古』の編輯」の項。）305頁。

（7）信多純一氏説「各巻の間では大分に異同があり、各巻成立時に時差のあったことを思わせるほどの体裁を如実に示している。」〔本章の注（2）の③の同論文。〕482頁。他に西島孜哉氏説〔本章の注（2）の⑦の同論文。（上）では32・33・40・42・45の各頁。（下）では49・64の各頁その他に認められる。〕その他の諸説は省略。

（8）西島孜哉氏の説。「現五巻本への編集はそのような書肆の複雑な思惑を反映したものと考えておきたい。」〔本章の注（2）の⑦の同論文。（下）の71頁。〕

（9）本章の注（2）の⑦の同論文。〔特に（上）の32・33頁。〕

（10）編者は近世文学書誌研究会。解説者は岡本勝氏『万の文反古』勉誠社・昭和49年。なお凡例によると「本書の所蔵者は横山重氏であり、影印は原寸大である。」とある。

（11）編者は近世文学書誌研究会。解説者は吉田幸一氏『西鶴俗つれづれ』勉誠社・昭和50年。なお凡例によると「本書の所蔵者は横山重氏であり、原寸で影印してある。」とある。

（12）編者は近世文学書誌研究会。解説者は深沢秋男氏『新可笑記』勉誠社・昭和49年。なお凡例によると「本書は吉田幸一氏所蔵、本文は原寸で影印してある。」とある。

三、西鶴が書簡体小説を採用したのは何故か

表現（文章）形式として、西鶴が書簡体を採用したのは何故か。

○**第一点**　書簡体小説を生む文学的環境乃至背景について。『文反古』成立以前の日本の書簡体小説の系譜については、暉峻康隆氏の詳細な研究(1)が備わり、国際的視点に立ち近代にも言及されており、又、近年は書簡作法の緻密な歴史的考察から、近代の書簡体小説の表現特性に及ぶ橘豊氏の精力的な研究(2)が目に付き、介入する余地はなさそうである。橘氏はその特性の一つに「対話性」を挙げ、

話し言葉と書き言葉とを両極に置いた時、手紙の文体は、話し言葉の側に近い書き言葉である、と言えるであろう。この性質を巧みに利用したのが、書簡体小説の文体である。そこでは書き言葉でありながら、まるで相手に話しかけているような、読者の側から言うと、作者（語り手）が自分に直接語りかけてくるような、或いは相手に向かって告白しているのを漏れ聞くような錯覚に陥る表現となるのである。

という。又、「手紙の表現効果」については、

ここに一通の手紙があると、読者はそこに、それを書いている人物と、それを受け取る人物とを、想い描く

ことになる。手紙とは、読者に常にそうした想像力を喚起させる、一つの仕掛けとして働くものなのである。……こうした一見実務的な手紙のやりとりの羅列であっても、それを記している人同志の人間関係や、情念が伝わってくるから不思議である。無論これ（中川注。太宰治の小説『二十世紀旗手』の一節）は創作であるから、手紙のそうしたリアリティを感じさせる特性を、巧みに利用して作品に仕立てた作者の力量に感嘆すべきであろう。

という。手紙は一対一のコミュニケーションである点、対話に似た構造を持つといわれるが、対話そのものではないので、疑似対話性ともいわれる。そこで「相手に向かって告白しているのを漏れ聞くような錯覚に陥る」という書簡体小説の表現効果が期待されるわけである。又、例えば『文反古』[3]巻五の三「御恨みを伝へまいらせ候」を読む時、大坂新町の遊女白雲と遊客七二との人間関係、特に女の一分《いちぶん》（身の面目）や、意気地[4]（他人と張り合って、自分の面目にかけて、思うことや立場を立て通そうとする気構え）を通して、生々しい情念が伝わってくる。橘氏は近著[5]で、井上ひさしの『十二人の手紙』を取り上げ、全文が二十五通の文書形式の文章のみで構成されているオムニバス風書簡体小説集と定義し、描写にのみ走って物語性を喪失しかけている現代文学に、物語性を回復する手段として書簡体を採用し、効を奏したものであると評価し、最も日常的な通信手段であるはずの手紙が、「劇的」な情況下に書かれるというのは、現代における一つの逆説的真実であると言えようとしめくくる。手紙文の表現効果として指摘されている「非日常性（ドラマ性）の利用」という点は、『文反古』も全く同様であり、前夫の弟と再婚後、二三日過ぎて、この妻の前に、死んだという確証があった前夫が元気な姿を現す巻四の一「南部の人が見たも真言《まこと》」は、その顕著な例である。同じく手紙文の表現効果の一つに「教訓性（忠告・説諭）」があり、手紙は一方的な語りかけのスタイルを持つところから、まとまった意見として教訓を述べるに適しているという。『文反古』[6]の巻四の二「此通りと始末の書付」と、巻五の一「広き江戸にて才覚男」とは、事件の設定や内容の一部に共通性と異質性を持つ作品であるが、ともに相手を教訓する状としては、その好例と言える。又、手紙文が一方的通告という表現特性を持っているところから、遺書として書き残されることが起こり得るという。前記の『文反古』巻五の三話は、この「一方的通告（遺書・離縁状）」という手紙文の表現効果に準じて考えることが可能である。この手紙の発信人は西鶴本に頻出する高間という遊女をモデルとしたものであり、その文章ににじむ死の影もまた、高間自殺というニュースを享けてのものとする説がある。(7)その当否はさておき、遊里の習俗である心中立てを巧妙に活用したこの作品で、「明日昼前まで」という期限付きの最後通牒を男に突きつけ、その返事次第では「女には似合ひたる剃刀御座候。」と自害の覚悟を宣言して対決を迫るという劇的手法であり、結果的には脅迫にも似た問答無用の一方的通告とも認められる内容といわざるをえないわけである。この遺言をめぐるドラマが『文反古』巻三の二「明《あけ》て驚く書置箱」である。死人に口なしで、免罪符を持った死人の遺言が、一方的通告となって巻き起こすドラマ（悲喜劇）の効果と、手紙の効用を西鶴はよく認識理解していたと言わねばならない。

橘豊氏の所説を引用して『文反古』に言及した理由は何か。現代小説において古風とみられる書簡体を採用し、成功を収めた太宰治や井上ひさし等の実例の検証を通して、指摘された「手紙の表現効果」を考える時、すべてそのまま西鶴に当てはまるとは思わないが、共通点が意外に多いという事実による。

さて、西鶴が書簡体小説の効用をよく認識し、理解しただけではなく、深く興味・関心を持ち、創作に筆を染めたのは何故かを考える時、五〇種近い板本を持ち、その典型を創り上げてベストセラーとなった『薄雪物語』(8)に端を発して流行した近世初頭以後の書簡体小説の源流と系譜、乃至その温床としての日本の社会的条件を考慮に入れるのは当然であるが、それだけでは傑作『文反古』誕生の謎の解明につながらないと考える。資料がなく立証できないが、創作意欲を触発させた、生々しい興味深いドラマチックな様々な実際の書簡を直接見聞するという体験が(9)背景にあったと考える。島原の揚屋角屋所蔵の「名妓遺墨」十九点などは、その真跡集（但し、西鶴の作品と無関係）の一端を物語るものであろう。

書簡体小説を生む文学的環境乃至背景を考える時、『文反古』の副題ともいうべき「世話文章」の四字も、見落とすことのできないキー・ワードの一つである。『西鶴文反古』という外題と、外題下の副題「世話文章」は、ともに現在不詳の編者または出版書肆が付けたものと考えるのが通説であり、私見もこれに従う。[10]檜谷昭彦氏は、「世話文章をうたうことは、当然〈消息文範〉を装う草子作成の編輯意図がそこに反映しており、作品構成のよってきたる因由を示そうとする題材の一指標であり、世話文章の浮世草子化を意図した人が西鶴であった。」（要約）とする。同氏は、[11]『世話用文章』（元禄五年刊）という三巻本の往来物・節用集を提示し、『文反古』の副題に対する影響の可能性を肯定されているが、小野晋氏が『吉原用文章』（『吉原くぜつ草』とも。寛文初年の刊行か。）の[12]解題において、当時（中川注。寛文十一年頃か。）の書籍目録には「用文章」、また「何々用文章」の書名がおびただしく出てくる、と言われるように、寛文十年より元禄五年までの[13]書籍目録類（六種類）の「往来物幷《ならびに》手本」の項目を検索すると相当程度多いことは確かであるので、往来物乃至文範集の系譜において、その副題に対する影響の可能性を指摘する方がより妥当と思われる。「世話」とは、一つには「世間にはやる言葉・民衆の間に行なわれる言葉」[14]（『邦訳日葡辞書』）とあるように、「民衆や俗間に使用される、くだけた俗語や通用語（口語）」であり、二つには「諺を云ふ」[15]（『増補俚言集覧』）とあるように、「世間で普通に言い慣わしている、言い回しや慣用句」である。従って、「世話文章」とは、「世俗の慣用のことばで綴った書簡文ということで、書簡文というより当代にあっては往来物というべきだろう。」とする[16]定義は首肯できるが、「世話」の語誌として、もう一つの側面を見落とすことができないわけである。

「世話」は、「世説」「説話」に対応する口語的な「世間話」として、中世末から用いられるようになる。本来は、下学集にいうように、世間に流行していた説話の意であったが、世間で流行している言葉をも意味するようになり、さらに、通俗的なことわざをも指すようになった。近世初期の歌謡には当時流行の俗っぽいことわざを集めた「世話尽《せわづくし》」がある。また、世間に流行していること、すなわち通俗性が強調されて、通俗的なものそのものへと意味が拡大する。「下世話」「世話に砕ける」などの用例が示すように、庶民的・現代的という意味が加わってくる、歌舞伎や浄瑠璃の「世話事」「世話狂言」は、その意に用いられたもの。（『古語大辞典』(17)「世話」の項目の「語誌」。向井芳樹氏執筆。）

従って、「世話文章」とは「世間に流行している極めて通俗卑近な世間話を綴った書簡文（往来物）」であるとも解し得る。「世話」の辞書的意味の一つに「当世の出来事。俗間に起った事件。世俗の状態。」（『大漢和辞典』(18)巻一。諸橋轍次氏）とあり、又、「浄瑠璃・歌舞伎の世話物（中川注。近世の町人社会に取材し、その世態・風俗・人情を描いた作品）。また、その様式。」（『岩波古語辞典』(19)）ともあるが、結果的に前記の定義と共通点を持つのは偶然の暗合とも言い難いわけである。

なお、「世話」との関連語に「世話字」がある。「世話字」とは「世俗の字」であり、狭義の「世話字」とは「普通に使用される、俗なあて字」とする見解が近年有力である(20)。又、「世話字」は「節用集から脱化したもので、一言で言えば、そのなかからある種の好みに適うものを抜粋したものである。評判記に世話字の具体的顕現が見られることは、江戸時代の、文字使用上看過すべからざる一叢林といふをはばからない。」（要約。山田忠雄氏。）(21)とする貴重な証言がある。又、「世話字」は俳言の種ともいわれた(22)。延宝から天和・貞享・元禄に至る世話字を集成した書物には(23)、俳言を節用集風に記載・蒐集した世話字を多数収録しているが、俳諧作法書にも節用集流の表記が導入された(24)。加藤定彦氏によると、世話字は俳壇全体に深く浸透したが、その卑俗な性格のために他のジャンルに先立って顕在化し、西鶴や鷺水などの俳諧師兼浮世草子作家が抵抗なく世話字を使用し、散文界に世話字導入の一契機を与えたことが想像されるという。西鶴らが、卑俗な文章に最も適した世俗の字、即ち世話字を使用することによって、文学創造の喜びをより多く享受したといえる。俳言と浮世草子や俳諧との影響関係の考察、特に往来物の一種としての世話用文章の浮世草子化という視点は重要であり、「何々づくし」・「何々揃」という題材の設定を通して、往来物と『文反古』の接点に着眼し、さらに考察を進める必要がある。

表現形式として、西鶴が書簡体を採用したのは何故か。

○　**第二点**　先覚指摘の通り、西鶴自身の書簡体小説への関心の程度が相当深かったという点である。その関心の深さは、彼の小説の章首表現における書簡体というスタイルにおいても認めることができる。

例㈠　来ル十六日に、無菜《ぶさい》の御斎《とき》申上げたく候。御来駕においては、かたじけなく奉存候。町衆、次第不同、麴《かう》屋《ぢや》長左衛門。（『好色五人女』二の五）

例㈡　見事の花菖蒲をくり給はり、かずかず御うれしく詠め入りまゐらせ候。（『好色一代女』二の四）

例㈢　北野観音寺の晩景一会の事、先約あるよし申来候。亀屋も姦敷《やかまし》く候へば、糺《ただす》の森の下涼み申し合せ候。（『西鶴俗つれづれ』一の三）

例㈣　借屋請状之事、室町菱屋長左衛門殿借屋に居申され候藤市と申す人、慥《たし》かに千貫目御座候。（『日本永代蔵』二の一。書簡体の一種とみなす。）

右の四例は『文反古』以前の執筆と考えるが、『文反古』の創作準備とも思われるとの指摘[25]がある通りである。

[26]又、『文反古』成立の契機として、書簡の効用や意義を説いた広義の書簡論に類する部分は、西鶴の作品において十指に余る。その中、特に重要なものは、

例㈤　いづれを見ても、皆女郎の方よりふかくなづみて、気をはこび、命をとられ、勤めのつやらしき事はなくて、誠をこめし筆のあゆみ、是なれば傾城とてもにくからぬものぞかし。（『好色五人女』一の二）

例㈥　文程、情《なさけ》しる便《たより》ほかにあらじ。その国里はるかなるにも、思ふを筆に物いはせける。いかに書きつづけし

玉章《たまづさ》も、偽《いつは》り勝ちなるは、をのづから見覚《みざ》めのして捨《すた》りて惜しまず。実なる筆のあゆみには自然と肝にこたへ、その人にまざまざとあへるここちせり。……毎日思ひやりたる事ども、たがはず通じける。さもあるべき、かならず文書きつづくる時、外なる事をわすれ、一念に思ひ籠《こ》めたる事、脇へは行かぬはづぞかし。

（『好色一代女』二の四）

例㈦　多くても見ぐるしからぬとは書きつれども、人の住家に塵、五木の溜る程、世にうるさき物なし。……この五木の中にわけらしき文反古ありしに、その舟へ手のとどくを幸ひに、つゐ取りて見しに、京から銀《かね》借りにつかはせし文章おかしや。（『好色一代女』三の三）

という諸章である。「誠をこめし筆のあゆみ」（例五）、「実なる筆のあゆみ」（例六）の共通点に対し、「自然と肝にこたへ、その人にまざまざとあへるここちせり」（同上）とは、まさに、前述した「対話性」という特性を通して、「手紙の表現効果」の真髄を遺憾無く示すものである。又、「万の文反古の序に語る構想の原型」（例七。暉峻康隆氏）であり、「ここに後年の町人物の世界が覗かれる。」（同上。吉江久彌氏）とする適評が見られるわけである。(27)(28)ただし、西鶴が書簡の特性認識に熱意を示したのは、右記（例五～七）の出典に当たる『五人女』執筆期がピークであり、『文反古』の発想もこうした時期のものではなかったかとして、その成立の契機にも言及し、貞享三、四年の成立説を説く吉江久彌氏説には疑問がある。即ち、成熟した書簡論を持つことが直ちに書簡体小説の成立に連結するとは限らないわけであり、必要にして十分な条件ではないと考える。(29)(30)

○　**第三点**　旧作で試みた、又は試みようとして果たせなかった、テーマやプロットを新しいスタイルで表現することに創作意欲をかきたてられたという視点である。甚だ常識的な抽象論であるが、巨視的視座においても西鶴は常に個性的なオリジナリティーを重んじて、新しさを追究した作家であり、文学におけるパイオニア的存在であったという意味で、新しいスタイルとしての書簡体小説への挑戦は、西鶴の文学精神と姿勢が描いた軌跡として、極めて自然で納得できるものがある。

注

（1）①『文学の系譜』（「我国の書翰体小説について」の項目）古今書院・昭和16年。②『近世文学の展望』（「日本の書翰体小説」の項目）明治書院・昭和28年。

（2）①『書簡作法の研究』風間書房・昭和52年。②『書簡作法の研究・続篇』風間書房・昭和60年。③『日本語表現研究』（第二部・第一〇章手紙の表現）おうふう・平成8年。

（3）①中村幸彦氏他二名編『角川古語大辞典』（第一巻）角川書店・昭和57年。263頁。②岡本隆雄氏「西鶴用語考㈢―一分―」『群馬県立女子大学紀要』12号。平成4年。

（4）注（3）の①の同書、208頁。

（5）「書簡体小説二題―手紙文の表現特性―」『国語と国文学』73巻3号。平成8年。

（6）谷脇理史氏『西鶴研究と批評』（第三章『万の文反古』の論の1の五「B系列の町人物的な六章の成稿時期」の巻五の一についての部分で詳細な共通性と異質性を説明する。）若草書房・平成7年。

（7）檜谷昭彦氏著『井原西鶴研究』三弥井書店・昭和54年。328頁。

（8）松原秀江氏「薄雪物語の挿絵」『近世文芸』30号。昭和54年。12頁。

（9）中川徳右衛門氏『島原角屋・波娜婀娜女《はなあやめ》』京都日出新聞社・7版、大正14年。

（10）『井原西鶴研究』（第二部の六章「『万の文反古』の成立」）三弥井書店・昭和54年。286・334頁。

（11）苗村丈伯著、京都の佐野九兵衛の板行。（近世文学資料類従・参考文献編9『世話用文章』勉誠社・昭和51年の影印本を筆者中川も調査する。）

（12）『近世初期遊女評判記集』（古典文庫）昭和40年。125頁。なお『吉原用文章』の成立について、野間光辰氏は「寛文初年の刊行なるべし。」とする。私見もこの説に従いたい。（『初期浮世草子年表・近世遊女評判記年表』青裳堂書店・昭和59年。91頁。）

（13）慶應義塾大学付属研究所、斯道文庫編『江戸時代・書林出版書籍目録集成』井上書房・昭和37年。（寛文六年頃刊、

(14)寛文十年刊、同十一年、延宝三年、貞享二年、元禄五年刊の計六種類について調査する。)
(15)土井忠生氏他編訳、岩波書店・昭和55年。757頁。
(16)井上頼圀氏・近藤瓶城氏増補『増補俚言集覧』名著刊行会・昭和40年。(中巻の492頁参看。)
(17)注(10)の同書287頁。
(18)中田祝夫氏他二名、昭和58年。922頁。
(19)昭和46年刊の縮写版第三刷、大修館書店。276頁。
(20)大野晋氏他二名編、岩波書店・昭和59年。726頁。
(21)①日本国語大辞典刊行会編集『日本国語大辞典第十二巻』小学館・昭和49年。87頁。他に②佐藤喜代治氏編者代表の『国語学研究事典』明治書院・昭和52年。691頁。③国語学会編『国語学大辞典』東京堂出版・昭和55年。16頁。(「当て字」の項。)
(22)『歌舞伎評判記集成3』の月報「評判記にまなんだもの」岩波書店・昭和48年。
(23)松江重頼編『毛吹草』、正保二年(一六四五)刊、京都助左衛門版。「世話の詞は俳言の種にもならんやいなや。」(序文)とある。
(24)①『続無名抄』延宝八年(一六八〇)刊。②『大和哥詞』延宝九年(一六八一)刊。③『邇言便蒙抄』天和二年(一六八二)刊。④『真草両点・広益二行節用集』貞享三年(一六八六)刊。⑤『不断重宝記大全』元禄四年(一六九一)刊。⑥『世話用文章』元禄五年(一六九二)刊。⑦『手本重宝記』元禄八年(一六九五)刊など。なお、詳細は注(21)の月報の2・3頁参看。
(25)『続無名抄・常陸帯・反故集・増補大和言葉』勉誠社・昭和51年。451頁。
(26)堀章男氏「西鶴の章首表現―その形式上の一考察―㈠」『武庫川女子大学紀要』4集。昭和32年。
(27)①『好色一代男』一の二「はづかしながら文言葉」②同上。七の三「人のしらぬわたくし銀」③同上。七の五「諸分の日帳」④『諸艶大鑑』三の五「敵無の花軍」⑤同上。五の三「死ば諸共の木刀」⑥同上。五の四「夜の契は何じややら」⑦『好色五人女』一の二「くけ帯よりあらはるる文」⑧同上。三の二「してやられた枕の夢」⑨同上。四の三「雪の世の情宿」⑩同上。五の三「衆道は両の手に散花」⑪『好色一代女』二の四「諸礼女祐筆」⑫同上。三の三

「調譜哥船」⑬『男色大鑑』一の四「玉章は鱸《すずき》に通はす」⑭同上。六の二「姿は連理の小桜」⑮『日本永代蔵』一の二「二代目に破る扇の風」⑯『好色盛衰記』三の三「反古と成文宿大臣」（主要なものや問題となるものを示したが、細部にわたると他にいくつかの作品が考えられる。）

(27)『西鶴評論と研究下』中央公論社・昭和25年。（「西鶴著作考」の中の「万の文反古」552頁。）

(28)『西鶴 人ごころの文学』和泉書院・昭和63年。（第二部「作品所見」の中の『万の文反古』の構想について」）320頁。

(29)注（28）の同書の324頁。（但し、成立については、「巻一の一」に対し、「貞享三、四年の交にこの章が執筆されたものと考えてよいのではなかろうか。」331頁とある。又、「Bグループ」に対し、「貞享四年ころに書かれたことなどが考えられるが、Aグループの執筆も大体同様の時期」341頁とする。又「さて思うに、貞享四年のころ『万の文反古』は企図せられた。」345頁とあり、「巻一の一」の執筆説とやや微妙なずれがある。）

(30)この私見の論点に近いものに西島孜哉氏の説がある。「『万の文反古』をめぐる諸問題（上）―原一・二巻の創作意識と草稿成立―」『武庫川国文』36号。平成2年。34頁。「これらの作品（中川注。注（26）の中の約10の作品）の中にはすでに書簡の形式がその小説構成の上に有効に生かされているとして、書簡形式の採用が、西鶴における必然であったとしているのである。しかし、書簡がその作の中に有効に利用されていることと、書簡形式を用いて小説を作るということとは、次元の異なった問題であり、一致するものではないのは明白であろう。（以下略）。」とある。

四、『万の文反古』の主題

結論を先に示すと、『万の文反古』の主題は、種々の劇的な状況下にある、極めて世俗的な人間群像・人生模様（曼荼羅《まんだら》）を設定し、この浮世を生きるさまざまな人の心と、人間の恥部ともいうべき内証事（隠しごと）の不条理な実存を生々しく描き出すことにあった、と考える。

『文反古』の創作意図や執筆時期を占う上で、序文の考察は避けて通れない問題点を含むので全文をあげる。

前段　見ぐるしからぬは文車の文と兼好が書残せしは、世々のかしこき人のつくりおかれし諸々の書物、是皆、人の助となれり。見ぐるしきは、今の世間の状文なれば、心を付けて捨つべき事ぞかし。かならずその身の恥を、人に二たび見さがされけるひとつ也。

後段　すぎし年の暮に、春待つ宿のすす払ひに、鼠の引込みし書捨てなるを、小笹の葉すゑにかけてはき集め、これもすたらず求める人有り。それは高津の里のほとりに、わずかの隠家、けふをなりわひにかるひ取置き、今時花《はや》る張貫の形女《すがた》を紙細工せられしに、塵塚のごとくなる中に、女筆も有り、または芝居子の書けるも有り、おかしき噂、かなしき沙汰、あるひは嬉しきはじめ、栄花終り、ながながと読みつづけ行くに、大江の橋のむかし、人の心も見えわたりてこれ。

先ず、前段と後段との関係について、西鶴の前段の意図が後段では屈折して書き改められているとする鋭い指摘[1]がある。つまり前段を一般論・本質論、後段を具体的な例示ととると、後段の具体例（特に「おかしき噂〜栄花終り」）をすべて前段の「恥」という語で総括されるとは限らない点が不可解であるというわけである。この序文そのものについても、例えば「芝居子（歌舞伎若衆）の書けるも有り」とあるが、周知の通り、『文反古』の中にそのような手紙はなく、不審と言えばいえるが、序文の成立が先行し、未完成原稿の中に、そのような書簡を織り込む計画があったと仮定すると、その不審の念は雲散霧消するわけである。「芝居子の一座に」という起筆を持つ『男色大鑑』の一節（巻七の四「恨見の数をうつたり年竹」）に「里ばなれし草庵に入りて内をみれば、若衆の文腰張（壁や襖などの腰の部分に紙を張ること。ここは若衆の手紙を張ったもの。）、名書（宛名）はむしり捨てて、なをゆかしく目を留めて見しに、文章みなわけのよき事ばかり。此文ひとりの筆にはあらず、舞台子の名残ぞかし。」とあり、その素材の虚実はさておき、歌舞伎界と俳諧を通じて密接な関係をもっていた[2]西鶴の経歴を考慮にいれる時、単なる筆のあや（文飾）と断ずることはできないのではないか。しかし、前記（第二章）のように、私見は、未完成であるが完成原稿に比較的近いものとする立場上、若衆の書簡を織り込む計画があったという推定を軽々しく前面に押し出すことは躊躇させられるわけである。結論的には、後段の具体例（おかしき噂〜栄花終り）の辺りは、一種の文勢として、論理的整合性を必ずしも持たないあや（文飾）と考えるわけであり、特に『徒然草』第十九段（『西鶴織留』の西鶴自序の一節「おもふ事いはねば腹がふくるる」の出典の前後の文脈。論拠は後記。）の文飾が、西鶴の創作意識の背景にあった可能性を考えたい。つまり前記の前・後段の論理的不整合性（矛盾）は、必ずしもめくじらを立てる程のものではないというわけである。この序文については既に精緻な[3]分析と考察が備わるが、前記のように、前段を本質論、後段を現実性を加味するための趣向ととらえ、両者間には、西鶴の意識の上での屈折が感じられるので、両者を直結して解釈することは躊躇されるという[4]考え方など、諸種の読み方が開陳されている。従って私見の立場を明確にしておく。周知の通り、前段には『徒然草』（七十二段）の利用が認められるが、西鶴の『徒然草』の利用の仕方（特に文飾）について、作品により微妙な変化が認められ、それが創作意識や態度と連携している節《ふし》が認められるのではないかと考える。この点は後記するが、特に『西鶴織留』の自序と『文反古』（自序）を含む他の作品（自序とはかぎらない。）との間には、その筆致に微妙な径庭が感じられる。この前段の趣意は諸説の通り、西鶴がよく使う対照的手法が認められ、単純明快である。私見は前記（第一章の結びの文）の通り、代々の賢人が作った様々の書物は、実生活の上で有用であるが、その点、当世の手紙、つまり『文反古』は全く無用である。従って、本来非公開であるはずの私信の正体（つまり、その身の恥）を大衆の眼にさらけ出すので、『文反古』のようなものは、当然出版する価値も必要もないというわけである。この前段には書簡論として、その文学的効用（価値観）を明示していないが、反証を前提として書かれている点は明白である。実益とは異次元のその文学的価値を、後段で、「ながながと読みつづけて行くに、大江の橋のむかし、人の心も見えわたりてこれ。」と顕在化、というより自信あふれる口調で、断定的に明示したわけである。そこには隠された、様々な人生の真実を投影した興趣の尽きない味わいがあるといわんばかりである。従って、恥多い人間の正体を描こうとするのは、目的ではなく（それは結果としてあらわれた一面にすぎない。）、作者は、種々な人々の様々な状況の中での人の心を描こうとしたと言っているだけであるとする見解[5]は、それ自身妥当である。ただし、序文末尾の一文から直ちに、『文反古』を「人の心」を「見えわた」らせることのみを主題とする作品ととらえる事に対して、反証を示し、「人の心」とともに、作者が詳細に描出している「内証（経済事情、内情）」または「奇譚」をも合わせて、読解すべきであるとする[6]広嶋進氏説の見解を肯定したい。後段の具体例をすべて前段の「恥」という語で総括するのは、当然誤った判断となるわけであり、前・後段間には、西鶴の意識の上での屈折は感じられないわけで、両者を直結して解釈することの妥当性を確認する。人生の裏面・暗部（陰）を投影している『文反古』にこそ、古来の賢人が作った（世間的評価の定まった）有用な書物には認められない、異次元の人生の真実が、かえって隠されている点を示したわけである。前段は、本質論というよりは、主題の導入を意図したものであって、「諸々の書物」（見苦しからぬもの）と、「今の世間の状文」（見苦しきもの）との比較論であり、書簡体小説の具体的例示と、無用の用とも言うべき文学的価値観の逆説的提示という本質論を、後段で示したものと考える。序文末尾の「人の心」は「人の姿と（その根底にあって人を動かす）人の心」とも言うべき意味を含むものとして、広義に解したく、前記の文のあや（文勢・文飾）と考える。従って、作者自身の証言として、序文末尾の「人の心」は当然『万の文反古』の主題を解明する、主要なキー・ワードの一つであることは言うまでもない。

　さて、周知のように、西鶴の主要な書簡論や、創作（出版）の意図を示した序文又は本文中のいくつかの中に、その文中や背景を通して『徒然草』が見え隠れしているわけである。先ず、説明の手順としてそのいくつかを挙げる。

例㈠　紅葉見て、桜猶①すてがたし。②折ふしの移り替る水の月の、影も形もなき事にはあらず。見及び、聞き伝えし、松の葉の塵なれば、祇薗箒《ぎおんほほき》の跡までも、心の奇麗なる事ばかりあらはし、③よしなきことは、④はき捨る物にぞ。京の帥中間、末社、卸《おろせ》のかしらまでも、是は見る世の友に、ならばなるべし。（『諸艶大鑑』一の一「親の皃《かほ》は見ぬ初夢」）

例㈡　多くても見ぐるしからぬとは書きつれども、人の住家に塵、五木の溜る程、世にうるさき物なし。難波津や入江も（塵芥のために）次第に埋れて、水串《みをづくし》も見えずなりにき。……「これかや、今度の芥捨舟、よき事を仕出し、人の心の深く川も埋らず、末々かかる遊興のためぞ」と、よろこぶ折節、この五木の中にわけらしき文反古ありしに、その舟へ手のとどくを幸ひに、つゐ取りて見しに、京から銀《かね》借りにつかはせし文章おかしや。（『好色一代女』三の三「調謔《たはふれの》哥船」）

例㈢　見ぐるしからぬは文車の文と兼好が書残せしは、……（『万の文反古』の西鶴の自序。全文は第四章の冒頭で掲出したので省略する。）

例㈣　風はかたちなふして松にひびき、花はいろあって物いはず。①まなこにさへぎることは心にうかび、②おもふ事いはねば腹がふくるるといふはむかし。やつがれがちいさき腹してつたなき口をあけて、世間の③よしなしごとを筆につづけて、是を世の人心と名づけ、難波のくれは鳥織留《おりとむ》る物ならし。（『西鶴織留』自序）

例㈤　①折ふしのうつりかはるこそ、物ごとにあはれなれ。……やまぶきのきよげに、ふぢのおぼつかなきさましたる、すべておも②ひすてがたき事おほし。……③いひつづくれば、みな源氏物語、枕草子なゝどにことふりにたれど、おなじ事、又いまさらにいはじとにもあらず、④おぼしきこといはぬは、はらふくるるわざなれば、筆にまかせつつ、あぢなきすさひにて、かい《（ママ）》やり⑤すつべき物なれば、⑥人の見るべきにもあらず。……⑦おかしけれ。……⑧あはれなり。……心ぼそきものなれ。……あはれにやんごとなき。……いみじきや。……おもしろけれ。……心ぼそけれ。……あはれなりしか。かくて明行空のけしき、きのふにかはりたりとハ見えねど、ひきかへてめづらしき心ちぞする。大路のさま、松たてわたして、⑨はなやかに⑩うれしげなるこそ、またなくあはれなれ。（『徒然草大全』(7)十九段。高田宗賢著。延宝六年板。上二。十五ウ～二十三オ。中川架蔵本による。）

例㈥　つれづれなるままに、日くらし、硯にむかひて、心にうつりゆくよしなしごとを、そこはかとなくかきつくれば、あやしうこそ物ぐるをし（ママ）けれ。（『同右』序段。上一。十一オ）

例㈦　ひとり、ともしびのもとに文をひろげて、見ぬよの人を友とするこそ、こよなうなぐさむわざなん。（『同右』。十三段。上二。六ウ）

例㈧　おほくて見ぐるしからぬは、文車《フグルマ》の文《フミ》。塵塚《チリツカ》のちり。（『同右』。七十二段。上五。七オ）

例㈨　鏡《カヾミ》には色・かたちなき故に、万の影《カゲ》来《キタ》りてうつる。……我等《ワレラ》がこころに念々のほしきままに来りうかぶも、心といふもののなきにやあらん。（『同右』(8)。下百段〈版本により「二百三十五段」・「二百三十六段」・「二百三十七段」・「下百一段」等、段の数え方は千差万別といわれる。〉下六。七ウと八オ）

右記の例一～四は問題となる西鶴の四作品であり、五～九はその作品と関連性を持つ『徒然草』の章段の一節である。四作品にはいずれも謙辞という共通点を持つが、『徒然草』の引用の仕方において微妙な相違（異質性）を認めるわけである。つまり、『諸艶大鑑』・『一代女』・『文反古』の前三者に共通するものは、当面の創作行為に対する自己否定を通しての主張であるのに対し、『織留』は、謙辞はあるものの、世間の出来事を執筆しないではおれないと、ストレートに自己主張する点である。端的に指摘すると、「よしなきことは、はき捨る物にぞ」（例一）に対する「世間のよしなしごとを筆につづけて」（例四）とする筆致の相違である。又、「心の奇麗なる事ばかりあらはし、……是は見る世の友に、ならばなるべし。」（例二）と、『徒然草』（例七）のパロディーを通して、婉曲に屈折して主張する。この点『一代女』と『文反古』も同断である。前者は『徒然草』の尚古趣味と文飾を逆手に取って、「塵」（例八）を肯定から否定的評価に逆転させ、「世にうるさき物」の「五木の中にわけらしき文反古あり」、

「（その）文章をかしや。」（例二）と、屈折して自己主張する。後者は前記の通り、出典における対照的手法（例八）の前文にある「賤しげなる物」との対照）を転用して、「見ぐるしき（もの）」を導入し、「捨つべき事」といったん否定して、「塵塚」（例八）を復活させた後、「人の心も見えわた」る（例三）と自己主張する点、ストレートとは言い難いわけである。『織留』（例四）の「おもふ事いはねば腹がふくるる」の出典（例五）は、文脈上、「人の見るべきにもあらず」（同上）という否定的評価の前提となっているが、『織留』はその反対であり、「言いたい事を言わずにいるために、それが蓄積されて不愉快になる」そのストレス解消のためと言わんばかりの引用であろう。

さて、『文反古』（例三）の序文後段の末尾（前記の具体例「おかしき噂～栄花終り」）の辺りは、一種の文勢として、論理的整合性を必ずしも持たないあや（文飾）とし、特に『徒然草』第十九段（例四の『織留』の一節「おもふ事いはねば腹がふくるる」の出典に当たる例五の前後の文脈。但し、第十九段は長文なので、出典の部分に先行する文節は一部分のみとし、出典の後文も、同様に長文なので、主として文をしめくくる心情詞のみ掲出した。詳細は例五の全文参照の事。）の文飾が、西鶴の創作意識の背景にあった可能性について、前記したその論拠らしきものを示したい。（論拠というよりは、むしろ主観的な感触と言うべきものである。）先ず、『諸艶大鑑』（例一）・『織留』（例四）・『文反古』（例三）の三者には、『徒然草』十九段（例五）の影響が認められる。前二者は顕在化しているので説明不要と思われるが、一部（例一の①「すてがたし。」は、例五の②「すてがたき」を利用している点。）諸注に見落としが認められる。[9]『徒然草』の「山吹」と「藤」とのコントラストが、西鶴により「紅葉」と「桜」に転用され、語（実は「文」）順を倒置させた心憎い利用である。（例五の①「折ふし」の冒頭文が、例一の②となって、例五の②の後文が先行すること。）

問題は『文反古』と『徒然草』との関係であり、西鶴の第十九段の摂取・受容の態度や方法である。例えば、「無用の事を聞きてもいふても、更に腹のふくるるにはあらず。」[10]（『好色盛衰記』巻一の五）とあるように、第十九段は西鶴にとって自家薬籠中の物であり、それが『諸艶大鑑』や『織留』に顕在化していると考えるわけである。

従って、『文反古』の前文にある「見ぐるしきは、今の世間の状文なれば、心を付けて捨つべき事ぞかし。」の引用の背景に、第十九段（特に、例五の③「いひつづくれば」以下、⑥の「人の見るべきにもあらず」までの文。）の趣意が働いていると考える。その論拠は、巨視的には『織留』と『文反古』の両西鶴自序の関係であり、微視的には、『文反古』前段の趣意・構文・措辞における共通点乃至類似性と、後段における文の運びと文飾（修辞）である。今少し具体的に説明すると、「心を付けて捨つべき事」の背景に、「かいやりすつべき物」（例五の⑤）の趣意がオーバ・ラップして働いていると考えられ、従って「他人が見るに値するものではないのである」という第十九段の後文（例五の⑥の文）が、『文反古』のその問題の後文（「かならずその身の恥を、人に二たび見さがされける一つ也。」）と調和し、自己評価ではなく、第三者による客観的評価の視点の導入において両者は間然する所が無い。又、文勢というか、文の呼吸において、第十九段の「いひつづくれば」（例五の③「このようにつぎつぎに書き続けてくるとの意。」）と言い、「筆にまかせつつ」（例五の⑤の前文）と言う以下の文には、そうした自己に対する、また、読者を意識しての反省であり、自己弁護であるともいえようとする識者の批評が認められるが[11]、『文反古』における前段より後段への文脈の流れにおいても、その第十九段の文意の展開と軌を一にして、随筆ならぬ書簡体小説の醍醐味を説き、文をしめくくる共通点を見落とすことができない。文脈上の意味は明らかに相違するが、『文反古』後段の末尾に置かれた「ながながと読みつづけ行くに、」という文節には、前記の「いひつづくれば」（例五の③）に通じるものがある。近世随筆の多くは、たいていこの一文（第十九段）の影響をうけているという指摘もあるが[12]、『文反古』後段の書簡体小説の具体例（個々の手紙の背景に作品があり、その筆者と西鶴が二重写しとなっている。）における「おかしき・かなしき・嬉しき」の心情詞や「栄花」の語感と、第十九段の末尾文の心情詞（特に⑦「おかしけれ」・⑧「あはれなり」・⑩「うれしげなる」）や「はなやかに」（同上。⑨）の語感との両者の類似点は、全く偶然と考えられるので、論拠とするつもりはない。ただ、前記の通り、文筆活動における否定から肯定への導入と展開や修辞において、感触的に通じるものがあり、当たらずといえども遠からずというわけである。最後に、その論拠は巨視的には『織留』と『文反古』の両西鶴自序の関係であると前記した論点について触れておく。『織留』の自序と『文反古』を含む他の作品（『諸艶大鑑』と『一代女』）との間には、『徒然草』の利用法やその筆致に微妙な径庭が感じられることを指摘し、若干その論点を検証したが、それが創作意識や態度と連携している節が認められるのではないかとする視点であり、『織留』と『文反古』の両西鶴自序の執筆時期の前後関係の認定という重要な課題と関連することになる。(13)前田金五郎氏は、『織留』序文に関する(14)野間光辰・(15)木村三四吾両氏の書誌的考察を紹介した後、「本序文も『万の文反古』の序文も、『徒然草』を引用し、終わりに、大阪の地名を記してある類似の形式であるのは、この両序が、同じ頃またはごく近い頃執筆されたものではないかとも考えられる。」と、極めて注目すべき証言をされている。私見は前稿(16)で記したように、「世の人心と名づけ」（『織留』自序）たのは、『織留』後半四巻の『世の人心』の序として書かれたものであり、『町人鑑』と『世の人心』の執筆時期は、それぞれ元禄初年（一・二年中）と、同三・四年頃という設定が妥当であると考える。(17)野間氏は、『文反古』の自序における月日・自署・印記は『織留』の西鶴序より採って模刻したるか、と推定されたが、(18)木村氏は、流用は『織留』から『文反古』へではなく、却ってその逆が順当でさえあると思われる、と言う。私見は、結論として、『文反古』と『織留』両序文（自序）の同質性と異質性を総合判断する時、木村氏説と同じく『文反古』の執筆が先行したものと判定する。その両者の異質性について、『諸艶大鑑』と『一代女』との関連性を通して、その異同点を分析したが、同質性については、一部前記の前田氏説に指摘された通り、第七十二段乃至第十九段と関連する『徒然草』を両者ともに引用又は下敷きとし、末尾に「大江の橋」と「難波のくれは鳥」(19)（上代、中国の呉の国から渡来した織工の「呉織《クレハドリ》」が、池田市呉服《クレハ》の里に居住したと伝える。）と大阪関係の地名を記し、「人の心」と「世の人心」という主題を示すキー・ワードでしめくくる類似の形式にある。但し、誤解のないよう再確認すると、『文反古』の主題は前記のように、「人の心」のみではなく（第四章の冒頭の定義参照）、『世の人心』（『織留』の後半四巻）のそれも同様[20]前稿で示したように、「致富譚というよりは主として中・下層の庶民の日常生活の生態と、文字通りの世の人心の動きを主題とする。」わけである。[21]諸説の通り、「世の人心」こそは、西鶴の『二十不孝』執筆当時からの最大の関心事であり、彼の晩年大きく掲げたテーマという意味でも、両序文の執筆は元禄以降、比較的近接するが、その異質性より、「同じ頃またはごく近い頃執筆されたもの」との前田氏説には同調しがたい点がある。なお、序文を含め、『文反古』は西鶴自筆の版下ではなく、西鶴に酷似した筆跡を持つ筆者によって書かれたものとする[22]中村幸彦氏の説は尊重しなければならないが、序文を含め、西鶴作を否定するための論証は、現段階では不十分と言わざるを得ず、補作・加筆の有無については留保し、さらなる検証が要請されるわけである。

又、『文反古』の序文の執筆時期の考察について、序文中に時事的話題を利用する可能性を認める立場に立つ時、前記の序文末尾の「大江の橋」の架橋の時期が当然問題となる。この橋の調査に関しては、[23]堀章男・広嶋進両氏の所説が詳細であり、特に[24]広嶋氏は、大江橋は元禄元年（二月〜十二月）の架橋と推定し、序文の執筆は、『塵塚物語』（序・刊記ともに元禄二年正月刊）の序を意識しつつ元禄二年正月以降であるとの見解を提起されたのは貴重である。この架橋の時期は是認するとしても、大江橋が話題性を持つのは架橋後であったとは限らないという立場から、序文を含む『文反古』の成立を貞享三年中とする[25]西島孜哉氏説がある。時事性を貴重とした西鶴という観点から広嶋氏説を是認したいところであるが、遺稿中の序文という特殊条件もあり、『塵塚物語』の序文を意識して執筆したとするのも一理あるが、論証不足で説得力を欠くうらみが残る。しかし、『文反古』序文の執筆説に一石を投じた貴重な提言として重視したい。

さて、『万の文反古』の主題論から、序文の執筆時期という重要であるが、当面の論点からそれたので本論に立ちもどりたい。『文反古』の主題について、「人の心」のみでなく、「内証」また「奇譚」をも合わせて読解すべきであるとの提言を肯定したが、そのためには精緻・綿密な読み方（作品論）が要請されるのは当然であり、私見の論拠としても全一七章にわたる詳細な分析も備わるが、紙幅の都合もあり、一部の参考資料を掲出して若干の私見を述べるにとどめ、別稿を約したい。「他人に隠しておきたい其身の恥を書いた書簡」という主旨を、直接に反映している表現として、「沙汰なし」と「内証」の二語、各書簡の内容を反映する特徴的な語として、「身体」・「仕合」・「因果」その他を挙げ、そのような語句を手がかりに、編集主題に即して書簡の内容を三分類し、整理した岡(26)本隆雄氏の説があり、興味深く有益であった。重複する点もあるが、主題や視点の相違等もあるので私見も、一章の主題解明のためのキー・ワードとなったり、話の内容の性格・特徴をつかむ表現として、いくつかの重要な語を抽出し、考察する。その重要な語の分布状況の一覧表を示す。

○参考表3『万の文反古』における要語（一部）一覧（A）

		要語の番号	①	②	③	④	⑤	⑥	⑦	⑧		
グループ	巻章	章題	内証 御内証 内証借	内談	沙汰なし 隠す 聞さぬ	身体	手前 手前者	勝手 不勝手	身過ぎ 口過ぎ の類語	渡世 世わたり 世帯	（合計）	（平均）以上○ 以下×
A	一の一	世帯の大事は正月仕舞	○ 2	○						○ 世帯	4	×
	五の三	御恨みを伝へまいらせ候									0	×
	五の四	桜の吉野山難義の冬			○ 御沙汰…						1	×

	一の三	百三十里の所を拾匁の無心	○			○	○	○	○ 2	○ 渡世	7	◎
	一の四	来る十九日の栄耀献立	○ 御内証	○ 御内談				× 勝手よい事			2	×
		（小計）	4	2	1	1	1	1	2	2	14	
B	二の一	縁付まへの娘自慢	○ 2			○ 3	○ 2 手前者	○			8	◎
B	二の二	安立町の隠れ家									0	×
B	二の三	京にも思ふやう成事なし			○ きかせぬ	○ 3		○	○ 4	○ 3 世帯薬	12	◎
B	五の一	広き江戸にて才覚男	○ 2	○		○ 3	○ 2 手前者2	× 勝手まで	○	○ 2 世わたり	11	◎
B		（小計）	4	1	1	9	4	2	5	5	31	
C_1	三の一	京都の花嫌ひ	○ 御内証		○ 2 沙汰なし				○		4	×
C_1	一の二	栄花の引込所	○ 内証借			○ 2	○				4	×
C_1	三の二	明て驚く書置箱	○			○ 1	○ 2	○			5	○

○参考表4　『万の文反古』における要語（一部）一覧（B）

グループ					C2				
巻章		三の三		四の一	五の二	四の二	四の三		
章題	要語の番号	代筆は浮世の闇	（小計）	南部の人が見たも真言	二膳居る旅の面影	此通りと始末の書付	人のしらぬ祖母の埋み金	（小計）	（合計）
因果	1		3				○2 御内証1	2	13
仕合 不仕合	2		0			○		1	4
後悔（惜しく）	3	○ かく（す）	3		○		○2 聞さぬ・隠し	3	8
恥 恥ならず 恥かし	4		3			○ 3		3	16
難儀 うき難	5		3			○	○	2	10
口惜し 惜し かなし かなしむ	6		1			○ 不勝手		1	5
悪心 悪事 悪しき名 欲心	7		1	○		○		2	10
酒色 浮気 色欲 遊女狂ひ	8	○ 渡世	1					0	8
（合計）		2	15	1	1	7	5	14	74
（平均）以上○ 以下×		×		×	×	◎	○	平均4.35	

A	一の一	世帯の大事は正月仕舞					○	○ 口惜く			2	×
	五の三	御恨みを伝へまいらせ候				○ 恥ならず		○ かなしき	○ あしき名	○ 上(浮)気	4	○
	五の四	桜の吉野山難義の冬			○ 悔しく		○		○ 心底…	○ 4 大酒・色欲	7	◎
	一の三	百三十里の所を拾匁の無心		○ 不仕合	○ ×副題					○ 酒ゆへ	3	×
	一の四	来る十九日の栄耀献立									0	×
		(小計)	0	1	2	1	2	2	2	6	16	
B	二の一	縁付まへの娘自慢									0	×
	二の二	安立町の隠れ家		○ 仕合	○			○ 口惜し			3	×
	二の三	京にも思ふやう成事なし				○ 恥かしき事		○ 2 悲し・惜し			3	×
	五の一	広き江戸にて才覚男						○ かなしき	○ 悪心	○ 2 大酒・酒	4	○
		(小計)	0	1	1	1	0	4	1	2	10	

			1	2	3	4	5	6	7	8		
C₁	三の一	京都の花嫌ひ	○					○ 口惜く			2	×
	一の二	栄花の引込所							○ 悪事	○ 3 色このみ	4	○
	三の二	明て驚く書置箱					○		○ 3 欲心等		4	○
	三の三	代筆は浮世の闇	○ 4 ×副題	○ 仕合		○ 2		○ かなしく	○ 3 欲・悪心		11	◎
		（小計）	5	1	0	2	1	2	7	3	21	
C₂	四の一	南部の人が見たも真言	○ 2								2	×
	五の二	二膳居る旅の面影	○ 2 ×（副題）					○ 3	○ 4 悪心（事）		9	◎
	四の二	此通りと始末の書付					○ うき難	○ かなしみ			2	×
	四の三	人のしらぬ祖母の埋み金		○	○	○	○	○ かなしむ		○ 悪所狂ひ	6	◎
		（小計）	4	1	1	1	2	5	4	1	19	平均3.9
		（合計）	9	4	4	5	5	13	14	12	66	

前記の通り、『文反古』の主題について、「この浮世を生きる様々な人の心と、人間の恥部ともいうべき内証事（隠しごと）の不条理な実存を生々しく描き出すことにあった。」と書いた。以下、主題をめぐる問題点について、箇条書き風に少し触れておきたい。「人の心も見えわたりてこれ。」（西鶴自序）と作者自身の証言があるので、諸説の大部分は、「人の心」を目して、本書の主題を解明する最大のキー・ワードと把握している節が認められるが、至極当然の理であり、私見も異論はない。しかし、「人の心」を「見えわた」らせることをのみ主題とする作品と把握すると、例えば、巻一の一（「世帯の大事は正月仕舞」）は、「人の心」を浮かび上がらせようとしたものというよりは、「世帯」の「内証」を意図的に、かつ直接的に具体的に記そうとしたものであり、極言すると、内証の露呈を主とし、迷惑し、口惜しく思う差出人の「人の心」を従として描いた章としてその全体像を把握すべきである。つまり中流商家の経済的逼迫こそが第一の主題であるとする見解(27)（反証）が提起されるのも無理はないと思われる。しかし、こう堅苦しく「人の心のみ」と正面切って批評されると、誰もそうは言っていない（例えば「手紙の一つ一つが、この世を生きる人の姿や心のありようを我々の心に興味深く印象づけてくれる。」批判を受けた谷脇理史氏説）という反響が聞こえそうである。

○ **第一点**　主題解明の第一のキー・ワード「人の心」は、当然すぎるので、後廻しとし、第二のキー・ワード「内証」を考察すると、13例（内、「御内証」3例。他に「内証借」1例。）9章（全17章中の53％）と過半の章に顔を出し、「内証《ないしよ》・秘密」の意味を持つ(28)「沙汰無し」（「沙汰」の後文に「打消語」が接続。三の一に2例。他に五の四に1例。）や、文脈上同義となる「隠し申」（三の三・四の三）・「（他人には）きかせぬ事・聞さぬ事」（二の三・四の三）・「（今迄は）申さず」（五の二）の8例を加えて、全用例21例・13章（全章の76％）となる。これに「内談」を加えると、25例、14章（82％）と大勢を制したかに見えるが、以上のいずれの語も使用しないものが三章認められる。即ち、Aグループ（第二章の参考表1による。）の遊女の手紙（五の三）、Bの武道伝来記風の敵討を取り上げた武家物

（二の二）、前記（第三章）のC^{2}の奇談（四の一）であり、八種類の要語（主として町人物的色彩の濃厚な経済用語を持つ。「参考表3」）をいずれも使用していない前二者と、僅か1用例のみという後者の特異性が改めて再確認できる。総体的に見て、男色に興味を示す僧侶（五の四と三の一の好色物。）、自害した侍の亡霊に報復され、無産・盲目となる男の因果譚（三の三）、大和の老婆が語る手紙で、盲目となった孫、その母の密通と間男の両者による孫の父の闇討ち、亡霊により懺悔と自首による姦夫の処刑、母なる姦婦の投身自殺という因果譚（五の二）など、これらの章はいずれも、八種類の要語の合計が「2～0例」の僅少値を持つ。好色物か奇談物か、要するに、非町人物が殆どであり、当然と言えばそれまでであるが、要語一覧は、リトマス的反応に似て、作品の個性や性格の一面を雄弁にあぶり出すものであるといえば言い過ぎであろうか。但し、上層町人に対し、豪奢な栄耀献立による中層町人の接待商法を描写し、料理献立を介在させて、町人の奢侈と小資本家の心労という対照的構図を持つ「一の四話」は、要語の僅少値を持つ例外的な町人物であるが、右記の非町人物と同様、現実に昔も今もあり得ることではあるが、内容的に一般庶民に夢想もできない極めて特異な話柄であることは確かである。従って、「表3の⑦の要語」でその一部分のみを示した「口過ぎ」（一の三・四の二・五の一。食べていくだけの手だて。）・「友過ぎ」（三の一。共稼ぎ。）・「銘々過ぎ」（二の三。同上）・「三人口」（一の三。二の三。三人の世帯。）・「身過ぎ」（二の三は2例。他に四の一。「生計を立てること。」『日葡辞書』[29]）等の所帯じみた生活用語は、ゴージャスな生活（一の四話）とは無縁となるはずである。但し、ここで改めて「内証」の意味を考えると、「内証」には本来「内心」（内密の心）、または「意志」（『日葡辞書』[30]）の意味があり、「一家の財政状態。暮し向き。」といった主観・客観にわたる重層的多義性を持ち、「内証咄」（『好色一代男』巻六の七）や、「内証事」（同上。五の二）等の西鶴の諸用例と視点に留意すべきである。

○　**第二点**　主題解明の第一のキー・ワード「人の心」は、諸説で証明され過ぎた感があるので、若干常識的であるが少しだけ私見を述べる。「表4の⑦」に掲出した「悪心」やその類語は、『文反古』で描写されている人間の恥部の氷山の一角というも過言ではない。『文反古』における悪心・欲心の世界は、見事に『世の人心』（『織留』後半の四巻）の世界に接続する。私見として前稿で、[31]十六項目にわたって「世の人心」をめぐる警句を考察した結果、その人心は様々であり、微妙で、変化しやすいものであり、否定的な負の評価、即ち人生の光の部分（肯定的）に対する影の部分に照明が当る場合が多く、欲やエゴから離れられない人間の正体がクローズアップされる、と説いた。例えば堕落した破戒僧（世間僧）を、「其身は狼に衣、形は出家と見えて、心底はあさましき事」（『文反古』五の四）とする筆致は、「あたまを剃り、墨衣着て、形は出家になれども、中々内心は皆鬼にころもなり。」（『織留』五の二）の文飾に見事に通じており、当世の仏道・僧侶批判は、両者ともに辛辣を極める。婚家の金銭を盗んで貯金する「女の慾心」（三の二）や、前記の密夫との不倫（五の二）という「金」と「色」の欲望を始めとして、「道をそむきし銀袋をぬすみ、人の命をうしなひ（失わせ）」（三の三）という極悪非道の殺人罪まで、人間の欲やエゴの洞察を通して、人間の正体・実相（生態）を見極めようとする西鶴の文学精神と姿勢を認める。

○　**第三点**　因果譚や奇談を通して、不条理な実存（特に「四の一」における三人の人間関係。）や運命等と関連する「因果」・「仕合」・「後悔」・「口惜し」や、その類語である。この点については、用例を挙げた諸説があるので、これに譲り、「表4」を通した私見を付記する。要語の用例は66例、17章の平均値は3.9例であり、前記の「表3」（74例。平均値4.35例）と比較して、顕著な事象は、平均値以下の僅少値「2～0例」を持つ非町人物が、例外のBの「一の四話」を除いて、すべて用例の増加が認められる点である。特にAの「五の四話」（1から7例へ）・C_1の「三の三話」（2から11例へ）・C_2の「五の二話」（1から9例へ）の三つの増加が著しい。その論拠は明白であり、三者がそれぞれに頻出する要語「酒色」、「因果」、「悪心・悪事・悪人の共通項である悪」に象徴されるように非町人物的要素としての奇談的な説話性にあるとみてよい。その他、主題をめぐる問題点は多岐にわたるが、（常識論であるが、自戒をこめて、）人間の実存としての生きざま[32]（合理化できない悪や悲惨な事実。理性に逆らう自分自身の事実存在。）は、人の姿（実態・生態）と人の心（精神）に抽象分離できないもので、紙の表裏のように相即不離であるという論点から主題論を展開すべきであろう。

注

（1）西島孜哉氏の説。（第二章の注（2）の⑦の出典の「下」の50頁。）
（2）浅野晃氏「西鶴と歌舞伎・浄瑠璃―浮世草子の場の形成―」『共立女子大学紀要』16輯。昭和45年。（檜谷昭彦氏編『西鶴』平成元年。図書刊行会発行に再録。）
（3）例えば谷脇理史氏説（第三章の注（6）の同書の「三章の2」）や西島孜哉氏説（本章の注（1））その他略。
（4）西島孜哉氏の説。本章の注（1）の51頁。
（5）谷脇理史氏説。本章の注（3）の291頁・294頁。
（6）「『万の文反古』―「内証」と「人の心」を描く書簡体短編集―」『国文学解釈と鑑賞』58巻8号。平成5年。131～137頁。
（7）初版は延宝五年（一六七七）刊13巻本。
（8）浅香山井編『徒然草諸抄大成』、貞享五年（一六八八）刊本は「二百三十五段」。北村季吟著『徒然草文段鈔』寛文七年（一六六七）刊本は「二百三十六段」など架蔵本による。
（9）冨士昭雄氏校注『好色一代男』（新日本古典文学大系76）岩波書店・平成3年。10頁。その他。
（10）由井長太郎氏『西鶴文芸詞章の出典集成』角川書店・平成6年。668頁。
（11）安良岡康作氏著『徒然草全注釈上巻』角川書店・昭和42年。101頁。
（12）斎藤義光氏執筆「徒然草第十九段の鑑賞の項」三谷栄一・峯村文人両氏編著『増補徒然草解釈大成』有精堂・昭和61年。189頁。
（13）『西鶴織留・付現代語訳』角川書店・昭和48年。206・207頁。
（14）「西鶴署記花押考」『ビブリア』28号。昭和39年。2～21頁。
（15）「西鶴織留諸版考」『ビブリア』28号。昭和39年。65～82頁。

(16)「西鶴の創作意識の推移と作品の展開（3）」『大阪商業大学商業史研究所紀要』3号。平成6年。194頁。本書収録。
(17)『刪補西鶴年譜考證』中央公論社・昭和58年。514頁。
(18)本章の注（15）70頁。
(19)本章の注（13）13頁。麻生磯次・冨士昭雄両氏訳注『西鶴織留』明治書院・平成5年。3頁。その他参看。
(20)本章の注（16）193頁。
(21)吉江久彌氏『西鶴 人ごころの文学』和泉書院・昭和63年。63頁。他に本章の注（19）の麻生・冨士両氏の『西鶴織留』216頁参看。
(22)第二章の注（2）の①「万の文反古の諸問題」参看。
(23)『西鶴文学の地名に関する研究・第一巻・アーオ』ひたく書房・昭和60年。370～372頁。
(24)「大江橋架橋と『万の文反古』―序文・B系列の成立時期の検討―」『ノートルダム清心女子大学紀要　国語・国文学編』14巻1号。平成2・3。19頁。
(25)本章の注（1）47頁・52頁。
(26)「『万の文反古』小論―編集主題と内容について―」『群馬県立女子大学紀要』6号。昭和61年。32～42頁。
(27)本章の注（6）の広嶋氏の論考。
(28)中村幸彦氏他二氏編『角川古語大辞典第二巻・き～さ』角川書店・昭和59年。692頁。
(29)第三章の注（14）410頁「ミスギ（身過ぎ）」の項。
(30)同右の444頁「ナイショウ（内証）」の項。
(31)本章の注（16）の60～64頁。
(32)『朝日現代用語・知恵蔵』朝日新聞社・平成7年。948頁「実存主義」の説明中の一節を要約した。

五、『万の文反古』の諸問題——その草稿の成立時期に及ぶ——

『文反古』の草稿の成立時期はいつかという問題は、前記の通りその論証に極めて困難であるが、西鶴の旧作と『文反古』の各章が、いかに似ているかを精査された中村幸彦氏の説は極めて貴重であり、その検証に種々の示唆を与えているわけである。同氏の考察は原四巻本復元説（信多純一氏説）の提起より約18年位先行しているので、その後の諸説を勘案して、信多氏説に基づく三グループによる四分類法（第二章で示したA・B・C^1・C^2のグループ）で再構成し、その草稿の成立時期を窺うことにする。但し、紙幅も残り少ないのでその概略を示し、問題点を提起するにとどめ、詳細は別稿に期する事にする。諸説を注記していない場合は、中村幸彦氏の説であるが、諸説については対象が広範多岐にわたるので筆者の見落としがあるかもわからない。便宜上、作品は略称を使用する。なお、西鶴の作品について、『織留』は私見の前稿で指摘したように、その執筆の時期や、態度・素材にとどまらず、警句や用語の使用法において、『町人鑑』と『世の人心』の相違点が明確なので、二分して取り扱うことにする。

○参考表5　『万の文反古』と西鶴の旧作との類似点を示す一覧表

		◎　Aグループ		
B巻一の一	4	①　堺筋の椀屋家具。	町人鑑	一の三
		②　資本のない商人は資本主の手代と同じと云う考え。	町人鑑	一の二
		③　全体にわたって。	永代蔵	五の二
		④　田畑を田舎に買うこと。	永代蔵	三の四

B巻五の三	2	① 遊女の心中立ての手法において通じる。（檜谷昭彦氏） ② 遊客と遊女をめぐる手練手管の手法。（檜谷昭彦氏） 参考　中川の私見 （該当箇所見当たらず。但し心中立ての様々は『一代男』六の三など各所に見える。）	置土産 置土産	四の一 一の三
B巻五の四	1	① 無用無分別の発心。（檜谷昭彦氏）	二十不孝	一の四
B巻一の三	2	① 四季折々の品を売るべく商をかえること。 ② 紙子、女房をさる事、家うつりのことなど出る事。	町人鑑 世の人心	一の四 四の一
B巻一の四	1	① 料理の献立をならべる事。	置土産	五の三
		◎　Bグループ		
B巻二の一	9	① 死んだ女の衣類を寺へ上げる事。 ② 嫁入衣裳について。 ③ 婚姻を結ぶのに似合わしい家同士がよいという事。 ④ 同右。 ⑤ 同右。 ⑥ 同右。（筆者。中川光利） ⑦ 女の派手な外出。 ⑧ 中居女の事。 ⑨ 娘に真綿つます事。	町人鑑 町人鑑 永代蔵 町人鑑 町人鑑 胸算用 町人鑑 世の人心 永代蔵	一の三 一の四 一の五 一の三 二の三 二の三 一の三 六の二 一の五
B巻二の二	1	① 敵討の失敗、「人ちがい」と言われ逡巡する事。（野田寿雄氏） 参考　中川の私見 （該当箇所見当たらず。）	武道伝来記	八の三

B巻二の三	9	①仲人の事。	永代蔵	一の五
		②同右。	町人鑑	二の三
		③度々嫁をかえて貧乏する事。(『二十不孝』一の三の裏)	二十不孝	一の三
		④嫁が離縁を望んでの仕方。	町人鑑	一の三
		⑤男に飽かるる仕掛け。(筆者中川)	町人鑑	二の二
		⑥同　右。(筆者中川)	世の人心	四の一
		⑦御所づとめ上りの女。	世の人心	六の一
		⑧女の未練と執心から逃げようとする男との関係。(吉江久彌氏)	諸艶大鑑	七の四
		⑨貧乏して松茸も食べぬ事。	永代蔵	二の二
		参考　中川の私見 (本章は17年間で23人の妻と離婚し倒産するが、同じく「京に隠れもなく女房去」の男が、28・29人と離婚し、淫酒で自滅する話が『桜陰比事』二の九にある。又、本章である妻は乱気で、丸裸で白昼大道に出るが、同様の描写が『懐硯』の三の一に出ている。)		
B巻五の一	6	①堺の町の風。	胸算用	三の四
		②同右。	二十不孝	三の二
		③同右。	永代蔵	四の五
		④資本をかる努力。	町人鑑	一の二
		⑤江戸で刻昆布を売る事。	永代蔵	二の三
		⑥同右。	永代蔵	六の二
◎C_1グループ				
A巻三の一	1	①瀬戸の曙。	武家義理物語	三の二

A巻一の二	3	①手のやける若者に経済的な埒を作り、その範囲で自由に振舞わす思いつき。 ②息子の損を手代が埋める事。 ③母親の甘さは息子に毒になる事。	町人鑑 永代蔵 永代蔵	一の一 二の三 五の五
A巻三の二	6	①プロット。 ②金をかすは家質によるべき事。 ③所務分。（『永代蔵』五の三の裏） ④後家の性格の逆設定。（冨士昭雄氏） ⑤亡夫の遺産をめぐる女の欲心と策略。（筆者中川） ⑥章題の類似と見せ銀の設定。（同右）	懐硯 世の人心 永代蔵 新可笑記 桜陰比事 懐硯	二の一 六の四 五の三 五の五 二の九 五の二
A巻三の三	1	①客の忘れた大金をうばってたたりをうける事。（暉峻康隆氏）	町人鑑	一の二
◎ C^2グループ				
A巻四の一	5	①プロット。（暉峻康隆氏） ②見世物の工夫。 ③同右。 ④仕出し屋。 ⑤同右。	懐硯 永代蔵 永代蔵 五人女 置土産	一の四 四の三 五の一 二の二 五の三
A巻五の二	2	①乳母に注意の事。 ②同右。	世の人心 世の人心	六の二 六の三
A巻四の二	3	①乞食の物を盗む事。（『永代蔵』では落ちた筵を拾う事。） ②江戸で石灰を作る事。 ③母親の教訓。（始末訓）（吉江久彌氏）	永代蔵 永代蔵 町人鑑	二の三 二の三 一の三
A巻四の三	0	該当箇所見当たらず。		

右記の一覧表を通して、そのトータルに対して、軽々しく短絡化するべきではないが参考のため気の付く点を示しておくことにする。最初に貴重な資料を提出された中村幸彦氏は、『文反古』と西鶴の作品とについて、テーマ、プロット、素材、所懐、心境等にわたる類似点を精査されたといわれるが、私見としても約5箇所と参考意見を一覧表に付記したにとどまる。その両者の類似箇所は56箇所に及び、『永代蔵』の初稿（私見は前四巻。貞享三年末までに執筆完了と考える。以下は私見。）は11箇所、追加稿（後の巻五・六巻。貞享四年中の執筆）は5箇所の割合となる。『町人鑑』（元禄一・二年の執筆）は15箇所、『世の人心』（元禄三・四年頃の執筆）は7箇所であり、『置土産』の4箇所、『二十不孝』と『懐硯』の各3箇所、『胸算用』の2箇所が続き、『諸艶大鑑』・『五人女』・『武道伝来記』・『武家義理物語』・『新可笑記』・『桜陰比事』の各1箇所となる。当然の予想として、いわゆる町人物（『永代蔵』『織留』『胸算用』）の合計は40箇所、全体の71％に及び、町人物的色彩の濃い『文反古』の性格を再確認する。檜谷昭彦氏は、西鶴の遺稿という観点から、完成された一作品として西鶴生前の西鶴本と同様にその成立年代をまとめて理解することは、私のとるところではない、という。『文反古』の成稿時期について、貞享三、四年説。元禄二、三年説。元禄三、四年説といったある一時期を成稿時期にあてる立場と、系列別に成稿時期が複数の時期にわたるとする立場とに分かれているが、私見は、後者の方が説得力があるように考えているが、逆に立証が極めて困難であり、統一的見解の達成は至難であろう。後者の方が分裂（学説）の相をより深めているように思われるのは自然の成り行きと考える。巨視と微視、全と個の両視点が要請されるので、時には大まかな観察も無益とは言えないであろう。執筆時期については、右記の類似点の総合考察から、類似点の集中している『永代蔵』と『織留』（特に『町人鑑』）の両作品を基軸として、貞享四年から元禄初年（特に一・二年）に焦点を定め、各グループ乃至各章について、綿密精緻な作品論（本文の読み方）が要請される。前記のように、『織留』の自序に先行するものとして、比較的近接する元禄一・二年頃、『文反古』の序文は執筆されたと考えるが、さらに読みを深め、考究を進めたい。私見は類似点の最も多い『町人鑑』と『文反古』の執筆時期が意外に近接又は重複している可能性を考える。それは『文反古』の全か、個か、はともかくとして、長年町人物作品を精読してきた読書体験に立っての発言であり、少なくとも相当部分は、『永代蔵』執筆完了後のものであると確信するわけである。例えば「巻一の一・世帯の大事は正月仕舞」には、計画的倒産の処置が出ており、破産に備えて、播州に四五人暮らす程の田地を買い込んでおく所存とある。例えば『胸算用』に計画的倒産の悪徳商法が描かれている。「然れども今程は、見せかけのよき内証の不埒《ふらち》なる（内実は財政不良で破綻している）商人、大分かりこみこしらへてたふれければ、（多額の借金をした上で計画的に倒産するので）思ひもよらぬ損をする事たびたび也。」（巻二の一・銀壱匁の講中）とある。計画的倒産という新しい社会現象（流行）[1]に西鶴は極めて敏感であり、元禄初期頃から流行し始めたと推定される[2]（前田金五郎氏説）計画的倒産を早速作品に取り入れたのは西鶴が最初と思われる見解は妥当であろう。「末々一度は倒るるつもりに、五七年も前に覚悟して」（『永代蔵』三の四）に早くもその徴候が露呈しているが、『胸算用』（首章）の計画的倒産の用例等と『文反古』（一の一）における借金取り撃退法等々の描写や文章の呼吸に、むしろ接近するものを痛感するわけである。

再び上記の一覧表に戻るが、Bグループにおいて、類似する西鶴の町人物作品は25例中21例・84％と、他のAの6（60％）・C_1の6（55％）・C_2の7（70％）と比較して、突出して多い点、原四巻本における意図的編集、そして、Bグループにおける「巻二の二」（安立町の隠れ家）の類似点「1」の孤立と後人の[3]補作説が浮上してくる等、一覧表が多少とも参考となれば幸いであり、問題の一部分のみを提起して後考にまちたい。

注

（1）「流行に極めて敏感云々」は、『潁原退蔵著作集第十六巻』中央公論社・昭和55年。148頁参看。「曙染」等の用語例で説明。

（2）『新注日本永代蔵』大修館書店・昭和43年。189・190頁（補注七四の項）。
（3）檜谷昭彦氏『井原西鶴研究』三弥井書店・昭和54年、第二部六章「『万の文反古』の成立」の五参看。（特に309～315頁）。

六、『西鶴俗つれづれ』について――巻三の一「世にはふしぎのなまず釜」小考――

紙幅の余裕もなくなったので、巻三の一について寸見を述べて多少の参考に供したい。資料として日野西真定氏（前高野山大学教授）より『天川村史』（天川村史編集委員会編。昭和56年。天川村役場発行）と『信仰と芸能の里　天川』（林屋辰三郎氏他四名共著。昭和51年。駸々堂発行）を貸与され、貴重な助言と解説を賜った。天川村に現在、「庵住」、「籠山」という大字名が残り、昔弘法大師が天河弁財天参籠のため、この地に草庵を構え、一刀三礼の行を尽くして山に籠もった所だと伝えられる（後記の大山源吾氏の説による）ように極めて歴史の古い由緒ある土地が、西鶴の話の舞台である。天河社は役行者の草創といわれ、天川は修験道の基地化し、弁天信仰の霊場となった。話に出てくる「天の川の神主」とは、日野西氏によると、下級の神主で、神人《じにん》と呼ばれ、神社に隷属して神事・雑役に奉仕するが、修験的な人である。手工業に従事し、座を作った神人の存在が辞書類に示されている。平素は百姓の仕事につき、お祭には神主をするといわれるが、天河社に付属する能楽座の成立は、元和四年（一六一八）といわれ、五、六十番の演能が可能な芸能集団の存在が考えられる。（前記『信仰と芸能の里　天川』所収。「天川の能」執筆の中村保雄氏の説による。）土地の風習で男達が神楽や演能で日中を過し、女が山畠で働くという話の描写は、やや誇張した感を懐くが、必ずしも不自然ではなさそうである。この神主に奉仕する下女のしかけた茶釜には不思議な徳があり、二度と水を加えず、数百人ののどを潤したとある。弁天は水の神であり、大自然の天川（十津川の上流）は上流を天川と呼び、天空から流れ落ちる霊水という意味の佳称といわれるが、この話の原点は、霊泉天の川の里と、水神の弁天、そして山水の司神たる龍神の遊居の地という視点を持つ時、氷解されるようである。因に天川の蛇行の形象は、龍をしのばせるという。この不思議な徳を持つ茶釜から、いわゆる「湯立《ゆだ》て」（神前にすえた大釜に湯を煮えたぎらせ、巫女などが笹の枝を浸してはふって、このしぶきを浴び、神がかりして託宣を述べる。）や湯立て神楽が当然連想されるが、茶釜の話の伝承は不明である。奥吉野郷土史研究所主宰の大山源吾氏より、玉稿『天河への招待——吉野三山から弥山まで』（平成5年。駸々堂）と『続天河への招待』（同上6年）を直接入手、披見すると、天河弁財天は大峰修験道の本宮である事が、寛永五年、徳川家光寄進の湯釜（写真掲載）に陰刻されていて、その由緒の深さを物語るとある。直接話と関連はなさそうであるが参考に記しておく。さて、悪僧がこの下女の持つ茶釜を盗んだが、その霊験なく、川に投げ込んだが、年を経た大鯰がその釜をかつぎ上げてくれたので、再び元のように功徳茶をわかして人々に施したという。日野西氏は「大鯰」は川の主をあらわすと言われる通り、水底にひそみ強靭な生命力を持ち、水界を司り、古来より畏怖されてきた。その霊力が地震を起こしたり病気平癒の信仰と結びつくとされる。この下女が最後に奈良の大仏建立の寄進と両親の供養のため丸鏡を献上し、後に福徳円満の釈迦の像の一部に再生されたというのが西鶴の結びであり、そこに孝心の導入が認められる。「鏡」は「女の身代り」だと言うが、鏡は万物を映ずる神秘感から古代より霊視され、神の示現をそこに見ることから御神体として祀られたわけであろう。この話の主題は何か、花田富二夫氏の有益な「『西鶴俗つれづれ』小考」（『西鶴文学の魅力』平成6年。勉誠社。280～301頁。）があるので参照されたい。

むすび

本稿は当初『万の文反古』について詳細な作品論を執筆する予定であったが、いささか総花式となり、間口をひろげ過ぎたようである。近年花盛りの草稿の成立時期について、作品個々の考察を通して鋭く追究してみたいと考えているが、この方面の諸説は活発で、示唆される半面、袋小路に入りこんだようなもどかしさを感じることも一再ではない。例えば、本稿の序章で示した高津の地名を重大視すぎてはならないとする見解などもあるようであるが、色々な読み方があってもよいのではないか。各章の主題の把握についても、人により、相当の違いが認められるが、その起因する点を考えてみる必要があるようである。もちろん論拠を欠き、恣意に流れる愚は避けるつもりであるが、必ずしも思い通りゆくとは限らないのがこの世のつねである。『西鶴俗つれづれ』とともに、遺稿が抱える壁は意外に厚く、補作・加筆の難問題を十分視野に入れて別稿を期したい。最後に、作品の成稿時期の諸説を要領よく整理された杉本好伸氏、又、同氏とともに綿密に作品の読み方を説く谷脇理史氏、極めて精力的に多岐にわたり問題点に照明を与えている西島孜哉氏、又、貴重な資料を戴いた宮崎修多・大山源吾両氏、その他日野西真定氏はじめ多くの示唆を戴いた諸先学の学恩を謝し、厳しい御叱正を願うものである。

『西鶴諸国ばなし』と伝承の民俗

――「巻四の三」の素材と方法を中心として――

はしがき

『西鶴諸国ばなし』巻四の三話「命に替る鼻の先」における、その素材と方法について、二度[1]にわたり小見を発表したが、いずれも紙数の制約で、その論拠を支える重要な基本的資料の大部分を割愛せざるを得なかった。その後入手した若干の関連する他の新しい資料と相まって、特に資料を十分踏まえ、近年の研究成果に立脚して総合的に再検討したい。近年、説話・伝承学会の設立とその諸活動を初めとして、研究・整備は進んでいるが、仏教説話がほぼ半数を占めるといわれる説話文学において、仏教伝承と特に深くかかわっている『西鶴諸国ばなし』巻四の三話に対して、伝承社会、かつフィールド・ワークに対する視点を重視するという見地においても、宗教民俗学的側面からのアプローチを無視しては、その十全の解明は不可能と思われる。その当否はさておき、「西鶴の出処考の中で、『沙石集』など中世仏教説話集をよりどころとしたものの、いくつかにも何か共通したものを感じる。西鶴のブレーンの中で、僧侶などもあって、何時も手近かな説話集から種を求めたと考えても悪くはなかろう。」という見解[2]さえ出ているわけである。西鶴の作品について、仏教説話乃至その周辺資料からの照射が要請される所以でもあるが、筆者はさきに「西鶴と沙石集」について小論[3]を発表した。今回課せられた「西鶴論とその周辺」という統一テーマの一環としても、従来研究が比較的手薄であったこの側面から、まさに典型的とも言うべき仏教的伝承の背景を持つ『西鶴諸国ばなし』巻四の三話（以下『本章』と省略する場合がある。）に焦点を合わせて、その構想と方法を、根本資料を駆使して、立体的に各種の視点から考察を加え、謎の多い巨匠西鶴の創作手法の秘密の解明に迫りたいというのが本稿のねらいである。私事にわたるが、本章の冒頭文の一節に出てくる「高野のおたはら（小田原）町」とは、筆者の出生地であり、二十数年間在住した町でもあるのは奇しき因縁と言うべく、長年究明に従事してきた執念のなせる業であり、又、フィールド・ワークという方法においても、少しは地の利を得ているというべきかもわからない。

注

（1）「「命に替る鼻の先」の素材と方法―『西鶴諸国はなし』考」（広島近世文芸研究会編『近世文芸稿』27号。昭和58・3・1）、「「命に替る鼻の先」の素材と方法の再検討―『西鶴諸国はなし』考―」（高野山大学国文学会編『高野山大学国語国文』9・10・11合併号。昭和59・12・31発行。本書収録）。
（2）中村幸彦氏「西鶴入門」『国文学解釈と鑑賞』34巻11号。昭和44・10・1。16頁。
（3）暉峻康隆氏編『近世文芸論叢』中央公論社・昭和53年。176〜197頁。

一、作品の構成上の問題点と私見

私見は主題と構想上の問題に及ぶので全文をあげて説明したい。

命に替る鼻の先

A①　天狗といふものは、めいよ人の心に、おもふ事を其ままに、合点をする物そかし。

A②　有時に高野の、おだはら町に、檜物細工をする者、杉の水さしまげる。折ふし十二三の、うつくしき女の子、何国ともなく来りぬ。是も此山にてはめつらしく、気付て見るに、職人の見世のさきによりて、鍬屑《かんなくず》をなぶり、あたら椙《すぎ》の木をきりてと、是を惜しみいろ〳〵、じゃまをするを、しかれどもきかず。

甲　後は心腹立、横矢といふ道具をとりなをして、だましすまして、ぶたんと思へば、はやしりて、それでうたるる間には、我も足があって、にぐるといふ。

乙　砥石なげうちにとおもへば、いや〳〵なげうちは、すかぬ事と笑ふ。

丙　あきれはてて、分別するうちに、割挟のせめといふ物、自然とはづれける。是は心の外《ほか》なれば、鼻のさきにあたれば、おどろき姿を引替へ、天狗となって、山に飛行《とびゆき》、

B①甲　あまたのけんぞくを集め、さても〳〵世の中に、檜物屋程、おそろしき物はなし。かさねて行事なかれ。

乙　思へばにくし。けふのうちに、此御山を焼払ひ、細工人目をはだかになすべしと、火の付所を手わけして、既に申の刻にきはめける。

B②　折からほうき院は、昼寝をしてましますが、此声に夢覚《さめ》、当山やくべきとはかなしく、我一山の身にかはり、まどうへ落《おち》て、あのせいとうをすべしと一念、あかりしやうじ二枚、両脇にはさまれしが、そのまま羽となって飛《とば》れける。

C①　弟子坊主台所に、何かもりかたをしてありしが、是もつづきて飛《とび》ける。

C②　今に其時の形をあらはし、大門のしやくし天狗とて、見る事たび〳〵也。

D①　其後不思儀なる事は、其寺のかぶき門、数百人しても、うごくまじきを、ある夜やね斗を、海道におろし置ぬ。

D②　それより人絶て、此寺天狗の住所となりて、ひさしくうちを見た人もなし。

右の一章の構成（段落設定）については、簡単に図示できないが、読者のために結論的な構図を先に示しておく。右のA（起）の話の発端部の素材は、高野山の小田原谷の金剛三昧院に関する毘張房伝承である。西鶴の生存当時の同寺は、今も同位置に現存するが、A①は導入部分としての枕であり、A②の素材は、甲・乙・丙の三段階の展開を具備する典型的な「さとりのわっぱ」という民話であり、同寺院に伝承してきた。B（承）②の素材は、同じく南谷の華王院（現増福院）に関する覚海伝承である。C①の素材は、本中院谷の明王院に関する第二祖小如法伝承であり、背景に第一祖の如法伝承が伏在する点に留意すべきである。C②（転）の部分は、覚海と小如法伝承という二つの素材に基づき、全く異質の二つの核を融合し、複合させた架空の天狗であり、「大門のしゃくし天狗」という伝承はない。なお、B②の僧名としての「ほうき院」は、西院谷にあり、今も現存する歴史的実在の有名な宝亀院（寺院名）を背景に予想させるが、筆者の文献と現地（同寺院）調査の結果、西鶴の素材となり得る天狗伝承は見当らなかったので、「大門」と同様に、寺院名のみを素材として利用したと考えてまず誤りはなかろうと思われる。D（結）の部分は、後日譚としての広義の結びの段階であって、毘張房の伝承と共通の要素を含む小田原谷の来迎院の鼻長社に祭られた鼻長天狗の伝承に、若干参考となる資料がある以外は、直接の素材となる伝承は見当らない。

本章の原拠（核となる伝承）は、右記に示した見取図のように、少なくとも天狗伝承としての一民話と、それぞれ仙人と天狗になって登天した全く異質の二高僧伝にまつわる伝承であり、これら三者の素材源を巧みに複合し、全く新しい独創的な説話に仕立て替えたものである。歴史的にも伝承的にも全く無関係である三者を、極めて巧妙に再構築した複合的構造を持つため、原型が著しく変型せしめられている。従って伝承の事実としては全く無謀で、不合理かつナンセンスな接続であり、神聖な高僧伝を茶化し、卑俗化乃至笑話化している手法は、宗教上の見地からは一種の冒瀆《とく》と言えないこともないが、説話の技法という観点からは、まことに活殺自在の巧みなフィクションの設定であり、緻密な計算による再構成と評価できる。

従来、岸得蔵氏を初めとする諸説の本章の素材や原拠への究明において、本章の最も重要な核と考えられる覚海上人の伝承が見落されていた理由の一斑に、西鶴特有の「原拠離れの手法」がある。即ち、一部右記した通り(1)三原拠を思いのままに解体し、(2)次ぎに解体した各原拠の各構成要素を、恣意的に取捨選択し、必要な複数の各構成要素の一部分のみを任意に自由に接続、融合させ、(3)さらに作者の創見を加えて改鋳・変化させ、アレンジする。又、一方「逆設定の手法」(2)が原拠離れを倍増させ、従って原拠の究明をより一層困難にしていたという事情があった。例えば民話を含む毘張房の天狗伝承における報恩譚を復讐譚に、火伏の守護神（毘張房）を放火陰謀の張本人にするという工合に、事件や人物の性格等を逆転したり、逆設定する。又、原拠の究明に立ちはだかる隘路の一つは、よく言われるように、文明の利器により、赫々《あか》と燃える炉端と言った「語り場所」の喪失や、伝承に興味・関心を持つ語り手の漸減という社会現象がある。そして、血縁の世襲制度に必ずしもよらない世代交替の波が、必然的に西鶴と関連する伝承を持つ山内の寺院の住職方にも及んでいる点である。例えば、「さとりのわっぱ」の伝承は、関係寺院の先代まで伝わり、現住職に及んでいないので、筆者の数回の採訪でも入手できなかったが、幸い五来重氏が先代（故人）より採訪し、報告された(3)というような事情も介在している事を付言しておきたい。又、西鶴の作品の素材の原形とも認められる金剛三昧院に関する天狗伝承について、内海有昭氏（前官。金剛三昧院の塔頭である金剛頂院で、若き日、一三〜一五才の小僧の頃、師匠の松永有見氏より聞いた話）が、『高野町昔ばなし』（平成2年11月刊）に発表されている。最後に西鶴の与り知らない伝承であるが、覚海伝承の成長（増幅）という点で、見逃すことのできない、興味深い事象があり、西鶴の創作手法の謎解きに、直接貢献はしないが、間接的に一つの示唆を与える風習があった事を記しておく。時期的にはいつ頃の伝承か不明であるが、一説に昭和の初め頃までは、華王院覚海の廟所と伝える遍照が岡の覚海社の看経《かんきん》所に、粥《かゆ》杓子・飯杓子を打付けたり、鼻長天狗の絵が掲げられて火伏を祈ったという[4]風習の実態があった。前者について、筆者が直接増福院の現住職鷲峰本賢氏にお聞きしたところ、同じく登天した伝承としての小如法（明王院）の話が、斎食時《さいじき》、師を慕い杓子を持って翔天したので、一部の民衆に誤り伝えられて覚海伝承と混同した結果であろうという明快な解答を戴いた。後者の火伏の本尊としての伝承は後記する。なお、類型譚に支えられている西鶴の説話という視点から、僧侶が高野の魔障を鎮めるために天狗となり登天し、飛行する真誉阿闍梨（華王院と同じ南谷の持明院の開基。『高野山通念集』巻七）の天狗伝承は、西鶴時代にも山上で知られており、留意すべきものがある。又、問題の霊験で知られる現宝亀院は、覚海と如法の二上人の古記録（写本）を蔵し、歴史上の一時期、寺も空しく衰微し荒屋敷となったが、その後復興して狐兎の棲息を免れ、殿堂より楼門を列ねることになったという西鶴当時の成書（『高野山通念集』巻八）の記述を見落すことができない。

注

（1）岸得蔵氏①『西鶴諸国はなし』考（『国語国文』26巻4号。昭和32・4・25。17頁）②『西鶴諸国はなし』（『国文学解釈と鑑賞』25巻11号。昭和35・10・1。78頁）。森山重雄氏「西鶴と民話」（『中世と近世の原像』新読書社・昭和40年。240頁）。その他略。

（2）宗政五十緒氏『西鶴の研究』（「西鶴註釈の方法」で「逆の手法」を指摘）未来社・昭和44年。122頁。佐竹昭広氏『絵入本朝二十不孝』（「娘盛の散桜」で「逆設定」を指摘。本朝二十不孝は本朝孝子伝を全員希代の親不孝者に解体、改造した転合書であるとする）岩波書店・平成2年。74頁。

（3）『絵巻物と民俗』角川書店・昭和56年。256～257頁。五来重氏は金剛三昧院の先代住職久利隆幢氏（先々代の久利性吽氏の後嗣。昭和14～56年在職）より直接採訪された。（この回答は日野西真定氏の仲介による）

（4）安藤精一・五来重両氏監修『和歌山県の地名』（「覚海社」の項）昭和58年。81頁。水原堯榮氏も飯杓子や鼻長天狗

の絵について証言をされている。「高野山の中院を繞る四渓の今昔」（『水原堯榮全集第九巻』同朋社・昭和57年。295頁。

二、覚海上人の伝承を中核的素材源とする論拠

最初に各節ごとに論点を要約して示す。

○第一節（第一点）覚海上人は仏教史上、高野山史において著名な僧であり、二大奇蹟的神秘を持つ。従って怪異小説集としての『西鶴諸国ばなし』の好話柄である。

覚海（以下「尊師」の敬称を省略）は、中田法寿氏の「覚海法橋伝」[1]（以下「覚海伝」と略称）[2]その他の著述によると、著名な傑僧で、建保五年（一二一七）、高野山第37世検校《けんぎょう》となり、承久二年（一二二〇）の辞任まで、四年間在職、治山（45代座主職を兼職）という、公的にも樞要な地位に着いていた。弘法大師の祖意宣揚をはかり、密教精神を復活して、南山（高野山）教学の泰斗として、その教学に集る門下には当時の俊傑（高野八傑）があり、南山教学発展の源流となり、南山の中興、一山の重鎮として衆望を一身に集めた。今もなお、山内の暴乱を防ぐ高徳の守護神とされている。従って歴史上周知の名僧であるという事に加えて、西鶴の作品より帰納すると西鶴は高野山に関して相当強い興味や関心を抱き、交流のあった山内在住の僧侶、その他よりの口伝、又は古老伝や先行の成書等により、相当量の情報に基づく知識を抱いていたであろうという推定は否定しがたい。即ち、過去七生の因縁の感得と、入滅時一種の悟りの境に入り（定評ある伝記の過半は「下品の悉地を欣求する」とする）、羽化（広義）登天して南山を守護したという、二大奇蹟的神秘としての事象が、口承と成書の両面より坊間に広く流布し、覚海の事

蹟に認められ、俗耳に入りやすく、妖怪変化・異類異形等の奇談を努めて積極的に収集した怪異小説集としての本書の性格に、まさに打ってつけの話柄であり、そのような「はなしの種をもとめ」(序文)た『諸国咄』の好餌となる確率は極めて高いと言わねばならない。

○第二節（第二点）覚海の年忌を通してみた今日までの覚海伝承の実態

西鶴の当時、覚海の伝承が厳存していた華王院（「花王院」名の方が新しい）[3]は、開山以来という全山大火（明治21年3月23日）の二・三年後には増福院と合併したため、その伝承は増福院に移り今日に至っている。同院の表玄関向って左側の入口に「覚海大徳翔天之旧蹟」と刻まれた、高さ約3米の御影石（昭和16年建立）が厳然と立てられている所以である。又、門前（昔は境内の一部、現在道路）に今も残っている一本の覚海杉の伝承は高野山の現住民の周知の話である。現住職の鷲峰本賢氏のお話によると、覚海杉を宿木として、覚海天狗が夜中飛来し、木から木へ飛翔し、音をたてて、高野山の安穏を見守っているというのである。又、同氏のお話によると、日は不定であるが、毎年11月の初旬頃、覚海講（正式に組織立った講ではない由）というお祭りをするのが年中行事となっている。近隣の遍照尊院・成就院・釈迦文院等の住職や、山内の俗人（同寺院の執事立石章氏によると、年によって不定であるが僧・俗約半々に近く約30名近い）が集まるが、その式次第の要領を摘記する。先ず本堂の持仏に参拝数、隣室に安置する覚海大徳（木像）を祭る本殿前の拝殿で、灯明を点じ、御神酒を上げ、般若心経、立義分各一巻を上げる。さらに弘法大師と明神様の御宝号を唱えた後、「南無覚海尊師」の御宝号を七遍口誦し、印だけのお餅を拝殿でまき、その徳を称賛するわけである。後は中庭での餅まき風景となり[4]、ごく一部の親しい知人には食膳を饗し、遺徳をしのぶ。又、当日の参会者は、同院秘蔵の覚海大徳の画像（木像とも江戸期の制作の由）の拝観を許され、尊影の御札[5]が配布される。筆者も本年（平成3年）1月末頃木像を拝観し、御札を頂戴したわけであるが、独鈷を右手に持ち、首太く、頑健・豊満な肉体、人を射竦《すく》めるような眼光炯《けい》々たる尊師像に、意志の強さと、剛胆にして細心、透徹した洞察力を感じ、感銘を覚えたことは確かである。住職によると、この行事は昭和30年代（それ以前は不明）の大師の御遠忌の行事の頃より、今日まで継続しているが、本年は七六九年忌に当るわけである。さて翻って歴史的にみると、大正11年は覚海大徳の七〇〇年御遠忌に相当するので、10月7日金剛峯寺主催で盛大な法要を営み、数百人が大師教会本部に参会、覚海大徳の肖像画を奉安、転読大般若会を厳修して、各自随意に遍照ヶ岡の旧祠（拝殿・祠社共に御遠忌のために修覆し、大率都婆《そとば》を建立した）へ参詣したが、登山参詣者も多数であったと記録されている。[6]又、昭和47年の七五〇回忌には、増福院で法要を営み、遍照が岡の拝殿下の参道入口付近に大率都婆が建立されている。さて、管見によると歴史的にも『覚海尊師六百回忌講中』（文政五年（一八二二）の六〇〇回忌に当っての講仲間の趣意書）という記録が残されている点より、[7]元和八年（一六二二）の四〇〇回忌、享保七年（一七二二）の五〇〇回忌などの法要が厳修されたと考えられるが、目下調査中で未確認である。さて、仏教では沐浴は穢《けが》れや罪障を流し去る行為として重視され、湯施行《せぎょう》が行われたというが、高野山金剛峯寺の年中行事帳の古記録（8月17日の覚海入寂日の項）に、[8]「覚海検校湯」とあって、覚海の威霊に帰服した証《あかし》として注意させられる。但し、『高野山通念集』[9]によると西鶴当時は、名徳の忌日におけるこの種行事は退転していたとある。ところで覚海に関する三大事蹟として、前記の二大奇蹟とともに、その登天の遠因になったという説や伝承（後記）があるように、訴訟のため粉骨砕身した建保六年（一二一八）より興った高野山と吉野金峯山間の高野領域問題（寺領侵犯事件）がある。

このように仏教史上、就中高野山史において極めて有名であった覚海の伝承の実態の一斑は、年忌や随伴する年中行事を通しても窺うことが出来るが、要は西鶴の時代にその伝承実態が厳存していたという点と、その神秘的奇蹟を持つ覚海伝承の一面を、成書や口承・聞書等によって西鶴が確実に入手することが可能であった点を次に立証したい。最後に約10年前、筆者が増福院を採訪した折に、玄関横の鴨居に貼られていた「覚海大徳翔天の碑由来」

（現在は見当らない）は、伝承の側面を窺う好資料と考えるのでそのまま紹介する。

「内前にある石碑は、当院先師覚海大徳の碑にして、大徳は一一四三年但馬の国養父郡和泉守雅隆の子孫、華王院を創立し、一二一七年建保五年当山三十七世検校なり。承久元年八月吉野山僧兵、兵力にて高野山（を）占領せんとて侵入、甲冑の備なき当山は、各院を閉じ下山の外無き状況なり。大徳朝廷に泣訴、一方下山せんとする大衆を諭し、八十歳の命、お山の仏性に捧ぐ。その事閻《えん》魔庁でお詫（び）すると一日下山を延期させ、奥の院拝殿御供所を閉じ、九度山に下山せり。貞応二年八月十七日（一二二三）伽藍中門の扉を両翼にして天狗となり天界に去った人。口説に覚海法橋語集あり。下品の悉地を願はれた方、遍照峰に覚海社として祭る。増福院現住、鷲峰恵賢誌之。」（現住職の直話によると、先住の恵賢師の執事が代理執事の由。筆者（中川）の私意で句読点と二字送り仮名を付し、承久三年を同元年に補正して歴史的事実に符号せしめた以外は、ほぼ、原文のままである。）

○第三節（第三点）西鶴が利用した『沙石集』に「覚海の伝承」があり、覚海伝を記した『高野山通念集』を、名所記に関心を持った西鶴が読んでいた可能性が十分認められるので、成書を通して西鶴は覚海の伝承を認識していた事は確かである。

西鶴の作品には『沙石集』と直接の典拠とするものがある点、宗政五十緒・由井長太郎両氏の説[10]がある。筆者も西鶴の六作品に対する影響関係を通して、西鶴は『沙石集』の相当部分を味読しており、創作にあたり活用した点を論証した[11]。その『沙石集』に、

高野ニ南證房ノ検校寛海（慶長二年書写の梵舜本は覚海）トイフ人ハ。近比《キロ》ノ密宗ノ明匠ト聞ヘキ。先生ノ事ヲ知タク思テ。大師ニ祈念スルニ。七生ノ事ヲシメシ給。初ハ天王寺ノ西ノ海ニ。少キ蛤《ハマクリ》ニテ有シガ……今検校ト生レタリト示シ給ケリ。（貞享三年板・巻二下十・仏法之結縁不レ空事）

とあり、弘法大師に祈念して、七度〔蛤・牛・馬・柴《サイ》燈タク者・承仕・検校・（天狗）〕生れ変るという奇蹟の具体的事実が語られており、所謂「平生七生覚知の人」と称された伝承が認められる。又、同書に「近比高野ニ聞ヘシ真言師モ天狗ニナリテ後、大事ノ秘法ヲ霊付テ弟子ニ授ケケルトイヘリ。」（巻八上・十一・天狗之人《ニ》、真言教《ヲシユル》事」という注目すべき文章がある。(12)『紀伊名所図会』の覚海伝を記した「遍照が峰」の項目の解説文に、『沙石集』として右の引用文が掲載されているように、この「真言師」は覚海を指すと考える。さて、『沙石集』の脱稿、成立年次を、弘安六年（一二八三）とすると、覚海の登天年代（貞応二年〈一二二三〉）より六十年後となり、『沙石集』の作者無住道暁の出生時（嘉禄二年〈一二二六〉）に近接する。従って「近比」という発言は必ずしも不自然とは言えないわけである。又、西鶴の時代に成立・刊行された『高野山通念集』（巻七・南谷・花王《けわう》院）の次の記事は留意すべき問題点を含んでいる。(13)(14)(15)

順徳院の御宇。第卅七世検校覚海、南勝房……開基也。池の辺に廟窟《くつ》ありと旧記に見えたり。又は遍照が岡の傍に廟所とて、所の人毎月十七日に。灯明かかくる所あり。此阿闍梨の徳行当山の記に彼是見えたり。七生以前の事を悟り給へる人なり。

この華王院は、天正以前は所領三千五百石、末寺五院を有した大坊であり、かつ高野山学侶方としても頗る名門であったという（前記の中田氏『覚海伝』99頁）。ところで右記の池の辺りの「廟窟」とは、中田法寿氏も指摘されているように、「花王院彼庭前有《リ》二閼伽井一、傍有《リ》レ柳、彼木下《ニ》入定《ス》云云。今は此閼伽井なし。」（『紀伊続風土記』「花王院。開基覚海大徳」訓点は中川の私意。）という記述の旧蹟に該当する。水原堯榮氏は、「現在増福院境内本堂の東側に小池があり、斯の池が覚海大徳の墓所であると師の御房より聞かされたものである。又、明治の三十年頃、増福院には、現在の本堂は建造されておらず、『風土記』にいう柳の大木のあった事も記憶している」と貴重な証言をされている。増福院の住職鷲峰氏によると、現在も同寺の境内の本堂の東側に小池（約5米四方の広さ）が残って(16)(17)

おり、池から西に約二〇米離れた所に、昔の「覚海井戸」（俗称）があり、その傍に柳の木があったと伝えられている。但し、昔の寺内の池沼はもっと広く、又、本堂の建設等のため、廟窟の名残りを留《とど》めていた井戸も木も現在はなく、遍照が岡の覚海社が唯一の廟所という事になっている（以上が住職のお話）。華王院の寺領は、道路交通の整備以前はかなり広く、現霊宝館との間の道路も寺領としており、「地境・東は宝性院（現大師教会本部）の前池に臨み、南は大路、西は勧学院、北は心南院に隣り、西に川を帯たり。地坪都計して五百五十五坪六厘あり」(18)（前記の『紀伊続風土記』）という程であった。ところで『高野山通念集』の背景となる寛文末頃は「所の人毎月十七日（忌日）に灯明かかぐる所」として、平成の現在に至るまで同様に遍照が岡の廟祠において毎年祭祀が厳修されているだけではない。筆者は旧年末より本年初頭にかけて二度ばかり金剛峯寺によって昭和33・34年頃建て替えられたという廟所の看経所を訪ねた所、加行《けぎょう》した修行僧や学生達の手によって沢山の護摩札《ごまふだ》(19)が、新旧の目新しいものを含めて、木の塀に打ち付けられているのを見て驚いた経験を持った。住職の解説によると、修行僧は現在も加行中、伽藍と奥の院に参拝し、伽藍では不動堂から近辺の遍照が岡（「覚海社の峯」「中門前山」ともいう）の方向に対して、南山教学の権威であった覚海尊師を崇拝帰依して遙拝し、加行後改めて覚海社に参拝し、護摩札を打ちつけて報告と祈願を行うという。平成の現在まで八世紀にわたり生き続けている覚海の影響力の強大さ、僧侶の生活に浸透している伝統の偉大さを改めて認識したわけである。なお、前記の『通念集』に「旧記」「当山の記」とあるように「高野山年中行事・高野山秘記・仮名法語・沙石集」など、74の引用書目が、巻頭の凡例の末尾に掲載されており、高野山史の草創・興亡を初め、密教の教義・文化・地理・文学・伝説口承の聞書に至るまで、豊富な史料を満載する。従って、『諸国咄』や『一目玉鉾』等を通して、地方の伝承や生活への関心、又、名所記・評判記の類に重大関心を持つ情報収集の達人西鶴が、本書を繙読している可能性は、西鶴と高野山との関係に徴しても十分肯定できると考える。最後に『沙石集』（正保四・貞享三年板）の「寛海」は「覚海」の誤植である点について、「高野・検校」の文脈や、「南證房」という固有名詞、「七生」という特異な内容より、当時の読者が西鶴を含めて、覚海伝承として同書を判読したという推定は否定できないであろう。この覚海の登天の伝承は、項目を改めて論述するが、覚海の登天を記した『東国高僧伝』（延宝三年〈一六七五〉成立）や、『野峯名徳伝』（延宝三・四年の着手、貞享四年〈一六八七〉成稿）の両成書の存在（第四節参照）によっても、『西鶴諸国ばなし』執筆・刊行以前の高野山上の坊間に広く流布していたか、又は、少なくとも在山僧侶等の有識者間ではコンセンサスを得ていた伝承の実態であることを実証しているわけである。

○第四節（第四点）作品の執筆と成立以前に、素材源の『東国高僧伝』と『野峯名徳伝』は成立しており、西鶴は覚海伝承をこのような成書や口承・聞書等によって入手する事が可能であった。

歴史学の専門家として高野山史にも詳しい久保田収氏（引用の論文執筆時は高野山大学教授）の見解を先ず示したい。

> 『東国高僧伝』の刊行されたのは、『野峯名徳伝』の出版せられたのと同じ貞享四年のことである。……『東国高僧伝』は、延宝三年、後水尾上皇八十の聖誕奉祝のために撰述した『扶桑僧宝伝』の一部であり、この『扶桑僧宝伝』のうち、禅門関係は、『扶桑禅林僧宝伝』として延宝三年に出版し、教門関係の分には原稿に手を加えつつも、出版の機会が与えられないまま歳月を経過したのがこの『東国高僧伝』である。泊如運敞《うんしょう》が『東国高僧伝』の原稿を見ることができたのは、稿成った延宝三年からまもなくのことである。右（中川注『野峯名徳伝』叙《ママ》）のように寂本に語って、寂本の『野峯名徳伝』の着手となったのであろう。延宝三年から数えると貞享四年は十二年目であり、右（序文）に十年の歳月をへたと記されているところをみると、寂本が著述に着手したのは、延宝三・四年のころとみてよい。[20]（「高野山における歴史研究」）

右の『東国高僧伝』の刊行は、私見では貞享五年と考えるが、同じく史学や宗教民俗学の専門家で、高野山史にも詳しい日野西真定高野山大学教授も久保田説を承認しているように、学会で定着した見解となっているようである。『野峯名徳伝』の序文中に「彼伝（『東国高僧伝』）円就シテ十霜ヲ歴《フ》」とあり、『東国高僧伝』が成立した延宝三年より、『野峯名徳伝』の序文執筆時（貞享四年）までは十二年目に当り、両者の成立の時間的前後関係の認定が可能となる。つまり、右の二つの成書がほぼ延宝年代に成立していたということは、西鶴の作品執筆時の貞享初年には、すでに二成書に語られている覚海伝承の実態が既に、高野山内にあったということを意味しているわけである。というのは、右の性激《しょうとん》と寂本《じゃくほん》の二人の執筆した覚海伝は、次項で検証するように、その発想・修辞と内容の両面において、多くの共通性が認められるからである。寂本は学僧で『異字編』などの辞書を初めとして、少なくとも十八本以上の著書を持つ学究肌の面を兼備した高僧伝中の一人であって、その人柄より、入手した情報源としての伝承から、伝記作成への覚海像の復元に当っては、比較的過不足のない忠実な態度をとったと考えられる。又重要な視点は、その著書や経歴により、貞享年代より元禄初年にかけて、高野山に在山居住していた可能性が極めて高いと考える。例えば「宝光院寂本伝」（『紀伊続風土記』）によっても、寛文十二年（一六七二）、42歳の時、快運の遺命で帰山して宝光院に住み、少なくとも天和二年（一六八二）、52歳で大雲院に退居、隠棲するまでは在山したと考えることが可能である。つまり、在山当時の覚海伝執筆前後の寂本から、直接又は人を介して間接的でも、その情報を西鶴が入手するという可能性はなきにしもあらず、この立言の背景として、寂本は外典や文芸にも通じており、貞享年代だけでも少なくとも八種の刊行書を持つ、山の内外でも著名な文化人の一人であったという事情が介在しているからである。著書の署名についても、(1)「時貞享戊辰（中川注・五年）仲秋日／高野山宝光院閑居雲石堂寂本書」（『四国霊場記』序）、(2)「元禄三……紀之山人雲石堂叟尾子書」（『四国遍礼功徳記』）、(3)「貞享歳……紀之野峯雲石堂叟尾子」（『異字篇』序）、(4)「貞享元甲子……雲石堂寂本」（『野峯十八景詩』序）などとあるの

(21)(22)(23)(24)(25)(26)(27)(28)

で、前記の通り高野山上の大雲院より、行基ゆかりの家原寺に寓居するまでの期間、つまり貞享より元禄初年にかけても引き続き在山していた時が多かったと考えられる。但し、(29)通説の天和二年大雲院に退居したとする説と右記の寂本の署名（(1)の資料）とは明らかに矛盾しているが、私見としてはむしろ貞享五年宝光院居住説に信を置きたいわけである。

注

（1）『密教研究（覚海大徳記念号）』10号。大正11・11・1。93～150頁。同誌に掲載の次の諸論文を参照した。森田龍僊氏「覚海大徳の教相」。水原堯榮氏「覚海大徳の出現と勧学会」。大山公淳氏「覚海大徳の事相」。松永有見氏「日本仏教史上に於ける大徳の位置」。蓮沢浄淳氏「覚海大徳の門下」。

（2）水原堯榮氏「覚海大徳伝」（『水原堯榮全集第十一巻』同朋舎出版・昭和57年。167～176頁）「花王院（覚海大徳）」（第一章の注（4）の水原堯榮氏の著書。291～297頁。）旧碌生氏「覚海大徳」『高野山時報』97号・98号。大正6・8・21。7～9頁。大正6・9・5。8～9頁。その他密教・仏教関係の各種辞典類。

（3）日野西真定氏編著『高野山古絵図集成』（清栄社・昭和58年）によると、正保三年（一六四六）と寛政八年（一七九六）と、同以降は「花王院」、承応二年（一六五三）と元禄六年（一六九三）の古絵図は「華王院」と記載しているが、鷲峰本賢氏は後者の方が古い表記とされる。なお、右記の『集成』の『解説・索引』（編著は同氏。タカラ写真製版株式会社印刷・昭和63年）は有益である。

（4）『密教研究』10号（第二章第一節の注（1））の巻頭の口絵にこの覚海の画像と木像（但し、後者は但馬の興光寺蔵）の写真版を掲載する。又、『密教大辞典』（法蔵館・平成元年。215頁）にも覚海の画像を収載する。

（5）御札の紙袋の表の右側に「高野山」、左側に「覚海講」、中央に「覚海大徳尊影」と印刷。内部の一枚には尊影（略画像）を印刷。

（6）「覚海尊師七百年御遠忌」の文章（記録者は劉氏とある。注（4）の『密教研究』の164頁。）

（7）高野山大学図書館の三宝院の寄托本。写本一冊。墨附六葉半。覚海の出身・人物・略歴・師承・弟子・南山での事続・入滅等を記載する。

(8)「覚海伝」（第二章第一節の注（1）の同書141頁）にも引用されているが、他に水原堯榮氏著『水原堯榮全集第七巻』「金剛峰寺年中行事対照表」の最上段の「文永六年（一二六九）」の表を見ると、「大湯屋湯沸覚海検校湯」とあり、同じく「正応四年（一二九一）」の表にも同趣旨の記載がある（同朋舎出版・昭和57年。29頁）。なお、『紀伊続風土記』（巻四十八・歳時記下）の「大湯屋湯付諸院湯之事」の「八月十七日」の項目も同趣旨である。但し、歴史図書社・昭和45年。『紀伊続風土記㈤』108頁による。

(9) 一無軒道治著。寛文十二年（一六七二）又は翌年の成立・刊行。巻九「天野道中」の「大湯屋」参照。底本は『古板地誌叢書5～7』（朝倉治彦氏解題。すみや書房・昭和45年・「叢書7」・133頁）。原本は高野山大学と大阪府立中之島の両図書館本を参看対校した。成立・刊行説は、山内潤三氏説（『大谷女子大国文』の「『高野山通念集』考」）に同意する。昭和54・3。114頁。

(10) 宗政五十緒氏『西鶴の研究』未来社・昭和44年。65～95・115～129頁。由井長太郎氏「西鶴語句の典拠私見」『近世文芸』10号・昭和39・2・10。11～20頁。

(11)「はしがき」（前記。注（3））

(12)「霊付《れいつい》て」（『紀伊名所図会』巻五）とも読めるが、「霊符デ」と解する。

(13) 編者加納諸平氏。弘化二年刊。本文は『紀伊名所図会㈢』歴史図書社・昭和45年。59頁。

(14) 三木紀人氏説「沙石集」の項目『日本古典文学大辞典第三巻』岩波書店・昭和59年。258頁。

(15) 第二節注（9）の底本39頁。原本は巻七・16オ。

(16) 第二節注（8）の『紀伊続風土記㈣』高野山之部・巻十五。340・341頁。

(17) 第一章注（4）の水原堯榮氏の著書。295頁参照。

(18) 第二節注（3）の同書によると、この華王院の位置関係は、宝永三年（一七〇六）以降の諸種の古絵図で立証できるが、それ以前の古絵図では一部分相違する。例えば元禄六年（一六九三）の古絵図では、東側は梅林院となる。

(19)「護摩をたいて仏に祈り、その仏の霊験を宿らせた札」（『日本国語大辞典第八巻』小学館・昭和49年。386頁）又「祈願の趣旨を板や紙（剣状が多い）に記したものを護摩札と称し、修法の後、願主が護符とした。」（『岩波仏教辞典』平成元年。281頁)。覚海社では剣状の板を紙で包んでいる。
(20) 『密教文化』36・37合併号。昭和31・11・1。35頁。
(21) 原本(巻十・卅三オ)に「貞享五戊辰年吉月吉日 弟子方淑謹識」とあり、その4行前に「茨木氏方淑発心刻此」ともある。
(22) 例えば、駒沢大学内禅学大辞典編纂所編『新版禅学大辞典』(大修館書店・昭和60年。919頁「東国高僧伝」)は貞享五年刊行説である。
(23) 『補訂版国書総目録著者別索引』岩波書店・平成3年。424頁「寂本」の項には17本を列挙するが、『四国遍禮手鑑』元禄十年刊を入れると18本になる。
(24) 第三節注(8)の同書787頁。
(25) 近藤喜博氏編『四国霊場記集』(原本は東京国立博物館本の影印本)勉誠社・昭和48年。17頁。原著者は寂本。
(26) 同右(原本は赤木文庫本)434頁。真念著。
(27) 杉本つとむ氏編『異体字研究資料集成第三巻』(原本は国立国会図書館本)雄山閣・昭和49年。33頁。寂本著。
(28) 寂本著。原本は東京都立中央図書館加賀文庫本を使用する。
(29) 第四節注(8)の「宝光院寂本伝」。『続日本高僧伝』の「紀州高野山沙門寂本伝」。編集代表佐和隆研氏『密教辞典』(法蔵館・昭和54年。寂本の項。332頁)等。

三、作品と素材(覚海伝承)との関係(共通点)

この咄には天狗伝承が不可欠であり、しかも大衆にアピールする、かなりポピュラーなものでなければ、読者を共通の基盤に参与させ、次に自己の世界に導入する手順を欠き、読者に作意を知らせることができなかったという意味で、覚海伝承はその絶対条件を満たすものである。しかもその奇談の怪異性、異常性は、『諸国咄』にはまさにうってつけの素材であり、その伝承の実態は、西鶴の時代も、又現在も厳存する。西鶴が確実に読んでいた成書にも、その伝承は紹介されており、主人公は高野山史の中で、一山の座主、検校として高野山の存亡をかけた重大なピンチを救った救世主であり、また鎌倉時代の高野山学僧の第一人者でもあった。そのような意味で、覚海上人の伝承を中核的素材源とする論拠として、四つの視点から検証したが、より直接的に作品と素材との具体的な共通点という視座から、その論拠を、章を改めて示すことにする。最初に各節ごとに論点を要約して示す。

○第一節（第一点）両者の共通点は、先ず高僧が天狗に変身する事であり、その登天と変身の目的が護法・護山の精神に基づく法敵の調伏である。

さて考えてみると、高野山における天狗伝承は6例、仙人伝承は1例、計7例[1]の中、作品の「ほうき院」の性格と人物、又その能力と行動に見合う素材は、覚海以外には皆無である。作品と素材、つまり「ほうき院」と「覚海」の共通点は、山中の魔事・魔魅の跋扈、跳梁を調伏する護法・護山の精神に基づく変身であり、登天という奇談である。ところで、両者の比較考察を離れて、伝承の系譜を、旧（源泉）から新（展開）へと時間的流れに沿ってたどると、山の守護神的存在に増幅されてゆくプロセスが明確に看取される。作品では、「此山を焼払ひ……きはめける」（第一章のB①乙）天狗に対して、「ほうき院は当山やくべきとはかなしく……せいとう（取り締り、支配する）すべしと一念」（B②）と速断対処する。この作品における天狗の焦土作戦は、前記の通り、素材の毘張房伝承（火伏の守護神）の逆設定であるが、大師の法燈を守り、教法を擁護する立場にある霊山の高僧にとっては、まさに法難、法敵以外の何物でもない。素材では「是ヨリ先、山中魔事熾盛ニシテ動《ヤヤ》モスレバ行者ヲ擾《ミダ》シ、善事ヲ妨礙ス」（『東国高僧伝』[2]以下『東国』と略称）、「是ヨリ先、此ノ山、魔魅盛ニシテ善事ヲ妨グ」（『野峯名徳伝』[3]以下『野峯』と略称）とある。覚海が誓願を立てた広義の原因について、共通の記述が認められる。又続けてその対策と方針を示し、「海誓テ調伏シ、以テ教法ヲ護セント欲ス。」（『東国』）、「師誓ヒテ其ノ隊ニ入リ、彼ヲ調伏《チョウブク》シ、教法ヲ擁護シ、三会《サンネ》ニ至ント」（『野峯』）とある。「三会」とは、「功徳を積んで、弥勒菩薩が衆生済度《さいど》のため開く3回の法会に参加し、悟りを開くことができるという信仰に基づく、その法会」（『岩波仏教辞典』）[4]と考えられるが、第一のポイントは、作品における「政道《せいとう》」と、素材の「調伏」（仏教語）の意味に共通点が認められる点である。特に留意すべき第二のポイントは、作品の「一念」と素材の「覚海の誓願」（「海誓ヒテ」・「師誓ヒテ」と『東国』・『野峯』に記述）の仏教語としての共通点である。「一念」[5]は本来一刹那・一瞬間の意味であるが、ここは一念発起の意味として、宗教上の不動の信念を一瞬におこして、わずかな妄心も起らない、心が開けた澄んだ境地を指す。「誓願」[6]は、自己の全心身をかけた願いであり、作品では「我一山の身にかはり、魔道へ堕ち」る重大決意と勇猛心であり、強い意志の力と実行力の裏付けがある。第三のポイントは、作品の「魔道」と素材の「魔事」「魔魅」の相関性である。「魔魅」とは何か。「本朝天狗ト云フハ、謂フ所ノ魔魅也。仏ニ違ヒ、僧ヲ乱シ、善根ヲ害ス。我慢邪執、世間ノ楽ニ著シク、聖賢ノ道法ヲ憎嫉スルハ、其ノ趣ニ入ル。……道盛ナル時ハ則チ魔盛ノ謂也。海師ノゴトキハ願力ノ悉地ヲ以テ入ル。亦異ナリ。」（『野峯』）「天狗ト云事、聖教ノタシカナル文見ヘズ。先徳魔鬼ト釈セル是ニヤ。」（『沙石集』巻八の上十一。十三ウ。貞享三年板）とあるように天狗であり、作品の天狗道を意味する魔道と照応する。さて、天狗道を含む天狗論については深追いを避けたいところであるが、作品と素材との関連性を本質的に究明する立場上、右記の素材の解説を無視する事は許されず、若干触れざるを得ない。近年の研究によると、天狗の概念や属性については時代とともに、又地域により変遷して来たわけであり、後世の付会や、文芸上の粉飾が著しい。中世以降、天狗の概念として三分類説[7]があり、第一類は勧善懲悪・仏法守護を行なう山神。第二類は増上慢の結果、堕落した僧侶などの変じたもの。第三類は現世に怨恨や憤怒を感じて堕落して変じたものであり、天狗を悪魔、いたずらものと解する時は、この第二・第三類のものであるという。右の定義に従うと、右記の素材（『野峯』）に示された魔魅は第二・第三類の天狗であり、同じく右記の『沙石集』の引用文に続く「只鬼ノ類ニコソ、仏法者ノ中ニ、破戒無慚（慙）ノ者多ク此報ヲ受ル成ベシ」とあるのも同様である。歴史的考察として、「平安時代になると、名利をむさぼる我執・傲慢の僧が死後転生するものとされ、天狗道ともいうべき一種の魔界が想定されるようになった。」（前記『岩波仏教辞典』591頁）という。西鶴も、「山僧オホク天狗ト成テ……」（『沙石集』巻一の上六）といった文章や前記の引用文などを通して、この種の知識は十分知っており、次郎坊・太郎坊・三尺坊などといった第一類の有名な天狗が、『西鶴大矢数』（第八）や『好色一代女』（巻三の一）等の作品にも登場している。『諸国咄』成立の七年前には、全国天狗図鑑とでも言うべき、30枚の各種姿態を図示した『天狗そろへ』(8)が出版されているが、いずれも西鶴自画の天狗の挿絵と相違している。さて、素材としての覚海登天の伝承の系譜において、前記（第二章第二節）のように、「上人は此度の諍論（吉野の僧兵の高野寺領侵犯事件）、皆天魔の所行なる事を悟て」翔天したとする伝承の立場を明確に示したのが、『野山名霊集』(9)である。つまり、吉野の「春賢」等、悟りの境地に程遠い悪僧を悪天狗とする考えが背景にあるわけである。留意すべき第四のポイントとして、伝承的にも歴史的にも、登天の因果関係をこのように考えたり、増幅させる素因が、素材（『東国』と『野峯』）の中（特に「魔事」と「魔魅」の用語）に胚胎している事を認めざるを得ない。最後に素材としての覚海伝承において、その登天と変身の目的についての考察に関連する事項として付記する。それは前記（第一章）の通り、火伏の本尊としての覚海伝承である。この伝承の原点はどこにあるのか、不明であるが、『紀伊続風土記』(10)によると、「覚（海）の寺家諸院及（び）、雑衆俗人等までも、都て鎮火の祈願などに、南無覚海高林毘張房と称呼」するという注目すべき記述がある。高林房は同書の右の記述の前文に出てくる、谷上大日堂の山林に栖む天狗（本章注（1））であるが、この「鎮火の祈願」と覚海の伝承との結び付きは、西鶴当時の文献には全く認められないので、現状では、西鶴の時代を過ぎた江戸後期における覚海伝承の増幅（成長）と考えざるを得ない。水原堯榮氏は、その著述(11)の中で、「火伏の本尊としては、筆者の所持するところの覚海尊師絵像の裏書に『欲下充二院内巡修之本尊一祈中満山静謐火難攘除上矣』。此の如くして覚海尊師への尊崇信仰は堅持相続され、知れば知る程意義深重である。」と記述されている。私見としては、覚海の入定後、霊山の守護神的存在となったという山上住民の共通のコンセンサスより、高野山史上、山上で多発する火難の防止にも一役買う火伏の本尊になっても何等不思議ではなく、むしろ右記のような覚海信仰の実態より、そのように増幅する可能性は十分承認できるし、その推定は十分説得力を持つものと考える。作品中で、覚海の投影と考える「ほうき院」が、まさに火伏の本尊としての役割を十二分に果しているのは、興味深い。作品論として、単なる仮説に過ぎないが、もし、前記の「南無覚海高林毘張房」という唱え方が、西鶴の時代に実在し、西鶴の耳に入っていたと考えると、異質の三高僧伝（覚海・如法と小如法・毘張尊師を准高僧伝とする）の融合という点で、構想上のヒントとなる可能性が十分考えられる。

○第二節（第二点）洞察力のある作品の「ほうき院」と、霊感と法力《りき》を持った素材としての「覚海」には、超能力者としての共通性が認められる。

作品では、「折からほうき院は、昼寝をしてましますが、此声に夢覚《さめ》、当山やくべきとはかなしく」（B②）とあるように、何でも人の心を読み取る力のある、「さとりのわっぱ」（後記）としての天狗（作品では最初、十二三のうつくしき女の子A②）の意図を、しかも昼寝中に逆探知する洞察力を持つ「ほうき院」が登場する。しかも護山の犠牲的精神、大義のためとはいえ、人間から異類への転身という人生の重大事を速断し、対処した傑僧の面影を持つ。素材の覚海伝承では、「法力《リキ》ノ感ズル所、神威有リ、霊山ノ幽區（霊地）必ズ之有リ。道盛ンナルトキハ、則チ魔盛ノ謂ヒ也。」（『野峯』上二十二オ）と記す。神通力とも言うべき一種の霊感を持つ作品中の「ほうき院」に対して、仏法を実践、修行して体得した不思議な法力は、神のような冒し難い権威や絶対的な威力を持つという素材の記述に対応する。又、「海師ノゴトキハ、願力ノ悉地《シッジ》ヲ以テ入ル。亦異ナリ。修多羅ニ説クニ、四依《シエ》能ク魔ヲ駆逐スト。海師彼ヲ駆逐ス。豈四依ノ力ナランヤ。」（同上）と続く。この「悉地」の意味には諸説[12]があるが、「密教的な実践により本尊の境地に到達すること、あるいはその境地、もしくはその境地において得られる超越的な能力」とするならば、「法力」・「神威」・「超越的な能力」の感応、又は体得者としての覚海が、作品中の「ほうき院」に対応しており、その人物と性格や能力における反映と考えても不自然ではない。なお、前記（第一節）の「魔道へ落《おち》て」（作品）に対応する伝承の表現を付記しておく。素材では、「其ノ隊ニ入リ」とあるが、「其ノ隊」とは文脈上、「此山ノ魔魅」を指すという意味で、結局作品の「魔道へ落て」に対応しおり、「毒を以て毒を制す」という事例に必ずしも該当するとは限らないが、「ミイラ取りがミイラになる」という危険性においても「落ちて」の表現に留意させられる。このような意味でも、不言実行、自ら魔道・魔界にすすんで落ちるという献身的精神に高僧としての一種の悟りの境地が看取される。

○第三節（第三点）作品の「ほうき院」と素材の「覚海」両者における具体的な登天の方法の描写に共通点が認められる。

「あかりしやうじ二枚、両脇にはさまれしが、そのまま羽となって飛れける」（作品B②）に対する素材の共通点を指摘したい。覚海の伝承では、「一日両腋《ワキ》忽ニ羽翮《カク》ヲ生ジ、門扉ヲ踢翻《テキハン》シテ、空ヲ凌《シノイ》デ去ル」（『東国』）、「遂ニ両脇ニ羽翼生ジ、門扉ヲ踏破シテ、直ニ飛ビ去ルト」（『野峯』）とある。一体、覚海伝における覚海の遷化《せんげ》を整理すると、大別して、㈠羽化説と㈡示寂説とに分類できるが、中田法寿氏が、「独り維宝師のみは示寂説を保持している」（前記「覚海伝」140頁）と指摘するように、管見でも示寂説は、この維宝の覚海伝に基づく高野山の宝亀院伝来の「高野山覚海検校法橋行状記」と「覚海紀伝《ママ》　附地蔵来由」（両者ともに写本。後記）の二資料のみであった。さらに多数説の㈠羽化説は、その登天の方法において相違が認められるので、A説（両腋に忽ちに羽「又は羽翼」が生じたとする説）とB説（中門の二扉を裂き破って双翼とする説）の二分類により説明をする。ところで、右記の二著書（『東国』と『野峯』）は、「両腋《わき》に忽《たちまち》に羽《う》翮《かく》（羽）、もしくは羽翼を生じ、門扉を踢翻《てきはん》（踏みけって）、又は踏破し（踏みつけ）て登天」するので、㈠のA説である。他にこのA説に入るものは、「一日両腋ニ忽チ羽翮を生ジ、門扉ヲ踢倒シテ空ヲ凌《シノイ》デ去ル。」（『本朝高僧伝』(13) 巻十三・十二オ）と、「（我大師の法教を守らんが為に、此身を転ぜずして、大魔王となり、彼等を使令して一山を鎮ぜんと）忽ち両腋《わき》に羽翼《うよく》（原本は左側に「はね」と傍訓）を生じ、門戸を踢翻《たうほん》（同上、「ふみけって」）して、空を飛で去（る）」（『野山名霊集』第五巻五之十六ウ・十七オ）の二伝承がある。右記のA説（四資料）に対するB説は、次の二資料である。即ち、「八月十七日。前検校覚海上人羽化シテ去ル。……上人身力長大。中門二扉ヲ劈破《へきは》シ、両翼ト為シテ相連ナリ（「連」ハ一本ニ「翻」ニ作ル）、飛ビ去ル。」（『高野春秋編年輯録』(14) 巻第八）と、「廼《すなは》チ（翻刻本は「廼シ」）飛行夜叉《しや》王（「叉」は写本「業」）ノ相ヲ視ント、野山中門之両扉ヲ蹈破シ（「蹈」は写本「踏」）、以テ双翼ト為シ、挾ンデ雲中ニ昇リ去ル。」（『伝燈広録』(15) 巻中第八巻）とである。なお、右の㈠羽化説の六資料以外に特に留意すべき三資料を参考に付記するが、いずれも㈠のA説である。「俄然として大身に現じ、両腋に羽翼を生じ、直に大虚に向ひて飛去り、永く当山の鎮護となり給ふ。」（前記『紀伊名所図会』巻之五「遍照が峰」の条）、「海師俄然トシテ大身ヲ現シ、両腋ニ羽翼ヲ生ジ、門扉を蹈破シ、直ニ飛ビ去ル。去ル所ハ即チ遍照カ岡也。」（『金剛峯寺諸院家析負輯八』(16) 華王院。本尊由來）、『紀伊続風土記』（高野山之部。巻之三十五高僧行状之部巻之二。華王院覚海伝）の本文の該当部分は、右記の『本朝高僧伝』と同文なので省略する。以上㈠の羽化説九資料の中、過半の七資料はA説であるが、作品と伝承を比較する時、B説二資料の方が西鶴の文章に近い。B説の『高野春秋編年輯録』は、前記（第二章第四節）の久保田収氏の説（第二章注（20）の30頁）によると、元禄七年に初稿本が成立したという点より、西鶴当時、既にこの種の伝承が山上に実在する可能性が十分あると考える。というのは、「覚海法印ハ……即身ニ魔相ヲ現シ、大塔中門處々ヲ以テ、所栖ト為シ」（『高野真俗興廃記』後記）という記述文が、少なくとも、この文の執筆者光宥の没年（承応二年〈一六五二〉）以前に成立していたと考えるからである。既に検証したように（第二章第四節）、西鶴の作品執筆、成立以前に、二成書（『東国』『野峯』）はほぼ成稿していたわけであるが、両成書にない登天の場所を想像させる「中門」（B説）が、光宥の文章によって確認される点より、私見は単なる推定説ではなく、その傍証より、B説は作品の素材として、作品に反映する可能性が十分あると考える。つまり、「あかりしやうじ二枚、両脇にはさまれしが、そのまま羽となって飛れける」（B②）という作品の記述は、「中門二扉を劈破（裂き破る）して、両翼として、挾《さしはさ》んで雲中に飛び去る」（B説二著の利用）という素材の記述に、ほぼ類似するわけである。なお、(二)の示寂説は後記（第四章）する。

○第四節（第四点）登天後の後日譚において、作品は天狗となった弟子坊主の事であるが、素材の覚海伝承の投影が若干認められる。なお、私見により「しやくし天狗」設定の意図を推定する。

作品では、「今に其時の形をあらはし、大門のしやくし天狗とて、見る事たび〳〵也。」（C②）とあるが、素材では、「山中今ニ迄《およ》ブマデ往々ニ見ル者有リト云フ。」（『東国』巻九・廿五オ）とあって、両者に若干の共通性を認める。他に参考となる伝承を一、二列挙する。「山中今ニ於テ往往ニ海ヲ見ルト云フ。」（『本朝高僧伝』巻十二・十二オ）「今に到て人往々にこれを見る、」（『野山名霊集』巻之五の十七オ）

短いワン・センテンスの中、作品と伝承との四者の共通点、「今に」「たび〳〵と往々に」「見る」の三点を見落すことができない。さて、作品と素材との関連性を考察する時、一つの問題点は、作品の「大門のしやくし天狗」の設定であり、天狗伝承とは無関係（大門の松の木の(17)天狗伝承は後代の世間話の一種と考える）な「大門」の登場は、一山の総門、象徴として、「誠に金剛峯寺大伽藍（中川注。広義）の総門、最広大の楼門なれば」(18)（『紀伊続風土記』）というネームバリューをねらったという以外には、文脈上の必然性がなく、作者の意図は不明である。目録題の小見出し「高野山大門にありし事」とするのも、天狗の妖怪性と霊異を伴う現象にふさわしい場所と考えただけであろうか。[19]『ゑ入高野独案内』（「中門」の条。享保一九年〈一七三四〉刊行）に、「三門ともいふ。大門、中門、寺院の門、合して也。余山の山門とは違ひ、高野三門は三密深秘《じんぴ》あり。」とある。つまり、作品の「大門」と、素材の「中門」は、ともに「三密深秘」のある、創建の由来と宗教性を持つ建物であった。「大門と伽藍の中間の門なれば中門と名づくるならん」（[20]『紀伊続風土記』「伽藍」の条）ともあるが、私は右記の狭義の「伽藍」とほぼ同義の「壇上」（『高野山通念集』巻二の項目）の説明における、約20項あまりの小項目（建物や樹木等の故事来歴）の立て方と絵図に注目したい。何となれば、西鶴の読書範囲とも考えられる前記の成書であり、その第一項と第五項に、それぞれ問題の覚海伝承と小如法伝承を持つ「中門」と「杓子が芝・附松」の記述が隣接しているだけではなく、第二巻の目録に続く巻頭の「壇上図」の見開きで、覚海伝承の中門（二ウ）と小如法伝承の杓子芝（三オ・松の木）の略図が、まさに左右対称の同位置に向かい合っている点に留意する。つまり、ここで私が言いたい事は、「ほうき院」（覚海伝承の投影）と「弟子坊主」（小如法伝承の投影）という二素材を複合させて、かりに「中門の杓子天狗」とすると、特に山上在住の僧侶など、両伝承を知悉する読者にとっては、その複合の意図や舞台裏が露骨に見え透くわけである。従って、大門に対して中門と呼ぶので、伝承上の素材としての「中門」からの登天に対して、知名度等の舞台効果も考えて、（作品上では「ほうき院」上空から）大門上空への移動とその活動を同時に示し、「大門の杓子天狗」という設定になったと考える。なお、西鶴の当時、登天松（杓子芝）を指呼の間（推定約50～70米位の距離か）に望む、同じ伽藍に厳存していた[21]「中門」は、天保十四年（一八四八）九月一日の伽藍諸堂の焼失とともに、運命を共にして、跡方もなく十六個の礎石を残すのみであり、同じく西鶴時代の[21]大門も、元禄元年（一六八八）一月二十八日、樵夫の焚火の残り火から炎上し、宝永二年（一七〇五）八月十六日落慶供養が行われ、昭和の大修理を経て、昭和六十一年七月には全工事を終了し、十月十六日落慶法会が行われたが、これが現在の大門であり、中門、大門ともに西鶴時代の建物がそのまま存在しない事を付記しておく。

注

（1）日野西真定氏「高野山の山岳伝承」（五来重氏編『修験道の伝承文化』名著出版・昭和56年。345～347頁・356～357頁参看。）

（2）原本の巻九・廿五オ。漢文体を筆者の私意で書き下し文に直し、句読点を付す。括弧内の読みは私意による。以下同じ。原本は中之島の大阪府立図書館本を底本とした。

（3）原本の上・二十一ウ。同右。又原文にない送り仮名を一部付す。高野山大学図書館の金剛三昧院と光台院の両寄託本は、解読のための寂本の注記（序中発字）を持つ初版本。同宝城院と持明院の両寄託本、中川架蔵本の三本は注記を欠く後刷本である。初版本の奥付に「書林　藤屋安達嘉兵衛梓」とあり、「野峯名徳伝叙（序）」の末尾に「貞享四年歳次丁卯暑雉《きち》（十一月）下浣（下旬）／雲石堂寂本敬筆」とある。五本すべて刊記を欠く。後刷本は蔵板目録一葉を持ち、奥付に「小田原塗橋／紀南山書林永寧坊山本平六」とある。括弧内は筆者の注記。

（4）中村元氏他三人編著『岩波仏教辞典』平成元年。「三会」326頁。

（5）注（4）の同書「一念」33頁。他に、中村元氏著『仏教語大辞典縮刷版』東京書籍・昭和56年。「一念」「一念発起」51・52頁参看。

（6）注（4）の同書「誓願」483頁。

（7）『日本国語大辞典第十四巻』小学館・昭和50年。「天狗」321頁。

（8）岡本勝氏著『初期上方子供絵本集』角川書店・昭和57年。10～27頁。

（9）泰円著。宝暦二年刊。巻第五。十六ウ。原本は中川架蔵本。奥付に「宝暦歳舎壬申（二年）南呂（八月）望日、此刻以／収高野山青巌寺之経庫者也」（板の所有所）、「装釘所　同山大経師吉右衛門」とある。

（10）第二章第二節の注（8）の同書338頁。「高野山之部・巻之五十九・風俗土産之下・禽獣」

（11）第二章第三節の注（17）の水原堯榮氏の著書。297頁。

（12）『岩波仏教辞典』（「悉地」366頁。既述）を参看。他に『密教辞典』（同307頁。同右）

（13）師蠻著。元禄十五年（一七〇二）自序・成立。宝永四年（一七〇七）跋・刊。漢文体を筆者の私意で書き下しに直し、句読点を付す。括弧内の読みは私意による。以下同じ。原本は中之島の大阪府立図書館本を底本とし、高野山大学図書館本（同版の金剛三昧院本32冊。真別処本31冊。正祐寺本12冊）を参看した。刊記の末文に「宝永丁亥仏成道之日／濃州路加納盛徳禅寺　知蔵比丘　識」とある。

（14）仏書刊行会編纂発行の『大日本仏教全書』（昭和45・7。144頁）を参考にしたが、底本は日野西真定氏編集・校訂の『新校高野春秋編年輯録』（名著出版・昭和57・7。144頁）である。引用の「一本」とは、金剛峯寺蔵の十九冊本である。

（15）正式の書名は『金剛頂無上正宗伝澄広録』祐宝著。高野山八葉学会発行蔵版の同書（大正3・3。186頁）を底本とし、『続真言宗全書第三十三』（『続伝澄広録巻第八』昭和59・10。413頁）と高野山大学図書館の三宝院本（享保三年〈一八〇三〉の写本2冊）を対校した。『続真言宗全書第三十三』は、「飛行夜叉王」を「飛行王」とする。成立は「元禄・宝永頃の作か」（前記。『密教辞典』513頁）

（16）続真言宗全書刊行会編纂・発行（代表者は中川善教氏）昭和53年。480頁。なお、本書は、高野山内塔頭各院より提出した過去帳（天下の孤本である原本）等の集成である。詳細は「凡例」参照。

（17）和歌山県民話の会編集・発行『高野・花園の民話』（きのくに民話叢書第四集）昭和60年。92頁。「110番天狗とカサゴト」の世間話（「大門の松の木に天狗がいて大きな足ひろげてたんや。」等の記述がある。）

（18）第二章第三節の注（8）の同書。巻之二。伽藍之一の「大門」の条。21頁。

（19）著者は不明であるが、高野山在住の僧侶と考える。中川架蔵の原本によると、内題は「高野略縁起」、序文末尾に「時享保十九、甲寅（注一七三四年）稔青陽穀旦」、書肆は「皇都書林軒人見孫兵衛開板」とある。引用文は「二十五オ」。なお、日野西真定氏に同書（但し、南紀高野山書林　山本平六板）の影印・翻刻・解説本があり、有益である。

（20）この第四節の注（18）の伽藍之一の「中門」の条。23頁。

（21）第一章の注（4）の『和歌山県の地名』の同書。「中門跡」（66頁）、「大門」（65頁）参看。

四、覚海伝承の素材源の考察

その創作手法はさておき、西鶴の情報入手の実態が不明である限り、覚海伝承の実態としての素材を正確に復元することは極めて困難と言えるが、山内の口伝や古老伝はさておき、先行の成書や、西鶴以後の刊行書であっても、成立年時が西鶴当時、又はそれに近いと考えられる成書等を通じて、ある程度の復元、又は伝承実態へのアプローチは可能であると考える。第二・第三の両章では、主として覚海上人の伝承を中核的素材源とする間接又は直接の論拠を、多面的に考察したが、断章取義の弊を危惧するものである。従って前記の通り、作品と素材との距離を計り、原拠の全貌を理解するための最低限必要な原拠や、刊行年次を下る成書であっても、成立が西鶴時代に比較的近いか、又、原伝承の実態を逆に照明したり、原拠とその成長の増幅度を計る上でも有効性のある素材を、原則として成立順に列挙し、問題点に照明を与えたい。なお、主として素材となった伝承と西鶴の関係の考察は、ほぼ終っているので、資料を中心に、右記の趣旨より、A～Dの四グループに分類して、紙幅の都合もあり、若干問題点を指摘したり、要約又は補記しておく程度にとどめたい。なお、分類の基準は大雑把であり、あくまで便宜的なものに過ぎず、Aは作品の素材の源泉となるもの、Bは素材となるもの、Cは素材に準じるもの、Dは素材の参考資料となるものとしておく。前記維宝の覚海伝は成立時期（寛保二年）より当然Cに入れるべきであるが、A・B両グループの関連性、特にAからBへの変容乃至増幅（成長）の、その謎を解く一つの鍵を提供する資料として、例外的にA類に入れて若干考察を試みたい。

A１

『諸口伝鈔』（『南勝房覚海御法語』等の別題があるが、以下『覚海法語』と略称する。著述年代は不詳であるが、鎌倉初期と考える。なお作者は康治元年〈一一四二〉～貞応二年〈一二二三〉の人である。底本は宮坂宥勝氏提供の『(1)覚海法橋法語』の本文により、『南勝房覚海御法語』（『密教研究』10号。第二章注（1））を参考にした。詳細は宮坂氏の解題と語釈に譲り、私見として問題とするごく一部分の本文を示す。「……」は中略を現す。）

心だに（も）浄めつるならば、龍・夜叉等の身と成りたりとも不レ苦《シカラ》。……人体は吉《よ》し雑類異形は悪しと偏執するは、悟り無き故也。……知《レバ》二密號名字《ヲ》一、鬼畜修羅の棲《すみか》も密厳浄土也。

A2

『沙石集』（弘安六年〈一二八三〉成立。前記第二章第三節の考察と注（5）参照）

高野ニ南證房……大師ニ祈念スルニ。七生ノ事ヲシメシ給。

近比高野ニ聞ヘシ真言師モ天狗ニナリテ後、

A3

『高野真俗興廃記』（著述年代は不詳であるが、著者の光宥の没年である承応元年〈一六五二〉以前の成立である点は確か。(2)資料は高野山大学図書館の三宝院の寄託本で写本。異体字は通行字体に改めた。句読点と括弧内の送り仮名は私意。）

教相《ノ》受伝者《ハ》法・道・両師共以《ニテ》二南谷華王院《ノ》覚海法印《ヲ》一為《(ス)》レ師《ト》。……彼《(ノ)》覚海法印《ハ》但州《(ノ)》人也。通二知《シ》七生以前《ヲ》一、考二鑑《ス》当来遥後《ヲ》一。恐《テ》レ変《センコトヲ》二南山《ノ》魔境《ニ》一、為《メニ》二随順対治《ノ》一、成《シ》二下品《ノ》悉地《ヲ》一、現《シ》二即身《ニ》魔相《(ヲ)》一、以《(テ)》二大塔中門処々《ヲ》一為《(シ)》二所栖《ト》一、遠《ク》待《タマヘリ》二慈尊下生《ノ》之暁《(ヲ)》一。于今時々節々《ノ》不思議非一也。

A4

『南山第三十七世執行検校法橋上人位覚海伝』（以下『維宝覚海伝』と略称する。述作年代は寛保二年〈一七四二〉正月十七日である。底本は『(3)覚海紀伝（ママ）　附地蔵来由』（高野山宝亀院蔵の写本）を底本とし、『(4)高野山覚海検校法橋行状記』（同上。第三三九世検校の仙巌による写本）と、「覚海大徳伝」（水原堯榮氏提供の資料。第二章第一節の注（2））を対校、参照した。なお、本文中の「……」は中略を示す。）

遂当二我朝順徳院建保五年丁丑一擢二執行検校法橋上人位一。於二是時一、師自誓懇禱曰、……吾大師吾示二告我前生一、如何得下如レ此難レ得得二人身一、難レ遇逢中密法上乎。……大師……現二真影一、……汝始是産二摂州南海一、現二形於小蛤一、……第二生受二牛身一也。……現今第六生感三受法門棟梁南山検校之鴻職一也。第七生必受下護二秘密法一之威猛依身上也。身体生二羽翼一而飛行自在。脩鼻突出如二彎笋《(わんじゅん)》一、遍身赤黒毛髪類二銅針一。……非レ如レ此異容一則争《(イカデ)》為下治二罰賞正之誘進一乎。魔仏一如、生仏不二、修羅即遮那、……汝常是所二臆念一也。言訖《(おわり)》麗々遺韻伝二山谷一、馥《(ふく)》々異香薫二野外一、感涙銘レ膽、身心悩昧也焉。故世人称云下南山碩学悟二七生一之人上矣。……貞応二年癸未八月十七日結二毘盧心印一唱レ滅焉。春秋八十二、葬二境内池辺一也。構二廟塔一設二奠《(てん)》賽《(さい)》一。或云レ葬二遍照岡傍一、現今有二崇祠一号二廟窟一也。後人毎月十七日挑《(かか)》二燈燭一而厳二如在之祭祀一。霊威往々示二懲賞一也。讃曰、律仏説二蛤縁一……海師前縁頗有レ類レ焉。現レ異護レ法、以レ猛罰レ凶、……大聖大賢不レ可下以二形貌一相上也。吐レ火起レ風、灑レ雨激レ水、却止能静。凌レ空透レ地、自入二魔界一、拒二悪波旬一、攘レ災迎レ福、……遍照岡屈枯枝落葉、毫釐《(こうり)》採レ之則施二厳祟一。其威其霊可レ信、可レ懼成二其悉地一、上歟、中下乎、都《(すべ)》即身仏、嗚呼奇哉遊戯三昧矣。（奥書に「寛保二年壬戌春正月十七日輯綴旧記敬謹以著海尊師記倖恐違其本行歟金剛峯寺第五三昧耶親愛沙門維宝慎誌」とある。）

右の四資料の考察を通して第一の着眼点は、A1を除く三者の共通点が「七生」、つまり、過去七生の因縁の感得という奇蹟の体得者という視点であり、巨視的に考えると、その萌芽ともいうべき思想の原点が、A1の『覚海法語』に認められる。例えば、A3の『興廃記』の「下品の悉地」は、上・中・下品の偏執、差別を排する平等観であり、一般凡俗の及ばない悟りの境地に立つものとして、自心の清浄と真言密教の安心《あんじん》を説く『法語』に直結するものである。第二のポイントは、Aの『興廃記』中の「慈尊」（ここは弥勒菩薩）の背景に弘法大師の姿が影向《ようごう》し

（本体から一時影現する）、オーバーラップしているというのが専門家の見解であり、そのような観点から、右の三者の共通点は、七生の感得のため大師に祈念する点である。第三のポイントは、A４の『覚海伝』の中で、その七生の感得を大師に懇禱して（ねんごろに祈り求めて）、覚海の至誠が通じ、その大師のお告げの言葉の中の、「第七生」に、問題となる「身体羽翼生じて飛行自在なり」等の話が出ている点で、最も重要な部分である。考えてみると、「伝承」とは「変容」であるという。つまりこの「身体羽翼生じて飛行自在なり」の記述は、大師によって覚海の未来（運命）が予言されたお告げ（未来形）であって、覚海が体験した過去形の記述ではない点に留意する必要がある。つまりここで私の言いたい点は、作品の素材となったB・C群（後記）における「身体に羽翼が生じたり」、「中門二扉を裂き破って両翼として」翔天したという過去形の記述（伝承）とのギャップに注目したいわけであり、その過去形の記述の原点は、大師の霊力による七生の因縁の感得という現象にあった。つまり、「七生以前の事を悟り給へる人なり。」（『高野山通念集』前記）という言葉が雄弁に語っているように、その神秘性であり、その予言をした人が、他ならぬ大師である事によって宗教的真実が保証され、その点に超人的な覚海像の荘厳化、変容の萌芽を認めるわけである。長文のため本文全体の約15％程度の抽出に過ぎないが、そのような意味で、A４の『覚海伝』は貴重である。『真言宗全書』[5]（著者略伝）ほかその伝記によると、維宝は十五歳で高野山に登り、聖教を尽く手写し、事教諸典を学び、儒典の造詣特に深く、一見してこれを暗記し、秀逸で群を抜く存在となり、当代における高野山の碩学となった。四十歳以後より著書も多くなり、寝食を忘れて日夜事教二相の研修に精励したともいう。さて、このような篤学の人、維宝によって晩年（五十六歳）著述されたA４の覚海伝を判読すると、著者はA１の『法語』を味読しており、覚海の唯一の示寂説の立場を取る本書を通して、伝承の成長のプロセスや、奇蹟の謎が示唆されているとも考えられて興味深いものがある。[6]水原堯榮氏は、羽化説の一伝承（C３の『伝燈広録』）に対する批判として、右記の維宝の示寂説を肯定する立場から、「誤伝して覚海天狗上天を称せしには非らざるか、広録の説はあまりに牽強附会たりと云ふべき乎」と疑問を投げ掛けている。合理的解釈の立場を取ると、当然羽化説否定の発言にならざるを得ないが、宗教の世界は理性を超えた異次元の世界であり、羽化説が伝承の主流となった原因乃至背景に、霊山の守護神的存在としての入定後の覚海の位置づけがあり、護山・護法という山上住民の願望や共通のコンセンサスが伝承を支えていると考えるわけである。

B1

『東国高僧伝』（性激《しょうとん》「寛永十年〈一六三三〉―元禄八年〈一六九五〉」の著。延宝三年〈一六七五〉成立・貞享五年〈一六八八〉刊行。句読点等はA3に同じ。以下同じ。）

「華王院覚海伝」　釈覚海字《ハ》南證対馬人《ノ》。嘗登二高野山《ニ》一遊二双《シムそうヲ》（創）義学《ニ》一。神悟天発《シ》義解精絶《ナリ》。住《シテ》二華王院《ニ》一恢二張《ス》講席《ヲ》一。有二法性道範等一。時《ニ》称《ス》二義龍《ト》一。皆出《タリ》二其門《ニ》一。建保五年補《セラル》二検校《ニ》一。行業多《シ》レ異、嘗《テ》祈《テ》二弘法大師《ニ》一知《レリ》二七生《ノ》事《ヲ》一。先レ是《ヨリ》山中魔事熾盛《ニシテ》動《モスレハ》擾《シ》二行者《ヲ》一妨二礙《ス》善事《ヲ》一。海誓《テ》欲《ス》三調伏《シ》以護《セント》二教法《ヲ》一。一日両腋忽《ニ》生《シ》二羽翮《ヲ》一、踢二翻《シテ》門扉《ヲ》一凌《(しのぎ)テ》レ空而去《ル》。時年《ニ》八十有二、実《ニ》貞応二年八月十七日也。山中迄《マテ》レ今往往《ニ》有《ト》二見者一云《フ》。

B2

『野峯名徳伝』（寂本「寛永八年〈一六三一〉―元禄十四年〈一七〇一〉」の著。延宝三年〈一六七五〉・四年頃着手。貞享四年〈一六八七〉刊行。三箇所にわたり訓点を補った。）

覚海但馬人也。神悟天発・教義精絶。住二花王院《ニ》一。張二講席《ヲ》一。法性道範等偉流《ノ》、欽二下風《ヲ》一。建保五年補二検校一。年八十二蛻化。貞応二年八月十七日也。世《ニ》曰師通二知前七生《ヲ》一。先レ是此山魔魅盛《ニシテ》妨二善事《ヲ》一。師誓入二其隊《ニ》一、調二伏《シ》於彼《ヲ》一擁二護教法《ヲ》一至《ント》二三会《ニ》一。遂両脇羽翼生《シ》、踏二破《シテ》門扉《ヲ》一直《ニ》飛去《ルト》。

賛曰、本朝云二天狗《ト》一者所レ謂魔魅也。違レ仏《ニ》乱レ僧《ヲ》害二善根一。我慢邪執著二世間《ノ》楽一、憎二嫉聖賢《ノ》道法《ヲ》一者、入二于其趣《ニ》一。法力《ノ》所レ感有二神威一。霊山幽区必《ス》有レ之。道盛《トキハ》則魔盛之謂也。若二海師《ノ》一者以二願力《ノ》悉地一而入焉。亦異矣。

修多羅ニ説ニ四依能駆二逐スト魔ヲ一。海師駆二逐ス彼ヲ一。豈四依之力耶。

B3

『高野山通念集』（一無軒道冶の著。寛文十二年〈一六七二〉か、遅くても翌延宝元年の成立・刊行。底本については、第二章第二節の注（7）参看。句読点は中川の私意による。括弧内は原本の割注（二行書き）の部分である。著者の伝記は、必ずしも明確ではない。山内潤三氏の説（同上。注（7））によると、寛文十〜十一年に（又は何年間か）著者は、羇旅の一客人として、高野山の宿坊に寄宿し、真言密教の教義や修行にも触れつつ、各谷々の寺院、什宝、伝説に関する資料を蒐集し、その歴史、現状をつぶさに見聞したという。）

「花王院《けわうゐん》」順徳院の御宇《みよ》。第卅七世検校覚海「南勝房、生レ二于但馬ニ一、貞応二年八月十七日、八十二入滅、大楽院寛秀阿闍梨入壇の資」開基也。池の辺《ほとり》に廟窟ありと旧記に見えたり。又は遍照が岡の傍に廟所とて、所の人毎月十七日に燈明かかくる所あり。此阿闍梨の徳行当山の記に彼是見えたり。七生以前の事を悟り給へる人なり。

右記の三伝承が、西鶴の作品の素材となる可能性について、その脱稿・成立時期の考察を通しては第二章、作品と素材との共通点については第三章でそれぞれ詳しく考察したので説明を省略する。ただし、覚海の但馬（B2）出身は定説なので、対馬（B1・C2）の記述は誤りである点のみ付記しておく。

C1

『高野春秋編年輯録』（懐英「寛永十九年〈一六四二〉―享保十二年〈一七二七〉」の著。初稿本は元禄七年〈一六九四〉に完成。完成は享保四年〈一七一九〉である。出典は『新校高野春秋編年輯録』[7]。句読点は中川の私意。）

（貞応二癸未年）八月十七日。前検校覚海上人羽化去。是依下平生成二魔即法界観一常中念下品悉地上也。行年八十三也。口碑集曰。花王院前官上人覚海師者、自二蚤年一柔和如法之僧鳳也。退職已来頻希二下品悉地一、入二魔界一。同生利益而欲下対二治山中魔障一至二彌勒出世之時一為中聴法之衆上。行願已成。今暁大設二饗膳一、配二次客殿一。不レ令三人窺二見之一。于時及二来賓已去之比一（異「頃」）、上人身力長大、劈二破中門二扉一、為二両翼一而相連。（異「翻」）飛去矣。其後勧二請遍照峯一。立二小社一尊二敬之一。自レ爾已降、山中之魔障漸々安静也。若不律住山者自然蒙二現罰一。是則勧善懲悪之護、山神興法利人之大善魔也。○砂《（ママ）》石集云。高野山覚海者、前七生覚知人也云云。

C2

『本朝高僧伝』（師蛮「寛永三年〈一六二六〉—宝永七年〈一七一〇〉」の著。元禄十五年〈一七〇二〉に完成し、宝永四年〈一七〇七〉に刊行。底本は中之島の大阪府立図書館本であるが、詳細は第三章第三節の注（13）参看。）

「紀州華王院沙門覚海伝」釈《ノ》覚海。字《ハ》南證。未《タ》レ委《セ》二其《ノ》氏《ヲ》一。対馬島《ノ》人《ナリ》。観二遊《シテ》上国《ニ》一、従《テ》二醍醐《ノ》座主定海《ニ》一承二稟真《ス》教《ヲ》一。神気俊発《ニシテ》義解絶《ス》レ儔《ヲ》。後住《シテ》二野山《ノ》之華王院《ニ》一、皇《（オホ）イニ》張《ル》二密席《ヲ》一。時《ノ》之義虎、法性道範等倶《ニ》遊《フ》二其《ノ》門《ニ》一。建保五年為《ル》二三山《ノ》検校《ト》一。海嘗《テ》祈《テ》二弘法大師《ノ》塔一、知《テ》二七生《ノ》事《ヲ》一、行蹟多《シ》レ奇。山中振《リ》レ古魔事熾盛《ニシテ》動《（ヤヤモ）スレハ》擾《（ミダシ）テ》二行者《ヲ》一、障二礙善《ス》事《ヲ》一。海誓《テ》欲《ス》二調伏《シテ》以護《セント》レ教《ヲ》。一日両腋忽生《シ》二羽翮《ヲ》一、踢《（テキ）》二倒《シテ》門扉《ヲ》一、凌《（シノイ）テ》レ空《ヲ》而去《ル》。時《ニ》年八十有二、貞応二年八月十七日《ナリ》也。山中於《テ》レ今《ニ》往往《ニ》見《ルト》レ海《ヲ》云。

系《シテ》曰《（ク）》、心《ハ》者天地万物《ノ》之根本《ナリ》也矣。以《テ》得《ヘ》二正途《ヲ》一之以入《テル》二邪路《ニ》一之止観修《シ》焉。阿字観《ス》焉。所下以《ナリ》復《シ》レ根《ニ》知《テ》レ本《ヲ》為《テ》二心《ノ》之祖《ト》一而不《シテ》レ待レ遣《ルコトヲ》レ之魔《ヲ》自《オ》沮伏《スル》上也。海公定力不レ足《シテ》将《ニ》下憑《（ヨッ）テ》二呪力《ニ》一伏《セント》上之《ヲ》。還《テ》成《ス》下堕《シテ》二其《ノ》中《ニ》一寇《（アダ）ニ》借《スコトヲ》上兵《ヲ》焉。蓋《シ》以二法執膠固《ナルヲ》一而根本不《ルノ》レ明《メ》之過《ナリ》矣。前《ニ》已《ニ》弁《ス》レ之《ヲ》。近世此《ノ》弊多《シ》。故《ニ》重言《スルノミ》耳。

C3

『伝灯広録』（『金剛頂無上正宗伝灯広録』の略称。祐宝「明暦二年〈一六五六〉—享保〈一七二七〉」の著。成立年代は不明であるが、元禄・宝永頃の成立説に従う。（8）底本は高野山八葉学会発行蔵版。）

「高野山座主金剛峯寺華王院検校覚海伝」座主名《ハ》覚海。字《ハ》南勝。曰《フ》二和泉法《ノ》橋《ト》一。但馬《ノ》州《ノ》人。和泉《ノ》守雅隆《カ》之子也。

……建保五年補《セラル》二検校《ニ》一。一時《ニ》将《ニ》レ知《ラント》二前生《ヲ》一、至心《ニ》祈二求《スルニ》大師《ヲ》一、影現《シテ》所《ル》レ示《サ》二七生之事《ヲ》一曰《（ク）》、子《ハ》初《メハ》天王寺《ノ》西《ノ》海浜之蚪蛤《ハマグリ》也。……今為《ル》二検校《ト》一也。便《チ》起《チテ》二定座《ヨリ》一、百拝千敬《シ》、懺二悔《シ》業障《ヲ》一、泣《クコト》如《シ》二少児《ノ》一。時《ニ》山中魔魅盛《ニシテ》而触二嬈《シ》学人《ヲ》一、破二敗《ス》善業《ヲ》一。以為《(オモヘラ)ク》若《キ》レ斯《クノ》難化《ノ》魔儻、敦《レカ》得《ン》二降伏《スルヲ》一。吾《レ》為《ナラシメン》下擁二護《シ》大法《ヲ》一安二隠《ヲ》学人《ヲ》上。作《リテ》二護法神主《ト》一、至《(ント)》二大師《ノ》龍華出定《ニ》一、①廼視《(チ)ント》②二飛行夜叉王相《ノヲ》一、蹈二破《シ》野山中門之両扉《ヲ》一、以為《テシ》二双翼《ト》一、挾《ンデ》昇《リ》二雲中《ニ》一去《ル》。実貞応二年八月十七日《ナリ》。

寿八十二。

賛曰《ニ(ク)》、……知《ル》二七生《ノ》縁因《ヲ》一、亦巧《ニ》入《ツテ》二魔界《ニ》一而播二遊戯《ヲ》一者、非《ズンバ》二大龍《ニ》一則何《(チ)ンソ》知《ランヤ》二水底《ヲ》一哉。（後略。続真言宗全書本は①「廼シ」②「飛行王」とする。）

右記の三伝承の考察において、第一のポイントは、Ｃ１の『高野春秋』における、「今暁……」以下の従来の伝承には全く認められない登天前の異様な雰囲気の具体的描写である。覚海は知友を招いて饗応するが、「魔相を現し」（Ａ３）ていたのか、人に之を窺見せしめずと記述する極秘の会合に留意するわけである。この推定を裏書きする資料として、後記のＤ４の『析負輯』の記述がある。第二点は、Ｃ２の『高僧伝』における臨済宗の師蛮《ばん》による痛烈な覚海の批判である。この師蛮の批判の不当性を衝き、覚海を弁護し、その正当性を主張したのが、Ｄ２の『紀伊続風土記』である。次ぎにやや長文なので四箇所にわたり省略したＣ３の『伝灯広録』は、特に大師のお告げの文脈において、Ａ４の維宝の覚海伝と共通する部分が多い。さて、第三のポイントは、覚海が登天する部分についての両者の決定的な相違点である。つまり、覚海が登天する条は、Ａ４では覚海の第七生を予言する大師のお告げの範囲（覚海にとっては非体験の話）にあるが、Ｃ３では大師の予言が終った後の覚海の実践した行動として記述されている点であり、具体的には「便《チ》起《チテ》二定座《ヨリ》一」以下が覚海の行動の部分と考える。伝承における変容が、微妙な記述上のあやや、語り手のいいまわしから発生することが予想され、極めて興味深い留意点である。ここに伝承の変容と成長を認める。

D1

『野山名霊集』（泰円の著。宝暦二年〈一七五二〉刊。底本は架蔵本。詳細は第三章第一節の注（9）参照。）

「金峯山と相論の事」……上人は此度の諍論皆是天魔の所行なる事を悟《さとり》て、一山静謐《ひつ》の後、幽室に籠《こもり》て数日観行を凝《こら》されけるが、一日忽に異相を現して、空中に飛去《さり》、永《ながく》満山鎮護の神となり玉へり。本朝高僧伝云、凡仏法に魔事あること仏在世といへ共まぬがれず、当山其事の微《び》なるは、大師結界の験《しるし》なるべし。承久の頃花《け》王《わう》院に覚海遮梨といふあり。智解《げ》精絶にして、頗《すこふる》神異あり。其頃山中に魔事有を見て誓《ちかふ》て云、我大師の法教を守らんか為に此身を転せすして大魔王となり、彼等を使令して一山を鎮せんと、忽両腋《わき》に羽翼《うよく》（左の傍訓「はね」）を生し、門戸を踢翻《たうほん》（「ふみけって」）して空を飛て去。実に貞応二年八月十七日なり。今に到て人往々にこれを見る。……南谷に覚海上人を祭れる堂あり。霊験甚あらたなり。

D2

『紀伊続風土記』（仁井田好古「安永元年〈一七七二〉―嘉永五年〈一八五二〉」[9]の著。文化三年〈一八〇六〉に撰修を開始し、三十年以上の歳月を費し、天保十年〈一八三九〉に完成した。底本は、歴史図書社刊の『紀伊続風土記㈣』762頁による。訓点と句読点は中川の私意。なお、『続真言宗全書』と対校し、参照した。）

「華王院覚海伝」……覚嘗《テ》祈《リ》二祖廟《ニ》一、知《ル》二七生《ノ》事《ヲ》一、伝燈録曰《ニク》……感二往因一而浄業精絶也。山中振《リ》レ古魔事熾盛《ニシテ》、動《ヤヤモスレハ》擾二乱《シ》行者《ヲ》一、障二礙《ス》善事《ヲ》一。海誓《テ》欲《ス》下調二伏《シ》之《ヲ》一成《サント》中護法《ト》上、常禱《ニネガヒ》二下品《ノ》悉地《ヲ》一、一日両腋忽《チニ》生《シ》二羽翮《ヲ》一、踢二倒《シ》門扉《ヲ》一、凌《イテ》レ空《ヲ》而去《ル》。時《ニ》貞応二年癸未八月十七日也。年八十二。後建《テ》二廟祠《ヲ》於遍照《ノ》岡《ニ》一、祭《ル》二其神《ヲ》一矣。系曰《ク》……

D3

『紀伊名所図会』（別称『紀伊国名所図会』。編者は高市志友等編別に異なり、成立も同様に第一編は文化八年〈一八一一〉以下熊野編は昭和十二年〈一九三七〉成立まで五次にわたる。底本は歴史図書社版〈前記第二章第三節の注（13）の同書。

58～59頁。）
「遍照が峰」壇上の南方にあり。八葉の一にして、世俗覚海山といふ。峰中に覚海尊師の祠《ほこら》、並に看経《かんきん》所等あり。覚海師は……建保五年検校に補《ぶ》し、終に修羅即舎那魔羅即法界の覚悟を得、俄然として大身に現じ、両腋《えき》に羽翼を生じ、直《ただち》に大虚に向ひて飛去り、永く当山の鎮護となり給ふ。時に貞応二年八月十七日、春秋八十二歳なり。師蓋《けだし》学徳淵博にして、大《おほい》に宗風を振起す云々。今山上に於て不慮の危難に値《あ》ふものは、必《かならず》尊師の祟《たたり》なりとて、大に恐《おそれ》をなすといふ。沙石集……。

D4

『金剛峯寺諸院家析負輯』（続真言宗全書刊行会編。昭和53年刊行。480頁。[10]本書の底本は寺院提出の原本の過去帳等の集成で貴重。括弧内の読みがなと送り仮名は中川の私意。）

「華王院　華王院先師列名　第一　当院開基覚海尊師　字南勝房。貞応二未年八月十七日。当山三十七世検校。治山四箇年。伝記在別。」「本尊由来　華王院……蓋（シ）本院者南勝房覚海法印之開基也。法印者但馬国朝來郡之人。戒珠温潤而青藍芳名ナリ。……遂乃建保五年丁丑擢（ヌキンデラル）二南山三十七世執行検校法橋上人位ニ一。治山五年。誓（ヒ）二三世ノ仏駄十方索多及我大師ニ一通二知前七生ヲ一貞応二年癸丑八月開（ク）二修羅即遮那之覚悟（ヲ）一。本月十七日暁旦招（キ）二異類奇形ノ羽客ヲ一、集二会シ寺殿ニ一、設ケ二饗膳ヲ一而禁（ズ）二人ノ窺窬（キユ）（ヲ）一（中川注。すきをうかがう）焉。饗膳竟（オワッ）テ海師俄然トシテ現（シ）二大身ヲ一、両腋ニ生（ジ）二羽翼ヲ一、蹈二破（シ）門扉ヲ一直ニ飛（ビ）ル去。去ル所ハ即（チ）遍照カ岡也。後（ニ）建（テ）二廟祠ヲ斯岡ニ一敬崇（スト）云（フ）。春（原本「奉」）秋八十有二。蓋（シ）海師学識淵博（セン）（中川注。淵泉「徳や思慮の深い事」）、称シ二一時無シトレ比《ヒ》、大ニ振二起ス秘密ノ宗風ヲ一。……本山ノ教風専（ラ）尊二崇ス海師相承ノ義ヲ一。……

右記の四伝承の考察において、第一のポイントは、D1の『名霊集』において、前記（第三章第一節）の通り、覚海翔天の原因を吉野山僧兵による高野山領への武力侵犯事件と法廷闘争を指すと考える伝承の立場を明確に示している点であり、このような明確な因果関係の捕え方は他の伝承にはなく独特である。中田法寿氏も、「吉野との寺領相論」の見出しにおいて、「されば此の相論に於て覚海法橋が下品悉地の三昧に入らんと決心したのも尤次第な事である」と言い、「身を下品悉地に委ね、心を未来高野の守護に志さるる、又此の事件に起因する事勿論である。」（『覚海伝』133・134頁）と明快にその因果関係を指摘する。[11] 歴史的事実として、この因果関係についての当否の判断は、私の任でもなく所期の論題から逸れるので、専門家の見解を一言付記するにとどめる。高野・吉野の境界争いは、『名霊集』に説くように、建保六年（一二一八）一月に侵犯事件が発生し、高野山側が朝廷に告訴し、複雑な経緯をたどり、翌承久元年（一二一九）一月十四日、院宣が下り高野山は勝訴したが、[12] 実質的落着は同年十二月の吉野方の春賢の死去、翌二年正月の良円、三月の玄信の三人の死去である。以後両者の領界争いは二世紀にわたる。覚海の登天はその勝訴の四年後である。要は作品と伝承（D1）の両者に介在する、一山興亡のピンチという共通点と、「空中に飛去《さり》、永《ながく》満山鎮護の神となり」又「大魔王となり、彼等を使令して一山を鎮せん」という不思議な共通項に留意する必要がある。なお、D1で掲出した本文は、「金峯山と相論の事」の条の約18％弱に過ぎないわけであり、「果」（覚海の登天）に対する「因」（相論）の記述の長大さにも注意させられる。第二のポイントは、D2の『続風土記』で省略した「系曰……」以下の本文であり、C2の『本朝高僧伝』の著者の不当性を告発した内容である。「入二魔界一」事件を「是密教不可思議之実談也」とし、覚海を「遊化自在之聖人」として理解を示している点に留意する。第三のポイントは、D3の『図会』における「尊師の祟《たたり》」を説くくだりであり、覚海信仰とその神格化を指摘したい。第四のポイントはD4の『析負輯』におけるドラマチックな異様な風景であり、「羽客」とはまさに天狗を意味する。権威ある『密教辞典』[13]（「覚海」の項。78頁）の、「下品の悉地を願ったことから、魔界に入って利益せんとして、魔族を饗応し、自らは大身に両翼を生じて天界に飛び去ったと伝える」記述に照応するわけである。

以上、その成立時点より西鶴の作品の素材の中核と考えられるBグループ（『東国』・『野峯』）を中心に、14の伝承（資料）を掲出して、その問題点を簡単ではあるが考察した。今改めて総括する余裕を持たないので一言付記する。素材の源泉となるAグループの伝承はさておき、指摘したような独自性も、もちろん認めるが、B～Dには又意外に大同小異の発想を持つ共通点も多いと言える。変容と肥大はあっても源泉は本来一つであるはずであるという事と、例えば、BとCと区別したが、その成立時点は意外に近接している場合も多いのではないかという事情も考えられる。具体的に考えると、C1の『高野春秋』は、享保四年の完成であるが、執筆開始は貞享元年で、約三十五年の歳月をかけており、少なくとも高野山関係のこの種の仏教書は、極めて丁寧、かつ慎重に時間をかけて執筆されているというのが専門家（日野西真定氏）より戴いた見解である。又、例えば、加藤正俊氏や今津洪嶽氏の解説(14)によると、C2の『本朝高僧伝』の場合、全日本仏教を通じての僧伝（一六六二人の行状、行履をすべて網羅）を編纂せんとする大志があったので、同じく貞享元年に、水戸の清音寺を退院し、妙心寺の幻住庵に移ったという。貞享元年執筆というためには、早くも延宝・天和期にその構想や取材活動が活発に行われていたと考えるのが常識である。つまり、これらの伝承の相当長期間に渡る取材活動の期間は、予想外に西鶴の作品執筆のためのそれと、近接しているのではないか。従って、C3の『伝灯広録』も、元禄・宝永頃の成立説(15)が有力と考えるが、真言宗高僧伝では最も広範であり、約五六〇人余りの列伝を執筆する前段階としての準備期間が当然考えられるわけである。このような成立時期という視点からも、大同小異の発想や類似点が、B～D間に認められても、不思議ではないというのが私の論点の一つである。

注

（1）『假名法語集』（日本古典文学大系83）岩波書店・昭和39年。55～58頁。

（2） 墨付本文四十三面。字面は一面七行。一行は十四字程度。末尾に「御本云隠士光宥撰　享保三戊戌十月廿八日書写了」とある。なお、「高野山真俗興廃之記　光宥」として、翻刻文が『密宗学報』98号（大正10・8・1。43～50頁）に収録されているので対校したがほぼ同文である。この翻刻文末尾に「本云　以北室院快盤御本書之　慶安二年正月二日書写之　隆慶　干時慶安五年三月廿九日　円融房秀海（以下略）」とある。右の快盤は北室院の十八代住職（寛文二年、六十七寂）であり、隆慶は相州大山寺の僧、秀海は高野山の庫蔵院の四代住職（元禄六年には生存）と考えられるので、資料の『興廃記』の成立を慶安二年（一六四九）まで遡及させる事が可能である。作者の光宥は、覚海と同郷の但馬の人、学僧で、博く内外の経典を究めて密宗の玄旨に通じ、文章を善くし、碩学職に任ぜられた。詳細は「蓮花三昧院光宥伝」（『紀伊続風土記』高野山之部・巻之三十六）。「阿闍梨光宥」（D4の『析負輯』640頁。蓮華三昧院十五代住職）。その他『析負輯』6頁に「光宥興廃記」の記述がある等五箇処にわたって散見されるので参照されたい。又『密教大辞典（縮刷版）』の「光宥」556頁も有益である。（密教辞典編纂会。平成元年版）。

（3） 書外題の他に墨付本文三十一面、奥書一面。字面は一面八行、一行は十七、八字程度。縦二四・二×横一六・三糎。奥書の「寛保……（以下本文）」の末尾に「明治十八年六月蓮金院本写／宝亀院海充六十有六年」とある。

（4） 書外題の右側に「仙巌《センゴン》」と筆写した僧侶名と花押がある。墨付本文二十一面、奥書なし。字面は一面六行、一行は十四字程度。「仙巌」は『宝亀院歴代過去帳』によると、「前寺務検校法印仙巌　文化十二亥八月十八日化壽七十八」とある。なおD4の『析負輯』によると宝亀院の四十代の住職に当る。詳細は同書359頁「前寺務仙巌大住房」参照。寸法は縦二一・二×横一三・八糎。

（5） 続真言宗全書刊行会校訂・発行。同朋舎・昭和52年。365～366頁「維宝」の項。他に『密教辞典』法蔵館・昭和54年。30頁等。

（6） 第二章第一節の注（2）の「覚海大徳伝」176頁。

（7） 日野西真定氏編集・校訂。名著出版・昭和57年。144頁。なお、同書の底本は『大日本仏教全書』であり、本文中の異本とした「頃」は大谷大学本（天明三年の写本）と龍谷大学本のみ、「翻」は大谷大学本を指す。

（8） 詳細は第三章第三節の注（15）参看。

（9） 久保田収氏の「高野山における歴史研究」（第二章第四節注（20））によると、文化のはじめ、台命があって本書の撰修が開始され、三十年以上の歳月を費して、天保十年の春完成したが、高野山之部の撰修の完了は天保九年秋冬の頃という。活字本の最初は明治43年の和歌山県神職取締所発行の五冊本。昭和45・50年に再度復刻したが、現代史学から再検討され、『続真言宗全書（第三十六巻〜第四十巻）』として刊行された。続真言宗全書刊行会編纂。代表中川善教氏。第一印刷出版。（本文は第三十九巻1190〜1191頁。）

(10) 本書の読解・校訂・印刷の校正は、主として中川善教編纂主任が当った（凡例参照）。発行は続真言宗全書刊行会である。

(11) 宮坂宥勝・佐藤任両氏著『新版高野山史』心交社・昭和59年。53頁。

(12) 中田法寿氏の「覚海法橋伝」133・134頁参看（第二章第一節の注（1））。

(13) 編集代表佐和隆研氏。法蔵館・昭和54年。

(14) 加藤正俊氏の説は金岡秀友氏他3名編集代表委員『日本仏教典籍大事典』雄山閣・昭和61年。494頁。今津洪嶽氏の説は「師蠻」『禅文化』15・16号。昭和34・4。76〜80頁。

(15) この章の注（13）の同書513頁「伝燈広録」の項。小野玄妙氏編纂『仏書解説第三巻』大東出版社・昭和55年。489頁「金剛頂無上正宗伝燈広録」の項。

五、作品（弟子坊主）と素材（如法・小如法伝承）との関係（共通点）

作品の構成についての説明は、前記（第一章）の通りであるが、作品と如法（第一祖）・小如法（第二祖・帰従上人・満徳）伝承における関係ある部分のみ再度掲出する。

B②（ほうき院は）……そのまま羽となって飛《とば》れける。

C①弟子坊主台所に、何かもりかたをしてありしが、是もつづきて飛《とび》ける。

覚海伝承の素材源の考察（第四章）において、四分類を通して考察したが、本中院谷の明王院に関する伝承を、便宜上　A　作品の素材の源泉となるもの　B　素材となるもの　C　素材の参考資料となるものに分類して考察を進めたい。C①の素材は、前記の通り、仙人譚として語られている高僧如法上人（第一祖）に従って登天したといわれる小如法（第二祖）の伝承であり、作品の「ほうき院」の登天（B②）の背景には、素材としての覚海上人とは全く無関係な、如法上人の伝承が伏在する。そこに二重構造としての重層表現が認められ、天狗伝承と仙人伝承という全く異質な二つの核の接続・融合という複合構造に、作者西鶴の創作の秘密が認められる。従って作品中で「登天」という素材以外に、如法上人の伝承は直接的に全く顕在化していない。しかし、斎食《さいじき》の調理中なので、急きょ杓子《しゃくし》を持ち、師の御跡を慕い登天した「弟子坊主」（C①②）の存在により、その素材は小如法伝承であることが確定するとともに、B②の「ほうき院」は、天狗伝承の覚海上人と、仙人伝承の如法上人の二重の役目と性格を負わされるわけである。さて、弟子坊主の素材として、西鶴当時の高野山名所記の性格を持つ『高野山通念集』（以下『通念集』と略称）の巻二「杓子が芝　付《つけたり》松」の条が、覚海伝承と関係の深い「中門」（ここから覚海は登天するという伝承）との関連性においてもクローズアップされてくる。

B（作品の素材となるもの）

『高野山通念集』（巻二。句読点は中川の私意による。書誌は第四章のB3等参看）

「杓子が芝　附松」荒川経蔵の前の芝を云《いふ》也。明王院如法上人、久安元年四月十日白日に、都率《とそつ》天に往詣し給ふ時、御沓《くつ》のかた〳〵（中川注「片方」）落《おち》て松の枝にかかれり。世に鞋懸《くつかけ》の松と云是也。明王院東辺の山上にあり御弟子帰従小如法と云上人の御跡をしたひ、おなじく天上しけると也。其時いかがありけん。杓子と云物を持《もち》てけるか、ここへものしけるを以《もつ》て、ここの名とすと、俗にいひつたへ侍る。

作品と素材との関連性は、「俗にいひつたへ侍る」という右記の伝承でほぼ了解できるが、小如法伝承は、主役の高僧如法上人の伝承がないと成立しないわけであり、その如法伝承は、魔魅や天狗退治による護法・護山の精神に基づく登天とは全く無縁の仙人伝承である点を明確にしないと、作品と素材の全き関係は解明できないので、その如法伝承を考察する。なお諸本（諸伝承や諸解説書の類）に依り、人物名の混乱が認められるので、最初に筆者の見解を明確にしておきたい。第一祖は如法上人、第二祖は作品の素材となった小如法（帰従上人・満徳）である。又、三本の『高野山秘記』（後記の分類によるA1・A2・A3。以下『秘記』と略称）に、「真禅房口伝事」とあるように、伝承者である第三祖懐誉真禅房（満信）によって、第一祖如法と第二祖小如法（満徳・帰従上人）の伝承が行われてきたと考える。筆者（中川）は、現在の明王院住職高岡隆州氏の特別の御高配で二度(1)『明王院先師名簿』（内題は「明王院代々先師名簿」）を拝見したが、同名簿は『金剛峯寺諸院家析負輯』（第四章のD4の資料）に記載の(2)「明王院歴代先師名簿」に、ほぼ共通する。私見は右記の二書と、次に記す『高野山通念集』の記述をその論拠とする。但し、私見は西鶴当時の成書『高野山通念集』（巻四。本中院谷の明王院の条）の記載事項「如法上人或云如法仙人(3)懐誉真禅房一名ハ満信旧地なり。……高野山懐誉真禅房の伝とてのせられたり。」の解釈について　阿部泰郎氏の見解のように、如法上人とよばれた真禅房懐誉の「御物語」を記したもので、懐誉の「弟子帰従上人」がその伝承者であるらしいとする説には賛成できないわけである。つまり如法上人と懐誉真禅房を同一人物と解しないで、伝承者である第三祖の懐誉によって語られたものとする。その第二世を小如法、第三世を懐誉真禅房とする『紀伊続風土記』の記述とも私見は共通するが、小如法を満信とする同書（続風土記）の記述には同意しがたく、前記の二つの「先師名簿」と『通念集』の記述に従っておきたい。なお、享保年間の懐英自筆本と推定されている『高野伽藍院跡考』にも、「其資帰従上人満徳」とある。（『続真言宗全書』（第四十一巻）61頁。昭和62年。続真言宗全書刊行会発行。）歴史的事実はどうであったのか、信頼できる決定的な資料が見当らない現在、便宜上、合理的な私見の立場から論を進めたい。

B（続き）

「明王院《みやうわうゐん》」如法《によはふ》上人或云如法仙人懐誉真禅房一名ハ満信旧地なり。肖像の賛に云。久離《ひさしくはなれ》二睡眠ヲ一常凝《つねにこらし》二座禅を一木食《もくしき》草衣、宛《にしてあたかも》如《ことく》二仙人一見えたり。抑当院ハ弘法大師御在世の日、御手つから、五大尊を刻《きざ》ませ給ひ、御堂建立し、壇上東北、鬼門の鎮将として給ふとかや。まことに浅からさる霊地也。彼上人、其傍に草庵を給ひまします。殿堂門廡《ぶ》の広荘厳麗なるハ、其後つくりなせるよし也。初《はしめ》上人誓願して、明神の御躰を拝見し奉るへきの志《こころさし》をはげまし、致《し》レ誠《を》行業積《しやく》功せり。あるとき明神御影向《（ようごう）》ましまし、御すがたハ、天女にして、光明赫奕《かくやく》として、いただきに天冠あり。身に瓔珞《やうらく》をかさり、異香芬馥《ふんふく》として室内を薫せり。乃上人に告て曰《のたまはく》大師入定ノ之時、以テ二此山ノ往侶ヲ一懇《（ねんごろ）》ニアツラヘ誂二置キタマフ吾ニ一。依テレ之誓ニハコクム二住侶ヲ一、志シ、時トシテ無二暫クモ忘ルルコト一。立テテ二朝ノ煙ヲ一防ク二夜ノ嵐ヲ一、計ハカリコト、更ニ無シレ非トイフコトレ吾カ力ニ（上記の訓点は原文のママ）。其中ノ有ルレ信心之類（ママ）タクヒ、殊ニ加（へ）二哀愍ミンヲ一有ル二道心一族ヤカラハ、直ニ送ル二浄土ニ一。若シ有ハ二不信懈怠之輩一、決‐定応受ノ業ヲ難レ転シ。化導不レ及レ力者、且ツ交ニ二吾カ使者ノ中ニ一、待テ二解脱ヲ於慈尊下生ニ一、其ノ程暫ク雖モ二著クレ皮ヲ戴クレ角ヲ之身ト一、可レ令シム三憶セ二持神呪ヲ一矣。かくのことく、託宣ましく〳〵て、うせ給ひぬ。今に至るまて、御神躰を彩絵して拝み奉るハ、此時の御相貌とそ。されハ上人ハ、中院明算《めい》阿闍梨より、秘密の法を伝へ、又北室良禅検校より、的受相伝ありしとかや。小野勧修寺の作法集一巻の中、三衣《さんゑ》の作法、高野山懐誉真禅房の伝とて、のせられたり。終に久安元年卯月十日、白日《はくじつ》に都率天に往詣し給ふとかや。檀上杓子が芝の下に見えたり……（下略）。（『高野山通念集』巻四）

右の資料を通して第一のポイントは、「高野山懐誉真禅房の伝」という言い方において、四本（後記）の『秘記』との共通性に着眼する。第二は、如法上人を「如法仙人」とも呼び、「宛如二仙人一見えたり」という点において、同じく四本の『秘記』のいずれにも「宛如二仙人二」と記されているように、天狗譚とは異質の仙人譚的色彩を持つ高僧伝承である。(4) 井上光貞氏は『本朝神仙伝』を考察した結果、神仙の概念として五つの要素を列挙している。深山に住まい、山中で原始的な生活を営むこと。独特の服餌の法、昇天・飛行など、天空に飛昇する能力をもつこと等、如法上人との共通点が認められて興味深い。第三は、高野地主の神とも言うべき明神の御影向と託宣があり、やがて秘密の法や三会の作法を体得して白日に都率天に往生する。第四は、特に作品と関連性のある部分で、上人の登天した所の松と、松の下の芝生に関連して、上人の落した沓《くつ》と、小如法の落した杓子に関する伝承である。第五は、師匠と弟子が相伴って登天した話となっているが、(5)日野西真定氏も指摘されているように、元来如法上人と小如法は同時に往生（登天）したのではないが、『通念集』の頃になると、伝承が変容又は成長して、右記のような記述になったと考えられる点である。「師資（中川注　師匠と弟子）倶《ニ》時《ニ》登《ル》レ天《ニ》者、無《キ》レ根浮説《ナル》也耳《（ノミ）》」（(6)『紀伊続風土記』明王院如法上人伝　附小如法）という指摘は合理的で説得力を持つ。しかし、西鶴は右記の『通念集』の伝承にドラマを感じて取材した事は間違いない。なお、右記の第三点で指摘した丹生明神の託宣には典拠がある事と、歴史的背景として、周知の通り高野山開創説話や縁起をめぐる高野・丹生両神鎮座と山譲りの伝承がある。その託宣の典拠とは、例えば高野山宝亀院所蔵の『明王院如法上人ノ時、丹生明神御影向』の一紙（折紙。墨付は20行。1行は漢字で10字前後。江戸時代の写本）は、前記の阿部泰郎氏の紹介された(7)三宝院所蔵本と同じように、「丹生明神影向事」の内題を持ち、「明王院如法上人、可《キ》レ奉《ル》レ拝二見《シ》明神《ノ》御躰《ヲ》一之志慇懃《ナリ》。」（訓点は中川）と始まり、以下「可レ令《ム》三憶二持《セ》神呪《ヲ》一」まで、右記の『通念集』とほぼ同文であるが、三宝院本の末尾にある「久安元年卯月十日天上」の記述はない。又、「今に至るまで御神躰を彩絵して拝み奉る」（右記の『通念集』）という「影向明神画像」が、現在も高野山上の「宿老明神講」（森寛巌氏（現在第四九二世法印））のお話では、現在も毎月一回、上綱位の資格を持つ僧侶が集まり、明神をお祭りする講であり、約四〇人位の構成員がいる由である。）と称する講の本尊として利用されている点などを指摘している、阿部泰郎、景山春樹（「高野山における丹生・高野両明神」）両氏の論考は(8)有益で参考となる。要は右記のBの如法伝承の宗教的背景に、狩人や女神がそれぞれ空海に狩場や神領を譲って以来、真言宗の護法神として、大師と不離一体の関係となり、大きな発達をみせた歴史的事情が介在している点を確認しておく。

[9]五来重氏は、高野山を含む各山岳霊場の寺社では、男女の二体に、仏教化した僧を法体として加え、三神三容と称し祀る例が多い点、具体的には女体は山神の丹生津《にうつ》比売神（右の丹生明神）、男体は祀り手の高野明神（狩場明神）、法体は寺院開創の僧空海であり、これが山岳霊場を祀る原則であるとの仮説を立てられているわけである。

注

（1）明王院は昭和27年5月2日、火災に遭い、名簿を焼失し、大山公淳氏（執筆時は第四六三世法印）により、昭和38年2月吉日に、山内の古記を徴し再編された点、名簿の冒頭の「敬白」に詳しい。折本で一冊。

（2）『析負輯三　本中院』164・165頁参看。両者の相違点は、「阿闍梨物語」に対する「阿遮梨御物語」（本書の『析負輯』）、「丹生明神」に対する「丹生大明神」（本書）以下「着二天衣一」と「著二天衣ヲ一」。「付法弟子大治三年」と「附法弟子。大治三年」（以下省略）という程度である。

（3）『中世高野山縁起の研究』共同精版印刷・昭和58年。36頁。（編集発行は元興寺文化財研究所。なお同書に「高野山秘記」として、私見によるＡ2の資料に当る天理図書館所蔵の写本「明徳四年〈一三九三〉・真恵」の翻刻があり、解説とともに有益である。）

（4）『往生傳　法華験記』岩波書店・昭和55年。736頁。

（5）五来重氏編『修験道の伝承文化』名著出版・昭和56年。357頁。（「高野山の山岳伝承」の「七　樹木に関する伝承」の項参看）

（6）続真言宗全書刊行会編。代表者中川善教氏『続真言宗全書第三十九巻』第一印刷出版・昭和57年。1244頁。（『紀伊続風土記』高野山之部。巻十高僧行状　六感応の部）

（7）第五章注（3）の同書。37頁。切紙。

（8）五来重氏編『高野山と真言密教の研究』名著出版・昭和54年。64～83頁。

（9）五来重氏編『修験道の美術・芸能・文学⑴』名著出版・昭和55年。413頁。（「箱根山修験の二種の縁起について」）

六、如法・小如法伝承の素材源の考察

前記（第五章）の通り、本中院谷の明王院の開基（第一祖）如法上人、第二祖小如法（帰従）上人に関する伝承を三分類して、資料中心に簡潔に考察を試みたい。

A１（金剛三昧院本と略称。「秘記」の「秘」は異体字である。）

『高野山秘記』（書写年代は文永八年〈一二七一〉四月十八日。筆写者は記入なく不明であるが、「雄仟春清房本」とあるのは所蔵者名であろう。因に「雄仟」①は貞享五年入寂の高野山桜池院の住職であると考えてほぼ間違い無い。本文中に「真禅房懐誉阿闍梨御房御物語」とする13字の表記は、A２の天理本と全く同じ。資料は高野山大学図書館の金剛三昧院の寄託本である。異体字、略字は私意により改め、訓点、句読点を補った。①〜⑥はA２との校異を示す箇所である。）

一、真禅房口傳事　此法《ノ》傳授《ノ》次、真禅房懐誉阿闍梨御房御物語云《ニク》。如法上人也。弟子帰従上人是又々如法房云故先師上人、奉《ル》レ遇《ヒ》二丹生大明神一《ニ》。在《リ》二光明一、着《ス》二天衣一《ヲ》。玉髪金簪、瑠璃荘厳之姿、不レ可《カラ》二具《ニノフ》陳一。①託宣《シテ》云《ク》以《テ》二我地一《ヲ》②奉《ル》二大師一《ニ》。自レ尓《(これ)》以来、盛興《シ》二三密一《ヲ》、鎮《(つねに)》哀《ム》二万民一《ヲ》。大師入定《ノ》日、契約《シテ》云。後生弟子、遍《ノ》③（A３「還《(リテ)》」の意か）住《セン》二此峰一《ニ》。頗《ル》誓心決定者《ト》、必《ズ》（可《シ》レ導《ク》）二金色佛土一《ニ》。（底本「可レ導」ナシ）若有《ラハ》二無戒放逸之侶《(とも)カラ》一、可《シ》レ感《ズ》④二決定応受之業一《ヲ》。暫別《クルトモ》二妾《カ》使者衆中《ノ》一《ヲ》、（可《シ》レ令《ム》下）期《シ》二慈尊下生《ノ》一《ヲ》、（底本「可令」ナシ）縦戴《ヒクトモ》レ角《ヲ》、憶《シ》二持神呪一《ヲ》、子丑之両時、彼等之往行《ヲ》上《セ》也。今益《シ》二令法久住之持念一《ヲ》、増《シ》二進佛道外護之威光一《ヲ》、草庵異香餘薫⑤七日《セリト》（云《ヘリ》）。（底本「云」ナシ）抑《(そもそも)》、彼上人者《ト》、常《ニ》凝《(こら)シ》二坐禅一《ヲ》、不レ知《ラ》二年月之過一《ルヲ》。久離《レ》二睡眠一《ヲ》、無《シ》レ弁《ヘルコト》二晝夜之別一《ヲ》。穀𩞯味永断《ツテ》、以レ菓《ヲ》為《ト》レ食。絹綿類、身不《ニ》レ触《レ》、結《ンデ》レ草《ヲ》為《ス》レ衣《ト》。禽獣自然相随《ニヒフ》。⑥力不《ラ》レ衰《ヘ》、宛《モ》如《シ》二仙人一《ノ》　爰小僧、求法之（志）催《ヲシ》（底本は「摧」）興隆之願切也。仍注《シテ》二累代口決一《ヲ》、蓄《フ》二三衣箱一《ニ》。努々不信者《ノ》、住山行法《スレハ》、都率外院纔生《ズ》。不レ及《バ》二内院一《ニ》。直心者必生《ズ》二内院一《ニ》（云云）（底本「云云」ナシ）

A２（天理本と略称）

『高野山秘記』（書写年代は明徳四年〈一三九三〉四月一日。筆写者は真恵。資料は天理図書館所蔵。詳細な書誌は前記第五章注（３）の解題87頁と、翻刻文91・100頁等参看。紙幅の関係もあり、主な校異約6箇所のみ指摘する。上はA１、下がA２の資料である。）

①託宣―記宣　②我地―家地　③弟子―弟子《ノ》中　④可感―可滅　⑤異香―花香　⑥力―無力

A３（持明院本と略称）

『高野山秘記』（書写年代、筆写者は不明。資料は高野山大学図書館の持明院の寄託本である。A１との主な校異18箇所のみ指摘する。上はA１、下がA３の資料である。）

①御房御物語―御房物語　②是又々如法房云―是又云二如法房一、号二小如法一。　③丹生大明神―丹生明神　④荘嚴之姿、不レ可二具《ニ》陳《ノフ》一―荘嚴《ノ》姿、不二具陳一（「不」と「具」の中間の右傍に「可イ」と書き込みがある。）　⑤遍住《セン》―還《テ》住《シテ》　⑥必《ス》金色仏土―必令レ引二導仏土一（「引」は判読）　⑦使者衆《ノ》中―使者衆　⑧期《シ》二慈尊《ノ》下生《ヲ》一―可レ期二慈尊《ノ》下生《ヲ》一　⑨住行―經行　⑩異香―花香　⑪七日《セリト》―七日《ナリト》云《ヘリ》　⑫彼上人者《ト》―彼上人《ハ》　⑬穀𩛰《ノ》味《ヲ》永《ク》断《ツテ》―永《ク》断《ツテ》二穀味《ヲ》一　⑭絹綿《ノ》類、身《ニ》不レ觸、―絹綿《ノ》類等未レ觸レ身《ニ》　⑮禽獣自然《ニ》―禽獣近《テ》レ身《ニ》自然《ニ》　⑯力《ヲ》不レ衰―無力《ニシテ》不レ衰　⑰求法之摧《シ》―求法《ノ》意更催《ニシ》　⑱住山行法《スレハ》―經山行法《スレハ》

A４（三宝院本と略称）

『高野山秘記』（書写年代、筆写者は不明。資料は高野山大学図書館の三宝院の寄託本である。A１（上位）との主な校異22箇所を指摘する。下位がA４の資料である。）

①真禅房口傳事此法《ノ》傳授《ノ》次―ナシ　②真禅房懐誉阿闍梨御房御物語―真禅房阿闍梨懐誉《ノ》物語　③帰従上人是又々如法房云―帰従上人又云小如法房云　④故先師上人―故上人　⑤在《リ》二光明一、―有《リ》二光明一　⑥姿不レ可《カラ》二具《ニ》陳《ノフ》一。―其《ノ》姿不二

具ニ述ヘラレ一　⑦後生ノ弟子、遍住セン二―後生ノ弟子ノ中ニ適々住シ二　⑧頗ル誓心決定ト者、必ズ金色佛土ニ一。―頻ニ誓心決定ナランノ者、必ズ可シレ導ク二仏土ニ一。　⑨可シレ感ズ二決定応受之業ヲ一。―令ムレ感ゼ二決定応受ノ業ヲ一。　⑩暫ク別ルトモ二妾カ使者衆ノ中ヲ一―暫ク列テ二妾カ使者衆ノニ一　⑪期シ二慈尊ノ下生ヲ一縦ヒ載クトモレ角ヲ、憶二持シ神呪ヲ、子丑之両時、彼等ヲ之往行セ上也。―可シ下期シ二慈尊ノ下生ヲ一、纔ニ着ケレ毛ヲ載クトモレ角ヲ憶二持シ神呪ヲ一、子丑ノ両時ニ彼等ヲ經行セシム上也。　⑫今益シ二令法ヲ一―今答ヘ二令法　⑬七日セリト　―七日セリト　云ヘリ。　⑭無シレ弁ヘルコト二書夜之別ヲ一。―無シレ分ツコト二晝夜ヲ一　⑮穀蘖ノ味ヲ永ク断ツテ　―永ク断テ二穀醤ヲ一　⑯身ニ不レ觸レ―未ダレ觸レレ身ニ　⑰禽獣自然ニ―禽獣近テレ身ニ自然ニ　⑱力ラ不レ衰ヘ―無力ニシテ不レ衰ヘ　⑲求法之摧シ興隆之願切也。―求法ノ意更ニ催シ興隆ノ願殊ニ切也。　⑳仍テ注シ二累代ノ―仍テ累代ノ　㉑蓄フ二三衣箱ノニ一―偏ニ畜フ二三衣箱底ノニ一　㉒努々不信者ノ―努々不レ可カラレ及ブ二他見ニ一。

A5
『丹生明神影向《ようごう》事』（前記の資料。外題に「明王院如法上人ノ時、丹生明神御影向」とある。書写年代、筆写者不明。資料は宝亀院所蔵。『通念集』との主な校異4箇所のみ指摘する。上が『通念集』、下が本資料である。）

①初上人誓願して、明神の御躰を拝見し奉るへきの志をはげまし、―明王院如法上人可キレ奉ルレ拝二見シ明神ノ御躰ヲ一之志慇懃ナリ。仍テ祈請シテ　②御すかたは天女にして、光明赫奕《かくやく》として―御質天女ノ形ニシテ　光明赫奕タリ　③室中を薫せり―薫ス二室中ニ一　④解脱―得脱

さて、前記の通り、西鶴の読書範囲に入っていた可能性が十分認められる『高野山通念集』の著者の引用書目に「高野山秘記」があった。従って『通念集』と種本の『秘記』は、当然の事ながら共通項が多い。右の五資料の考察を通しての第一の着眼点は、人間関係の疑問がある程度氷解される点で、具体的には、「真禅房（による）口伝事」（A1～3）と同じく、「真禅房懐誉阿闍梨（による）物語」と解すべきであって、「如法上人と呼ばれた真禅房懐誉（についての）物語」ではない。従って、前記の通り、登天した第一祖如法上人と、第二祖（弟子帰従上人・小如法）の伝承を、第三祖の懐誉が伝承者（口伝事）として伝えると考える。第二の着眼点は、素材の源泉となった

『秘記』の伝承の成立時期である。阿部泰郎氏は道範[2]（一一七八〜一二五二）を擬しているようであるが、日野西真定氏は簡単に措定できないという意見であり、鎌倉期のものでなく、平安末の『秘記』が確認されていると同氏は明言されている。右の伝承が語る衣・食・住にわたる原始的な生活や苦行を通しての呪力、加持力の体得と神仙思想の考察は適任者に譲り[3]、前記のBの資料で提示した三つ（一〜三）のポイントがここでも有効であり、作品の素材となった伝承の、歴史的・宗教的背景の理解の一助となれば幸いである。

C１

『高野春秋編年輯録』（初稿本は元禄七年〈一六九四〉に完成。書誌は第四章の「C１」の項と注（7）参看、左記の㈠と㈡のそれぞれの出典は、同書の巻第六の100頁と巻第四の65頁である。）

㈠（久安元乙丑年〈一一四五〉）夏四月十日。如法帰住《ママ》上人（明王院主也「考」付箋云。如法上人懐誉大如法。帰住上人小如法）登三天《シ》自《リ》二壇上三会暁松一（六角堂前松也）飄々《トシテ》飛往《ス》矣。是僧《ノ》平日木食草衣。専《ラ》修《ス》二観行《ぎょうヲ》一。故《ニ》得《ル》二中品悉地《ノ》成就《ヲ》一也。明王院《ノ》譜《ニ》云《フ》。帰住上人有《リ》二弟子一。師資共《ニ》以《テ》二木食草衣《ヲ》一。如《ク》レ教《ノ》修行《ス》。時《ニ》人師《ヲ》呼《ブ》二大如法《ト》一。資《ハ》號《ス》二小如法《ト》一。登天之時、小如法在《リ》レ院《ニ》聞《ク》レ之《ヲ》。手《ニ》捧《ゲ》二杓子《ヲ》一則《チ》走行《シテ》見レ焉《これヲ》。師《ハ》飄々《トシテ》迢飛《ス》。立《チテ》二勝蓮花峯之松梢《ニ》一而回顧《ス》。小如法亦擲《なげうちテ》二酌子《ヲ》一飛行《ス》。爾来其松《ノ》號《ス》二登天《ノ》松《ト》一。松根芝號《ス》二酌子芝《ト》一。初《メ》上人《ハ》観座暁。丹生大明神来影《ス》。神光奕《やく》々芬々宣二示《シ》神勅《ヲ》一則《チ》没《ス》。其神《ノ》言《ハ》伝二布《ス》世間《ニ》一。彼影向之室中。薫気不レ止浹《あまねし》レ旬《ニ》矣。

㈡（寛仁元年丁巳〈一〇一七〉）二月。……古史云。……白藤……）考。逆指藤《ハ》檀上七株之名木也。其七株者。謂三鈷松。鳴子松。三会暁松。……三会暁松又號《ス》二登天《ノ》松《ト》一。所謂久安元年、如法上人自《リ》二此《ノ》松木一現身登天也。

〔参考資料㈠『高野山勧発信心集』〕（室町時代の写本。底本に阿部泰郎氏が翻刻した天理図書館所蔵本を使用する。資料篇の「資料三」の同書122頁を引用する。なお同書の書誌は117頁参照）

「一、壇上等諸堂建立事。……金堂前大桜　持経上人所殖七株之桜也。七株《ハ》、七度為《ルト》二株《ト》一云事也。同御堂西松中院御房明算所殖、三会暁松三本内也。」
〔参考資料(二)『高野山通念集』巻二。〕（底本は第二章第二節の注（7）の同書。『高野山通念集一』の114頁。なお115頁に「杓子が芝」の説明がある。又、「明算の松」と「杓子が芝の松」の挿絵が、それぞれ104頁（原本二ウ）・105頁（三オ）に隣接している。〕「金堂之前桜」此桜は東室持経《ひがしむろぢきやう》上人植をかれけると也。これは壇上の七《しつ》株《ちう》のさくらといひつたへ侍る。……此所より西にあたりて松の木あり。これは中院の御房明算《めいさん》のうへをかるる、三会《さんゑ》暁松《けうせう》三もとのうちとぞ。此外の二もとの松の有ところ、しれる人に尋へし。

C2

『野山名霊集』（宝暦二年〈一七五二〉刊。底本は中川架蔵本巻第一の廿三ウ・廿四オ。句読点は中川）
「杓子芝《しやくしのしば》」経蔵の前にあり。昔明王院の如法上人、久安五年《ママ》四月十四日生身《しやうしん》（左の傍訓の「いきながら」）白昼に兜率《とそつ》天に登り給ひけるが、はき玉ふ所の沓《くつ》落て明王院の後山《こうざん》の松にかかれり。是を沓かけの松と号して、今猶彼所にあり。其とき弟子帰従といふ僧、上人の跡をしたふて手に杓子を持なから天上せしが、暫《しばらく》して後杓子を此所におとしたりといふ。凡真言行者、成仏の法を修するに、……加持する事あり。……如法に加持し念誦《じゆ》するとき、……生身《しやうしん》に彌勒《みろく》の浄土に往生し、本尊を見奉りて、摩頂授記を得べし。已上、上人の登《とう》天これにあたれり。唯上人のみにもあらず。広沢の寛朝僧正も寺辺の樹上より生身に登天し給へり。其樹を登天の松と号して今なを広沢の池辺に残れり。……承仕《ぜうじ》、同伴《ばん》（左訓に「つかへるひと、ともなふひと」）の僧侶までも皆虚空に飛騰《とう》（「とびあがる」）し、心に随て諸仏の浄土に往来して仏菩薩を供養し、初地の菩薩の位を得べし。云云、帰従が登天これにあたれり、是則上人加持力の余慶なり。

C3

『紀伊続風土記』（文化三年〈一八〇六〉撰修開始、天保十年〈一八三九〉完成。底本は第四章のD2で使用した歴史図書社版（『歴史』と略称）とし、その底本の注（9）で示した『続真言宗全書』版（『全書』と略称）を参考として利用した。）

㈠「開基如法上人」第二世満信。小如法と號す。第三世懐誉真禅房。以上の三師事蹟高僧伝にあり。是略す。如法上人の時。丹生大明神御影向し給ふ名室なり。御託宣云。如法上人（以下「神呪」までの166字の中、163字は前記「A5」の『丹生明神影向事』と同文なので省略）云云。同記云《ニフ》。此法伝受之次真禅房懐誉阿闍梨御房御物語云《ニフ》。如法上人之弟子満信云フ故先師上人奉《ル》レ遇《ヒ》二丹生大明神《ニ》一。（以下「哀《ム》二万民《ヲ》一」までの38字の中、33字は前記「A1」と同文）哀《ム》二万民《ヲ》一至乃。此間大子旨同上丑之時彼等經行也。（『歴史㈣』372頁。『全書』37巻641頁）〔中川注記。㈠A5との校異。（上記がC3、下記がA5）①養住侶—羽含《ハククム》住侶　②不信心—不信　③解脱—得脱　㈡A1との校異。（同上）①著天衣—着天衣　②不具陳—不可具陳　③御託宣—託宣　④以家地—以我地　⑤自爾以降—自尔《（これ）》以来〕

㈡「明王院如法上人伝　附小如法」如法上人。未《ダ》レ詳《ニ》二何許《イヅコノ》人《カ》一。為《ニ》レ人《ノ》厭《ヒ》二塵縁《ヲ》一好《ム》二閑寂《ヲ》一。修三禅《シテ》　于静室《ニ》二不レ知《ラ》二居諸之《ノ》移《ルヲ》一。永《ク》絶《チ》二穀味《ヲ》一服《シ》二草衣《ヲ》一、虚情黙思《シテ》禽獣馴親《レム》。色力無《ク》レ衰《ルコト》恆《ニ》如《シ》二壮年《ノ》一。時人以《テ》為《ス》二神仙《ナリト》一。上人嘗《テ》祈三請《ス》拝《シ》二鎮守大明神《ヲ》一。一夕神影三向於道場《ニ》一。宣《テ》曰《ク》。大師入定之時（以下「神呪也」までの90字の中78字は前記「B（続き）」文と同文）……神呪一也。上人下レ堪《ヘ》二信敬《ニ》一。戴《キ》二翰墨《ヲ》一示《ス》二後昆《コウコンニ》一（中川注「子孫」）焉。久安元年夏四月十日白日、登レ天去矣。秘記。神足有二満信者一。継《テ》レ師《ニ》住《ス》二明王院《ニ》一。徳行不レ減二先師《ニ》一。人呼称《テス》二小如法上人《ト》一。晩向《ニ》二東方《ニ》一而凌《デ》レ雲《ヲ》去二至勝蓮華《げ》峯一。落《ス》二履一隻《ヲ》一後建《テ》二廟於其処《ニ》一為《ス》二陳跡《ト》一焉。一本秘記宝亀院所蔵。世伝……満信帰従唯一人之《ノ》名字也。而云《モフ》。師資倶時《ニニ》登天者無根浮説也。（『歴史』㈣801頁。『全書』39巻1244頁。）〔中川注記。「勝蓮華院山」大塔の東北今の興山寺宝蓮院等の後を指す。『続風土記』巻一・形勝。「B」との校異。（上記がC3、下記がB）①嘱レ吾—懇《ニ》誂《ヘ》三置《キタマフ》　吾《ニ》一　②養《フ》二住侶《ヲ》一—奢《ハコクム》二住侶《ヲ》一　③夜風—夜嵐　④無《シ》レ非《コト》二吾力《ニ》一—更《ニ》無《シ》レ非《コト》二吾力《（ママ）》二　⑤若有二信心一輩—其中《ノ》有《ル》レ信心《（ママ）》之類　⑥懈怠之類—懈怠之輩　⑦暫《ク》—且《ツ》　⑧假令雖《モ》二被《リ》レ毛《ヲ》—其程《ノ》暫《ク》雖《モ》二著《ツケ》レ皮《ヲ》　⑨令《メヨ》レ憶二持—可《シ》レ令《ム》三憶二持《セ》二〕

(三)「登天松《ノ》　附杓子芝《ノ》」一説に三会暁松と云、六角經蔵の前少し北にあり。勧発信心集云。（省略。C1の参考資料(一)参照）按に……又此松の根に方壹丈餘の所。青草生しげれり。是を杓子芝《ノ》と稱呼す。伝へいふ。久安五年一に四月十日と云。明王院如法上人生身にして都率天に登り給ふ時。弟子の帰従満徳又は小如法といふ。齋食を調せんとしけるに。師の上人の登天をしたひ。飯鍪《シヤクシ》を持ながら飛昇し去。暫あって其を此所に墜す迹なれは。杓子芝と唱《カ》へ。松の梢より白日登漢の美誉あるを以て。登天松と名《（ママ）》くとぞ。……（以下「C2」とほぼ共通の趣意が認められる）高野山秘密記に、弟子小如法者、其後明王院止住《ニシ》。是又終向二東方一飛去即身成仏《スト》。云云此記の意は。其後明王院に止住すとあれは。師に従ふて直に飛去しものにはあらす。是又異伝なり。沓掛杉の下と対照すべし。（『歴史』(五)286頁。『全書』40巻1848頁）。

(四)「沓掛杉　并十丈嶽」遍明院の後背。瑞泉院の上山にあり。高野秘密記宝亀院本。高野山明王院先徳大如法上人者……終空中《ニ》飛去即身成仏云云。弟子小如法者。其後明王院止住《ス》。是又終《ニ》向《テ》二東方一飛去即身成仏《スト》　云云。遍明院《ノ》上《ヘ》山東《ノ》ヲサキノ二本杉《ノ》上《ニ》暫《ク》御渡アリ。勝蓮花院塔西森《ノ》御ハキ物カタ〳〵落《ツ》。云云小モリノアル所ヲハ彼上人御廟《ト》名ル也。云云（下略）（『歴史』(五)290頁。『全書』40巻241頁）（中川注記。昔も今も龍光院は明王院の東側にあるが、「遍明院」は現在の龍光院の東・親王院の北にあり、「瑞泉院」はその北側に当る。上山は従ってさらにその北側）

C4

『紀伊名所図会』（底本は『歴史』(三)51～53頁。）

「七株霊木《ななもとのれいぼく》」……登天松。六角堂の北にあり。如法上人此松によりて、登天し給ふとなり。（一葉にわたる絵図の説明文）明王院如法上人ハ名を懐誉といひて、洽聞博識也。久安元年四月十日都率天に昇り給ふとき、弟子帰従斎食《さいじき》を調じ居しが、其儘《まま》従ひて上天すとて飯子《しやくし》を落しけり。其処を杓子の芝といひて今に壇場にあり。

「飯鎣《しやくし》の芝」登天松下の芝生なり。……

C5

『入《ゐ》高野独案内』（享保十九年〈一七三四〉刊行。第三章第四節の注（3）の同書。二十四オ）

「尺氏芝同鞋掛の松」此芝、大塔より未申に当り、芝より大とう丑寅に当る。此峯随一の秘所也。此山の如法上人も都率往詣し給ふに、此所へ来らせ登り給ふ。空より杳《くつ》落て此松に懸《かか》ると也。俗に杓子か芝といふ。

C6

『金剛峯寺諸院家析負輯』（底本は第四章のD4の注（10）の同書。164・165頁。）

「明王院歴代先師名簿」（本文は筆者により、「はしがき」の注（1）の『高野山大学国語国文』9・10・11合併号収録（108・109頁）したので省略する。但し、「第二祖帰従上人」の本文2行目は「俗云小如法房。」が正しいので、「法」の一字を加えておきたい。）

以上、その成立時点より西鶴の作品の素材の中核と考えられるBグループ（『通念集』）を中心に十二の伝承（資料）を掲出して、AとBについては前記の通りその問題点を簡単ではあるが考察した。紙幅もないのでCを中心に簡単に総括しておく。作品と素材との関係を考察するに当り、必要以上に資料の究明に筆を費したようであるが、その意図は、覚海伝承の場合と同様であり、前記（第四章の冒頭）でそのねらいを示した。つまり素材の源泉（A）と影響（C）というように、直線的、かつ簡潔に割り切れないが、伝承の実態を重んじる立場から資料の収集は広範囲にわたり、伝承の流れ（AとCの両面）より、作品の素材（B）に照明を与えるという意図があった。従って煩瑣な操作も行ったが、以上の考察を通して原伝承の実態を逆に照明したり、原拠とその成長の増幅度を計る上でも、ある程度有効性を発揮し、成果があったと確信する。Cグループを中心にその点を具体的に総括すると、第一点は当然の事ではあるが伝承の変容と成長が著しい点である。その一つは既に指摘したが、資料のC3（二と三）

の指摘の通り、元来如法上人と小如法は同時に往生（登天）したものではないが、西鶴の読書範囲にある『通念集』の頃になると、弟子が師匠のあとをすぐに追うというように、伝承の変容が認められる。「先徳大如法上人……終空中飛去即身成仏云云。弟子小如法者其後明王院止住」（C3㈣）という記述が示すように、「其後……止住」の時間的経過は自然で無理がない。『秘記』の時代には同時往生の片鱗すらなく、西鶴の『通念集』時代に同時成仏となる。『図会』（C4）の絵図を見ると、如法（上空）・小如法（中空）・二人を見送る僧俗八人と松の下の杓子（地上）の三者三様の離別のシーンは、まことに劇的であり、伝承の変容と成長を象徴している。その二つは、本来全く別の離れた位置にあった「杓子が芝の松」と「明算松」（「三会暁松」の一つ）が、『高野春秋』（C1）の頃には、「三会暁松又號《ス》二登天《ノ》松《ト》一」というように一本化してくる。両者が本来全く別の存在であるのは、『通念集』の両者の挿絵（C1の参考資料㈡の説明参看）によっても明白である。その三つは如法上人は登天の途中で片方の沓を落すが、その場所がより具体化し、説明がより精細の度を加えてゆく。B（明王院東辺の山上の鞋懸《くつかけ》の松）C1の㈠（勝蓮花峯之松梢）C2（明王院の後山の松）C3の㈡（勝蓮華峯）同上の㈣（遍明院上山東ヲサキノ二本松→勝蓮花院塔西森）というように、『紀伊続風土記』の実況放送のような描写は、まさに伝承過程の成長を物語る一典型であろう。その四つは如法・小如法の登天の時間帯と小如法の動き（対応の仕方）である。時間帯は、「白日に」（BとC3）と「白昼に」（C2）とさほど変化は認められないが、後者は、「杓子と云物を持てけるか……」（B）「（師）登天之時、小如法在《リ》レ院《ニ》聞《ク》レ之《ヲ》。手《ニ》捧《ゲ》二杓子《ヲ》一則《チ》走行《シテ》見《ル》レ焉《これヲ》。」（C1㈠）「弟子の帰従、齋食を調せんとしけるに……」（C3㈢）とやはり同様に精細となる。特に「小如法、累年（明王院の名簿「累歳」）従《ヒ》二如法《ニ》一常在給仕《ス》。」（C6）という記述は、作品の理解に有益である。総括の第二点は既に指摘したように仙人譚的色彩を持つ高僧伝承として、西鶴のねらった天狗の素材としては副次的であり、従って主役の如法伝承は切り捨てられて、脇役の小如法伝承のみが覚海の天狗伝承に繰り込まれて、超自然的、不合理な怪異奇談のドラマ化の一翼を担う仕儀となる。

しかし、素材としての伝承の原点は、「真禅房口伝事」「此法伝授之次」という『秘記』の精神（ねらい）にあった。「次」（次第）とは、本来密教修法の順序や要領を記した聖教類の事であるが、口伝が生み出した伝承という事にもなるわけである。そして指摘したように、宗教的背景としての高野山開創説話や縁起をめぐる丹生明神と高僧伝承の接点、密教や修験道と如法伝承との相関性の問題が、必然的にクローズアップしてくるが、この問題点の考察は既に私の任ではなく、又本稿の所与の対象外として、問題の提起のみにとどめておく。なお末尾になりましたが、明王院（高岡隆州氏談）では、毎日祖霊とともに、如法・小如法両師を礼拝しているとの事であります。

注

（1）「阿闍梨雄仟　假名春清房　貞享五年戊辰三月八日亥尅、六十五入寂。……住持二十三年也」（「先師開基過去帳写西院谷　桜池院」『析負輯（C６）』362頁）
（2）阿部泰郎氏は生年を一一八四年とするが、一一七八年説をとる。『密教辞典』（前記。「道範」の項522頁）
（3）下出積与氏『神仙思想』吉川弘文館・昭和61年２刷。知切光歳氏『仙人の研究』大陸書房・昭和54年再版等参看。

七、西鶴の作品と毘張房の伝承との関係（新資料）

西鶴の作品と素材としての毘張房の伝承との関係については、主要な資料をあらかた列挙して考察した拙論（「はしがき」注（1）の後者）があり、その拙論の末尾の付合語による構想については問題点を残していると考えるが、基本的な考え方は、現在も修正を要しないと考えるので、細部は小論を参照して戴くと幸いである。予定の紙幅を相当超過しているので、主として新しい資料を提示する程度にとどめて参考に供したい。

「高野の天狗」金剛三昧院の山門を入った左に六本杉という大樹がある。この木には昔から鼻張さんという天狗が棲んでいるといわれる。そのこどものお茶目な小天狗が、小田原へ出かけて、一心に仕事をしている桶屋のおじさんをからかっていた。天狗は人の心を読みとることができるので、桶屋のおじさんが「仕事の邪魔をしよる。よし、この石をぶっつけてやろう。」と心に思うと、小天狗は「やーい、石をぶっつけようと思とるじゃろ、やれるならやってみい。」と手をうっておもしろがる。

ところが人には心にも思わぬ出来ごとがおこる。そのことは天狗にもわからない。おじさんが桶の「たが」をしめているとき、竹の輪から手をすべらした。竹は勢いよく宙をとんで小天狗の自慢の鼻をぴしりとぶち折った。それから天狗は町へ出て来なくなったという。〔高野山　内海有昭氏（73歳）〕

右の話者は前記（第一章）の通り、第四九〇世の法印をつとめられた方であり、この話は近辺の住民の周知ものであったという。一読「さとりのわっぱ」の類話であり、「お茶目な小天狗と一二、三のうつくしき女の子」「桶屋のおじさんと檜物細工をする者」「竹の輪と割挾のせめといふ物」の類似にとどまらず、「小田原とおだはら町」等々、作品の素材の原形とも認められる貴重な伝承である。五来重氏の説によるとワッパは童子（わらは）のことであり、寺院の雑役をする堂衆（山伏）階級としては、天狗と同一で、「さとりのわっぱ」は何でも人の心を読み取る童子、または天狗ということである。（『鬼むかし―昔話の世界―』角川書店。昭和59年刊。）又、山神が高僧や山伏の従者になった時は護法童子になるわけで、従って、「さとりのわっぱ」は、山神の化身である童子が、人の考えた事をよく読むということを説話化したものであり、縁起の神仏の威神力を、竹や木の輪の弾力の偶発性に置き代えたものとする五来説は、この話の本質的な原点に照明を与えて解明した有益な論考である。修験道からも、金剛三昧院の高僧に服属してその使役霊となり、仏教や寺院を守護するこの話の核心は宗教性の解明を無視しては、その謎は解けないようである。

次ぎに未翻刻の『続著聞集』（宝永元年〈一七〇四〉九月椋梨一雪の執筆。第十奇怪篇。第十九話。）の毘張房の伝承を紹介する。

「高野別院天狗為ルレ僕ト」高野山金剛三昧院の下人、三年奉公を勤《つとめ》し。或時、住持の（僧）他出有しに、雨風烈しかりし。彼《かの》下人、迎に来るとて、挑灯斗《ばかり》にて雨具持ざれば、いかがせんと有しに、不苦いざさせ給へと一向に聞へし程に、よしや濡《ぬれ》ば濡よとて、被《いでられ》レ出しに風雨少《すこし》も障《さはら》ざりし。主《あるじ》の僧、下人に向ひ、其方は只人には非じ。隠されなと有れば、今は何をか包（み）なん。我は門前の杉と楓《ほうのき》とに住し天狗也。御坊の行蹟貴《たつとく》有し故に仕へ侍る。今より此寺に火難あらせじと云《いふ》て飛去ぬ。（訓点、傍訓等は中川の私意による。括弧内の「僧」「み」を補う。）

右の文（対照表の上記）と既に拙論に紹介した『新著聞集』（下記）との校異は四箇所である。（住持の他出―住持の僧他出。聞へし―聞えし。只人―直人《ただひと》。仕へ侍る―仕《つかへ》りし）右記の資料の考察はほぼ前記の拙論に尽きているので再説しない。なお、末尾になりましたが、金剛三昧院（久利康彰氏談）では、毎日欠かさず、毘張尊師を礼拝している由を付記しておきます。

むすび

高野山は話の生産地みたいな所であるとは、市古貞次氏の意見である。西鶴は三宝院の僧侶と思われる連衆の百韻に批点・評語を与えている。或いは三宝院本の秘記なども取材していたかもわからない。本稿では当初、論点の背景として、西鶴と高野山という項目を設けて考察する予定であったが、紙幅の都合で割愛した。本稿は、創作の秘密の謎を解く一つの鍵を提供したとまでは言わないが、素材と作品の関係を解明するものとして、その根本資料を提示できたので、創作の手法を考えるに当り、多少なりとも参考になれば幸いである。伝承とはまさに変容であるという点と、当然の事ではあるが、隣接諸科学との連携による、より広く、深い視点からの研究の必要性を痛感する次第である。

最後に小稿執筆について資料の提供と有益な御教示を賜った、鷲峯本賢（増福院）・久利康彰（金剛三昧院）・高岡隆州（明王院）・宮武峯雄（宝亀院）・山口耕栄（報恩院）・内海有昭（前官。南院）の各住職方、又同様資料の提供と有益な御助言を賜った日野西真定、井上敏幸、牧野隆夫（実兄）の諸氏、御指導を賜った高田仁覚、森寛巌（法印。龍光院）、浦上隆彭（巴陵院）の諸氏、御便宜を戴いた大阪商業大学当局と付属図書館、並びに高野山大学と大阪府立中之島の両図書館の関係各位に対し深甚の謝意を表します。

「命に替る鼻の先」の素材と方法の再検討

――『西鶴諸国はなし』考――

はしがき

「西鶴諸国はなし」巻四の三話「命に替る鼻の先」における、その素材と方法について、さきに小見[1]を発表したが、その際、拙論で指摘した「さとりのわっぱ」といわれる民話の「はなしの種」は、拙論執筆後、高野山の金剛三昧院に関係する鼻長杉（天狗杉）の伝説であることがほぼ判明した。その論拠の一部は、見落していた日本宗教民俗学研究所を主宰されている五来重氏の所説[2]（後記）による。従って、説話としての基本的な構想の見取り図についいては、影響するところは少なくないと思われるが、その方法とともに、素材、典拠論についても当然かなり修正を余儀なくされるわけである。又、さきに発表した拙論では紙幅の関係で、作品中の「弟子坊主」の素材と考えられる。「明王院関係の伝承」について、特にその基本的資料の大部分を割愛せざるを得なかった。同伝承についいては、先に岸得蔵氏が、『明王院先師名簿』を紹介し、素材の解明に貢献されているが、省筆も多く、一部の誤記もあるので、より基本的な信頼するに足る資料を提示することにする。

以上、その後入手した若干の関連する他の資料と相まって、小論を修正、乃至補強することにする。最近刊行された論文集に再度収録された小論の追記においても、別稿を用意するとの予告を出しているので、ここにその責任を果たすことにしたい。

一、

さて、問題の「さとりのわっぱ」の伝承を持つ金剛[4]三昧院では、現在は勿論、戦前から毘張講という講が存続しているわけである。その世話役の一人で、同寺院の近辺に居住される、県でも著名な建築家辻本喜次氏に著者はお会いして拝聴した直話によると、毎年十月十三日が、毘張尊師（天狗）のお祭りの日に当たり、当日は近辺の講に加入している人々が同寺に集り、大般若のお経の転読をして、火災と盗難との災厄から守って下さる同尊師にお礼と祈願をする風習があるとの由であった。近辺の古老、下名迫藤治氏も「毘張さん」の伝説について、近年、民話採訪者に答えた直話を発表[5]しておられ、現在も続いている講当日の餅まき風景にまで話が及んでいるわけである。なお、現住職の久利康彰師のお話では、講の世話役は十人で、約六、七十人の会員を擁しているとのことである。そこで手順として従来知られている毘張房（鼻長坊）の伝承を、『紀伊続風土記』の「毘張房社[6]」の（A⑴）・「鼻長[7]坊杉」（A⑵）・「天狗[8]」（A⑶）の三つの条によって掲げることにする。（句読点は筆者）

A⑴口碑に、明暦の頃、寺主某法会に趣きけるに、俄に雨降り出けるに、簑笠の支度もなけれと、如何かすへきと思ひ煩ひけるに、不思議にも寺主の衣裳一滴も湿ことなし。あやしみて顧みるに、所従の僕、羽翼を伸て是を覆へり。寺主驚きて、汝はいかなる者なれは、かかる怪しきことをはなさるやと問ひけるに、答て曰、今は隠（原文「陰」）し申すへきにあらす。僕は魔界に住める者にて侍るか、ありかたき秘密の印明をも授り、魔界の苦患を免れ侍りなんとて、形をかへて師に仕へ奉れり。願くは慈悲を垂て抜苦与楽し給へと、泣泣語けれは、寺主も哀れに其志を感じて、祓苦の呪印を授けけり。僕拝謝して曰く、鴻恩報するに他（原文

「地」なし。願くは斯寺を守護して永く火災の畏れなからしむへしと誓ひて後、行方しらすなりぬ。其後小祠を建て是を祭り、毘張房と称す。寺伝に地蔵菩薩を本地仏とす。其由詳かならす。

A(2)金剛三昧院門前にあり。近古、鼻長坊天狗なるもの、奴僕と変し、住僧に秘印を授り、後に、此杉より飛去るかゆへに此名あり。此に影向す。依て寺地に祠を建て祭る。本院譜に詳かなり。

A(3)金剛三昧院に毘張房祠あり。是も此院光匠の法徳、欽伏して随仕の浄人に変し来て、護身法を授んことを願り。院主憐愍して法味を授けれは、永く院宇の火難を防んことを誓ひて、消か如く失ぬ。今に夜々寄投する大杉樹ありて、毘張杉と呼り。又、此院及ひ来迎院に小祠を構て祀る。近頃は鎮火の誓約ありとて、小田原の町人等月並に毘張講を営み、法供を擎く。……寺家諸院、及雑衆俗人等までも都て鎮火の祈願なとに、南無覚海高林毘張房と称呼すれは……

右の資料の出典『紀伊続風土記』は、日野西真定氏の御見解[9]に従うと、文化の初めより天保十年（一八三九）まで、三十年以上の歳月を費して完成したといわれるが、特に[10]高野方に編集を托された右の高野山之部は、近世における最もすぐれた高野山史といえると評価されており、私見でも例えば、同書の覚海伝承を分析すると、西鶴当時の先行書などもよく博捜し、貴重資料を満載しており、この感を深くしているわけである。次に同じく毘張房に関する説話を『新著聞集』の「高野の別院に天狗僕となる」[11]（B）の条によって掲げることにする。同書は、例えば丸山季夫氏の御見解[12]のように、近年というより現在まで神谷養勇軒編集説があり、右の『風土記』の完成に遡る事、九十年前の、寛延二年（一七四九）の成立とされてきた。しかるに、近年井上敏幸氏の研究[13]によって、右の旧説は訂正され、著者は椋梨一雪であり、『新著聞集』は、宝永元年（一七〇四）一雪序の『続著聞集』を右の神谷が編集しなおして出版したことが証明された。従って拙論にとって重要な点は、この『新著聞集』の「第十奇怪篇」と『続著聞集』の「第十奇怪篇」との接点[14]（共通点）より、問題の「高野の別院に天狗僕となる」（B）文は、右の

『風土記』に遡る事、実に百三十五年前の成立となり、実質的にそれ以前の執筆ということになって、『西鶴諸国はなし』の述作上梓とされる貞享二年（一六八五）にかなり近接してくる点に留意したい。なお右の（B）文の背景として、周知の通り作者の一雪はまさに西鶴と同時代の人間であり、元禄九年の著『日本武士鑑』（序文）で、西鶴の『武道伝来記』に対して、史実離れの「虚亡の説」として批判している点、元禄六年の執筆にかかる『高野行人記』(15)の記録類があって、学侶方と行人方の争いの歴史など高野山史の一齣にかなり詳しい点、又、『新著聞集』は、記述に誇張なく、作意を加えない説話集であると(16)評価されており(17)、私見では少なくとも、五・六篇の高野山や近辺に関係する説話が認められる点、(18)紀州有田郡由良の話「天狗一夜に法灯寺をつくる」天狗伝承（第六勝蹟篇）や、(19)高野山西南院の良尊という高僧伝（第九崇厲篇）など宗教界の内部事情にも通じている点を考慮しておく必要があるわけである。

B　高野山金剛三昧院の下人、三年奉公をつとめし。或時、住持の僧、他出ありしに雨風はげしかりし。かの下人、むかひに来るとて、挑灯ばかりにて、雨具もたざれば、いかがせんとありしに、苦しからず。いざさせたまへと、一向に聞えし程に、よしや濡れば濡れよとて出られしに、風雨すこしも障らざりし。主の僧、下人にむかひ、その方は直人にはあらじ。隠されなと有れば、今は何をかつつみなん、我は門前の杉と楓とに住し天狗なり。御坊の行跡、貴くありしゆへ、仕へ侍りし。今より此寺に火難あらせじと、云て飛さりぬ。

ここで　冒頭で指摘した五来重氏の問題の貴重な御説（C）を紹介する。（原文には付けられていない《　》や㈠㈡、又（甲）～（丙）の符号はすべて筆者の私意による。）

C　高野山には鼻長杉（天狗杉）の伝説があって、鼻高天狗が高野山金剛三昧院の小僧になって、住職に仕えていたという。《この話を佐々木喜善氏は『奥州のザシキワラシの話』のなかにとっているが、実はその伝聞は正確でない。》高野山でかたられる伝説では、㈠昔あるとき金剛三昧院にとても賢い小僧がおって、（甲）

住職が朝おきて顔を洗いたいと思っただけで、その小僧は即座に洗面盥をもって来た。（乙）腹がへったと思っただけで、すぐ膳部をもって来た。（丙）昼寝したいとおもえば、すぐ枕をもって来た。まさに「さとりのわっぱ」のように人の心を読む。(二)住職が夜外出しなければならないことがあって、この小僧に提燈をもって供をさせた。住職が自分の先に立って提燈を下げてゆく小僧をよくよく見ると、足が地を踏んでいなかった。そこで住職がお前は魔性の者であろうというと、小増は「さては見破られたか」といって、境内の杉の木にのぼってしまった。そこで金剛三昧院ではこの杉を鼻長杉といって根元に小祠をつくってまつった。そのためにこの寺には以来火災がないのだという。

以上五種（A(1)〜(3)・B・C）を主資料として毘張房の伝承を考察するわけであるが、次ぎに関連する資料二種を参考までに掲げておく。一つは「毘張尊師略縁記《ママ》[20]」（D）であって、御住職のお話では、参拝記念、又信仰として「毘張札」（毘張尊師の御尊像を印刷している）を参拝者や信者に配布し、この霊験あらたかな御札を祈願して頂いている由である。今一つは天狗が人間（僧）に変身して出現したという意味では、毘張房の伝承と共通の要素を含む高野山小田原谷の来迎院の鼻長社に祭られた「鼻長天狗[21]」の伝承（E）であって、前記の（A(3)）の文中に、「此院（金剛三昧院）及び来迎院に小祠を構て祀る」とあるように、『紀伊続風土記』の中で、毘張房と極めて密接な関連をもって説明されている点に留意したい。（Eの句読点は筆者。）

D　此の尊師は当院第十二世長老證道上人（約六百五十年前　後醍醐天皇の御代）が住職して居られました時に「魔界に棲んで居られた御方（天狗様）」が毎日三度の熱の苦しみから遁れるために、学徳のすぐれた上人の許に居て仏道の修行を望んで下僕として入寺して上人にお仕えして居られた所、或日奥ノ院参拝のお供をして居る時、奇異の姿を呈《し》めされたので上人がおたずねになりますと入寺したい願望を述べて懇願せられました。此の苦しみを愍み得度をして僧名を毘張と名附けて秘法を授けられましたので直ちに悟りを開かれ、眷属にも教えたいと天に帰るにあたり、御礼の感謝の心を示すために高野山の悩みの種である火災と盗難を解消させて頂きますと誓願を立てて六本杉のもとから昇天せられました。当院では裏鬼門の丘に鎮守様としてお祀りをして居ります。……御尊像を御授けするため略縁起をお知らせ致しました。合掌　長老記（「読みがな」は中川の私意。）

E　第九世全海の時、異僧来りて許可を乞ふ。因りて密院を授く。時に異僧の曰、吾は鼻長と号して下品の悉地を得たるものなり。今日許可の報恩には、誓ひて永く当寺を守護せむ。又吾愛する所の楓樹あり。今宵当寺の門前に植ゑて我言の空しからさるを示すへし、といひ畢りて、空を凌きて去る。翌朝果して門外に一大楓樹生す。其木今に繁茂せり。全海即小祠を祭祠す。後山に鼻長の社あり、是なり。

さて、私見の検証の前提条件として、西鶴の当時、毘張房の話が既に高野山内で伝承していたかどうかという点であるが、この問いに対しては、無理なく、むしろ必然的に肯定せざるを得ない。例えば、既に指摘したように右のB文の著者一雪と西鶴の両者の年譜を対照する時、作家としての執筆活躍期間が相当重なっている点、又一雪の著述態度（『新著聞集』の一部の伝記が、一雪の年譜に数箇所引用されているなど）を考慮する時である。もっとも、時代設定について右の資料群の中、「口碑に明暦の頃」（A(1)文）、「後醍醐天皇の御代」（D文）とあるのに従うと問題はない。ただしこの点につき筆者は非力で、具体的な年代まで指摘できないし、その傍証の用意もないが、幸いに私見の論証にその必要性はないわけであり、「昔あるとき」（C文）と考えておいて差し支えがないのである。[22][23]

さらに右の資料群について詳細な比較は不必要というより、取り扱い方によっては有害でさえあるかもわからない。論証上重要な点は、話の性質であり、話の核は何かという事である。一言で要約すると、第一点　形式的に昔話の分類に従うと、動物（異類というべきか。要は天狗）の報恩譚の型を持っており、この点が核であろうか。第二点　より具体的には、賢い善天狗が、苦患を免れるため変身して住職の奉公人となり師恩を受ける点。話の性格上、異類をも心服させる高僧伝の一種であり、動物の報恩譚との接合と考えたい。第三点　話の進行（筋）として、俄雨、又は提燈による照明などのハプニングで奇異な姿を示して、天狗としての正体を見破られて退散する点。第四点　同じく後日譚として、天狗が山上で多発する火難の防止の誓約をなし、守護神的存在となって寺そして仏道を擁護し、報恩を全うした点である。もっとも右の話の核についての考察は皮相的であり、便宜上より出た形式的、図式的なものである。天狗の昔話は立場を変えてその発生とモチーフという[24]原点からさぐると、五来重氏説のように、宗教性を除外しては、氷解されないようである。そのような意味で、自己流に解釈すると、むしろ右の毘張房の話の核を高僧伝としての視点から押さえる必要がある。

　ところで、話を戻して西鶴が毘張房の伝承を話の種としたとする私見の論拠の第一点は、右の資料（C文の㈠に端的に現われているさとりのわっぱのパターンであり、拙稿で指摘した「サトリの三段式問答型」（筆者の仮称）を不完全であるが具備している点である。もっとも、この類型では西鶴のように普通第三段（丙の部分）でハプニングでひどい目に遭い、びっくり仰天、捨てぜりふを残して退散する共通点を持つが、前記話の核の第三点で指摘したように、ハプニング（C文の㈡の照明による正体の暴露）が、その第三段階の役割を果たしているとも考えられるわけである。では、西鶴の時代に金剛三昧院におけるこの種の話が本当にあったのかと問われるとその確実性はともかくとして可能性は極めて高いといえよう。既に和歌山県民話の会の代表委員である和田寛氏は、紀州の百余りのてんぐ話を探訪、四五話を[25]紹介されているが、稲田浩二・小沢俊夫の両氏も、紀州の西牟婁郡すさみ町における典型的なさとりの昔話を[26]紹介される等、背景としての紀州、そして高野山上や近辺町村の天狗伝承は意外に多く、又、[27]紹介されているのは氷山の一角ではなかろうか。ただし、誤解を恐れずに一言すると私見としては、文献上のさとりの話の有無に必ずしも拘泥する必要はない。なんとなれば、論拠の第二点として作品と毘張房の話は共通の舞台[28]（小田原町）を持ち、第二点、天狗が人間に変身して後、ハプニングで正体を現すという共通の要因を具備し、実質的にさとりの要素を内包している点に着眼するわけである。又、天狗が人間に変身して出現する話は、高野山における僧侶と関連ある天狗伝承[29]六例の中に、他に来迎院の鼻長天狗（右のE文）以外にはなく、この話も小田原町が舞台である。西鶴が十二、三の美女に変えた理由は、女人禁制の逆をつく演出効果もあるが、さとりの民話群[31]で、変身して登場する美女や娘の例も[30]報告されており、不自然ではない。むしろ、天狗をふくむ霊物怪異談の原発想形態においては、歴史的に女性が多いようで、西鶴の逆設定として強弁する必要は必ずしもないのである。しかし、論拠の第四点として、天狗による報恩譚（防火の守護神）を、復讐譚（放火陰謀の張本人）に逆用したこの種の手法は、西鶴の小説技法として珍しくなく、学界で公認され[32]定着しているのである。現在も厳存している毘張講と、江戸時代の「小田原の町人等月並に営んだ毘張講」（A(3)の文）との両者を結ぶ延長線上を遡る西鶴時代においても、毘張房の伝承は有名であったと思われる。従って作家の「一雪」のみならず、高野山の僧侶（五人）との[33]交流も認められる西鶴も、この伝承を取り上げる可能性が極めて高いという視点をもって、この話に関する検証を終わる。

二、

先に発表した拙論で、第一点　作品中の「ほうき院」の登天の素材は、天狗伝承としての高僧覚海上人伝であり、第二点　同じく作品中の「弟子坊主」の素材は、仙人譚としての色彩を持つた高僧如法上人（第一祖）に従って登天したといわれる小如法（第二祖）の伝承であり、第三点「ほうき院」の登天の背景には、素材源としての覚海上人とは全く無関係な、右の如法上人の登天の原拠が結果論として考えられるわけで、そこに二重構造としての重層表現が認められ、全く異質な二つの核（右の第一点と第二点の二つの伝承）の接続・融合（右の第三点の視点）という複合構造にこそ、作者西鶴の創作の秘密があることを論証した。ただし、「ほうき院」のモデルとして、従来の西鶴に関する諸注は、すべて右の如法上人の伝承を挙げているが、念のため再度強調しておくと、作品中で「登天」という素材以外に、同上人の伝承は全く顕在化していないという事である。しかし、小如法伝承は主役の如法上人の伝承がないと成立しないので、そこで右の第三点の視点を設定したということになる。伝承の事実としては全くナンセンスな接続であるが、説話の技法としては、まことに活殺自在の巧みなフィクションの設定と評価できよう。そこで冒頭で記した論点から、右の第二と第三点における素材源に照明を与えたい。ただし、紙幅の関係で止むなく相当部分を省略することがあるのを諒とされたい。(「編」は編者。字間は中川の私意による。「朱書」の意を示す㊟の字がそれぞれ「第一祖」「第二祖」の頭に冠しているのを省略した。末尾の「牌」は「碑」の意か。)

明王院歴代先師名簿

第一祖如法上人　第三祖懐誉　又名満信。古記多称懐誉　故今随之(頭註　如法上人為懐誉者可レ誤ナル歟。御詫宣之古記ノ奥批云。此法伝受ノ次テ真禪房懐誉阿遮梨御物語云。如法上人之弟子満信上人ノ云。先師上人奉レ遇二丹生大明神一ニ。有二光明一著二天衣一ヲ。御詫宣曰等文。以レ之見レ之院譜誤ナル事必然歟)

……◯上人可奉拝見明神御体之志慇懃。仍祈精(編　請歟。紀続風)致誠行業積功。或時明神御影向質天女形光明赫奕。頂有天冠　身餝瓔珞。異香芬馥　薫室中。告上人曰。大師入定之時以此山住侶　懇誂置。吾依之養住侶　志無時暫忘。立朝煙　防夜嵐計。更無非吾力。其中有信心之類　殊加哀愍。有道心之族　直送浄土。若有不信懈怠之輩決定応受業。難転化導不及力者。且交吾使者中待解脱於慈尊下生。其程暫雖着皮載角之身。可令憶持神呪矣。師常凝坐禅　不知歳月之過。久離睡眠　無弁昼夜。別穀漿之味　永断採菓為食。絹綿之類不絡。結草為衣。禽獣自馴自然追随。色力不衰　宛如仙人。終久　安元年四月十日午尅。遍明院上方高岡之上有喬松二株。暫住其処凌空飛去。咨不捨於此身逮得神境通　蓋謂此人乎。勝蓮花院塔西森樹之際隻舄落来。故以

其跡為廟云爾

第二祖帰従上人　又名満徳

如法上人入室瀉瓶資。苦修練行　准師之法儀　依之俗云小如法房　遂則追陪向東方　白日上天云云　○古徳伝云。帰従上人是亦如法之入室。人呼云小如法。累年従如法　常在給仕。孝順言行猶如愚。逐師跡向東方白日上天文。壇上杓子芝之故跡在于世人口牌（出典『金剛峯寺　諸院家析負輯』164〜165頁）(34)

『高野山通念集』（巻二）の「杓子が芝付松」に、関連する基本資料があり、既に岸得蔵氏によって紹介（一部分省略）されているので省くことにする。なお、右の高僧伝承の原姿を窺うための基本資料として、既に一部拙論で紹介した四本の『高野山秘記』と『高野山通念集』（巻四の明王院の条）、「宝亀院所蔵の如法上人の資料」等に通じておく必要があり、六本の対校表を用意したが、今は余裕なく割愛したい。

三、

冒頭で触れた通り、高野山の金剛三昧院に関係する毘張房の伝承が、『西鶴諸国はなし』の創作に、「話の種」として関与している点を主として論証してきたが、この一篇の説話としての基本的な構想の見取り図についても、若干軌道修正を加える必要がある。問題点について、簡単に要点を試論的に箇条書に示してみる。

第一点　一章の構成（段落設定）については付合語による構想を勘案しながら、三つの高僧伝承の視座から、拙論を次のような四段落（起A―毘張房）・（承B―覚海）・（転C―小如法）・（結D）に修正する。要点を図示する。A〜Cは『類船集』(35)の付合語。Dは『俳諧小傘』(36)の付心（趣向）である。（圏点に留意）

段落	文章	関連語	付合語
A①	天狗〜物そかし。	天狗	天狗
A②	有時〜きかず。	女の子 椙《すぎ》の木	小僧 六本杉
A③	後は〜きはめける。	横矢 焼払ひ	矢の根 焼亡
B	折から〜飛れける。	ほうき院	仏法
C	弟子〜たびたび也。	大門	大峯
D①	其後〜置ぬ。	（化物《バケモノ》）	力達《チカラダテ》
D②	それより〜人もなし。	（化物）	荒屋敷

近年活用されている付合語による構想として、一つは『類船集』を拠所とする創作意識の究明が考えられる。つまり「天狗」の付合語彙を再配列したのが右欄の最下段であり、その上段にある関連語とは、二村文人氏が(37)提言された「類語圏内にある等価の連想」と見なすわけである。ただし、「女の子」を「小僧」の関連語とみなす文脈の背景には、「子」と「小」の同音類義の関連性とともに、筋書きとして逆設定（逆想）の手法を、心付の視点からも応用させたと考えたい。又「ほうき院」は歴史的実在の有名な宝亀院（寺院名）を背景に予想させるが、文脈上では僧名であって、平仮名としているのは、高僧として「仏法」を利かすとともにフィクション化を図ったとみたい。「大門」については、拙論発表後「高野の峯通って、大門の松の木に天狗がいて大きな足ひろげてたんや」という天狗(38)伝承も報告されている。近辺（距離約五百米）の嶽山（岳弁天）に、西鶴当時「妙音房」の天狗(39)伝承もあり、「大峯」（大和）を普通名詞と転じ、山の西口の坂の上に位置し、海を望んで山内建造物では、最高の大門を、「大」の同字と、天狗の縁で関連語と考えたい。今一つは、『俳諧小傘』を拠所とする創作意識が考えられる。師弟二人が魔道へ落ちた後日譚で（右の図のDの文）で、高僧の面影の片鱗すらなく、化物《バケモノ》的存在となる。右の表のC文とD文との接続に「（大）門」と「歌舞伎」の付合語（『類船集』）も予想されるが、化物《バケモノ》→(40)力《チカラ》達《ダテ》→荒《アレ》屋敷の『俳諧小傘』の付心（趣向）も感得できる。寺（坊主）→化物や、法師→天狗→化生の付心と、天狗→化物の類縁性を踏まえての文脈の展開とみるわけである。

第二点　作品の結びの部分（D①の文）を理解する有効な参考資料に来迎院の鼻長天狗がある。「翌朝果して門外に一大楓樹生す」（一のE文）とあるが、西鶴当時の有名な伝承であれば、影響関係が考えられるかも知れぬ。

第三点　最後に「南無覚海[41]高林毘張房」（一のA(3)文）という唱え方が実在し、西鶴の耳に入っていると考えると、異質の三高僧伝の融合という点で、構想上のヒントとなる可能性が十分考えられよう。

むすび

最後に、小稿執筆について参考にさせて戴いた五来重氏をはじめとする諸先学の学恩・並びに調査上お世話になり、かつ有益な御助言を賜った井上敏幸・日野西真定・久利康彰の諸氏と、関係の各位に対し深甚の謝意を表します。

注

（1）「「命に替る鼻の先」の素材と方法—『西鶴諸国はなし』考—」『近世文芸稿』27号。昭和58・3・1。14〜33頁。

（2）『絵巻物と民俗』角川書店・昭和56・9・10。「昔話にあらわれた天狗」の項。256〜257頁。なお後記の注（4）を参照されたい。

（3）『国文学年次別論文集　近世2　昭和58年』朋文出版・昭和60・3。238〜247頁。

（4）五来重氏は金剛三昧院の先代住職久利隆幢氏（先々代の久利性吽師の後嗣。昭和14〜56年在職）より直接採訪された由である。なお「さとりのわっぱ」についての五来氏よりの御回答は日野西真定氏の御仲介による。筆者も同寺院（現住久利康彰師）を近年三回採訪したがこの話は入手できなかった。

（5）和歌山県民話の会編集・発行『高野・花園の民話』（きのくに民話叢書第四集）昭和60・1・20。№81・毘張さん（伝説の僧侶の項）38〜39頁。記録は和田寛氏。

（6）『紀伊続風土記（四）』歴史図書社・昭和45・4・15。「高野山之部・巻之十六・寺家之六・小田原堂社院家」。金剛三昧院。391頁。
（7）『同書（五）』。同右。昭和45・5・15。「同右・巻之五十七・旧跡拾遺・山上」。293頁。
（8）『同右』。同右。「同右・巻之五十九・風俗土産之下・禽獣」。337～338頁。
（9）『野山名霊集』名著出版・昭和54・5・30。288頁。
（10）注（1）（右記）の拙論23頁下段3～7行で指摘した。
（11）『日本随筆大成第二期5』吉川弘文館・昭和49・2・10。「第十奇怪篇」19番目の説話。356頁。
（12）『同右』の「解題」4頁。
（13）日本近世文学会編集・発行『近世文芸』32。昭和55・3・31。「椋梨一雪年譜稿」23頁。他に『日本古典文学大辞典第三巻』岩波書店・昭和59・4・20。「新著聞集」の項。495頁に同氏の解説がある。
（14）『同右』の「一雪年譜」の21～22頁参看。宝永元年の七十四歳の条。「続著聞集」の説明で、『新著聞集』との関係を明示。
（15）『同右』の20頁。元禄六年の六十三歳之条。
（16）注（12）（右記）4頁。丸山季夫氏の解題。
（17）注（11）（右記）の『同書』348・349・443の各頁。
（18）『同右』の314頁。
（19）『同右』の349頁。
（20）「毘張札」を納めた封筒の表に「毘張尊師御尊像高野山別格本山　金剛三昧院」と印刷。封筒の裏面に「縁記（起か）」を印刷する。
（21）注（7）（右記）の『同書』。「高野山之部・総分方巻之十・小田原谷」。185頁。
（22）一雪の最新の解説は注（13）の『大辞典第一巻』昭和58・10・20。「一雪」の項。井上敏幸氏は、寛永八年（一六三一）出生・宝永五、六年（一七〇八～九）頃没かと推定。西鶴は野間光辰氏の『刪補西鶴年譜考證』中央公論社・昭和58・11・20。参看。活躍期間の説明は省略する。

(23) 現住の久利康彰師のお話では、実融證道上人は暦応二年(一三三九)一月十九日に九十三歳で入滅。京都の東寺に住み、大変偉い方で、京・高野山でも有名であったという。『金剛峯寺諸院家析負輯』後注(34)306頁の「金剛三昧院住持次第」の第十二世の条や、『新校高野春秋編年輯録』の関連の条、189・193・197・198・200・201・209の各頁を拝読する時大勧進の功績など御住職の法話を裏付けるものである。

(24) 天狗の昔話は、人が創作したのでなく、宗教儀礼が先行した点。さとりのハプニングは、本来霊験を語る目的で仕組まれた点、その他天狗説話の原話を通しての原発想など、本質的な解明がなされている。この種の説話研究者の必読文献と考えたい。(注(2)を参照されたい。)

(25) 『紀州てんぐ話』高木プリント社印刷。昭和45・3・31。45話の中、「覚海上人と吉野の僧兵」65頁。「如法上人と満信」66頁。「おけ屋とてんぐ」67～69頁がある。最後の話は拙論の西鶴の説話と共通しており、素材源はむしろ西鶴の作品と考えられる。

(26) 『日本昔話通観第15巻』同朋社・昭和52・11・1。「むかし語り」の中の「孤立伝承話」の「さとり」167頁。

(27) 和歌山県民話の会編集・発行『紀ノ川の民話・伊都篇』(きのくに民話叢書第二集)。昭和57・8・1。天狗の話は10話。伊都地方国語教育研究会編『伊都の伝説』日本標準発行・昭和56・4・10。

(28) 『高野山通念集巻四・本仲院・小田原』(寛文十二年初冬の自序)での地域分類では金剛三昧院は小田原で、小田原図にその名前が出ているなど。

(29) 日野西真定氏著『修験道の伝承文化』名著出版・昭和56・12・20。天狗の伝承(345頁)。樹木に関する伝承(355頁)。

(30) 関敬吾著『日本昔話大成7』角川書店・昭和54・2・20。美女(長野県北安曇郡での例103頁)娘(新潟県栃尾市での例105頁)。

(31) 注(2)の『同書』参看。

(32) 『文学』昭和57・4。『本朝二十不孝』私見。巻五ノ三の例。2頁。佐竹昭広氏執筆など、他省略。

(33) 注(1)の拙論28頁上段(注14)で指摘した。

(34) 注(23)で紹介した。昭和53・2・15。続真言宗全書刊行会編。代表中川善教師。164～165頁。関係する全文の標題は「明王院本尊并歴代先師録　草稿」とあり、読解、校訂は厳密といわれる。

(35) 般庵野間光辰先生華甲記念会編『近世文芸叢刊第一巻』383頁上段。
(36)『近世文学資料類従・参考文献編13』勉誠社・昭和54・4・30。「化物《ハケモノ》」48頁。「寺《テラ》」237頁。「坊主」48頁。「法師《ホウシ》」55頁。
(37)『国語と国文学』昭和59・7。「『本朝二十不孝』と西鶴の創作意識」29頁。
(38) 注(5)(右記)の『同書』。92〜93頁。記録者は金谷富香、藤沢弘太郎の両氏。
(39)『高野山通念集・巻六』に「妙音房は嶽山の天狗なり。」とある。(宝光院の条)
(40)「力達《チカラダテ》」の意味を「力立て」(力のある事を誇って行動を仕掛ける意」と考える。
(41)「谷上大日堂の山林に、高林房といふ天狗栖めりと口碑す。……都て鎮火の祈願なとに南無……と称呼すれば高林房も其誓約ありけることと思はる。」(注(8)の同書338頁。)

西鶴と『沙石集』

はじめに

西鶴の作品には『沙石集』を直接の典拠とするものがあることは確かである。宗政五十緒・由井長太郎両氏の論文[1]は、西鶴の作品における『沙石集』の影響を追究・実証された貴重な労作であり、私見としても以下に論証していく通り、由井氏の論点の一部を除き、両氏の説がほぼ妥当であると考えられるので留保部分[2]を除き両説を支持する。しかしながら右の宗政・由井の両論文発表以降における西鶴の諸注釈書の類をみると、必ずしもその業績が生かされているとはいえない。中には全く不問に付されている例[3]も二、三にとどまらない。その理由の一斑に、典拠の指摘にとどまって当否の検証を省略したという事情が多分に考えられる。従って理由はともあれ、宗政氏の一部の論考[4]を除いて論証の不徹底からくる説得力の不足という点を遺憾ながら認めざるを得ない。そこで小論は、㈠問題を残した両氏の説を論証によって補強するとともに、㈡二、三の気づいた新しい典拠を報告したい。㈢又拙稿の志向するねらいは、単なる典拠の指摘にとどまらない。宗政五十緒氏は「注釈学と作品構造論との関係においては弁証法が存在する」と提言された[5]。その立論と適用、操作については慎重な配慮を必要とするが、肯定できる論として、小論でも出典を通して問題提起という意味で若干その点につき具体的に触れたい。

一、西鶴の作品と『沙石集』との関係――『沙石集』の目録（巻・番号）にそって――

1	2	3	4	5	6	7	8	9	10	11
(1)	A	一下七	一世ノ栄花…	新可笑記　四の四	文中	中川	○		○	●
(2)	B	三下七	口ノ虎…	武家義理物語　一の一	冒頭文	宗政	○		○	●
(3)	C	四上一	江ハ能ク…	武道伝来記　一の一	文中	中川	○		○	●
(4)	D	四下二	災《ワザハイ》　オホシ…	好色五人女　四の五	末尾文	由井		□	△	
(5)	〃	同	南山大師…	西鶴俗つれ〳〵　二の三	冒頭文	同	○	□	○	●
(6)	E	四下五	菩提ノ山…	好色一代女　六の四	末尾文	同			○	
(7)	F	四下八	明鏡ニ…	武道伝来記　一の一	文中	同	○	□	○	●
(8)	〃	同	冨貴ニ…	本朝二十不孝　二の一	冒頭文	同		□	○	
(9)	〃	同	同	武家義理物語　一の一	同	同	○	□	△	●
(10)	〃	同	光明皇后…	西鶴俗つれ〳〵　四の一	同	同	○	□	○	
(11)	G	六下九	正直ナレバ…	日本永代蔵　四の二	文中	宗政			◎	
(12)	H	七上三	化シテ路傍ノ…	懐硯　三の五	冒頭文	中川		□	○	

⒀	〃	同	土トナル。…	新可笑記　四の四	文中	由井	○	□	○	●
⒁	〃	同	カシコキモ。…	西鶴俗つれ〲　二の三	同	中川	○	□	△	●
⒂	〃	同	同	西鶴織留　六の一	同	同	○	□	○	
⒃	〃	同	同	嵐無常物語　上の一	末尾文	同		□	○	
⒄	I	九下九	大海ノ底ニ…	西鶴織留　三の四	冒頭文	宗政	○		○	

右の一覧表について

1　『沙石集』の目録にそって、西鶴の作品に影響を及ぼしたと認められる箇所の№⑴～⒄

2　『沙石集』における同一説話を単位とした分類記号（A～Iに九分類）であって、次の3の分類と一致。

3　『沙石集』の貞享三年本の巻と説話番号。（西鶴の依拠本は勿論不明であるが、『沙石集』の収載説話と西鶴の関係より梵舜本の系統ではないと思われる。本文の底本としては便宜上正保四年本を採用した。但し、同本には説話番号を欠くので、説明の便宜上、巻と説話番号のみ貞享三年本を利用した。貞享版は正保版をそのまま再刻したといわれるが、管見ではごく一部句読点・清濁音の相違が認められる。以下特にことわりのない限りは右に同じ）

4　『沙石集』における関係本文の最初の文句。（一、二文節程度）

5　上記の『沙石集』と関係ある西鶴の作品。（上記の西鶴作品の巻・番号を下記）

6　上記の西鶴作品（5）における問題本文（4を典拠とする西鶴の文）の、一説話中の位置。

7　西鶴作品と『沙石集』との上記の関係を発表した研究者。

8　上記の表5を記号化したものである。『沙石集』の文句を一作品中において（一説話中ではない）二回以上利用している西鶴の関係作品を○印で示す。

9　『沙石集』の同一説話より西鶴が二箇所以上『沙石集』の本文を取り出し、それぞれ異なった作品に引用している場合、その西鶴の該当作品を□印で示す。
10　西鶴による『沙石集』利用の程度を記号化したものであり、符号は便宜的なもので、おおむね左の通りである。◎印は完全に語句が一致する場合（ただし仮名か漢字かといった字体などの不一致は不問にする）。○印はほぼ語句が一致する場合。△印は語句の一部改変、又は一部変想した場合。
11　西鶴の側に立って考えた場合、西鶴の同一説話の中に、『沙石集』の異なった場所（巻・番号中）より、二箇所以上引用している場合に●印をつけた。

さて右の一覧表によって興味ある事実が判明する。それは説明の手続き上、立証の一部をなすものであり、考え方によれば立論の前提条件ともいうべき視点であることを最初にことわっておく。

㈠　西鶴は『沙石集』の「四下八」(6)と「七上三」を一番よく利用しており、味読していたことと思われる。「四下二」がこれに続いて利用されていると思われる。つまり西鶴には『沙石集』を利用するに当たって同一説話より集中的に利用する傾向が認められる。その事は表の9（□印）において一目瞭然たるものがあるわけであるが、表の11（●印）との関連においても興味深いものがあろう。

㈡　西鶴は『新可笑記』四の四、『武道伝来記』一の一、『武家義理物語』一の一、『西鶴俗つれ〴〵』二の三の計四話において、それぞれ『沙石集』の二箇所より問題の本文を利用しており、特に前三者においては、『沙石集』よりの引用本文は、それぞれ「一下七と七上三・四上一と四下八・三下七と四下八」という工合であって、それぞれの二つの引用文が西鶴の作品においては、ほぼ接続している点に留意すべきである。ところで宗政氏は「西鶴には、作品一篇を制作する場合、同一典籍の異なった部分を集め編成して、変形制作するという、制作過程の一つの類型があるようである」と提言し(7)、同一典籍として『為愚痴物語』と『因果物語』とのそれぞれの場合をあげて例証とされた。さて上記『沙石集』と西鶴との関係は、右の宗政提言を裏付ける例証としての意味をも持つものであり、私見としても右の西鶴の創作手法上のパターンを確認するものである。

㈢　西鶴は『好色五人女』（四の五話）と『西鶴俗つれ〴〵』（二の三話）とにおいて、それぞれ『沙石集』の「四下二」の中の異なった本文を利用している。この点（一覧表の⑷D・⑸D参看）について、由井氏は別々に指摘[8]されており、西鶴によって引用されたその『沙石集』の本文は、実は[9]ツウ・センテンスを間にはさんで接続している点には全く触れておられない。しかし両者の関係をトータルに把握する時、相互保証といういわば相乗作用により典拠としての蓋然性を高からしめる素因の一つとして、説得力を著しく強化している点にも留意すべきである。

注

（1）①宗政五十緒氏「西鶴註釈の方法—『沙石集』との関係を例として—」『国語と国文学』昭和38・3、②由井長太郎氏「西鶴語句の典拠私見」『近世文芸』10号。昭和39・2、③宗政五十緒氏「西鶴と仏教説話」『文学』昭和41・4。

（2）「ほぼ妥当」とする理由は、小論の「二の一覧表⑼F」に関して問題点があると認めるためである。「留保部分」とは、注（1）の②15頁における『沙石集』七の五（貞享三年本）と、『永代蔵』二の一との関係についての説明事項をさす。今後の検証にまつべきで、論証不十分のためである。

（3）右の注（2）における「一覧表」では、⑷D・⑹E・⒄I（第二章注（36）の『対訳西鶴全集第十四巻』は例外）がこれに該当する。

（4）右の注（1）での①宗政氏の論考。

（5）同じく注（1）での①宗政氏の論考中での提言。後に単行本『西鶴の研究』（昭和44年4月）中に右の論考は再録された。

（6）『沙石集』四下八について前田金五郎氏も「この章は、西鶴には馴染の深い章であったらしい」（岩波文庫『武道伝来記』346頁補注15）といわれている。

（7）前記注（1）の③の論考中の提言。後に『西鶴の研究』中に右の論考は再録。

（8）前記注（1）の②の論考。（以下特にことわりがない限り由井氏の論考はすべてこの論考を指すものとする）
（9）「苦悩ナリ。ムナシク二世ノ身心ヲクルシクス。尤イトフベシ。南山大師の云」（『沙石集』四下二「上人妻後《ノツマニヲクルル》事」。上記の傍線部分。

二、西鶴の作品と『沙石集』との関係——西鶴の述作年代順（推定）[1]にそって——

(一)『好色五人女』『西鶴俗つれ〴〵』との関係（一覧表D(4)(5)の欄）付『好色破邪顕正』『慶長見聞集』

表(一)

(4)好色五人女四の五末尾文	沙石集[2]　四下二	好色破邪顕正[3]末尾文（参考欄）
さても〳〵 ①取集たる恋や ②哀　や ③無常也 ④夢なり ⑤現《うつ》なり	…ミナモト色欲ヨリオコレリ。… …苦患ニカハル男女モナシ。… …。楽スクナク ①災《ワザハイ》　オホシ。 ②不浄也。 ③無常也。 ④幻化ナリ。 ⑤苦悩ナリ。 ムナシク二世ノ身心ヲ クルシクス。尤イトフベシ。	…此色欲より起りて、… …いかなる苦患をかうけん。 無常なり 不浄なり 幻化なり 苦悩なり むなしく二世の心身を費して、 たのしみ尠く、禍おほし。

(5)西鶴俗つれ〲二の三冒頭文		（参考欄）(4) 慶長見聞集巻之一（第二話）
①三途八難の苦は女人を根本と②南山大師の法語也。	②南山大師ノ云。四百四種ノ病ハ宿食ヲ根本トシ。①三途八難ノ苦ハ女人ヲ根本トス。「備考」（右のC「楽スクナク」から末尾文までは一続きの文）	四百四種の病は宿食を根本とし、三途八難のくるしびは女人を根本とすと南山大師の遺教なり。

○『好色五人女』四の五末尾文との関係

最初に両者の関係を指摘した由井論文以後も管見による限り従来の諸注でこれを認めているものはない。その理由として「無常也」の語句の一致を除いては一見両者は無関係のような印象を与えている点にある。しかし結果論として典拠というには一見類似性が稀薄だという点をいちおう認めるに吝《やぶさか》ではないが、両者の関係を精査する時やはりその影響の痕跡を認めざるをえない。その論拠を次に示そう。第一点　巨視的にみた場合『沙石集』巻四を素材源とした西鶴の作品は意外に多く、一覧表（(3)〜(10)）のように八箇所・六作品（二作品と四説話というべきか?）を数える。この中『武道伝来記』（一覧表(3)）・『好色五人女』（同(4)）・『西鶴俗つれ〲』（同(5)）・『好色一代女』（同(6)）の問題本文は、男女の主人公（又はその相方）のそれぞれの男色・女色や発心の動機などの相違はさておき、発菩提心による求道談の色彩を持ったシーンと密接に関連している点においていずれも共通している。その意味で西鶴は臨終正念の話題が多い巻四に着眼し、学ぶ所が多かったのではなかろうか。そのうち特に四下八話には精通し、四下二話には比較的よく通じていたと思われる点については既に触れるところがあった。ここで留意させられる点は、『沙石集』巻四を素材源とした前記の西鶴六作品についての執筆年代である。その一部[5]は不明であるが、その大部分は貞享三年乃至その前後である点より、西鶴はすくなくとも貞享三年とその前後の時期に、『沙石集』の相当部分を味読しており、創作にあたり活用したと考えられる節が強い。啓蒙家としての使命感を担って情熱的に書き綴った無住の教理が、西鶴の語口《かたりぐち》の思想的背景として作品構造にかなりよくマッチし、かつ適切効果的であるのは、その一証左であろう。さて一般論として、古歌、古典から表現をとった場合、「踏まえる場合もあり、ただ単にその表現を借りる場合もあり、また、その古歌、古典が意識の底に沈んで表面に現われない場合もある」という説[6]がある。自家薬籠中の物として極めて巧妙に利用した『好色五人女』巻四末尾文の例は、ある程度顕在化しているという意味では右の説の「踏まえる場合」に該当するといえそうである。

第二点　微視的にみた場合、両者の修辞上の類似点として㈠「也・也・ナリ・ナリ」に照応する「や・也・なり・なり」[7]の止筆の類似性である。㈡「幻化」「苦悩」に対応する「夢」「現」[8]の意味上の近似性である。㈢構文論（シンタックス）よりみて両者共通の五つの短文構成を持つ特異性である。以上を総合して、「止筆の妙」といわれる脚韻「なり」とともに、七音（表㈠の①）と五音（同②〜⑤）相通の短文構成の原文の特質を巧みに利用して、西鶴は内容にマッチした一種独特のリズムとテンポを持つ文に再構成した。発想的には、「好色の戒め」という硬質の教訓型から、対象美化の手法で所感型[9]（又は詠嘆型）に変質、昇華させたともいえよう。最後に傍証としてその極めてユニークな発想と構文の故に、具眼の士たらずとも留意、着眼されやすいという好例証として、貞享四年五月の序を持つ『好色破邪顕正』[10]の末尾文の一節を示そう（右表㈠の中・下段のA〜Iの九箇所参照）。

○『西鶴俗つれ〴〵』二の三冒頭文との関係

『沙石集』四下二話は妻帯した女犯の僧が、妻の死を契機として無妻の真の聖になろうと決心する話である。殺盗以下の諸悪の根源は色欲にあり、男子の成仏・往生の最大の障りは女色を根本とするというのが本話の趣意であり、その女の魔性をけざやかにまざまざと描いた話が同四下五話にあって、有機的にタイアップして往生談としての効果を倍加させている。その女の魔性を描いた西鶴の『好色一代女』のフィナーレに『沙石集』四下五話の一節が出てくるのは故なしとしない。執筆年代において連続している『五人女』より『一代女』への視点の移動とともに留意すべき観点である。さて、初夜に死別した新妻自身の菩提心の故に、合意ができたとはいえ、後夫と生涯にも契りを交さなかったという『俗つれ〲』二の三話の女主人公は、性生活において、この『一代女』と対極的立場に位置するともいえそうである。両者（『沙石集』四下二話と『俗つれ〲』二の三話）ともに、配偶者の死を契機とした発心往生譚であるが、男・女の位置が入れ代っているという単純素朴な図式と原点にも留意すべきである。何となれば枕を持った「談義現証の型」(11)の発想（ここでは仏法における女性観とその証明に当る事実譚）が読者の予想を完全に裏切っているところに、西鶴の「反語的性格」(12)が認められる。「内心夜叉《やしゃ》」（原文冒頭の一節。原文「夜刃」）の筈の女人が「今の世の中将姫」（末尾文）であるところに、稀少価値として諸国咄系統の「奇談的性格」(13)が窺われる。とともに仮名草子以来の「女訓物語」(14)とは異なった、枕を逆手にとった反語的スタイルとアイロニーを典拠摂取の手法の中に認めたい。さてここで典拠とする本文が、有名な弘法大師の法語である故に、『沙石集』以外に同一発想を持った典拠が他にあるのではないかという当然の疑問に答えておく義務がある。その例証として二つの資料を提示してみる。その一は『慶長見聞集』（右表㈠の下段の参考欄の二番目参看）であり、その二は『雑談集』(15)第四巻にある類似の発想である。皮相的にいえば前者はむしろ典拠とする『沙石集』の表現よりも、より西鶴に類似しているともいえる。しかしそれぞれの類似の発想を含む二説話は、ともに西鶴との結びつきに必然性が全く認められない。結論的に言うと現段階でいえることは巨視的にも微視的にも、西鶴の作品との有機的関係が稀薄でありすぎるということに尽きよう。それに対して『俗つれ〲』二の三話の中には『沙石集』七上三話よりの確かな文句取りが認められる。つまり両者は微視的にも二重に関係しているだけではなく、前記七上三話よりの西鶴の摂取は五回に及んでいる（前記の一覧表の⑿～⒃参看、後述）。偶然的類似説に対する反証ということになろう。又『俗つれ〴〵』二の三話の冒頭文の注解として従来の諸注[16]は、弘法大師の『浄心誡観法』[17]を挙げているが、それは西鶴の拠った典故の原出典と考える方がよいのではないか。具体的に示すと『沙石集』四下二話には、「南山大師ノ云。『四百四種ノ病ハ……千万種ノ苦ヲ受』トイヘリ。浄心観ニアリ」とあるように、直接の典拠を『沙石集』とする方が制作の実情が適《かな》っていると思われる。最後に本説話について、近時中村幸彦氏による新説[18]が提出されているが、小論との関係については後考に俟《ま》ちたい。

(二)『好色一代女』との関係（一覧表E(6)の欄）付『九相詩』

表(二)

(6)好色一代女六の四末尾文	沙石集四下五	（参考欄）[19]九相詩第九
此時身の一大事を覚へて。誠なるかな名は留まつて皃なし。骨は灰となる草沢辺。鳴滝の梺（麓）に来て菩提の山に入道のほだしもなければ煩悩の海をわたる艫綱をとき捨て彼岸に願ひ…	マメヤカニ生死ヲハナレント思ハン人ハ。菩提ノ山ニ入ル。ミチノホダシヲステ。煩悩ノ海ヲワタル。船ノトモヅナヲトクベシ。	名ハ留メテ無シレ皃《カタチ》 松丘ノ下骨化シテ為ルレ灰ト草沢ノ中

西鶴には古典引用の場合、ほぼ連続して違った[20]二つの典拠を利用する場合がある。時々見受けられる西鶴の衒学である。ここでも二作品（右表(二)の中・下段）を極めて巧妙に利用している。その点を検証しよう。『一代女』の主人公は「われは一代女」（六の四末尾文）という係累のない人間である。そこで「ホダシヲステ」という『沙石集』

の句を変えて「ほだしもなければ」と修正するとともに、不要な文句「船ノ」二字を切り捨てて辻褄を合わせたのである。ところで一代女のフィナーレは主人公が投身自殺をはかり、未遂となるも他人のすすめで仏道に入るという筋書であるが、前記二作品は、「身の一大事を覚へて」入水しようとするその時の主人公の心理描写に利用されたわけである。両者の関係を最初に指摘した由井氏の論文には、ただし次の関係に触れられていないのでここに指摘しておきたい。つまり『沙石集』では、典拠の前に「マメヤカニ生死ヲハナレント思ハン人ハ」とあるが、この文句は西鶴の文の「此時身の一大事を覚へて」の句に照応しており、「生死を離る」と「一大事を覚ゆ」は、「開悟」という点において、まさに同義なのであり、不浄観としての『九相詩』と、法語[21]としての『沙石集』[22]の二者を同時に効果的に利用して頓悟菩提の契機としたのである。ただし筆者寡聞にして近年の諸注釈書の類に『沙石集』との右の関係を示すもののあるのを知らない。さて次の㈢以下紙幅の都合上一部の問題提起とその論証を省略するが、その詳細は別稿に譲りたい。

㈢　『武道伝来記』との関係（一覧表C⑶、F⑺の欄）付『平家物語』『太平記』

表㈢

⑶⑺武道伝来記一の一文中	沙石集四上一（甲）・四下八（乙）	（参考欄）平家物語巻三[23]・太平記巻三十七
⑶江はよく舟をうかべ。又よく舟を覆すの道理。おこなひのさはりなり。⑺明鏡に像の跡なく。虚空の色にそまざるごとくと。戸車の鳴とき、	江ハ能船《ヨクフネ》ヲワタシ。又船ヲクツガヘス。…（甲）財色ノ二字ヲタツベシ。…明鏡《メイ》ニ像ノ跡《アト》ナク。虚空ノ。色ニソマザルガゴトク。身ト心ヲ練《レン》シナス。（乙）	君は舟、臣は水、水よく船をうかべ、水又船をくつがへす。（平家物語）君ハ舟臣ハ水、水能浮《クベ》レ船《ヲ》、水又覆《ス》レ船《ヲ》也。（太平記）

『武道伝来記』一の一話にある「江は……覆す」（右表㈢上段(3)）の出典として、諸注は二作品（右表㈢下段）以外に、『文選』『荀子』[24]その他を挙げる。しかし私見として典拠の第一に『沙石集』四上一話（右表㈢中段）を想定する。尤も典拠の第二として『平家物語』（又は『太平記』）の一節を副素材として利用、融合させたという観点も成立するかもわからない。筆者の新説なので今少し詳記する。着眼点の第一のポイントは、『平家物語』『太平記』ともに西鶴にない「君は舟、臣は水」を持つが、『沙石集』にはそれがない。第二は『平家物語』等では、構文上、次の発想で「水」となっており、助詞の「は」を欠くが、『沙石集』では西鶴と全く同一の発想である「江ハ」で引用文（典拠）がはじまる。第三は『平家物語』等では「水又船をくつがへす」とあって、西鶴に比べてこの部分の「水」が余分なのに対し、『沙石集』では「水」がなく、簡潔な点で、西鶴と同一ではないがより近似する。但し「船ヲワタシ」の部分における相違点より二典拠の摂取ととるか、西鶴の翻案ととるかは決し難いが、次に記す傍証よりしても『平家物語』以下の典拠説は相対的に著しく後退を余儀なくされるのではないか。傍証の第一点は西鶴文で引用文（典拠）と十三字をはさんで、動かし難い『沙石集』四下八の典拠が下接している事（右表㈢上段参看）。第二は典拠として指摘した『沙石集』四上一話には、西鶴の「明鏡に……」（右表㈢上段(7)）と同一発想の説明文が[25]二箇所も書かれており、西鶴にとって『沙石集』を味読しておれば、「江ハ……」（右表㈢中段）と「明鏡ニ……」（同）の二つの典拠の連結（文相互の接続）が極めて容易で自然と考えられる事。第三は『沙石集』における二典拠（右表㈢中段）をそれぞれ含む各文脈、各段落の趣意は、仏法、道心を説く西鶴の趣意と前後の文脈にまことによく照応密着している事。第四は前記のように西鶴の創作手法上のパターン乃至特徴の現れであると考えられる事である（注（7）の本文参看）。従って結論としては、「君は舟臣は水」の修辞は既に西鶴当時「諺化」[26]（すくなくとも文人にとっては常識化）されつつあったといっても過言ではないようなので、そのような実態や例外ではないと思える西鶴の意識を背景とする時、『平家物語』等は西鶴の拠った典故の原出典と考える方が適切であり、直接の典拠は、そのパターン外にはみ出ており、より簡潔でユニークな発想を持つ『沙石集』とすべきである。さてこの『沙石集』の二典拠が西鶴によってどのように摂取され、文脈の中で活《い》かされているか、必ずしも十全の解釈がなされていないように思われる。（私見については別稿に譲ることにする）

右の論証を終るに当って、典拠となった『沙石集』四下八精読説に付き、若干付記しておきたい。『西鶴俗つれ〴〵』四の一冒頭文「清貧……」（一覧表⑽F）の典拠として由井長太郎氏は『沙石集』四下八を挙げられた。ただし私見として他に類似の発想に同書の[27]「八下十六」と[28]『雑談集』第一巻の一所収の文章その他がある点を指摘したい。但し比較上由井説が妥当である事は両者の酷似している点よりも明白である。同一の著者故、類似の発想があるのはむしろ自然であり、又他に共通する修辞も相当あるが、『雑談集』典拠説の反証としても記しておく。次に同じく由井説は『本朝二十不孝』二の一話と『武家義理物語』一の一話の両冒頭文「冨貴にして……」「憂るものは。……」（一覧表⑻Fと⑼F）の典拠として『沙石集』四下八と同九上三を示された。ところで前記の[29]『雑談集』第三巻の五に『沙石集』四下八と同一の文章が収載されているが典拠とは考え難い事が第一点。第二に、前記の「清貧はつねに楽しみ。濁富はつねに愁」（『俗つれ〴〵』）を一種の「諺」の範疇に入れる[30]立場を取ると、この俗耳に入りやすい「冨貴にしても苦あり、貧賤にしても楽あり」も同断であり、西鶴の亜流である[31]其磧や[32]白眼居士が模倣した理由が肯定できる。さて『二十不孝』との関係を示された由井説は、私見により他に[33]類似発想（但し有機的関連性は脆弱《ぜいじゃく》）もあり、酷似する点より肯定できるが、『武家義理物語』との関係については、上接する同じ冒頭文「口の虎……」の[34]『沙石集』三下七典拠説によって補強されたものの、微妙な修辞上の相違点よりして、今後の検証を必要とするのではないか。消極的賛成説をとっておきたい。最後に典拠として『沙石集』の四下八・九下三の二箇所を示された由井説について一言付記しておく。『二十不孝』との関係で言えば、当時の分限思想にマッチする少欲知足の思想を代弁するものとして利用された点においては、両者の文脈上、九下三の引用説が一応優勢である。しかし背景としての巻九（西鶴の『織留』一作品）に対して、巻四（西鶴の四作品）の利用度においては、逆に劣勢となり、決し難いが、四下八精読説の立場から便宜上今は巻四下八典拠説としておく。

㈣『新可笑記』との関係（一覧表A⑴、H⒀の欄）

表㈣

⒀新可笑記四の四	沙石集一下七（甲）・七上三（乙）
①思へはかりの枕⑤錦の裀《しとね》を厳《かさ》れ共夕の煙ぞ形みなる①室の八嶋の土にかへる⑧一世の栄花多生輪廻のもとひなりと	①此カリナル身ノオシク。…（九行略）…地ニカヘル。…（一行余リ略）…ウヅメバ土トナル。②カシコキモ。イヤシキモ。タレカコノ事ヲノガレン。③楽天云。…（十字略）…化《シテ》作《ル》㆓路‐傍《ノ》土《ト》㆒。年‐々春草生《ス》ト。④マコトニ玉ノウテナヲミガケドモ。野辺コソツ井ノスミカナレ⑤錦ノシトネヲカサヌレトモ。夕ノ煙ゾカタミナル。⑥何事ニカ執心モトドマルベキ。…（二行余り略）…⑦ゲニモカリナル身シバラクノ伴ナリ。（乙）行‐基菩‐薩ノ御‐遺‐誡云⑧一‐世ノ栄‐花利‐養ハ。多‐生輪‐廻ノ基也。（甲）

右表㈣について上下段の番号を対照する時、二箇所（右表㈣下段の甲と乙の両文章）より部分的改変（添削）を加え編成する西鶴の手法上の特徴がここでも認められる。『新可笑記』四の四話と『沙石集』七上三話（右表㈣乙）との関係を最初に指摘されたのは前記由井氏で、その着眼には敬服のほかはない。但し同氏は「思へは……形みなる」（右表㈣上段の①と⑤）と「錦ノ……カタミナル」（同下段の⑤）のみをあげて対照されているが、文脈上まことに不十分といわざるを得ない。右表㈣は後述するように西鶴の五作品（一覧表⑿〜⒃H）とのトータルな関連から

関係する部分をすべて一括してあげた。従ってここでは最少限両者二箇所（右表㈣上段の二つの①と⑤に対する下段の①と⑤。但し後者の①と⑦は文脈上照応）必要である。又『沙石集』一下七（右表㈣下段甲文）は、『雑談集』[35]第一巻の一所収本文と同一であるが、『新可笑記』四の四（右表㈣⑧）の典拠として筆者の新説を示しておいた。

表㈤

㈤『懐硯』との関係（一覧表H⑿の欄）

「化して路傍の土となり。年々春草生すと。いへるも眼前の境界ぞかし。（冒頭文の一節）…（中略）…野辺の烟《けふり》とはなしぬ（中頃の一節）」（『懐硯』三の五）

さて右の傍線部分「化して……生す」の典拠として諸注[36]は『白氏文集』を指摘するが、西鶴の拠った典故の原出典と考えるべきであって、直接の典拠は『沙石集』七上三話（表㈣下段の③）をあげる方が制作の実情に適っていると思われる。同一典籍の同一説話より集中的に利用する西鶴の手法がここでも確認される。その論拠は巨視的・微視的両面よりのトータルな観点よりする必要があるも、既述の論証より同義反復となるので繰り返さない。同一発想としては他に『古今著聞集』[37]（巻第四・文学第五・一三六話）・『十訓抄』（六）・『発心集』（第五）・『古事談』（一）等々があろう。ただし芭蕉が『白氏文集』を愛読した事は、『嵯峨日記』を引用するまでもなく周知であり、その和刻本の種類や流布本の解明に関しては、吉川幸次郎氏[38]その他の方[39]の貴重な御発言が見られる。さて西鶴の場合はどうか。読書と利用範囲とについて識者の御教示を乞う。

㈥　甲『西鶴俗つれ〴〵』、乙『西鶴織留』、丙『嵐無常物語』との関係（一覧表H⒁〜⒃の欄）

表㈥

甲「ひとりのむすめ美形にして其名を錦といへる事。…⑤錦のしとねをかさねても②人間④つゐの⑤煙は②のがれがたし。」（『西鶴俗つれ〴〵』二の三話の文中）乙「②高人⑤にしきの裀《しとね》をかさねても夕の煙は②のがれず。」（『西鶴織留』六の一話文中）丙「①かりなる事ながら此恋（冒頭より九行目「定本西鶴全集」）…①世はかりなる④栄花もたのみすくなく。⑤錦の裀をかざれとも夕の煙ぞかたみと成。此女の⑥しうしん嵐はしらして②のがれがたし」（『嵐無常物語』上の一話末尾文）

さて前記の㈣・㈤・㈥の三つの表を総合観察する。右表㈥の甲・乙・丙のそれぞれの番号は、表㈣下段の番号（『沙石集』七上三の本文に付ける）に照応していることを示している。次に具体的に説明しよう。第一点、表㈥の「人間」（甲②）と「高人」（乙②）は、表㈣下段の乙の②の文句の一部（『沙石集』七上三の②「カシコキモイヤシキモ」）にそれぞれ照応している事を意味する。（以下『沙石集』七上三の表㈣の文章を単に『沙』と略称する）第二点、「のがれがたし」（甲と丙の②）・「のがれず」（乙②）は「ノガレン」（『沙』②）に照応。第三点、「つゐの」（甲⑤）は「ツ井ノ」（『沙』④）に照応。第四点、「栄花」（丙④）は「玉ノウテナ」（『沙』④）に照応。第五点、「煙」（甲⑤）は「煙」（『沙』⑤）に照応。第六点、「しうしん」（丙⑥）は「執心」（『沙』⑥）に照応する。第七点、「錦の……」（三者の⑤）は典拠関係の核となる語句で説明を略す。第八点、「かりなる」（丙①の二つ）も同様明確なので説明不要。ただし右の説明は便宜上の分析に過ぎず、語句に即し過ぎて正当性を欠くうらみがある。一、二を説明すると、「コノ事ヲ」（『沙』②）は「つゐの煙は」（甲④と⑤）・「夕の煙は」（乙⑤）という工合に巧みに代置されている点、「つゐの煙」（甲④⑤）は「ツ井ノスミカ」（『沙』④）と「夕ノ煙」（同⑤）とのミックスとも考えられる点などである。最後に『嵐無常物語』上の一末尾文（表㈥の丙）の[40]解釈上の争点について臆断を示したい。右表㈥の三者の末尾文「人間つゐの煙はのがれがたし」「夕の煙はのがれず」「此女のしうしん（は）のがれがたし」は同巧異曲で、その基本的パターンは生きていると考えてみる。ただし「嵐はしらして」の解釈は難問で二説がある。私見として「（死せる）此女のしうしん（生ける）嵐（を）[41]はしらしてのがれがたし」と考えるのは強弁であろうか。

㈦『日本永代蔵』との関係（一覧表G⑾の欄）

表㈦

⑾日本永代蔵四の二文中	沙石集六下九
正直なれば神明も頭に宿り貞廉なれば仏陀《ぶつだ》も心を照す	正直ナレバ神明モ頭ニヤドリ。貞廉ナレバ仏陀モ心ヲ照ス。

右表㈦の関係は宗政五十緒氏の御指摘の通りであると思うが、諸[42]注釈によっては断定を避ける微妙なニュアンスの違いもあるようだ。要点のみ記すと、両者いずれも「五十両」を媒介として主人公による女に対する報恩談のパターンを踏襲している点。その報恩談も恩人（両者女性）に対し「金銀、諸道具を何不足なく購入して愛人と結婚させる」（『永代蔵』）やり方に対し、「一生の生活の保証と後見役」（『沙石集』）を買って出たという点で酷似している。かつ事件はいずれも「資本金の費消」（『永代蔵』）と「五十両紛失」（『沙石集』）という「不運」で発端が始まり、五十両を媒介として幸福談で終結する点。西鶴の方が勿論複雑で、具体的には異質であるが、倫理上での一面の骨格、大筋の一部で軌を一にする共通性がある。細説を避けるが両者ほぼ連続する一連の「正直談」の一グループの背景を持って語られている編集面での考察についても着眼すべきであろう。

(八)『西鶴織留』との関係（一覧表Ⅰ(17)の欄）付『荘子』

表(八)

(17)西鶴織留三の四	沙石集九下九	荘子[43]「秋水」
大海の底に尾閭といふ穴あり。諸川の水日々夜〳〵に入れども彼穴のうちにて失するがゆへに増事さらになし。	百官…（一行略）…然ニ仁義ナクシテ。徒ニ国ヲツイヤス事。ネズミノゴトシトイヘリ。又大海ノ底ニ穴アリ。コレヲ尾閭ト云。諸河ノ水日夜ニ入レ共。カノ穴ニ入テウスル故ニ。海水増セズ。…官禄ヲウケナガラ。…徒ニ国ヲツイヤシ。民ヲナヤマスハ。	天下之水莫レ大《ナルハ》二於海《ヨリ》一万川帰《ス》レ之《ニ》不レ知《トモ》二何《ノ》時止《カヤムトイフコトヲ》一而不レ盈《ミタ》尾閭泄《ラシテ》レ之《ヲ》不レ知《トモ》二何時已《カヤマントイフヲ》一而不レ虚《カラ》

両者の関係を最初に示されたのは、前記表(七)で触れた宗政氏であるが、近年の注釈書は管見では旧説の『荘子』の出典説ばかりである。これはやはり西鶴の典故の原出典と考える方が妥当であろう。論拠としては『荘子』の典拠の背景の趣意は、天地宇宙の無限の広大さを啓蒙し、自覚させてゆくプロセス中の言葉で、一種の認識論とでもいえよう。これに対し『沙石集』では、君子に続く文武百官も官禄をはみ乍ら徒食することの不可を戒めた一条が問題の箇所の段意である。そしてそれは僧・俗の一般人にも適用されるべきであるとする。さて西鶴の文での利用法は、典拠の「無為徒食の戒め」に対し「身過ぎ」「家職」の尊重を説くわけで、さらに「正直」をモットーに粉骨砕身すれば、道は開けて様々の「すぎわひの種」もありと「枕」を結び、本論に入る。その「枕」の文字通りの冒頭文が問題本文になる。そこには無理がなく二者の比較において『沙石集』を典拠とする所以である。

注

（1）年代順については現段階で未詳の点もあり、又『沙石集』との関連において証明の手続き上、順不同の作品もあるので、便宜上の原則とする。なお西鶴の作品によっては、他作混入説や、西鶴編集乃至助作者説の検証を前提とするが、他日を期し今は原則として触れないでおく。
（2）梵舜本（岩波書店の「日本古典文学大系」本の底本）にはこの説話を欠く。
（3）古典文庫の「近世文芸資料」10『好色物草子集』本文索引篇410頁の本文を利用。
（4）鈴木棠三氏校訂の『日本庶民生活史料集第八巻』474頁の本文を利用。中丸和伯氏校注の「江戸史料叢書」17頁の本文を参照。
（5）『西鶴俗つれ〴〵』二の三・三の一・四の一の第四のジャンル。諸国咄系統の執筆時期は貞享三年以後、元禄元年頃までの執筆（暉峻康隆先生説『西鶴研究ノート』227頁・近著の『現代語訳西鶴全集十二巻』8頁も同趣旨と思われる）。
（6）内山一也氏『鑑賞奥の細道』17頁。
（7）西鶴の原本における漢字の「也」の草書体と平仮名「や」との類似性にも留意。
仮に、西鶴の「や」を「也」と読めば四語の脚韻が相通じる。因に読み方はさておき藤村作氏は二つの「や」の翻刻に「也」を当てておられる。『訳註西鶴全集第二巻』222頁。『井原西鶴集』（日本古典全書）1288頁。
（8）原本には「うつ」のふりがながつく。
（9）野間光辰先生「西鶴五つの方法㈠」『文学』昭和42・9。11頁。
（10）作者白眼居士は北条団水であるとする説（宗政五十緒氏『西鶴の研究』所収「『好色破邪顕正』作者考証」）に対し、非団水説が出ている。右の注（3）の複製・解説編における吉田幸一氏説である。同氏は「少なくとも、西鶴の好色物を（作者は）読んでゐたことは確かである」といわれる。
（11）宗政五十緒氏「西鶴作品の形式における『型』の問題」（第一章注（5）の単行本に収載）
（12）浮橋康彦氏「西鶴文学の反語的性格」『日本文学』昭和38・6。
（13）暉峻康隆先生の御論考中での説明。（注（5）で列挙した二著述での前者）。

(14) 青山忠一氏「仮名草子女訓物について」（『近世前期文学の研究』所収）参看。筆者も『堪忍記』中の「女鑑」『本朝女鑑』（勉誠社発行）等を参照した。

(15) 山田昭全・三木紀人両氏校注『雑談集』132頁「養生ノ事」中の一文。（「中世の文学」シリーズ第一期。三弥井書店）

(16) 暉峻康隆先生『定本西鶴全集第八巻』164頁頭注・同『現代語訳西鶴全集十二巻』153頁脚注・藤村作氏『訳註西鶴全集第二巻』79頁。

(17) 原本には『　』はないが説明の便宜上、『校註沙石集』（校訂潁原退蔵氏）140頁で補った。同書頭注の如く原文中の『浄心観』は『浄心誡観法』を指す。

(18) 「編輯者西鶴の一面」（『西鶴論叢』所収論文）原話西鷺・助作編集西鶴説。

(19) 田中伸氏解説による近世文学資料類従『仮名草子編⑽』を参照したが、繁雑なので、片仮名の部分は私意により略記した。

(20) 同じ『好色一代女』で例証をあげると、巻三の三話冒頭文で、『徒然草』七十二段と謡曲『玉葛』（一説『源氏物語』の玉葛の巻）、末尾文で『伊勢物語』第六段と謡曲「船橋」のそれぞれの一節を同時に利用している。

(21) 寛文から正徳までの十三の『書籍目録』はいずれも「法語」又は「仏書」として『沙石集』を扱っている。但し巻頭の目次に記された部門名と、中の書名の冒頭に掲げられた部門名とは必ずしも一致していない。貞享三年板においてはじめて両者「法語」として一致するようで、それまで前者は「禅」又は「仮名仏書」、後者は「法語」のようである。『江戸時代書林出版書籍目録集成』『寛文十年書籍目録』（古典文庫）『沙石集』（注（2））の解説参照。

(22) 小論の㈠と㈡とにおける「女人往生」に関しては笠原一男氏の『女人往生思想の系譜』に負う所が大きい。同書には『沙石集』の立場と姿勢（98頁）・例話として四下五話（9頁）・四下三話（28頁）がのる。

(23) 「日本古典文学大系」32・36（岩波書店発行）による。

(24) 『孔子家語』『貞観政要』（第一章注（6））。

(25) 「明鏡ノ銅ト明トノ如ク。一水ノ照ト潤トノ如シ。……偏執スベカラズ」「明モ像モ鏡ノ徳ナレバ鏡ノ外ニナシ」（後者の引用文はその前後の文が必要であるが省略した。正保四年本によったが貞享三年本も同文である）

(26) 歴史的にも謡曲「代主」「内外詣」「金札」等に引用されており、『毛吹草』(世話の部)、『渡世商軍談』(巻一の一の巻頭文)等の俳書・浮世草子類を経て、遂に『諺苑』(太田全斎編・キ部二ウ所出・頼惟勤氏解説の『春風館本』)に収録される。因に同書には『沙石集』の文句が四つ(見落しがあるかもわからない)掲出されている。
(27) 「古人云。……文云。清貧ハ常ニ楽ミ。濁冨ハ恒ニ愁ト云云」(原本の読仮名を省略。注(28)も同じ)。
(28) 「光明皇后御筆云『清貧ハ常ニ楽ミ、濁冨ハ常ニ憂フ』ト云ヘル」注(15)47頁、他に『慶長見聞集』巻四第十四話に「古人は清貧にしてたのしみ、濁冨にしてかなしひ多しといへり」とある。
(29) 注(15)113頁。
(30) 杉本つとむ氏「西鶴作品と諺」『日本文学』昭和32・4。286頁。
(31) 『世間子息気質』五の三話冒頭文。
(32) 『好色破邪顕正』注(3)の下巻390頁と395〜396頁。西鶴にも他に「楽みは貧賤に有と」(『世間胸算用』一の二)などの筆法がある。
(33) 「生死ノ海ヲワタリ。涅槃ノ岸ニイタラム事。」(『沙石集』四下八)に対して「生死の海のわたし舟。……舳向岸につけば」(『本朝二十不孝』二の一)
(34) 第一章注(1)の①の宗政説
(35) 注(15)47頁。
(36) 暉峻康隆先生『定本西鶴全集第三巻』321頁。同『現代語訳西鶴全集㈦』204頁。麻生磯次・冨士昭雄両氏『対訳西鶴全集第五巻』243頁。
(37) 『日本古典文学大系84』137頁・568頁・569頁。
(38) 「汲古書院版和刻漢籍のために」(昭和45年・汲古書院図書目録4頁)
(39) 仁枝忠氏『芭蕉に影響した漢詩文』245頁。注(21)に挙げた目録類によると、寛文十・同十一・延宝三・天和元・元禄五年版以下略が検索できる。三十・三十五・三十八冊本の三種類にそれらは分類できよう。
(40) 野間光辰先生『定本西鶴全集第六巻』305頁頭注・愛媛近世文学研究会『評釈嵐無常物語』40頁・53〜55頁。
(41) 本来「はしらせ」とあるべきが、次の例証のように下二段の四段化現象をおこしたという推理により「はしらし」

になったとする仮説に立つ。「女房どもに断りいはせてと書しは」（『嵐無常物語』上の三）・「女房を御前様といはして」（同第一話）、又「をば」の意を持つ「は」が「嵐」の下の省略されているとみる。「嵐」は掛詞。

（42）谷脇理史氏「日本古典文学全集」『井原西鶴集三』、183頁頭注「『沙石集』九の一によるか」

（43）「寛文五乙巳歳孟秋吉祥日　風月庄左衛門開板」の奥付を持つ『頭書荘子』林希逸注の十冊本（六冊目「巻之六」一二オ）による。異体字は普通字体にもどし、送りがなの「云」の字は「イフ」とかな書きに改めた。

付記　小論は高野山大学国文学会での研究発表会（昭和49年7月21日）で発表した礎稿に全面的に手を加え作成し初めて発表するものである。

西鶴の本文については、「定本西鶴全集」「古典文庫」、一部の「近世文学資料類従」を参照。『沙石集』は高野山大学図書館寄託本（持明院、正祐寺、光台院、金剛三昧院）と架蔵の貞享三年本を参照。学恩に対し厚くお礼申し上げる。

追記　拙稿執筆後、『対訳西鶴全集第九巻』138頁に、西鶴と『沙石集』に関する麻生磯次・冨士昭雄両氏の貴重な御指摘がある点を見落しているのに気づいたので補記する。その御指摘の点を、小稿の本論冒頭部に掲げた一覧表の形式に従って図示する。

1	2	3	4	5	6	7	8	9	10	11
(18)	J	十下六	サレバ調達カ…	新可笑記　四の四	文中	麻生 冨士	○		○	●

ただし、同書に出典として『梵舜本』をあげるが、『米沢本』とすべきであろう。

むすび

出拠考の中で、『沙石集』など中世仏教説話集をよりどころとしたものの、いくつかにも何か共通したものを感じる。西鶴のブレーンの中で、僧侶などもあって、何時も手近かな説話集から種を求めたと考えても悪くなかろう。ここでは地名や出拠の同一や類似なども、従来試みられた版下・文字づかい・文体などと合せて、助作者穿鑿《せんさく》の一方法ではないか。（「西鶴入門」『国文学解釈と鑑賞』昭和四十四年十月、圏点は筆者）

引用文が長くなったが、右の中村幸彦氏の有益な示唆に、小稿は何程も答えてはいないと思われる。せめて露払いとまではいかなくても捨て石としての意味がすこしあれば幸いである。最後に暉峻先生をはじめとして諸先学の学恩、並びに小稿執筆について、『沙石集』の調査上御世話になった高野山大学図書館と関係各位に対し深甚の謝意を表します。

『おくのほそ道』における「三代の栄耀」の読み方

はじめに

『おくのほそ道』中の語句の読み方についての究明は進んできており、相当の成果をあげているわけである。しかしたとえば、争点となっている漢字の読み方一つを取り上げて、判定の客観的基準はどうかという事を考えてみると、未解決の難しい問題をはらんでいるように思われる。一見些末な問題とも考えられるが、文芸としての作品の本質的な読み方（広義の読解力）と関連してくるのではないかと考えられるので、争点の一つである「栄耀」について小見を述べてみることにする。

一、問題点と私見

「栄耀」の読み方について、私見は「えいえう」説であるが、文献(1)を通して学界の動向を窺うと、近年は、その約言と考えられる「ええう」説がむしろ有力である。その代表と目される尾形仂《つとむ》(2)説の論拠の第一点は、謡曲『邯《かん》(3)鄲《たん》』の詞章にある「夜昼となき楽しみの、栄花にも、栄《え》耀《よお》にも、げにこの上やあるべき」という読み方。第二点は、読み方である。

さて、第一点について、この問題の部分を含む平泉の章の典拠である謡曲『邯鄲』との関係を尊重するというのが、「ええう」説の支持者の弁と思われるが、はたしてそうであろうか。『おくのほそ道』と謡曲との関係についての究明は相当に進んできており、多くの実り豊かな成果を上げているわけであり、先学の驥尾に付して私も出羽三山の条と謡曲の『芭蕉』との関連について、これを肯定する立場から小見[5]を発表したことがある。この平泉の章においても、たとえば「栄耀」や「一睡の中」[6](謡曲では「一炊の間」や「一睡の夢」)などという用語は、確かにこの典拠によったものであろう。「功名一時」ということばも、あるいは「栄花(ママ)の花も一時《ひととき》の、夢とは」という謡曲の詞章との関連があるのかもわからない。両者の関係は、このような一部の用語にとどまらず、「三代(中川注・約百年)の栄耀、一睡の中にして」「功名一時の叢となる」「国破れて……兵どもが夢の跡」などの発想を通しての作者の感慨は、謡曲の詞章である「つらつら人間の有様を案ずるに、百年の歓楽も、命《めい》終れば夢ぞかし」という無常の観念に対して、これ又、符合しているとも思われる。考えてみると、芭蕉は三十四歳の時、「富士の雪盧生が夢をつかせたり」という発句[7]を作っている所からみても、この謡曲に通じていたことは確かであろう。

このように、問題の部分を含む平泉の章は、謡曲の面影を投影している事は確かであるが、この場面における読み方は、後記の理由によって素材上の関連性と切り離して別個に考えるべきである。

ここで思い出されるのは、「(句の創作に当っては)古事・古歌を取るには、本歌を一段すり上《あげ》て作すべし」とする、去来を通しての芭蕉の有名な遺語[8]の一節である。この考え方は、文章道においても同様であったと十分考えられるわけであり、『おくのほそ道』においても、内容と文体にふさわしい読み方が要請されてしかるべき点、既に識者の説くところである。殊にこの平泉の章について、「古人といへ共、不《ル》レ至《ラ》二其《ノ》地《ニ》一時は、不レ叶《ハ》二其《ノ》景《ニ》一」(『嵯峨日記』）という反省を吐露した芭蕉にとっては、厳粛で切実な歴史的現実との対決の姿勢において創作された作品であったという意味においても、謡曲離れというよりは、謡曲を越えた内容と文章で綴られたと考えられるわけであり、『邯鄲』の曲には認められない、慟哭の情を伴った烈しい人生的詠嘆も、そのような意味において理解できるわけである。

「ええう」説の論拠の第二点については、資料の提示としては極めて不十分であり、片手落ちといわざるをえない。後記のように、管見では芭蕉の時代にあっては、節用集を中心とする辞書類では、むしろ「ええう」（「ヱヨウ」と表記）説は少数例外であって、「えいえう」（「ゑいよう」と表記）説が殆どである。ただし、前記のように、古語から世話字などの新語まで多様な語彙を持ち、注目される点が多い『合類節用集』の読み方については当然注意を払うべきである。

注

（1）　明治29年9月より昭和59年4月までの期間に発表された『おくのほそ道』に関係する単行本・主要雑誌の類134本の調査結果を示すと、「えいえう」説は88本・「ええう」説は25本・不明21本となる。ただし、尾形氏の論文（「おくのほそ道注解23」『国文学解釈と鑑賞』31巻13号。昭和41・11）の発表以降の比率は、前記の順序で24対17（不明9）となり、昭和54年度以降では、7対10（不明3）と逆転する。

（2）　右の注（1）で示した「おくのほそ道注解23」の148頁。

（3）　近年の主要なものをいくつか挙げておく。(1)横道万里雄・表章両氏校注『謡曲集下』（日本古典文学大系41）岩波書店・昭和38・2。395頁・宝生流の本文「栄《エ》燿《よお》」(2)小山弘志氏他『謡曲集二』（日本古典文学全集）小学館・昭和50・3。130頁・観世流「栄《え》燿《えう》」(3)伊藤正義氏校注『謡曲集上』（新潮日本古典集成）新潮社・昭和58・3。358頁・観世流「栄《え》燿《えう》」や野々村戒三氏編『謡曲三百五十番集』観世流「栄《エ》燿《ヨオ》」その他佐成謙太郎氏『謡曲大観第二巻』観世流「栄《え》耀《えう》」など。

(4) 原本の巻八下の百十九丁ウ5行目・中田祝夫氏他著『合類節用集研究並びに索引』勉誠社・昭和54・2。253頁の影印本による。

(5) 「おくのほそ道の一考察—出羽三山の条について—」『高野山大学国語国文』創刊号。昭和46・10・15。謡曲『芭蕉』との関係6～11頁。

(6) 謡曲『邯鄲』の本文の引用は、注(3)の(2)の本文により他本を参照した。

(7) 内藤風虎編『六百番誹諧発句合』の五百三十番。判者季吟の判詞に「かんたんに銀の山をつかせたる事ある心にや」とある。中村俊定氏編『近世俳諧資料集成第一巻』講談社・昭和51・11。232頁。『邯鄲』の詞章「金の山を築《つ》かせ……夢の中《うち》……一睡の夢……夢の世……」などと、芭蕉の「金鶏山」その他との関連も考えられる。

(8) 『去来抄』故実・大内初夫氏その他『去来先生全集』落柿舎保存会・昭和57・9。354頁。

二、論拠の第一点　漢詩的な発想と方法

私見の論拠の第一点。前記のように、一部の用語や発想上の共通性はさておき、全体として内容的にも、又文章の上においても、謡曲を大きく越えた別次元の平泉の章は、古戦場を弔う鎮魂の章にふさわしく文体的に漢文脈の強い和漢混淆体でつづられており、文章も漢文調をみごとに生かした短句構成で、きびきびしており、語彙的にも体言（特に二字の漢語）を多用した、漢文脈特有のリズム感・句調にあふれる段落である。ごく一部の改作はあるものの、杜甫の漢詩の首連を内包しながら、地の文と全く融合して違和感をおこさせないのもそのためであろう。当時芭蕉が接していたと思われる漢文脈の文章では、もちろん「えいえう」の読み方が一般的であったと考えられるわけである。次にいくつかの具体例を挙げる。

例(一)　人間《ニンゲンノ》栄耀《エイヨウハ》　因縁浅《インエンアサシ》　林下幽閑《リンカノユウカンハ》　気味《キミ》深《フカシ》(1)（『和漢朗詠集』下・閑居の項・貞享元年版・下二十三オ）

例(二)　常に人間の栄耀《えいよう》は　因縁《ゐんえん》あさし　林下の幽閑《ゆうかん》は　気味《きみ》ふかしと。(2)（『撰集抄』第九の五話・慶安三年版・九ウ）

例㈢　㋑今生ハ一旦ノ栄耀《エイヨフ》。御生ノ御ツトメ（『沙石集』[3]巻六の上四話・貞享三年版・九オ）
㋺諸道ヲ興《ヲコ》シ。栄耀《エイヨフ》目出ク（同右四話・八ウ）
㋩珍宝《チンボウ》名聞利養。冨貴《ワウキ》栄耀《エイヤウ》（同巻七の上四話・十二オ・「ワウキ」は「フウキ」の誤植か。）

例㈣　むなしく栄耀《エイエウ》に因縁のあさはかなる事をしらず、いたづらに幽居の気味の深きを覚へず（『松嶋眺望集』[4]下・金花山の条・天和二年版）

例㈤　㋑偖も当赤間《マガ》関は。日本無双群《グン》船の津なれば。往還《ユキカヒ》の旅人。栄耀過奢《エイヨウクワサ》をつくす。（『日本行脚文集』[5]巻三・元禄三年版・二十四ウ）
㋺　人間の栄耀《エイヨウ》は因縁あさし。林下の幽閑気味《ユウカンキミ》ふかし。（同右巻四・二十三オ）

右の例証の出典について、仁枝忠氏[6]によると、例㈠の『和漢朗詠集』は、「芭蕉の諷誦措かざるところであった」といわれる。この例㈠の原出典は、芭蕉の座右の書として知られる『白氏文集』[7]である。ところで仁枝氏は後者も同様愛読書として「芭蕉の生活や教養に深く融け込んでいたことを意味するものではなかろうか」ともいわれるわけである。

次に例㈡の『撰集抄』は、芭蕉の二つの真翰[8]から確実に読んで、作品に影響を与えたと考えられている書であるが、故杉浦正一郎氏は「西行作と信じられていた撰集抄などもこの紀行文（『おくのほそ道』）を執筆する際、たえず参照していたと思われる」[9]と立言されており、注意をひく。私も先年両者の密接な関係について学会[10]で発表したことがある。

例㈣と㈤の出典の筆者は大淀[11]三千風である。芭蕉が関心を持ち、土地の案内を乞うなどのためか、おくのほそ道の旅中の五月五日に訪問した人物であるが、その三千風の著作である『松嶋眺望集』を、『おくのほそ道』の制作に当ってかなり参考にしたという意見[12]は、相当支持されており、前記の尾形氏[13]も、芭蕉が松島の条を執筆するに当たり、一部を下敷にしたふしも認められるといわれる。

ところで芭蕉は例㈢の出典である『沙石集』について読んだ形跡はなさそうであるが、同時代を生きた西鶴(14)などの精読したふしが十分認められるので参考のためあげておく。

最後に以上の八例を通して、その半数（一例は変形）がほぼ同一文章なのに驚かされるが、その理由として、人口に膾炙《かいしや》したのか、又はその出典が知識人に愛読されたことが予想できるわけである。

他に参考文献としていくつかの用例を挙げておくことにする。

例㈥　栄耀《ゑいよう》又一期《ご》を限て、後混の恥におよぶべくば（『平家物語』(15)巻第三の医師問答の条・龍谷大学図書館本）

例㈦　将軍家。武将《ふしやう》の栄耀《えいよう》をいのり。兼《かね》ては三代　将軍《しやうくん》の御菩提をたすけ奉らんが為也。（『高野山通念集』(16)巻四・小田原の金剛三昧院の条・寛文十二年の自序）

例㈧　過去の因縁しりがたし。然に今生のゑいようは夢也と我悟て、無常のことはりを妄す。（『慶長見聞集』(17)巻八・「妄す」は「忘ず」の誤写・同書は慶長十九年の成立）

例㈨　酒《さけ》一杯飲《はいのめ》ば其日の栄耀《ゑいよう》これに過ず（『西鶴俗つれつれ』(18)巻一の一話）

例(一〇)　今の町人茶事《てうにんちやじ》は栄耀《ゑいよう》と心得（『新可笑記』(19)巻二の五話）

例(一一)　ゑいよう　栄耀（『誹諧糸屑二』(19)「い」の「仮字遣」原本巻二の四十一ウ・元禄七年刊）

右の例㈥の出典『平家物語』は、芭蕉作品における典拠中の主要なものの一つとして、ほぼ定説化している。ただし、従来の研究では芭蕉の読書範囲に入っていない『義経記』(20)（巻第八「秀衡が子共判官殿に謀反の事」の条）の中に「この間の狩をば栄耀《ゑよう》の狩と思召すや。」とあって注意をひく。もっとも、例㈨の「栄耀」は「無上の楽しみ」、例(一〇)や『義経記』の用例は「晴れがましくて結構な（事）」の意味に解されており、「名誉・地位・権力・富などを得て世にときめく」というような色彩を帯びている例㈠〜㈧と微妙なニュアンスのちがいが感じられるのである。

注

（1）書肆村上勘兵衛・梅村弥右衛門の合版・中川架蔵本による。
（2）書肆沢田庄左衛門版の五冊目・中川架蔵本による。
（3）書肆名なし。㋑㋺の本文は六冊目・㋩は七冊目・中川架蔵本による。なお㋑の「一旦」は原本では「一且」となっている。
（4）百々勘兵衛版の北海道大学図書館本を底本とする「古典俳文学大系4」による。校注者飯田正一氏『談林俳諧集二』集英社・昭和47・5。566頁下段。
（5）岡本勝氏架蔵本を底本とする「第二期近世文学資料類従・古俳諧編37」による。解題は岡本勝氏で勉誠社・昭和50・6。㋑は三冊目212頁・㋺は四冊目281頁。
（6）『芭蕉に影響した漢詩文』教育出版センター・昭和47・10。248頁と249頁。
（7）芭蕉の『嵯峨日記』の中の「白氏集」について、諸注は、『白氏長慶集』ではなく、『白氏文集』とする点で、ほぼ一致する。注（6）の248頁その他諸本参照。
（8）一つは荷兮宛の芭蕉書簡（元禄三年一月二日付）、一つは此筋・千川宛芭蕉書簡（元禄三年四月十日付）でいずれも「撰集抄」の名が出てくる。荻野清・今栄蔵両氏校注『校本芭蕉全集第八巻書翰篇』角川書店・昭和39年。104頁と113頁。
（9）「『おくのほそ道』の解釈と鑑賞㈧」『国文学解釈と鑑賞』22巻10号。昭和32・10・1。154頁。
（10）日本近世文学会・春季研究発表会で口頭発表（橿原市橿原公苑内橿原会館・昭和45年6月28日）題目は「芭蕉と撰集抄―おくのほそ道の一考察を中心に―」である。
（11）岡本勝氏『大淀三千風研究』桜楓社・昭和46・10。第五章の二・67頁～71頁参照・山崎喜好氏は『全釈奥の細道』（塙書房・昭和34・1。148頁）で、芭蕉の三千風訪問については「敬意を表したかったのであろうが」とされているが、岡本勝氏は、そこまでは認めがたいという。訪問の意図は、同氏の直接の示唆による。
（12）阿部喜三男氏著久富哲雄氏増補『詳考奥の細道増訂版』日栄社・昭和54・11。328頁。
（13）前記はじめにの注（1）での「注解21」（同誌31巻11号。昭和41・9・1。137頁）。

(14) 筆者(中川)執筆の「西鶴と『沙石集』」暉峻康隆氏編『近世文芸論叢』中央公論社・昭和53・6。176～197頁。本書収録。

(15) 高木市之助氏他校注『平家物語上』(日本古典文学大系32)岩波書店・昭和34・2。241頁。他に「高野辰之旧蔵本」では一箇所(巻第四の厳島御幸の条「出家入道の後も栄耀《えいよう》はつきせず」・前記の大系本の271頁頭注校異14)「えいえう」説である。

(16) 中川架蔵本の「小田原」の条の22丁ウの本文。朝倉治彦氏監修の『高野山通念集二』すみや書房・昭和45・4。86頁も全く同文である。なお刊年については、山内潤三氏「高野山通念集考」『大谷女子大国文』9号。昭和54・3・31。114頁参照。

(17) 中丸和伯氏校注「江戸史料叢書」新人物往来社・昭和44・7。295頁。同書の底本は国会図書館内閣文庫所蔵本であり、東京都政史料館所蔵本により誤写、脱漏を補う。なお鈴木棠三氏校訂の『日本庶民生活史料集成第八巻』599頁も同文であるが、末尾は「わすれず」とある。同書の底本は宮内庁書陵部本であり、他の三本で対校する。

(18) 原本は元禄八年一月刊。横山重氏架蔵本を影印した『第二期近世文学資料類従・西鶴編17・西鶴俗つれ〴〵』勉誠社・昭和50・7。18頁・原本七丁ウ。他に古典文庫本の西鶴本複製11(16頁)や、『定本西鶴全集第八巻』(137頁)と対校、参照した。

(19) 原本は元禄元年十一月刊。吉田幸一氏架蔵本を影印した同右西鶴編11『新可笑記』勉誠社・昭和49・10。102頁。原本十七丁ウ。他に同右複製15(100頁)や『定本西鶴全集第五巻』(208頁)を対校・参照した。(付記。例(二)は大阪女子大学の山崎文庫本を使用)

(20) 岡見正雄氏校注『義経記』(日本古典文学大系37)岩波書店・昭和34・5。372頁。同書の底本は国立国会図書館支部東洋文庫蔵本であり、引用文の振仮名は底本通り。

三、論拠の第二点　伝統的な規範意識

私見の論拠の第二点。規範意識か通俗意識かという観点から考えた場合、「えよう」を誤用とし、「ゑいよう」を

正しい例とする『初心仮名遣』(1)（元禄四年刊）は、辞書史の伝統性や規範意識を踏まえた立言と考えられる。同書の題簽に「正俗二躰初心かなつかひ」と角《つの》書きがあるのも、正格と変格、雅語と俗語、といった正俗に対する使い分けの意識が働いているものと思われる。当時の日常生活の必要に基づいて、初心者のために辞書的形式に編纂されたものであるという。

右の私見と関連して注目させられる事は、『おくのほそ道』成立の背景をなす元禄初期に刊行された二つの重宝記に収載された「世話字」に関する項目である。それは、『不断重宝記大全』(2)（元禄四年五月刊）と『万民重宝記』(3)（元禄五年三月刊）であり、ともに「万世話字尽《づくし》」の「雑之部」に、問題の「栄耀《ゑよう》」が登録されている。又、辞書的形式に編集された『画引十体千字文』(4)（宝永元年六月刊）の「世話字」の「雑之部」（三十八丁ウ）に同じく「栄耀《エヨウ》」と出ている点である。未開拓の「世話字」の研究に先鞭をつけられた山田忠雄氏は、三書の密接な影響関係を是認されているわけである(5)。

さて、世話字とはどのような文字か。たとえば右記の三書に共通する「真眠《マドロム》」・「左右《トニカクニ》」・「前日《カレ》今日《コレ》」のように「俗語や口語を表現するのに用いられた当て字。世話文字」（『古語大辞典』(6)）「世間で通俗に用いられる文字、また文字づかい。兎角《とかく》・適《あつぱれ》の類」（『広辞苑』(7)）というところが最近の辞書類の定義である。右記の三書に共通する三つの世話字は、『世話用文章』(8)（別称『世話字節用集』の言語門・元禄五年七月刊）や『書札調法記』(9)（巻六の㈡異名之部・元禄八年正月刊）のいずれにも収載されており、編者の意図を窺う上で参考となる。「世話」とは「世間にはやる言葉」（『邦訳日葡辞書』(10)）を意味するように、民衆や俗間に使用せられる、くだけた俗語や通用語と考えられるが、狭義の「世話字」とは「普通に使用される、俗なあて字」とする見解が近年有力である(11)。

さて、旧来の辞書類に収録されていない俗語を収録し、俗語の語源について考察した『志不可起』(12)（享保十二年成立）に「ゑゑうはゑいゑう也」とあり、「ええう」を約言として認識するとともに、「俗語」(13)と考えて、伝統的な正格や規範意識に裏づけられた「えいえう」と対置させている編者の姿勢に留意したい。

「ええう」をもって俗語[14]と認定することの当否はさておき、要は、両者に対する芭蕉の意識として、雅・俗（又はなんらかの表現効果を識別する）の意識があったかどうかという事であり、私見としての識別の意識の存在を肯定するものである。その論拠の一斑として、彼の読書範囲より帰納できる和漢の作品を通しての文体・用字意識に対する詩人（芸術家）としての鋭敏・繊細な自覚を、芭蕉の遺語[15]や作品を通して十分逆探知する事が可能であるからである。芭蕉のみならず、当代人の接する可能性の極めて高い節用集の類の過半は「えいえう」説であり、前記の『初心仮名遣』[1]や『類字仮名遣』[16]（寛文六年刊）も同様であるが、俳諧の場合、芭蕉は「ええう」説を採用していると考えられるわけである。後記するように、芭蕉の当時は、俳諧（発句と連句）や浮世草子では、管見では「ええう」説がむしろ大勢を占めるようである。一例を示すと、「ゑようにあまる魚の中打」（『誹諧独吟一日千句』[17] 延宝三年成立の西鶴の連句・ゑようは野間光辰氏御解説のように栄耀の意）というぐあいであって、その理由としては常識的な見解であるが、当然、最短詩形としてのリズムの上からの韻律的効果と、俗文芸としての帰俗平話（ただし芭蕉は高悟を志向）の立場から、より口頭的・通俗的意識への傾斜が予想される。小説では雅俗折衷への傾斜その他が考えられよう。

芭蕉の例は「むかしの栄耀今は苦にやむ」（元禄七年の成立か。「五人ぶち」歌仙の二十六句目）で、中村俊定[18]・島居清[19]の両大家をはじめとして諸注「ええう」とするのは妥当な見解である。そこで私見としては、芭蕉は内容と文体にふさわしい読み方を識別して、使い分けをしているという立場をとるわけである。もっとも右の西鶴や芭蕉の例文の場合、「分に過ぎたわがままなぜいたくさ」というような意味で使用されており、「栄耀」の意味の分化と多様化について既に触れてきた通りである。時代は下るが、俗諺を中心として方言・俗語の類を増補したとされる『俚言集覧』[20]に「俗語の栄耀は奢りかましく見ゆるやうの事をいふ」とあり、「栄耀」について、雅俗の区別をしているふしが認められる。

次に「ええう」説の具体例を挙げておく。

A例㈠　栄《ヱ》耀《エウ》には色〳〵の野を好まれて(21)　『西鶴五百韻』　西友

例㈡　五十《イソジ》の末の栄《エ》耀《ヨウ》乗物(22)　『誹諧七百五十韵』　正宗

例㈢　栄耀喰《グ》ひ折焼柴の幾《イク》夕へ(23)　『同右』　正長

例㈣　栄耀かそへて數鞠のをと(24)　『西鶴俳諧大句數』　西鶴

例㈤　栄耀のちきり何にたとへん(25)　『同右』　同右

例㈥　栄耀者とてならす箔《ハク》椀(26)　『西鶴大矢數』　同右

例㈦　春は栄花秋は栄耀の月見哉(27)　『詞林金玉集』　家治

例㈧　栄《ヱ》耀《ヨウ》人(28)　『俳諧小傘』

B例㈨　何事も、我一人をちやう上と思ひ。分別にも。位にも。えようにも。栄花にも。(29)　『清水物語』

例(一〇)　ゐようのふるまひつかまつり(30)　『竹斎物語』

例(一一)　わが身の栄《ゐ》耀《よう》にのみふけり給ひて(31)　『智恵鑑』

例(一二)　わざくれ浮世は夢よ。白骨《はくこつ》いつかはえようをなしたる。是こそ命なれ。(32)　『浮世ばなし』

例(一三)　栄耀願男（ゐようの《(ママ)》ねがひおとこ）(33)　『好色一代女』

例(一四)　栄耀願男（ゐようねか《(ママ)》ひおとこ）(34)　『同右』

例(一五)　宿にての栄《ゐ》躍《よう》うはさ。(35)　『好色破邪顕正』

例(一六)　そこ〳〵にては此等の栄《ゐ》耀《よう》遊び(36)　『同右』

例(一七)　是はなりひらゐようにもちのかわをむかるると見へたり(37)　『真実伊勢物語』

例(一八) 又爰元にて女房《にょほう》持申候事夢〳〵ゑようにて持申さず(38) 『万の文反古』
例(一九) 来る十九日の栄耀献立《ゑようこんだて》(39) 『同右』
例(二〇) 夕には博奕《ばくち》をうち、あしたは口に栄耀食《ゑようぐひ》(40)。 『沖津白波』
C例(二一) ええうらしいかく浪人の憂き身(41)。 『出世景清』
例(二二) 姉様それはええうぢや(42)。 『堀川波鼓』
例(二三) 喰込《くいこ》んだかへこんだか女夫《めおと》の中の栄耀《ええう》づかひか(43)。 『重井筒』

右の用例を通して、Aのグループは俳諧、Bは仮名草子や浮世草子を含めた小説、Cは浄瑠璃と各ジャンルに渡って「ええう」説が幅広く認められる。用例を通して考えられる特徴の第一点は、前記のように「権力・富などを得て、はなやかに世に時めき栄える。繁栄する事」というような意味での使い方が大変少ない。例(九)など少数例を除き大部分は、過分なふるまいをすることであり、ぜいたくな金の遣い方や、わがまま勝手なむだづかい等を意味するように思われる。第二点は、複合語、特に複合名詞が多く、用例に示さなかったが、(44)「ゑやうぐるひ（栄耀狂）」の例が11例を占め、(45)意味の多様化と、造語の生産拡大化の傾向が認められる。

さて、管見では右記のように、俳人としての芭蕉を取り巻く俳諧の世界では、むしろ「ええう」説が大勢を占めるわけであるが、私見としての論拠の第一点以下で記したように、芭蕉が接したと考えられる読書範囲内にある漢文脈や漢文調の作品の文章では、反対に「えいえう」説が主流で一般的であった。有名な芭蕉の言葉に(46)「俳諧は平話を用ゆ」（『三冊子』）とある。俳言としての俗語をむしろ積極的に摂取し受容したふしが確かに認められるが、それは無条件ではない。(46)「風雅に古人の心を探り」(46)「高く心を悟りて、俗に帰るべし、……つねに風雅の誠を責《せめ》悟り」（同右）とあるように、根本的には俳言使用の有無ではなくて、時には伝統に回帰し、常に厳しく自己反省する姿勢と心の問題である。しかし表現を離れては芸術は存在しないわけで、『おくのほそ道』の平泉の条に関して言うと、懐古の情の表現に成功した要因の一つとして漢詩的な発想と方法とが挙げられるわけである。そこには緊張し充実した詩心の高揚が明確に認められるが、文体上、漢詩文とともに、敬語の使用についても、デリケートな表現効果を考えて使ったふしが確かに認められる。具体的には「時のうつるまで、泪を落し侍りぬ」とあるように、地の文に古風な文章表現でもある「侍り」を使っている点、(47)当時の文章語である仮名草子や浮世草子の地の文が、「侍り」を使用しない点と照応して、文体上の表現効果の点から特に注意させられるのである。「侍り」の表現には諸説があり、(48)私も小見を発表した事もあるが、直接的に文体に影響を与えたのは、中世の連歌師たちの文章、とりわけかれらの旅の記であり、単なる雅語的表現や擬古的表現でなく、こうした伝統の背景の上に芭蕉の俳文が成立しているのだという示唆に富む見解(49)を無視できない。

要は「栄耀」の読み方について、通俗意識ではなく、伝統的な規範意識という観点から熟考を要請するわけであり、次に考察する辞書史の伝統性とタイ・アップして、二者択一を迫られる時は、「えいえう」説こそが肯定されてしかるべきではないのかというのが私の論拠の一端である。

注

（1）中川架蔵本を使用。同書の言語門百四丁ウに「えよう　ゑいよう　栄耀」とあり「傍《カタハラ》ニ丸ヲ付ルハ誤《アヤマリ》ノ字也」（一丁オ）とあるように、上段に誤用例、中段に正しい例、下段に漢字と三段に分けて記す。なお同書については、佐藤喜代治氏編者代表の『国語学研究事典』明治書院・昭和52年。691頁の「初心仮名遣」の解説を参照。

（2）小林祥次郎氏架蔵本を影印した『近世文学資料類従・参考文献編10・重宝記大全他』勉誠社・昭和52年。46頁下段・原本四十三丁ウ。

（3）国立国会図書館蔵本を影印した『同右』の227頁下段・原本三十四丁ウ。

（4）中川架蔵本を使用。同書は皇都書林の水玉堂版。（梅村市郎兵衛開版）

（5）歌舞伎評判記研究会編『歌舞伎評判記集成第三巻』月報3。山田忠雄氏の執筆で、「評判記に学んだもの」の「意義分類」の①で説明。岩波書店・昭和48・7・20。3頁。
（6）中田祝夫氏他編・小学館・昭和58年。922頁。
（7）新村出氏編・岩波書店・昭和58年。第三版・1360頁。
（8）東京大学総合図書館蔵本を影印した『近世文学資料類従・参考文献編9・世話用文章』勉誠社・昭和51年。153頁・158頁。
（9）国立国会図書館蔵本を影印した『同右の参考文献編5・書礼調法記』勉誠社・昭和51年。359頁・361頁。
（10）土井忠生氏他編訳・岩波書店・昭和55年。757頁。
（11）日本国語大辞典刊行会編集『日本国語大辞典第十二巻』小学館・昭和49年。87頁など。他に注（1）に挙げた『国語学研究事典』78頁や国語学会編『国語学大辞典』（東京堂出版・昭和55年）16頁の「当て字」の項の説明の中に世話字が出てくる。
（12）国立国会図書館蔵本（自筆稿本）を影印した『近世文学資料類従・参考文献編7・志不可起』勉誠社・昭和51年。413頁。原本巻七言辞・恵の部・一丁オ。
（13）「俗語の語源について考察したところをイロハ順に配列した辞書」（注（12）の同書における小林祥次郎氏の解説471頁）「話しことば、俗語を集め考証したもの」（注（1）『国語学研究事典』の「志不可起」の項の解説663頁）参照。
（14）「俗語」の定義については、注（1）の『事典』99頁や、注（11）の『国語学大辞典』567頁を参照した。「雅語に対する概念を持つ語の一種。標準的で品位のある語に対して、くだけていて当世風なニュアンスを持つ語」（後者の定義）とある。
（15）「俗語を正す」（『三冊子』）など、『去来抄』その他を挙げるまでもない。
（16）中川架蔵本。荒木田盛澂《すみ》著・「ゐいよう栄耀」（七之巻・十六オ）
（17）天理図書館の綿屋文庫本を影印した『善本叢書・和書之部第三十九巻・談林俳諧集』八木書店・昭和51年。128頁。原本は第八の三十丁ウ。なお『定本西鶴全集第十巻』中央公論社・昭和29年。160頁の頭注欄に野間氏の解説がある。
（18）『校本芭蕉全集第五巻　連句篇下』角川書店・昭和43年。164頁。中村俊定・萩原恭男両氏校注『芭蕉連句集』（岩波

文庫）昭和50年。253頁も「栄耀（ええう）」とする。

(19)『芭蕉連句全註解第九冊』桜楓社・昭和58年。178頁。その他尾形仂氏他共著の『定本芭蕉大成』三省堂・昭和37年。264頁や井本農一氏他校注の『芭蕉集全』集英社・昭和45年。392頁も「ええう」とする。

(20)井上頼圀《くに》・近藤瓶城増補『増補俚言集覧』名著刊行会・昭和40年。上巻358頁。ただし原著『俚言集覧』の成立は寛政九年から文政十二年の間とされる。注（1）の『国語学研究事典』の「俚言集覧」の項667頁参照。

(21)西鶴編『西鶴五百韻』延宝七年刊・第四の葛何の巻・東京上野図書館蔵本を複製した『西鶴五百韻』（西鶴学会編（古典文庫）昭和25年。西鶴研究三・41頁）。他に注（22）の『古俳諧編30』勉誠社・昭和51年。45頁（原本二十一丁オ）参照。

(22)光丘文庫本を影印した『第二期近世文学資料類従古俳諧編33・談林十百韻他』の中の『誹諧七百五十韵《いん》』勉誠社・昭和52年。261頁。原本第二の十三丁表（オと略記）。

(23)同右の出典。244頁。原本第一の四丁裏（ウと略記）原本は延宝九年刊。

(24)松宇文庫蔵本を翻刻した『定本西鶴全集第十巻』中の『西鶴俳諧大句數』中央公論社・昭和29年。224頁。原本『大句数』第二の七丁ウ・原本は延宝五年刊。（原本の異体字「數」を通用体になおした）

(25)同右の出典。256頁。『大句数』第六の二十五丁オ。

(26)東京大学総合図書館所蔵の洒竹文庫本（原版本の写本）を底本とした『定本西鶴全集第十一巻下』中の『西鶴大矢数』中央公論社・昭和50年。295頁。原本巻四の『大矢数』第三十六の二十四オ・原本は延宝九年刊。東大の原版本は亡失。（昭和56年に巻一版本出現）他に注（22）の『古俳諧編31・西鶴大矢数』勉誠社・昭和50年。158頁を参照。

(27)宮内庁書陵部蔵本の『詞林金玉集』（巻十二の秋三）による。原本の写真版を底本とし、同書陵部編の『図書寮叢刊・詞林金玉集中巻』明治書院・昭和48年。510頁参照。

(28)前田金五郎氏架蔵本を影印した『近世文学資料類従・参考文献編13俳諧小傘』勉誠社・昭和54年。149頁（原本六十一オ・料理《レウリ》の付心の項）と154頁（六十三ウ・糝《ソウスイ》）。

(29)天理図書館蔵本を翻刻した『近世文学未刊本叢書・仮名草子篇』の中の『清水物語』養徳社・昭和22年。48頁。引用文は下巻の末尾文の一節・原本は寛永十五年刊。

（30）横山重氏蔵本を影印した前田金五郎氏編『近世文芸資料11・竹斎物語集上巻』（古典文庫）昭和45年。191頁。原本は寛永三年以後同十一・十二年の間に刊行された（前田説）。

（31）注（29）の『仮名草子篇』の中の『智恵鑑』177頁。巻一の一話にある文。万治三年刊。

（32）赤木文庫蔵本を影印した『近世文学資料類従・仮名草子編12』の中の『浮世ばなし』（通称『浮世物語』）勉誠社・昭和47年。24頁。巻一の五話にある文。寛文五年刊か。

（33）国立国会図書館蔵本を影印した勉誠社の『西鶴編5・好色一代女』（第一章注（18）参照）昭和51年。146頁。巻四の四の目録にある目録標題が引用文である。貞享三年の刊。

（34）同右の同書173頁巻四の四の本文の巻頭にある題が引用文であり、「例一三」と比較して2箇所漢字の右の振り仮名が相違しているので、引用文に（ママ）とした。

（35）尾崎久弥氏蔵本を翻刻した『近世文芸資料第十・好色物草子集・本文索引篇』（古典文庫）昭和43年。356頁。上巻十一オ）貞享四年刊の『好色破邪顕正』の本文。『北條団水集草子篇第一巻』（古典文庫）昭和55年。195頁では「栄《ゑ》耀《よう》」とする。

（36）同右の同書（前者）391頁・原本では下巻二ウ・なお翻刻者は吉田幸一氏である。

（37）東京上野図書館（現国会図書館）蔵本を影印した西鶴学会編『古典文庫別冊第三・真実伊勢物語』（古典文庫）昭和26年。46頁。原本巻一の四話二十一丁ウ・元禄三年刊。

（38）横山重氏蔵本を影印した勉誠社の『西鶴編18・万の文反古』（注（26）参照）昭和49年。30頁。巻一の三の本文・原本十三丁ウ・元禄九年刊。

（39）同右の同書33頁・巻一の四話章題が引用文である。

（40）山口剛氏校訂の『浮世草子集』（日本名著全集・江戸文芸之部）の中の『沖津白波』日本名著全集刊行会・昭和3年。377頁。二の二話の本文。元禄十五年刊原本は早大本か。

（41）守随憲治氏他校注『近松浄瑠璃集下』の中の『出世景清』（大系50）岩波書店・昭和34年。32頁。第二の本文中の言葉で、同書は「栄耀」の漢字を当てるが凡例によると原本はかな。

（42）重友毅氏校注の『近松浄瑠璃集上』の中の『堀川波鼓』（大系49）岩波書店・昭和33年。40頁。上之巻の本文。同書は注（41）の本文と同じように漢字を当てるが、同書の凡例によると正本（原本）は平仮名で書かれていることになるので元に戻して表記。

(43) 同右の同書の中の『重井筒』71頁・上之巻の本文。凡例によると、底本の漢字に「ええう」の振り仮名が付く。なお注（41）の出典は近年貞享二年上演説が有力。注（42）の出典は、宝永四年、注（43）の出典は同四・五年頃の上演とされている。

(44) 東洋文庫蔵本を翻刻した『未刊国文資料第二期・未刊仮名草子集と研究㈠』所収の『是楽物語』未刊国文資料研究会・昭和35年。12頁。上の第三話に「其方がゐやうぐるひの相伴せんはかり事にやなと」とある。原本では七丁オ。明暦年間の刊。なお『岩波文庫貴重本叢刊（近世編第二巻）仮名草子』昭和49年154頁の影印本と校合したが、右と同文である。ただし「相伴」の振り仮名に一字誤植（前者）がある。

(45) 近年の主要な辞書は、この二つの意味を示している。注（11）の小学館の『日本国語大辞典第三巻』153・238頁と『古語大辞典』昭和58年。239頁。角川書店の『角川古語大辞典第一巻』昭和57年。487・493頁。岩波書店の『岩波古語辞典』昭和49年。199頁など。

(46) 『わすれみづ』（くろさうし）にある言葉。井本農一氏校注『校本芭蕉全集第七巻　俳論篇』角川書店・昭和41年。219頁。「風雅に」・「高く」の出典は『三冊子』の赤双紙にある言葉。同174頁。

(47) 「当時の文章語である仮名草子や浮世草子の地の文が『侍り』体をとらない」という論点は、野村雅昭氏「俳文・俳論の敬語」（『敬語講座第4巻』「近世の敬語」明治書院・昭和48年。121頁）の論考による。

(48) 「芭蕉における『侍り』の用例とその意味―奥の細道を中心として―」『和歌山県高等学校教育研究会国語部会会誌』1号・昭和40・7。11～22頁。

(49) 右の注（47）の野村氏の論文。特に119と121頁であるが、氏は「内容上の影響や古典的教養の問題を別にするならば」との条件付きで、引用文と同趣旨の論点を示されている。

四、論拠の第三点　辞書史の主流は「えいえう説」である

筆者は国語学を専攻する者ではないので、遺漏やミスがあると思うが、大体の傾向を把握する目的をもって、主として手許にある原本又は影印本を中心に、[1]四十三種の辞書類を調査した。結果を先に示すと「えいえう」説は32本・「ええう」説は7本・不明5本である。計44本となるが、一本は「えいえう」と「ええう」の両説を挙げているためである。不明の内訳は該当語なしが2本、「栄耀」とあるが振り仮名の無いのが1本、「英耀」（振り仮名「えいよう」と「エイヨウ」）とあるが該当語なしが2本である。なお「栄曜（ゑいよう）」2本・「栄曜（ゑよう）」1本の三例はそれぞれ同義語と[2]認定できるのでそれぞれの説に入れて計算した。又「英耀」について、『大漢和辞典』[3]によると「花やかなひかり」とともに「英華」（ほまれ。名誉の意味もある）の意味を示しているので、「栄華」の類義語としての側面があるかもわからない。なお、同書で「えいえう」「ええう」の読み方により前記の意味の[3]相違点を説明している事に留意すべきである。次にその資料を挙げるが、Aは「えいえう」説、Bは「ええう」説、Cはその他（不明など）である。ほぼ成立又は刊行年代順とするが、不明の場合は専門家の推定説に基づき、私見により便宜的に位置づけた。

〔No.		成立又は刊年	書名	表記〕
A	一	1474　文明6	文明本節用集[4]	栄《(ヱイ)》耀《ヨウ》
	二	1479　文明11	仮名文字遣[5]	栄《(サカヱル)》耀《カカヤク》　ゑいよう
	三	1469～1487　文明元～19	増刊下学集[6]	栄《(エイ)》耀《(ヨウ)》
	四	1496　明応5	明応五年節用集[7]	栄《エイ》耀《ヨウ》

五	1547〜1548	天文16・17	運歩色葉集(8)	栄《(ヱイ)》耀《ヨウ》
六	(不明・中世末か)		伊京集(9)	栄《ヱイ》耀《ヨウ》
七	(不明)		節用集枳《き》園本(10)	栄《ヱイ》耀《(ヨウ)》
八	1556	弘治2	弘治二年本節用集(11)	栄《(エイ)》耀《ヨウ》
九	1559	永禄2	永禄二年本節用集(12)	栄《(エイ)》耀《(ヨウ)》
一〇	1562	永禄5	新写永禄五年本節用集(13)	同右
一一	1565	永禄8か	堯空本節用集(14)	栄《(ヱイ)》耀《(ヨウ)》
一二	1566	永禄9	新撰仮名文字遣(15)	ゑいよう 栄曜
一三	1597	慶長2	(原刻)易林本節用集(16)	栄《(ヱイ)》耀《ヨウ》
一四		同右	早大本易林本小山板節用集(17)	同右
一五	1598	慶長3	耶蘇会板落葉集(18)	栄《ゑい》《(さかふる)》曜《よう》《かかやく》
一六	1603	慶長8	(邦訳長崎版)日葡辞書(19)	Yeiyô エイヨウ(栄耀)
一七	1610	慶長15	こんてむつすむん地(20)	栄《えい》耀《えう》
一八	1596〜1615	慶長元〜20	慶長板仮名文字遣(21)	ゑいよう 栄耀
一九	1666	寛文6	類字仮名遣(22)	同右
二〇	1669	寛文9	増補下学集(23)	栄《(ヱイ)》耀《ヨウ》
二一	1673	寛文13	鸚鵡抄(24)	ゑいよう 栄耀
二二	1680	延宝8	恵空編節用集大全(25)	栄《(ゑい)》耀《よう》
二三	1685	貞享2	頭書増補節用集大全(26)(二行両点)	栄《(ゑい)》《(さかふ)》耀《よう》《かかやく》

二四	1687	貞享4	増補頭書大字節用集大全(27)	同右
二五	1691	元禄4	正俗二躰初心かなつかひ(28)	ゑいよう 栄耀
二六		同右	頭書大広益節用集(29)	栄《(ゑい)》《(サカフ)》耀《よう》《カカヤク》
二七	1694	元禄7	頭書増補節用集大全(30)	栄《(ゑい)》《(サカフ)》耀《よう》《かかやく》
二八		同右	誹諧糸屑(31)	ゑいよう 栄耀
二九	1698	元禄11	書言字考節用集(32)	栄《(エイ)》耀《ヨウ》
三〇	1700	元禄13	新大成増字万宝節用集(33)	栄《ゑい》《サカへ》耀《よう》《カカヤク》
三一	1703	元禄16か	広益増字万宝節用集(34)	同右
三二	1715	正徳5	大字立新節用和国宝蔵(35)	同右
B三三	1487	文明19	黒本本節用集(36)	栄《エ》耀《ヨウ》
三四	1550	天文19?	図書寮零本節用集(37)	同右
三五	1589	天正17	天正十七年本節用集(38)	同右
三六	1590	天正18	天正十八年本節用集(39)	同右
三七	1598	慶長3	耶蘇会板落葉集(40)	栄《(ゑ)》《(さかふ)》曜《よう》《かかやく》
三八	1615〜1644	元和元から寛永21までか	和漢通用集(41)	栄《ゑ》耀《よう》 ゑいぐわの義
三九	1680	延宝8	合類節用集(42)	栄《エ》耀《ヨウ》
C四〇	1315	正和4	伊呂波字類抄(43)	(栄)耀
四一	1484	文明17	温故知新書(44)	英《エイ》耀《ヨウ》
四二	1595	文禄4	文禄四年本節用集(45)	英《えい》耀《よう》

四三	1604	慶長9	ロドリゲス日本大文典[46]	（該当語なし）
四四	1617	元和3	元和三年板下学集[47]	（ 同 右 ）

〔右の一覧表について。原本の傍訓の不完全なものは、専門書（例えば注（42）で示した書）の処理の仕方を参考にして補読してある。（ ）を付けたのは前後の例やその原本の表記方法をよく考えて補読した部分であって、まず誤読はないと考えられるが、利用に当っては原本、次善の策として影印本で確認されたい。例えばA一三の原文は「栄花《エイグワ》栄耀《ヨウ》」となっているので（ヱイヨウ）と判読する類である。〕

専門家によると節用集だけでも、近世にはおよそ五百種ほど刊行されているといわれる。従って右のような一部の資料をもって全体を推定することは無謀と思われるが、専門家が重要であると考えて公刊された資料も相当程度含まれているので、不十分ではあるがある程度の見当は付けられるのではないか。つまり、前記のように辞書史の上からも「えいえう」説が主流で大勢を占めていると考えるわけで、特に芭蕉が生存し活躍した正保・慶安より元禄前後の頃を考慮すると、限られた資料ではあるが、なおさらこの感を深くするわけである。紙幅の関係から右の資料に表記できなかったが、注（2）で説明してあるように資料の過半数は「栄花」と組み合わせで表記されている点、一つのパターンとして慣用語化していると認めても過言ではないだろう。語義については不明であるが、B三八の例で「栄華（花）」の義と解した通り、前記の大勢を占めるパターンと相まって、やはり語史的にも、漢詩文や漢文脈系統の文章で利用された分化以前の本来の語義を担っている場合が多いのではないかと予想できるわけである。

さて、「栄耀」の語義について、語史的に深く研究したわけではないが、既に用例を通して指摘したように、近世に入り、一部変質を遂げて微妙なニュアンスが加味されてくると考えられる。芭蕉や西鶴の時代は分化して両義を帯びた語として著しく顕在化しており、特に大衆化しつつあった俳諧や浮世草子、さらには舞台芸術として口頭化になじむ浄瑠璃の世界にも前記の通りの微妙な言い廻しが行われていたと思われる。ところで問題の平泉の章での「栄耀」の語義は、これらの分化し、多様化した俗語（口語）と異なって、本来の語義として使用されているわけで、古風ではあっても、雅語として伝統的な文語文、特に漢詩文の調子によくなじむ「えいえう」説を、辞書史の流れからも支持するわけである。

注

（1）四十三種の内訳は、原本10（内、架蔵本9）・影印本29・翻刻本3・影印本に基づく総索引1となり、いずれも信憑性の高い資料と考える。

（2）例えば資料Aの一五（第三章注（18））は「栄《えい》・枯《こ》……曜《よう》―花《ぐは》」という言葉の配列になっている。43例の資料中「栄花・栄耀」が29例（内4例は二語の位置が上下反対である。又8例は、栄華の漢字を使用する）の多数を占める。従って、二語の組み合わせに留意すると、この場合も「栄耀」と同義にとることが可能である。

（3）諸橋轍次氏・大修館書店・昭和46年3刷。巻九587頁。なお同書巻六485頁で「栄耀《エイエウ》」（さかえかがやく・さかんにさかえる。栄華。栄曜）「エエウ」（はで。おごり。ぜいたく）として両者を区別する。

（4）中田祝夫氏『文明本節用集研究並びに索引・影印篇』（改訂新版）勉誠社・昭和54年。360頁。

（5）大友信一氏他『仮名文字遣』（駒沢大学国語研究資料第二）汲古書院・昭和55年。45頁。

（6）安田章氏解題『天理図書館善本叢書・和書之部第五十九巻』八木書店・昭和58年。138頁。

（7）中田祝夫氏『改訂新版古本節用集六種研究並びに総合索引・影印篇』勉誠社・昭和54年。157頁。

（8）中田祝夫氏他『中世古辞書四種研究並びに総合索引・影印篇』風間書房・昭和56年。315頁。

（9）注（7）に同じ・46頁。中田祝夫氏は中世末期の筆写本とされる。

（10）注（6）の『和書之部第二十一巻節用集二種』八木書店・昭和49年。232頁。

（11）中田祝夫氏『印度本節用集古本四種研究並びに総合索引・影印篇』勉誠社・昭和55年。101頁。

（12）同右248頁。

(13) 京都大学文学部国語学国文学研究室編・臨川書店・昭和48年。164頁。
(14) 注（11）に同じ。409頁。
(15) 注（5）の『資料第三』編者も同一人物。汲古書院・昭和56年。63頁。
(16) 注（7）に同じ。537頁。
(17) 代表杉本つとむ氏編。文化書房博文社・昭和46年。221頁。
(18) 小島幸枝氏『耶蘇会板落葉集総索引』笠間書院・昭和53年。110頁。
(19) 土井忠生氏他編訳。岩波書店・昭和55年。817頁。
(20) 近藤政美氏編『こんてむつすむん地総索引』笠間書院・昭和52年。22頁。同書には「栄耀に」として出ている。なお例文によるとこの語彙は、日本古典全書『吉利支丹文学集』上巻の翻刻（全書本の256頁）と天理図書館本『きりしたん版集』第一巻所収の影印本（善本叢書）の25丁オに出ているとあるが後者は筆者未見。前者には「ゑいよう」とある。
(21) 注（5）に同じ。105頁。編者は刊記はないが慶長版と考えて影印している。
(22) 第二章注（16）で紹介した本である。京都書林の植村藤右衛門他二書肆の刊行。
(23) 杉本つとむ氏他編『増補下学集下巻』文化書房博文社・昭和43年。333頁。原本下之一の五十五丁オ。
(24) 原本（写本）の編者荒木田盛澂・同盛員。貞享二年に成立。静嘉堂文庫本を雄松堂が昭和55～56年にかけ刊行。原本の巻九十二（影印本では五巻3822頁にある）。他に原本の巻六十二（四巻2862頁）に「えいよう類云、英耀・嬰耀」とある。
(25) 中田祝夫氏『恵空編節用集大全研究並びに索引・影印篇』勉誠社・昭和50年。656頁。
(26) 中川架蔵本。原本は小野善左衛門板。七十五ウ。
(27) 同右。大坂南谷町作本屋八兵衛開板。八十八ウ。
(28) 同右。第二章注（1）参照。刊記はないが、序の末尾に「元禄《ママ》第四春」本文全百十九丁。
(29) 同右。江戸上野黒門町日野屋次良兵衛他二書肆開板。九十三丁ウ。真草二行両点本。
(30) 同右。刊記を欠くが、「孔子誕生ヨリ元禄六歳マテ二千百七十二歳」という説明と、歴代天皇の一覧表に「百十四今上皇帝元禄」とあるので刊年を推定した。百十一ウ。
(31) 第一章注(19)の末尾に付記した。俳諧作法書。
(32) 中田祝夫氏他『書言字考節用集研究並びに索引・影印篇』昭和48年。468頁。
(33) 中川架蔵本。奥付に一部欠損と汚れがあるが「京書林森音兵(衛)板」か。六十八丁オ。
(34) 同右。奥付を欠くが、年代記は元禄十六年まで説明あり。武鑑の記事の末尾に「元禄武鑑終」とあるので刊年を推定した。八十二丁ウ。
(35) 同右。刊記に「難波書林蔵板」とある。百六丁ウ。
(36) 注(7)に同じ。381頁。
(37) 中田祝夫氏他『(印度本節用集)和漢通用集他三種研究並びに総合索引・影印篇』勉誠社・昭和55年。313頁。
(38) 注(6)に同じ。418頁。
(39) 山田忠雄氏解説・東洋文庫・昭和46年。複製本下巻十四丁オ。
(40) 注(2)と注(18)参照。
(41) 注(37)に同じ。174頁。
(42) 中田祝夫氏他『合類節用集研究並びに索引』勉誠社・昭和54年。253頁。
(43) 正宗敦夫氏編『伊呂波字類抄第二巻』風間書房・昭和30年。十巻四丁ウ。
(44) 注(8)に同じ。479頁。
(45) 注(5)に同じ。324頁。本書は凡例302頁によると、文禄四年の梵舜書写本(陽明文庫本)の影印本に基づく索引である。陽明文庫本は「陽明叢書14『中世国語資料』思文閣出版・昭和51年」として影印出版されている。
(46) 原著者J・ロドリゲス。訳注者・土井忠生氏『日本大文典』三省堂・昭和50年。
(47) 山田忠雄氏監修・解説。新生社・昭和43年。

むすび

芭蕉の奥羽行脚が能のワキ僧の擬態として企てられたものであり、辺土の歌枕を回って古人の詩魂や、英雄の亡魂、さては山川草木の精霊に邂逅する事を期待した巡礼の旅であった、という指摘[1]がある。この示唆に富み深い洞察に支えられた論点に敬意を表しつつ、謡曲調の「ええう」説に短絡反応をおこすことを許さない何かが、ピークといわれる平泉の章に介在しているのではないか。[2]当時正式の文章文字は漢文であったとされるが、通俗や日常性に通う藝《け》ではなく、晴れの文章として格調高く典雅荘重な気分を読者にアッピールしようという文章構成の意識が強く働いている平泉の章において、「えいえう」説こそふさわしく芭蕉のねらいにかなうものと考える。気韻生動の文と尊敬される芭蕉の俳文の妙所に、冒頭と結びを特に簡潔にして遒勁の力を帯びさせるのだという指摘[3]があるが、伝統に回帰し、[4]実文を尊重しながらも、一面杜甫の漢詩を捨象して血肉化し、雅文学に迫って一格を立てた芭蕉の偉さを実感させられるわけである。

注

（1）堀信夫氏「名所・芭蕉の空間軸」『国文学解釈と鑑賞』41巻3号。昭和51・3・1。143頁。堀説は尾形仂説を受けて展開。

（2）鈴木丹次郎氏「近世語彙の概説」佐藤喜代治氏編『近世の語彙』明治書院・昭和57年。8頁。なお同書は「講座日本語の語彙」の第5巻である。

（3）佐藤喜代治氏著『日本文章史の研究』明治書院・昭和41年。369頁。なお引用文は「第六章　文の構造から見た芭蕉の俳文」中の一節で、論点を要約した。

（4）「実文」とは「誹文御存知なきと被ㇾ仰候へ共、実文にたがひ候半ハ無念之事ニ候間……」（圏点は筆者・去来宛の元禄三年七・八月頃筆芭蕉真簡）の実文を指す。「実文とは格法正しい雅文をいうらしい」と先師（荻野清先生）は説明されたが肯定できる定義である。なお実文について井上敏幸氏の論文「蕉風俳文の構造とその方法」（『国文学解釈と鑑賞』37巻11号。昭和47・9・1。96頁）に示唆を受けた。

付記　本稿は大阪商業大学商経学会（昭和58年10月26日）において口頭研究報告したものに加筆補訂を加え作成し発表するものである。但し、紙幅の関係で「夏草や」の句解は別稿とする。

芭蕉における風狂性について

――『おくのほそ道』の旅を中心として――

はじめに

『野ざらし紀行』の旅の最大の成果は、風狂を旗印として新風を開拓した蕉風開眼の書、『冬の日』の成立であり、言語遊戯の文学から純粋詩へとその方向を示し、蕉風の第一歩が確立されたという視座には異論はないであろう。そこには貞門古風の残滓と、偏執的とも言うべき風狂性への傾斜が認められるが、厳しい求道的精神によって裏付けられた、構成・句順を初めとして、表現と内容の両面に渡る、緊張した新しい詩的世界の開花が達成されており、真の芸術的開眼を果した元禄の蕉風円熟期を招来する幕開きであり、そのベースはここに定まったといえる。しかし、蕉風は一朝にして成らず、俳諧史上空前の論争に明け暮れ、俳壇が活性化したかに見える延宝末年は、職業的営為と文学的営為とのせめぎ合う、妥協なき煩悶の渦中にあった芭蕉にとって、まさに受難と陣痛の時代であり、自己の内なる俗情と死闘を繰り返しながら、自己の内面に沈潜、内省化することに努め、人生や俳諧道樹立の指針ともなった荘子との邂逅を通して、超俗的な態度に変貌していくことになる。(1) 檀上正孝氏は、当時の俳壇状況の綿密な調査を通して、延宝六年当時の芭蕉（桃青）は、既に江戸俳壇の中心的な活躍を示し、実力第一人者の位置を得たもののようであると立言されているわけである。何にしても江戸の有力な宗匠となっていた三十七歳（延宝八年）の芭蕉は、結局、名利の獲得か、芸術性の追究かの二律背反に悩み、点業を廃止し、同年の冬、地の利を捨て、都心の繁華街より辺鄙な郊外の深川に転居した。私は前稿において、翌年冬の執筆にかかる「乞食の翁」の句文は、脱体制者として峻厳痛烈な自己変革をわが身に課した実践行動の宣言文ともみられると記した。つまり脱体制者となった乞食の翁は、富山奏氏が職業的俳諧師としては自殺的行為とも言うべき隠栖と位置づけられたように、転居はまさにのるかそるかの、壮絶極りない人生の危険な賭であったと考える。このような意味で、延宝末年から天和にかけてのいわゆる第一次芭蕉庵時代は、芭蕉の人間形成の上で大きな転換期であり、あえて言えば、『冬の日』を産んだ『野ざらし紀行』の旅の前奏曲であり、礎石である事も、蕉風俳諧展開史上、見落すことのできない事実である。

さて、『竹馬狂吟集』の成立（一四九五年）以来、約二世紀近い言語遊戯の俳諧の歴史を転換させたその原動力は何か。俳諧は低次元の余技や亜流ではなく、芸術であるとの自覚が、芭蕉にいつ芽生えたか。簡単に指摘することは困難であるが、芭蕉の俳諧を真に芸術へと止揚し、昇華させる最初の原点が、深川転居を中心とする前後の数年間であり、いわゆる新風樹立の模索と胎動期に重なっているのは単なる偶然ではあるまい。私は芭蕉の文学を生んだその背景の核とも言うべき座標軸に、風狂の精神（後記）を措定したいと考える。風狂は殊に、自他の俗情に抵抗する意志的な姿勢である点で目に立つ、という見解があるが、自己のうちなる俗情と妥協なき死闘を繰り返す風狂の人、貧者芭蕉を支えたものは、代償としての詩人の自覚であり、そのバックボーンとなったものは、その時期や影響の強弱はあるものの、禅と『荘子』の思想であり、増賀や寒山の風狂人、西行・宗祇・能因・杜甫・李白などの漂泊の詩人、そして現実に交流した仏頂和尚の生きざまであった。芭蕉における風狂性についての究明は相当に進んできており、先覚による優れた研究成果によって言い尽されたかの感もあるが、自明の事と考えるのか、はたまた問題点が多岐亡羊としているとするか、いずれにしても正面から取り組んだ論考は、必ずしも多くはなく、十全とは言い難いので、気付いた点を独自の立場から若干掘り下げてみたい。論題は抽象的で、恣意に傾きやすく、検証は困難であるが、芭蕉文学の本質に関連する重要な問題と考えるので、極めて不十分なものであるが中間報告的に、ささやかな試論をあえて提出する。ここで当然、芭蕉における風狂性とは何か。又、その「風狂」の定義づけをしておく必要を痛感するが、先ず、ある一つの事実から論を進めたい。

注

（1）「芭蕉論序説―延宝期の「桃青」に関する考察」『日本文学研究資料叢書　芭蕉』有精堂・昭和44年。31頁。

（2）「芭蕉における「無能」の表現意識について―『おくのほそ道』を中心とする―」『大阪商業大学論集』73号。昭和60・11・1。225頁。本書収録。

（3）『新潮日本古典集成　芭蕉文集』新潮社・昭和53年。324頁。

（4）西垣脩氏「風狂の先達―増賀聖人について―」『明治大学人文科学研究所紀要』3号。昭和30・3。14頁。

一、芭蕉における風狂性としての乞食志向と増賀像

芭蕉の深川隠栖は、行脚漂泊の境涯の第一歩として自覚されたものであるという意味で、奥羽行脚と同質の行動であり、その隠栖は、旅の俳諧師芭蕉の誕生を意味するものであるという、前記の富山奏氏の立論は、明快で大筋肯定できる。ただし、一個人の伝記的事実としての側面を離れて、文化史、なかんずく俳諧史や俳壇史的視座から鳥瞰・考察する時は、複眼的な視点が要請される事も又事実である。例えば、深川転居の背景として近世初期より当代に到る文壇や文人の隠逸志向の影響という視点、又、漢詩題にいう「貧居」の思想に裏打ちされたものであると同時に、和漢の詩人達の「貧居」にならおうとする実践行として、西行・杜甫を中心とした詩人達への共鳴とい

(3)う視点である。或いは、新風の胎動と呼応する、新風運動の拠点としての自覚から、隠逸の趣味に倣う行為として、漢詩文の庵住詩人を演技し、無何有の郷（『荘子』）を演出するとする生活の虚構化等の問題提起(4)である。しかし、いずれにしても、深川転居より晩年に至る十数年間の、芭蕉における、顕在化された乞食志向の原基点として、天和元年執筆にかかる「乞食の翁」の句文を位置づける事には異論はない。

さて、芭蕉は、五年余りの生活の拠点としての芭蕉庵（第二次）を売り払って、元禄二年三月二十七日に江戸を出立したが、前年の山深い信濃路の旅の頃には、魚類肉食を断ち、乞食行脚の境涯を志向しており、詩人の魂を養った更科の旅は、その辺鄙な風土や文化性において、みちのくの旅の前奏曲ともいえる。『おくのほそ道』の旅の根本的な動機について、前稿では、新たな創造につながる自己の俳風・芸境の打破、刷新である点を第一に指摘したが、その事実は、とりもなおさず芭蕉自身のアイデンティティー（主体的な固有な生き方や価値観）の確立に裏づけられた、前人未踏の俳諧道の樹立を志向する厳しい精神を意味するものであるという点を補足しておく。俳諧師として最も大切な風雅の誠は、日々に新鮮で、清澄な魂にのみ宿り得る。そのためには、遊歴と指導に傾き、詩魂の燃焼に欠けるところがあった『笈の小文』の旅とは違った厳しさで、乞食の境涯に徹し、功利や私意を捨てて、捨身の修行を積む必要があるとの信念に達したと考える。特に先達としての西行・能因・増賀等の強烈な風狂の精神が、起爆剤として旅心の原動力となった。そこで考えられる事は、奥羽行脚の出発の約一か月余り前（元禄二年閏正月乃至二月初旬頃執筆）に出した猿雖（推定説。但し、赤羽学氏は卓袋説）宛の芭蕉書簡に、風狂の先達として、増賀聖人が登場してくる点である。（すでに周知の書簡であるが、諸種の芭蕉全集や芭蕉書簡集の誤りを補正した、(5)赤羽学氏提供の本文を〈「宗無老」以下の後文を除く全文〉、立論の都合上、引用しておきたい。漢字の読みがなと、括弧内の注は中川の私意による。）

尚々再会のいのちも哉《がな》とねがひ申事に候。去年の秋より心にかかりておもふ事のみ多《おほき》ゆへ、却而《かへつて》御無さたに成行候。折々同姓方へ御音信被レ下候よしにて、申伝へこし候。さて〳〵御なつかしく候。去秋は越人といふしれもの木曽路を伴ひ、桟《かけはし》のあやうきいのち、姨捨《をば》のなぐさみがたき所。（全集類は「折」、以下同じ）、きぬた・引《ひき》板《た》の音、ししを追《おふ》す（ママ）たか、あはれも見つくして、御事のみ心におもひ出《いたし》候。としは（「は」なし）明《あけ》ても猶旅の心ちやまず

元日は田毎の日こそ恋しけれ　はせを

弥生に至り、待侘《わび》候塩竈の桜、松島の朧月、あさかのぬまのかつみふくころより北の国にめぐり、秋の初、冬までには、みの・おはりへ出《いで》候。露命つつがなく候はば、又みえ候て立《たち》ながらにも立寄《より》可レ申かなどと。（「と」なし）たのもしくおもひこめ候。南都の別《わかれ》一むかしのここちして、一夜の無常一庵のなみだもわすれがたう覚《おぼえ》、猶観念やまず、水上の淡《あは》きえん日までのいのちも心せはしく、去年たびより魚類肴味口に払捨《はらひすて》、一鉢境界乞食の身こそたうとけれとうたひに侘《わび》し貴僧の跡もなつかしく、猶ことしのたびはやつしやつしてこもを。（「を」なし）かぶるべき心がけにて御坐候。其上能道《よき》づれ、堅固の修行。（「業」）、道の風雅の乞食尋《たづね》出し、隣庵に朝夕かたり候而《て》、此僧にさそはれことしもわらぢにてとしをくらし可レ申と、うれしくたのもしく、あたたかになるを待侘《わび》て居申候。……

芭蕉の真簡として異論のない右記の本文を通して、本題に入る前に若干問題点を検証し、整理しておく必要がある。先ず第一点として、文中の「貴僧」を阿部喜三男氏や先師荻野清教授が「増賀聖」であると判定されて以来、定説となっているが果してさようか。と言うのは、「一鉢境界乞食の身こそたうとけれとうたひに侘し」という本文と、その出典とされる『発心集』（第一の五話）の本文とはかなり異なっており、伝来する[6]四本はほぼ同文である。参考のため㈠流布本系（慶安四年板）と㈡異本系（神宮文庫本）の二種の該当部分を掲出する。

㈠かくて、「名聞こそくるしかりけれ。かたゐのみぞたのしかり（ママ）。」とうたひて、打離れにける。（慶安四年板）

(二)カクテ名聞コソ苦シカリケレ。カタイノ身ソ楽カリケルト歌《ウタ》ヒテ打離レニケリ。(神宮文庫本)

さて、「名聞こそ……」は、「歌謡の一部か」と注記された三木紀人氏の見解に留意させられるが、結論として「貴僧」は、紛れもなく増賀聖であろう。増賀聖の事は、『増補改訂日本説話文学索引』によると、約11の作品群に登場している事が判明するが、実態はその数倍に当たるのではないか。前記の三木氏は、仏教説話の一つの典型として、後世に多大の影響を与えた増賀説話と対決した近著で、「西行をよそおった『撰集抄』の作者は増賀を最も尊敬すべき先達として仰いでいたようである」といわれる。芭蕉が掌中の玉とした『徒然草』第一段で、「増賀聖の言ひけるやうに、名聞苦しく、仏の御教に違ふらむとぞ覚ゆる」と、作者は増賀に共感を示しているが、栄光に輝く師を諷諫して歌った、右記の『発心集』の場面を引き合いに出すのが、『徒然草』第一段解釈の常道である。

さて、ここで私の言いたい事は、芭蕉が強大な関心を払った(伝)西行、長明、兼好という中世の三大文人が、筆を揃えて、しかも巻頭や序段に近い文章で、増賀聖の風狂性を称揚し、その高徳を敬慕している事になり、その風狂精神を尊しとする芭蕉が、先達としての理想像「増賀聖」に着目したのは、偶然ではなく必然性があったという点である。ここで視点を変えると、信頼と期待を寄せた同郷の門人にあてた書簡の中で掛け値なしに、「貴僧の跡もなつかしく」と信念を吐露し、増賀への親近感を披露せしめた、芭蕉にとっての増賀の魅力とは、いったい何であったのか。それは増賀の純粋な信仰心(仏心)をバックボーンとする風狂性であり、大垣を経て伊勢参宮を志向する旅の直前にあって、より直接的には、西行の『撰集抄』や、長明の『発心集』を媒介とする増賀の伊勢参宮(信仰)と関連している点は否定できまい。貞享元年以降、前後九回帰郷し、六回も伊勢参宮をした芭蕉にとって、伊勢はある意味で聖地ではなかったか。彼の傾倒した西行も、晩年に当たる治承四年以降、足掛け七年伊勢に定住し、文治二年伊勢を出て再度の陸奥の旅に出たという。何にしても、芭蕉の二つの真蹟詠草と、『笈日記』の発句の前書が、芭蕉の増賀に対する親愛感を雄弁に物語っている。周知のものであるが、本稿の重要な論点を裏づける

資料[12]なので掲出する。（圏点と漢字の訓読は中川の私意）

㈠　西行のなみだ、増賀の名利、みなこれまことのいたる処なりけらし。
なにの木の花とはしらずにほひ哉

㈡　いせに詣で西上人のなみだのあとをしたひ、増賀聖のむかしをおもひて、
何の木の花とはしらずにほひかな

㈢　西行のなみだをしたひ、増賀の信（まこと）をかなしむ
何の木の花ともしらずにほひかな

㈣　二月十七日神路山を出ルとて
はだかにはまだ衣更着のあらし哉

右の前三者の前書に共通する西行の「なみだ」は、西行の研究者にとって問題作といわれる伝西行歌中の「涙」と連動しており、増賀の「名利」は、増賀説話、特に『撰集抄』の巻頭説話中の「名利」（十回も頻出する）と連動している確率が高い。又、増賀の「まこと（信）」は意味深長と言うべく、あえて言えば、説話中の純粋な増賀の「道心」との関連性が考えられる。平林盛得氏[13]は、初期に属する増賀聖奇行説話の一群（『法華験記』・『続本朝往生伝』・『今昔物語』）を、六項七話に整理、考察した結果、五話が徹底した名利名聞への反発として語られており、特に師の行動によって醸し出された反発に注目されている。前記の西垣氏の論考[14]によると、師の慈恵（良源）は、円融天皇の不予に加持して修験した功績により、天元四年（九八一）に大僧正となり輦車を許されたが、これは聖武天皇時代の行基大僧正以来はじめての事で、大変な栄達を意味するという。ここで私見として問題とする点は、僧侶として、名聞の頂点に立つ師と、対局的位置にある増賀のどのような点に、芭蕉が魅力を感じ、共感し、右記の㈣の「はだかには……」の句を創作し、作品として『おくのほそ道』（仏五左衛門の条における場面設定と人物造型）

たわけである。

に投影させるに至ったかという事である。その解答は、前記の芭蕉の前書に示されており、又、前稿[15]で私見を述べ

ここで話を戻して、「貴僧」を「増賀聖」であると判定する必然的な論拠を示したが、素朴な疑問点に答えておく必要があろう。つまり、自明のようであるが『発心集』にはない「一鉢境界」を「乞食の身」に冠し、「たのしかり」（「ける」の脱落か）を「たうとけれ」と転じた理由は何か。先ず後者については、前記の三木紀人氏の[16]、文脈における「楽し」の語義解説が有効である。その要点は、現代語の「楽しい」とはいささかニュアンスを異にしており、古くは専ら、心身ともに満ち足りた満足感、充足感を指すが、ここは仏法に触れたり、信じたりするいわゆる法楽（仏法による楽しみ）と考えてはどうかというのである。加藤定彦氏らの共著『俚諺大成』[17]によると、「乞食三日勤《つとめ》て一生忘れがたし」という俚諺が『それぞれ草』（乙州《おとくに》著。正徳五年〈一七一五〉刊）以下、幕末までの11の書物に収録されている事が分かる。そのような惰性的で、気楽な菰被りを、書簡で芭蕉が「尊し」とするわけがなく、文脈上「一鉢境界」と「道の風雅」との照応によっても、風狂性に裏づけられた両者の「乞食」の性格は、自ら明確である。又、「魚類肴味口に払捨《はらひすて》」は一時的な嗜好品の変化や生理的原因では全くなく、「堅固の修行」とも照応して半永久的な思想・信条的なものである点を、次に考察したい。

注

（1）「はじめに」の注（3）の同書。328頁参看。

（2）堀信夫氏執筆の論文「芭蕉の〈乞食の翁〉という自称」宮本三郎氏編『俳文学論集』笠間書院・昭和56年。55〜61頁。

（3）井上敏幸氏執筆の論文「芭蕉庵の形象―『あつめ句』序説―」日本文学研究資料刊行会編『芭蕉Ⅱ』有精堂・昭和52年。32〜45頁。

（4）①白石悌三氏『芭蕉』花神社・昭和63年。181～182頁。②白石悌三氏執筆「芭蕉」（『日本古典文学大辞典第五巻』岩波書店・昭和59年。66頁。③他に乾裕幸氏『ことばの内なる芭蕉』未来社・昭和56年。「〈乞食〉の文脈―ことばの内なる芭蕉」213～237頁。④なお、宗教史・思想史の専攻学者、山折哲雄氏『乞食の精神誌』弘文堂・昭和62年。159～174頁（「第三章乞食の変奏」の「三　仮面乞食の表情―芭蕉」）参看。

（5）『芭蕉の更科紀行の研究』中の「元禄二年春の所謂猿雖（推定）宛芭蕉書簡の再検討」の項。教育出版センター・昭和49年。374～375頁。

（6）四本の中(一)の流布本系（慶安四年板）の本文は、簗瀬一雄氏編『校註鴨長明全集』風間書房・昭和46年。15頁参看。但し、同氏著『発心集』角川書店・昭和50年。32頁では「乞児《かたゐ》の身ぞ楽しかりける」として「ける」を入れる。角川文庫本の凡例によると、慶安四年板を底本とし、寛文十年板・神宮文庫本・山鹿文庫本の三本を参照して校訂したという。(二)の異本系（神宮文庫本）の本文は、同氏編『発心集〈異本〉』（古典文庫）昭和47年。32～33頁参看。

（7）『方丈記　発心集』新潮社・昭和51年。62頁頭注欄。

（8）境田四郎・和田克司両氏編・昭和49年刊の増補改訂版。587～588頁。

（9）『多武峰ひじり譚』法蔵館・昭和63年。41頁。

（10）富山奏氏『芭蕉と伊勢』桜楓社・昭和63年。15～16頁と27頁等参看。

（11）高木きよ子氏『西行の宗教的世界』大明堂・平成元年。107頁。

（12）校注者阿部喜三男氏・補訂堀信夫氏『校本芭蕉全集第一巻発句(上)』富士見書房・昭和63年。140頁。(一)は真蹟詠草。(二)は伝真蹟詠草。(三)は『笈日記』。(四)は『反古集』。但し、中川架蔵本の『笈日記』中巻・四十五オ（元禄八年八月十五日奥の原本）では、「なみた」「しらす」はいずれも清音である。

（13）「増賀聖奇行説話の検討―法華験記・今昔・続往生伝の対比―」『国語と国文学』40巻10号。昭和38・10・1。105～118頁。

（14）「はじめに」の注（4）の同書。27頁。

（15）「はじめに」の注（2）の同書。208～210頁。（「思想的背景としての『撰集抄』」の項）

（16）この章の注の（9）の同書。135～136頁。（「乞食のみぞ楽しかりける」の項）

（17）　外村展子氏と共著・青裳堂書店・平成元年。235頁。

二、「魚類肴味口に払捨」た精進生活の意味するもの

右の芭蕉の書簡の中の「魚類肴味口に払捨、一鉢境界乞食の身こそたうとけれ……貴僧の跡……堅固の修行、道の風雅の乞食……わらぢにてとしをくらし」の文脈や文飾、特に漢詩ではないが字眼とも言うべき「一鉢境界」と「わらぢ」との照応等を通して、直接の影響関係はさておき、芭蕉の(1)読書範囲にある『詩人玉屑』(2)（中川架蔵の寛永十六年板・巻之二十「禅林」の「無二蔬筍ノ気一」）と符合し、一脈通じるものがある。これは私一人の主観ではなさそうであって、尾形仂氏も「座の文学」の(3)論題中の引用句「夜着は重し呉天に雪を見るあらん」の解説で、「芭蕉が『一鉢境界』（元禄二年閏一月推定猿雖宛）とか、『黄奇蘇新』（笈の小文）などの語を用いているところを見れば、かれら（中川注「江戸の蕉門の連衆たち」）が『詩人玉屑』に眼をさらしていたことは確かだろう」と指摘されているが炯眼《けい》であろう。さて、「魚類肴味口に払捨」た精進生活の意味するものは何か、という問いかけを通して芭蕉の風狂性の質（又は「特性」）や文学とのかかわりを探ろうというのが私のここでのねらいである。もっとも右の文章は真簡であって作品ではもちろんないが、無意識（この場合は文章道における不断の訓練がなせるわざと考える）か、意識的かはさておき、「この書簡の美文意識をみるがいい」と指摘される(4)乾裕幸氏の、書簡から受ける印象は当っているのではないか。ついでに記しておくと、右の「夜着は……」の句の出典を『禅林句集』の「笠……花」（左記）からの引用で、芭蕉の愛用語の一つであるという(5)見解には、左の理由で必ずしも反対はしないが、やはり少なくとも『詩人玉屑』を直接芭蕉は読んでいたと考える。「芭蕉が俳諧に対する意欲の中で、私は俳諧を漢詩の地位まで高めようと考えていたと思うのであるが、そういうためにも漢詩のみならず、その理論的な面も理解し摂取し

ようとした態度が、この書（中川注『詩人玉屑』）を熟読せしめる結果になった」という仁枝忠氏の見解は説得力を持つ。和漢における学識はまず当代俳人中随一の識者（荻野清先生）といわれる素堂の、漢文学に対する芭蕉への影響力を、軽々しく指摘できないが、最も古い知人のその学識に敬服し、刺激を受けた事は確かであろう。ところで、寡聞にして『禅林句集』に、私が問題とする『詩人玉屑』の本文が収載されている点を指摘した研究書を見かけないが、多分私の見落しであろう。『首書増補禅林句双紙　出所付』（中川架蔵本・貞享五年板・七十五オ）の本文には「笠ハ重シ呉山天ノ雪鞋履ハ香シ楚地ノ花」とあり、脚注に「詩人玉屑八句ノ後対」、頭注に「現成公案」とあり、以下「笠重呉—」として「唐ノ天聖ノ間僧可士送レ僧詩ニ一鉢即チ生涯。随レ縁ニ度ニ歳華一是《コ》ノ山ニ皆ナ有レ寺何処不レ為レ家笠重呉天ノ雪鞋ハ香シ楚地ノ花他年訪ニ禅室一ヲ寧ロ憚ニ路岐ノ賒一事ヲ」と記す。そこで『詩人玉屑』の「無ニ蔬筍ノ気ニ」の本文を示すと、冒頭に「東坡カ言僧ノ詩要レ無ニ事ヲ蔬筍ノ気一固《まこと》ニ詩人ノ亀鑑……」とあり、以下関係部分のみ記す。（句読点・圏点・傍訓は中川の私意による。なお括弧内は、中国史の専攻学者、川上恭司氏の提供による、『詩人玉屑』の出典に当たる『西清詩話』の本文で、その校異を明示した。）

天聖ノ間、闍ノ僧可士。（仕）（顔工章句）有ニ送レ僧ヲ詩ニ云。（「云」の字なし）、一鉢即生涯、随レ縁ニ度ニ歳華一ヲ、是ノ山。（中）皆有レ寺、何処不レ為レ家、笠重シ呉天ノ雪、鞋《あい》香楚地ノ花、他年訪ニ禅室一、寧《むしろ》憚ニシャ路岐ノ賒《はるかなる》一ヲ。亦非ニ肉食。（食肉）ノ者ノ能到一ルニ也　西清詩話

ここで『禅林句集』にはない末尾の「亦非ニ肉食……到一ルニ也」の文意と、結果論であるが芭蕉の真箇と微妙に符合している点に留意したい。読みについて「鞋」を「あい」と読み、通説の「くつ」に逆らうのは、「あい・鞵・鞋くつ。鞋香楚地花（あいはかんばしそじのはな）。『笠重呉天雪』と同義。はいているわらじが楚の国の花の香を受けて匂うこと。修行僧の行脚の姿を美化していう」（『新版禅学大辞典』）とある説明に従っただけである。ついでに「かさ・笠」の方には「行脚僧がかぶる蓋。わが国の禅僧は網代笠《あじろがさ》を用いる。笠重呉天雪（かさはおもしごてんのゆ

き)。仏道修行という重い任務を担って行脚する僧の風情を讃える語」(同上)[10]とある。叩台として拙訳を付記するが、芭蕉の読書のあとを追体験して、論点の解明に少しでも資する点があれば幸いである。

唐の天聖(八九四年頃・諸橋轍次氏著『大漢和辞典巻三』494頁に拠る。但し、一般には「天聖」の年号は宋の年号〈一〇二三~一〇三二〉である。)の間、閩《びん》(今の福建省の古名)の国の禅僧可士という者が、(漢詩文の修辞に巧みで)修行僧の(参禅聞法を目的として、広く諸国に師を求めての)行脚の門出に、得意の餞別の詩を贈った。その詩に曰《いわ》く、「行脚僧として許されるものは、一衣一鉢、つまり仏道修行の本旨から、生活が質素・枯淡であることである。そこで修行のねらいは、無我・無私の仏法(理)を悟り、いかなる境(土地)にあっても心を動ぜず、法を守って実践躬行し、年月を過してゆくことになるわけである。いたる所の神聖な山々には、修行の場所としての寺があるものだ。住めば都で、その積りになれば環境に順応し、わが住居はどこにでもできるものだ。例えば仏道修行の、遠い旅の空で、時には笠の上の雪も重いというような大雪に出会いながらも、修行の使命を果してゆく、その姿の見事さよ。時には楚の国といったその修行の先先で、その(土地の)花の香りを足元に(いや心身ともに)浴びて修行を続ける、その風情(行脚姿)の美しさよ。又別の年には解間《げあい》(一つの安居《あんご》が終り、次の安居が始まるまでの間)をぬって、坐禅堂を尋ね、師を求めて坐禅することもあろう。出発に当たり、たとえはるかに続く修行の道のりであっても、(人間到る所青山あり。行雲流水、山在り河在り、随処に主と為るわけで)、どうして何も恐れたり、心配したりすることは全くないであろう。」とある。又考えてみるに、このような順境・逆境いずれにあっても、何物にも自己を乱されることなく、身を処してゆき、やがて行き着く修行僧の高い境地は、肉食をし、欲望のままに安易に生きる俗人達の窺い知るところではないであろう。

さて、『詩人玉屑』[11]の「玉屑」とは詩文のすぐれた佳句の事で、書名は詩人のすぐれた句をあつめてある意であり、作詩概説の一種ともいわれるが、原本では「禅林」の部(九丁分)に属する点に留意させられる。『句双紙』[12]

は「禅林句集」等の別名を持つように「偈頌の学習や作詩の際に適句を検索する便宜に供するために編纂された禅句集」という。要はいずれにしても、芭蕉の書簡中の「一鉢境界」と「わらぢ」の取り合せとなると、右記の出典を連想するというのは強弁ではあるまい。何となれば、例えば「芭蕉と笠」に関する研究の歴史は意外に古く、かつ新しいわけで、管見では昭和以降に限っても、「芭蕉の笠」（昭和7年・志田義秀氏）より「『笠』と芭蕉との関わり―その推移と深化の意味―」（平成元年・笠間愛子氏）に至るまで意外に多彩であり、「笠重呉天雪」の詩句が江戸の蕉門の連衆の内部で、一種のトレードマークの如く普及浸透し、杯の如く献酬、応酬されていた時期のあった事が検証されているわけである。[13]要は「鞋」を含む「笠重……楚地ノ花」の詩句、つまり右の二つの出典とその意味が、理解の深浅はともかく、蕉門の連衆のコンセンサスを得ていた。「鉢と修行」、「笠と旅人・乞食」、「道と仏法」といった付合、「草鞋と順礼」の付心等々の修辞や、「夜着は重し」の天和調パロディーを引き合いに出すまでもなく、「笠と草鞋」のトレードマークが連衆の身に付いた時代を通過し、卒業して変質乃至深化し、貞享の蕉風時代へ展開してゆくわけである。つまり真簡とは言え、ある種の微妙な美文意識がそこはかとなく漂っており、特に芭蕉の用語として、「修行」や「道」を媒介として、「一鉢境界→わらじ」の背景に、『詩人玉屑』の出典を連想乃至意識しなかったという方がむしろ不自然ではないかと言いたいわけである。「笠重……」の詩句の出生は、実に禅思想であり禅語であり、芭蕉もその点を十分心得てこの書簡を認めたと考える。

私見として「禅（思想）」にこだわった理由は何か。識者によれば、[14]風狂とよばれるものの大きな淵源は禅であり、風狂にメリットをおく思想は、やはり禅のものであるという。ここでようやく「魚類肴味口に払捨」た精進生活の意味するものは何か、という問題点に入る事ができるわけである。

芭蕉が肉食を断った時期については、志田義秀氏[15]は元禄元年五月岐阜の長良川で鵜飼見物をした頃から八月末江戸に帰るまでの間、村松友次氏[16]は、同見物以後で、ともかく更科への旅の頃魚類を口に断っていたであろう事は確実であると考察され、[17]阿部喜三男氏や荻野先生は志田説を肯定されている。その契機については、志田氏は、「面白てやがてかなしき鵜ぶね哉」を挙げて、この句が示唆するように、芭蕉が鵜飼観賞の終末において修羅観を観じ、それが衝撃となって断肉を発起するに至ったのではないかとされる。村松氏はこの決意に、二つの事が関係があるとされ、一つは敦盛の死を通しての自他の死生観（元禄元年四月二十五日付猿雖宛芭蕉書簡）、一つは右の鵜飼見物とその発句を挙げ、殺生の残酷さを見て悲しくなったというだけの単純な解釈は許されまい。謡曲「鵜飼」中の「闇路に帰るこの身の名残惜しさをいかにせん」という鵜使いの霊の悲しみに着目すべきであろう。その鵜使いの悲しみはやがて芭蕉自身の、さらには人間というものの業《ごう》の悲しみでもある、とする。今深くこの点について立ち入る余裕を持たないが、「何とも言い知れぬ、無限の空虚な物悲しさだけが、単なる残像としてではなく、心の奥底に残る」という句意の背景に、謡曲『鵜飼』の心情が流れている事も確かであり、賢明と暗愚とが根元的に同居する人間のあさはかさ、そして自己の人生を凝視する作者の姿がこの句にあることも事実であろう。

　ここに今一つの問題となる芭蕉の書簡[18]（真蹟による写し）がある。現在保留とする学者もいるが、私見としては真簡に準じて考察の対象とする。（学界の大勢も真簡説が（但し写し）有力と判断する。前後の文章を省略して掲出する。元禄二年二月十六日付猿雖・宗無宛芭蕉書簡である。）

　魚《いを》くはぬ腹のさら〳〵として、土筆《つくし》・よめ菜の萌《もえ》出るにも、又野心とどまらず候。住果ぬよの中、行処帰処、何につながれ何にもつれむ。江戸の人さへまだるく成《なり》て、又能因法師・西行上人のきびすの痛《いたさ》もおもひ知ゝと、松嶋の月の朧なるうち、塩竈の桜ちらぬ先にと、そぞろにいそがしく候。

　右の書簡中の「魚くはぬ腹のさら〳〵として」は、まさに魚類を断った精進生活を意味していると考えるべきである。又、「能因法師・西行上人のきびすの痛もおもひ知ゝ」というのは、尊敬する二人の漂泊詩人の歩いた歌枕を思慕尊敬して、その跡を追体験するという意味もあるが、伝統的な漂泊詩人の系譜に連なるというよりも、芭蕉自身のアイデンティティーに基づき、歌枕と等価的な新しい俳枕の樹立を志向する厳しい精神とその気迫を感得する必要がある。話を戻して、芭蕉の精進生活はいつまで続いたのか。芭蕉の書簡（天和二年39歳木因宛～元禄七年51歳曽良宛）中より12例を抽出した[19]調査結果では、干白魚《ほししらうお》を除いて動物性蛋白質のものはなく、いずれも淡白な野菜類の多い点、芭蕉の質素な食生活と、その好みを端的に示しているという。ここに志田義秀氏の精進生活に対する貴重な[20]考証があり、結論として、元禄元年五月以後の旅中から魚味を断ち、最後まで持続されたという。私自身もこの点を検証する必要があるが、現在は右の観点に立って考えたい。要は「魚類肴味口に払捨《はらひすて》」た行動は、前記の通り、一時的な嗜好品の変化や生理的原因ではなく、性格的な傾向は否定できないが、信条的なものであったと考える。前記の通り、風狂は殊に自他の俗情に抵抗する意志的な姿勢に立脚すると考えるが、真の風狂人の行動の根底には、日常生活浄化の思想があったとする[21]見解を支持する。従ってその当為として志向する生活は、当然現実からの逃避などではなく、厳しい[22]自己内観と自己節制の道にほかならない。こうした精進生活は、現世的な欲望と引きかえに、魂の清純を得ようとした禅的心法に由来するであろうという[23]考えは正こうを得ているのではないか。従って、奥羽行脚という芭蕉の行動は、単なる乞食のまねびや、やつしの演技ではなく、その仮面や模倣・擬制の域を越えたものであろう。

もちろん求道者、風雅道の体現者たろうとする作品中の主人公は、実在としての芭蕉それ自身ではないが、演出や実験のために旅に出たのでない事も確かである。一般に人間的修行としての「心地《しんち》の修行」は、道の文学において重要視せられたわけであって、創作を生む地盤としての精神を高からしめる事が、創作自身の価値を高からしめる上に不可欠の条件として考えられるという[24]判断はやはり正しいのである。「禅の行脚は、参禅聞法を目的として広く諸国に師を求めてめぐり歩く事であり、仏道の実践を意味する。このような僧を行脚僧という。」[25]（『新版禅学大辞典』）前記の芭蕉の書簡では、先達としての増賀聖と、この一般的な禅の行脚僧の姿がオーバーラップしていると考えられるだけでなく、俳諧道を歩む自分の姿にその行脚僧の姿を見ているわけである。「修験光明寺といふあり。そこに招かれて、行者堂を拝す。夏山に足駄を拝む首途かな」（『おくのほそ道』）という章句は、その一証左といえる。（修験者の峯入りを介して、芭蕉の厳粛な気持ちの投影が認められる。）『おくのほそ道』の旅によって、芭蕉は新鮮で、未知なる造化の神秘性や、無依の道者・風情の人達の人間性に触れて、その魂は洗い清められたのに違いない。もちろん曽良の日記より推測すると、さらに隠された、現実的には不快で、苦しい経験も多かったはずであるが、一方歌枕を通して伝統に回帰し、例えば白河の関で、能因の心を反芻する事によって、又、他方現実的には新しい連衆との交流によって、詩心を新たに燃焼し、創造力の糧にした事も事実であろう。

注

（1）①栗山理一氏監修『総合芭蕉事典』雄山閣・昭和57年。554頁その他。②中村俊定氏『芭蕉事典』春秋社・昭和53年。294〜295頁。

（2）宋の魏慶之の撰・京都二条通鶴屋町田原仁左衛門刊・五冊本の五冊目・巻之二十の一ウ。

（3）『座の文学』角川書店・昭和48年。12頁。

（4）『ことばの内なる芭蕉』未来社・昭和56年。222頁。

（5）赤羽学氏『続芭蕉俳諧の精神』清水弘文堂・昭和59年。66頁。

（6）『芭蕉に影響した漢詩文』教育出版センター・昭和47年。207頁。

（7）東陽英朝編。書名とした原題簽は一部欠損しているので推定。京の小佐治半右衛門と大坂の古本屋清左衛門との合板。一冊本。

（8）宋の無為子撰。京都大学人文科学研究所の架蔵本による。（出典は同研究所の『漢籍分類目録』617頁参照。本文は白文である。）

（9）駒沢大学内禅学大辞典編纂所の編・大修館書店・昭和60年の新版。1頁。
（10）同右の156頁。
（11）日本古典文学大辞典編集委員会編『日本古典文学大辞典第三巻』岩波書店・昭和59年。192頁。
（12）同右『同右第二巻』昭和59年。287頁。
（13）①注（3）の尾形仂氏『座の文学』・論題「座の文学」7～21頁。②他に堀信夫氏「芭蕉の名所歌枕観と蕉門の連衆―『笈の小文』の旅を中心に―」『国語と国文学』51巻10号。昭和49・10・1。50～65頁等参看。なお志田義秀氏の論考は『俳文学の考察』明治書院。428～441頁。笠間愛子氏の論考は『文学研究』69号。平成元・6・25。5～18頁。
（14）柳田聖山氏『禅思想　その原型をあらう』中央公論社・昭和50年。「風顛の章」154～206頁。
（15）『芭蕉展望』日本評論社・昭和21年・「芭蕉腥きを断つ」の項。91頁。
（16）『芭蕉の作品と伝記の研究―新資料による―』笠間書院・昭和52年。426頁。
（17）『芭蕉講座第一巻』（書簡編）創元社・昭和28年。331頁。荻野説は『芭蕉講座第七巻　書簡篇』三省堂・昭和23年。103頁。
（18）井本農一・堀信夫両氏校注『芭蕉集全』集英社・昭和45年。596頁。
（19）注（1）の②『芭蕉事典』366～369頁。生活(2)食の項。
（20）注（15）の同書88～95頁。
（21）岡松和夫氏執筆の「風狂」栗山理一氏編『日本文学における美の構造』雄山閣・昭和51年。158頁。
（22）栗山理一氏『芭蕉の芸術観』永田書房・昭和56年。126頁。「従って～道にほかならない」について、同氏の説を参照。
（23）荻野清先生『芭蕉文集』岩波書店・昭和34年。374頁。頭注欄。
（24）能勢朝次氏『能勢朝次著作集第一巻　国文学研究』思文閣出版・昭和60年。236頁。「一般に人間的修行～判断」について同氏の説を参照。
（25）注（9）の同書。12頁。「行脚」の項。

むすび

最後に、むすびにはならないが、今後の課題と展望のため、芭蕉における風狂性についての所感を断片的ではあるが記しておく。「風狂」の定義については、原義はさておき、主題に関係するものとして、辞典類の最大公約数は、「風雅に徹すること」という、極めて平凡な解答になるようである。周知の通り、その「風雅」という語は、『詩経』[1]に由来すると考えるが、神の霊を風に見立てる考え方や、風を造化の働きの一典型とする『荘子』の思想より、芭蕉の芸術家魂や、文学的姿勢を説く論考も興味深く、示唆的である。[2]辞書に説く「狂」の、「専ら一事に進んで他を顧みぬ者」又は「志が高く小事を事とせぬ者」という字義は、芭蕉の風狂性を考えるに当ってやはり有益である。[3]

さて、「風狂」についてのいくつかの論考の中で、柳田聖山氏の名著『禅思想　その原型をあらう』[4]は、まことに興味深く、素人の私にとっては難解であるが、比較的わかりやすく、有益であった。「唐末における風狂の体質といえるものを、いくつか抽出するなら、およそつぎのようになるであろう。そこには、中国で発生した禅の思想の、すべてのインデックスが含まれるようにおもわれる」と前置きして六項を開陳され、その六項で、風狂の基本的性格を尽くすことができるとともに、これがそのまま禅思想の原型といっていいものであるという。又、生きた禅思想はこれら六項をすべて含んでおり、禅とよばれる事象に、この六項を当てはめると、種種面白い観察ができるであろう、とある。末尾を除く五項は、芭蕉に該当しており、一部分は関連性なきにしもあらずと考え、所見を述べる。「一たびは仏籬祖室の扉に入らむとせしも」（『猿蓑』）、結局「此一筋につなが」った芭蕉である。従って右の項目を適用することは、適切さを欠くというよりは、むしろ無謀と言うべきである。なお又、一知半解、かつ我田引水のそしりを甘受せねばならぬが、何等かの参考になると考えて、都合のよい論点を抽出する。

第一点　芭蕉は必ずしも明確な伝記を欠く人間ではないが、「僧にあらず俗にあらぬ風狂の基本的条件」とは、まさに「僧に似て塵有、俗ににて髪な」き（『野ざらし紀行』）芭蕉であろう。半僧半俗の「道の風雅の乞食」（前掲）であり、「桑門の乞食順礼ごときの人」（『おくのほそ道』）は、脱階層の人間（アウトロー）として、極めて不便で、時に無視、時に危険人物と見なされるが、時に畏敬もされる。「虚」の立場に立って、職業や階級的束縛がなく、ある種の自由が保証される。

第二点「体制批判。風狂はつねに異端の側にたちつづける。」芭蕉は業俳にならず、俳隠にもならず、俳壇から一歩離れた異端の徒として、反体制者として、形骸化し、創造力を失った主流派（体制派）を批判し続けるエネルギー源であった。「みずから伝統を形成するのは、すでに創造力を失ったときである。」芭蕉は生涯に纏った一冊の俳論書も著わさなかったが、連衆に絶えず新しい血液を注入した。固定化を恐れた芭蕉にとっては当然の成り行きであろう。

第三点「遊行者、もしくは地底の求道者として、……人間の最後の坐りがそこにあることを見通している。底辺の民衆と離れぬ理由がここにある。」前記の「巡礼（ごときの人）」は「遊行人」[5]であり、近世の宗教的ないし芸能的遊行者は、多くは一種の乞民であり、その種類も多岐多様にわたっているという。又、芭蕉の最も傾倒した西行には遊行の歌人としての側面があり、遊行文学[6]として、芭蕉にゆかりの深い『山家集』『西行物語』『一遍上人法語』等がある。芭蕉にはもちろん風雅道の体現者、求道者としての性質と風格を備えており、晩年の約十年間の過半を旅の空で過した（近代的意味ではないが、ある種の）民衆詩人である。

第四点「すべて詩人である。ふしぎに人びとの記憶に新しい短言寸句をのこしている。……風狂の禅者のみが童心の詩を残す。これが人びとの共感を呼ぶのだ。」例えば「きのふの我に飽」くや「平生（の一句一句が）即ち辞世」との芭蕉の遺語は、あまりにも有名である。その童心に通じる「あだ」の俳諧美（詩趣）を尊重した芭蕉には、確かに禅者の風狂の要素がある。

第五点「強烈な個性、旺盛で主体的な活動性が本命である。いずれも徹底して自我意識が強いから、弟子は育たない。一代かぎりである。」伝統を尊重しながらもこれにとらわれず、融通無碍、時には無法、破格のようで、工夫と新意のかるみを求め、不易流行の高次元の芸境を生んだ点において、又、風狂は自由精神の働きなのであるとすれば、芭蕉はその資格を十分具備している人物であると考える。遂に芭蕉はエピゴーネンではありえず、結果的には教祖的存在であった。又、蕉門の内部でも、果して幾人の者が師を正当に評価していたか、甚だ疑問であるとする見解もある。芭蕉に比肩する弟子は育たなかったと言うべきであろう。

最後に、去来宛の書簡にある次の言葉は、芭蕉にとって、風狂とは俳諧道樹立のための基本的な精神であったというよりは、まさに原動力であったことを意味するものであろう。

万世に俳風の一道を建立之時に、何ぞ小節胸中に可レ置哉

この書簡には、高邁な芸術精神のみならず、芭蕉独自の風狂性が象徴されており、その詩的形象を完熟させた風狂人の姿がある。

注

（1）西谷啓治氏『風のこころ』新潮社・昭和55年。156頁。
（2）堀信夫氏「蕉風表現論の成立―『野ざらし紀行』の〈風〉をめぐって―」『国語と国文学』61巻5号。昭和59・5・1。77〜79頁。
（3）諸橋轍次氏著『大漢和辞典第七巻』大修館書店・昭和43年。676頁。
（4）中央公論社・昭和50年。204〜206頁。「風顚の章」の「風狂の本質」の条。

（5）民俗学研究所編『民俗学辞典』東京堂出版・昭和26年。651頁。「遊行人」の項。

（6）五来重氏『仏教と民俗』角川書店・昭和51年。196と200頁。「遊行の宗教」の条。

（7）「きのふの我に飽」くは『旅寝論』・『青根が峯』・『篇突』、「平生即ち辞世」は『芭蕉翁行状記』にある。詳細は中川執筆の「芭蕉における「無能」の表現意識について――『おくのほそ道』を中心とする――」『大阪商業大学論集』73号。昭和60・11。222と225頁参看。本書収録。

（8）荻野清先生『芭蕉論考』養徳社・昭和24年。134頁。

（9）元禄七年正月二十九日付去来宛芭蕉書簡（第二章の注（18）の同書・647頁。書簡中の「小節」とは、「名古屋地方の蕉門の筆頭である荷兮《かけい》が、芭蕉の晩年、逆恨みによる離反と、師に対する反抗的な態度をとった事を意味する」）

付記　末尾になりましたが、資料について御世話になった堀信夫、川上恭司、岸田敦雄の各氏、一部御助言を賜った山崎泰広氏に対し深甚の謝意を表します。小論は諸先学の学恩によるものであり、厳しく御叱正を願う次第である。

芭蕉における「無能」の表現意識について

——『おくのほそ道』を中心とする——

はじめに

『おくのほそ道』は、一字一句の選択・配置や、素材配合の工夫を通してその構想美の造型等に心血を注いだ紀行文学の頂点をなす快心の作品である。従って読めば読むほど味わいが深いといわれるわけであるが、又それだけ含蓄と陰影に富み、デリケートで難解でもある。その一例として、一介の旅籠の主人について「仏五左衛門」のシーンを特設し、異例ともいうべき比較的長文（一四七字）を費やしたその真意、又「無智無分別」という五文字に凝縮された表現意図は一体どこにあるのか。この論点について究明は相当に進んできており、優れた研究成果を上げているが、結論として氷解されたとは言いがたく、諸説について相当のゆれが認められる。

ここで立論の前提として自明の理であるが、自戒の意味をこめて確認しておかなければならぬことは、「事実としての旅行中の作者の心情と、作品として紀行に述べられる作者（正確には主人公）の心情は必ずしも同一のものではない」という点と、「作品歴に支えられた問題作自体の内部徴証によって最終的には解釈を下す必要がある」という点である。ただし、後者に限って言うとこの理屈はたてまえに過ぎず、すくなくとも前記の「無智無分別」という表現の究明には、第一点　晩年の『おくのほそ道』に至る芭蕉の諸作品のみならず、第二点　蕉門関係の周辺資料とともに、第三点 思想的背景というか、精神的基盤という幅広い視座を通して影響関係が認定できる他の古典作品との接点に着眼して考察する必要がある。もちろん、右の諸点について部分的に相当深く突っ込んだ優れた説がいくつか提出されており、学恩を受ける事多大であるが、右の総合考察においては必ずしも十全であったとは言い切れないのではないか。とは言っても筆者は非力であり、新資料を駆使して縦横に解明できるというわけではない。むしろ従来提出されてきた資料と重複する点が多いと思われるが、次にのべるように若干の視点の相違もあり、一部は口頭発表したままで十数年来温めてきた問題点の一つということもある。論題は抽象的で、恣意に傾きやすく、検証は困難ではあるが、ある意味で芭蕉文学の本質というか核に関連する重要な問題と考えるので、右の論点に留意しながら中間報告的に、ささやかな試論をあえて提出することにするというわけである。

なお、二・三の点について最初にお断りする必要がある。一つは、前記の争点としての「無智無分別」について、論題として掲げた「無能」ともちろん同義ではないが、芭蕉の諸作品を通して関連語としての色彩を帯びているものと考える。その諸作品の系譜（流れ）から総合考察してという条件付きではあるが、むしろ類義語としての側面を担っているといえるのではないか。（理由は後記）

従って小論のねらいは、一つには芭蕉という人間によって書かれた「無能」や「無智」（二例）の表現意識について照明を与えることであり、二つには、『おくのほそ道』の主題と構想という観点を踏まえつつ、同時に又、「無能」と関連する「無智無分別」の表現意識にピントを合わせて、仏五左衛門の条を作品として考察しようというわけである。

最後に今一つは、小論の前提となる『おくのほそ道』の執筆時期の認定である。その執筆期間と成立については諸説があるが、井本農一・西村真砂子両氏の説(1)が現在一番穏当と考えるので、その上に立って拙論を進めることにする。

注

(1)『日本古典文学大辞典第一巻』岩波書店・昭和58年。479頁で、成立時期の上限は、元禄五年後半以降であり、おもに執筆したのは元禄六年で、その秋頃までに草稿の大半が成った。その後推敲を重ね、定稿の成立は元禄六年末か七年春であろうという。

一、『おくのほそ道』の旅行の動機と目的

さて、本筋に入る前に、手順として前提とも言うべき『おくのほそ道』の旅行の動機について若干触れておきたい。この旅行の動機や目的については諸説があって定まらないわけであるが、芭蕉が生《なま》の真情を吐露したと考えられる真簡とともに、その生きざまを実証してみせてくれた作品群を総合的に考察すると、おのずから答えが導き出されるのではないか。俳諧師として進まなければ退歩あるのみという自覚と信念から、新たな創造につながる自己の俳風・芸境の打破をねらったという点はまず確かであろう。本稿では綿密に検証する余裕はないが、不断の脱皮成長を願って「日〻月〻に改る心」を弟子に(1)要請したのは、三十八歳の時であり、同年冬、「乞食の翁」の句文を執筆したのは、前年冬の深川転居が風狂的ポーズではなく、脱体制者として峻厳痛烈な自己変革をわが身に課した実践行動の宣言文ともみられるのである。爾来九年、四十七歳（元禄三年）になって、芸術家としての(2)自覚に立って、同じく(3)他の弟子に向って名利を排し、真の俳諧道を樹立する事を呼びかけているわけである。これは(4)不易流行説の胚胎（元禄二年）、(5)かるみの芸境の吐露（同三年春～七年秋）に至る格調の極めて高い高次元を志向する精神の軌跡の、ほんの一齣《ひとこま》に過ぎない。「元禄二年三月付の芭蕉桃青の序を持つ『阿羅野』は、西行五百年忌を記念して発企され、正当化の志向に基づく撰集活動であったはずが、すでに早くも停滞の萌芽をはらんでいたので、『おく

のほそ道』の旅へと脱出をはかった」とする[6]乾裕幸氏説も、この間の消息を物語っていると考える。「せむるものは……一歩自然に進む理也」（『三冊子』）とは芭蕉の信念であり、「きのふの我に飽」く（『旅寝論』・『青根が峯』・『篇突』）や、「平生（の一句一句が）則ち辞世」（『芭蕉翁行状記』）との[7]遺語は、いずれも芭蕉没後、数年以内に直弟子の手によって編まれた俳書に遺されており、ある意味では、命を賭《と》しての日々なる俳風革新への求道精神を象徴的に示しているといえる。

　第二点　芭蕉の旅については先師荻野清先生に優れた御見解[8]がある。要約すると、風雅のまことは日々に新鮮で、清澄な魂にのみ宿り得る。そのためには『笈の小文』とは違った厳しさで、乞食の境涯に徹し、功利や私意を捨てて、捨身の修行を積む必要があるとの信念に達した。[9]「乞食」の文脈を通して、未知の歌枕や自然への憧れなどではなく、そこに『細道』（以下『おくのほそ道』の略称とする）の行脚出立の最大の理由が認められるとする説で、旅の契機を、一、二と限定すべきでなかろうが、という条件付きである。「乞食のまねび」とは、「まこと」の認識に達するための修行の事とする[10]堀信夫氏説や、乞食志向の原基点から「やつし」の美学を説く[11]乾裕幸氏説等と、立論の根底に共通の視座が認められる。芭蕉が弟子に教訓として示した言葉に「世道・俳道、是又斉物にして、二つなき処にて御座候。」[12]（元禄四年二月廿二日付、支幽・虚水宛書簡）とある。人の生きていく処世の道も俳諧の道も結局は一つであり、共に誠実が肝要だというわけである。「はいかいはなくても在《ある》べし。ただ世情に和せず、人情通ぜざれば人不調《ととのはず》」[13]（『三冊子』わすれみづ）とする芭蕉の人生観は、「世上に和し、人情に達すべし」[14]（『山中問答』）や「先師曰《いはく》、俳諧はなくてもありぬべし。ただ世情に和せず、人情に達せざる人は、是を無風雅第一の人といふべし」[15]（『続五論』）というように、土芳のみならず、北枝・文考の三人の直門に伝えられている。

　弟子に示された右の四つの引用文には、人間の生きていく道の重視という点で明らかに共通点が認められる。ここで右の文脈に関連する近年の伊藤博之氏の[16]発言に留意したい。つまり『細道』の旅で、誠実な人達の「まごころ」に触れたことが、文化に関する知的教養よりも、「世上に和し人情に達す」る（『山中問答』）倫理を俳諧の中心主題に据える思想をはぐくみ、成熟させ、高次元の芸境を生む契機となったというわけである。前記の荻野先生の見解と一脈通じるものがあり、異論もあろうが、私は確かに一面の真を穿った見識として重視したい。

『細道』の旅行の動機や目的について、私見は右の二点を中心に考えるが、両者は二律背反の関係にはない。「翁曰、俳諧ニ暫クモ住スベカラ」[17]（不玉宛去来書簡・元禄七年三月付）ざる不断の革新（第一点）の根底となり、源泉となるものは、俳諧に対する捨身の修行であり、風雅の誠に通じる濁りない魂の清澄を日々に責める事（第二点）である。後者の代償行為において前者が保証されるという意味で、両者は相関関係にある。不易はそのような厳しい精進道により、又真実を追求する日々の流行によってのみ保証されるものであった事は、その後の芭蕉の歩んだ証跡がこれを雄弁に物語っている。又、中村俊定氏は、「風雅の誠」という貴重な論文[18]で私見に通じる見解を開陳されているのであるが、風雅の活動の源泉を、誠を責める生活態度と、古人の作品を通しての思想に求めようとした芭蕉の生きざまを指摘されて参考になる。要約すると、修行道としての旅を通して、心の純粋を維持せんがためというのが旅の最大のねらいとされる点は、荻野先生と共通しているのである。他に第三点として西行に対する手向[19]草説、第四点として古人の詩魂との邂逅とする歌枕説も、[20]『阿羅野』編集の意図とその作品の志向するもの、書簡[21]や『細道』の内部徴証が物語る能因・西行への傾倒等の諸点より、旅の動機や目的を考える上で無視できない。考えてみると、「古人の求めたる所をもとめよ」[22]（『許六離別の詞』）という意味で、歌枕を通して古人の心を反芻し、わが詩心を新たにし、創造力の糧にするというわけで、「其細き一筋」（同上）に通じる旅の試練は、その伝統への回帰を通しての現実の生命の浄化と再生(新生)に繋がることにもなる。以上の四点は相互に矛盾するものではなく、つまるところ旅の動機は、「[12]世道・俳道……二つなき処」であったという視座で旅の動機説をしめくくりたい。最後に、「文は人なり」という諺とは違った意味で、芭蕉における「[23]生活の芸術化」について、その虚構性とともに、『細道』論の再検証を要請したい。

注

(1) 荻野清・今栄蔵両氏校注『校本芭蕉全集第八巻　書翰篇』角川書店・昭39年。45頁。木因宛芭蕉書簡。天和二年三月二十日執筆。
(2) ①『幻住庵の記』(元禄三年七月下旬執筆の写本・昭和30年4月『成城文芸』3号に板坂元氏が紹介)を初稿として、改稿は七・八回に及ぶとされる。②弥吉菅一氏他『諸本対照芭蕉俳文句文集』清水弘文堂・昭和52年。348～382頁参照。③大谷篤蔵氏は元禄三年の同書を通して芭蕉の自覚を説明されている。『芭蕉の本1　作家の基盤』角川書店・昭和45年。204～231頁。論題の「芭蕉の詩歌観」は極めて有益である。又、④富山奏氏によって、芭蕉が「かるみ」の芸境に開眼したのは元禄三年の春であったことが論証されている。『芭蕉講座第二巻　表現』有精堂・昭和57年。256～273頁。論題の「かるみ」も極めて有益な見解である。⑤私見としては『笈の小文』や『三冊子』等の総合考察を通してこの点につき一部口頭発表した。昭和47年7月21日・第4回高野山大学国文学会研究発表会・会場は同大学。論題は「芭蕉における『無能』の表現意識について」資料7枚を会場で配布し説明した。
(3) 注(1)の同書136頁・元禄三年十二月上旬の句空宛芭蕉書簡。
(4) 諸説があるが、最近刊の三つの執筆のみ記す。①伊藤博之氏「風雅の誠・不易流行」(注(2)の④の同書274～291頁)②尾形仂氏「不易流行」(『日本古典文学大辞典第五巻』岩波書店・昭和59年。232頁)③井本農一氏『芭蕉と俳諧史の研究』角川書店(論題・芭蕉書簡「天地俳諧ニして万代不易―元禄三年の芭蕉と其角」)昭和59年。152～162頁。
(5) 諸説があるが最近刊の二つの執筆のみ記す。①富山奏氏の見解は注(2)の④参看。②堀信夫氏「かるみ」(注(4)の②の同書第二巻・昭和59年。38～39頁)。
(6) 『日本文学研究資料叢書　芭蕉Ⅱ』(論題は「阿羅野」の時代)有精堂・昭和52年。62～72頁。
(7) 『三冊子』は(注(1)の同書『第七巻　俳論篇』173～174頁。赤双紙の条)。『旅寝論』は(注(1)の同書『第九巻芭蕉遺語集』362頁)。『青根が峯』は角書に「俳諧問答」とある書。尾形仂氏以下5名の共著『定本芭蕉大成』三省堂・昭和37年。564頁。『篇突』は同上の書603頁。『芭蕉翁行状記』は同上の書689頁。

（8）①『日本文学講座第四巻　近世の文学』の「芭蕉」の項。河出書房・昭和26年。184～186頁。②『猿蓑俳句研究』の「はしがき」の項。赤尾照文堂・昭和45年。1頁。③注（1）の同書92頁頭注欄・猿雖宛（推定）書簡の項。④同右140頁頭注欄・正秀宛書簡。以上の四点を要約した。
（9）『芭蕉論考』（「書簡を通して見たる芭蕉の種々相」）養徳社・昭和24年。41～43頁。注（8）の③の旅行出発前の書簡や元禄三年の歳旦「菰を着て……」の句。さらに「栖去之弁」の文脈に共通するものを指す。
（10）宮本三郎氏編『俳文学論集』中の「芭蕉の〈乞食の翁〉という自称」笠間書院・昭和56年。引用文は62頁。
（11）『ことばの内なる芭蕉』未来社・昭和56年。「〈乞食〉の文脈―ことばの内なる芭蕉」213～237頁。
（12）注（1）の同書146頁。
（13）注（7）の『三冊子』角川書店・昭和41年。222頁。
（14）大磯義雄氏校注『蕉門俳論俳文集』（古典俳文学大系10）集英社・昭和45年。21頁。『山中問答』について条件付きでその価値を認めようとする意見が近年の解説書の過半を占めているので資料として採用したが、取り扱いは慎重を要するであろう。注（4）の②の同書第六巻の石川八朗氏の見解（昭和60年。93頁）も同じ。
（15）同右の大系本の230頁。
（16）注（4）の①の277頁。伊藤氏は、表現技巧の練達よりも「人情に達す」る倫理を重くみる思想が、この旅を通して成熟した点。又この点が、後の「しほり・ほそみ・かるみ」の美を説く重要な契機となり、さらに文（ことば）の芸よりも、倫理の普遍性を根本とみる立場が「天地流行の俳諧」（『聞書七日草』）とか、「風雅の誠」といった観念に結実したと説かれる。
（17）①潁原退蔵氏『去来抄・三冊子・旅寝論』岩波書店・昭和14年。234頁。②南信一氏『總釈去来の俳論（上）去来書簡・旅寝論』風間書房・昭和49年。31頁。
（18）『俳諧史の諸問題』笠間書院・昭和45年。「風雅の誠」の論題の項。主として、130頁にある文の要旨を私意で要約した。補足すると「歌人や連歌師以来の修業道としての不自由な旅を通して未知の自然美に接したいということのみでなく、もののあはれを、人間の姿のあはれを修行し、心の純粋を維持せんがためのものであったに相違ない」と立言される。

(19) 西行五百回忌記念行事として足跡歴訪を主目的とする手向草説。①山本唯一氏「奥の細道」旅行と西行五百歳忌・『解釈』11巻7・8号。昭和40・8・1。11〜13頁。②中西啓氏『去来と芭蕉俳論「軽み」の解明―「不玉宛論書」考説―』(長崎学会叢書6輯)長崎学会・昭35年。③白石悌三氏『国文学解釈と鑑賞』「おくのほそ道」の項。32巻4号。昭和42・4・1。88頁。その他略す。

(20) 代表として尾形仂氏説『新訂おくのほそ道』角川書店・昭和42年の解説281頁を示す。「旅を通して日本の風土の美を探るのみならず、さらに歌枕の中に宿された古人の詩心と邂逅し、詩歌の伝統をとらえんことを期した」。

(21) ①「西行・能因が精神、世外之楽、此外有間敷候」(元禄四年正月三日付句空宛芭蕉書簡)・荻原恭男氏校注『芭蕉書簡集』岩波書店・昭和51年。146頁。②「路通事は……とても西行・能因がまねは成申まじく候へば」(元禄五年二月十八日付曲水宛芭蕉書簡)同上172頁。その他略す。

(22) 注(2)の②の同書485頁。元禄六年四月末成立。

(23) 「まず『おくのほそ道』が他人に読ませるべき作品であるよりも、自己の実生活を芸術と一体化させる上での経典であったからではあるまいか」とする井本農一氏『芭蕉の文学の研究』角川書店・昭和53年。201頁。(第二章第六節の二『おくのほそ道』の私小説性)の論題での発言である。又荻野先生は「芭蕉に於て生活即風雅であった事は、既に早く『笈の小文』冒頭文から明らかにされる」と説かれている。(注(9)の同書43頁)。

二、『おくのほそ道』における問題点と私見

さて、小論にとって不可避とも言うべき右の旅の動機や目的の認識の上に立って、問題の「仏五左衛門」のシーンに対面する時、「気稟の清質、尤尊ぶべし」という最大級の賛辞が、一介の無名の旅籠の主人に捧げられた理由が、すっきりとよくわかるはずであるが、学界(解釈を通しての諸説)の現状は、必ずしもさようであるとは言い難い。復本一郎氏の所説に認められるように真相をついた解釈は少なく、諸説について微妙なゆれが認められる。

その見解の相違がおこる原点は、「無智無分別」に対する解釈上のゆれである。第二はその不徹底な解釈が基因となって、構成上の場面の把握の仕方や、文脈・用語上の微妙さが相乗してゆれが誘発され、時には不透明な解釈を生んでいるのではないか。ただし、近年は正しい解釈に向っているが、氷解されたとは到底言い難い。ここで、三、四の解釈を示そう。（一部分は要点を整理した。）

㈠　芭蕉はいかなる仏様の示現で、乞食僧のわれわれをお助け下さるのかと、からかい気味である。この仏様もよく見ると、ただ無智でわきまえもなく、取り得は馬鹿正直の頑固者であることだ。(1)（松井驥氏）

㈡　なまじっかな小利口さや世俗的な利害損得の分別をもたず、正直一点ばりの者である。(2)（麻生磯次氏）

㈢　文脈からは、全智全能の「仏」の示現に対する期待とはうらはらな、その愚昧ぶりを失望軽侮したことばと解する方が自然だろう。そして、その軽侮のことばが、同時に大愚徹底の偉大さへの賛辞につながる。そうした二義性を持っているところに、芭蕉のいはば筆のあやがあるわけだ。「無智無分別」をいちずに五左衛門の律義ぶりをたたえたことばと取るのは、表裏二義を複雑にからませた俳諧の微妙な笑いを無視した解だ。(3)（尾形仂氏）

㈣　「無智無分別」なる措辞が決して仏五左衛門を侮蔑するものではなく、逆に高く評価するものであった。「私知」とは対蹠《せき》的なところにある心のありように対する最上級のほめ言葉だったにちがいないのである。(4)（復本一郎氏）

各論者の文言の一部摘記又は要約では、真意が伝わらず、誤る恐れすらあるが、右の四説の中、仏五左衛門の人物評価については、㈠は（一部）否定的、㈡は肯定的、㈢はこの場面の構成や文脈上より、否定と肯定の二義性を持つ、㈣は極めて積極的な（最上の）肯定となって、見解の相違は歴然としている。近年の解釈は右の㈡説が主流で大部分を占めている。

ここで私見をのべると、右の第四説の復本氏の説に賛成するわけであるが、私見の結論を先に示すと、このシーンでの「無智無分別」は、宗教的色彩を帯びた極めて積極的な賛辞と考える。この仏五左衛門は、問わず語りに「世道」(12)（前記）の面における、作品中の主人公（ひいては背景としての作者）にとっての、かくありたい人物像を自ら語っているといえそうである。復本氏は、芭蕉の「無智」肯定思想の論拠の一端として、芭蕉の作品歴（特に「移芭蕉詞」）や知的受容の源泉の一つとしての『徒然草』や『一言芳談』等を紹介し(5)、その血肉化を指摘されているが、その点に関しては同感である。では、私見の論拠は何か、次に記そう。

注

（1）『奥の細道研究と評釈』私家版で印刷は表現社。昭和40年。72〜73頁。
（2）『奥の細道講読』明治書院・昭和36年。56〜59頁。
（3）「日光（一）」（おくのほそ道注解五）『国文学解釈と鑑賞』29巻10号。昭和39・9・1。159〜162頁。
（4）『笑いと謎―俳諧から俳句へ―』角川書店・昭59年。147〜149頁。
（5）栗山理一氏編『日本文学における美の構造』雄山閣・昭和51年。274〜277頁。「あだ―芭蕉俳諧美の一側面―」の論題で執筆。なお同論文は『芭蕉の美意識』古川書房・昭和54年の中の「七、あだ―伊賀連衆の美―」141〜168頁に再掲。

三、論拠としての内部徴証と「移芭蕉詞」

第一点　前記の通り内部徴証のみでは氷解できがたい点を指摘済みであるが、手順としてその特異な表現を傍証として指摘する。それは私見（右記）を前提とする条件付きの立論であるが、文脈として、「無智無分別―正直―

仁」と極めて（又は相当程度の）比重の重い肯定語を、しかも簡潔をもって鳴る省略の文学とも言うべき俳文に、三語も畳み込むように連続して使用しているのは何故かという点である。一介の宿屋の亭主が、いくら正直で親切で善意をもった好ましい人物と痛感させられても、俳諧と俳文との相違を計量するとして、晩年のかるみの芸道を唱導した芭蕉の文としては、このくどくて、重くれている文飾は、やはり尋常ではない。右の三語と、下文の十文字とは交響しており、含意のある相乗効果を発揮したというよりは、人物評価のゆれは見事に防止されているという意味で、とどめを刺したと言うべきであろう。すくなくとも「気稟」以下の十文字には、不動の人物評の響きがある点は諸説の認めるところである。ただし、文脈・用語上「仏……示現……心にとどめてみるに（期待感）……唯……にして……偏固……仁に近きたぐひ（現実）」の本文には、ゆれの誘因となる微妙なニュアンスもある点は肯定しておきたい。

第二点　異常なまでの文飾と考えるのは、単なる主観に過ぎない、との反問には、逆に「尤尊ぶべし」というような人物評がこの作品のどこにあるのかと問いかけたい。作品中の八社十八寺や、七十一名の登場人物に対する芭蕉の批評や所感を綿密に調査された金子義夫氏の研究[1]においても、一見無風流と考えられるこの人物の長文の記事は、量・質の両面において全く例外である。同氏は『曽良旅日記』中の人物一四八名を列挙されるが、現実の長旅で接した人間はその何倍か。その中で超特待生として、アンバランスなスペースの使用率は、客観的に見て極めて不自然と言うほかはない。つまり私の言いたいねらいは、上手の手から水が漏れたのでもさらさらなく、穿《うが》った表現をすると、異常感（実はノーマル）をおこさせるサインを読み手に送っているのではないかという点である。「我徒の文章は、慥《たしか》に作意をたて」[2]（『去来抄』）る事を弟子に指導した芭蕉が、同じく門人の加生（凡兆）に宛てた手紙[3]の内容こそ、俳文作成の眼目を解き明かしているという意味で重大である。着眼はよいが「文章くだくだ敷所御座候而、しまりかね候様に相見え候」との示教は私見を裏付けるだけではなく、以下の手紙文の中で作意の欠如したものや、人生観や思想性のない下品な笑いはだめであり、古人の文章（古典）に対する配慮が必要である点を戒めているのである。つまり、さりげなく書かれている「無智無分別」は、次ぎにのべる「移芭蕉詞」の冒頭文を血肉化した、考え方によっては作品中に再生させたものとも考えられるのである。この古典（後記の第五章）への配慮の結果、『細道』に鏤《ちりば》められた、彼の深い人生観・思想性を暗示したキー・ワードではないのか。文章観として「黄奇蘇新」[4]（『笈の小文』）を意図した『細道』は、格調も高く、文飾も必ずしも平凡とはかぎらないのであるが、『荘子』や禅の思想を体得し、又はそれ等の古典の真髄に精通した読者にとっては、「無智無分別」の真意はたやすく見抜けたに相違ないのである。

第三点　芭蕉の「無智」の用例は、復本氏御指摘の通り、『細道』以外には次の一例のみであり、前記の通り、問題点の鍵をにぎる重要な文なので、少し立ち入って考察したい。

(A)胸中一物なきを貴《たふとしと》し、(B)無能無智を至《いたれり》とす。(C)無住無庵又其次也。(D)何か無依の鉄肝(E)鶯鳩（ママ）の翅にたえむ。
（「移芭蕉詞」[5]元禄五年八月深川新芭蕉庵での作。）

便宜上五文に細別したその思想的背景の主調は禅(A)・(C)・(D)であり、『荘子』(B)・(E)である。基調語は「一物なき」・「無智」・「無住」・「無依」・「鶯鳩」となる。「一物《いちもつ》なき」（普通は「一物もなし」）は語源的には[6]、「本来無一物」から出た語とされる。中村元氏[7]は、その「本来無一物」は、禅の『六祖壇経』[8]に出る語で、『伝心法要』[9]『盲安杖』[10]に用例があると指摘されている。禅宗関係の書籍の出版状況について一瞥しておくと、芭蕉当時の書籍目録[11]では、例えば、寛文十年[12]のそれでは約三百八十種類（禅宗の部）、前二者いずれも、寛文十・十一・延宝初・二・三、天和元・三、貞享二、元禄五年の各目録に登載され、この期間にそれぞれ十回以上は出版されているようであり、『六祖壇経』などは、延宝三年には五種類と多彩、豊富となっていく。

さて、広田二郎氏[13]は、(A)(B)両文は『荘子』と関係の深い考え方であるとされ、一見識を示されたが、『六祖壇経』

特に『伝心法要』と言った禅宗関係の書によると、右の俳文の主旋律は、一見仏教特に禅思想であるが、核心となるのはむしろ(B)文であり、(A)(B)両文は『荘子』の思想と表裏一体となってわかちがたく、血肉化されていると考えられる。具体的には、(B)文に対する(A)・(C)文の三者、ひいては五文の関係が、かなり明確になるようである。紙幅の関係で、[14]柳田聖山・[15]入矢義高両氏の御解説を参考としてごくその一端のみを示してみる。真実の法を悟るためには「無心」を学ぶことが一番大事で、貴い事である。そのためには「無分別」つまり、自身の妄想や狭い、或いはとらわれた知見や認識を取り去る事が最上である。このように心の対象にとらわれた心をおこさない（無執着心事が一番貴く、最上であるが、その現われの顕著なものとして無住無庵が、無一物の考えにかなって、その次に貴い。（以下略す）。ところで話を戻して問題の(B)文の思想的背景の主旋律として『荘子』の思想（特に「斉物論篇」を中心とする）が原基点である点は、(E)文の照応もあり、認定できるが、弟子の[16]怒誰その他門人に宛てた芭蕉の荘子に関する書簡の存在を考慮に入れるにしても、そのすべてと断ずるのは早計である。さて、広田氏が出典とされる[13]該当文（「斉物論篇」）に関して、[17]福永光司氏は「知を忘れた知こそ至上最上の境地なのである」と説かれている。「知を忘れた知」とは、[18]禅宗の「無分別智」（対象を分析的に認識する作用のある分析的知と区別する。この一切の対象を直観的に把握する智恵を般若といい、この無分別智を得る事を修行の眼目とする）に通じるものと思われる。要は、[19]復本一郎氏の御提言「芭蕉にとって自らが庶幾すべき方向としての枢要な位置を占める無智」とする考え方は、肯《こう》綮《けい》に当たるものである。右記のように考える時、『細道』における「唯無智無分別にして……気稟の清質、尤尊ぶべし」の文脈と用語、さらには仏の示現と対応して語られる場面の構成（後記）の理由の一端がよく理解できるのである。又、元禄三年七月頃執筆されたと考えられる。「無庵を庵とし、無住を住とす」（元禄三年の[20]「幻住庵記」草稿本断簡）、「拙者浮雲無住の境界大望故」（同四年正秀宛[21]芭蕉書簡）、「無依の道者の跡をしたひ」（同三・四年頃の『笈の小文』稿本の[22]断簡）と言った芭蕉の用語や信念とも言うべき人生観が、右の元禄五年の俳文に血肉化し、定着している事も、一部の資料ではあるが疑えないであろう。同様、執筆年代において相重なる右の「移芭蕉詞」と『細道』との関係は無視できない。

注

（1）『奥の細道の研究』桜楓社・昭和48年。「八社十八寺」は252頁。「曽良旅日記」は155頁。『細道』の71名の中、氏名や号の明記された人物は30名102頁・明記されない人物は41名105～106頁。

（2）第一章の注（7）の『第七　俳論篇』123頁。

（3）同右の『第十　俳書解題・綜合索引』角川書店・昭和44年。212頁。「書翰篇続補遺」今栄蔵氏校注（元禄三年九月十三日付）。

（4）同右の『第六　紀行日記篇』角川書店・昭和37年。77頁。他に「蘇新黄奇」（『蓑虫説跋』）貞享四年秋成立か。同上『第六巻』339頁。

（5）第一章の注（2）の②・644頁。同書では四種の異文の初稿説をとる。

（6）『日本国語大辞典第二巻』小学館・昭和48年。171頁による。

（7）『仏教語大辞典』東京堂書籍・昭和56年。1267頁。「本来無一物」の項（①もともと実体のないこと。空。本来からいえば執着すべきものは何もないはずだということ。②と③は省略）。

（8）西谷啓治・柳田聖山両氏編『禅家語録1』「六祖壇経」筑摩書房・昭和47年。76頁に「本来無一物何処惹塵埃」とある。訳は柳田聖山氏。なお、中川架蔵本である『六祖法宝壇経』（寛永十一年中野市右衛門板）と同文である。（本文の五ウ5行目参照）

（9）入矢義高氏『伝心法要・宛陵録』（禅の語録8）筑摩書房・昭和44年。114頁に「本来無一物、何処有塵埃。」又116頁に「問、本来無一物、無物便是否。」とある。他に19頁に「本仏上実無一物」、77頁に「無一物、亦無人、亦無仏」、136頁に同上文があり有益である。特筆すべき点は、「無所在」（77頁6行）の意味である。「無著」（執着のないこと）と同義であり、「心の対象にとらわれた心を起してはならぬ意」。第二点は「無心」を基軸として「無一物」を説く文脈である。つまり、「無心―無分別―無依―無住（前記の無所住）―癡人（阿保）」の文脈（134～136頁）と解説は示唆される所が大きい。特にこの文中に「学無心、亦無分別」とあり、「無心」と「無分別」が同義的である点、反対に「分別是魔境」となる（135頁15行）。なお「能なしの……」芭蕉の句（『嵯峨日記』）は、右の文脈の「癡人」と照応して興味深い。元禄三〜四年の芭蕉の無能の表現の系譜が「移芭蕉詞」に流れているわけで、いくつかの発句や連句にも芭蕉の自覚が認められるのである。

(10)『盲安杖』は曹洞宗の鈴木正三の著。「本来無一物」の用例は、宮坂宥勝氏校注『仮名法語集』岩波書店・昭和39年。243頁参看。

(11) 斯道文庫編『江戸時代書林出版書籍目録集成』井上書房・昭37年。四冊。

(12) 同右の「一冊目」の67〜71頁。原本は『増補書籍目録』で日比谷図書館の蔵本。なお、両書とも『和漢書籍目録寛文刊』の無刊記本にも登録されている。なお、注（11）の同書によると、貞享三・元禄五年の両『書籍目録』にある『伝心法要』について、「黄檗断際師録」と傍書する本がある。又注（9）の『同書』末尾に柳田聖山氏によるテキストの解説172〜181頁があり、有益である。

(13)『芭蕉の芸術—その展開と背景—』有精堂・昭和43年。435頁。（『荘子』の本文は、斉物論篇第二「古之人其智有レ所レ至矣。〜未ニ始有レ封也。」）

(14) 柳田氏は注（8）の同書に原文・読み下し文・訳文・語釈の四項を設定する。又注（8）の『禅家語録Ⅱ』459〜460頁で、『六祖壇経』九種の解題を付している。（筑摩書房・昭和49年参照）

(15) 注（9）参看。注（9）『伝心法要』と『宛陵録』を含めて広義の『伝心法要』とするわけである。詳細は、注（9）の同書の柳田氏の解説151〜184頁参看。なお、入矢氏の注（9）の本も柳田氏同様に四項目について解説する。

(16) 元禄三年七月二十四日付、怒誰宛芭蕉書簡では、芭蕉は『荘子』本を形見に譲渡する旨をのべる。（第一章の注（7）の『第九巻』角川書店・昭和42年。410頁。）又、元禄四年二月二十二日付、怒誰宛芭蕉書簡では、当時荘子の「斉物論篇」の過半の講義をしていることがわかる。（第一章の注（1）の同書145頁。）

(17)『荘子内篇』朝日新聞社・昭和41年。61頁。なお、中川架蔵本（寛文五年風月庄左衛門板『頭書荘子』の林希逸注の十冊本）では、問題の該当文は、一冊目の巻之一「斉物論篇」31オに本文がある。又31ウの左注欄には、「是非の心」や「私心」の否定の思想が認められる。（「無知の知」について、大浜皓《あきら》氏著『荘子の哲学』（九章「知の性格」

232〜265頁）に極めて有益な解説がある。勁《けい》草書房・昭和41年。）
(18) 駒沢大学内禅学大辞典編纂所編『禅学大辞典下巻』昭和53年。「無分別智」の解説は、「無分別」の次項で1212頁。
(19) 第二章の注（5）における「雄山閣版」の276頁。「古川書房版」の151頁。（両者は同文）。
(20) 俳文学会編集『漂泊の詩人芭蕉展―遺墨でたどるその詩と人生―』日本経済新聞社・昭和56年。写真印刷は106番（頁数なし）。翻刻文36・37頁。
(21) 正月十九日付書簡（第一章の注（1）の同書142頁）。
(22) 金関丈夫氏「芭蕉自筆『笈の小文』稿本の断簡」『連歌俳諧研究』38号。昭和45・3。36頁。なお「無依の道者」の典拠としての『臨済録』には「無依の道人」がすくなくとも5回出てきており、要語として使用されている点に留意したい。注（8）の同書327・330・332・335・344頁参看。

四、「無分別」（「分別」）の表現意識

「無智無分別」という表現の真意の究明では、当然「無分別」についての芭蕉の意識はどうであったかという点に触れる必要があろう。ただし、『細道』以外に芭蕉の使用した用例が見当らないので、「分別」を介して少し窺ってみよう。(1)

㈠ 門に戒幡を掛て、「分別の門内に入事をゆるさず」と書《かけ》り。（「洒落堂記」元禄三年三月）
㈡ （薄縁扣く僧堂の月　正秀）分別の外を書かるる筆のわれ　芭蕉（「牛部屋に」歌仙　元禄四年七月頃）
㈢ 宵寐がちに朝をきしたるね覚の分別、なに事をかむさぼる。（「閉関之説」元禄六年秋）
㈣ 存知之外胸裏分別を重宝仕ると相見え候。よしよしこれも悪からず、千歳此方の人爰に繫縛せられ……。（「怒誰宛芭蕉書簡」元禄六年十一月八日付）

㈤　唯小道小枝に分別動候て、世上の是非やむ時なく、自智物をくらます處、（同右　元禄七年正月二十九日付）

さて、右の㈠の「分別」は文脈上、世知俗才にたけた人物であるが、他の用例と同様本来は禅語で、修行の眼目となる無分別智（前記）に対する相対的知見を意味する。㈡は芭蕉の付句で、「分別の外」は「分別を越えた悟得の意味」とする通説が当っている。㈢～㈤の「分別」はいずれも執筆時期が近接しているだけに、同義と考えてよい。㈢の「分別」は、後文の「煩悩・是非・貪欲・溝洫《きょく》・利害」に通じ、㈣の「分別」も同様に後文の「是非の溝洫」、㈤は、前文の「小道小枝」と後文の「世上の是非」にそれぞれ通じている。三者共通の「是非」を含む「分別」の対極にある概念が「無分別」というわけである。

蕉門関係における「分別」や「無分別」の用例に徴しても(2)（殊に「才覚・理屈・私意」等の語とコンビで使用されている）「分別」を排し、「俳諧は無分別なるに高みあり」（『青根が峰』）として、「無分別に作す」（『去来抄』）べきを奨励している両者の対立概念は明白である。ただし、芭蕉の「分別」の否定概念（無分別）は右の㈡や㈤の用例に徴しても明らかなように、禅や『荘子』の思想を媒介として使用されている場合があるという意味でも、『徒然草』(3)（七十五段）の「分別」の否定概念（無分別）のように、深化されており、宗教的色彩を帯びている場合の用例に留意すべきである。なお、一部前記したように、禅語では(4)「分別作用を離れた状態、即ち真理の理のあらわれたことを無分別といい、無分別法などと用いる」わけで、前章で紹介した『伝心法要』などに徴しても、「無分別」は対立概念を超えた極めて高い心境を意味するものと思われる。私意や名聞を排した芭蕉が、みだりに使用せず、『細道』で初めて「無智」とコンビで使った点に対して、宗教的色彩を帯びた極めて積極的な賛辞と提言した理由の一端は、ここにあるわけである。

注

（1）㈠の例文は第三章の注（4）の『第六』452頁。㈡は同『第四巻　連句篇（中）』昭和39年。291～292頁。㈢は㈠の例文と同じ517頁。㈣は第一章の注（1）の同書208頁。㈤は同上の297頁。

（2）「才覚分別」（『宇陀法師』第一章の注（7）『第七巻　俳論篇』293頁）。「理屈・分別」（『許六宛去来書簡』右記の同書473頁）。「私意」（『三冊子』右記同書176頁）。「俳諧は無分別なるに高みあり」（第一章の注（7）の『第九巻　芭蕉遺語集』330～331頁）。「無分別に作す」（右の注（2）『第七巻　俳論篇』110頁）。

（3）「分別みだりに起りて、得失止む時なし」。西尾実氏校注「分別は実相に徹しないで、我見から、かれこれ、ものを識別することで悟りの妨げとなる意識」（『方丈記徒然草』岩波書店・昭和32年。151頁）。

（4）第三章の注（18）『禅学大辞典』下巻1212頁。

五、思想的背景としての『撰集抄』

芭蕉の「無智無分別」の積極的肯定思想の論拠として、知的受容の源泉として、禅や『荘子』の思想のみならず、『徒然草』や『二言芳談』等との接点に着眼して考察する必要がある。一部優れた見解[1]が提出されており、その上に立って言及する必要があるが、今は紙幅の都合もあり、『細道』の主題と構想という観点から、思想的背景としての『撰集抄』[2]を考察し、論点の強化に役立たせたい。

『撰集抄』における「正直房」が『細道』に投影しているとする説は、管見では石田元季氏[3]が一番古いようで、蓮井徹氏[4]の御発表に見られる通り、以後桜井武次郎氏の支持の御発言など肯定説も増加しているが定着しているわけではない。私見も蓮井氏御発表の二年前の学会[5]で、石田説ともども披露したが、総論賛成各論反対の声で紙上発表を控えていたが、観点をかえて再度私見をのべる。上野洋三氏にこの作品の人物形象について傾聴すべき卓説[6]があり、仏教説話的色彩が濃いという意味において賛成したい。

さて、「西行の撰集抄」（元禄三年四月十日付　此筋・千川宛芭蕉書簡）との自覚を持ち、「多くの乞食をあげ」（同上）ている事の認識に立っている芭蕉は、精読の結果、「正直房」の条文（慶安三年本の第二の二）の一部を素材とした連句「侘人に明けてほどこす小袖櫃」を創作したとする見解が定着しつつある。[7]一方、芭蕉によって書名を付けられた『葛の松原』中の支考の句の中にある「ももすぢりゆがみ」房は、『撰集抄』（第三の一「正直房往生の事」）にある。この支考の句と唱和した芭蕉の句「此こころ……」の存在は、「正直房」と同名の素材を持つ『撰集抄』第二の二（迎西上人の事）と芭蕉との関係を増幅する働きを持つといえる。要は問題の条（迎西上人）を精読していた節が以上の二点を軸とし考えられる。

ところで、芭蕉の二つの真蹟詠草[8]によると、『笈の小文』の旅で、貞享五年二月、伊勢神宮に詣でて、「……増賀聖のむかしをおもひて」と「西行のなみだ、増賀の名利　みなこれまことのいたる……」とある二異文の前書で、いずれも、「何の木の……」とある有名な芭蕉の発句が残されており、『撰集抄』の巻頭に置かれた増賀上人の話を素材として、「裸には……」の句が創作され、『笈の小文』に、いずれも、「伊勢山田」の前書で、両句並んで収録されている点は周知で、その出典・典拠説はほぼ定説化している。

ここで、私見をのべると、右の通り『撰集抄』の巻頭説話「増賀上人の事」と、同第二の二「迎西上人の事」の二条は、それぞれ芭蕉の作品の素材として、前者はほぼ定説化し、後者の認定は定着化しつつあるが、この二条を素材としてその面影が、『細道』の「仏五左衛門の条」に投影していると考えると、穏当で納得しやすい。芭蕉の真簡[9]により、『細道』の旅の出発直前の心境を語る「貴僧（注「増賀」）の跡もなつかしく……」の用語と文脈より、西行はいわずもがな、一年前と同様、増賀への思慕は強烈である。ところで一方、『撰集抄』の巻頭説話は、主人公の増賀が伊勢神宮で祈願し、一切の名利放下の示現を受け、乞食への喜捨を通して開悟の法悦に浸るが、人間にとって至難ともいえる「名利」（前記の芭蕉の「何の木の……」発句の前書と一致する）の呪縛から解放されたのは、偏に「伊勢大神宮の御助」（原文）以外にはないと断ずる作者（伝西行）の批評が付く。『撰集抄』の文脈を熟視すると、貪瞋癡《どんしんち》や常闇などの語句の対極に置かれている「名利」（十回も頻出する）追放の高唱が一貫しており、世間の名聞、功利に背を向ける芭蕉の強い共感と、前記のように作品に結実させた増賀への志向がよくわかる。以上の諸点を前提として問題のシーンにおける人物形象について立ち入って考察しよう。当時日光山は、伊勢神宮の地位に類似して、国家の精神的中枢として聖域化されており、その感応が大いに期待される日光山の麓に宿泊した増賀上人ならぬ「乞食巡礼ごときの人」（芭蕉ではない虚像化された主人公）は濁世塵土の名利の世界に生きており、できればそこからの完全解放と開悟を願って、『撰集抄』中の人物（増賀）のように神霊の示現を持つというわけである。しかし、増賀ならぬ主人公には、夢枕での神霊のお告げもなく、変化も異常もない。就寝前に挨拶に現れた宿屋の主人を、神仏の化身か、高僧のやつした姿（『撰集抄』の世界ではこの例話が多い）ではと、心をとどめて観察すると、やはり生身の人間、宿屋の主人に過ぎないが、周囲の人が「仏……」の愛称で呼ぶように、全く私欲がなく、正直で、仁者に近い……生仏《いき》さんと言いたい稀有な人物である。その清澄な魂に感応して心身ともに洗われ、法悦にも似た浄福に浸るとともに、わが身もあやかりたい、かくありたいと思うばかりである。以上、『撰集抄』と「仏五左衛門」の条との関係を、二話を核として融合投影させたと説いた。しかし、真相は、前記（第二章の第二点）の通り、古典への顧慮に基づくもので、『撰集抄』的世界を典故めかして幅広く摂取し、求道者、風雅道の体現者たろうとする主人公の旅を通して、愚眼、凡俗の気付かない市井の隠徳者の再発見（結果論として『撰集抄』のテーマにもかなう）を行ったものであり、人間存在の根元的なもの（誠実）に照明を与えているとも言える。そこにこそ、主人公の日々新たな清澄なる魂の回帰が行われるわけであり、風雅の世界の現出も約束されるのではないか。そのような意味で、『撰集抄』的世界の人物像にもかなう仏五左衛門は、庶幾すべき人物として、作品としてだけでなく、芭蕉にとっても当然最高の人物評価（ただし、「仁に近き」といった節度をもって）を与えるべき人物形象であったといわなければならない。

注

（1）①岡部長章氏「仏五左衛門の無知ぶりについて」（『青芝』106号。昭和37・8・25。1～8頁）②「続編」（同右108号。昭和37・10・25。1～7頁）等。

（2）底本は架蔵本（慶安三暦仲秋吉旦刊の沢田庄左衛門板）。

（3）「奥の細道綜合研究17」『俳句研究』3巻11号。昭和11・11・1。184頁。

（4）「「おくのほそ道」の一考察―日光仏五左衛門の条と撰集抄との関係」『解釈』18巻6号。昭和47・6・1。20～26頁。桜井氏の支持は「義仲寺」205号。昭和59・2・11。（4面『おくのほそ道』を読む㈦）。

（5）第一回「おくのほそ道の一考察―松嶋・瑞岩寺・日光の条と撰集抄との関係」第56回俳文学会大阪研究例会・大谷高校（昭和45年5月17日）。第二回「芭蕉と撰集抄―おくのほそ道の一考察を中心に」昭和45年度春季日本近世文学会研究発表会・橿原市橿原公苑内橿原会館（昭和45年6月28日）当日会場で配布した五枚の資料の中二枚目の資料11の注記4にこの関係を明記している。

（6）「『奥の細道』の構成―人物の形象について―」『女子大文学』31号。昭和55・3・30。24～36頁。

（7）第四章の注（1）の『全集第四巻　連句篇（中）』昭和39年。317頁・「此里は（歌仙）」の芭蕉。前句は「代継を祈る九世の観音（桃後の句）」。例えば栗山理一氏監修『総合芭蕉事典』雄山閣・昭和57年。550頁「出典・典拠一覧」に掲載されている。

（8）右の『全集第一巻　発句篇上』140頁。（角川書店・昭和37年）。

（9）第一章の注（1）の同書91頁、猿雖（推定）宛・元禄二年閏正月乃至二月初旬筆。

（10）引用文「日光山以下聖域化」までの見解は、秋本典夫氏著『近世日光山史の研究』名著出版・昭和57年。「はしがき」参照。

むすび

論題の性質上、抽象的要約による不毛の提言や検証とならぬように具体的例証を計ったので、総花的でなく重点的論証となったのは止むを得ないと思う。

最後に芭蕉における「無能」の表現意識と、巨視的に見て相関関係が認められる「俳諧道」樹立の自覚の系譜ともいうべき点の大要の一端を示しておきたい。

第一点　芭蕉における「無能」の表現意識とその系譜。

① 無能不才　44歳（貞享四年）「蓑虫説跋」

② 無能無才　47歳（元禄三年）『幻住庵記』

③ 無能無芸　47～48歳（元禄三・四年）『笈の小文』

④ 無能無智　49歳（元禄五年）「移芭蕉詞」

⑤ 無智無分別　49～50歳？（元禄五・六年）『おくのほそ道』

同じ俳文でも形態と意図その他文脈等（異本間の関係）を無視して、同一平面上で右の五点を比較する限界を承知で言えば、①～③の「才や芸」に対する④～⑤の「智や分別」の人間の根元的なものへの深化の意識を認めることができる。作品の質的向上と無関係ではないであろう。

第二点　芭蕉における「俳諧道」樹立の自覚の系譜。

① 終に無能無才にして此一筋につながる。（右の②）

② 道建立之心（元禄三年十二月　句空宛芭蕉書簡）

③　つゐに無能無芸にして只此一筋に繋る。……其貫道する物は一なり。（同③）
④　是又道之建立の一筋なるべきか。（元禄五年二月　曲水宛芭蕉書簡）
⑤　其細き一筋をたどりうしなふる事なかれ。（元禄六年四月　許六離別詞）
⑥　万世に俳風の一道を建立之時に何ぞ小節胸中に可置哉。（元禄七年一月　去来宛芭蕉書簡）

右の両系譜を時間の流れの上で比較考察する時（部分摘記でもあり）大変粗雑な把握であるが、俳諧道樹立の信念に裏付けられた無能意識が鮮明となってくる。完成した文芸作品としての『おくのほそ道』と比較することには、問題点と限界を痛感するが、右の二つの無智の表現意識について劣等感の方向ではなく、充足感の伴った極めて積極性のある語義・語感が予想される。晩年の高次の「かるみ」の芸境や傑作『おくのほそ道』を産んだ芭蕉文学の核ともいうべき座標軸に、「無能」や「無智」の思想があったことは確かであろう。「無用の用」や「造化」の思想との相関関係についても、今後究明されるべき課題に違いないのである。

大変きめの粗い巨視的考察も時には必要であろう。小論は繁簡よろしきを得ずかなり雑ぱくである点、論題の性質上御寛恕と、合せて厳しい御叱正をお願いしたい。

『幻住庵記』序説
――その構想と方法――

はじめに

前稿[1]で私は、『おくのほそ道』の旅を中心として、「芭蕉における風狂性」について考察した。みちのくの旅は、元禄二年の九月六日大垣を船出する記事で終るが、その後芭蕉は、風羅坊と号して、元禄四年の九月二十八日、無名庵を出て帰東の途につくまで、上方になお二年余りの漂泊を続ける。この期間に成立した『猿蓑』は、蕉風俳諧の円熟期の傑作であるが、重要な視点は、その中の『幻住庵記』は実質的に芸術家の宣言文でもあったということである。旧稿[2]で私は、その『幻住庵記』を中心として、なかんずく芸術家としての自覚と表裏の関係にある「芭蕉における無能の表現意識」について探るところがあった。その拙論の「むすび」に当たる「『幻住庵記』(五異文)の文章構成と推敲過程」(第六章)において、紙幅の都合で論点の究明に極めて不十分なため、他日の別稿を約した。

ところで、『幻住庵記』について、近年は今栄蔵氏[3]によって真蹟による忠実な透き写し本(以下『原初期草案』と略称)に引き続き、私見(前記の旧稿)発表後、成稿系の真蹟巻子本である豊田進氏の所蔵本(『豊田本』)が紹介された結果、七異本の全貌に、二種の断簡を加え、計九種の異文が確認されるに至った。旧稿の私見による五種(二種の断簡を除く）に、成稿系の二種を加えて整理すると、㈠ 初稿系（①『原初期草案』↓②『芭蕉文考』所収本）↓㈡ 再稿系（③「再稿一」真筆米沢家本↓④「再稿二」真筆棚橋家本）↓㈢ 成稿系（⑤『豊田本』↓⑥『村田本』↓⑦「定稿」『猿蓑』所収本）となる。（以下便宜上、拙論で、二つの断簡を除く七異文の略称として右記の順番に、『幻住草案』『幻住初稿』『幻住再稿一』『幻住再稿二』『幻住豊田本』『幻住村田本』『幻住定稿』と呼び、誤解の恐れのない場合は右の『幻住』の二字を省く場合がある。なお、右記の今氏の考証では、成稿系三本の成立上の前後関係は、一応右記の順序が考えられるが、結論としてその関係は明確ではないとされる点に従っておきたい。）従って、現段階では『定稿』の成立過程について、支考の言明（『再稿二』の奥書）の通り、基本的には右の三通りと考えるのが妥当であり、㈠の初稿系（他に真蹟断簡の阿刀家本）と、㈡の再稿系（他に再稿試案断簡）を総合考察することによって、㈢の定稿を正しく位置づける事が可能である。なお、定稿と『笈の小文』冒頭の風雅論との両者の成立関係は、再稿系の後、成稿系の前に執筆成立したとする見解（旧稿の私見）に立脚し拙論を展開することにする。

さて、『幻住庵記』は俳文意識に基づく最初の作文で、俳書の序・跋を除けば、芭蕉が生前みずからの意志で公表した唯一の俳文であると位置づけられるように、芸術家としての自覚と相俟って各種の視点からアプローチが試みられるだけのメリットを持つと考える。俳諧史上、俳文の白眉というも過褒ではなかろう。本稿は、句文融合の俳意をもって綴られた『幻住庵記』の主題、構成、修辞をはじめとして、その方法につき、若干気の付いた諸点を、特にその俳諧性に留意しつつ、末尾の「境涯の回想と心境の告白」の条と「先たのむ……」の発句に焦点を合わせて考察するのがねらいである。同時に旧稿の約を果し、その論点を補強する意図もあるが、中間報告的なものとして序説と称する所以である。

注

（1）「芭蕉における風狂性について―『おくのほそ道』の旅を中心として―」『大阪商業大学論集』85号。平成元・12・1。226～205頁。本書収録。

（2）「芭蕉における無能の表現意識について―「幻住庵記」を中心として―」『大阪商業大学論集』79号。昭和62・11・1。172～150頁。本書収録。

（3）①『幻住草案』の紹介は、「『幻住庵記』の原初期草案とその意義―付・竹冷文庫蔵写本『芭蕉翁手鑑』の資料価値―」『中央大学文学部紀要・文学科』57号。昭和61・3・25。25～68頁参看。②『豊田本』の紹介は「新出・成稿系「幻住庵記」の真蹟一本」『連歌俳諧研究』74号。昭和63・3・20。34～44頁参看。

一、『幻住庵記』執筆の意図

私は前稿で、奥羽行脚の出発の約四十日前（元禄二年二月十六日付）に猿雖・宗無宛に出した芭蕉の書簡中の言葉である「能因法師・西行上人のきびすの痛《いたさ》もおもひ知ン」に対して、尊敬する二人の漂泊詩人の歩いた歌枕を思慕尊敬して、その跡を追体験するという意味もあるが、伝統的な漂泊詩人の系譜に連なるというよりも、芭蕉自身のアイデンティティー（主体的な固有な生き方や価値観）に基づき、歌枕と等価的な新しい俳枕の樹立を志向する厳しい精神とその気迫を感得する必要がある、と指摘した。ところで、「先達としての西行・能因・増賀等の強烈な風狂の精神が、起爆剤として旅心の原動力となった」（前稿の私見）という意味においても、「能因が頭陀の袋をさぐりて、松しま・白川におもてをこがし」（『再稿一』・『再稿二』はやや変形。）「卯月の初いとかりそめに入し山の、やがて出《いで》じとさへおもひそみぬ。」（初稿系二本と成稿系三本に共通する。）というように、能因と西行像が『幻住庵記』に登場してくるのは極めて自然である。この事情は『笈の小文』でも同様であって、「跪《きびす》（「踵」の誤記か。）はやぶれて西行にひとしく」(板本)、「跪は破れて西行にひとしく、面はこかれて能因ににたれとも」(1)(稿本の断簡)とあるわけである。ここで私の言いたい事は、『幻住庵記』の創作とその推敲過程を探るに当たって、『笈の小文』の紀行観が極めて重要な示唆を与えているという事である。つまり『笈の小文』が、未定稿として完成しないままに終わってしまった原因の一つは、その紀行観で「黄奇蘇新のたぐひにあらずば云(ふ)事なかれ」と言いながら、結局「黄奇蘇新」に徹し得なかったからであろうという見解(2)を重視する。「抑《そもそも》、道の日記といふものは、紀氏・長明・阿仏の尼の、文をふるひ情を尽してより、余は皆俤《おもかげ》似かよひて、其糟粕を改る事あたはず」(同上紀行観)という一節と、「牛の尾・日野山は未申の方にあたれり。かの方丈の昔をしのぶといへども……いひつらぬれば隠士長明の糟粕ニひとし。」(『幻住草案』)という一節を重ね合わせる時、『幻住庵記』における、その脱方丈記、脱古典の推敲過程は注目に値する。しかし、旧稿で触れたように、「南花真(原文「直」)経一部ヲ置(き)」、「荘子をよみて……」(『草案』)という生々しい記事は、脱『荘子』の方向で、『初稿』以後姿を消したが、「罔《もう》両に是非をこらす」という『荘子』の関連用語(斉物論篇第二・罔両景問答)の九文字には、字体は別として一度も手を加えず、七種の全異文に記載されている理由は何か。「我徒の文章は、慥《たしか》に作意をたて」(『去来抄』)る事や、「古人の文章に御心可レ被レ付候」(元禄三年九月十三日付、加生〈凡兆〉宛芭蕉書簡)というように、俳文作成の眼目として、俳意強化のための趣向や、古典に対する配慮を弟子に指導した芭蕉は、「古人の跡を求めず、古人の求めたるところを求めよ」(許六離別ノ詞)とする創造精神の尊重という姿勢からも、空疎で、衒学的な美文に淫《いん》せず、あらわな出典を避け、節度をもって過不足のない適正な古典の引用と俤付《おもかげづけ》を意図したものと考える。従って「黄奇蘇新」(「詩の新味と奇警」の尊重)や、文章表現法としての「鼓舞」(3)的文体は、内的・質的向上が図られた結果、「先師芭蕉翁、始(め)て一格を立て」、「気韻生動」(『本朝文選』許六自序)の文と尊敬される芭蕉俳文が、『幻住庵記』の定稿となって結実したと考えることができる。

本章の冒頭で「西行・能因像」を列挙した私見のねらいは、芭蕉は単に彼等の模倣・追随者ではなく、遂にエピゴーネンを超える存在であったという点である。要は、前記の「歌枕と等価的な新しい俳枕の樹立」と同様、『幻住庵記』の創作に当って、西行・能因等の雅文学と等価的な新しい俳文体の樹立を志向していたことは、庵住時代の去来宛の芭蕉書簡（元禄三年七・八月執筆「誹文御存知なきと被レ仰候へ共、実文にたがひ候半は無念之事に候間」）に徴しても、疑問の余地は全くないと考える。なお、「誹（俳）文」とは、俳諧の精神に立脚した散文の意であり、「実文」とは、まことの文の意として、格法正しい文、つまり和歌・連歌・漢文といった雅文学の文章を意味するという(4)見解に拠ることを付記しておく。

注

（1）金関丈夫氏「芭蕉自筆『笈《おい》の小文』稿本の断簡」『連歌俳諧研究』38号。昭和45・3・20。35頁。
（2）井本農一氏『芭蕉の文学の研究』角川書店・昭和53年。132頁。
（3）①井上敏幸氏「芭蕉俳文における『鼓舞』について」『語文研究』26号。昭和43・10・31。9～18頁。②栗山理一氏編『総合芭蕉事典』雄山閣・昭和57年。133～134頁。（「鼓舞」の項。執筆者は井上敏幸氏）③小西甚一氏「芭蕉と寓言説（一）」『日本学士院紀要』18巻2号。昭和35・6・12。103～114頁。
（4）①荻野清先生『芭蕉文集』岩波書店・昭和34年。394頁の頭注。②井上敏幸氏「蕉風俳文の構造とその方法」『国文学解釈と鑑賞』37巻11号。昭和47・9・1。96～97頁。

二、「記」のモデルとしての『挙白集』とその異本

雅文学と等価的な新しい俳文体の確立という事は取りも直さず文学として新しいジャンルの創出を意味するわけ

である。従って、「此一筋につながる」（『定稿』）という芭蕉の自覚と文脈上の意味は、作者の意図いかんにかかわらず、当然結果的に伝統的な一流の雅文学と等価的なジャンルの創始者として、芸術家の仲間入りを肯定し、宣言したという事になるわけである。では、芭蕉にとって、そのような自覚と自負心（自恃というよりは、確信という方がより適切であろう。）を持つことができた『幻住庵記』の創作の秘密は何か。諸論考の中で、尾形仂《つとむ》氏(1)の指摘は、その謎を解く一つの鍵を提供したものとして甚だ示唆的で、有益であった。『猿蓑』巻頭の其角の序文と尾形氏のキーワードを借用すると、まさに「あたに懼《おそ》るべき幻術」によって、現実における幻住庵の生活を、古典的な芸術空間に再構築した作品ということになる。その非現実の芸術空間の構成のモデルの一つが周知の通り長嘯子の『挙白集』であるが、具体的に芭蕉が手にした版本又は写本はどのような種類のものか。在庵中の去来宛の芭蕉書簡(2)には、「手前一冊之書なし。」として、去来へ助力方を要請しているが、『挙白集』には異本としての慶安二年以前成立の写本の存在や、筆者(3)架蔵の分冊本も当時刊行、流布されている実態に基づき、どのような本文の古典を、どのように読み、どのように生かしたかという詮索は、例え徒労ではあっても不可欠ともいえる基礎作業である。とは言え、『長(4)嘯《しょう》子全集（全六巻）』が完備し、異文の相違もさほどでもないと思われるので、全集の遺漏分を箇条書(5)きに若干補記して参考に供したい。第一点　『挙白集』の版本の出版状況について一瞥しておくと、芭蕉当時の書籍目録では、全集に記載のある慶安二・同三年以降、寛文無刊記（六年か）板・同十・同十一・延宝二・天和元年・貞享二・元禄五年と九本を数え、すべて例外なく書名は『挙白集』で、八冊本。いずれも「長嘯」又は「長嘯集」と注記あり、三本に「豊臣氏勝俊」の名を記す。以後元禄九・宝永六・正徳五年の目録に登載されている点、相当流布されていたと思われる。第二点　版本としての分冊本（東山・西山の両山家記）は三種類あり、A『大原山家記』は寛文無刊記（六年か）板と元禄五年板の二本のみで、以後元禄九・宝永六・正徳五年と続くが、冊数は順次一・二・三・三・二と不揃い。B『山家記幷大原記』は延宝三・貞享二年の二本に、筆者の架蔵本（正保四）

を加えて三本を数え、元禄十三年板が続くが、冊数は一・一・合一冊（注記3）・二と不揃い。C『山家記』は延宝三年板の一本のみで、元禄九・宝永六年と続き、すべて一冊本であり、「さんかのき」（後者二本）と読み仮名が付くが、作者名等の注記を欠く。ところでAの無刊記本とBの架蔵本を除く、A・B七本のすべてに「幽斎」と注記しているのは不審であるが、著者自筆の『山家記』[6]（京都・勝持寺蔵）以下の写本類や刊本、乃至架蔵本に照らして、長嘯子の師（幽斎）と誤った点は明白である。第三点　他に版本としての分冊本に『うないまつ』（うなゐ松）等があるが省略する。[7]木下長嘯子は、退隠後（三十二歳頃）からおよそ四十年は東山で過し、慶安二年の死（八十一歳）までの晩年の十年間は西山に移住し、吟詠生活を通じて終生風雅一筋に生きぬいた武家出身の隠者である。右記のA・Bの『大原山家記』と『大原記』、又、Cと自筆本の『山家記』は、異本挙白集の『西山家記』とともに、すべて西山移住後の生活に基づく『山家記（西山）』の系統の本に属すると考える。最後に芭蕉在世時代におけるいくつかの写本類や分冊本を含む刊本『挙白集』の流布状況は、右記の通り少なしとはしないが、果して芭蕉の入手本はいずれの種類か、にわかに判定しがたい。ただし、架蔵本の「大原記」（例えば問題の序段の「山ふかく……」の和歌の直前の一節、「此花のさかりにうちなかめて」）にあるが、『挙白集』（「山家記〈西山〉」）にはない文言の相違点、又、架蔵本（B系統）と異本挙白集とは、字体や「てにをは」等若干の校異が認められるほぼ共通の条もあるが、（一部後記するが）用語等の相違のある条の存在など、今後の検討に俟つべき点を付記しておきたい。（弟子の去来を通して手軽に複数の異本を入手する可能性も考えておく余地があるであろう。）

注

（1）『芭蕉・蕪村』花神社・昭和53年。29・30頁。（「対話と独白―「幻住庵記」考―」）

（2）荻野清・今栄蔵両氏校注『校本芭蕉全集第八巻　書翰篇』富士見書房・平成元年。（元禄三年七・八月頃執筆。）124頁。

（3）木下長嘯子作。『山家記幷大原記全』（外題の「山」の字は破損で読めない。「全」は後補）。「山家記」は九丁、「大原記」は六丁。二つの「記」の丁付は別々であり、各末葉にそれぞれ「二條通玉や町村上平楽寺開板／正保四年丁亥正月吉祥日」とあるので、本来は別冊であるべきものを合一冊としたと考えられる。内題は「山家記」と「大原記」。体裁は袋綴、濃い栗色。縦二六・一×横一八・三五糎。字面は一面十行、一行は二十一字程度。

（4）吉田幸一氏編・発行。六冊。古典文庫。昭和47～50年刊。関係する諸本の書誌は第二巻327～332頁と第三巻528～529頁。

（5）編者は「斯道文庫」『江戸時代書林出版書籍目録集成』井上書房・昭和37年。四冊。

（6）この章の注（4）の第二巻・327～328頁に書誌。巻初の図版2頁に、山家記（西山）の巻末を影印する。長巻で、「西山山家記」の原本的自筆本といわれる。

（7）長嘯子の伝記的事項は吉田幸一氏執筆の『日本古典文学大辞典第二巻』岩波書店・昭和59年。152頁に拠る。

三、「記」の系譜としての『幻住庵記』

さて、『幻住庵記』の構想上の骨格は何によって得たものか、軽々しく指摘できないが、長明の『方丈記』と、長嘯子の『大原記』（一般には山家記〈西山〉）・『山家記〈東山〉』のイメージを、機構上の基本素材とし、慶滋《よししげの》保胤《やすたね》の『池亭記』（『本朝文粋』所収）を参考素材として、俳文の典型（一つの文章体）となる事をめざし、「記」の明確な意識をもって執筆した作品であると考える。

但し、『幻住庵記』と古典との総体関係の考察において、関連資料の博捜と精緻を極める広田二郎氏の研究成果[1]によって、72箇所の古典とのかかわり方の中で、特に個性的な三大古典（西行・長明・源氏関係各11箇所）の影響力が検証されているが、表現・措辞といったレトリックに関しては別個に考えるわけである。長嘯子と号したことも長明にあやかった為であり、長嘯子を慰めるものは、外山の生活記録『方丈記』であったであろうという見解があ[2]

るが、両者の『幻住庵記』における受容関係は、陰（裏）と陽（表）の如く、隠味《かくしあじ》としての『挙白集』に対し、前記の通り『草案』では「方丈の昔をしのぶ……隠士長明」と顕在化した。言わずもがな、「長明方丈の記を読（む）に」という(3)芭蕉の書簡は、「荘子をよみて」（『草案』）と同様に、『方丈記』と『荘子』という二大古典の『幻住庵記』に対する影響力を、有無を言わせず決定的に証明したといえる。芭蕉にとって、人生や俳諧道樹立の指針ともなった『荘子』が顔を出すのは極めて自然である。しかし、『幻住庵記』の構想上の骨格に、長明・長嘯子の「記」をすえる論拠は何か。「方丈記が池亭記を粉本として述作されたことに疑いの余地はない。……方丈記が書かれなければ、芭蕉の幻住庵記は生まれなかった。」という(4のA)極論も、今日の識者には比較的抵抗感が少なく、承認される確率は高いと思われる。ここで私は御門違《おかど》いのようであるが、有名な芭蕉の言葉（「古《いに》しへより風雅に情ある人々は、後に笈《おひ》をかけ、草鞋《わらじ》に足をいため、破笠に霜露をいとふて、をのれが心をせめて、物の実をしる事をよろこべり。」『許六を送る詞』）を想起する。つまり、空間的にも、心理的にも類縁関係にある「日野山の奥に跡をかくし」た長明とその生活記録とも言うべき『方丈記』に対して、一種の体験主義の立場を取る芭蕉が、ともに人生に挫折したアウトローとして、人間的にも文学的にも極めて強い親近感と共感、そしてある種の信頼感を抱いたであろうという推定は否定しがたい。『方丈記』の受容については、『草案』発見以前の論考であるが、井上敏幸・笠間愛子両氏(5)の考察は、甚だ示唆に富み、これ以上にその論拠に筆を費す必要はなさそうであるが、具体的な事例を少し付記しておく。空間的にも、(6)長明が日野外山から山城平野を眺望していたのに、芭蕉は反対側の石山の奥にあって琵琶湖を飽かず眺めていただけではあるまい。「A牛の尾・B長明が方丈の跡の程ちかく」（元禄三年四月十日付、如行宛芭蕉書簡）↓「A牛の尾・B日野山はC未申の方にあたれりかの方丈の昔をしのぶといへども」（『草案』）↓「C山は未申にそばだち」（『定稿』）この三者の表現を比較すると、書簡と草案にある長明の関連記事（B）が、牛の尾（Aの歌枕）とともに、脱方丈記の方向で、定稿で消滅したが、「未申……」（C）の表現を通して、連句の面影付のように定稿に余韻・余情をもって投影し、「山」（通説は国分山）と「日野山」とのオーバーラップを通して、長明や『方丈記』とのつながりを示したのではないかと考える。

次ぎに長嘯子の場合の論拠は何か。旧稿の私見で、『大原記』（以下架蔵本による。）の本文を通して、『荘子』の無用の用の思想や、脱俗高雅な長嘯子の生き方に共鳴している芭蕉の姿を指摘した。『方丈記』と同様『大原記』も、基本的には叙事四段と議論一段（結）の五段構成という記の型を持っているとも考えられる。㈠生活環境や位置。㈡庵の四季の眺望。㈢和歌（歌論）について。㈣散策を中心とした風雅な生活。㈤回想的な人生観である。特に前三段の末尾が和歌で結ばれており、句文融合の俳文体の先例とも取れるが、「挙白集の文の様式には俳文の様式と系列的関係にあるものを認め得る」という宇佐美喜三八氏の見解(7)に留意すべきものがある。例えば素材的にも序文の「をしほ（小塩）山・勝持《せうじ》寺《じ》・道風《たうふう》か額・あるし（じ）の僧」は、『幻住庵記』の「国分山・八幡宮・高良山の僧正……額・あるじの僧」に対応している点について、三番目の「人物名と額」の部分（私見）を除き、前記の宇佐美氏や、同氏の論点を基礎に展開された村松友次氏の有益な論考(8)によって明白である。長嘯の晩年の隠栖の地が、西行桜で有名な勝持寺の近辺であり、『荘子』の散木の思想（無用の用の処世）として有名な「不才」の大木（桜）の登場（一段）、馴れ馴れしい里の子との交流（二段）、西行の歌の賛美（三段）、椎《しゐ》のこやで〈小枝〉を折り敷き、藤の花の下陰での休息（四段）、長明と荘子の再登場（五段）と挙げると、まさに芭蕉好みの素材と構成となる。村松氏は、前記（第一章）の「古人の文章」や「実文」の規範の一つが『挙白集』(9)であり、芭蕉にとって人生と文学の師としたものが長嘯子であったと揚言されているが、少なくとも前者は直ちに肯定できるわけである。私見では、芭蕉の「やまざくら」(10)の句の出典に徴しても、『野ざらし紀行』の「大イサ牛をかくす」の出典の一つは、宇佐美氏説のように右記の一段の素材「囲《かこみ》ハ牛もかくしつべし」と考える。又、『幻住庵記』で里人が馴れ馴れしく話をするという構想上の影響として、村松氏は『山家記（東山）』を挙げるが、私見としては、㈠「里の子どもいかで聞《きき》とりけん。やよいざ桜とうたひののしりて、やがて名とするもいとおかし」（中川注。「やよいざ桜」は第一段の長嘯子の歌の一節。句読点と濁点は中川の私意。以下同じ。）とある第二段の素材も見落せない。この段での西山の閑居の訪問者㈡「適《たまたま》とぶらひくるものは、なにがし公軌《きんのり》、冷泉《れいぜい》の為景《ためかげ》」とは、それぞれ門弟の有徳者と晩年の親友（知識人）を指すと思われる。『山家記（東山）』では、㈢「稀にはわらはべ、しづのめなど」とのほほえましい交流も描かれるが、この三箇所の人的交流（素材）と措辞（㈡・㈢の圏点）が、『幻住庵記』に投影している確率性は相当高いのではないか。と言うのは、煩瑣となるので詳細を省くが、七異文の、定稿に至るプロセスを熟視する時、訪問者（人物名）と、構文と用語上の、驚くべきゆれ（変化・流動）を通して両者の影響関係の痕跡を発見するからである。例えば構文について、里人との交流をA、里人以外の関係者との交流をBとする時、A「昼は里の老人・小童など入来て……」B「且はまれまれとふ人も侍（り）しに」（『草案』）→B「昼は稀々とぶらふ人々に心を動し」A「あるは宮守の翁里のおのこ共入来りて」（『定稿』）となって、文脈上AとBとの順序が逆転する。このAとBとの構文（前後関係）は、初稿系、再稿系の四本に共通し、成稿系の三本で逆転する。その理由の一つとして、『大原記』の構文（前記の㈠のA文に㈡のB文がすぐ連接する）に対し、脱古典（脱『方丈記』と脱『荘子』。第一章参看）の推敲意識が感知されるわけである。又、「訪ふ（又は「とぶらふ」）人々も侍しに」（初稿系と再稿系）が一新されて、「人々に心を動し」（定稿）となる。登場人物においても、前記の㈠里の子どもや、㈡わらはべが、『草案』に「里の（老人）小童」（但し、『方丈記』の「小童」との二重写し）として投影するが、初稿系以下の六本で消滅する理由も同様であろう。かさね（小姫。『おくのほそ道』）との交流を愛して句作りをした芭蕉が、切り捨てた小童は、単純に『記』をモデルにした幻想であり、文飾を施したフィクションであったとは考えたくはないが、芸術的空間の再構築という視点からも一考の余地がある。（なお、蛇足ながら「里のお（を）のこ」の解釈上の通説は、「里（村）の男」の意味である）又、両者の影響関係の痕跡の一端を示すと、一つは前記の『大原記』の㈡「適（たまたま)」、㈢「稀には」の措辞《そじ》の投影（「まれ〳〵」又は「稀々」とあって、七異本の共通項）と、二つには㈡の「とぶらひ（くる）」の受容（初稿系二本は「と〈訪〉ふ」、再稿と定稿系の四本は「とぶらふ」）とである。（ここも『方丈記』の「小童あり。時時来りてあひ訪ふ」の二重写しか。）ただし、この立言の論拠としては、右記の㈡の文の数行後に続く「春の餘波《なごり》もあはれなり」の投影（「春の名残も遠からず」）等、先覚指摘の文脈、修辞上の共通項や、芭蕉が『挙白集』に払った重大関心（特に二つの『記』の一語一語にまで留意）の証拠が是非必要である。その後者についての例証の一端を、旧稿で指摘したが、付記しておくと周知の通り、「しののめの空（明ほのの空）はいたくかすみて、在明の月すこし残れるほど、いとえんなるに、みねのさくらをふきおろす風の、あまきるゆきとみえて」（架蔵本『山家記』五ウ。但し刊本『挙白集』の初刷本と写本の『異本挙白集』は「しののめ」ではなくて、「明ほのの空」であり、この方が芭蕉の文に近い。）の一文は、源氏等とともに『おくのほそ道』（旅立の条）に色淡くその影を落していると考える。

以上、長嘯子の二つの『記』が、『幻住庵記』構成のモデルの一つである点を不十分ではあるが考察した。『池亭記』を下敷きに参考素材としたとする論拠は、[11]先覚指摘の通り、両者は直接の影響関係にあり、又、『池亭記』の出典『本朝文粋』は、蕉門の知的共有財産として、連衆のコンセンサスを得ていたという事に尽きる。

さて、問題の「記」について少し触れておく必要があろう。芭蕉が直接「記」について語った資料はなく、どのような書を糧として、「先師芭蕉翁始（め）て一格をたてる」（許六。前記）に至ったのか不明である。「俳諧文章の事、習ふて書（く）べし。惣別俳諧の文章といふ事、いにしへの格式なし。……序・記・賦・説・解・箴・辞など、少（し）づつ差別有（る）べし。真名文章（漢文）は字法有（り）て慥《たしか》にわかり侍れど、仮名物（和文）には無念の事のみ多し。」（許六『宇陀の法師』）とあるように、文体の区別や規範は漢文学が先行し、俳文もその格式に学んだようである。芭蕉が参考とした『池亭記』の出典である[12]『本朝文粋』は、その文体の区別を『文選』に倣ったように、『本朝文選』[13]の諸体の分類は、『古文真宝（後集）』に倣ったわけであるが、その文体上の区別は今日から考えて必ずしも明確とは言い難い。「記はその物を記すの心也」（『三冊子』）とあるのは、「記」は叙事的な文体であって、事実や物事をそのまま記す意味であろう。ここで芭蕉の当時、詩文入門書としても必読の書とされており、芭蕉も相当数引用した『古文真宝後集』[14]（寛文三年版）の説明（注釈書）を掲出する。「羅山曰、記ハ、史記日記ノ類、有レ事ヲ其儘《ママ》ニ記シ述ルヲ云、盧カ曰、記者《ハ》、以備《フ》レ不《ニ》レ忘《レ》、蓋叙《シルコト》レ事《ヲ》如《(シ)》二書《ス》レ史《ヲ》法《ノ》一也、如《キ》二尚書《ノ》顧命篇《ノノ》一是也。叙《ルノ》レ事《ヲ》之後、略々作《シテ》二議論《ヲ》一以結レ之。然不《モ》レ可レ多《カル》。」（括弧内は中川の私意。訓点は原本のままである。）つまり、「記」は事実や事柄を、できるだけ主観を交えず、史（歴史や記録）のように忠実に記し、簡潔な議論（事を議し理を論じて、其の情を尽くす）で結ぶという。ところで後記するが、諸書によく引用される『文体明弁』[15]（寛文十三年刊行の野田庄右衛門板。巻四十九・四十オ・ウ）によると、「記」は事実を記すものなのに、後人はその文体を知らないで、議論を雑えて書いているという注目すべき発言がある。同書に「其《ノ》（中川注「記」）盛《ナルコト》　自《リ》レ唐始《ルコト》　也」（同右・四十オ）とあるように、近藤春雄氏も、「記」が文体として確立して来たのは唐代であると『中国学芸大事典』[16]で同書を引用され指摘されている。なお近藤氏は、「記」の定義について、「客観的に事を書きしるした文。事実をそのまま書いた文。正字通（中川注。明の張自烈の撰）に『記は誌なり。事を紀するの辞なり』とあり、その体は叙事を主として議論をまじえたものを変体としている。その名の起源は戴記や学記の類にある（『文体明弁』）」と専門的な立場から明言している。

要は歴史的にも、「記」は事実を客観的に記す文体であったのに、後代、そして江戸の芭蕉の時代には、羅山も言うように、叙事の後に簡潔に、主観のまじる議論で結ぶという構成が、むしろ変体ではなく正当な叙述法となっていたと考えることができる。但し、旧稿[17]で引用したことのある寛文・延宝期の『古文真宝後集』の注釈二冊（巻四の記類の頭注）では、右記の『文体明弁』の一節「記者《ハ》紀《スル》レ事《ヲ》之文也《ナリ》……其《ノ》盛《ナルコト》　自《リ》レ唐始《レリ》　也　其《ノ》文以《テ》二叙事《ヲ》一為レ主《ト》云云」（二冊は同文であるが送り仮名は少し相違する。）が引用されており、一見矛盾するようであるが、本文の具体的な作品の解題を読むと、その矛盾は氷解する。例えば「記者《ハ》記《スル》二其《ノ》事《ヲ》一爾《ノミ》。今記《ノ》乃《ハチ》論也《ナリ》。……酔翁亭記《ノ》亦《モ》用二賦《ト云ノ》体《ヲ》一信《マコトナルカナ》矣」（酔翁亭記）や「此《ノ》篇《ハ》叙《シ》レ景《ヲ》感《ズ》レ懐《ヲ》」（蘭亭記）とあるわけである。つまり「記」と「賦」との明確な区別がなく、主観的か客観的かに必ずしも拘束されない。混乱と言うよりは臨機応変、融通無碍《げ》の態度が認められる。結論として芭蕉は『古文真宝』の解説程度の知識は、その素材としての受容の実態に徴しても知悉していたと考えられるが、前記の通り、『幻住庵記』の構想執筆に当たり、そのモデルを『方丈記』や、長嘯子の二つの『記』等に求めたことは明白であろう。

（右記の「今記《ノ》乃《ハチ》論也《ナリ》」は、実は前記の『文体明弁』の記述に基づく。諸書に引用されるがすべて簡潔すぎるので、要点の一端を摘記しておく。「記者《ハ》紀《スル》レ事《ヲ》之文也《ナリ》。……其《ノ》盛《ナル》自《リ》レ唐始《ルコト》也。其文《ノ》以《テ》レ叙《ルヲ》レ事《ヲ》為《ト》レ主後人不レ知《ラ》レ其‐体《ヲ》（中川注。訓点の誤りは原文のまま。以下同じ）顧以《テ》レ議‐論《ヲ》雑《フ》レ之《ニ》。……今之記《ハ》乃《シ（チ）》論也《ナリ》。蓋《シ》亦有《リ》レ感《スルコト》二於此《ニ》一矣。……（四十オ）又有《リ》二託《シテ》レ物《ニ》以《テ》寓《スル》レ意《ヲ》者《ノ》一。有《リ》二首《ムルニ》レ之《ニ》以《シテ》レ序《ヲ》而以《テ》レ韻‐語《ヲ》為《ル》レ記《ト》者《ノ》一。有《リ》二篇末《ニ》系《ルニ》以《スル》レ詩‐歌《ヲ》者《ノ》一。皆為レ別‐体《ト》。」（四十ウ））

さて、右の『文体明弁』の引用について、数箇所にわたる具体例（割注等）を、紙幅の都合で割愛したが、篇末に、関連する詩歌を挙げて結ぶという「記」の別体の例の指摘は拙論にとって極めて重要である。

大曽根章介氏[18]は、鎌倉時代の『王沢不竭鈔』に書かれている、漢文の序の五段構成の文章作法を指摘し、『方丈記』の五段構成が、中国の「詩序」の五段構成に適合することを検証されているわけで、示唆される所多く極めて有益である。筆者（中川）披見の『王沢鈔』[19]（寛永十一年甲戌十二月吉辰刊。桑門良ノ季撰。内題は「王沢不渇鈔」下・42丁オ）にも「第五段如レ予《ト》者我身不才《ニシテ》等《ト》可レ書也」とあって、まさに『幻住庵記』第五段の「無能無才にして」の用語に暗合するわけである。大曽根氏は、特に守るべきことは、第三段の詩題を取ることと第五段の作者の謙辞を述べることであると言う。[(4)のB]佐竹昭広氏は、この重要な大曽根氏の提言を承けて、筆者披見の書と同系統の版本と思われる『王沢不渇鈔』（カナ抄。寛永十一年刊。下）の「第五段自謙句云也。卑下詞也」に基づき、『方丈記』第五段の結び（只、かたはらに舌根をやとひて~已みぬ）は的確な「自謙句」「卑下詞」であることの明証であるとする。『方丈記』の構成・修辞に学びながらも、推敲のプロセスで脱『方丈記』の志向を見せている『幻住庵記』を考察する上において、示唆する所が大きいが、芭蕉の場合、単純に謙辞と解しないのが旧稿の拙論である（後記）。ところで右の漢詩文の文章法では律することができない、新しく創造された俳文体であり、俳諧的詩性を具えた『幻住庵記』ではあるが、二、三、その文章法より示唆される点があるので付記しておく。つまり第三段目が表題（詩題）を取る約束は、「方丈記」（第三段は「すべて世の中のありにくく~さらに他の用途いらず。」）において、「広さはわづかに方丈」と守られるが、『幻住定稿』（以下『定稿』）の「幻住庵」の三字は二度（第一・三段）出る。右の文章法では、第一段に時候や詩会の場所が勝れていた事を書くというのは、一種の挨拶である。『定稿』[20]は井上敏幸氏の指摘の通り、提供者曲水への単なる私情（謝礼）を超えたものがあるが、七異文共通の「勇士」の文字の定着度を見ると、単なる形式や作法に律しられない真情とある種の配慮も感じられるわけである。次ぎに文章法では第四段は華麗な対句を並べるとある。三・五段にも対句はあるが、昼と夕との時間的対照を含めて、約五組の対句を認める。対偶（対句）表現の効果は、二者以上の、ある新しい世界を生み出し、一語による象徴以上に、対象全体のイメージを脳裡に描かせるという[21]見解があるが、対句の重視は、リズム感とともに、簡潔で含意のある漢語の働きと相乗して芭蕉俳文の一特徴とも考えられる。

要するに、古典の受容をめぐって、その伝統と形式（作法）の継承と、その止揚としての独創性との接点については、格に入って格を出た『幻住庵記』考察の余地とメリットを痛感するわけである。

注

（1）『芭蕉と古典―元禄時代―』明治書院・昭和62年。372頁。（第五章第四節「幻住庵記」と古典。）
（2）小川寿一氏「方丈記遺響」『歴史と国文学』4巻1号。昭和6・1・1。80頁。
（3）第二章の注（2）の同書。122頁。
（4）佐竹昭広氏『方丈記徒然草』（日本古典文学大系39）岩波書店・平成元年。Aは372頁。Bは370頁を参看。
（5）①井上敏幸氏執筆の論文「『幻住庵記』序説―「方丈記」受容をめぐって―」（宮本三郎氏編『俳文学論集』笠間書院・昭和56年。87〜101頁）。②笠間愛子氏「『方丈記』と芭蕉」『文学研究』61号。昭和60・6・25。16〜25頁。
（6）この章の注（2）の同書。76頁。「長明が〜眺めていた」について同氏の説を参照。
（7）『近世文学の研究』至文堂・昭和11年。222頁。（「芭蕉と挙白集」）
（8）『芭蕉の作品と伝記の研究』笠間書院・昭和52年。363〜386頁。（第二編第一章「芭蕉俳文と挙白集」）
（9）同右384〜386頁参看。但し村松友次氏の「実文」に対する見解は、私見と相違する。
（10）「やまざくら瓦ふくもの先ふたつ」の制作年代について、今栄蔵氏は元禄三年とするが（『芭蕉句集』223頁）、通説の貞享三年説によって私見を考えた。（『校本芭蕉全集第一巻』109頁。『定本芭蕉大成』22頁。『芭蕉集全』集英社版54頁。）
（11）尾形仂《つとむ》氏『芭蕉・蕪村』花神社・昭和53年。30〜31頁、など参照。なお、『本朝文粋』の蕉門の知的共有財産説も同右を参照した。（「対話と独白―「幻住庵記」考」）
（12）小島憲之氏『懐風藻・文華秀麗集・本朝文粋』岩波書店・昭和39年。33頁。
（13）白石悌三氏「本朝文選」『日本古典文学大辞典第五巻』岩波書店・昭和59年。496頁。
（14）『古文真宝後集諺解大成』林羅山の諺解を鵜飼石斎が増述。
（15）高野山大学図書館の金剛三昧院の寄託本。38冊本。巻一〜巻六十一の巻数。「寛文拾三癸丑九月吉祥」の刊記。「烏丸通下立売下ル町　野田庄右衛門板行」とある。編者は「大明呉江徐師會伯魯纂」とある。
（16）大修館書店・昭和55年。116頁。なお、後記の本文にある『正字通』の解題は同書427頁参看。
（17）「『日本永代蔵』の序章について」『大阪商業大学論集』82・83合併号。昭和63・10・1。（第四章828頁で引用。書誌的解題は826頁の注（4）の②の寛文十三年版と④の延宝七年版とである。書名等は省略する。）
(18) 伊藤博之氏司会『シンポジウム日本文学・中世の隠者文学』学生社・昭和51年。127頁参看。
(19) 高野山大学図書館の真別所の寄托本。
(20)「蕉風俳文の構造とその方法」『国文学解釈と鑑賞』37巻11号。昭和49・9・1。101～102頁。
(21) 古田敬一氏『中国文学における対句と対句論』風間書房・昭和57年。311頁。（第四章詩の対句第三節の六「象徴の効果」）

四、「先たのむ椎の木も有夏木立」の句意とその典拠（創見）

紙幅の都合で以下箇条書きに要点を示したい。

第一点　『幻住庵記』の終章における結び方について。近世の板本『方丈記』の巻末には、必ず「月かげは」の歌が付くが、芭蕉が手にした『方丈記』は、広本系統の流布本であったという見解（第三章の注（4）と注（5）の①）に立って私見を進める。例えば終章の結びに「月かけは入山の端《は》もつらかりきたえぬひかりを見るよしもかな」とある。（披見の書は『首書鴨長明方丈記全』明暦四年板。山岡元隣編）歌人長明の与り知らないこの歌は、終章の説き始め「抑一期の月影かたふきて余算山の端にちかし」（同右の書）を意識して後人が付記したものに相違あるまい。ところで、歌文融合[1]について、散文に和歌が挿入される場合、散文との関り方には、和歌がその文脈の中で果たす機能が重要な要素を占めているが、右記のような結びの歌は、一般的には散文部のしめくくりを和歌で果たす場合が多いと言える。前記（第三章）の通り、「記」の篇末に、関連する詩歌を挙げて結ぶ変体（別体）が、変体でなくなり、叙事四段と議論一段の五段構成の結びが和歌である『方丈記』の文体を、芭蕉は好ましく考えたようである。井上敏幸氏の指摘（第三章の注（5））通り、推敲過程における、結びの句を欠いた『草案』と『再稿一・二』は失敗であり、二句並記の『初稿』は、「記」としての統一を欠いた。句文融合の俳文体（『定稿』）を通して、未知の読者にも俳諧一筋の作者の姿が浮んでくるだけではなく、題目と一篇の主題の意味が確定したと考える。

第二点　荘子を接点とする句文融合の意図と句意について。「頓（やが）て立出てさりぬ」（再稿系二本）の文末では「難至極」（去来側の意見。第二章注（2））なので、文末を「（おもひ捨て）ふしぬ」と結ぶことによって、現在庵住している事が確認され、「庵記」の体にかなうとする井上氏の見解は肯定できる。しかしそれだけではあるまい。この文字通りの句文融合の接点に、其角のいう幻術ともいうべき重大な秘密が隠されていると考える。そのキーワードは、「爰元、山の閑涼、西南にむしろしかせ、猿の腰かけに月を嘯《うそぶき》、椎の木陰に嗒焉吹虚《とうえんすいきよ》の気を養ひ、無何有の心の楽、年々の夏はかならず此山にこそと……且は極楽の種にや。」（元禄三年六月二十日付、曲水宛芭蕉書簡）にあった。その論拠の第一は、『草案』末尾の『荘子』の文である。「恵子、荘子に謂いて曰く『吾れに大いなる樹あり。人は之を樗《あうち》と謂う。……衆《もろびと》の同《ひと》しく去《す》つる所なり。』と。……今、かのくろ牛は其の大いなること天垂《そらみ》つ雲の若《ごと》し。此れ能《まこと》に大いなれども鼠を執《とら》うることは能くせず。今子《きみ》に大いなる樹ありて、其の用うるすべ無きを患《うれ》うるも、何ゆえに之を無何有《なにものな》き郷《むらざと》、広莫《ひろくはてしな》き野《のはら》に植《う》えて、彷徨《とらわれなきこころ》乎もて其の側《かたわ》らに無為《いこ》い、逍遙《こころにまか》乎せて其の下に寝臥《ねそべ》らざるや」（「逍遙遊篇第一」の末尾文。（2）福永光司氏の訓読による。中川架蔵の寛文五年板『頭書荘子』林希逸注では第一冊・巻一・十三ウと十四オ）とある。

なお、参考までに書簡の重要語「嗒焉吹虚」は、「斉物論篇第二（林注、同右十五オ）」の冒頭文にあって、「無何有の郷」の話にほぼ隣接する。その論拠の第二は、七種の全異文に記載されている「罔《もう》両に是非をこらす」（同右、斉物論篇の末尾。四十九オ）の出典が右記の斉物論篇にあり、右記の書簡の荘子の思想とは、表裏とも言うべき緊密な照応関係にある。（3）福永光司氏説では、「罔両……」の意味は常識的な思考が習慣づけられた、事実の因果的な見方を却《しりぞ》ける。又価値的偏見、世上の是非を排斥する意図がある。又、書簡の荘子の思想は、旧稿で引用説明したが、世間的価値や規範にあてはまらない大木（又、大牛）を通して、無用の用を説き、その大木の下でねそべって、世俗を離れ、あくせくせず、自由な孤独とのびのびと豊かな生の充実を味わうというわけである。従って、句における夏木立の中の大木の椎は、荘子流に言うと「散木」であり、芭蕉が「蕉散人桃青」などという落款《かん》を使用していた点は[4]、旧稿で触れた通り周知の事実であった。荘子は散人（やくだたざる人）・散木の謳歌者とされるわけであり、芭蕉は信念を持って散人を自称した時期があったわけである。

　論拠の第三は、「君やてふ我や荘子が夢心」の句を在庵中作っているが（孟夏十日付、怒誰宛芭蕉書簡）、この句の発想の契機として、当時読書中の『荘子』（拙論第一章）とともに、前記の長嘯子の『大原記』（末尾文）に触発された可能性が十分考えられる（後記）。従って、『草案』の結び方「夢裏の胡てふ」の出典が、前記の「罔両・景問答」の話（両者斉物論篇の末段）に直ちに接続しているのは、偶然の暗合ではない。又、『定稿』の結びの句が、『荘子』を下敷にしている理由も、推敲のプロセスとして極めて自然で説得力があるわけである。

　論拠の第四は、右の立論に立つと、『幻住庵記』終章の「無能無才」は「不才の才」（貞享三年閏三月刊の『蛙合』の第二番目の判詞）として、又一方「椎の（大）木」は、「彼山中不才類木にたぐへて、其性尊し」（元禄五年八月作「芭蕉を移す詞」）として照応し、緊密な句文融合の実をあげている点、歌文融合の雅文学と比肩する上においても「此一筋につながる」わけである。この点からも私見は「無能無才」[5]自己卑下説は賛成しがたいわけである。（拙論執筆後、「おもひ捨てふしぬ」と『荘子』（逍遙遊篇）との関係について広田二郎氏の指摘があることに気付いたので付記する。）

注

（1）松尾葦江氏「歌文融合―中世文学における和歌と散文とのかかわり―」和歌文学会編『論集和歌とレトリック』笠間書院・昭和61年。273頁。
（2）『荘子内篇』朝日新聞社・昭和44年。25頁。
（3）同右104頁。（他に同書の26〜29頁等参看。）
（4）「芭蕉における無能の表現意識について―「幻住庵記」と中心として―」『大阪商業大学論集』79号。昭和62・12・1。164頁。本書収録。
（5）『芭蕉の芸術　その展開と背景』有精堂・昭和43年。421頁。

むすび

『幻住庵記』の結びの句「先たのむ……」の出典説はいくつかあるが、私見は前記の通り、モデルとして一語一語に注意を払った『大原記』と考える。但し、『挙白集』の「後瀬山」にある「のち瀬山のちすむやどもしゐがもとなど落ぶれてかずならぬ身ぞ」（濁点は中川の私意）の影響があるかもわからない。私見の論拠は、「たのむかげにてやどれる翁」の措辞を持つ不才の大木（桜）の登場（『大原記』第一段）と「椎《しゐ》のこやで（小枝）を折しき、岩ねの藤の色なつかしく咲かかれる下陰に、とばかりやすみをる。」（架蔵本。圏点と濁点は中川）（同上。第四段）場面の構成と修辞に着眼した。前記の通り、散木の思想と措辞において、芭蕉の句との共通項に留意する。「其大蔽《サカクス》レ牛《ヲ》（寛文五年板。人間世篇第四・巻二・二十六ウ）の両者の文脈は先覚による指摘がある。背景としての『挙白集』と芭蕉とのトータルな考察より帰納した結論である。又、「昔や夢。今やうつつ。今や夢。昔やうつつ。しらず荘周にあひて。胡蝶をとはまほしとや有けん。」（『大原記』第五段）の結びは、芭蕉の『草案』の結びと書簡（前記）にも見事に重なる。「鴨長明《かものちやうめい》が外山《とやま》には似《に》たれども」（『大原記』第五段）とあるように、芭蕉にとって、『方丈記』と『挙白集』とは、古典的な芸術空間の再構築のモデルとして、オーバーラップしていたふしが極めて強い。題名としての「幻住庵記」にふさわしい回想的人生観の告白（結び）との共通項にも留意する。桜との対話（『大原記』序段）は、『おくのほそ道』（出羽三山の条。行尊の和歌を介して桜との対話）にも投影するわけである。さて、浮雲無住の境涯を大望した芭蕉は、在庵中も俗情にしむことを常に反省し、単なる孤独な閑居に終らず、脱俗と自由の精神をもってこの一筋とも言うべき俳諧道、又文章道建立に精進した姿勢が、「先たのむ」の背景にあり、気韻生動の『幻住庵記』を流れる精神と思われる。

『幻住庵記』考

――主題と句解を中心として――

はじめに

前稿(1)で私は、『幻住庵記』について、末尾の「回想的人生観の告白」の条と、「先たのむ」の発句に焦点を合わせて、構想とその方法の秘密の解明にアプローチを試みた。しかし、中間報告的なものとして、手順の必要上、『挙白集』の異本の紹介や、「記」の系譜としての『幻住庵記』という観点の考察に紙幅を費やし、肝心の句意とその典拠や、句と地の文との関係の考察については、極めておおづかみな見取り図の提示や説明に終っている。従って、小論においては、その点をより詳細に掘り下げて検証、補強し、明確にしたい。

『幻住庵記』における七異文（後記）の文章構成とその推敲過程を考察する時、主題や印象の統一を図った証跡は顕著であり、例えば佐藤喜代治氏説(2)に見られるように、その構成において、漢詩における起承転結の手法に類するものがあり、構成が典型的であるとする指摘は、あながち不当として簡単に退けることができない。もっとも、前稿で『方丈記』や『大原記』と同様に『幻住庵記』も基本的には、叙事四段と議論一段（「結」の「人生観」）の五段構成という「記」の型を持っている点を指摘したが(3)、その第三・四段をそれぞれ「転」の前・後半と考えて、その整合性を指摘することも可能であろう。要は、『幻住庵記』という俳文の核は、約まるところ、文字通りのエピローグに当る「先たのむ」の句にあり、各段落は見事に一句に収斂されているというべきである。

ところで、近年白石悌三氏によって「幻住庵記の諸本」という一文[4]で、諸本が手際よく整理されており、基本的には前稿の私見とほぼ共通するわけである。便宜上、白石氏の論文での記号と、一部の書名を利用させて戴き、九種の異文を成立順に三種類に分類して整理すると、㈠初稿系〔A『最初期草案断簡』↓B『初期草案』↓C『初稿』(『芭蕉文考』所収本)〕↓㈡再稿系〔D『再稿草案断簡』↓E『再稿一』(米沢家本)↓E『再稿二』(棚橋家本)〕↓㈢定稿系〔F『定稿一』(豊田家本)↓F『定稿二』(村田家本)↓F『定稿三』(『猿蓑』所収本)〕となる。(なお前記の七異文とは、Fの『定稿三』とほぼ同文に近い『定稿一・二』を除く七種の異文を指す。)

さて、名は体を表わすとか。土橋寛[5]氏は、「幻住庵ノ記」の書名が、幻住老人の草庵の名に基づくと共に、又、「智覚迷倒みなこれ幻の一字に帰し」(E『再稿一』)、「賢愚文質のひとしからざるも、いづれか幻の栖ならずやとおもひ捨てふしぬ」(F『定稿三』)と述べている芭蕉自身の世界観を表わすもので、固有名詞に自己の思想を象徴する命名法は、『おくのほそ道』の場合と同様であると言う。『幻住庵記』のモチーフは、まさにこの「幻」の一字にあったという指摘[6]や、定稿に至る軌跡において、「幻の栖」という文の主題を意識の中心にすえて、大きく書きかえたのではないか、といった説[7]が提出されているわけである。その当否はさておき、主題を考察する上で右の視点は避けて通れない一つの問題点を内包していることは確かである。『幻住庵記』のみならず、『おくのほそ道』の序章に共通する「夢幻」乃至「無常迅速」の基調音の背景には、俳諧道・文章道建立に精進する詩人としての自覚が流れており、芭蕉における無常観(「猶亡師のこころ也」『三冊子』)は、積極的求道精神の動因として、[8]「日々月々に改る心」と裏腹であるという視点よりの考察が必然的に要請されるわけである。

その他、主題と関連する内容上の問題点は多岐にわたり、複雑で疑問点も多い。例えば、「夜座」の意味を「夜寝ないで坐っていること」とする通説に疑問を投げかけた説は、管見では見当たらないが、「禅宗で暁天の坐禅に対して、初夜（午後七時から九時まで）の坐禅の称」として『幻住庵記』の用例を示している『日本国語大辞典』(9)の解説は、再検討する必要があると考える。最後に、文中で「睡辟（癖）山民」・「無能無才」と自称した点と、在庵中の実生活においては門人達の来訪・来信も多く、自らも約十八通の書簡を認めている程であるが、造化随順の精神より、清閑に徹し、脱俗と自由、一所不住の精神をもって、俳諧道に精進した姿勢との相即関係を探りたい。

注

（1）「『幻住庵記』序説―その構想と方法―」『大阪商業大学論集』88号。平成2・12・1。196～176頁。本書収録。
（2）『日本文章史の研究』明治書院・明治41年。368頁。
（3）第一段（石山～残せり）第二段（予又市中～やがて出じとさへおもひそみぬ）第三段（さすがに春の～虱をひねって座す）第四段（たま〳〵～是非をこらす）第五段（以下の部分）。
（4）上野洋三氏と共著『芭蕉七部集』岩波書店・平成2年。584～600頁。
（5）『奥の細道　幻住庵ノ記新釈―解釈と研究―』白楊社・昭和30年。267頁。
（6）村松友次氏『芭蕉の作品と伝記の研究―新資料による―』笠間書院・昭和52年。538頁。
（7）井本農一氏編『芭蕉の世界』小峯書店・昭和43年。338頁。（「幻住庵記」の項。執筆者は高橋庄次氏）
（8）木因宛の芭蕉書簡中の言葉。天和二年三月二十日執筆。俳諧師として不断の脱皮成長を願う芭蕉の生きざまが如実に示されていることば。
（9）日本国語大辞典刊行会編『第十九巻』小学館・昭和51年。462頁。

一、『幻住庵記』の主題と句意

最初に地の文と発句との関係について、私見の立場を明確にするため結論を示しておきたい。芭蕉は周知の通り、道の伝統意識に支えられた和漢の正雅な文章（実文）と等価的な俳文の典型として、又、「晴れ」の文集として『猿蓑』文集の一部となるべき『幻住庵記』の創作に心血を注いだが、其角や尚白等の門人達の「文章あしきにより、（文集の編纂は）むなしく止みにある」（『横平楽』[1]）という仕儀に至る。しかし、「新しい俳文体」という自覚と、様式的には「記」の明確な意識をもって、『幻住庵記』（以下『庵記』と略称する場合がある。）を完成した。『庵記』を通して、句文融合の実を挙げたというよりは、地の文の主題を、象徴的に「先たのむ」の一句にまとめたともいえる。「象徴」[2]の用法に従って言うと、「先たのむ」の一句には、独立した句としての一般的意味とともに、句文融合（交響）という文脈や相関性より、読み手に対して、象徴的意味が暗示されているというべきかもわからない。

○『幻住庵記』の主題[3]

主題は、一所不住の旅と庵住の流浪生活を通して、幻でしかないこの世において、俳諧の道が、「暫く生涯のはかり事」（かりそめの人生ながら一生をかける営み）にまでなって、今、魂のやすらぎの場として、幻住庵、そして椎の大樹（一筋につながってきた風雅の道のわが命を託する俳諧を象徴的に暗示）の下に安住できてほっとしている心境である。

○「先たのむ椎の木も有夏木立」の句意

流れ流れて、長い漂泊の旅路のはてに、幻の住みかにふさわしい幻住庵をともかくも頼みとして、風雅に痩せたわが身を寄せることになった。傍らには、浮世から離れた頼もしげな椎の巨木が聳《そび》えており、夏木立もまことに涼しげで、何はともあれ、ほっとする心境である。（世間からは全く目立たないが、どっしりと大地に根付き、強靭な生命力をもって、枝を伸ばし、人知れず、ひっそりと梢に花を咲かせる椎の大木は、一筋につながってきた風雅の道のわが命を託する俳諧を、まるで象徴的に暗示しているかのようでもある。俗世間を抜け出て、身も心も洗われ、澄んだ心境となり、涼風とともに高貴な境地が開けてくる思いである。）右の括弧内を、文学における余意表現[4]の一種と考えることもできる。

さて、右の私見による主題と句意については、異説も多く、当然反論が予想されるわけである。私見の論拠について項目を改めて考察することにするが、既に「はしがき」で示したように、前稿での論点を検証、補強するため、説明上重複する点がある事を最初にお断りしておきたい。

注

(1) 雲茶店冶天編。享保二年刊。野田弥兵衛板。詳細は中村俊定氏編『近世俳諧資料集成第二巻』講談社・昭和51年。『横平楽』の項。15〜16頁参看。

(2) 国語学会編『国語学大辞典』東京堂出版・昭和55年。495頁。樺島忠夫氏の執筆。(「象徴」の項目に「言語の象徴的用法」として、三つの用法の説明がある。その第三の用法として、語、特に名詞はある文脈中で、一般的意味とともに象徴的意味が暗示されることがある。文学や宗教においてこのような言葉の象徴的用法が利用される。)

(3) この章の注(2)の同書488頁。「主題」の項。執筆は西田直敏氏。他に金岡孝氏『文章についての国語学的研究』明治書院・平成元年。130〜148頁。(「主題と構成」参看。)

(4) 岡部政裕氏『余意と余情』塙書房・昭和46年。6〜32頁。(「余意と余情」の項。自己完結性の乏しい歌謡、俳諧では余意・余情〈異義〉が大きな位置を占める。)

二、句意の論拠の第一点――終章の結びと句に投影している『荘子』の思想――

前稿の私見で触れたように、広田二郎氏は、「先たのむ」の句意に『荘子』の「無用の用」の思想の投影が感ぜられるとして、「其大本擁腫《トシテ》〜匠者不㆑顧」と「逍遙乎寝㆗臥其下㆖」(「逍遙遊篇」)の両文を掲出し、その無用の用を愛するという逍遥遊篇の気持を芭蕉は告げており、文末の「いづれか幻の栖ならずやとおもひ捨てふしぬ。」というのは、まさにこのことを意味していると極めて示唆に富む有益な[1]視点を提供された。しかし、この広田説は見落されたのか、管見ではこの句意について、無用の用の思想の投影説を援用乃至紹介した主要研究書は、近年の[2]松尾勝郎氏説を例外として見当らないわけである。結論としてこの広田氏の論点は、私見の句意の論拠の一つとして、検証、補強することが可能であると考える。ところで筆者の見落しかもわからないが、広田氏が引用されていない[3]曲水宛芭蕉書簡（元禄三年六月三十日付。後記のA文。）に、文字通りの句文融合の接点とも言うべき文末における重大な秘密を解くキーワードが隠されていると考える。検証の基点となるので再度掲出する。以下説明の便宜上、関連する[4]資料を一括して挙げるが、資料とした文章を記号で示す場合もあることをお断りしておきたい。

A　爰元、山の閑涼、西南にむしろしかせ、猿の腰かけに月を嘯《うそぶき》、椎の木陰に嗒焉吹虚の気を養ひ、無何有の心の楽、年々の夏はかならず此山にこそと、八幡宮ちかいも同じく、且ハ極楽の種にや。（前記）

B　南花直経《ママ》一部ヲ置、……夜坐閑にして影を友とし、罔《もう》両に対して三声のあくびをつたふ。（四段）……伏て（夢をなせどもいまだ胡蝶とならず）は夢裏の胡てふとなる事あたはず。遽々然と、せめては荘子を（閲みして）よみてかうべをかくのみ。又日ながうして暮ぬ。（五段末尾）（B『初期草案』。括弧内は抹消された辞句。傍線部分はあとからの書き加えである。）

C　日既に山の端にかかれば、夜座静に月を待ては影を伴ひ、燈を取ては罔両に是非をこらす。（四段）……いづれか幻の栖ならずやとおもひ捨てふしぬ。先たのむ椎の木も有夏木立。（五段末尾）（F『定稿三』）

D　芳情精神不レ滞不レ恥不レ恐、大道自然之対談、誠に不レ安事共ニ御座候。君やてふ我や荘子が夢心……孟夏十日　ばせを　怒誰様（元禄三年四月十日付怒誰宛芭蕉書簡）

E　恵子、謂二荘子一《ニ》曰。吾有《リ》二大《ナル》樹一。人謂《フ》二之《ヲ》樗《チヨト》一。……今子《マ》之《カ》言《コト》。大《ニシテ》而無《シ》レ用。衆《ノ》所二同《ナリ》去《ク(ス)ツル》一也。荘子曰《ク》。……今夫《カノ(リ)》斄牛其《ノ》大《サ》若《シ》二垂天《ノ》之雲《ノ》一。此《レ》能《クス》為レ大《ナリト》矣。而《(シカレ)トモ》不レ能レ執《トルコト》レ鼠《ヲ》。今《マ》子有《リ》二大樹一。患《(ウレ)フ》二其《ノ》無用《ヲ》一。何《ソ》不下樹《ルウヘテ》二之《ヲ》於無何《カ》有《ウ》之《ノ》郷・広莫之《ノ》野《ニ》一、彷徨乎《コトシテ》無二為《ニシ》其《ノ》側《ニ》一、逍遥乎《コトシテ》寝中臥《セ》其《ノ》下《モトニ》上。……(『荘子』逍遙遊篇第一。寛文五年板、第一冊。巻一。十三ウと十四オ。句読点と括弧内の読み方は中川の私意。)

F　南郭子綦《(キ)》隠《(ヨリ)テ》レ几《(キ)ニ》而坐《シ》。仰レ天《テ》而嘘《(キヨ)ス》(「嘘《ウソブク》」元禄十七年板)。嗒焉《(トウエン)トシテ》似レ喪《タリ(ウシ)ナヘルニ》二其《ノ》耦《タクイヲ》一。(同右。斉物論篇第二。巻一。十五オ。「F文」は「E文」の次葉に当り、接続する。なお、「喪」の左の傍訓に「ワスルルニ」とある。)

G　罔両問《テ》レ景《ニ》曰。曩《ムカシ》(原本の左の傍訓に「キノウ」と「サキニ」とある。後者が定説。)子(左の傍訓「ナンチ」。)行《キ》。今《マハ》子止《マル》。曩《シ》子坐《シ》(「ヲリ」)、今、子起《ツ》。何《ソ》其《レ》無《キ》二特操一與《ヤ》。景曰《カ》。吾《レ》有《テ》レ待《ツコト》而然《カルモノナランヤ》者邪。吾所《カ》レ待《ハ》又有《ツ》レ待《テ》而然《コト》者《ルモノナランヤ》邪。吾待《レ》二蛇蚹《ン》・蜩翼一邪《ヲヤ》。悪《ソ》識《ン》三所二以然《ヲ》一《ル》。悪《ソ》識《ン》三所二以不《ヲ》レ然《ル》《カラ》。(同右、斉物論篇第二。巻一。四十九オ)

H　昔者《シ》荘周夢《ニナル》為二胡蝶一《ト》。栩栩然《ク》胡蝶《トシテ》也《ナリ》。自喩《ミ(ヅカ)ラ(タノシ)ンテカナフ》適レ志與《ニカ》。不レ知レ周《ナルコトヲ》也。俄然覚《トシテ》則《レハ》蘧蘧《(キヨ)》然《トシテ》周《ナリ》也。不レ知周《ラ》之夢《カ》為《メニナル》二胡蝶一與《トカ》。胡蝶之夢《カ》為《ニナル》レ周與《トカ》。周與《トトハ》二胡蝶一則必有《ス》レ分《ラント》矣。此之《レ》謂《ヲ》二物《フ》化一《ト》。(同右。G文の続きで、斉物論篇の末尾文。四十九ウ・五十オ)

右のA文について、庵の提供者曲水宛の書簡としての挨拶性と、芭蕉特有の文飾を施した芸術性(美文意識)という両面を割り引くとしても、在庵中の芭蕉の偽らない生活や、心象風景の一端が描かれており、就中「日に涼み、月に腰懸、且は柴拾ときの休らひともなしぬ。」(C三段)や、「松の棚作、藁《わら》の円座を敷て、猿の腰掛と名付。」(F三段)等の行文と関連性のある表現に留意すべきである。在庵中の弟子宛の芭蕉書簡十八通を精読する時、笠井清氏等が指摘する[5]ような文芸作品としての『庵記』と、実用性に富み、偽らざる心境を吐露している書簡とのギャップを認めるが、文学的記述としてのA文の存在は、幻住庵の眺望や生活が、当初から芭蕉の胸臆に、非現実の芸術空間としてとらえられていたことを物語るものとする視点[6]は極めて重要である。A文における「月を嘯《うそぶき》」とは、

「月を眺めながら感嘆してほっと息をつく」意であり、「嘯く」は花鳥風月を眺める場合に多用し、謡曲の「天鼓」(月に嘯き)の用法のように、風雅清逸の姿を表現しているだけではなく、パロディーとして『荘子』(F文)を利かせている点、「猿の腰かけと名付けたわらの円座(むしろ)に坐し、天(月)を仰ぎて嘯き」の文意と、同じく『荘子』(E文)を踏まえている後文との関連性からも明白である。同様に、A文における「椎の木」と「無何有(の心の楽)」は、それぞれ、『荘子』(E文)の大樹「樗」(あうち)と「無何有之郷」とオーバーラップしている点は自明であろう。しかし、「猿の腰かけ」や「椎の木」は、芭蕉による芸術的幻想やフィクションでもなく、確かな現実でもあった。要は、幻住庵の傍らに厳然と頼もしげに聳えている椎の木の実在であり、魂のやすらぎの場所として、庵住の心境を、無何有之郷にたとえている点である。あえて言えば、芭蕉にとってその椎の巨木は無何有之郷の象徴的存在と言えそうである。

さて、資料的意義において発句・紀行の類に少しも劣るものでなく、ある意味ではむしろ更に重要なものといわれる評語(句合の判詞)の中に、右の芭蕉の書簡A文と、『荘子』のE文の両資料に密接に関連するものがある。『常磐屋の句合』の第七番にある、杉風の発句に対する芭蕉の評語がそれである。(7)

Ⅰ 「独活《うど》の千年能なし山の杣木哉《そまぎ》」 能なし山のうどの大木、千とせを経たるも奇也。此山いづれの所にや、『山海経』にも見えず。もし无《む》(無)何有之卿(郷)、広莫の野につづきたる名所か。彼《かの》大樗《チョ》を捨《すて》ざるのためしもおもひ出《いで》られて、うどの大木、又愛すべし。(括弧内は中川の私意)

一句は「独活《うど》の大木」(諺)に架空の「能なし山」を取合せた趣向であり、句意は、千年も経ったような独活《うど》の大木(無用の長物)は、いわば能なし山の杣木とでも言えよう、となる。資料の援用(後記)を必要とするが、Ⅰ文を提示した私見のポイントは何か。それは、Ⅰ文の典拠はE文であり、E文を介して、結果的にはA文の「椎の(大)木」は、「独活《うど》の大木」、「能なし山の杣木」の類木であり、「愛す」べき木であり、「庭上の松をみるに、凡《およそ》千とせもへたるならむ。……幸にしてたっとし」（『野ざらし紀行』後記）と同様に「無用の用」の思想から、むしろ、「彼山中不才類木にたぐへて、其性尊し。」（元禄五年八月作「芭蕉を移す詞」）とする精神に通じてゆくものがある点である。晩年の芭蕉を理解するためには、そこに到るまでの歩みを承知することが、先ず以て必要となるわけであって、「先たのむ」の句の創作に当り、右記のI文（延宝八年九月成立）→野ざらし紀行（貞享四年成立）→A文（元禄三年六月）の軌跡（作品歴）を通して、『荘子』の逍遥遊篇末尾の内容が芭蕉の脳裏にあったという論拠の傍証と考える。『庵記』の創作に当り、『荘子』の斉物論篇末尾の「罔両・景問答」と「胡蝶夢・物化」の二つの寓話が、確実に芭蕉の脳裏にひらめいていた論拠は、G・Hの斉物論篇の内容を投影しているC・Bの『庵記』により決定的となるが、右の書簡A文の内容の典拠となっているE・F二文は、原文で接続しており、又、在庵中の書簡D文の内容は、[8]旧稿で指摘したように、斉物論篇の一節（「夫《レ》大道不《ハ》レ称《アラ》」巻一。三十九オ）と末尾の「胡蝶夢」（H文）を投影している等、『庵記』と逍遥遊・斉物論二篇の関連性は極めて密接で否定し難い。

前記の通り、庵住の心境を、無何有之郷にたとえており、椎の木はその無何有之郷の象徴的存在とする私見において、「先たのむ」の句の真意を知るため、A・Eの二文を通して、芭蕉は無何有之郷をどのように考えていたかを明確にする必要があるわけである。そこで捷径《しょう》として、「（芭蕉の）判詞、荘周が腹中を呑で、希逸が弁も口にふたす」（「田舎の句合」の嵐雪の序文）と言う『荘子鬳斎口義』（寛文五年板）を見ると、「無何有《ノ》之郷・広莫之野《トハ》、言《ハ》造化自然至道中《ノウチ》、自《ヲ(ノヅカラ)》有二可《キノ》レ楽《ム》之地一也。」（巻一。一四ウ）とあって要点を衝《つ》いている。この希逸の口義《（く）こうぎ》（意味を書き記した書物）に拠って講述した毛利貞斉の『荘子口義大成俚諺鈔』（元禄十六年板。巻二。三十二オ・ウ。架蔵本。）の説明が示唆的で有益である。「無何有之ハ何モ無レ有《シルコト》ト云意。……如レ此《キノ》大木ハ。無何有ノ郷トテ。本来無一物ノ田地ゾ。何角《ナニカ》モ。悉皆無ナル地。広莫ノ野トテ。無量無辺ノ豁朗ナル処ニ。樹生長《ウエソダテ》テ。其《ノ》木《コ》陰《カゲ》ニ湛《タン》然寂静ニシテ。万化ニ不レ転《セラレ》。其根本ニ倚《ヨリ》テ。夏日ノ熱《アツキ》ニ。涼風ヲ承テ。心儘《ママ》ニ昼寝スル事ヲ不レ得《ル》事ハ拙《ツタナキ》事ナラズヤ。」とある。そこで右の二つの資料を参考にして、「無何有之郷」をどう考えているのか、芭蕉の真意を窺ってみよう。

注

（1）『芭蕉の芸術　その展開と背景』有精堂・昭和43年。421頁。
（2）『近世俳文評釈』桜楓社・昭和58年。97頁。
（3）荻野清・今栄蔵両氏校注『校本芭蕉全集第八巻　書翰篇』富士見書房・平成元年。297頁。
（4）B・C文は前記「はじめに」参照。D文は本章注（3）の同書340頁。E～Hは中川架蔵本（風月庄左衛門板）を底本としたが、寛永六年板（風月宗知板）の架蔵本で対校した。F文の元禄十七年板の長沢規矩也氏編『和刻本諸子大成第十一輯』汲古書院・昭和51年。8頁。（原本では巻之一。六オ。中川茂兵衛他の三書肆の板）参看。
（5）『俳文芸と背景』明治書院・昭和56年。（「幻住庵の芭蕉」の項。50～75頁。）他は省略。
（6）尾形仂氏「対話と独白―「幻住庵記」考―」『芭蕉・蕪村』花神社・昭和53年。29頁。
（7）荻野清教授『芭蕉全集』岩波書店・昭和34年。301頁。（他に評語や、作品歴の重要性の指摘など229～231頁参照。）
（8）「芭蕉における無能の表現意識について―「幻住庵記」を中心として―」『大阪商業大学論集』79号。昭和62・11・1。18頁。本書収録。

三、句意の論拠の第二点――句意に投影している「無何有の郷」の意味するもの――

第一点。無何有の郷は離塵脱俗という世外清閑の境である。芭蕉は高潔な幻住老人を敬慕し、清僧にも似た簡素な庵住に心惹かれていた点は確かである。「殊に心高く住なし侍りて」（『猿蓑』）と記し、「幻住庵」の扁額を特に注文し、調度とする心構えは、脱俗・高雅を志向する『庵記』を流れる精神と思われる。在庵中の弟子宛の芭蕉書[1]

箇中で、多くの乞食姿の高僧を収載している西行の『撰集抄』を挙げ、眼の曇った俳人達が見逃しているのを嘆いたのも同じ精神である（此筋・千川宛）。「中々に山の奥こそと無（世）外之風雲弥《いよいよ》貴く覚候。」（乙州宛）と言ったのは、訪客に悩まされ、俗情にしむ身を自戒し、「世外の交り」（元禄六年五月四日・許六宛）と言った俗世間を越えた風雅の交りや清閑を愛し、「才覚」や「是非の間」（乙州宛）、又、「世上之小利」（洒堂宛）と言った小智分別・世知俗才を排した点は周知の事情である。なお、毛利貞斉が「彷徨ス二乎塵垢ノ之外一ニ。……事物ニ本心ヲ不レ転セラレ。万境ノ上ニ安ンジ楽ムヲ云。」（前記のE文の「彷徨」の語注）と解説しているが、(2) 清閑の心境とアイデンティティーの確立の必要性を示すものとして、「無何有の郷」とその反映としての句意（特に「椎の木」の意味するもの）の理解について有益である。

第二点。無何有の郷は造化随順、自得の思想に通じる。無何有の郷は「造化自然至道ノ中」（前記E文の林注）にあるとある。芭蕉も「造化にしたがひて四時を友とす」（『笈の小文』風雅論。元禄三年八月上旬頃の成立か。）と言う通り、『庵記』において、季節の推移における美景の描写（特に三段）に力点を置いている事は、書簡（在庵中の如行宛。此筋・千川宛。出庵後の曲水宛）や『庵記』によって大方の承認する所であろう。要は、書簡に滲《にじ》み出ている現実の厳しさはともかく、文学的記述においても、清閑自得の心境と美景の環境に魅了されて、一時的ではあったが安住しようとしている姿勢に、造化随順、自得の思想が感得される。「造化に従ふ」とは、天地自然に随順し、これに伴い、これを友とするだけではなく、創造作用を生かす事がその真義であり、(3) 芭蕉はこのような荘子や、又一方では禅の世界観をある程度体得しながら、詩人としての自覚から、能因・西行・宗祇・長明・長嘯子等の創造精神（詩心）を『庵記』に結実させ、体現してゆくわけである。『庵記』と深い関連性を持つ『嵯峨日記』（「我貧賤をわすれて清閑に楽《たのしむ》」）、又、『蓑蟲説跋』（「静にみれば物皆自得す」）、や同年頃（貞享四年）の「花にあそぶ虻《あぶ》なくらひそ友雀」の芭蕉の発句の前書（「物皆自得」）には、程明道の偶成の詩（『首書十家詩』延宝八年刊。「万物静カニ観ルニ皆自得」

下十三オ。中川架蔵本。）の影響が認められるが、同書の「清閑自得・清閑従容」（語釈）の精神は『笈の小文』の風雅論と等質の『庵記』の精神に通うものである。前記の乙州宛書簡中の「無外之風雲」は、「無ゐ（為）」とも読めると言う（荻野清教授説）。「無為」とは何もしない事ではなく、本来の自己に還ることである。天から与えられた本性に従って、その分に安んじ、楽しみ、自足している精神が「物皆自得」の精神であり、「無何有の郷」の境地と、その心境を反映している「先たのむ」の句意にも通じていると考える。

第三点。無何有の郷は、自由無碍《げ》の境地である。芭蕉の深川隠栖の意義についての諸説の中、新風運動の拠点として、漢詩人の庵住詩人を演技し、無何有の郷（『荘子』逍遙遊篇）を演出する必要があったとする白石悌三氏(4)の説がある。これに対し、無何有の郷を求める意識から深川に移住し、「逍遙遊篇」の生き方を生活と作品の上に実現しようとするが、やがて生活の習慣化、固定化を打破し、真の無何有の郷を求めて脱出するのが野ざらしの旅であると広田二郎氏(5)は説く。無用の用としての植物「芭蕉」の指摘とともに、両説は示唆に富むが、今後の課題でもある。『庵記』にある通り、行脚漂泊の境涯の第一歩として自覚されている芭蕉の深川隠栖と、その後の旅の延長線上において、「蝸牛《かたつぶり》・蓑虫栖《すみか》を離（る）と云て、行衛なき方、流労（浪）無住終に一庵を得る心なれば」（元禄三年七・八月頃の去来宛芭蕉書簡）と記した芭蕉自身の旅と庵住に明け暮れた半生の回顧と告白にも似た書簡文を判読する時、庵住の心境を、無何有の郷にたとえている前記の芭蕉書簡（元禄三年六月の曲水宛。A文）の意味が見えてくるようである。

芭蕉には「俳諧自由」（『去来抄』）と言う名言があるが、百五日間に及ぶ庵住で読みふけっていた「逍遙遊篇」（他に「斉物論篇」）は、世俗の価値観を破ってそれを抜け出た高い境地へ人を誘うのが眼目であるという(6)。あらゆる芸道における究極の境地が、一切の形式的な規矩・法式からの拘束を越えているという見解がある(7)が、奥羽行脚後、当門の俳諧既に一変する（『俳諧問答』去来の「贈晋子其角書」）事となり、不易流行説となる点は周知の通りである。『庵記』の創作に当っても、格に入って格を出た、独創的な俳文体を確立し、含蓄のある高度な作為・パロディー、オリジナルな「記」としての様式とリズム感を持ち、散文詩としても完熟した形象化に成功したと言うべきであろう。

第四点　その他参考事項

無何有の郷は、本来何物もないという事を強調するための、荘子による特別の造語(8)で、絶対の意を寓して、ユーモラスに名づけた理想郷といわれるが、毛利貞斉も「本来無一物ノ田地ゾ」（前記第二章）と解説している通り、「寂滅無為の境地」（『新版禅学大辞典』）と定義(9)される禅語でもあり、悟りの境地を言うために禅宗などでよく使用された言葉とされる。さて、「逍遙無何有の郷を失《うしなへ》るものならん」（元禄六年十一月八日付怒誰宛芭蕉書簡）・「偃《えん》鼠が腹を扣《たたい》て無何有の郷に遊び」（『一枝軒』貞享二年）などの芭蕉の使用例は、前記の超（反）俗性（第一点）、主体性又は自己充足性（第二点）、自由性（第三点）のいずれか（又はその渾融）の意味が適用できると考えるが、「三更月下無何に入《いる》」（『野ざらし紀行』）の用例は、赤羽学、弥吉菅一両氏(10)の説のように、無償の旅としての禅的色彩の濃い意味、又は仏頂の心を心とした決意があるように私も考える。以上、前記A・Eの二文（第二章）を中心に、「先たのむ」の句の真意を知るための背景、乃至前提として、キーワードとも言うべき「無何有の郷」の意味を若干考察したわけである。なお、A文における「嗒焉吹虚の気を養ひ」の意味は、毀誉《きよ》褒貶《ほうへん》や世間の雑事、相手の存在さえ忘れ去って、何事にもとらわれないで、のび〳〵として、豊かな生の充実感を感じていると考えたい。芭蕉の『机の銘』（元禄五年十一月）の用例もあるが、禅語と『荘子』（第六大宗師篇）の「坐忘」や、芭蕉が「斉物論篇」に精通していた証跡のある点（『歌仙の讃』『笈の小文』冒頭文など）、又、出典（F文）の子綦は「逍遙遊篇」の精神の優れた実践者(11)であり、文脈中の「忘我」の精神が、「斉物論篇」全体の帰結とも認められる等の諸点より、高度なパロディー、つまり『庵記』中の「夜座」と相俟って、一種の坐禅的状態として取り扱う必要が全くないとは言い切れないわけで、今後の課題と考える。

注

（1）第二章の注（3）の同書参看。①此筋・千川宛は四月十日付。113頁。②乙州宛は六月十五日付。115頁。③許六宛は199頁。④洒堂宛は三月十六日付。294頁。⑤如行宛は四月十日付。110頁。⑥曲水宛は元禄五年二月十八日付。171頁。⑦去来宛は122頁。⑧怒誰宛は208頁参看。
（2）元禄十六年板。舛屋甚兵衛・銭屋庄兵衛刊。巻二。三十二オ・ウ。
（3）能勢朝次氏『能勢朝次著作集第九巻　俳諧研究（一）』思文閣出版・昭和60年。55頁参看。
（4）「芭蕉」『日本古典文学大辞典第五巻』岩波書店・昭和59年。66頁。
（5）第二章の注（1）の同書。283・284・335・336頁等参看。
（6）金谷治氏『老荘を読む』大阪書籍・昭和63年。211頁。
（7）潁原退蔵氏『潁原退蔵著作集第十巻』中央公論社・昭和55年。147頁。「俳諧に於ける私意の超克」の項目。「芭蕉～詩心」について同氏の説を一部分参照した。
（8）「造語」説は本章の注（6）の同書。209頁。「理想郷」説は赤塚忠氏『荘子上』集英社・昭和49年。59頁。
（9）駒沢大学内禅学大辞典編纂所編。大修館書店・昭和60年。1201頁。なお後記の「坐忘」は386頁。
（10）赤羽氏の説は「野晒紀行と江湖風月集」『連歌俳諧研究』9号。昭和60・11・30。29～40頁。弥吉氏の説は『芭蕉「野ざらし紀行」の研究』桜楓社・昭和62年。733～757頁。
（11）福永光司氏『荘子内篇』朝日新聞社・昭和41年。32・33頁。

四、句意の論拠の第三点――句意に投影している『挙白集』――

紙幅も少ないので以下箇条書き風に要点を示したい。先ず『庵記』（『猿蓑』）の考察から入ると、「鳰の海」（琵琶湖）との縁語関係より、「湖水の波」（概ね湖南門人の間）や「鳰」（芭蕉自身）・「漂《ただよふ》」（仮住。漂泊）を引き出しており、大局的（広義）にみて「鳰の浮巣の流《ながれ》」は、「一所不住の漂泊の境涯」を象徴しており、「とどまるべき芦の一本の陰」は、当然「幻住庵」を意味する。「鳰のうき巣の流とどまるあしの一もとのかげたのむべき幻住庵といふかくれがをもとむ。」（棚橋家本）という文脈は、その両者の関係を端的に示す。私見にとって重要な視点は、「芦の一本の陰」は、「身を託すべきささやかで、ひ弱い住居」の比喩であり、核心は、「彼山中不才類木にたぐへて、其性尊し。……唯この（芭蕉）かげに遊て、風雨に破れ安きを愛するのみ。」[1]（元禄五年八月。「芭蕉を移詞」真蹟『三日月日記』）という「無用の用」の精神に通じるものが両者の背景にある点である。又、両者に共通するものは、「王翁・徐佺が徒にはあらず。唯睡癖山民と成《なつ》て」（『猿蓑』）と「予其二つ（僧懐素と張横渠《きよ》）をとらず。」（前記の「芭蕉を移詞」）に示されている王翁・徐佺のような求道の隠士や、功利性を排斥する人生観である。従って「芦の一本（の陰）」は「椎の木（陰）」にオーバーラップし、「芭蕉（のかげ）」にも通じる、頼みに足る、愛すべき分身的存在でもある。

ここで、句意に投影している『挙白集』の考察に移る。「先たのむ」の句意には、前記の論拠による『荘子』「逍遙遊篇」の結びにおける構図（樗の大樹とその下に寝臥する散人）とともに、『挙白集』「大原記」（一般には「山家記・西山」）の序章における構図（桜の大樹とその下にやどれる翁）の二典拠の投影が認められるので、無用の用の思想を背景にした寓意のある句意（私見）が立証できると考える。その論拠を説明するため、関連する資料（止むなく必要な最少限度の一部のみ摘記するが、立論の論拠は全文の場合もある。）を一括して挙げるが、資料とした文章を記号で示す場合もある。

一、芭蕉の文

(ア)　いづれか幻の栖ならずやと、おもひ捨てふしぬ。先たのむⒶ椎の木も有夏木立（『猿蓑』）

(イ) 二上山当麻寺に詣でて、庭上のⒶ松をみるに、凡《およそ》千とせもへたるならむ。Ⓑ大イサ牛をかくす共云べけむ。かれ非常（情）といへども、仏縁にひかれて、Ⓒ斧斤の罪をまぬかれたるぞ幸にしてたつとし。（『野ざらし紀行』(2)）

(ウ)「Ⓐ独活の千年能なし山の杣木哉」（『常盤屋の句合』）（前記Ⅰ文）

二、長嘯子の『挙白集』〔「大原記」(3)（エ～キ）・「後瀬山」(ク)〕

(エ) をしほ山の麓に、……方丈のまへに西行がうへたると云つたふる老木《おひき》の桜あり。朽《くち》のこれる枝のさすがに春を忘《わすれ》ぬ心ばへも昔おぼえて情ふかし。あるじの僧……かしこにⒶあやしき桜あり。根ハ五またにわかれて。Ⓑ囲ハ牛もかくしつべし。彼社櫟《かれしやれき》に似たる事あり。ここらのⒸたくみの斧をもれて。いかでかうつつかなく生《お》ひなりけんいといぶかし。これらにしりぬ。をのつから物ハみな命《めい》ある事を。されば昨日の木の不才をもとむるもいふにたらず。かへりてあさみ笑べきにや。かれをよすがのあるじとたのむかげにてやどれる翁ありけり。いづれの人ともしらず。又名もなし。此花のさかりにうちながめて　山ふかくすめる心は花ぞしる　やよいざ桜ものがたりせん　独ごちてやみぬ（序章）

(オ) かべに耳つくとやらんといへるやうに。里の子どもいかで聞とりけん。やよいざ桜とうたひののしりて。やがて名とするもいとおかし。（第二段）

(カ) 椎のこやでを折しき。岩ねの藤の色なつかしく咲かかれる下陰に。とばかりやすみをる。（第四段）

(キ) 鴨長明が外山には似たれども。……昔や夢。今やうつつ。今や夢。昔やうつつ。しらず荘周にあひて。胡蝶をとはまほしとや有けん。（終章）

(ク) 此里にすみ始しころにや、さとの児《コ》が椎《シヰ》ひろひにとなれてさそふ。いなにはあらず此老らくもと、よめる。分て此木のはなれぬちぎりあるも、いかなるにかとあはれなればひろふつゐでに　のち瀬山のちすむやどもしゐがもと　など落ぶれてかずならぬ身ぞ

三、『荘子』㈡は「人間世篇第四」巻二。二十六ウ。㈢は「山木篇第二十」巻六。四十三ウ。」

(ケ)（前記E文の末尾「逍遙乎寝《コトシテ》中臥《セ》其下《ノモトニ》上。）Ⓒ不レ夭《ス》二斤斧《セラレ》一。物《モノ》無二害《シ》者《スル》一。無レ所《クトモ》レ可レ用《キ》。安所《ソ》二困苦《アラン》一哉《スルヤ》。（「逍遙遊篇第一」。十四オ。）

(コ)匠石之レ斉《ク》。至二乎曲轅《テ》一。見二櫟社樹《ル》一。Ⓑ其大蔽《サ》レ牛《カクス》。絜《ヒキメクラセハ》レ之百囲《ヲ》。

(サ)明日弟子問《ニ》二於荘子《テ》一曰《ニ》。昨日山中之木《ノ》。以《ハ》二不材《テ》一得《ヲ》レ終二其天年《コトヲ》一。今主人雁《ノ》以《ハ》二不材《ナルヲ》一死《ス》。先生将二何処《ニカ》一《ヲラント》。

(シ)（ケの前文で、前記E文の摘記）吾有二大樹《リ》一。人謂二之Ⓐ樗《フ》一……今夫Ⓑ(リ)斄牛其大若二垂天之雲《ノサシ》一。（右の(ケ)に同じ。）

無用の用の思想を背景にした寓意性のある句意と考える論拠の第一点は、尾形仂氏説が肯綮に当たる。[4]「翁」(エ文）が長嘯子自身を指し、芭蕉は、「先たのむ椎の木」(ア文）の等価物として、長嘯子が「たのむかげ」(エ文）と仰ぎ、和歌で「ものがたりせん」(エ文）と呼びかけた桜の大樹をそこに見いだした点である。要点は右の論点に尽きるようであるが、私見の論拠の第二点として、「山家記」の直前に置かれている「後瀬山」の歌の措辞「すむやどもしゐがもと」(ク文）が、後文の「山家記」(エ文）を媒介、又は連携して、「先たのむ」の句の措辞に影響している確率性は相当高いと考える。何となれば、二文(オ・ク)に共通する純朴な、芭蕉好みの「里の子」に対して、長嘯子はその童心を愛し、慣れ親しんでおり、「山中不才類木」とも言うべき桜の古木は、有情の友人にも似て愛着のあった点は歌意(エ文の末尾）が物語って余りあり、その桜と椎を里の子と共有の話題とし、ともに椎拾いに興ずる対象でもある。又、芭蕉にとって人生と文学の師とも言われる長嘯子が、「分て此木のはなれぬちぎりある」[5]（従四位と椎の同音）とする「椎」の歌を芭蕉が印象に刻みつけたと考えるのは不自然ではない。又、「椎の歌」(ク文）と、素材として連携する(カ)の文（特に圏点に留意）が、「たのむかげにてやどれる翁」(エ文）とともに、芭蕉の句意の典拠の一つであると考える。これらのトータルな印象が「先たのむ」の句意に投影しているとする論拠は『挙白集』の「記」としてのモデル説を背景として、より直接的・具体的で、説得力があるわけである。論拠の第三点は右記の(イ)（傍線部Ⓑと©）と、(エ)（同上Ⓑと©）の両文は、『荘子』のⒷ（(コ)文）と、©（(ケ)文）という共通の典拠を持つ。従って、『野ざらし紀行』の松Ⓐと、『大原記』の「あやしき桜」Ⓐは「無用の用」の思想を反映する「散木」であり、「翁」（(エ)文）は「散人」と言う事になる。ところで前記（第二章のI文。即ち右記の(ウ)文の『常盤屋の句合』の説明文）の通り、「凡千とせもへたるならむ。」（(イ)文）と、「千とせを経たるも奇也。」（(ウ)文で省略してある。）との共通点。又、(イ)と(エ)の両文は、典拠としての(ケ)文（「逍遙遊篇」の終章©）を共有しているという事は、同一章段の(シ)文、即ち前記（第二章）のE文を知悉している者でないと、このような本説取りが不可能なので、従って次の結論が導き出される。作品歴として、(ウ)『常盤屋の句合』→(イ)『野ざらし紀行』→(A)の書簡文（(シ)・(ケ)の『荘子』「逍遙遊篇」の終章を典拠とする）を執筆した芭蕉の知識として、（特に(シ)・(ケ)の文とA文を媒介として）、『大原記』（(エ)文）、に「樗の大樹とその下に寝臥する散人」の等価物を見出すことは十分可能である。というよりは「無用の用」の思想の投影として、「桜の大樹とその下にやどれる翁」の姿に、散木と散人の等価物を考える推考のプロセスには自然で無理がないという事であり、「椎の木とその下にやどれる翁（芭蕉）」への投影、即ち無用の用の寓意性を「先たのむ」に見出す前章の論点（私見）と符号するわけである。

右の論拠を支える傍証として、芭蕉が『挙白集』（特に二つの「記」）の一語一語にまで留意した重大関心の証拠が是非必要である。旧稿で一部指摘したが、「花の上こぐとよまれし桜の老木、西行法師の記念《かたみ》をのこす。」は、「老木の桜」（(エ)文）の、「春を忘れぬ遅ざくらの花の心」は、「春を忘ぬ心ばへ」（同上）のそれぞれの投影として、『おくのほそ道』の彫琢《たく》に生かされたが、特に後者における芭蕉の手法は絶妙である。見る人なしに強靭な生命を開花させている山桜は、そのまま、知る人なしに漂泊練行する作者の清浄な孤独感と交響するという、芭蕉の引用した行尊の歌心は、即ち長嘯子の歌心に通じるものであり、花の生命に触れ、自然の風物に注ぐやさしい心、物皆自得の充足感として、桜との対話という同一手法を生んだものと推定する。なお、論点を支える傍証として『荘子』の二典拠（右記(サ)文と第二章のH文）を投影している「昨日の木の不才」(エ)文）と「昔や夢……」(キ)文）の両文脈と『庵記』との関連性は極めて重要である。前者（(エ)文）は、「材・不材」「有用・無用」に執着し、その是非を議論する相対的な低次元性を批判し、道（真実在の世界）に目ざめた生き方を求めており、世上の是非を排斥する意図を持つ『庵記』（「罔両に是非をこらす」）とその典拠（第二章のG文）との関連性に留意したい。又、典拠（同上H文）を背景に持つ後者（(キ)文）は、『B初期草案』と同じく終章を胡蝶夢の寓意で飾るが、その物化寓話の結論は、造化随順、自得の思想に通じるものであり、『庵記』（『定稿』）の結びの句が、同思想と共通する『荘子』を下敷にしている理由も、推敲のプロセスとして極めて自然である点に留意すべきである。

注

（1）横沢三郎・尾形仂両氏校注『校本芭蕉全集第六巻』富士見書房・平成元年。504頁。
（2）井本農一・弥吉菅一両氏校注『同右』56頁。
（3）底本とした『大原記』は正保四年刊の村上平楽寺板の架蔵本。詳細は「はしがき」の注（1）参看。
（4）「対話と独白―「幻住庵記」考―」『芭蕉・蕪村』花神社・昭和53年。33頁。
（5）藤井乙男氏『校註挙白集全』文献書院・昭和5年。291頁。頭注（長嘯は天正十一年従四位下に叙せられた。以下略。）
（6）近藤潤一氏『行尊大僧正―和歌と生涯―』桜楓社・昭和53年。91頁。「見る人なしに―交響する」について、同氏の説を参照。筆者（中川）の執筆した「おくのほそ道の一考察―出羽三山の条について―」『高野山大学国語国文』創刊号。昭和46・10・15。18頁参照。

むすび

最初に『庵記』の文章構成から考察に入る。当初私見は、五段構成における通説の段落の区切り方に従っていたが、笠井清・今栄蔵・白石悌三諸氏の少数説を支持する。「第一段は庵の紹介（冒頭〜残せり。）。第二段は入庵のいきさつと入庵時の決意（予又〜おもひそみぬ。）第三段は庵の眺望（さすがに〜座す。）第四段は庵の生活風景（たまく〜是非をこらす。）第五段は回想的人生観の告白（かく〜発句）と考える。文脈上、第四段は、庵での生活風景という一つの視点で一貫するという今説が合理的である。起（一）・承（二）・転（三・四）、結（五）とも、序（一・二）・破（三・四）・急（五）とも言えないこともない。私見の第三段は、室外・叙景中心で遠心的、第四段は、室内・叙事中心で求心的とほぼ概括できそうである。ある意味で、各段落末の人間像や思想を通して、幻住老人↓西行像↓睡癖山民↓荘子↓楽天と老杜（↓幻住）⇩発句と収斂してゆく構成をとる。導入部（一・二）から展開部（三・四）に進み、その後半から求心的傾向が認められ、終結部（五）において、わが境涯の回想と、現在の自己への凝視（心境の告白）という視点で集約し、さらに五段とともに全体を収斂するのが「先たのむ」の一句であり、地の文の主題を象徴的に一句にまとめたとも言える。さて、七異文（前記「はじめに」）の文章構成と推敲過程を考察する時、主題と印象の統一を図った証跡が顕著である。結びの句を欠いたB『初期草案』と『再稿一・二』は失敗で論外と言えるが、二句並記のC『初稿』は、『庵記』としての主題と印象の統一を欠いただけでなく、芸術家の仲間入りを肯定し、宣言した文として、又、新たな精進を開始する決意を裏に秘めた文として、「頓て死ぬ」の句が縦え自得の句であっても、その宣言や決意を薄め、弱くする事は、自明であろう。『卯辰集』（元禄四年刊）における句に題した「無常迅速」の無常観は、芭蕉にあっては勇往邁進の精神と同義であるにしても、残像としての

「死」のイメージは印象上、晴れの文集、新しい俳文体の樹立、俳諧道建立等を志向する『庵記』の精神に相応しくないと思われるわけである。造化随順の立場において必ずしも両句には矛盾はないが、印象の不統一と分裂の相は否定しがたいものがある。一方、「先たのむ」に対して、「この椎の巨木も、この場合相対的に大きいのでなく、絶対的に大きいのであり、無限大に大きく感受せしめるところが、この句の立派さである。句の裏には、『命なり』という詠歎が、主調低音として響いて来る」（山本健吉氏『芭蕉』）という印象が端的に示しているように、『庵記』の精神に相応しいわけである。特に急所として、句文融合のポイント、「此一筋につながる」と「椎の大木」、「無能無才」（不才の才）、と「其性尊き不材の類木（椎の木）」との照応を見落とすことができない。『再稿一・二』の冒頭第一段（五十年～湖水のほとりにたたよふ。）の約225字の大部分が、定稿で削除された理由の一つは、安住の精神と相反する一所不住の精神が強く出ており（A・B・Cの初稿系での「四国におもむかん……」や再稿系での「ゐぞが千嶋をみやらむ」等の削除）、「無常迅速」の文言の削除の措置等も、『庵記』の精神・俳諧一筋の詩人像のイメージの確立という視点から氷解される。但し、推敲のプロセスにおける「幻」の字の増幅には、書名や、前記の造化随順・自得の思想に通じる『荘子』の胡蝶夢・物化寓話との連携が考えられる。しかし、見落してはならない重要な視点は、芭蕉においては「はじめに」で指摘した俳諧道に精進する詩人としての自覚と切り離して無常観を考えることは許されないのである。

「先たのむ」の句意を考えるに当って、発想上の特徴や、作者の精神構造等の視点より、「此宿の傍らに大きなる栗の木陰をたのみて、世をいとふ僧有。……世の人の見付ぬ花や軒の栗」・「松の木陰に世をいとふ人も稀々見え侍りて……」（『おくのほそ道』）のシーンや、「旅人の心にも似よ椎の花」（元禄六年）等の句の考察は、極めて有益であり、先覚の考察も進んでいる。宮田正信氏は、「先たのむ」の椎の木は、花を表に現わさず、花をつけた椎の木を詠んだものでなければならない。」（「椎の花」『俳句』角川書店。昭和52年七月号）と提案されている。当初の予定としていた問題点について宮田説を含め、考察の行き届かなかったところも多く、今後の課題としたい。

『幻住庵記』における解釈上の問題点の考察

はじめに

私は『幻住庵記』について「芭蕉における無能の表現意識について」[1]、続いて「その構想と方法」[2]の小論二篇を発表したが、さらに前稿[3]で「主題と句解」を中心に考察するところがあった。その前稿で、『幻住庵記』について主題と関連する内容上の問題点は多岐にわたり、複雑で疑問点も多いという私見を述べ、その一例として、「夜座」の解釈について、「夜、寝ないで坐っていること」とする通説に対して、何事にもとらわれないで、無心になりきるという意味として、一種の坐禅的状態とする解釈も成立する可能性を論じた。今回の小論は、通説では「罔両に是非をこらす」についての解釈があいまいで、不透明な点があるなど、納得できない二つの問題点を中心に、ささやかな資料を提供し、考察を加え、氷解とまではいかなくても、芭蕉の真意に少しでもアプローチできれば幸いであると考える。又、前稿の私見では、主題と句解を中心に述べたので、右のような論点については紙幅の都合上、止むを得ず簡単な提示や説明に終り、必要な検証を省略したので、前稿の不備を補完する意味を持つものである。

注

（1）「芭蕉における無能の表現意識について―「幻住庵記」を中心として―」『大阪商業大学論集』79号。昭和62・11・1。172～150頁。本書収録。

（2）「『幻住庵記』序説―その構想と方法―」『大阪商業大学論集』88号。平成2・12・1。196～176頁。本書収録。

（3）「『幻住庵記』考―主題と句解を中心として―」『大阪商業大学論集』91号。平成3・12・1。196～174頁。本書収録。

一、「唯睡癖山民と成て、孱《さん》顔に足をなげ出し、空山に虱を捫《ひねつ》て座ス。」の真意

『幻住庵記』（以下『庵記』と略称する場合がある。）の文章構成について、私見はある意味で、各段落末の人間像や思想を通して、幻住老人（一段）↓西行像（二段）↓睡癖山民（三段）↓荘子（四段）↓楽天と老杜（↓幻住）⇩発句（五段）と収斂してゆく五段構成をとると前稿で指摘した。右の第三・四・五の各段について、文脈上の思想的バック・ボーンを示しているキー・ワードは、「睡癖山民」・「罔両に是非をこらす」・「無能無才にして此一筋につながる」であり、「無用の用」の思想が三者を流れる主調音として響いて来るわけである。又、第一段に表われている「幻住庵・幻住老人」の用語は、「幻住庵の三字」（四段）と、「楽天と杜甫」（五段）とともに、『庵記』を流れる「夢幻」乃至「無常迅速」の基調音の反映として、結びの文に置かれた「いづれか幻の栖ならずやとおもひ捨てふしぬ。」というエピローグにすべて収斂されている点は明白である。前稿で検証したように、右の五段構成をとる地の文の主題を象徴的にまとめたのが「先たのむ」の一句であり、「彼山中不才類木にたぐへて、其性尊し」（元禄五年八月作「芭蕉を移す詞」）とする「芭蕉」に通じる「椎の（大）木」は、「無用の用」のシンボルとして、句の中心素材となっている点を確認しておきたい。

さて、右記の第一と第三の二つのキー・ワードとの関連性が考えられる『嵯峨日記』に表われている「能なしの寝《ねむ》たし我をぎゃう〳〵し」の発句に注目したい。同日記には、周知の通り、「今宵ハ人もなく、昼伏（臥）たれバ夜も寝られぬままに、幻住庵にて書捨たる反古[1]を尋出して清書。」という留意すべき文言があるが、この発句の「寝《ねむ》たし我」と「能無し」は、『庵記』第三段の「睡癖山民と成て」と、その終章の「終に無能無才……」の文言における、その「無能・睡癖」ぶりの人間像に見事に重なるわけである。それは単なる発想や、用語の類似といった皮相の問題にとどまらず、比較的執筆年代が近接する同一作者の生きざまや、精神のありどという視点より検証が可能であろう。

さて、問題の「唯睡癖山民と成て……座ス。」と記した芭蕉の真意は何か。目から鱗《うろこ》が落ちるような明解が見当たらないのが現状であるが、諸本（特に初稿・再稿系の六本。以下、前稿における諸本に対する略称[2]を利用する場合がある。）を通して、『庵記』の推敲過程を探り、定稿の『猿蓑』に定着するまでの軌跡を彼此対照し、熟視する時、作者の真意が見えてくるようである。又、『庵記』における「庵の眺望」を記した条（私見による問題点を含む第三段。「さすがに～座ス。」）の芭蕉の心境（その真意）を検証するキー・ワードは、前稿で詳細に考察した曲水宛芭蕉書簡（元禄三年六月三十日付）に表われている芭蕉の『庵記』の心境であると考える。

（甲）爰元《ここもと》、山の閑涼、西南にむしろしかせ、猿の腰かけに月を嘯《うそぶき》、椎の木陰に嗒焉吹虚の気を養ひ、無何有の心の楽《たのしみ》、年々の夏はかならず此山にこそと、八幡宮ちかいも同じく、且ハ極楽の種にや。

書簡の芭蕉の心境は、「日に涼み、月に腰懸」（後記のC文）とあるように、日中は椎の木陰で涼み、夜は猿の腰かけと名付けたわらの円座（むしろ）に坐って、月を眺めながら感嘆してほっと息をつくわけであり、世間的価値や規範にあてはまらない荘子の樗《ちょ》とも言うべき大木（椎の木）の下でねそべって、毀誉《きよ》褒貶《ほうへん》の名利や世間の雑事など世俗を一切離れ、相手の存在さえ忘れ去って、あくせくせず、何事にもとらわれないで、自由な孤独と、のびのびとして、豊かな生の充実感を感じていると考えたい。

右の（甲）文の書簡について、庵の提供者曲水宛の実用書簡としての挨拶性や文飾を割り引くとしても、庵住の心境を無何有之郷にたとえて「心の楽」とし、「極楽の種」というだけではなくて、「年々の夏はかならず此山にこそ」という熱のはいった言葉には、単なる社交辞令として見過すことのできないものが認められる。在庵中の弟子宛の芭蕉書簡の中には、よく引き合いに出されるものであるが、「幼（幻）住庵と申破茅《はぼう》、あまり静ニ風景面白候故、是にだまされ卯月初入庵、暫残生を養候。」（元禄三年四月十日付、如行宛。）「餘り風景おかしき所故わりなくとどまり候。」（同上。此筋・千川宛）という風に、飽きもせず同日付で複数の弟子に美景の環境に魅了されている心境を、手放しで繰り返して知らせている点に留意するわけである。この喜びは入庵当初の物珍しさがもたらした一過性のものという反論も予想されるが、そうとは言えない曲水宛芭蕉書簡（元禄五年二月十八日付。）がある。

（乙）幻住庵上葺《しゆう》被二仰付一候半由、珍重（に）奉レ存。うき世之さた少《すこし》も遠きハ此山のミと、折々の寝覚難レ忘候。

露命にかかり候ハバ、二たび薄雪の曙など被レ存候。

幸いに命があれば、再び入庵して、未知の薄雪を敷き渡す夜明けの冬の山景を味わいたいという芭蕉の切なる願いもさる事ながら、「うき世之さた少も遠きハ此山（幻住庵のある国分山）のミ……」という、またと得難い離塵脱俗、世外清閑の境とする印象が、出庵後一年七月余りたった現在も、折々の寝覚にも思い出されるという追憶を重視する。[3]笠間清氏も御指摘の通り、健康上の不快感を記した在庵中の芭蕉の書簡は、六通を数えるが、『庵記』でも「いとかりそめに入し山のやがて出じとさへおもひそみぬ。」（二段末）と述べ、花鳥の便りに「そぞろに興じて」（三段初め）、季節の推移につれて変化する、庵を取り巻く付近の山水自然の眺望に対して、「美景物としてたらずと云事なし。」（同上）と記す充足感を解くキー・ワードが、庵住の心境を、無何有之郷にたとえている前記の書簡（甲）であると考えるわけである。その論拠を検証するためには、『猿蓑』に定着するまでの『庵記』の推敲のプロセスを探ることが必要となる。以下『幻住庵記』の諸本の記号は前記の通り、前稿による。（本文中の記号は、後記の「二二」の主要素材又は参考となる素材の通し記号である。）

一　『幻住庵記』の諸本

B　朝なゆふな四方を（見）めぐりて、猶くまなきながめ（を求んと）にあかず、後山の翠微に土をならして台となし、たはぶれに猿の腰かけと名付。岳陽楼①②③に登りて乾坤日夜眼《まなこ》に盡たり。（『初期草案』。初稿系。なおB文と左記のC文における括弧内は抹消された辞句。傍線部分はあとからの書き加えである。）

C　まことに清陰翠微の（處）佳境（4）、湖水北に湛《ママ》て、比えの山比良の高根より、海の四面みな名高き処々、筆の力たらざればつくさず。唯長松④(ア)のもとに足を投出し、青山⑤(ア)(エ)に虱をひねって坐す。猶くまなきながめにあかで、うしろの峯に這登り、松を伐て棚となし、藤かつらをもてからげまとひ、藁の円坐を敷て、猿の腰懸と名付。眼界胸次①②③驚ばかり、岳陽楼に乾坤日夜をほこり、……日に涼み、月に腰懸、且は柴拾ときの休らひともなしぬ。（『芭蕉文考』。同右）

E一　呉楚東南①③のながめに恥ズ……猶眺望くまなからむと、後の峯に這のぼり、松の棚作、藁の円座を敷て、猿のこしかけと名付。伝へ聞、徐老⑥(ア)(イ)が海棠巣上の飲楽は市にありてかまびす（し）く、王道人⑥(ア)(イ)が主簿峯の庵もうらやむべからず。虚無⑦⑧⑨に眼をひらき、孱顔⑩⑪(ア)に虱を捫て座す⑤(ア)(エ)(他に(イ)(ウ))。（『米沢家本』。再稿系。（　）の中に字を補った。）

E二　呉楚東南のながめに恥ズ。……猶眺望くまなからむと、後の峯に這登り、松の棚作り、わらの円座を敷て、猿の腰懸と名付。伝え聞、除老《ママ》が海棠巣上の飲楽も（5）市にありてかまびす（し）く、玉道人《ママ》が主薄峯《ママ》の庵もうらやむべからず。虚無に眼をひろき《ママ》、孱顔に虱を捫て座ス。（『棚橋家本』。同右。（　）の中に字を補った。）

F三　魂[①③]呉楚東南にはしり身は瀟湘洞庭に立つ。……猶眺望くまなからむと、後の峯に這のぼり、松の棚作、藁の円座を敷て、猿の腰掛と名付。彼海棠[⑥(ア)(イ)]に巣をいとなひ、主簿峯[⑥(ア)(イ)]に庵を結べる王翁徐佺が徒にはあらず。唯睡癖山民[⑤(ア)]と成て、孱顔[⑩⑪(ア)]に足をなげ出し、空山[⑦⑪(イ)]に虱を[⑤(ア)(エ)]捫《ひねつ》て座ス。（『猿蓑』所収。定稿系）

さて、右の諸本を通して作者の推敲過程を探るためには、諸本に表われている用語の取捨選択の推移と文章構成の変化に着眼し、その推敲意識を明確にする必要がある。そのための前提条件として、諸本に表われている主要素材を見極める事と、その素材（この場合は典拠と考える。）を利用した作者の真意は何かを考察する事が要請されるわけである。但し、作者の意図を付度するというのは、言うは易く行うは難いので、紙幅の都合もありおおづかみな見取り図を提示してみたい。以下説明の便宜上、関連する資料として主要素材と参考となる素材を一括して挙げるが、資料とした文章や文言を記号で示す場合もあることをお断りしておきたい。（なお、引用する本文中の括弧内の傍訓や送り仮名等は中川の私意。（ママ）は原本のままの訓点を意味する。「……」の記号は本文の省略である。又、〔　〕内は原文での二行書きの割注を意味する。）

二　問題の本文における主要素材（典拠）と参考となる素材（漢詩文）

①　昔ハ聞キ二洞庭ノ水ヲ一　今ハ上ル二岳陽楼ニ一　呉楚東南ニ坼《サケ》　乾坤日夜浮フ……

（杜甫。『杜律集解』五言・四「登ル二岳陽楼ニ一」貞享四年板。廿六オ・ウ。架蔵本。）

②　臥レ病　擁塞　在二峡中一《フシテヤマイニヨウソクシテアリ》　瀟湘　洞庭虚　応レ空《カウチウニセウシヤウトウテイムナシクヲフスクウニ》

（杜甫。『杜律七言集解』七言「暮春」天和三年板。下五オ・ウ。架蔵本。）

③　恵崇カ煙雨ノ帰雁　坐シム二我ヲ瀟湘洞庭ニ一……

（黄山谷。『黄陳詩集』「題ス二鄭防カ画夾ニ一五首」元禄四年板。上四十ウ。架蔵本。）

④（ア）緑樹ノ重陰蓋《フ》二四鄰ヲ一青苔日ニ厚シテ　自無レシ塵科頭ニシテ　箕踞ス長松ノ下《もと》〔科頭ハ不ナリレ冠セ……注ニ曰《ク》　謂フ下伸レハ二両脚ヲ一其ノ形如上　箕ナルヲノ〕　白眼ニシテ　看ル二他《か》ノ世上ノ人ヲ一〔阮籍能ク為ス二青白眼ヲ一見トキハ二　礼俗ノ之士ヲ一白眼ニシテ　対レス之ニ。〕

（王維。『三体詩　上』「題ス二崔処士カ林亭ニ一」貞享二年板。巻上。三十ウ。架蔵本。他に架蔵の元禄七年・同八年板を参照。）

（イ）緑樹　夏ツ木立《コ》ガマツクラニ。繁ケリテ。四鄰ヲ。ウチ蓋《おほ》フタソ。サテ又タ林亭（ママ）ノ事ナレバ。一向ニ。人ガ。カヨワヌホドニ。ドコモ苔ケガ深（ママ）フテ。掃《サウ》地ハセネトモ。自然ニ。塵リガ一点モナイソ。

科頭　……ココテハ不レ着シテレ冠ケヲモトドリ。ハナシタルヲ云ソ。……箕踞トハ。両脚ヲ。ノベテ。ウチハダカツテ。居タナリハ。箕ノ手ノ。両方ヘ出タ。ヤウナヲ云ソ。言ハモトドリヲ。中カヲ一トトコロ（ママ）結《ユウ》テ。上ヲバ。バサトシテ。ヲイテ。両脚ヲ。フミ出シテ。尾籠《ロウ》ゲニシテ。長松ノ下ニ。イタルハ。誠トニ（ママ）。処士塵外ノ体ソ。カカル処ヘハ。誰レカ。カヨワフソ。自然世上ノ俗ガ。来レバ。白眼テ。シロリト。見テ。ヲク程トニ（ママ）。ヨリツク。モノハ。一人モ。ナイソ。総シテ此ノ詩ハ。人境ノ二ツヲ云タソ。一二ハ境。三四人ハ人ゾ。サテ又此ノ詩ハ。変小雅ノ体ソ。全篇賦ソ。

（素隠。『三体詩素隠抄』「題ス二崔処士カ林亭ニ一」寛永十四年板。巻之一。二十四オ・ウ。国立国会図書館本の影印本による。編者中田祝夫氏。勉誠社。昭和52年。上巻75・76頁。）

⑤（ア）蔡天啓カ言《フ》、荊公毎ニ称ス下老杜カ鉤《つ》レハレ簾ヲ宿鷺起《たツ》。丸ハレ薬ヲ流鶯囀トノ云之句ヲ上。以為ク用レ意ヲ高砂《ヒテ》ナリ。五字ノ之模楷ナリ。他日ニ公作レ詩《リ》、得《ヲ》下青山ニ捫《ツテ》レ虱ヲ坐《シ》、黄鳥挾レ書《テ》眠《ヲ》上ト云ヲ。自謂《ミ》ヘリ不レ減《スト》二杜カ詩《ゼ》一ニ以テ為《ス》二得意一ト。然トモ不レ能レ挙《ルコト》二全篇一ヲ。余頃ロ嘗テ以《テ》語《ル》二薛肇明一ニ。肇明時ニ被レ旨《リ》ヲ編《ム》二公ノ集一ヲ偏《ヲ》ク求レ之ヲ終ルニ莫《シ》二之得一《ルコト》。或ノ云《フ》公但〳〵得二此ノ一聯一ヲ未タ二嘗テ成一レ章ヲ也。石林詩話

（宋の魏慶之の撰。『詩人玉屑』「半山老人」の項。「用レ意ヲ高砂」と題す。寛永十六年板。巻十七。十三ウ。架蔵

本。）

○　参考　右の『詩人玉屑』に引用されている「石林詩話」の本文について四叢書による校異。『百川学海』・『津逮秘書』・『説郛《ぶ》』の三書は、共通して、左記の五箇所において、『詩人玉屑』の本文と異なる。⑴「杜ヵ詩」―「杜語」⑵「余頃ロ嘗テ」―「余嘗頃」⑶「肇明時ニ」―「肇明後」⑷「偏ク求《ルニ》レ之ヲ」―「求之」⑸「終ニ莫ニ之得《コト》一」―「終莫得」（上記が『詩人玉屑』、下記が前記の三書であり、後者はいずれも白文。なお、『百川学海』の「頃」以下「明」までの六字分は割注形式で、二行書きとなっている点、他の二書と相違する。又、『歴代詩話』は、右の⑵の部分を除き他の三書と同文。

（イ）「捫虱論事」王猛聞《(ク)》二桓温入《(ルト)》レ関《(ニ)》〔王猛。字ハ景略。桓温東晋ノ穆帝時。帥《(シ)》レ師《(ヲ)》伐《(ツ)》レ秦《(ヲ)》大《(イニ)》敗《(ル)》二秦ノ兵ヲ于藍田一《(ニ)》。転《(ジテ)》戦《(フ)》二于覇上一《(ニ)》。覇上ハ関内也。〕披《(ひらキ)》レ褐《(ヲ)》謁《(ス)》レ之《(ニ)》。捫《(ツテ)》レ虱《(ヲ)》而談《(ズ)》二当世ノ之務一《(ヲ)》。旁ニ若《(シ)》レ無《(キガ)》レ人。〔捫ハ以レ手執持也。蓋《(シ)》王猛卓異不羈。有《(リ)》二大志一。捫《(ル)》レ虱《(ヲ)》之際。泰然《(トシテ)》不レ顧《(ミ)》二左右一《(ヲ)》。以為旁ニ若《(シ)》レ無《(キガ)》レ人。〕温異《(トス)》レ之《(ヲ)》

（原編者は宋の胡継宗。『書言故事大全・六』巻之十一「百虫類」正保三年板。三十四オ。架蔵本。）

（ウ）傍若無人　同レ上（中川注「上」とは「無門関六則」を指す。頭注欄に「書言故事六ノ廿五ニ前漢載記ヲ引テ曰《(ク)》王猛詣テ二桓温一ニ而談ス二当ニ世事一ヲ捫《シテ》レ虱ヲ而言ク旁ニ若シレ無レ人」とある。）

（東陽英朝撰。『禅林句集』「四言」貞享五年板。十四ウ。架蔵本。）

（エ）「青山捫《テ》レ虱ヲ坐シ」（原文は「風」）（聯句の項の10番目）

「黄鳥枕《ニシテ》レ書ヲ眠ル」（聯句の項の14番目）

（明の王世貞の校訂。『円機活法。詩学十二』「人事門・間適」の項。寛文十三年板。四十オ。架蔵本。）

（オ）老杜ガ詩ニ鈎《スレハ》レ簾ヲ宿鷺起丸《レハ》レ薬ヲ流鶯囀スト云句ヲ。荊公ガ常ニ用レ意高妙句格超然ナリトテ愛シテ他日ニ句ヲ作ル。青山ニ捫《シテ》レ虱ヲ坐シ黄鳥挾テレ書ヲ眠ル。此等ノ句ニ参得スヘシ。意ハ別義ナシ。老杜ガ詩ハ簾ヲ捲テ鈎《ツリバリ》ニ掛タレバ宿鷺カ驚テ起ツ。又坐シテ薬ヲ丸ジタレハ折節《ヲリフシ》流鶯カ囀リタルトナリ。流ト云ハアナタコナタ鶯ノ飛鳴《トビナキ》ヲスル事ゾ。荊公ガ句モ人ハナレタル青山ニ登テ敗衣ニアル虱ヲヒネリテ坐シ。或ハ黄鳥ノ鳴ヲキキツツ書籍ヲ手ニ持ナガラ眠ルトゾ。世ヲハナレ切タル体ゾ。此詩イヅレカ意ノ妙ナルイヅクカ格ガ高キト参ズベシ。総ジテ句法句格ハ一家ノ工夫ガアルト詩話ニモ言ヘリ。格ノ高下ト韻ノ軽重ト云義ハ漢人ニ学ビ得ザレハ識得シガタシ。然共工夫熟セバ自ラ明白タラン

（著者不詳。村田通信の序。『詩林良材』詩学部「詩ヲ作ル総論」。貞享四年板。乾之下。四ウ・五オ。架蔵本）

⑥（ア）徐老カ海棠ノ巣ノ上《ホトリヘ》。王翁カ主簿《ホ》カ峯ノ庵。……

（作者と出典は③に同じ。「題ニ潜《シン》峯閣一」「潜」の左の傍訓に「セン」、本文の「徐老」の「老」と「王翁」の「翁」の左の送り仮名に「ハ」と付く。上。三オ。）

（イ）徐老カ海棠ノ巣ノ上《ホトリヘ》〔徐佺楽レテ道ヲ隠二於（ル）薬肆《シ》ノ中一《チニ》。家ニ有二（リ）海棠数株一。結二（ブ）巣ヲ其ノ上一《リニ》。時ニ与レ客巣ニ飲ス其間一二。〕王翁カ主簿峯ノ庵〔王道人参ニ禅《シテ》四方一二。帰テ結二（ブ）屋ヲ於主簿峯ノ上一《ヘニ》。嘗テ有レ毛人（ママ）。至レ其ノ間（ママ）ニ問フレ道（ヲ）。〕……

（訓点者不明。『山谷詩集注』。題は（ア）文と完全に一致する。寛永六年版。十ウ。汲古書院刊の影印本による。[7]）

⑦ 蜀主窺レテ呉ヲ幸二《ミユキス》三峡一二　崩年モ亦在二リ永安宮《エイ》一二　翠華想ヒ像《ヤル》空山の裡　玉殿虚無《ナリ》　野寺ノ中〔自注ニ山ニ有二リ臥龍寺一。先生ノ祠在レ焉ニ殿今毀《レテ》　為レリ寺ト廟在二リ宮東一二……〕

（『杜律集解　七言坤』「詠二壊ス古跡一ヲ五首」の「其四　昭烈廟」貞享三年板。巻下十五ウ。架蔵本。他に架蔵の貞享二年板、天和三年板参看。）

⑧ 忽（チ）聞ク海上ニ有二（リ）仙人一　山ハ在二（リ）虚無縹緲ノ間一二。〔文選海ノ賦ニ神仙縹緲トシテ……注向カ曰縹緲高遠ノ貌、善カ曰……縹緲ハ遠視ノ之貌遠ク視テ目カ極リ靄（あい）気ノ外尚幾万里トモ測カタキ所ヲ縹緲ト云也所謂仙山ハ虚空

無辺ニシテ涯際モナキ縹緲タル靄気ノ間ニ在ルト也〕

（榊原篁洲著『古文前集諺解大成』「長恨歌」天和三年板。巻十四。三十四ウ・三十五オ。架蔵本。）

⑨(ア)暮春三月巫《(ふ)》峡長《(シ)》　……飛閣捲クレ簾ヲ図面ノ裡虚無只タ少カクレ対(スル)コトヲ二　瀟湘ニ一〔……飛閣捲レ簾ヲ一望宛然タリ。図画之中チ峡景モ亦良シ。……思フ二瀟湘洞庭ノ之空闊ヲ一。〕

（出典は⑦に同じ。巻下十九オ。「即事」と題す。）

(イ)暮春三月（本文は(ア)に同じ）……〔……凭テレ欄ニ寓スレハレ目ヲ真ニ如シ二図画ノ一也。虚無ハ空濶也〕

（『杜少陵先生詩分類集註』「時序ノ類」の項。「即事」明暦二年刊。巻二十二。四十ウ。(8)汲古書院刊の影印本による。）

(ウ)臥シテレ病ニ擁塞シテ　在リ二峡中ニ一　瀟湘洞庭虚ク映スレ空ニ……〔虚ク映スレ空ニ、空ハ天也。不レハレ得二出テ遊コトヲ一　則江湖ノ之勝虚ク存テ二彼ノ処ニ一映スルレ天而已ノミ〕

（同右(イ)文に接続して、「暮春」と題する文。括弧内はその解説文。四十ウと四十一オ。前記②文とほぼ共通する。）

⑩　両山遥対　双煙鬟《(かん)》センヲ　帰耕不レ用一銭物　惟要ス両脚飛ンコトヲ(ママ)レ孱一顔ニ　玉床丹鏃記スレ分ソクヲ　我タンコトヲレ我ヲ

（訓点者劉辰翁。宋傅藻編『東坡先生詩』「送別下」の項。「追二餞シテ正輔表兄ヲ一至ルレ博一羅(ママ)ニ賦テレ詩ヲ為スレ別ヲ」明暦二年板。巻二十二。三十五オ。(9)汲古書院刊の影印本による。）

⑪(ア)天ハ開ク清遠峡ヲ　地ハ転ス凝碧湾　我カ行無シレ遅(ママ)一速　摂ヲサメテレ衣歩スレ孱(ママ)センー顔ニ　山僧本ト幽独　乞テレ食ヲ況ヤ未スレ還ルヲヤラ　雲碓タイ水自ク春《(うすづ)》

（中川注。「雲碓」は雲母の碓であり、米を舂くに用いる）「摂衣」は衣服のみだれをととのえる意もあるが、ここは衣をかかげる意と考える。）

(イ)松門風為タメニトサス関　石泉解スレ娯《(たのし)》マシムルコトヲレ客ヲ　琴筑チク鳴ルレ空山(ママ)ニ　佳人剱翁ノ孫　遊戯暫ク人間　忽ニ憶テ二嘯レ雲ニ侶トモ(ガ)ラヲ一

十三オ・ウ。）

賦シテレ詩ヲ留レム玉環（ママ）ヲ

（イ）の文は（ア）の文にすぐ接続している文。両者の出典は⑩に同じ。「寺観」の項。「峡山寺」と題す。巻五。四

⑫（ア）人有ニ嗜レム睡ヲ者一。辺孝先・杜牧・韓昌黎《れい》（中川注。韓愈。）・夏侯隠・陳摶《ちんたん》・王荊公・李巌老皆ナ有ニ此ノ癖一。
……陸放翁カ詩云相対シテ蒲団《ふとん》睡味長シ、主人ト与レ客両ナカラ相忘ル須臾《しゅゆ》ニ客去テ主人覚ム、一半ノ西窓無ニ夕陽一

（明の謝肇淛の撰。『五雑組』「人ノ部三」寛文元年板。巻七。三十六オ。架蔵本。句読点、傍訓は中川の私意。なお、芭蕉が利用した『聯珠詩格』巻六に「客去」の題で陸放翁の右の詩が掲出されている。但し、寛文版ではなく（10）架蔵の文化元年版による。）

（イ）杜牧有リニ睡癖一。夏侯隠ヲ号スニ睡仙一ト。其レ亦知ルレ此ヲ乎。雖モレ然リト宰予昼寝シテ夫子ニ有リニ朽木糞土之語一。

（宋の周密（注記（6）参照）の撰『斉東野語』「昼寝」の項。巻十八。一オ・一ウ。なおこの文には右記の⑫（ア）の陸放翁の同じ詩や、王荊公（半山翁。王安石）等の詩を掲出する。白文の原本に対して中川の私意で訓点、送り仮名を付けた。原本は京都大学附属図書館の蔵書による。）

（ウ）蒲団盤シムニ両膝（シツ）ヲ、竹几閣ヲクニ双肘一ヲ。此ノ間道路熟ス、径（ただ）チニ到ルニ無何有一ニ。〔荘子ニ何ゾ不レ樹ニ之ヲ於無何有ノ之郷一ニ〕
身心両ナカラ不レ見ヘ息息安シテ且久シ。睡蛇本ト亦無シ何ゾ用ン鉤（こう）ト与レヲ手。〔遺教経ニ煩悩ノ毒蛇睡（リテ）在ニ汝心一……〕
神凝テ疑フニ夜禅一……カト謂ニ我今方ハハニ夢一ト此ノ心初テ不レ垢。非レ夢ニモ亦非レス覚ニモ請フ問ヘニ希夷叟一ニ。

（宋蘇軾撰。王十朋編の『東坡先生詩集』「間適」の項。「午窓ニ坐睡ス」と題す詩。正保四年板。巻八。十三オ・ウ。（11）汲古書院刊の影印本による。詩の末尾の「希夷」とは、⑫（ア）の「陳摶」であり、睡眠を好んだ陳摶を、金励なる人物が訪問して「先生睡、未レ覚睡亦有レル道乎。」との質問を発し、詩をもって答えた話が、（ウ）文に注記されているが、紙幅の都合で省略した。）

さて、検証の前提としての引用文が長くなったが、「彼海棠に巣をいとなび、主薄（簿）峰に庵を結べる王翁・徐佺が徒にはあらず。唯睡癖山民と成て、孱顔《さんがん》に足をなげ出し、空山に虱を捫《ひねつ》て座ス」と表現した芭蕉の真意は何か。考えてみると、この問題点における用語と発想の解明の糸口をつかみ、示唆を与える極めて参考になる芭蕉自身の証言がある。一部分は前稿における論点の究明に引用した周知の資料であるが、検証のため再度掲出する。先ず発想上の着眼点から考察する。

（ア）菊は東籬に栄《さかへ》、竹は北窓の君となる。牡丹は紅白の是非にありて、世塵にけがさる。……ばせを一もとを植《うう》。……茎太けれども、おのに当らず。彼山中不才類木にたぐへて、其性尊し。僧懐素はこれに筆をはしらしめ、張横渠は新葉をみて修学の力とせしとなり。予其二つをとらず。唯このかげに遊《あそび》て、風雨に破れ安きを愛するのみ。（真蹟『三日月日記』「芭蕉を移詞」）

（イ）胸中一物なきを貴《たふとしと》し、無能無知を至《いたれり》とす。無住無庵、又其次也。……竹を植《うゑ》、樹をかこみて、やや隠家ふかく、猶明月のよそほひにとて芭蕉五本を植《うゑ》て、……新葉日々に横渠先生の智を巻《まき》、上（少）年上人の筆を待て開く。予はそのふたつをとらず。唯此かげにあそびて、風雨に破レ安からむ事を愛スのみ。（『蕉翁文集』「移芭蕉詞」）

右記の（ア）文は、『庵記』成立後二年経過した元禄五年八月に、再興成った深川新芭蕉菴での染筆。（イ）文はそれ以前に成立した別案ということになって、問題点と（ア）・（イ）両文との執筆年代の近接に伴う類似の発想に先ず留意するわけである。「僧懐素・張横渠」がそれぞれ「王翁・徐佺」に、「唯このかげに遊（び）て、風雨に破れ安きを愛するのみ。」文脈上、「唯睡癖山民と成（り）て、孱顔《さん》に足をなげ出し、空山に虱を捫《ひね》（つ）て座ス。」に相当すると考えると、私見の結論の方向が自ら明らかであろう。[12] つまり懐素や横渠のような功利性を喜ばず、さりとて高尚な隠者・道人を気取って、王翁・徐佺のまねをするのでない。『山谷詩集注』（素材の⑥の（イ）文）によると、薬店に隠れ、樹梢で飲食し、又は山頂に居住するという。このような人物評価に関して、「祖翁の意は是等の如く放縦なるにはあらず、唯其言葉をかりて世にはばかる事なく、心のままなる顔を孱顔と言い、人に恥ずべき心づかいもなく、虱を捫《と》り給うの事、元より隠逸を好み給う心のままに睡りて、睡癖山民と成り給いし趣を述べられたるなり。」[13]と藤井乙男氏は説く。前稿の私見で、「無何有の郷」は造化随順、自得の思想に通じるものがあると説いた。「俳諧自由」(『去来抄』)という名言も、自由無碍の風雅道に生きる詩人としての自覚に裏づけられたものがあるのであり、「無依の道者の跡をしたひ、風情の人の実をうかがふ。」(『笈の小文』)と言っても、隠者・道人の奇行や放縦性とは異質であり、虚としての文学的記述の側面も見落すことができない。「王翁・徐佺というような求道の隠士になぞらえることをせず、あくまでも『睡癖山民』に過ぎないのだと言う。ここに芭蕉の自己認識に一貫する姿勢を見ることができよう。」という森川昭氏[14]の見解は、前記の俳文(ア・イ両文)との彼此対照によっても肯定できるわけである。

なお、付記すると、小論の問題点の検証において、この俳文を重視する論拠の一つとして『庵記』諸本中、『最初期草案断簡』(前稿でのA)と、右記の俳文(ア・イ両文)との発想や用語上の類似点や共通性に着眼する。例えば「一とせみちのく行脚おもひ立《たち》て、芭蕉庵既《すでに》破れむとすれば、……終に五とせの春秋を過して、ふたたび芭蕉になみだをそそぐ。」(ア文)「無住無庵、又其次也。……一とせ思ひまふ(け)ざる辻風に吹さそはれて、みちのく出羽の境に檜《ひ》笠破《やぶれ》たり。」(イ文)に対して、「このむとせむかしよりたひこころ常となりて、むさしのに草室もとく破り捨て、無庵を庵とし、無住を住とす……かさ一(つ)をわかも(の)とし草鞋を常の沓とせしに」(断簡)とある。行脚や旅心の発起と今日までの年月の経過を回想する点。「無住無庵」の用語。行脚や旅心をトレード・マークとも言うべき「檜笠」や「笠・草鞋」に象徴する手法等であり、「破れむ・破たり・破り捨て」等は、元禄三年八月上旬頃の執筆と考える「誠にうすもののかぜに破れやすからん事」(『笈の小文』風雅論の冒頭文の一節)と符合する。当時の芭蕉の愛用語の一つとして見逃せない。端的に言えば、実存としての人間芭蕉はさておき、「胸中一物なきを貴《たふとしと》し、無能無知を至《いたれり》とす」る（イ文）、禅的・荘子的発言（「はじめに」の注（1）本書506頁参看）に、当為としての生きざまや精神構造をかいま見る。右の用例と、『庵記』の「無能無才」や『笈の小文』の「無能無芸」の三用語に対して、「芭蕉はこれをもって逆に俳諧を推進する原動力と考えた。……才能・智慧・分別のないことをもって、誠のあらわれとみなし、その心を至上とした。」と言う[15]赤羽学氏の見解には異論もあろうが一見識として参考になる。右の三用語について、同氏の見解を含め、諸説に対する批判と私見を二度にわたり[16]発表しているので細説を省略する。

「無用の用」の思想が「睡癖山民」以下の三つのキー・ワードを流れる主調音として響いて来ると、小論の第一章の冒頭に記した所以である。従って『庵記』（特に第五段の回想的人生観の告白）、『笈の小文』（風雅論）、「芭蕉を移す詞」（ア・イ両文）の三者には、執筆年代の近接という点よりおこる発想や用語上の類似・共通性といった偶然の現象という皮相の域を越えて、その基底部には、詩人としての自覚とともに、造化随順、自得の思想において等質の精神が流れている点を見落とすことができないのである。

さて、最初に記した問題の解明に有益な示唆を与える芭蕉自身による今一つの証言とは何か。周知の資料であるが、「空山・孱顔、心相違いかが可レ有二御座一候や。但シ胸中の空山たるべく候間、くるしかるまじくや。このかみの御ぬしへ御尋可レ被レ下候。」（去来宛芭蕉書簡。元禄三年七・八月頃筆）と言う有名な真筆である。論証には言うまでもなく、巨視と微視、全と個との考察が当然要請されるわけであり、この証言を糸口として、『庵記』の推敲過程と定稿に至る軌跡を微視的に検証し、問題点における芭蕉の真意に迫りたい。先ず[17]書簡の意味について、「同じ山に関する空山と孱顔とは、その意味はどう違うのか。（二語には語義にひらきがあるが、似たような語を同じ一つのセンテンスに重ねて入れると、その心持の相違がわかろうかとも考えられるが、俳文として類語の連続使用の適否を尋ねたと考える。）ただし、空山とは言っても、主観的な胸中の空寂を指すのだから許されるのではないか。」と考える。諸説「胸中の空山」を「心の空寂」とするが、[18]「空寂」には「ひっそりと寂しい様子」と「この世のものは有形、無形のいずれにかかわらず、その実体、自性はなく、空《くう》であるという事。又それを悟って一切の煩悩、執着を離れた無心の境地（仏語）」の両義性を持つ。ここは、『庵記』に、「（心）いまた無心（に）の境いたらず……妄相払つくさず」（Bの『初期草案』括弧内の文字や傍線部分の意味は、前記の小論の「一　『幻住庵記』の諸本」B項参看。）とあるので、前者と考えておくが、「まことに智覚迷倒みなこれ幻の一字に帰して、無常迅速のことはり、いささかもわするべきにあらず。」（E一の『米沢家本』）ともあるので、人生一切空という仏教語も捨てきれないわけである。「空山」とは「人の居ない静かな山。人気のない淋しい山。又、木の葉の落ちた山」（[19]『大漢和辞典巻八』647頁。）「人けのないさびしい山。こうざん。」（『日本国語大辞典六巻』400頁。）とあり、「寂寞《しやくまく》たる空山」（『太平記』二一）と『庵記』の問題の部分の用例を示す後者に留意する。次ぎに「孱顔」とは「センガン。山の高く峻《けわ》しいさま。孱は巉《ザン》《サン》、顔は山額（中川注（一）山のひたひ。山の峯のあたり。（二）広いひたい。山に比していう。）」（『大漢和辞典巻三』879頁。『同巻四』187頁）・「さんがん。そそりたつ山の斜面。また山が高くけわしいさま。」（『日本国語大辞典第九巻』213頁。）とあり、問題点について、通説は高く峻しい山とするが、参考となる用例（前記の素材の⑩と⑪）に徴し、又文脈と合理的解釈（現実の状況）という諸条件より、「けわしい山の斜面」と考えるべきではないか。

紙幅も少ないので以下箇条書き風に要点を示したい。問題の「唯睡癖～座ス」の部分について、直接かつ具体的にその解釈の鍵をにぎる主要素材は、王維の七言絶句（素材④のア）と、『詩人玉屑』（⑤のア）の「用レ意ヲ高妙」と題する文章であると考えるが、後者については『円機活法』（⑤のエ）や『詩林良材』（⑤のオ）、その他各種の事典類（⑤のイ）や、その他寛文六年刊行の[20]『古今事文類聚　後集』の巻四十九。十四ウに「捫レテ虱ヲ論レス事」の条がある。又、天和二年刊の『故事成語考』（「架蔵本」巻之下。七オに簡単な説明がある。）に収録されているので、素材を利用する時の誘因となる可能性が考えられる。

第一点。「孱顔に足をなげ出し」(F三文)の表現について、推敲過程の原点は、「唯長松のもとに足を投出し」(C文)の表現である。前記の王維の「題㆓ス崔処士カ林亭㆒」詩に取材した理由は、『庵記』の『初稿(C文)』において、前文の「まことに清陰翠微の佳境」と後文の「青山(に虱をひねって坐す)。」の両文脈に相応しい起句「緑樹ノ重陰蓋㆓フ四鄰㆒ヲ」(意味は④のイ文参看)を持ち、接続に至便である。又、内容上、王維の詩の後半(転・結句)二句は、[21]崔処士の野人ぶりを阮籍になぞらえたものといわれ、「科頭」とは(④のイ文)にあるように「冠をつけない意」、「箕踞」は「両足を投げ出して坐る意」であって、ともに世間の礼儀作法にとらわれない態度として、後文の傍若無人の人物像とマッチする点にある。当時の士大夫は、就寝の時以外はいつも冠か頭巾をつけるべきであったといわれるが、芭蕉がこの詩に着眼した真意は、(イ)文にあるように「誠ト二処士(官職につかないでいる人。)塵外(俗世間を離れた所。この世の外。)の体」であったと考える。なお結句は竹林の七賢の一人である阮籍が、俗人に対しては白眼(ぎょろりとにらむ)をむいて臨み、好ましい人には青眼(目を細める)で迎えたという故事を踏まえている点、芭蕉の興味をそそったと言えるかもしれない。脱古典の推敲過程を考察する時、この引用文は、「虚無に眼をひらき」(E一文)と変化し、「孱顔に足をなげ出し」(F三文)と一部復活したが、共通点のある結びの「空山に～座ス」と相俟って、王維の素材は『詩人玉屑』の素材とオーバーラップしていると解釈する事も可能であろう。前稿の私見で、『庵記』の結びの句意に投影している無何有の郷の意味するものとして、「離塵脱俗という世外清閑の境である。」という点を第一に挙げた。芭蕉がこの王維の素材を摂取し、血肉化した原点の理由は、以上の如くこの『庵記』の主題と句意(前稿で指摘)にふさわしいものであったからである。

第二点。「空山に虱を捫て座ス」。（F三文）の表現について、推敲過程の原点は前記の通り、「（唯長松のもとに足を投出し）青山に虱をひねって坐す。」（C文）の表現であり、単純明快で異論はない。『詩人玉屑』が芭蕉の読書範囲にあった点は[22]旧稿で論証したので、その前提に立って考える時、「半山老人」の条の「用レ意ヲ高妙」と題した文に取材した理由は、その人物像の「世ヲハナレ切タル体」（⑤のオ）であり、「用ヒテレ意ヲ高妙」つまり、構成、措辞における配慮がすぐれて巧みと考える。「青山」と「黄鳥」（鶯）の色彩の対比と二句の均整のとれた対句法に「一家の工夫」（同上）が認められた。「敗衣（破れた衣服）」と「虱」の素材は、第一点の素材である阮籍の人物像「散髪箕踞（髪をふり乱し、足を投げ出す）」に通じるだけでなく、鶯の美声に酔い、読書三昧のうちに、桃源郷とも言うべき俗世間を離れた別天地をさまようところに「句格」（同上）の高さを認めるべきであろう。『初稿（C文）』の構成について、「『長松……』『青山……』『商山……魯国』など唐士の詩文によって文調を高め」ている点を指摘した[23]今栄蔵氏の見解に聞くべきものがあり、文脈上、「比えの山・長松・青山・うしろの峰・高山」とパノラマがひろがる素材の一齣としても適切である。同じく脱古典の推敲過程を考察する時、このストレートな引用を避けて、「（虚無に眼をひらき）孱顔に虱を捫て座す。」（E一文）と、使用率の少ない新語に入れ替え、さらに「唯睡癖……孱顔に足をなげ出し、空山に虱を捫て座ス。」（F三文）と結んで、原素材の「睡」の意を生かし、俗世間とは違う異次元の山居閑寂の世界を暗示する、より含蓄と深みのある境地を示そうとして「空山」の採用となる。芭蕉のねらいは、「睡癖山民と成て」との照応により、第一点と共通する「離塵脱俗という世外清閑の境」を読者に印象づけるものであり、「造化随順・自得」の『庵記』の精神にかなうものであると結論づけたい。以上、問題の「唯睡癖山民と成て……座ス。」と記した芭蕉の真意とその論証の主要点を検証したが、なお、気の付く点や関連する事項のいくつかについて補記する。

第三点。「唯睡癖山民と成て」（Ｆ三文）の表現について。初稿・再稿系には見当らないが、初稿系の「唯。（長松のもとに足をなげ出し）」の一字が筆勢として「足をなげ出し」の六字の復活とともに、定稿に投影しているかもわからない。「睡癖山民」の四字使用の意図は何か。先ず、「睡癖」については「風騒人の癖をいふ也」（『猿みのさがし』巻七「幻住庵記」）と古注にあるように、中国には古来睡癖の詩人、隠者も多く、風騒人らしい嗜好の一つとして、芭蕉もこれにあやかろうとした、というような説も散見する。「睡癖」の表記は『斉東野語』（素材⑫（イ）文）に認められるが、読書範囲にあったとされる『五雑俎』（同上（ア）文）や『聯珠詩格』（同上）等によっても、この程度の情報入手は容易であり、『古今事文類聚』[24]（前記。後集。巻二十一。四オ）にも、「陳搏」を初め、各種の睡相が記載されているわけである。「山民」については、「山間部に住む民」として、前記の二辞典はいずれも「山民僕、市民玩（頑）、処也」（『中鑒』[25]）を引用するが素材・誠実（樸）に対する貪《どん》欲（頑）を意味するのであろう。「自らの芸術を、夏炉冬扇の類《たぐい》とした芭蕉の俳諧や遺語が、今日愈《いよいよ》人間の生の深いところで慰めてくれるのは、山林的人間の業だったからだと肯かれる。」という永田耕衣氏の発言（『山林的人間』人文書院。昭和49年。191頁。）は参考になる。

この「山民」は「睡癖」と結合し、「孱顔に足をなげ出し」、「虱を捫て座ス」の二文言と交響して、その怠惰な野人ぶりが増幅されたと考えるのは、早計・皮相な見解であって、閑寂な世界である空山に住み、世知・俗才や名利と無縁な隠者・風騒人の風格を、「唯」の一字によって強調し、その点を「睡癖山民」の四字で暗示、又は象徴しているものと解すべきである。従ってそれは傲慢な、単なる傍若無人ぶりではなくて、無心で、超俗的な、この一筋に生きる自由人の面目（生きざま）を意味すると考える。「青山」に対して、深みと含蓄のある「空山」の二字は、俗界に対して、別次元の世界と人間像を造型する触媒の役割を果たしたことは確かである。「空山」の用例について、例えば古来神品とされる王維の代表作「空山不レ見レ人ヲ　但聞二ク人語ノ響一ヲ……」（「鹿柴」『唐詩選巻六』五言絶句）における「空山」は文脈上、単なる辞書的意味（前記）を越えたものがある。この詩のねらいは「俗世間とは違う世界、高い深い幽寂の境地をうたおうとした」という識者[26]の見解が示されており私見にとって参考になるので付記しておく。以上、問題の「唯睡癖山民と成て……座ス。」と記した芭蕉の真意についての検証を終るが、紙幅もないので、『庵記』の推敲過程を示す「諸本（右記の「一」のB・C・E・F文）の素材（同上「二」の①〜⑫文）との関連について若干気付いた問題点のみ付記し、筆者の意図する一端を箇条書き風に示しておく。

第一点。東坡の詩（素材⑩の文中の人物）に、致仕、帰郷後農業に従事し、両青山（煙鬟）に対し、僅かの財物も必要なく、悠々自適の生活が描かれており、両脚を孱顔に投げ出すしぐさは参考となる。又、「孱顔」（⑪ア）、「空山」（⑪イ）は同一出典における参考用例の域を出ない。

第二点。『庵記』再稿系の「虚無に眼をひらき」（E一文）の参考素材とするに足る杜甫の詩（⑦文）は、「空山・虚無」の用語を使い、[27]今に生きる劉備の遺徳をしのぶ傑作の一つとされるが、「応レ空」（②文）、「空闊」（⑨ア）、「虚無」（⑧と⑨イ）、「虚」（同ウ）は、さらにその用例を補完するものである。

第三点。右の用語と連携する「眼界胸次驚ばかり」（C文）の発想の原点は、洞庭湖を歌う杜甫の絶唱（①文）であり、いずれも琵琶湖を眺めた美景による感動に触発されて、一貫する「くまなきながめ」（B・C文）・「眺望くまなからむ」（E・F文）という用語の視点の座標軸となり、山谷の詩（③文）と連動、補完し合って、再稿（E一・二文。①③）を経て、『定稿』（F三文。①③。「魂呉楚〜立つ」）の名文を生んだ事は明白であろう。その他の論点は省筆する。

注

（1）従来の通説は、『幻住庵記』といわれるが、『庵記』諸本の成立時期、反古と連動する俳文の無い点より、この反古は『笈の小文』の材料となる俳文ではないかとする井本農一氏の説に賛成する。『芭蕉集』小学館・昭和57年。367頁。

（2）（一）初稿系〔A『最初期草案断簡』↓B『初期草案』↓C『初稿』（『芭蕉文考』所収本）〕↓再稿系〔D『再稿草案断簡』↓E一『再稿一』（米沢家本）↓『再稿二』（棚橋家本）〕↓定稿系〔F一『定稿一』（豊田家本）↓F二『定稿二』（村田家本）↓F三『定稿三』（『猿蓑』所収本）〕

（3）『俳文芸と背景』明治書院・昭和56年。67・68頁。

（4）尾形仂氏『校本芭蕉全集第六巻』富士見書房・平成元年。（472頁では「清陰翠微の処」とし、原本に「佳境」とあるのを改めて「処」とした、とある。）井本農一・堀信夫両氏校注『芭蕉集全』集英社・昭和45年。（544頁では、上記の「処」を「佳境」とし、底本「佳」の右傍に「処」と傍書する。改める意かとも思われるが、下の「処々」と重複するので暫くそのままにした、とある。）今は暫く、今栄蔵・白石悌三・板坂元・村松友次各氏の通説（後者）に従っておく。

（5）「も」の右側に「ハ」と傍書。又、本文の「玉道人」は「王道人」ではない。森川昭氏「棚橋家本・国分山　幻住庵記」（『文学』53巻2号。昭和60年。80・81頁）を参照。

（6）『百川学海』以下の三書と後記の『歴代詩話』を含む四書と後記の素材の⑫イ文の『斉東野語』の五書は、京都大学附属図書館と同人文科学研究所の蔵書を利用した。なお、五書については、書誌を省略するが、近藤春夫氏『中国学芸大事典』（大修館書店・昭和55年）の674・402・441・844・430頁の作品解題を参照。

（7）長澤規矩也氏編『和刻本漢詩集成・宋詩・十四輯』昭和50年。290頁。

（8）長澤規矩也氏編『和刻本漢詩集成・唐詩・四輯』昭和50年。504頁。

（9）長澤規矩也氏編『和刻本漢詩集成・宋詩・十二輯』昭和50年。430・431頁。但し、⑪ア・イ両文は上記の『十一輯』昭和50年。403頁に収載。

（10）天民先生校『聯珠詩格』金蘭閣梓。巻六。一オ。

（11）長澤規矩也氏編『和刻本漢詩集成・宋詩・十三輯』昭和50年。155頁。なお、この詩の解釈については、小川環樹・山本和義両氏選訳『蘇東坡詩選』岩波書店・昭和50年。292〜296頁参看。

（12）この拙論の本文における「第一章の素材の⑤のエ文」と同じ出典『円機活法　詩学十八』「百草門・芭蕉」の項に「唐ノ僧懐素貧ニシテ　無㆓紙可キ㆑書ス。嘗テ種テ㆓芭蕉ヲ㆒以テ供ス㆓揮洒㆒」とある。四十ウ参看。

(13) 『校註挙白集』麻田書店・昭和4年。424頁。
(14) 『芭蕉講座第五巻　俳文・紀行文・日記の鑑賞』有精堂・昭和60年。49頁。
(15) 『総合芭蕉事典』(「無能無才」の項) 雄山閣・昭和57年。210頁。
(16) 本稿の「はじめに」の注 (1) と、「芭蕉における無能の表現意識について—『おくのほそ道』を中心とする—」(『大阪商業大学論集』73号。昭和60・11。228〜205頁。本書収録。)
(17) 芭蕉の書簡について参考とした書。①荻野清氏『芭蕉文集』岩波書店・昭和34年。394頁。②阿部喜三男氏『註解芭蕉書簡集』新地社・昭和27年。114頁。③萩原恭男氏校注『芭蕉書簡集』岩波書店・昭和51年。128頁。④荻野清・今栄蔵両氏校注『校本芭蕉全集第八巻　書翰篇』富士見書房・平成元年。124頁。その他略。
(18) 日本国語大辞典刊行会編『日本国語大辞典第六巻』小学館・昭和48年。401頁。
(19) 諸橋轍次氏。大修館書店・昭和46年縮写版第三刷。647頁。
(20) 「王猛隠《シテ》二居華山《ニ》一懐《ク》二佐世《ノ》之念《ヲ》一。桓温入《ル》レ関《ニ》。猛被《テ》二緼袍《ヲ》一而詣《テ》レ之《ニ》面《シテ》談《タンス》二当世《ノ》之事《ヲ》一。捫《テ》レ虱《ヲ》而言《フ》。傍《ハラ(ニ)》若《シ》レ無《キ》レ人。温察《シテ》而異《トス》レ之《ヲ》」(句読点は中川の私意。但し、本文は『和刻古今事文類聚第二集　後集』ゆまに書房・昭和57年。588頁による。)
(21) 村上哲見氏『三体詩上』朝日新聞社・昭和41年。17・18頁参看。他に目加田誠氏『唐詩選』明治書院・昭和39年。697・698頁。
(22) 「芭蕉における風狂性について—『おくのほそ道』の旅を中心として—」『大阪商業大学論集』85号。平成元年・12・1。217頁。本書収録。
(23) 「『幻住庵記』の原初期草案とその意義」『(中央大学文学部) 文学科』57号・通巻118号。昭和61・3・25。44頁。
(24) 「睡《ルトキハ》　則半載」の題目で、「陳搏希夷先生。毎《ニ》レ睡《ルトキハ》　則半載。或《ハ》数月。近《モ》亦不《レ》レ下《ラ》二月餘《ニ》一。」とある。なお、参考に示すと『陸放翁詩鈔』秋田屋太右衛門他九軒刊。享和元年板 (架蔵本) に「且住《テ》二人間《ニ》一作《ル》二睡仙《ト》一」(「昼寝」の題。鳳の巻。二十九オ)「捫《ヲ》レ虱《ヲ》又春深」(「春興」の題。鱗の巻。十七ウ) 等とあるのが目につく。
(25) 注 (6) の『中国学芸大事典』によると、五巻。漢の荀悦の撰。389頁。なお汲古書院に『和刻本諸子大成・第3輯』に影印本を収載するが未見。

(26) 石川忠久氏『漢詩の世界』大修館書店・平成元年。53頁。鎌田正・米山寅太郎両氏『漢詩名句辞典』大修館書店・昭和55年。107頁。その他省略。
(27) 黒川洋一氏『杜甫』角川書店・昭和62年。231頁。

二、「罔両に是非をこらす。」の真意（むすび）

紙幅もほぼ尽きたので別稿を約し、問題点と結論めいたものを記して結びに代えたい。諸説について、「じっと人生の第一義について思い耽るのである。」（潁原退蔵・山崎喜好両氏『角川文庫』182頁）という訳や、「この句は、影法師を相手として、ひとり沈思黙考し、人生や芸術に関して自問自答、『誠をせめて』いるのを、このように俳諧的に表現したものであろう。」（笠井清氏『俳句講座5俳論・俳文』明治書院。309頁）という穿った説明もある。しかし、「影法師を相手にただ一人人生の是非善悪を思量する。」（杉浦正一郎・宮本三郎両氏『芭蕉文集』岩波書店。179頁）というような解が比較的多いのが実状である。

ところで、例えば「千歳此方の人爰（中川注。前文にある分別を指す）に繋縛せられ生涯是非の溝洫《こうきょく》に（一字不明）溺候へバ」（元禄六年十一月八日付・怒誰宛芭蕉書簡）と、「ね覚の分別、なに事をかむさぼる。……煩悩増長して一芸すぐるるものは、是非の勝《すぐる》る物なり。……貪欲の魔界に心を怒し、溝洫におぼれて」（「閉関之説」）という、その措辞において極めて共通点の多い二つの資料に着眼したい。両者の「是非」は「万事に是非の区別をつけるといったみぞ（狭い思慮）」という意味で否定されている。この「是非の溝洫に溺候へバ」の措辞と思想は、広田二郎氏（『芭蕉の芸術』有精堂。446頁。）の指摘のように『荘子』の斉物論篇の天籟寓話（赤塚忠氏説による第二節第一段）の一節を出典とする。「其司《（つかさ）トル》二①是非ヲ一之謂ナリ也。……其②溺《（でき）シテ》之所ヲハ二為メニユク一之。……其③ノ老洫マテ也。」（「洫」の右の傍訓に「ヲツルコトヲ」「イキニアルコトヲ」とあり、左の傍訓に「アフルルコトヲ」とある。寛永六年板。架蔵本）。あえていえば右の三点が芭蕉の用語と連動するキー・ワードであり、この条における荘子の主張は、人間の心による思慮、言論の営みや、是非の闘争は無意味な現象、行為であり、その物欲に支配されやすい人間心理が何に基づいて生起するのか、その原因・根拠を知ることはできないという点にある。（キー・ワードは注記の「物欲・世俗之用《コトヲ》レ心《ヲ》。」と本文の「莫レ知二其所レ萌《ヲキサス》」である。）つまり、部分的には、前文との呼応で、そのままの意でよいが、この問題点の結びに当る「（是非を）こらす」の結論的な意味づけは、「凝らす」ではなく、「懲らす」の方向で考える必要があると考えるべきである。なぜならば、芭蕉は世俗的な因果律（法則）の穿さくや、是非の論争の無意味で、有害な点を悟ろうとしており（と言うより悟っていたというべきである）、右記の「溝洫……」の出典の後段（第二節第二段）を典拠とする、『庵記』と等質の『笈の小文』で、「百骸九竅の中に物有。……是非胸中にたたかふて、是が為に身安からず」（過去の不毛の精神の遍歴を反省）と証言するわけであり、私見はこの風雅論の成立は『庵記』の定稿以前と考えるわけである。従って誤解されやすく、不透明な通説は是正されるべきであろう。

『幻住庵記』における解釈上の問題点

はじめに

私は前稿で[1]「『幻住庵記』における解釈上の問題点の考察」と題して、主として、「唯睡癖山民と成て、孱顔《さん》に足をなげ出し、空山に虱を捫《ひねつ》て座ス」と記した芭蕉の真意は何かについて、いささか考察するところがあった。芭蕉が、王維や王安石（半山。王荊公）の漢詩[2]に着眼し、取材した真意は何か。それは、芭蕉によって引用された二つの漢詩は、「誠トニ（ママ）。処士塵外ノ体」・「世ヲハナレ切タル体」と、それぞれ当時の解説書[3]で批評されているように、両者に共通する「離塵脱俗という世外清閑の境」に共鳴したわけであり、脱古典の推敲意識から、ストレートの引用を避けて素材をディフォルメした結果、「（孱顔《さん》に）足をなげ出し、（空山に）虱を捫《ひねつ》て座ス。」という定稿を生んだ。さらにこの二者を統括する主体として、字眼（私見では文脈上の第三段階の思想的バックボーンを示しているキー・ワード）とも言うべき、絶妙な「睡癖山民」の四字を配した芭蕉の真意は何か。それは、閑寂な世界である空山に住み、世知・俗才や名利と無縁な隠者・風騒人の風格を、この四字で暗示、または象徴させたものであり、右の三者（三要語）の緊密な結合と照応によって、無心で、超俗的な、この一筋に生きる自由人の面目（生きざま）を読者に印象づけることに成功したと考える。即ち、「造化随順・自得」の『庵記』の精神（主題）にかなった表現として、第三段落末を締めくくった「唯睡癖山民～座ス」の一文は極めて効果的である。この前稿における検証に付記すべき点は、この密度の高いワン・センテンスにおける「睡癖・足をなげ出し・虱を捫《ひねつ》て座ス」の三者に流れる共通項とともに、「山民・孱顔・空山」の押韻・縁語にも似た音調と意味的脈絡である。「一字もおろそかに置（く）べからず」（『去来抄』）・「万に心遣ひ有事也」（『三冊子』）という配慮が窺われるのである。

解釈があいまいで、不透明な問題点の第二として、前稿で「罔両に是非をこらす」の一文を指摘したが、紙幅の都合で、問題点と結論めいたものを記すにとどまり、詳細は別稿に譲るとしたので、本稿はこの点を中心に私見をのべる。

注

（1）『幻住庵記』における解釈上の問題点の考察」『大阪商業大学論集』94号。平成4・12・1。本書収録。

（2）王維は『三体詩上』貞享二年板。「箕踞ス 長松ノ下《（もと）》……」。詳細は前稿の172頁（本書513頁）参照。王安石は『詩人玉屑』寛永十六年板。「青山 捫《（ツテ）》ニレ虱ラ 坐《（シ）》」同右171頁（本書513頁）参照。

（3）前者は『三体詩素隠抄』寛永十四年板。同右172頁（本書513頁）参照。後者は『詩林良材』貞享四年板。同右170頁（本書515頁）参照。

一、問題点と私見

前稿で、「誤解されやすく、不透明な通説は是正されるべきであろう」と締めくくった私見の論拠から考察に入る。まず参考のために『幻住庵記』（以下『庵記』と略称）の諸本（特に五異文）を通して、関連する本文の推敲過程を明示するが、[1]諸本の記号は便宜[2]上前稿による。（なお「E二」の『棚橋家本』は、「E一」の『米沢家本』と四箇所、同様に「F一」の『豊田家本』・「F二」の『村田家本』の両者は、「F三」の『猿蓑』と、いずれも四箇所、字体のみ相違するだけの同文なので省略する。）

『幻住庵記』の諸本（私見による五段構成の第四段落「庵の生活風景」中の第四節「昼夜の来客と独座」の条）

B　昼は里の老人・小童など入《いり》来て、水むすび、つま木をひろふよすがをたすく。且《かつ》はまれまれとふ人も侍《はべり》しに、夜坐閑《しづか》にして影を友とし、罔両に対して三声のあくびをつたふ。

（『初期草案』。初稿系。句読点、傍訓、濁音は私意。以下同じ。）

C　昼は里の年寄・神主など来《きた》りて、水汲《くみ》、茶を煮《に》る程の力をくはふ。あるは稀《まれ》々訪《とぶら》ふ人々も侍《はべり》しに、夜坐物静にして三声のあくびはばかる事なく、灯《ともしび》をかかげては景《かげ》を伴ひ、罔両に是非をこらす。（『芭蕉文考』同右。）

D　（前文、欠）にさかれむ。ふたたび妖悟《エウゴ》する事なかれといへば、其夜明《あけ》てさりぬ。猶《なほ》、適《たま》々いぶせき事共《ども》なきにしもあらず侍れども、世のうきよりはとおもひ慰む。（『再稿草案断簡』。再稿系。）

E一　昼は宮守の翁・里の老人など入来《いりきた》りて、い《（ゐ）》のししの稲くひあらし、兎のまめばたにかよふなど、我聞《わがきき》しらぬはなしに日をくらし、かつはまれまれとぶらふ人々も侍《はべり》しに、夜座静にして影を伴ひ、罔両に是非をこらす。（『米沢家本』同右。）

F三　昼は稀々とぶらふ人々に心を動し、あるは宮守の翁・里のおのこ共入来《いりきた》りて、いのししの稲くひあらし、兎の豆畑にかよふなど、我聞《わがきき》しらぬ農談、日既に山の端にかかれば、夜座静に月を待《まち》ては影を伴《ともな》ひ、燈を取《とり》ては罔（罔）両に是非をこらす。（『猿蓑』所収。定稿系。）

ここで管見により、主な諸説を大別（五分類）して示す事にするが、紙幅の都合で摘記乃至要約する場合がある。

(一)(イ)罔両に是非をこらす、とは第一義を思量すというが如きを面白く詩的に云えるなり。（幸田露伴氏）[3]
(ロ)影法師を相手にして、人生や芸術の第一義について深く思いをこらすのである。（尾形仂氏）[4]「前稿で紹介した穎原退蔵[5]・山崎喜好両氏説や笠井清氏説[6]もこの(ロ)説に近い。」

(二)(イ)影法師を相手に人生の是非について思量する意。（白石悌三氏）[7]「『人生の是非善悪について考える』という西谷元夫氏説[8]、『影法師と二人で、世の是非善悪についてよく考える』という岩田九郎氏説[9]も同類。」
(ロ)影法師を相手にいろいろなこと（是非善悪）を心に考えるのである。（市橋鐸氏）[10]「『罔両に対して是非の議論をする』という井本農一氏説[11]もほぼ同じ。」

(三)その罔両（影の外側にある薄い影）にむかって思いをこらすのである。（森川昭氏）[12]「村松友次氏[13]も同説。『うすい影を相手に、さまざまな思いをめぐらす』という松尾勝郎氏説[14]も同類。」

(四)景と罔両の問答について、どちらが正しく、どちらが間違っているかを考えふけること。（土橋寛氏）[15]「『罔両の云える事の是非につきて考えを凝らす』という杉浦正一郎氏説[16]は微妙かつ独自の説であるがここに付記する。」

(五)「影を伴ひ……罔両に是非をこらす。」は『荘子』「斉物論」の影と罔両の寓言を出典とする。罔《マウ》両、問レ景《カゲ》曰、……。林希逸はこの一節の意味につき、次のごとく注している。

「此の一段は、又「待」の字の上より生起し来る。……「吾《レ》有レ待《テ》而《コト》然《ル》者《ノナランヤ》」とは、言ふこころは、影の動くこと、待つ所の者は形なり。我形を待つと雖も、而も形も又待つ所の者有り。是れ造物を待つなり。……我既に形を待たば、形（も）又待つ（こと）あり。則ち悪くんぞ然と不レ然《（シカラズ）》との所以を知らんや。此れ即ち是非彼（注、造化）を待つの喩へなり。（「造化」の二字を除き括弧内は中川の私意。）[17]原典と林注を見くらべると、「影を伴ひ……罔両に是非をこらす」は、『荘子』原典よりも、より直接的には、むしろ林注に拠っていることが見出されるであろう。そうしてここにも「造化随順」の思想との関連が認められ、「是非をこらす」の内容も、単に、芭蕉が自己の身の上についてあれこれと思案するというのではなくて、どうしたら是非の争いの境を超えて造化によりよく随順できるだろうかと思索をこらすという意味であることが見出せるであろう。[18]（広田二郎氏）

便宜上の分類に基づく右の諸説（特に㈠～㈢説）は、㈤説を例外として、大局的に見ていずれも大同小異と言うべきであり、㈡の見解が比較的多いのが実状である。例えば、尾形仂氏は、「是非をこらす」の語釈で「是非善悪を思量する、第一義に思いをこらす、の意」と記し、又、潁原・山崎両氏は同一著書で、「じっと人生の第一義について思い耽るのである。（米沢家本の訳）」・「自然ただこの影法師に向かって、事の是非について深く思いをこらす。（『猿蓑』の訳）」と記す。従ってこの両者の説明はむしろ右記の㈡の(イ)又は(ロ)説に類似するという意味でも、分類は厳密性を欠くが、その当否は問題ではなく、まず諸説の実状の一端を示すことが私見の前提であった。さて、芭蕉は『荘子』の影と罔両（影をふちどる淡い影）と問答した話を借用して、自分と影法師との問答（自問自答）としたわけである。結論としての私見は右の㈤説の広田説に近いが、前稿で少し触れた諸説とは異なる創見も捨てきれないので両案を示す。まず検証の便宜上、先に創見として、「是非」を仏教語「是非《ぜひ》の心《しん》」の省略、「こらす」を定説の「凝《こら》す」と取らずに「懲《こら》す」と考えると、「罔両」つまり「影法師」は当然自己の反照・投影なので、実質的には「自己に対して」、ともすれば無心になりきれず、是非の分別にとらわれやすいわが身の妄心を深く内省する意と考える。芭蕉の句作りの工夫として、「古事・古歌を取るには、本歌を一段すり上《あげ》て作すべし」（『去来抄』）という名文句がある。芭蕉は旧稿で検証したように、脱古典の推敲意識から、原拠の罔両・景問答の寓話本文からのストレートの引用を避け、広田説のようにより直接的には[19]林注に重点を置き、かつ、罔両（実は影法師）対主人公の問答に捩《もじ》って創作したと考える。私見の第二のねらいとして、「是非」を林注（㈤説参照）よりの引用としないで、仏教語とする論拠は、推敲過程における『初期草案』（前記Bの本文）の「（心）いまだ無心（に）の境いたらず。（香を焚て）禅室に入《いり》（とも）て妄相払つくさず。」（括弧内は抹消された辞句。傍線部分はあとからの書き加えである。）という作者自身の証言が禁戒として定稿に揺曳すると考える。右記の「無心」は、「木魚を打て御名を唱ふれども」の文節に続き、「禅室に入て」との照応より禅語と解し得るが、第三のねらいは、「是非」を仏教語と解する私見は、「罔両」の出典に当る『荘子』（本文、特に林注）に拠る解釈と矛盾しない点である。[20]識者により禅と荘子の無心には多くの共通点とともに根本的に異なった性格を持つ点が指摘されている。しかし、[21]旧稿で、「椎の木蔭に嗒焉吹虚《たふえんすゐきよ》の気を養ひ、無何有の心の楽《たのしみ》」（元禄三年六月三十日付、曲水宛）と記した在庵中の芭蕉書簡や、「閒《しづか》なる時はひぢをかけて、嗒焉吹虚の気をやしなふ」（「机の銘」。元禄五年冬の作か。）と記す俳文を通して、相対的価値観（是非の論議）の止揚・超越を説く『荘子』「斉物論篇」の冒頭文を出典とする右の芭蕉の文章と、出典の文脈中の「忘我」の精神との共通点に触れた。妄想を払い尽くさず、無心の境地に至り得ない『初期草案』中の主人公の嘆きは、定稿の「是非をこらす」主人公の精神とは無縁ではあるまい。右記の書簡と俳文の「養ふ」には、「学問や修行により人格を高める。培って立派にする。」の意味がある。芭蕉は、後半弟子の怒誰宛書簡で、「御修行つのり行（き）申候哉。聊（か）間断におゐて（中川注。「少しでも修行を怠られると」の意。末尾の「て」の下は一字欠落しているが「ハ」が妥当。）馬の蝿《はえ》に驚（き）、逍遥無何有の郷を失（へ）ルものならん。」（元禄六年十一月八日付）と書き送っている。怒誰の精進を認め、俳諧道における後進の上達に驚き、無何有の郷を見失うであろうという自戒の文面は、私見にとって示唆する点が大きい。「凡《およそ》、修行は、我が得《う》処を養ひ、不レ得《えざる》処を学ばば、次第にすすみなん。得処になづんで外《ほか》をわすれば、終に巧（中川注。「功」）を成すべからず。」（『去来抄』）という去来の言葉は、師の芭蕉の精神を体したものである。右記の「我が得《うる》処を養ひ」は「修業により特異な点を益々伸ばしてゆく」という意味である。同様に前記の「嗒焉吹虚の気を養ひ（ふ）」にも、芭蕉はその原典の林注[22]（「嗒然ハ者無心ノ之貌也。喪二其トハノ耦《(タクイ)ヲ》一者。人《ハ》皆《ナ》以《テ》二物我《ヲ》一対立《ス》。此《レハ》忘《ルルナリ》レ之《ヲ》也。……有レ我《トキハ》則《(チ)》有《リ》レ物。喪《トハ》レ我《ヲ》無《キナリ》レ我《レ》也。……不《シテ》レ曰《ハ》二我《レ》喪《ト》一レ我《ヲ》而曰二吾《フ》喪《ト》一レ我《ヲ》。言《ハ》人身《ノ》中。纔《(ワズ)カニ》有《レハ》二一毫《ノ》私心一未《タ》レ化《セ》《ルコト》。則《(チ)》吾我《ノ》之間亦有《リ》二分別一矣。吾喪《フノ》レ我《ヲ》三字下《シテ》得《テ》極《テ》好《シ》。」）の記述を通して「無心」の重要さや、「忘我」・「坐忘」の精神に留意していたと思われる。言わずもがな、芭蕉は既に延宝・天和の頃、『荘子』の文に心酔し、「歌仙の讃」（右記の芭蕉の俳文・書簡やこの俳文の典拠は同じ[23]天籟寓話である。）その他の俳文を生んだが、表現・内容・文学精神にわたるその精緻な影響関係についてはいくたの[24]先学の検証が備わるわけである。

さて、右の林注と問題点「是非をこらす」の意味には共通の精神が流れていると考えるので私見を記す。「斉物論篇」の冒頭文における「嗒焉」の状況説明として「似《タリ》レ喪《ヘルニ》二其耦《ノタクイヲ》一」（「喪」の左の傍訓に「ワスルルニ」とある。）とあるが、[25]原本の頭注には「偶《ハ》匹也。一《ニ》云《(フ)》身也。身与《ト》レ神為《(ス)》レ耦《(ト)》也」（括弧内は中川の私意。以下同じ。）とある。つまり「耦」の意味として、配偶者・自分の身体・自分の心身の三つを列挙する。近年の専門書[26]（約十本）に拠ると、多数説の身体（5例）に対し、妻・相手・身体に寄り添う心（各1例）その他の語釈に分かれる。[27]書中最重要で、最も難解な哲理を寓する篇と言われる所以であるが、林注のキー・ワードは、「吾喪《フ》レ我《ヲ》」の三字を別格として、無心・私心・分別の三要語である。[28]潁原退蔵氏は「芭蕉の風雅が私意を去って物我一如に帰する所に求められたのは、確かに禅的宗教観から出たものと言わねばならぬ。」と立言され、自己と対象との合一という観点から造化随順を説いている。つまり随順とは物と対立すべき我を没却して、直ちに自然と融合する事である。客観さるべき自我を全く滅した境地にあって、松を見又竹を見るのであると言う。私心・分別を捨てよという林注の趣旨は、右記の私意・私情を離れよという精神とほぼ符合するものがある。右の林注の「無心」に対して、『初期草案』に記した芭蕉の「無心」を禅語と解すると「分別思量にわたらず、是非善悪に動じない心のあり方」（「無心是道」『新版禅学大辞典』）という[29]定義が参考となるわけである。なお、右記の造化随順について付記しておくと、私見では元禄三年八月上旬頃の執筆と考える『笈の小文』の風雅論に関連して、能勢朝次氏に留意すべき見解[30]が認められる。「『造化に従ふ』とは天地自然に随順し、これに伴いこれを友とする意と見てよいが、『造化に帰る』という言葉は、天地自然に復帰するとだけに考えては、十分に芭蕉の意は汲み取り難いように思われる。従ってこの造化の意を、老荘思想にしたがって『天地万物の生々化々して尽くる時なき創造の働き』と考え、そうした創造の働きに帰一融合して、自らにもその創造作用を生かすべきことを指したものと考えるのが、最も妥当であろうと思われる。」という。造化の語を老荘思想によって解釈することは、芭蕉の本意に近づくゆえんであろうという能勢説は、右の禅的宗教観の影響を説く潁原説と異なるようであるが、後日、潁原氏は風雅論の「造化にしたがひて四時を友とす」る一節を掲出して、「造化への随順とか物・我一如の心境とかいうことは、単なる理念として考えるならば、荘子や禅等の世界観からそのまま導き出されるであろう。」と修正[31]されている。私見としても、「南花真（原文「直」）経一部ヲ置」（『初期草案』）き、「荘子をよみて（原文「閲みして」を傍線で抹消）かうへをかくのみ」（『初期草案』）という生々しい記述をもつ『庵記』の推敲過程を熟視する時、右記の検証と相俟って潁原修正説を妥当とする。

「是非（の心《しん》）を懲す」とする私見の第四のねらい（着眼点）は、「是非」及び「是非の心」は仏教語であるが、又一般の漢語としても使用されている事、又、今後の精査に俟つべきであるが、管見によると芭蕉当時の辞書類[32]（室町末より芭蕉当時の主な下学集や節用集）において、その見出し語に登録されている「凝《こら》す」は極めて少なく、反対に「懲《こら》す」は過半数というよりは、極めて多くの辞書に登録され、市民権を得ている事実である。（四段の「凝《こ》る」の他動詞形が「凝《こら》す」。上二段の「懲《こ》る」の他動詞形が「懲《こら》す」で、両者ともに四段動詞である点を確認しておく。）但し、言語は特殊的・個性的なものであるからこれらの事実は情況証拠の傍証に過ぎない。一、二の顕著な点を示すと、古本下学集系統の辞書では「懲誡《コラスイマシメノ》　義也」[33]（寛文九年版。巻下之一。五オ。）というような説明が多く、「凝す」は殆ど見当らず、「凝《コル》」は節用集系統に時々顔を出す程度である。例えば、節用集でも二種類[34]の延宝八年板本に

「凝《コル》」（但し「凝す」はない。）も登録されているが、貞享四年板本[35]には「懲《こらす》」（六十三ウ。「こ」の「言語」の部門。）のみで、「凝」の字は見当らないわけである。さて、㈠　問題の仏教語としての「是非心《ぜひのしん》」は「事物を分別する妄心」、「是非」は「①善いと悪いとの区別。正しいか、誤っているかということ、②よしあしといった相対的な判断」（『新版禅学大辞典』[36]）とある。㈡　一般的には「是《ぜ》非《ひ》の心《こころ》」は、「①よい事を是とし、悪い事を非とする心。善悪を弁別する本性。②世事についてそのよしあしをむやみに気にかける心。」（『日本国語大辞典』[37] 第十二巻）、「是非」は「①是と非。道理があることと道理がないこと。よいことと悪いこと。善悪。正邪。②是と非とを判断すること。ものごとのよしあしを判断すること。批評すること。是を是とし、非を非とすること。品評。（中川注。②には「是非する」という用例が多い。）」（同上）とある。㈢　なお同義反復となるが漢詩文関係では、「是《ゼ》非《ヒ》之《ノ》心《ココロ》」は、「①善をよいとし悪をわるいとする心。善悪を弁別する本性。②世の出来事について、やたらによしあしと気をもむ心。」、「是非」は「①善と悪。正と不正。②善悪ともに。善かれ悪しかれ。なにとぞ。必ず。③もめごと。いざこざ。」（『大漢和辞典巻五』[38]）とある。

　問題点の核心に当る語義なので、検証の前提として引用文が長くなったが、「是非の心」について、右記の三者の中、後者（㈡と㈢）はほぼ同義であり、私見は前者の「事物を分別する妄心」とする意に解した。なお、「是非」を「是非の心」の省略とする論拠は、芭蕉が愛読した『荘子』や『白氏文集』における「是非」の用例（用法）によって許容される解釈と考えるわけである。そこで幾つかの用例を参考のために示したい。

①　自《ヨリ》二従《シテ》委《ヲ》レ任　順《フ》二浮沈《ニ》一　漸《ニ》覚《フ》　年多《ク》　功用《テ》深《ヲ》　面上《ニハ》　滅《シ》除《ク》　憂喜《ノ》　色　胸中《ニハ》　消《シ》尽《ス》　是非《ノ》　心

（『白氏長慶集』[39]「詠レ懐《ヲ》」と題す。明暦三年板。巻十六。十五オ。七言律詩の後半は省略。解釈は竹村則行氏の著書に拠る。）

②　身適《カナヘハ》　忘《ル》二四支《ヲ》一　心適《ヘハ》　忘《ル》二是非《ヲ》一　既《ニ》適《テ》　又忘《ル》レ適《フコトヲ》　不レ知吾《ハ》　是誰《ソ》

（同右。「隠几」〈中川注「机に隠《よ》る」〉と題す。巻六。二オ。古調詩。下略。解釈については埋田重夫氏の論考を参看。）[40]

③　道隠《ハレ》二於小成《ニ》一、言隠《ハル》二於栄華《ニ》一。故有《リ》二儒墨之《ノ》是非一……則莫《(チ)シ》レ若《クハ》レ以《スルニ》レ明《ヲ》。

（『頭書荘子』斉物論篇第二。天籟寓話。寛文五年板。架蔵本。原本は巻之一の二十五ウ。）

④　是《ノ》故《ニ》古《ノ》之明《ニスル》二大道《ヲ》一者《ノハ》先明《ニシテ》レ天《ヲ》而道徳次《ク》レ之《ニ》。……原省已《ニ》明《ニシテ》而是非次《ク》レ之《ニ》。是非已《ニ》明《ニシテ》而賞罰次《(ク)》レ之《ニ》。（『同右』外篇天道篇第十三。大道有序論。巻之五の八オ。）

⑤　忘《ルルハ》レ足《ヲ》履《ノ》之適《スルナリ》也。忘《トハコシヲ》レ要（中川注「腰」）帯《ノ》之適《スルナリ》也。知忘《ルルハ》二是非《ヲ》一心之適《スルナリ》也。……始《テ》二乎適《ニ》一而未《ル》二嘗《テ》不《ンハ》一レ適者《セハ》。忘《ルル》レ適《ヲ》之適也（『同右』外篇達生篇第十九。忘適之適箴。巻之六。四十ウ・四十一オ。「履」の字体を通行字体に改めた。）

自己の思いを述べた「詠レ懐《ヲ》」①の前半の大意は、江州司馬に左遷され、わが身の浮沈を自然のなりゆきに任せて以来、年を経て正にその効用の奥深さを悟った。こうして顔色からは憂いや喜びの色が失せ、胸中には是非を分別する妄心がなくなったというぐらいであろう。なお、竹村則行氏は、「是非」の語釈で「事物を分別する妄心。仏教語」とするが「是非心」を当てるべきであろう。この律詩は右記辞典の共通の用例（二・三の「是非の心」の②）として掲出されている点に留意したい。次ぎの肘掛《ひじか》けにもたれるという閑適詩②は、心身が対象とぴったり一つになると、わが身を忘れ、胸中には是非を分別する妄心がなくなった。そのように無心になると、対象とぴったり一つになって快適であるという意識さえも持たず、私は自分の存在を忘れたのだ、という意。この「是非」の意は、右記の①文と②文との構文上の比較からも（「胸中」と「心」。「消尽」と「忘」。「是非の心」と「是非」。）「是非の心」と考えて差し支えがないと思われる。従って問題点についても同様に「（胸中の）是非を懲す。」又は、「是非（の身）を懲す。」とも解し得る。この「隠《よル》レ几《ニ》」詩②は、埋田重夫氏の指摘の通り、[40] 前記の「嗒焉吹虚」という芭蕉の書簡や俳文の典拠となった『荘子』「斉物論篇」の冒頭文の一節を典拠とする点は明白であり、私見の論拠として引用するねらいの一端である。念のため寛文五年板では、「南郭子綦《(キ)》隠《(ヨリ)テ》レ几《(キ)ニ》而坐《シ》。仰《テ》レ天《ヲ》而嘘《(キヨ)ス》嗒焉《(トウエン)トシテ》似《タリ》レ喪《(ウシ)ナヘルニ》二其《ノ》耦《タクイ》一。……今者吾《レ》喪《ワスル》レ我《ヲ》。汝知《ル》レ之《ヲヤ》乎」（斉物論篇第二。巻一。十五オ・ウ。前者の「喪」の左の傍訓に「ワスルルニ」、後者の「喪」には「ウシナヘリ」とある。）とあるが、右記の「隠《ル》レ几《ニ》」（②）の詩で省略した後文中の「槁木・死灰」の二語は、同じく右記の『荘子』の本文（省略した部分）中の二語と全く同じである。又、「今日復《タ》明日、心身忽《チ》両《ツナガラ》遺《(ワス)ル》」（②の省略した部分）というキー・ワードは、『荘子』本文末尾の要語「今者吾《レ》喪《ワスル》レ我《ヲ》」の精神と発想に見事に通じる。なお、『荘子』原本の頭注欄で「死灰・槁木」の語義の説明の結びに「皆静定坐忘之意」とする注記（巻一。十五ウ。）は見逃せない要語である。「坐忘」とは「自己の心身を忘れて、天地と一体となること。荘子に基づく語であるが、禅門でも用いる。」（『新版禅学大辞典』386頁。）とある。[41]赤塚忠氏は「槁木」は、「静止不動のさま」、「死灰」は「無心のさま」にそれぞれなぞらえていると説明しているが、右記の「静定坐忘」の語義を補完する見解である。この「坐忘」の『荘子』の本文における定義は、「仲尼……何《ヲカ》謂《フ》二坐忘《ト》一。顔回曰《(ク)》堕《ヤフリ》二枝（肢）体《ヲ》一。黜《(シリソケ)》二聡明《ヲ》一、離《レ》レ形《ヲ》、去《ケテ》レ知《ヲ》同《ス》二於大通《ニ》一此《ヲ》謂《(フト)》二坐忘《ト》一」（大宗師篇第六。巻三。二十三ウ。）とある有名な坐忘問答であり、その趣意は、「坐して自ら其の身を忘る」という意味において、「斉物論篇」冒頭の要語「吾《レ》喪《ワスル》レ我《ヲ》」に当たると解するのが[42]識者の定説である。右の『荘子』本文の林注にある「観《ルニ》二此《ノ》坐忘《ノ》二字《ヲ》一。便《(チ)》是禅家《ノ》面壁一段《ノ》公案《ナリ》。同《トハ》者与レ道為《タル》レ一也。」（同右。二十四オ）によっても、芭蕉を含め、当時の『荘子』の読者が、荘子と禅思想における「無心」の共通性を認識していたと考えるのは不自然ではなかろう。

「是非」を仏教語と解する私見（右記の第三のねらい）は荘子の思想と矛盾しないという、その論拠の一端は右記の論点に示されているわけである。従って是非・分別の妄心を忘れ、無我無心になることが坐忘であると考える時、『初期草案』における「いまだ無心の境いたらず」と、『定稿』の「是非を懲《こら》す」の両文脈の接点を想定するプロセスは、偶然ではなく必然性があるのではないか。周知の通り、幻住庵滞在の翌元禄四年、京都の落柿舎で居住中の芭蕉の備品の中に「白氏集」（『嵯峨日記』の冒頭文）があった。従って、芭蕉と白氏の両者執筆の「机銘《つくえのめい》」（前記）と「隠《よ》ルレ几ニ」の作品中に、「方寸」という同一語があるのは、多分偶然であろうと思うが、右記の『荘子』の出典に共鳴、傾倒し、類似の題名の下に形象化を果すという動機と、忘我自適の境地を愛する執筆精神には共通性が認められる。芭蕉門下最初の、且つ芭蕉の存命中に公刊された唯一の俳論書といわれる『葛の松原』（支考作。(43)元禄五年八、九月か。一説に末頃の刊行。）中に、「芭蕉庵の叟《ヲキナ》、一日嗒焉《トシテ》うれふ。」という留意すべき文言がある。この後文の「春を武江の北に閉《とぢ》給へば」に着眼して、一文の書き出しを「斉物論篇」のスタイルに倣い、芭蕉を南郭子綦になぞらえたものであり、師の芭蕉が武江の北の草庵に嗒焉として物我の対立を忘れた境地にひたっていて古池の句を得た、という甚だ穿《うが》った広田二郎氏説(44)（支考の説の解説）を付記しておく。『荘子』よりの受容は、単なる文飾・修辞といった皮相の域をはるかに越えて、芭蕉の生きざまや文学精神の深層部に影響し、浸透していたことだけは確かである。句の成立はともかくとして、右のエピソードは芭蕉の心境の一面をよく伝えている。

さて、『白氏文集』本文における「是非心・是非」の二用例の考察を終るが、芭蕉と『荘子』二者との関連性と「是非」の意味・用法に対して、必要以上にこだわりを示した理由は、問題点の「是非」を「是非の心」の省略とする論拠を示すだけにとどまらず、管見に入った約15例(45)（前記の二例を含む。）の「是非」の語義は、『荘子』における用例と同様に概ね負（否定的評価）の用例であるという点をアピールするねらいがあった。「大底荘叟（荘子）を宗（理想）とし、私心竺乾（仏陀）を事とすれば……是非（世俗の是非分別）は都《すべ》て夢（夢幻）に付し、語黙禅を妨げず（語っても黙しても甚だ禅を得たものになろう。）」（但し、竹村氏の利用した上記の本文は、注(39)の元和四年本である。『白氏文集』巻十九。十五ウ。四十韻の長律詩。訓読、訳文は竹村則行氏の著に拠る。）右記の「是非」の用法もその一例であるが、近年の中国の識者孫昌武氏も次のように指摘する。「白居易は往々、禅と老荘の道家思想とを同等に扱っている。……特に荘子の『形を離れ知を去る』（中川注。前記の「大宗師篇」第六の一節参照）精神的境地と、斉物逍遥の人生態度とが彼の尊重とするものであり、……物我一如の境地に到達したので、患難にあっても淡泊平静な心境を表現しえたのであり、詩境としてもたいへん味わいのあるものである。」（「白居易と仏教・禅と浄土」と題する論考。(46) 一部分要約した。孫氏は南開大学教授。）右記の視点は私見の論点を補完するものとして付記しておく。

次ぎに『荘子』における「是非」に関連する三用例の考察に入るが、紙幅の都合で簡明を旨とする。「斉物論篇」特に芭蕉の愛読したと思われる天籟寓話の一部③における「儒墨之是非」の意味は、当時の中国の思想界における諸子百家の代表として孔子・墨子両学派の批判の上に立つ発言で、「儒墨の是非の論争」（一部「対立・議論」の訳解がある。）とする訳が比較的多い。例えば林注では、「小成」を「小見・人之偏見」（巻の一。二十六オ）とするように、人間の無意味な相対的偏見、分別や独善を糾明・断罪し、「明」により、論争に終止符を打つのが最善の方法であるという意である。林注では「明《トハ》者天理也《ナリ》」（同上）とし頭注に「荊《カ》云、明《ハ》者大智恵也」（二十五ウ）と記す。識者は「絶対的明知・明断な知」等と訳すが、「一切の相対的な偏見と人間的分別を超克する大いなる智恵」(47)（福永光司氏説）とする説明は林注（但し、頭注の「荊」とは「荊川釈略」を指すか。架蔵本の『荘子翼註』巻之一。七ウ。承応二年板による。）に近い。次ぎに、政治の道には天道以下賞罰まで九段階の順序があると説く林注の本文④の「是非」の意味は、諸説大同小異であり、「（官吏の成績の査察、検討を明白にしてから）その是非の価値判断（諸説。善悪の評価・是非の判定等）を定める。」というぐらいの意味になる。最後に「忘適之適箴」と命名(48)（赤塚忠氏説）される一節⑤は、私見によると、前記の「隠《よル》レ几ニ」②の詩の一節「既《ニ》適《スレバ》又忘《ル》レ適《ヲ》」の文言の典拠と考える。「忘《ルル》二是非《ヲ》一」の「是非」の意味は「是非の価値判断」（善し悪しの判断。物事のよしあし。よしあしの区別等の訳解がある。）と諸説にあるように簡明で異説はない。この一節⑤のキー・ワードは右記に記した結びの文言であり、その要点は既に前記の「隠《よル》レ几ニ」②で示したので省略する。以上で『荘子』における「是非」に関連する三用例の考察を終るが、「是非」は「是非の価値判断・是非の論争」等の言葉を補って解釈される場合が多く、当然文脈上より、「徳人《ハ》者居《イテ》無《ク》レ思《(フ)コト》、行《テ》無《ク》レ慮《(ハカル)コト》、不レ蔵《ヲサメ》二是非美悪《ヲ》一」（外篇天地篇第十二。巻之四の四十七ウ。）とあるように他の語と対になって示される場合もある。要は問題点の「是非」を「是非の心」の省略とする論拠の一端を示したつもりであるが、前記の『白氏文集』（但し、私見の底本は注（39）に示した。）における例証と同様、管見に入った約20例[49]の「是非」の語義は、概ね負（否定的評価）の用例である点が、むしろ私見のねらいである。芭蕉における「是非」の用例についても、『白氏文集』や『荘子』の場合と同様であると考える。約20箇所程度の影響関係が指摘されており[50]、芭蕉の愛読書の一つと考えられる『徒然草』にも、「世間の浮説《フセツ》。人の是非《ゼヒ》。自他《ジタ》のために失《シツ》おほく得《トク》すくなし。これをかたるとき。たがひのこころに無益のことなりといふことをしらず。」（季吟著。『徒然草文段抄』五冊目。寛文七年板。四十ウ。架蔵本。）、「をのれが境界《キヤウガイ》にあらざるものをば、あらそふべからず、是非《ぜひ》すべからず」（同上。六冊目。二十八ウ）とあるわけである。前稿で指摘したところであるが、「煩悩増長して一芸すぐるるものは、是非の勝《すぐ》る物なり。」（「閉関之説」元禄六年秋　芭蕉の執筆。）の「是非」も同様否定語（否定的評価を示す語）である。右記のような用例に対して、短絡反応をするつもりはないが、問題点の「是非をこらす」について、通説の通り「凝《こら》す」と考えるとき、論理的に極論すると、是非の判断を避けようとする人間が、その判断に対して思いをこらすという矛盾を犯すことになるのではないかという点が私見の論拠の一つである。つまるところ、芭蕉の俳文の特徴、言葉を換えて言うと芭蕉自身の表現の仕方はどうなのか。そして読み手として、その表現法の特徴や秘密をどう読み解くかという一点に集約されるわけである。この点前記の広田二郎氏説は、「是非」を明確に否定語として把握しており、「どうしたら是非の争いの境を超えて造化によりよく随順できるだろうかと思索をこらす。」という解釈には矛盾はない。私見（参考のために記すと、かりに「凝す」を認めた場合の口語訳）は、「是非の争い（分別）の超克（打破）について、深く思いをこらす。」意と考える。意訳すると、「ともすれば、是非にとらわれやすいわが身に思いをひそめ、深く内省する。」意となる。広田説も含め、私見も口語訳には言葉の補足が必要である。私見は結論的に広田説を支持するものであるが、管見ではこの説を援用乃至紹介した主要研究書は見当らないわけである。典拠となった「罔両・景問答」自体の本文が難解であり、従って管見による約二十点近い古今の学術書について主題の説明にいくつかの相違点が認められるという現状において、広田説に論証の不足からくる説得力の弱さという難点と、読み手側の消化不良という両要素が、あるいは影響しているのかもわからない。さて、「是非を懲《こら》す」と考える私見は、回りくどい説明を避けて、簡明な解釈を試みた結果であるが、最後に締めくくりとして、「夜座」の用語との連繋において考えてみる。前稿で「禅宗で暁天の坐禅に対して、初夜（午後七時から九時まで）の坐禅の称」として、『幻住庵記』の用例を示している。『日本国語大辞典』の[51]解説を紹介し、再検討する必要を示した。『白雲詩集』（英実存著。寛文五年板。架蔵本。一冊）を繙《ひもと》くと、夜坐して、詩集を読み（巻一。九ウ）、鐘の音を聞く（巻二。九オ）という表現が認められるので、禅僧であっても、「夜座」はいつも坐禅を意味するとは限らず、いわゆる一般の「静座」を意味する場合もあるのではないか。芭蕉の場合は、「三声のあくびはばかる事なく」（『芭蕉文考』Cの初稿系）ともあるので、決め手を欠くが一種の静座状態を意味する点は認めてもよいと考える。坐禅の場合は修業の中心であり、睡魔と散乱心を障害として戒めるようであるが、一般の静座法でも、呼吸を調整し、心身を静かに落ち着け、精神の統一をはかったり無心になる努力を払うものである。従って人生や世の是非善悪について深く思いをこらすという通説は、この点についても妥当ではないと考える。

注

（1）㈠　初稿系〔A『最初期草案断簡』→B『初期草案』→C『初稿』（『芭蕉文考』所収本）〕→㈡　再稿系〔D『再稿草案断簡』→E一『再稿一』（米沢家本）→E二『再稿二』（棚橋家本）〕→㈢　定稿系〔F一『定稿一』（豊田家本）→F二『定稿二』（村田家本）→F三『定稿三』（『猿蓑』所収本）〕。

（2）「『幻住庵記』における解釈上の問題点の考察」『大阪商業大学論集』94号。平成4・12・1。178〜155頁。本書収録。

（3）『評釈猿蓑』岩波書店・昭和22年。255頁。
（4）『評釈芭蕉―俳諧・俳文・俳論―』旺文社・昭和47年。259頁。
（5）『芭蕉俳文集』角川書店・昭和33年。（「米沢家本」の訳は182頁。『猿蓑』の訳は193頁。）
（6）『俳句講座5　俳諧・俳文』明治書院・昭和45年。309頁。
（7）『芭蕉七部集』（新日本古典文学大系70）岩波書店・平成2年。346頁。
（8）『注釈近世俳文』有朋堂・昭和61年。70頁。
（9）『芭蕉の俳句俳文』旺文社・昭和30年。201頁。
（10）『芭蕉講座第九巻　俳文篇』三省堂・昭和31年。87頁。
（11）『芭蕉』（日本古典鑑賞講座第18巻）角川書店・昭和38年。369頁。
（12）『芭蕉講座第五巻　俳文・紀行文・日記の鑑賞』有精堂・昭和60年。50～51頁。
（13）井本農一・堀信夫・村松友次各氏『松尾芭蕉集』（日本古典文学全集41）小学館・昭和47年。503頁。
（14）『近世俳文評釈』桜楓社・昭和58年。96頁。100頁。
（15）『奥の細道・幻住庵ノ記新釈―解釈と研究―』白楊社・昭和30年。282頁。284頁。
（16）『新註猿蓑』武蔵野書院・平成2年（29版。初版は昭和26年。）106頁頭注欄。
（17）中川架蔵本（寛文五乙巳歳孟秋吉祥日／風月庄左衛門開板。『頭書荘子一』巻之一。内篇斉物論篇第二。四十九オ・ウ）によると、括弧内は「形《チモ》又有《リ》レ待《ツコト》」とある。架蔵の寛永六年版（十一月吉辰。一条通観音町風月宗知刊行の巻一の第二。五十一オ。）と万治二年版（己亥九月吉日吉野屋権兵衛板。巻一の第二。五十一オ。）の林注は同じで、「形又有《リ》レ待《コト》」とある。版面は劣るが、寛永・万治の両版本にない詳細な頭注を具備する寛文五年板を底本にして、先行の両版本と対校、参照した。なお万治版は再版といわれるが、寛永版と若干の相違もある。
（18）『芭蕉の芸術―その展開と背景―』有精堂・昭和43年。419頁。
（19）この章の注（17）の寛文五年板を底本として考えておくが、芭蕉はどのような版本を利用したか不明である。同版本の頭注欄には諸説を所載する。例えば「翼」（巻一の発題の一オ）は『荘子翼註』。「呂吉甫」（発題の一ウ）は『呂吉甫註』。「崔」（巻一の二オ）は『催譔註』。「郭」（同十ウ）は『郭子玄註』。その他『疏』は三種（翼註巻之一の書目。七ウ）あるので不明。筆者中川も承応二年刊の『荘子翼註』と、寛永頃の刊といわれる『荘子大全』を架蔵する。芭蕉も複数の刊本を持っていたか不明である。

（20）編者代表は久松真一氏。『禅の本質と人間の真理』創文社・昭和52年。725～758頁。福永光司氏論題は「禅の無心と荘子の無心」特に両者の同質性は744～748頁で五点、異質性は749～751頁で二点要約されており、極めて有益である。

（21）「『幻住庵記』考―主題と句解を中心として―」『大阪商業大学論集』91号。平成3・12。196～174頁。本書収録。

（22）本章の注（17）の中川架蔵の寛文五年板（巻之一。斉物論篇第二。十五ウ。）括弧内の傍訓は中川の私意。

（23）この「天籟寓話」という命名は、赤塚忠氏『荘子上』集英社・昭和49年。62頁参看。

（24）一・二例をあげると野々村勝英氏の「芭蕉と荘子と宋学」（『芭蕉』有精堂・昭和44年。234～240頁。）本章の注（18）の広田二郎氏の著書（315～328頁）その他略す。

（25）本章の注（22）の同書。第二。十五オの頭注欄を指す。

（26）主要参考文献のみ示す。①福永光司氏『荘子・内篇』（朝日文庫）朝日新聞社・平成4年。59頁。②赤塚忠氏（本章の注（23）の同書。66頁。）③市川安司氏『老子・荘子上』明治書院・昭和45年。153頁。④金谷治氏『荘子・第一冊』岩波書店・昭和53年。41頁。⑤森三樹三郎氏『荘子・内篇』中央公論社・昭和59年。27頁。⑥池田知久氏『荘子上』学習研究社・平成4年。53・54・371頁。⑦阿部吉雄氏『荘子』明徳出版社・昭和45年。74・75頁。（他に原富男・岸陽子・野村茂夫各氏の著書。又、中嶋隆蔵・諸橋轍次・後藤基巳・服部武・峰屋邦夫・牧野謙次郎・前田利鎌の各氏の著書を参看した。）

（27）後藤基巳氏『荘子を読む』勁草書房・昭和60年。92頁。他に同意見も多い。

（28）『潁原退蔵著作集第十巻』中央公論社・昭和55年。33頁。（「芭蕉の風雅」の条）

（29）駒沢大学内禅学大辞典編纂所編。大修館書店・昭和60年。1208頁。

（30）『能勢朝次著作集第九巻　俳諧研究（一）』思文閣出版・昭和60年。55頁。（一部分要約）。

（31）本章の注（28）の同書。146頁。（なお、前者は昭和17～18年1月に発表。後者は昭和18年9月発表。）

（32）主として旧稿（「『おくのほそ道』における「三代の栄耀」の読み方」『大阪商業大学論集』70号。昭和59・11。188～163頁。本書収録）で引用した資料（出典は詳細に明示）を利用した。結論的には他動詞の「凝《こら》す」は殆ど見当らないが、「懲《こら》す」は相当多い。自動詞の「凝《こ》る」はやや多く、「懲《こ》る」は時々現れる程度である。例えば『源氏物語』の2例は「懲《こ》らさむ」（他動。帚《はは》木《き》と末摘花）のみで、他は全くない。『徒然草』は「凝りたる」（自動四。百五十八段）1例のみ。『文明本節用集』は他動「懲《こら》す」8例・自動「懲《こ》る」5例・自動「凝《こ》る」2例のみ。同書は文明六年1474成立。『古本下学集六種』（勉誠社版）は6例とも「懲《こら》す」。『古本節用集六種』（同上）は、「懲《こら》す」と「凝《こ》る」と各5例のみで、他動詞の「凝《こら》す」はない。以下省略。

(33) 杉本つとむ氏他編『増補下学集下巻』文化書房博文社・昭和43年。233頁による。原本では「下之一の五オ」。なお、同書には「凝る・凝す・懲る」を欠く。

(34) 中田祝夫氏『合類節用集研究並びに索引』勉誠社・昭和54年。235頁。（「懲」の右の傍訓に「コラス・コル」と併記。左に「テウ」）又、「凝」の右に「コル・コゴル」を併記。左に「ゲウ」と傍訓。（原本では巻八の八十五ウ。）中田祝夫氏他編『恵空編節用集大全研究並びに索引・影印篇』勉誠社・昭和50年。（「凝《こる》」は328頁。原本は巻七の四十三オ。「懲《こらす》」は335頁。同巻七の五十オ。）

(35) 著者不詳『増補頭書大字節用集大全』大坂南谷町作本屋八兵衛開板。六十三ウ。（「こ」の項目の「言語」の部）架蔵本。他に架蔵の貞享二年・元禄四年の各節用集も上記に同じ。（「凝《こ》る」「凝《こら》す」を欠く。）

(36) 本章の注（29）の同書670頁。

(37) 日本国語大辞典刊行会編。小学館・昭和49年。64頁。

(38) 諸橋轍次氏。大修館書店・昭和46年。844頁。

(39) 底本に長澤規矩也氏編『和刻本漢詩集成・唐詩・九輯』（昭和52年。214頁。）を使用する。仁枝忠氏は芭蕉の見た本は底本とした『白氏長慶集』ではなく、那波道円の活字本である『白氏文集』であろうとされる。その元和四年本と対校したが、若干の相違が認められる。訓読のある前者を採用した。解釈は『白氏文集三』明治書院・昭和63年。415～416頁を参看。

(40) 『白居易の文学と人生2』（白居易研究講座第二巻）勉誠社・平成5年。163～185頁参看。論題は「白居易の閑適詩―詩人に復原力を与えるもの―」0232番の詩。（但し、この番号は注（39）の元和四年本による。）

(41) 本章の注（23）の同書。66頁。

(42) 例えば本章の注(26)の⑦の同書(阿部吉雄氏)177頁。参看。
(43) 今栄蔵氏『校本芭蕉全集七巻　俳論篇』富士見書房・37頁。(「板行はほぼ八、九月頃と推測される」とある。)他に「元禄五年末と推定」する八亀師勝氏説がある。『総合芭蕉事典』雄山閣・昭和57年。418頁。私見は今説に拠る。
(44) 『芭蕉と「荘子」』有精堂・昭和54年。89頁。
(45) ①「富貴無《テ》二是非《セリ》一」(巻2・2オ)②「胸中多《シ》二是非一」(巻7・8ウ)③「是非莫《ク》レ分別《スルコト》一」(巻21・12ウ)④「是非一以貫《テ》」(巻22・14ウ)⑤「置《テ》二心《ヲ》思慮《ノ》外《ニ》一、滅《ス》二跡《ヲ》是非《ノ》間《ニ》一」(巻25・4ウ)⑥「心《ノ》中《ニハ》少《シ》二是非一」(巻25・12ウ)⑦「是非何《ヲ》用《テカ》問《ン》二閑人《ニ》一」(巻27・16ウ)⑧「足適《カナフテ》已《(すで)ニ》忘《ル》レ履《ヲ》、……況《ヤ》我心又適《カナフテ》、兼《テ》忘《タリ》二是《ト》与レ非《ヲ》」(巻29・16オ)⑨「是非君莫《レ》レ問《フコト》」(巻31・15ウ)⑩「是非、分未《タ》レ定」(巻33・11ウ)⑪「是非《ノ》閑論《ハ》任《ス》二交親《ニ》一」(同上・13)⑫「是非愛悪銷停《シ》尽《テ》」(巻37・9オ)⑬「是非一以遣《テヤリ》」(同上・11オ)。底本は注(39)参照。なお右記の⑤の「滅」は、底本では「滅」であるが、文意の上から元和四年本の「滅」を採用した。
(46) 本章の注(40)の『白居易の文学と人生1』(講座第一巻)平成5年。引用の箇所は200・202・203頁の三つの部分であり、要約した。
(47) 本章の注(26)の①の朝日文庫の同書。74頁。
(48) 『荘子下』集英社・昭和57年。143頁。
(49) 極論すると『荘子』の「斉物論篇」は、相対的価値観(是非の論議)の止揚・超克を説く篇であるから、「是非」の用例のせんさくはナンセンスと言える。(最も詳密な福永光司氏の「語句索引」に「是非」の用例が18箇所、関連する用例が約10箇所具備する。)『荘子雑篇・下』朝日新聞社・昭和53年。58頁参看。
(50) 中村俊定氏監修『芭蕉事典』春秋社・昭和53年。272〜274頁参看。
(51) 日本国語大辞典刊行会編。小学館・昭和51年。『第十九巻』462頁。

二、「罔両に是非をこらす。」の真意（むすび）

右記の通り、私見は「是非を凝《こら》す」という定説に異を立てて、「是非を懲《こら》す」とする創見とその論拠を提示した。しかし、最初に断ったように、芭蕉の推敲過程を熟視する時、問題がないわけではない。問題点の「罔両に対して三声のあくびをつたふ。」（B『初期草案』）を「罔両に是非をこらす。」（C『芭蕉文考』）といったん修正した後は、対句仕立ての構文に直し、「月を待てば」の五字を加えるなど、少しずつ改変を試みたが、以後の五つの『庵記』（E一・二、F一〜三。）において、この九文字には一度も手を加えず、全異文に記載されている理由は何か。特に留意すべき点は、私見における第四段の文末にこの九文字を置き、初稿・再稿・定稿系の諸本に一貫して定着させている作者の意図は何か。私見におけるその解答は簡明である。脱『荘子』（『方丈記』を含める脱古典）の推敲過程で、『荘子』の痕跡を残した芭蕉の意図は、この一文に対して『荘子』の心で読めというわけである。従って「是非を凝す」という通説に従うと、前記の広田説に近い解釈となる。穿った表現をすると、和語・漢語を通して見慣れない「罔両」という言葉を使って、異常感乃至違和感をおこさせるサインを読み手に送っている理由はこの点にあると解する。前稿でも触れたように『庵記』の五段落構成において、第三・四・五の各段落について、文脈上の思想的バック・ボーンを示しているキー・ワードは、「睡癖山民」・「罔両に是非をこらす」・「無能無才にして此一筋につながる」であり、「無用の用」の思想が三者を流れる主調音として響いてくる点を説いた。その芭蕉が読者にアピールしたい『荘子』の心は、斉物論篇の末尾を締め括る斉物論篇の主題と「罔両・景問答」・「胡蝶夢」の二寓話の意図を端的に要約した林注に示されている。曰《いわ》く「此《ノ》篇《ノ》立《ルコト》レ名《ヲ》、主《トス》三於斉《ヒトシムルコト》二物論一《ヲ》、末後《ニ》却《テ》撰二出《スルコト》両個《ノ》（中川注「罔両・景問答」と「胡蝶夢」の両寓話）譬喩一《ヲ》如《シ》レ此《(ノ)》。其《ノ》文絶《ハナハダ》奇《ナリ》。其《ノ(ココ)ロ》意、又《タ》奥妙《ナリ》。人能《ク》悟《ラバ》レ此《ヲ》、即《（チ）》又《タ》是非《ヲカ》之可《ヘキ》レ争《フ》。」（巻之一。五十・オ・ウ。）とあるように、これは一種の「斉物論総評」（毛利貞斉の『俚諺鈔』巻六。四十五オ。元禄十六年板。架蔵本。）である。斉物論篇の全篇共通の主題は右記に説くように、物論を斉《ひと》しくするという意味であり、物論とは何が是（非・正・邪・……）であるかなどという世俗的、相対的論議を指す。然し、道から考えれば万物は斉等《せいとう》であって、そのような差はない。両寓話における比喩もその精神に基づくもので、この深甚の真実を悟ったならば、無意味な是非の論争をするべきではないというわけである。右の『俚諺鈔』（巻六・四十四オ・ウ）でも、「両個」の条の説明で、「罔両ヤ胡蝶ノ夢。二箇條ノ寓言ヲ設ケテ。元来物我是非ニハ可《キ》レ拘《ハル》ノ無《キ》レ理コトヲ。此《ノ》譬喩ニ依テ。暁《サトサ》シムル教。」とする。芭蕉没後の解説書であるが、芭蕉が読んだと考えられる右記の林注（筆者架蔵の寛永六年・承応二年・寛文五年の版本は、ほぼ同文。但し、「斉」は前二者の傍訓による。寛文板は「斉《ムルコト》」とある。）を、ほぼ忠実に敷衍《ふえん》したものといえる。芭蕉が『庵記』の定稿を完成させた約一か月後、弟子の加生（凡兆）宛に送った周知の書簡中に俳文作成の眼目を解き明かしているが、師の芭蕉が『庵記』で、その秘伝を実証しているわけである。「文の落付所、何を底意に書たると申事……。古人の文章に御心可レ被レ付候。」（元禄三年九月十三日付）とある通り、俳文の基底に作者の人生観的な主観が必要であり、古人の文章（古典）に対する配慮が必要である点を指摘している。従って私見は、「罔両に是非をこらす」の一文に、古典として価値のある『荘子』の斉物論篇の思想を含意させ、その背後に自己の人生観（処世観）を暗示的手法、連句でいえば一種の「俤（面影）付」で語っているものと解す。これは一種の「慥《たしか》（なる）作意をたて」（『去来抄』）た証跡である。新味と奇警の尊重という意味では一種の「黄奇蘇新」に通じると考えてもよいし、一字の巧拙が詩文の死活を決定する「字眼」のように、一語句による暗示、強調を通して思想を語る「鼓舞」的文章表現法の一種とも読める。さて、芭蕉はいかに『荘子』に共鳴・傾倒し、形象化に熱意を燃やしたか。「斉物論篇」冒頭の天籟寓話一つを取っても、その両者の接点（「歌仙の讃」・「贈風絃子號」・「机の銘」の俳文や『笈の小文』の風雅論・

曲水や怒誰宛の書簡文等）を通して、その証跡を検証する時、思い半ばに過ぎるものがある。前稿では怒誰宛書簡や「閉関之説」を通してその一端を検証したわけである。芭蕉における「是非」の用例を列挙して傍証とする予定であったが、もはやその必要はなさそうである。例えば在庵中の芭蕉書簡の中で、歳旦吟を非難した京俳人の小智分別の是非の論は、芭蕉の取らざる所であり（此筋千川宛書簡）、点取俳諧を指して「是非のさた」（珍碩宛・元禄五年書簡）という前後（歴史的推移）の俳壇状況を通し、又、『幻住庵記』成立の経緯や、『猿蓑』撰集の俳諧史的意義という巨視と微視、全と個との考察が要請されるわけである。『猿蓑』の読者は一般大衆というよりは、弟子を主対象とする俳人であろうと思うが、蕉門の自立・育成と、俳諧を道と呼ばれる領域にまで高めようとする芭蕉の文章道に対する精進と姿勢、そしてその配慮が、結果的に自戒をこめた頂門の一針として、又、奇警で、難解な表現として読者の眼に映るのであろう。

芭蕉における「無能」の表現意識について

――『幻住庵記』を中心として――

はじめに

前稿(1)で私は、冒頭に掲げた論題「芭蕉における「無能」の表現意識について」に対して、はじめに二つのねらいを示したが、紙幅の関係で、『おくのほそ道』における「無智無分別」の真意の解明にピントを合わせて論述するところで終っている。今回は今一つのねらいである、諸説のある芭蕉の「無能」の表現意識について、その続稿として『幻住庵記』を中心に考察することにする。

さて、『幻住庵記』は俳文意識に基づく最初の作文で、俳書の序跋を除けば、芭蕉が生前みずからの意志で公表した唯一の俳文であるといわれる(2)。近年は、再稿本としての真筆棚橋家本と、真蹟による忠実な透き写し本といわれる原初期草案が、それぞれ森川昭(3)・今栄蔵(4)両氏によって相次ぎ紹介された結果、ここに五異文の全貌に、冒頭部分のみの真蹟断簡(阿刀家本)(5)と、同じく今氏紹介の文末部だけの真蹟断簡の透写という二種の断簡を加え、計七種の異文が確認されるに至った。今氏は精緻を極める推敲過程の考察によって(4)、右の七種の異文の成立順を次のように位置づけられた。

①真蹟断簡(阿刀家本)→②原初期草案→③(初稿)『芭蕉文考』(6)所収本→④真蹟断簡透写→⑤(再稿一)真筆米(7)

沢家本→⑥（再稿二）真筆棚橋家本→『笈の小文』（冒頭の風雅論のみ）→⑦（定稿）『猿蓑』所収本（以下便宜上、拙論で、二つの断簡を除く五異文の略称として右記の順番に、『幻住草案』『幻住初稿』『幻住再稿一』『幻住再稿二』『幻住定稿』と呼び、誤解の恐れのない場合は右の『幻住』の二字を省く場合がある。）

『笈の小文』冒頭の風雅論は、最初単独の独立した俳文として執筆されたが、（私見としては元禄三年八月上旬頃か）その後に執筆された本文とセットとなり、『笈の小文』の序文となって活用され、巻頭を飾ることになったとする井本農一[(8)]・今栄蔵両氏等の説（但し、『幻住定稿』と風雅論の執筆時期の前後関係については、両氏の説は反対であり、又両者の関係を縦の関係でなく、横の関係でとらえる宮本三郎[(9)]・井上敏幸[(10)]両氏の説もある）を支持したい。なお又、右記の今氏の七異文の成立順の考証（特に『定稿』の前に風雅論を執筆したとする点）も、現段階ではわかりやすく穏当と考えられるので、右の今説に立脚し拙論を展開することにする。

注

（1）「芭蕉における「無能」の表現意識について―『おくのほそ道』を中心とする―」『大阪商業大学論集』73号。昭和60・11・1。205～228頁。本書収録。
（2）白石悌三氏「幻住庵記」『日本古典文学大辞典第二巻』岩波書店・昭和59年。442頁。
（3）「棚橋家本・国分山幻住庵記」『文学』53巻2号。昭和60・2・10。75～82頁。
（4）「『幻住庵記』の原初期草案とその意義―付・竹冷文庫蔵写本『芭蕉翁手鑑』の資料価値―」『中央大学文学部紀要・文学科』57号。昭和61・3・25。25～68頁。
（5）尾形仂氏「芭蕉関係の新資料二点」『国文学・言語と文芸』62号。昭和44・1・1。1～4頁。
（6）板坂元氏「幻住庵記の異文の一つ」『成城文芸』3号。昭和30・4・15。37～45頁。
（7）山崎喜好氏「米沢家蔵『幻住庵記』草稿解説（複製）」靖文社・昭和22年。1～50頁。
（8）「『笈の小文』の成立と問題点」『芭蕉の文学の研究』角川書店・昭和53年。129・142頁。

（9）「『笈の小文』への疑問」『蕉風俳諧論考』笠間書院・昭和49年。311頁。
（10）「風雅論の定位―刊本『笈の小文』冒頭文と『幻住庵記』―」『語文研究』52・53号。昭和57・6。42頁。

一、問題点と私見

『幻住定稿』の成立[1]は、元禄三年八月中とするのが妥当と思われるが、拙論で問題とする「終に無能無才にして此一筋につながる」「か」（ママ）の解釈の現状については、残念なことに確定的ではなく、むしろあいまいで不透明というべきである。かつこの現状は、『笈の小文』の場合（「つゐに無能無芸にして只此一筋に繋る」）も同断である。文献を通して学界（特に昭和三十年代以降の諸注釈の類）の動向を窺うと、意外にも否定説が多い[2]ように思われるが、主要注釈書を繙いて驚かされたことは、例えば「遂に他に何の働きもなく、才能もなくして」（潁原退蔵・山崎喜好両氏。『角川文庫』[3]）というのはよい方で、口語訳はほぼ原文に近く、かつ語注がないというのが過半数である。ここでは便宜上両書（『幻住定稿』と『笈の小文』）における、二、三の解釈を示そう。（一部摘記又は要約なので真意が伝わらない点をおわびする。）

（一）謙遜などといったものではなくて、深い自嘲と自責の意がこめられているのではなかろうか。（無能無芸について。森三樹三郎氏。『講談社現代新書』[4]）

（二）世の中のためになる能力や才芸のないことを卑下することば。芭蕉はこれをもって逆に俳諧を推進する原動力と考えた。（無能無才・無能無芸について。俳諧用語。赤羽学氏。『総合芭蕉事典』[5]。雄山閣）

（三）「無能無才にして此一筋につながる」境涯にやすらぎを得ている。即ち相対的な是非の争いの場、世俗の功利的な世界を超越して、風雅の一筋に生きることに自得している芭蕉の境位が示されている。

（広田二郎氏。『芭蕉の芸術―その展開と背景―』。[6]有精堂）

　さて、右の三説の中、どちらかというと㈠は否定説、㈡は一部否定的であるが、結論的にはむしろ積極的肯定説に近く、㈢は積極的肯定説となって、見解に微妙な相違点が認められる。前記の通り、大部分の諸説は説明不足で、真意の把握は難しいが、謙遜又は自己卑下説が多数説[7]と思われ、筆者個人に全面否定ではなくむしろ自負でもあるとする説や、賛辞的な肯定的なニュアンスもあるとする見解を私信で示された人もいるわけである。問題点は、自負などの肯定的な語義・語感の有無はさておき、謙遜又は自己卑下を認めるかどうかである。私見は、未定稿は別として、前記二つの問題部分に、文脈上謙遜や自己卑下を認めない立場であり、積極的肯定説という意味では、右の第三説の広田説に近い。又、自己卑下説をはずせば赤羽説にも賛意を表したい。但し、広田説と私見は、その論拠において共通項も多いが、見解や検証の方法に微妙な異同点もあり、かつ少数孤立説と思われるので、あえて私見を述べるわけである。

　さて、手順として論証に入る前に、問題点を明確にするため、見解のずれが生じる原点を少し考えておく。第一点は語義上「無能」「無才」（「不才」「無芸」も問題を含むが「無才」に準じて考えたい）について、当然ながら正（肯定）・負（否定）の両義性が予想されるわけで、解釈上のゆれの誘因があるわけである。例えば、芭蕉は「無能無智（を至《いたれり》とす）」[8]（「移芭蕉詞」）を明確に肯定語として使用しているので、右のすくなくとも「無能（無才）」には両義性が予想される。ところが元禄四年刊の[9]『儒仏雑註漢語大和故事』では、「無智無能ニテ。不《ザル》レ用《モチヒ》モノヲ。穀《ゴク》ニ不《ズ》レ就《ツカ》ト云《イフ》……彼《カノ》無才無能ニシテ。手ヲ遊バシテ世ニタツモノハ。終ニハ穀ヲ不《ズ》レ得《エ》」とあって、同書の「小智短才」の語義同様、疑問の余地なくいずれも負（否定）の用例ばかりである。又同様に現代の代表的辞典と目されている[10]『大漢和辞典』や[11]『日本国語大辞典』にも、「無能・無才・不才・無芸」等は負（否定）のみで、いずれも正（肯定）の語義の記載がない。「無知（無智）」について、前者には正がなく、後者には記載があるというように、説明のゆれと不備が考えられる。つまりここで私の言いたいことは、芭蕉の用例（無能無智）のように、「無能無才（芸）」は、日常の生活次元の用語ではなく、特殊な使用例としての可能性もあるという点である。従って芭蕉の作品歴に表れた用語の吟味（芭蕉における特定語の語史の調査）や思想的背景というか精神基盤としての周辺資料への目配りが当然要請されることになる。

ここで結論的なことを言うと、文脈上、日常の生活次元の問題を取り扱った右記の用例（元禄四年刊の辞書）と、芸術家宣言（後記）とも言うべき高度の内容を秘めた「無能無才（芸）」の表現意識とは、質的に次元の相違が明らかに認められる。対象としての用語は異なるが、次元の質的相違の好例を他の角度から挙げておきたい。

A　唯無智無分別にして、正直偏固の者也。（『おくのほそ道』日光の条）

B　愚智文盲にして、正直一扁の者也[12]（『誹諧別座鋪』に収録された浄求の句の前書。元禄七年五月八日奥書）

Aの出典は前稿で主題とした『おくのほそ道』、Bは芭蕉晩年の弟子子珊《さん》の文であり、復本一郎氏の説[13]によるとAの条を下敷きにしながら子珊の浄求評B文が執筆されており、侮蔑冷笑ではなく、浄求賛辞は明白との論点には全く同感である。但しA・Bの両人物に対する最上級の褒《ほう》詞とする視点には、拙論の論拠からも疑問があり、作品歴に支えられた「無能」の表現意識や用例上からも、質的に両者の次元の相違を指摘せざるを得ない。言わずもがなであるが、芭蕉の使用した[14]「愚老不才の身」「手前一冊之書なし。尤無才にして」「まして浅智短才の筆に及《およぶ》べくもあらず」の三用例は、文脈上いずれも明白に謙譲語であり、前二者は『幻住庵記』、後者は『笈の小文』の執筆の姿勢と関連があり興味深い。要は前記B文を含めた四例とも、日常の生活次元の用語であるが、A文はしからず、主人公（芭蕉ではない虚像化された人物）を通しての仏五左衛門（モデルの五左衛門を踏まえているが、仏教説話的色彩を施すために昇華、形象化された虚像）評であって、そこに豊潤多彩な芸術作品『おくのほそ道』構築の、したたかで巧妙な巨匠の手法が見え隠れする。

見解のずれが生じる原点の第二は、推敲過程に見られる異文間のゆれであり、文脈・用語上の微妙さが相乗して不透明な解釈を生んでいるのは確かであろう。例えば、『笈の小文』冒頭の風雅論における「無能無芸」の文脈上の位置は、前文の一見不安定で自信喪失と見える心情と、後文の自信に満ちた充実感の両者の境目にあることと無縁ではない。一方、『幻住庵記』における「恥るのみ」（『再稿一・二』）といった謙譲、又は自己卑下の用語の抹殺、又は希薄化のプロセス等の考察については後記（六章）に譲る。

注

（1）井本農一氏は成稿の時期を「元禄庚午仲秋日」（元禄三年八月十五日）とされたが（「はじめに」の注（8））、「十五日」の根拠は不明。この『定稿』の震軒の跋文と村田家蔵真蹟の文末「元禄三年仲秋日」により、八月中と考えておく。

（2）市橋鐸氏訳「無能無才でほかに取柄もないままに」（『芭蕉講座第九巻』三省堂・昭和31年。91頁）。阿部喜三男氏訳「つい何も出来ず、何の才もなく」（『芭蕉俳文集』河出書房・昭和31年。152頁）など。

（3）『芭蕉俳文集』角川書店・昭和33年。193頁。

（4）『「無」の思想―老荘思想の系譜』講談社・昭和45年。213頁。

（5）赤羽説を補足すると「さらに芭蕉は『胸中一物なきを貴し、無能無知を至とす』『唯無智無分別にして正直偏固の者』『君子は多能を恥』などのことばを吐き、才能・智慧・分別のないことをもって、誠のあらわれとみなし、その心を至上とした」とある。昭和57年。210頁。

（6）広田説を補足すると「「無能～つながる」境位に身心のやすらぎを得ていることは、南華の心に立つ自得無碍の風雅道に生きることである」昭和43年。422～423頁。

（7）『笈の小文』の説を示す。上野洋三氏「ええいままよ、いっそ無能無芸、現世での気のきいた才芸は一切断念して」（『芭蕉講座第五巻』笈の小文。有精堂・昭和60年。127頁）。尾形仂氏「無能無芸というのは、この世に立つ上の才能、現実生活に有用な能力（は何も身につけずにしまって）」一部要約した。（『芭蕉の世界下』日本放送出版協会・昭和

53年。56頁）など。

（8）前稿参看。弥吉菅一氏他『諸本対照芭蕉俳文句文集』清水弘文堂・昭和52年。644頁。元禄五年八月深川新芭蕉庵での作。

（9）著者は鄙遊燕。洛陽の上村平左衛門板。元禄四辛未歳孟夏の刊。引用文は（巻二の五十六条・十九ウ）。「小智短才」は二箇所（巻三の三条・三ウと巻四の二条・四オ）。他に「無智無能」の用例一箇所（巻一の五十二条・十七ウ）

（10）諸橋轍次氏・大修館書店・昭和46年。「無能」（巻七・447頁）・「無才」（436頁）・「無芸」（435頁）・「不才」（巻一・244頁）。正・負の両義を認める語は「無住」・「無分別」など。

（11）日本国語大辞典刊行会編・小学館・昭和51年版。「無能」（十九巻・101頁）・「無才」（40頁）・「無芸」（31頁）・「不才・不材」（十七巻・350頁）。用例に負（否定）の語義として『幻住庵記』『笈の小文』が上記の語の説明に計3回出る。正負の両義を認める語は「無分別」など。

（12）阿部喜三男氏等校注『蕉門俳諧集二』集英社・昭和47年。383頁。

（13）『笑いと謎―俳諧から俳句へ―』角川書店・昭和59年。147～149頁。

（14）「国分山と言処、幻住庵と申破茅、……長明が方丈の跡も程ちかく、愚老不才の身には驕過たる地にて御坐候」（元禄三年四月十日付如行宛芭蕉書簡）。「尤無才にしてさがすべき便り無二御座一候間、是等の方御力ヲ可レ被レ加候。」（元禄三年七・八月頃筆　去来宛芭蕉書簡）。「まして浅智……」は『笈の小文』。

二、論拠の第一点「無能」の表現意識とその系譜――原点としての「南花の心」――

先ず論拠のポイントとなる三つの資料（最少限度の一部分のみ摘記するが、立論の論拠は全部）を提示して検証することにする。

A　其無能不才を感《かんず》る事は、ふたたび南花の心を見よとなり。……静にみれば物皆自得すといへり。（「蓑虫説」跋。貞享四年秋）

B　南花真人の謂所《いはゆる》一巣一枝の楽み、偃《えん》鼠が腹を扣《たたき》て無何有の郷に遊び、愚盲の邪熱をさまし、僻智小見の病を治せん事を願ふならん。（「一枝軒」貞享二年春）

C　煩悩増長して一芸すぐるるものは、是非の勝る物なり。是をもて世のいとなみに当て、貪《とん》欲の魔界に心を怒し、溝洫《きよく》におぼれて生かす事あたはずと、南華老仙の唯利害を破却し、老若をわすれて閑にならむこそ、老の楽とは云べけれ。人来れば無用の弁有《あり》。（「閉関之説」元禄六年秋）

右の三資料を通して第一に考える事は、芭蕉における無能の表現意識とその系譜について、その原点とも言うべき「南花の心」への異常なまでの傾倒であって、B文の末尾の署名「蕉散人桃青」の「散人」(1)（やくだたざる人《おのこ》なり）の二字に目を見張らせるものがある。A・B両文の背景となった貞享年間に、芭蕉は、落款《かん》(2)として作品に五度も「散人」（『荘子』人間世篇）を使用しているが、「能なしの眠たし我をぎやう／＼し」（『嵯峨日記』）と句中で自分を能なしと詠んだ元禄四年当時の芭蕉は問題点を含むが、「俳隠逸の芭蕉翁あり」(3)（『特牛』）と他門の俳人からも尊敬され、名声の嘖《さく》々たるものがあった事実(4)は周知のところであろう。今栄蔵氏はA文を通して、「無能無芸」は単なる謙辞ではなく、芭蕉にとっては『荘子』の心そのものであった。（「はじめに」の注（4））。と指摘されているが、「単なる」を削除する必要があるのではないか。（「無能無才、何のとりえもなく」との文言より推量するに、何ほどかの謙辞肯定が認められる。）なお蛇足の嫌いがあるが、A文の「感《かんず》る」の文脈上の意味は、蓑虫の無能不才ぶりに共感する（感心する）という事で、管見ではこの点、諸説において負（否定的）の解釈は全くないわけである。

A文を産む契機となった素堂の「蓑虫説」(5)で、素堂は蓑虫の姿に心友の芭蕉の姿を感じ、その生き方を寓したと考えられ、風雅の化身（蓑虫）に共感する素堂に贈ったエールが即ちA文である。つまり、名利に生きる人間にとっては、一見無価値と思われる無名の蓑虫（動植物の代名詞でもある）の世界に積極的な存在意義と価値（物皆自得、万物斉同・一如の精神）を発見し、風雅道の樹立に献身する姿勢を闡明にしたのがまさにA文のねらいであったと考えられる。従って「作品歴（A・B・Cは参考資料として活用）に支えられた問題作（『幻住定稿』や『笈の小文』）自体の内部徴証によって解釈を下す」（前稿の筆者提言）視点をここで確認しておく。と言うことは、芭蕉その人によって、疑いなく「無能不才」の正（肯定）の積極的語義が、A文において保証されているという意味である。なお、必要に応じてB・Cの各文も次章以下の論証に援用するであろう。

注

（1）「散人」の訓読は福永光司氏『荘子内篇』「人間世篇第四」（朝日新聞社・昭和44年。176頁）による。

（2）岡田利兵衛氏『芭蕉の筆蹟』春秋社・昭和43年。186頁。同書末尾の「落款表」㈠。

（3）北条団水作。京都井筒屋板。元禄三年十月十四日跋。この芭蕉評は、『定本西鶴全集十二巻』中央公論社・昭和45年。137頁にある。

（4）荻野清先生『芭蕉論考』「芭蕉生前の声望」の章。養徳社・昭和24年。124頁。乾裕幸氏「『西鶴名残の友』の芭蕉評」野間光辰氏編『西鶴論叢』中央公論社・昭和50年。237～255頁。雲英末雄氏『元禄京都俳壇研究』勉誠社・昭和60年。21～38頁。

（5）拙稿「一、問題点と私見」の注（8）の同書539～542頁。なお「蓑虫説」の解釈と解説については、弥吉菅一氏の説を一部援用した（『俳句講座5俳論俳文』明治書院・昭和45年。355～341頁参看）。

三、論拠の第二点　否定（実は肯定）の論理としての「無用の用・不才の才」の思想

芭蕉の荘子傾倒はいつごろに始まったのであろうか。深川転居に先立って書かれた句合（『常盤屋之句合』延宝八年）の判詞に、「荘周が心」とあり、「栩々斎《くく》」（『田舎之句合』同上）と署名しているところを見ても、前記A文に

遡る七年前の三十七歳頃、既に荘子の真意を消化吸収し、自家薬籠中の物と弟子の嵐雪[1]に言わせるところがあったようである。「南花の心」（前記A文）とは何か。一体芭蕉はどのような荘子の心に魅力を感じ、人生の指針の書としたのであろうか。当面問題とする『幻住庵記』の推敲のプロセスを考える時、初・再一・再二・定稿の四異文のいずれにおいても、「罔《もう》両に是非をこらす」という荘子の関連用語（斉物論篇第二・罔両景問答[2]）の九文字には、一度も手を加えずにいた点。『幻住草案』に、「南花真（原文「直」）經一部ヲ置」き、「荘子をよみて（原文「閲みして」を傍線で抹消）かうへ《ママ》をかくのみ」という生々しい記事が、今氏によって前記の通り紹介されている点に十分留意して問題点、「無能不才（南花の心）→無能無才（『定稿』）」の無能の系譜を考える必要がある。さて、芭蕉は荘子のどのような点に魅力を感じ、人生や俳諧道樹立の指針としたのであろうか。一言でいえば、封建の社会に生き、世俗と因習の文壇に縛られた芭蕉にとっては、自由の精神（無碍の境地）であり、貴賤の差別等を認めず、「道通為レ一」とする万物斉同の精神ではなかったか。物を常にその本質に帰って大局的に見ることを考えさせるのが[3]荘子の特色であるとされる。[4]荘子の否定のねらいは、否定のための否定ではなく、高き肯定のための否定であろう。風雅道において、高次元を志向する求道者芭蕉にとって、本質的に一切の世俗的価値観の否定を迫り、分別知の破斥を強調し、世俗の無用を自己の有用とする思想に傾倒するのは、理の当然といわねばならない。以下少し文脈に則して、[5]否定の論理とも考えられる「荘子の心」を探ってみる。

「南花の心」（A）については、諸説があり、[6]「無用の用の処世」、造化随順の思想に通じる[7]「物皆自得」と「閑」への志向とも言えるが、「無用の用」の思想はもちろん、人為と対極的に考えられる造化に帰り、自得に安住するためには、[8]「否定」の契機が伴わねばならないのである。従って「散人」（前章。能無し）の立場から、「僻智小見の病を治せん事を願」（B文）い、「利害を破却」（C文）する事が、とりもなおさず「荘子の心」にかなうわけである。そして散人は、「閑窓に閑を得て」（A）、「一巣一枝の楽み、無何有の郷に遊び」（B）、「老若をわすれて閑にならむ」（C）と考えることになる。（C文は後の執筆であるが荘子の影響の系譜として考える。）

さて、右記の「小見」は、芭蕉が晩年怒誰宛の書簡で使用した「小枝」と類義語と考えられるが、怒誰は芭蕉に幻住庵を提供した人格者曲水の実弟で、庵の世話人であり、芭蕉所持の『荘子』を形見に貰い、『荘子』を愛読、講義していた人物である点に留意させられる。後年の書簡であるが、

「御修行相進候と珍重、唯小道小枝に分別動候て、世上の是非やむ時なく、自智物をくらます處、日〻より月〻年〻の修行ならでは物我一智之場所へ至間敷存候。……」（元禄七年正月二十九日付）とある。「小道」は禅語で[9]「姑息な道」（『六祖壇経』）、仏教語として、[10]「つまらぬ実践法」とも解されており、書簡中の「分別」「世上の是非」を排斥し、私心を去り、物我一如の心境に至るため、日々の精進が肝要であるという点、道の風雅の乞食を標榜した芭蕉の精神に通じるものがある。（前稿参看）

さて、周知のように『荘子』には無用の用の寓意を持った不材の木の話の一類型が「人間世篇第四」に見出され、有用の「小枝」は折り取られるが、無用の巨木は、不材の材、無用の用を発揮する。この巨木が「散木」で、荘子は、前記散人散木の謳歌者とされる。芭蕉は信念を持って散人を自称したと考えたいが、福永光司氏[11]の見解によると、「このような散の思想―無用の用の処世―をその根底において支えているものは、世俗の実利主義、功利主義（又当時の知識人の偽善と形式主義）に対する荘子の痛烈で、徹底的な反撃にほかならない」と断を下しているわけである。「僻智小見」（B）や「利害」（C）の主対象（特に後者）は、俗化した名利本位の俳壇であり、才人、才に溺れ、技芸に淫し、点取俳諧に道を忘れて勝負に溺れる輩であった事は、弟子に与えた芭蕉の書簡[12]が雄弁に物語っているようである。後年に「彼山中不才《ママ》類木にたぐへて、其性尊し」（元禄五年八月作「芭蕉を移す詞」）と断言し、「予が風雅は夏炉冬扇のごとし。衆にさかひて用る所なし」（元禄六年四月作）とする発言には、「蓑虫説」跋以来の一貫性が認められるだけでなく、その反俗精神の背景には、俳諧道樹立の極めて積極的な主体性（肯定精神）が表

裏の関係で秘められていることを見落してはならないのである。「終に無能無才にして此一筋につながる」という宣言文は、二つの資料が後年の執筆である点を割り引くとしても、このように強靱な主体性、積極性において支えられている発言である。（前稿の深川転居以来の精神参照）

この否定（実は肯定）の論理の考察を終るに当って付記しておくべき点は、否定語の反復による強調表現であり、漢字の四字句による滑らかなリズム感によるアッピール性である。[13]井上敏幸氏は、伝統的和漢混淆文に見られる漢字の四字句を重視し、芭蕉のこの否定表現（無能無才）の推敲過程には、思索の推移までも暗示するものであると示唆されている。又、殺生の字で不死を説くように、一語を逆の意味に用いる技法、同じ語句の繰返し、又は同じ意味を別の語句で繰返す「芭蕉俳文における鼓舞について」発表されており参考になる。従って一種の反語的、又は逆説的表現とも解せそうであるが、今後の検討にまちたい。ただし、少し触れておくと、芭蕉庵での衆議判による句合の中の「不才の才」（貞享三年閏三月刊の『蛙合』の第二番の判詞）は、当然肯定語として使用している例であり、この表現を芭蕉は知っているわけである。又、[14]『荘子』の表現の中に、この「不才の才」の類似表現があるわけである。いくつかを参考例に挙げる。（数字の頁は福永光司氏本）

1「不レ道之道」（「斉物論篇第二」80頁）（「徐無鬼篇第二十四」123頁）　2「無用之用」（「人間世篇第四」185頁）

3「不言之言」（「徐無鬼篇第二十四」120頁）　4「無知之知」（「人間世篇第四」[15]寛文五年刊本巻二・16ウ）

なお、右に準じる表現、「大弁不レ言。大仁不レ仁」（「斉物論篇第二」79頁）等、相当数あるが省略する。右の鼓舞の技法や否定表現を応用して、「不才」は「不才の才」であり、そのコンビで使った「無能不才」や、それに準ずる「無能無才（芸）」は、「無能の能」以下の肯定語だと短絡反応を示すつもりはないが、「不才の才」（『蛙合』）の用例からみて、必ずしも強弁であるとは言い切れないものがあろう。（「無能無智」と右記の「無知之知」との積極的肯定語に留意。なお、前稿で考察した禅における最上級の肯定語「無智（知）」や「無分別」との影響関係を考慮すべきであろう。）

注

（1）「田舎之句合」の序文（判詞、荘周が腹中を呑で、希逸が弁も口にふたす）。井本農一・堀信夫両氏校注『芭蕉集全』集英社・昭和45年。702頁。
（2）中川架蔵本（寛文五年・風月庄左衛門板・『頭書荘子』の林希逸注の十冊本。第一冊・巻一の49オ）
（3）阿部吉雄氏『荘子』明徳出版社・昭和45年。39頁。
（4）福永光司氏「禅の無心と荘子の無心」久松真一・西谷啓治両氏編『禅の本質と人間の真理』創文社・昭和52年。747頁。
（5）「否定の論理」という表現は、家永三郎氏『日本思想史に於ける否定の論理の発達』から示唆を受けた。但し内容上、『幻住庵記』等に触れているが（209頁）、私見と影響関係はない。新泉社・昭和47年。
（6）今栄蔵氏『芭蕉―その生涯と芸術』日本放送出版協会・昭和60年。84頁。その他参看。
（7）広田二郎氏「一、問題点と私見」の注（6）の出典373頁（「無用の用」と「自得」との内的総合）。
（8）伊藤博之氏「造化随順」栗山理一氏監修『総合芭蕉事典』雄山閣・昭和57年。69頁参看。
（9）中川孝氏『六祖壇経』筑摩書房・昭和58年。100頁（解釈の文による）。
（10）中村元氏『仏教語大辞典縮刷版』東京書籍・昭和56年。695頁。
（11）『荘子内篇』朝日新聞社・昭和44年。179頁。「散木」「散人」についても参考にした。
（12）「名利の批判」は①句空宛「皆名利憍慢の心指（志）」（元禄三年十二月頃執筆）②意専宛「名利の客」（元禄五年三月二十三日付）参照。「点取俳諧の批判」は①益光宛「前句付」（元禄元年十二月三日付）②珍碩宛「此地点取俳諧」（元禄五年二月十八日付）③曲水宛「点取」等（元禄五年二月十八日）その他省略。
（13）「蕉風俳文の構造とその方法」『国文学解釈と鑑賞』昭和47・9・1。102～103頁。「鼓舞」の論考は『語文研究』26号。昭和43・10。11～12頁。
（14）福永氏本（本拙論の第二章の注（1）参照）。但し「徐無鬼篇」のみ『荘子外篇・雑篇』昭和44年刊本を使用。出版社は同じ。

（15）　この章の注（2）の二冊目。右の注（14）の福永氏本（内篇）では148頁の10行目以下の本文の注釈に当る部分に「無知之知」の語が認められる。書き下し文で示す。「惟其ノ知ラザル所ヲ知ルトキハ則(チ)無知之知ト為ス此則(チ)道ニ造〔いたる〕ノ妙ナルナリ」。福永氏の解説（無知の知こそ真の知恵）。赤塚忠氏（無知無心の状態こそ明知の道である）。『荘子上』集英社・昭和49年。175頁。

四、論拠の第三点　思想的背景としての周辺資料

前稿で問題点の究明には、蕉門関係の周辺資料とともに、思想的背景というか、精神的基盤という幅広い視座を通して影響関係が認定できる他の古典作品との接点に着眼して考察する必要があることを述べたので、断片的であるが気付いた点を若干報告する。

㈠『山中問答』（北枝著。元禄二年秋執筆か）

「一　俳道は道学（中川注「道草」の誤か）の花と見て、智を捨て愚に遊ぶべしとぞ。」

問題の多い作品であるが（前稿第一章注（14）で触れた）『幻住庵記』執筆の前年における芭蕉の思索の深まりの一断面を反映しているとするならば一考を要しよう。要は比喩を通して、俳諧の道における無心の必要なことを説き、世道における世知俗才とも言うべき小知をすっかり忘れようというのである。出典というわけではないが、「愚ナルガ故ニ道アリ」[1]（『荘子』外篇天運篇第十四）は、前記福永光司氏によると、主我意識、分別知の妄執からの脱出を説き、無知無欲の愚者となれば無為自然の道と一つになることができると説く。「去来曰、伊賀の連衆にあ

だなる風あり。是、先師の一体也。……其無智なるには及がたし」（『去来抄』）という「あだ」の俳諧美（詩趣）と連動しており、無視できないものがある。

(二)『山家記　幷　大原記　全』（木下長嘯子作。二條通玉や町村上平楽寺開板　正保四年丁亥正月吉祥日。(2)中川架蔵本）

右の二和文を含む『挙白集』は、芭蕉によってその真価が見出され、(3)一説には愛読書として芭蕉の俳文の範ともなったとされる。従来から『方丈記』とともに「記」のモデルとなり、範ともなって、『幻住庵記』執筆に参照されたとする説は有力である。ここに一言触れる理由は、(4)『長嘯子全集（全六巻）』にも紹介されていない珍本を架蔵していることもあるが、『幻住草案』の発見により、影響関係の増幅はもちろん、素材としての『荘子』の扱い方より、元禄三年四月十日付怒誰宛芭蕉書簡（後記）は存疑(5)（岩波文庫）とするよりは真簡としてよい点であり、「昨日の木の不才をもとむるもいふにたらす。（ママ）」（中川架蔵原本）を中心とする諸点より、在庵当時読書執筆中の芭蕉は、『荘子』と長嘯子の『大原記』の二本を通して、無用の用の思想を確認していたと言えよう。（次に記す(6)Aの括弧はぼつの部分）

A「伏て（夢をなせどもいまだ胡蝶とならず）は夢裏の胡てふとなる事あたはず。蘧《きよ》々然と、せめては荘子を（閲みして）よみてかうべをかくのみ。」（『幻住草案』）

B「君や蝶我や荘子が夢心」（前記書簡）

C「昔《むかし》や夢《ゆめ》。今やうつゝ。今や夢。昔《むかし》やうつつ。しらす（ママ）荘周《さうしう》にあひて。胡蝶《こてふ》をとはまほしとや有けん」（『大原記』末尾文。中川本）

なお付記すると、この『大原記』の巻頭部分の一節中の文句「西行《さいぎやう》かうへたると云《いひ》つたふる老木《おひき》の桜《さくら》あり。朽《くち》のこれる枝《えだ》のさすかに春《はる》を忘《わすれ》ぬ心はへも昔《むかし》おほえて情《なさけ》ふかし。あるしの僧忠海《そうちうかい》やつかれと」には、『おくのほそ道』

その他との[7]影響関係も考えられるわけで、その「記」としてのスタイルはもちろん、無用の用の思想や脱俗高雅な生き方に共鳴する芭蕉の姿が予想される。かくて荘子の思想は二重協奏曲となってこの風流人の心の奥底に染みこんでいったことは疑いようがないのである。

(三)『徒然草』(三十八段)

「ただし、しひて智を求め賢を願ふ人のために言はば、智恵出ては偽あり。①才能は煩悩の増長せるなり。……ま②ことの人は、智もなく徳もなく功もなく名もなし。」

右の②の文の出典は『荘子』の[8]逍遥遊篇といわれるが、芭蕉が「閉関之説」(第二章で引用)で利用した①の文は、『徒然草』の中での、この種の表現の中で、ひときわ秀句ぶりがめだつし、この句の出典不明で、全くオリジナルなものという可能性が高いという。[9](横井博氏)

結論的に言うと、芭蕉は、「一芸」や「才能」そのものを否定したのでは全くないわけで、弟子を主対象とする俳人の生きざま、特に俳諧道に背馳する名利の輩に対する批判であり、その芸や才の生かし方である。「無能無才(芸)」の「能力・才・芸」も、同様に、俳人としての生きざまで、名利の方面に才芸を発揮しなかったと言うのであろう(後記)。右の段の基調は老荘的な隠逸思想であり、兼好が小智小才小能を排し、無智無能を推奨しようとする意図は、『徒然草』全般をおおっている(前記横井氏)とするならば、引用の意図は明らかであろう。但し、「無智無能」(二三二段)や「愚者」「無能」(九八段)の文脈上の意味は、芭蕉当時の[10]古注釈書を引用するまでもなく、芭蕉の使用例と微妙な相違が認められるので影響関係の指摘には執筆年代の相違もあり、短絡反応のできない側面があるようである。兼好が若い頃、臨済禅の南浦紹明《なんぽしょうみょう》に私淑したとする[11]木藤才蔵氏説を援用するまでもなく、芭蕉がその求道精神の厳しさと洗練された美意識に貫かれたこの作品を掌中の玉としたと考えると納得しやすいわけである。

㈣『荘子』（斉物論篇第二）左記の②の文

①「芳情精神不レ滞不レ恥不レ恐、大道自然之対談、誠に不レ安事共に御座候。君やてふ我や荘子が夢心　筆の心殊之外よろしく、筆人大道之筆意令二工作一候物と感心仕候」（本章四の㈡の怒誰宛書簡）

②「夫大道不レ称。大弁不レ言。大仁不レ仁。……孰知二不レ言之弁、不レ道之道一。」

前記の通り、①の芭蕉書簡は、幻住庵入庵五日目の執筆であり、句中の荘子との関連から、「大道」は、恐らく②の大道（真の道。偉大な道の意）を指しており、①の「不レ滞」以下の否定語の連用と、内容的に通じる点、まことに興味深いものがある。さらに②文の省略した中に「大勇ノ不レ忮《コハカラ》」（第三章の注（2）の寛文五年板第一冊・39オによる。同上注（15）の福永・赤塚両氏は「そこなわず」と訓読）は、書簡中の「不レ恐」と照応しており、当時怒誰が『荘子』の斉物論篇を読んでいた事を芭蕉が知っていて、同書中の言葉を利用したと考えて、先ず誤りはなさそうである。（「南經斉物、過半に至候由、連衆より申来」元禄四年二月二十二日付怒誰宛芭蕉書簡）。さて、禅思想でも「大道《だいどう》」は「大いなる道。特に仏法の大道・仏祖の大道・仏祖正伝の大道を指す」[12]（『新版禅学大辞典』）とされ、前記（第三章）の「小道」の対義語として考えられる。類義語としての「大見」（仏見。仏の正しい知見）に対する「小見」（凡夫の浅小な見解）とも照応し、荘子の「大道」「小枝」にも照応して興味深い。小道・小見・小枝を排し、大道を志向した芭蕉好みの言葉と考えてよさそうである。

㈤　その他

芭蕉における高悟の心境は、『笈の小文』の風雅論に、その中心理念は指摘せられるが、その不退転の実践道成就の際に働いた力として、[13]能勢朝次氏は、老荘的思考、修禅、行脚の三要素を指摘されており示唆される点が大きい。「無能無才（芸）」は禅的表現と喝破された人がおり、愕《がく》然とした覚えがあるが、斯道の[14]大家古田紹欽氏は「およそ才能というものを頼りとしないということであり、これは大変な決断の上に立っていることだ。そこに仏頂の感化力を考えたい」という趣旨を示され参考になる。以下、『一言芳談』、『撰集抄』等言及すべき点も多いが、紙幅の都合もあり割愛する。

注

（1）『荘子外篇』朝日新聞社・昭和41年。293頁。寛文五年板（五冊目第十四・23ウ）

（2）田中重太郎氏蔵版と外題に共通点があるが、同写本の原本か不詳。外題の「山」の字は破損で読めず、「全」は後補。原装、原題簽は貴重。「山家記」は九丁、「大原記」は六丁、いずれの文末にも刊記があるが合一冊。

（3）吉田幸一氏解説『日本古典文学大辞典第二巻』岩波書店・昭和59年。218～219頁。

（4）吉田幸一氏編・発行。六冊。古典文庫。諸本の書誌、紹介は第二巻。昭和47～50年刊。

（5）萩原恭男氏校注『芭蕉書簡集』昭和51年・存疑の部333頁。

（6）「はじめに」の注（4）参看。最初の括弧は抹消印はないが右に訂正文あり。後の括弧は抹消印あり。

（7）「西行かうへたると云つたふる老木の桜」（「花の上漕ぐとよまれし桜の老い木」）・「春を忘ぬ心はへ」（春を忘れぬ遅ざくらの花の心）・「あるしの僧忠海やつかれ」（『幻住庵記』「あるじの僧何がし」）

（8）「至人は己なく、神人は功なく……」三木紀人氏『方丈記徒然草』小学館・昭和55年。179頁。

（9）『徒然草とその鑑賞Ⅰ』（徒然草講座二巻）有精堂・昭和49年。114頁。

（10）北村季吟著『徒然草文段鈔』全七冊・寛文七年十二月刊本（架蔵本）。浅香山井著『徒然草諸鈔大成』全十冊・貞享五年五月刊本（同上）。

（11）『徒然草』（新潮日本古典集成）新潮社・昭和52年。266頁。

（12）駒沢大学内禅学大辞典編纂所編・大修館書店・昭和60年。「大道」809頁。「大見」（「仏見」が見出し語）1084頁・「小見」539頁。
（13）『能勢朝次著作集第九巻』思文閣出版・昭和60年。64～65頁。前後の文参看。
（14）『古田紹欽著作集第十一巻』講談社・昭和56年。215頁。

五、論拠の第四点　「俳諧道」樹立の自覚の系譜と無能意識

前稿でのむすびで、私は芭蕉における「無能」の表現意識と、巨視的に見て明らかに相関関係が認められる「俳諧道」樹立の自覚の系譜ともいうべき点の大要の一端を示しておいた。先師荻野清教授は、芭蕉の高邁な精神が、そして奥行き極りのない作品の価値が、一々大衆に理解出来たとは思えない。第一それを言い立てれば、蕉門の内部でも、果して幾人のものが師を正当に見ていたか甚だ疑問なのである、と立言されている。[1]まことに言うは易く行なうは難いのである。「此の辺やぶれかかり候へ共、一筋の道に出る事かたく、古キ句ニ言葉のミあれて、酒くらひ逗（ママ）（豆）腐くらひなどとののしる輩のみニ候。ある知識の玉ふ、なま禅なま仏是魔界　稲妻にさとらぬ人のたつとさよ」（元禄三年九月六日付曲水宛）という芭蕉書簡によって、『幻住庵記』定稿や『笈の小文』「風雅論」執筆後（出庵からは、約一か月半頃の書簡）、大津・膳所辺の門人達の生悟りの句境に低迷する現状を嘆き、正しい俳諧の一筋の道に出るのは容易でないと、芭蕉自身がその厳しさを指摘しており、この教訓を知って、「鉄肝石心にこたへて、日ゝにこれ（教訓）をおもふ」（元禄五年夏『己が光』序文）とまで反省したはずの門人車庸であったが、結局師の没後、卑俗凡庸に堕ちたといわれ、先師立言の正しさを証明しているわけである。

さて、執筆は「風雅論」より後であるが、公開が先行した『幻住定稿』の背景となる元禄三年当時は、一般に俗文学と考えられていた俳諧に対して、古今の伝統芸術と等しいものだという根本的風雅観を、史上初めて唱導した

という意味で、まさに時流を抜いた一種の芸術開眼の宣言ともいえる。俳諧が「わざ」の次元を越え、永遠なる「道」につらなる時、はじめてほんとうの芸術（芸道）であり得る。従って「才能（文才）」（わかりやすく言えば世間的才能）の次元を越えた「不易の芸道」につらなり、かつ史上初の「俳諧道」の建立を志向し、かつ実現した（正しくは「実現しつつある」と言うべきか）芸術家としての自覚と確信に満ちた立言であることは明白である。ここで結論的に言うと、「終に無能無才にして此一筋につながる」（定稿）と記した『幻住庵記』の対象は、前記の通り、一般大衆というよりは、弟子を主対象とする俳人（文脈上、後文の楽天・老杜から和歌・連歌・俳諧に従事する詩人の範囲を含むことも一見解か）と考えられる。井上敏幸氏はその挨拶性等より、俳諧を道と呼ばれる領域にまで高めようとする芭蕉の、門人達に対する魂からの呼びかけではなかったか、と立言(2)されているのは見識である。一歩を譲るとしても、直接の文脈上よりも、俳諧や詩という文学又は芸術上の人間の生きざま（在り方）である点、五異文・風雅論を検証して異論はあるまい（後記）。従ってこの「無能無才」は、元禄二年の冬不易流行の教えを説き、元禄三年の春「かるみ」の芸境に開眼した芭蕉の心境として、主対象たる門人（ひいては一般俳人）に向い、世知俗才の無いことを反省、自戒したというのでは全く無く、俳諧は低次元の余技や亜流ではなく、芸術であるとの自覚と信念に裏付けられた使命観（価値観）をもって、道建立の精神を第一義に置き、自分の才能を、（受動的でなく主体的に）発揮してきたことを言ったと解すべきである。つまり、「南花の心」にかなう積極的語義（正・肯定の語義。第二章）である「無能不才」（「蓑虫説」跋）の延長線上において「無能無才（芸）」を理解することが、芭蕉の心にかなうわけで、そう考えてこそ、後続の「無能無智を至《いたれり》とす」（「移芭蕉詞」）る発言の真意は、まことに無理なく自然に氷解されるわけであろう。そのような意味で「無能不才」はまさに、禅的・荘子的発言であり、「道通為レ一」（斉物論篇）という大道の精神、「無用の用」（大用）の精神を意味するといっても過言ではなかろう。「予が風雅は夏炉冬扇のごとし、衆にさかひて用る所なし」（三章）の後文には謙譲の心もあるとする通説は誤りであって、無用の用たる風雅の大道を歩む自信を示し、文人でもある許六にエールを贈り、挨拶したのが真意である。（「子《カ》之言《コト》大《ニシテ》而無《シ》レ用。衆《ノ》所《ナリ》二同《ク(ス)》去《ツル》一也」（3）（逍遙遊篇の応用）要はいずれも不立文字の禅的表現ともいえるが、今は不言の言（三章）や不才の才のような否定の論理を持つ荘子流表現と考えておく。従って当然一種の反語的又は逆説的表現と解することも可能であるが、非日常的な言語を通して、高次元の芸境を語ったものとして、そのままで暗示性、箴言的意味として一種の象徴的色彩を帯びていると考えたい。

注

（1）『芭蕉論考』養徳社・昭和24年。134頁。
（2）第三章の注（13）の前者101～102頁。
（3）第二章の注（1）の福永光司氏本。25頁参看。但し訓読は第三章（2）架蔵本。（第一冊・巻一の13ウ）

六、論拠の第五点　『幻住庵記』（五異文）の文章構成と推敲過程（むすび）

紙幅もほぼ尽きたので他日の別稿を約し、要点の一端のみ記して結びに代えたい。第一のポイントは、『草案』の「此一筋につながる」が、「その一物（狂句というより詩魂）にさえられ」を受けている点である。文脈上、立身出世の道を詩魂がきっぱり断ち切ったという点を、受身にしたという点が急所である。従ってその詩魂が名利の生活を断って、無用の用ともいうべき芸道にわが身を献身精進させた結果、此一筋につながったと解する。所が、『初稿』での「万のことに心をいれず」では、万事に不熱心で「遂に世才なく」となって「無能無才」は否定語となる。同様『再稿一・二』では「無能無才を恥るのみ」で否定語となる。そこで『草案』に戻ってこれを一部活用したのが風雅論で、その意味の要点は「是（詩魂）が為に（芸道以外の処世の道や、出世間の道は）破られ」、遂に名利を離れて芸道に献身した結果一筋に繋ると解する。『定稿』は永遠の時間から見れば暫く（ひとまず）であるが俳諧が自分の一生涯の仕事とまでなったので、無用の用（実は芸のための大用）ともいうべき芸の大道に精進した結果一筋に繋ることになったと解する。つまり文脈上、従来低次元とみなされてきた俳諧の「わざ」に、芸道への昇華の可能性を発見し、自覚して、風雅の道の建立を第一義に置いて、強靱な意志力で精進したという意味が、「無能無才（芸）」の背景にあるわけで、そこに言葉の質的転換（非日常語による高次の心境を示す）があったわけである。

『彼此集』の序文執筆者と編者について

――解題を通して特に編者説を中心に、竹亭と暮四の位置づけに論及する――

本書の刊本は、[1]天理図書館綿屋文庫本（わ―七一―三八）の一本のみであり、同文庫には、他に二本の影写本（[2]『彼古禮集』わ―七一―一〇と[1]『彼此集』わ―七一―一二）がある。右の刊本は、[1]目録に「かれこれ集」という書名で登録されているが、題簽（後補）に記された書き外題（後補）なので、原本の「彼此集序」という序文の三字を便宜上書名として採用するのが妥当であろう。

半紙本一冊。薄茶色というよりは薄土色表紙というべきか（原表紙か不明）。書き題簽は中央無辺で、「かれこれ集」と墨書。原本の寸法は、縦二二・〇五糎、横一五・四五糎。その右肩に旧蔵者を示す「松延貫嵐手澤本」のラベルが貼付されている。柱刻「かれこれ」。丁数は全三十九丁（序文一丁。本文一～三十八終）、各面八行（「序」のみ五行）、刊記は「皇都書林小佐治半左衛門板行」（三十八終ウ）とあって、刊年を欠くが、序文末に「元禄六癸酉仲春日」とある点より、元禄六年（一六九三）二月序文執筆に程遠くない元禄六年中に刊行された俳書（発句・連句集）であり、内容的には、和及・竹亭の一周忌追善集としての意図がこめられている。

さて、編者については、島居清氏は[3]「逸滴編」、雲英末雄氏は初めに[4]「暮四編」、後に[5]「竹翁編カ」と訂正、土谷泰敏氏は[6]「編者を竹翁と定めたい」とする。編者は記載されていないので不詳とするのが無難であるが、情況証拠より推定説を出すことは可能である。書誌的には、編者への手掛かりは、本書では序文以外にはないが、[7]序文には周知の通り自序と他序とがあり、編者が自らしたためた自序なら署名がなくても若干の手掛かりはつかめるが、師や先輩や著名人、時には編者を直接知らない人が書く他序の例もあるので、必ずしも決め手にはならない場合もある。本書の場合はどうか。本書の編者については、既に前記の土谷氏による詳細な論考が備わり、有益で示唆される点も多く、同感できる共通点も多い。しかし、結論の方向が同じであっても微妙な異同点も多く、論証の方法や経過が必ずしも同一ではないので私見をやや詳細に延べる。

　編者についての結論を先に示すと、私見は編者は複数であり、挙扇堂静栄、暮四、竹翁の三人による協同編集であるが、竹翁は監修者的立場に立ち、静栄と暮四の両者は、実質的に編集の推進力となって働いたと考えたい。その点土谷氏は「暮四や静栄ではなく竹翁が編集の中心にあったからこそ、竹翁は自序の執筆を避けたのであろう。そして、和及生前にかねて俳縁の深かった例えば桜叟などにそれを委ねることで、和及直門の俳人たちも違和感なく編集に協力できたのではなかろうか。」と言う示唆に富む提言と考える。しかし、和及直門の内部事情に通暁し、彼等の実力に明るい静栄と暮四を編集の中枢に据えて、実務に当たらせ、竹翁自身は編集の監督というよりは、斯道の大先輩として、相談役又は、顧問乃至後見とまではいわないまでも、必要に応じ助言・指導し、時に三人で合議の上編集を進行させたという意味では、合議制による協同編集と言う方が自然であり、実情にかなっていると考える。この三人を特定し、かつその分担を限定した論拠は後記する事にし、序文の執筆者について先ず私見を述べたい。

『彼此集』の序文（末尾）は、「元禄六癸酉仲春日摂隠士（ガ）、／書ス二于洛下桃林軒一」と訓読し、「摂隠士が洛下の桃林軒（竹翁宅又は彼の清書所か）で序文を書す」と解する点（括弧内は別）において、土谷説に同意する。又、序文執筆者について、同氏は「例えば桜叟など」と仮定されるが、私見は、仮定ではなく、極めて可能性は高いと考える。晩年の和及門では古参で、知識人と思われる桜叟が一門を代表して序文を草したとしても何ら異とするに足らない。その証拠に、和及の編著『雀の森』[8]（元禄三年三月自序）・『誹諧ひこばえ』[9]（元禄四年七月自序）の「諸家の四季発句の部」において、作者名「桜叟」に「金龍寺」の肩書がつき、いずれもトップにその発句が掲出されている点である。さらに重要な点は、『誹諧水莖の岡』[10]（元禄五年二月八日、於露吹庵興行の和及の追善集）における、和及一門の「追悼之誹諧」巻首十句のトップに、同じく金龍寺の肩書がつき、その発句「用のない身では有しか夢の春」が掲出されている事である。又、『せみの小川』[11]（元禄二年六月序）の連句十一巻の中、第九番目に掲出される四吟歌仙を見ると、桜叟・晩翠（編者・備前岡山の僧）・我黒（点者）と続く発句の座を占め、作者名寄に「摂州」とあるところをみると、あるいは島上郡の成合村の金竜寺（『摂陽群談』巻第十三・寺院の部。元禄十四年刊）の僧侶であったかもしれない。今一つ推論であるが、『貞享三年俳諧三ッ物揃』[12]（貞享三年刊。梅盛以下各宗匠一門の歳旦）に、「元朝」の題での発句「摂　婆息庵桜叟」（他に「子日」の題詠での脇句。「元日」の題詠での第三は、作者名「さくら叟」）として三句入集している点である。しかし、金龍寺と婆息庵の桜叟が同じ摂州であっても同一人物であるという確証にはならないが、前者の出典（「作者名寄」）により桜叟は摂州在住で、前記の三つの出典より、和及門下の最古参の経歴の持ち主で、能筆、有識の僧侶として在住部落でもリーダー的存在であったと考えても不自然とは言えまい。従って、和及一門を代表として桜叟が序文を草したと特定する点について、不自然さが無いというより、師匠に当る和及の残した二つの俳諧撰集（『雀の森』と『誹諧ひこばえ』。『誹諧番匠童』[13]は俳諧作法書・季寄であって、門人の署名のある句は見当らない。）と、追善集『誹諧水茎の岡』の三俳書の発句の部の首座を占めている点より、和及門より選ぶとすれば最善の俳人であり、自・他（派）の俳人達にとっても違和感がなく、納得されやすいと考える。ところで元禄俳壇における桜叟の活動とその位置について、断片的な報告は散見するが、総合的な研究がないようなので、元禄初年以降の諸俳書の入集状況の概略を示し、序文執筆者を桜叟に擬する可能性の背景を探り、参考に供したい。

（参考表1）(14)

No.	書　名	刊年月	編者	肩書・作者	発句数	連句数	備　考
1	都曲	元禄3年2月	言水	金龍寺・桜叟	2	0	連句は言水のみ。
2	雀の森	同右3年4月	和及	同右	4	0	連句には和及・静栄・竹亭・亀林寺。
3	物見車	同右3年8月	可休	同右	2	0	
4	四国猿	同右4年5月	律友	同右	1	0	
5	我が庵	同右4年6月	轍士	同右	1	0	
6	誹諧ひこばえ	同右4年7月	和及	同右	1	0	竹亭跋。連句は和及のみ。
7	河内羽二重	同右5年1月	麻野幸賢	金龍・桜叟	1	0	刊年に元禄4年11月説（雲英説）あり。
8	難波曲	同右5年刊	自問	僧・桜叟	2	0	刊記なし。元禄四年一月の自序。
9	きさらぎ	同右5年2月	季範	金龍山・桜叟	1	連句なし	発句集のみ。
10	釿始《ちょうなはじめ》	同右5年8月	助叟	釈・桜叟	1	0	連句は助叟のみ。

右記の通り、肩書に「僧」（『難波曲』）と「釈」（『釿始』）とあって、金龍寺の僧侶である点は確定的であり、満二年半という活動期間の調査という限定付きであるが、不慮の招請を受けやすい僧職の身分として、入集句は必ずしも多くはないが、ある程度の創作活動をしている点は確かであろう。

さて、序文の執筆者を桜叟と特定した場合、前記の序文の読み方では、「摂隠士」は固有名詞とは到底考えられないので、当然匿名《とくめい》となるが、その理由は何か。そのような穿さくには、例えば謙虚な人柄などといった主観も入るので推定は困難であるが、桜叟の『彼此集』への入集状況（入集句の総合点では、合計12句で八位。内訳は発句5・竹亭追悼の五吟歌仙7句）を見ると、一位の静栄と暮四（総合点51）、三位の朋水（同44）、四位の竹翁（同39）と比較して格段に劣る。複雑で骨の折れる編集の大任を担当する静栄は、『水茎の岡』の自序を執筆し、編集した実績を持つ実力者。一方の暮四は、後記するように、初め和及に学び亀林と称し、後竹亭の門に入り、暮四と改め（元禄四年春から五月の間）、既に『雀の森』刊行の頃には、編者に次ぐ最多入集句（発句7と連句3）の実績を持ち、和及の後継者竹亭の有力門人となっていたと考える。このように門人中の有力者と目される静栄と暮四が、匿名で編集の大任を担当する時、いかに先輩といえども、序文執筆者の名を結果的に一人顕示する事には、いささかのはばかりがあったと考える方が自然で納得しやすい。入集句において、彼等の四分の一以下という大差では、序文執筆の貢献度を差し引いても、そのギャップを十分埋め、抵抗感を薄めることは難しい。従って、追善集出版の功をあたかも独占するかのような愚を避けて匿名としたと考える。

では、静栄・暮四・竹翁三人による協同編集という論拠は何か。その分担を限定した論拠の一端を記したが、なぜこの三人か、その特定の論拠に触れたい。先ず竹翁について述べると、序文にある「桃林軒」は土谷氏御指摘の通り、諸種の俳諧関係の辞典類や、俳号・堂号・姓名総索引の類書（鈴木勝忠氏編『綿屋文庫俳諧書目録　俳号堂号姓名総索引』昭和30年刊など）その他にも見えないが、(1)「竹翁　橋部氏耕斎卜号ス。……京師人」（『誹家大系図』下巻三ウ）(2)「竹翁　橋部氏号二耕斎ト一……」（『誹諧家譜』京師点者家譜。(1)(2)は架蔵本による。）(3)「耕斎竹翁岩神通四条下ル町。……竹翁」（『京羽二重』）(4)「桃林子耕斎竹翁（点）……集所　四条岩上　林松軒……」（「前句附出題帖」。『元禄前句付集』影印472頁・解題23頁。(3)は俳書大系・(4)は俳書集成第三十巻による。なお、宮田正信氏『付合文芸史の研究』平成9年。541～557頁参看）の諸書により、本書の桃林軒は、竹翁宅又は彼の清書所を意味すると考えたい。
(15)宮田氏によると、哥木という点者は、投句を自宅に持寄っての興行であった可能性があるという。しかし、(16)竹翁は二箇所に分けて集所で投句を集め、専業の仲介者の手で句稿を清書し、届けさせたという。右の「林松軒」(4)はその集所（清書元・会所）の一つであるが、その会所名には、何々軒という三字名の名称が比較的多いように思われる。（前記の宮田氏の著書546頁参看。元禄七年当時の資料で、十の会所名の中、七つは三字名で軒が付く。）従って、前句付特有の機知やパロディーの精神で、桃林子の宅を桃林軒と戯画化したとすれば、前記の点者哥木の例もあるので、結局序文の「桃林軒」は「竹翁宅」と割り切る解釈も成立するのではないか。ちなみに「林松軒」と「竹翁宅」は同じ四条近辺に位置している点に留意したい。（右記の(3)(4)参看。(17)なお、「二條御城」の南側に当る五つ目の「丁」に「いわかみ丁」があるが、「岩神」か「岩上」かは不明である。「元禄四年九月刊。御絵図所・林氏吉永」作成の『京大絵図』の複製による。）

竹翁を編者の一人と認定するためには、序文の「桃林軒」を竹翁宅と認定することが前提条件である。土谷氏は「編者を竹翁と定めたいと思う」第一の根拠として、「『彼これ集』への入集句数は竹翁句が図抜けて多いこと」とされるが、この点について異議をとなえたい。私見として「竹亭」の解説（『俳文学大辞典』556頁）で、『誹家大系図』（下巻廿二オ）の「和及竹翁ト友トシ善シ」を論拠に、「和及・竹翁と親交」と記したわけであるが、しいて竹翁を編者の一人と認定する第一の論拠をあげれば、右記の二点、つまり和及・竹亭と親交のあった竹翁の自宅で、摂の隠士が、和及・竹亭の一周忌追善集としての序文を草した点であると考える。その点「わざわざ上京した大阪の隠士が、本書の編集とは無関係な場所で序文を書き、その場所を明記したとは想定しがたい」（土谷氏）点こそ第一の論拠であろう。異議の第二点は、「入集句数は竹翁句が図抜けて多いこと」とあるが、入集句数の実態の認識と評価との相違点である。静栄・暮四・竹翁三者の共編説の重要な論拠の一つなので、やや詳細に説明する。私見は、『彼此集』は発句・連句集なので、その総体として両者を総合した多数句入集順の句引も必要と考え、先ずその上位三十四名（総合点3点以上）を掲出する。

（参考表2）

順位	作者	発句	哀傷発句	発句計A	二句乱（六吟歌仙）	三吟歌仙	三吟十八句	同上	七吟十八句	四吟歌仙	抜句	五吟歌仙	連句計B	賀之部C	総合点A・B・C
原本の掲出順		1	9		2	3	4	5	6	7	8	10		11	
一	静栄	13	1	14		12		6	3	9		7	37		51
一	暮四	12	2	14		12		6	3	9		7	37		51
三	朋水	8	5	13		12			3	9		7	31		44
四	竹翁	16	1	17	6		6		3			7	22		39
五	竹亭	14	0	14	5					9	1		15		29
六	荷翠	6	1	7	7		6		2				15		22
七	風雪	6	1	7				6					6		13
八	桜叟	5	0	5								7	7		12
九	知足	3	1	4	6								6		10
十	周竹	2	1	3	6								6		9
十	玉芝	3	0	3			6						6		9
十二	野水	8	0	8									0		8

十三	嶷嶠	5	0	5					2				2		7
十四	和及	1	1	2							3		3	1	6
十四	一秋	1	0	1	5								5		6
十四	如春	4	0	4					2				2		6
十四	馬楽童	3	0	3							3		3		6
十八	鉄洲	3	2	5									0		5
十八	其角	2	0	2							3		3		5
十八	芭蕉	1	0	1							4		4		5
二一	鞭石	4	0	4									0		4
二一	※寄鳴子	4	0	4	※(洛西壬生)								0		4
二一	如泉	0	0	0							3		3	1	4
二一	※呼牛	4	0	4	※(大坂)								0		4
二五	越人	3	0	3									0		3
二五	※月夕	3	0	3	※(江州カヤ村萱原)								0		3
二五	秀興	3	0	3									0		3
二五	旦藁	3	0	3									0		3
二五	桃渓	3	0	3									0		3
二五	※梅室	3	0	3	※(洛西壬生松尾氏)								0		3
二五	※寒翁	3	0	3	※(江州カヤ村)								0		3
二五	軒柳	1	2	3									0		3

二五	知春	3	0	3									0		3
二五	風山	2	0	2							1		1		3
34人	計	155	18	173	35	36	18	18	18	36	18	35	214	2	389
備考		右記の上位34人の内、如泉（21位）は発句の入集がないので、後記の参考表8の「発句」の作者数83には当然含まれていない。													

（参考表3）

次ぎに発句の部（哀傷之部を含まない。）に2句（総合点2）のみ入集の作者名十二名（五十音順）と抜句（連句）に2句（総合点2）のみ入集の作者名一名を列挙する。

(1) 一至　(2) 延尚　(3) 吉辰　(4) 听《きん》流　(5) 如梅　(6) 南都 心楽　(7) 鳥巣　(8) 江州八幡 釣歯　(9) 彦根 梅雨
(10) 江州八幡小舟木 半入　(11) 江州彦根 不障　(12) 冷雪　(13) 荷兮（抜句にのみ入集）

（参考表4）

次ぎに二部門（参考表1の冒頭で示した1～11部門）に入集し、総合点2を持つ作者三名を列挙する。但し、(ウ)の執筆は不明なので同一人物と判定して処理する。

(ア)発句と抜句〈連句〉・(イ)発句と哀傷之部の発句・(ウ)二句乱〈六吟歌仙〉と哀傷之部〈五吟歌仙〉に各1句宛入集。

(ア) 湖春　(イ) 我黒　(ウ) 執筆（原本「筆」）

（参考表5）

発句の部（哀傷之部を含まない。）に1句（総合点1）のみ入集の作者名三十名を列挙する。（順序不同）

(1) 郁堂《南都》　(2) 雨露《大坂》　(3) 生駒坊　(4) 閑水　(5) 去来　(6) 月尋　(7) 元知《大坂》　(8) 虎海　(9) 湖帆《江州彦根》

(10) 杉峯　(11) 史邦　(12) 舟丸　(13) 重之《和州郡山》　(14) 周木　(15) 秋露　(16) 如行《美濃大垣》　(17) 席竹《南都》　(18) 藻水

(19) その　(20) 素風　(21) 桃里　(22) 風寸《大坂》　(23) 方山　(24) 幽山《大坂》　(25) 友春　(26) 来山　(27) 芦角《大坂》

(28) 炉柴《大坂》　(29) 路通　(30) 杜国　(31) 不美《大坂》　(32) 瓠界《こかい》　(33) 荷水《和州郡山》　(34) 作者不知（原本の三オに「酒の徳何といふとも花にあり・作者不知」とある。）

(35) 作者不知（原本の六ウに「墨付むとおもふ子共のうちわ哉・作者不知」とある。）

(36) 作者不記（中川の注記。原本の二十オに「菊ありや座敷の端のたばこ盆」とあり、作者無記入であるが、編者の一人「暮四」の可能性は高い。その論拠は、竹翁に三組、竹亭・越人・静栄に各一組の計六つの同の句があり、ほぼ同一素材を同一作者が連続して創作した句が「同」として記載されている。従って、この作者不記の句は、この作者不記の句の前に記載されて、「菊の花」を詠んだ暮四の句と思われる。）

（参考表6）

「哀傷之部」の発句に1句（総合点1）のみ入集の作者名三名を列挙する。

(1) 道弘《南都》　(2) 玄梅《南都》　(3) 林下

（参考表7）

抜句（連句）に1句（総合点1）のみ入集の作者名十三名を列挙する。

(1) 貞室　(2) 藻風　(3) 重五　(4) 調和　(5) 露荷　(6) 扇雪　(7) 不角　(8) 信徳　(9) 洋々
(10) 一晶　(11) 江州八幡西勝寺　(12) 晩翠　(13) 常牧

以上、原本記載順での十一部門別（参考表1の冒頭で示した1～11の分類）における入集句数と作者名（抜句における作者名記入なしのそれぞれの前句は当然除外する。）のトータルを参考のため示しておく。

（参考表8）

		句数	作者数
1	発句	217	83
9	哀傷発句	22	15
	A発句計	239	98
2	二句乱吟（六歌仙）	36	7
3	三吟歌仙	36	3
4	三吟十八句	18	3
5	同上	18	3
6	七吟十八句	18	7
7	四吟歌仙	36	4
8	抜句	34	22
10	五吟歌仙	36	6
	B連句計	232	55
11	C賀之部	2（付句2）	2
	A・B・C総合点	473	155

右のトータルについて、念のため付記しておくと、「発句」の延べ作者数83には「作者不知」二名を別人と考え、「作者不記」一名の計三名を含む。但し、連句の「執筆」二名は便宜上同一人物と考え、作者数に加算。総合点とは一句を1点とし、Aの発句計・Bの連句計・Cの賀之部の三者を含むが、便宜上、Bの連句計にはCの賀之部を

除いて計算。前記（参考表5の末尾の注記）の通り、発句の作者不記は原稿の書き落としによるミスで、暮四作の確率性は極めて高いと考えられ、その場合、静栄と発句数は13と同数であるが、総合点は52点で最高点になる。なお、雲英末雄氏他五名作成の『彼古禮集』、土谷泰敏氏の『彼これ集』の両者の句引から多大の恩恵を受けた。但し、疑問点の一端を示すと前者の「馬楽堂」は「馬楽童」、「遠翁《江戸》」は「寒翁《江州》」、「知善」は「知春」、「不春」は「不美」、寒翁と月夕の「カロ村」は「カヤ村」が正しく、後者の「歩鳴子」は「寄鳴子」、「桃洩」は「桃渓」、「生駒堂」は「生駒坊」、「西露」は「雨露」、「序?」は「席竹」が正しいと思われる。従って前者の二人の月夕と、遠翁・寒翁の二者は、それぞれ後者の同一人物説の方が妥当ではないか。その他後者の発句数で「竹翁17」は「16」、「竹亭13」は「14」が正しいと思われるが、いかがであろうか。その他委細は省略しておく。

『彼此集』の発句（二部門）と連句に入集した作者の延べ人数は右記の通り、それぞれ98人と57人の計155人（実人員は102人。作者不知〈2人〉・作者不記の3人と執筆1人を含む。但し。連句の延べ人数57には賀之部2が入る。）であるが、総合点として静栄・暮四の51点は、竹翁の39点より12点高位なので、発句・連句集の総体としての総合評価より、竹翁句が図抜けて多いことを第一の論拠として編者を竹翁一人に絞ることには無理があり不自然でもある。かつ、故意か偶然か、静栄と暮四の発句と連句の合計数が14句と37句となって完全に同数となり、特に同じ五部門においてそれぞれ全く同数の均衡性を示している点に意図的なものを認めたい。多数句入集者上位11名の総合点には二つの断層が明確にみられる。高得点の四人（51点〜39点代）と、それに次ぐ二人（20点代）と下位の五人（13点〜9点）の三グループであるが、六位の荷翠以下は上位三名の半数乃至以下の入集状況なので、編者としては不自然かつ不適格であろう。高得点（44点）の三位の朋水は、『水茎の岡』に1句、『ひこばえ』に2句入集しているが、『雀の森』にその名前はない。又、『都曲』（元禄三年・言水編）や、[18]『小松原』（同四年・只《し》丸編）に4句宛入集し、[19]『元禄四年歳旦集』の三つ物には、我黒の第三を担当しているので、我黒や言水等を通しての和及への接触、親交といった連衆関係も十分想定できるが、一方、編者の一人竹翁よりも上位の入集句数を持ち、特に連句の四部門（竹翁は二部門）では、静栄・暮四と肩を並べる等目に立つ活躍ぶりで、疑問点も残り、和及系という線も捨てきれない。然し、一方『貞享五年歳旦集』[20]を見ると、言水の歳旦三つ物のあとに、為文や朋水の句が連衆一二人の引付の中に掲出されている点など、総合的に見て、この二人を言水系とする土谷説を尊重し、第五位の竹亭ともども編者から除外する。従って、入集句数が抜群の静栄と暮四を、前記の竹翁とともに共編者に擬するのは極めて自然であり、和及と竹亭二人の晩年に対する静栄・暮四両者の実績と貢献度や、俳縁の他の門人をしのぐ緊密性が、その妥当性を裏付けるものと考える。その点については、桜叟の序文執筆説の私見で、三者共編説の論拠の要点を前記したが、その検証を補強したい。先ず亀林号時代の暮四について、和及の晩年（死の約一年八・九月前）に刊行された『雀の森』には編者に次ぐ最大入集句の実績を持つ点について前記したが、その二年余り前に成立した『貞享五年歳旦集』において、その頭角を現している。和及の歳旦三つ物の二組目は、亀林（発句）・和及（脇）・夏水（第三）、歳旦引付は和及・亀林・幼軒の発句であり、師の和及（延べ4点）・竹亭（3点）に次いで、夏水・亀林・軒柳（各2点）とともに三位を占める。静栄（1点）も引付の発句に他の七名の連衆の一人として入集を果たしている。さて、静栄と暮四について、桜叟と同じように、総合的な調査がないと思われるので、（両者の作品が初めて、静栄・亀林として入集するのは、管見では右記の『貞享五年歳旦集』からであり、以後の）諸俳書の入集情況の概要を一覧表で示し、参考に供したい。なお、静栄の入集俳書8点（左記「参考表9」の○印の№①②・⑥〜⑨・⑫⑭）は、すべて亀林こと暮四の俳書14点に含まれるので、便宜上一括して示すこととする。（表の入集句数で、右側が静栄〈数字を○印で囲む〉左側が亀林または暮四の句数である。）

（参考表9）[21]

No.	作者	書名	刊年月	編者	入集発句数	入集連句数	備考
①	静栄 亀林	貞享五年歳旦集	貞享5年	（井筒屋庄兵衛重勝）	引付発句① 同1	三つ物（発句）1	○和及歳旦三つ物。和及（連句3・引付発句1）竹亭（連句2・引付発句1）
②	静栄 亀林	雀の森	元禄3年4月	和及	7③	①（十一吟十一句）三つ物3（其二・三・四）	○発句・連句集。和及（発句18・連句5）竹亭（発句5・連句3）
3	亀林	物見車	同3年8月	可休	3		○俳諧点取集（発句・連句）和及・竹亭（各発句4）
4	亀林	破暁集	同3年9月	島順水	（南都）亀林1		○発句・連句集（京）和及（発句1）・竹亭（なし）
5	亀林	秋津嶋	同3年10月	団水	1		○発句集。和及（発句2）・竹亭（発句1）・京竹亭（発句1）
⑥	静栄 亀林	誹諧三物尽（元禄四年歳旦集）	同4年	（①の井筒屋）	1①（引付）（引付）	三つ物（第三）①	○和及歳旦三つ物。和及（連句2・引付発句1）
⑦	静栄 亀林	帆懸舟	同4年春	松笛	2②（亀林最終）		○発句・連句集 和及・竹亭（各発句4）
⑧	静栄 暮四	京の水	同4年5月	助叟	1①（暮四初出）		○発句・連句集。竹亭なし 和及（発句1・連句1）
⑨	静栄 暮四	ひこばえ	同4年7月	和及	3⑩		○発句・連句集。和及（発句7・独吟歌仙4）竹亭（発句4・跋文）
10	暮四	京羽二重	同4年9月	林鴻	1（亀林こと暮四）静栄の入集はない。		○発句集・俳人系譜・俳諧作法書
11	静栄 亀林	をだまき	同4年11月	竹亭	2（発句切字の條）静栄の入集はない		○俳諧作法書 和及・竹亭（発句各2）
⑫	静栄 暮四	水茎の岡	同5年春（2月8日）	静栄	1①	連句（脇①）連句（十句目1）	○静栄編の和及の追善集。和及の病中吟・竹亭の追悼吟（発句各1）

13	暮四	訢始	同5年8月	助叟	1		○発句・連句集 和及・竹亭（発句各1）
⑭	静栄 暮四	彼此集	序 同6年2月	竹翁 静栄 暮四	14⑭17	37㊲22	○発句・連句集 和及（発句2・連句4）。竹亭（発句14・連句15）
計	○静栄の入集俳書8 ○亀林こと暮四の入集俳書14			○句数	静栄㉝ 亀林こと暮四39	静栄㊵ 亀林こと暮四42	○発句・連句合計｛静栄(73) 亀林こと暮四81

編者について、和及・竹亭の追善集として、竹翁は両者と親交があり、[22]元禄初〜七年当時京都俳壇では相当知名の俳諧師であり、入集句数も上位三者を除けば抜群である点、その資格を持つ有名な候補者の一人であるが、前記の通り、序文の執筆場所が竹翁宅というキー・ワードを持つ以上、編集にはノータッチとは言えなくなるわけである。では、静栄と暮四についても竹翁のような決め手があるのか。一概には言えないが、一般論として管見では編者の入集句数は例外もあるが、比較的又は抜群に多い場合も間々認められる。右記の参考表9を子細に見ると、貞享末より元禄6年に至る約5年の俳諧歴において、『雀の森』の亀林の総合点10句、『ひこばえ』の静栄の10句も相当なものであるが、『彼此集』における二人の句数はやや異常と思われる。その証拠に、単純な計算で言うと、入集句数総計473句を延べ作者155人で割ると、一人平均の入集句は約3句なので、静栄・暮四両者の合計入集句数102は、全体の五分の一強（21.6弱パーセント）に該当する。この異常性は単なる数字合せではなく、編者の入集句を重視する編者達の意図的なもの（合意）と認めざるを得ない。一般に俳書の巻頭には、巻軸と並んで重要な作者、あるいはその集の趣意を象徴する句を掲げる場合が多い。『彼此集』の多数句入集順の八位の中、七人までが七部門の巻頭を占めている。（静栄は三吟歌仙、暮四は四吟歌仙、朋水は七吟十八句、竹翁は三吟十八句、竹亭は二句乱の六吟歌仙、風雪は第二の三吟十八句、桜叟は哀傷之部の五吟歌仙）。又、217句、延べ83人の発句の巻軸に該当するのは、序文の執

筆者に擬する桜叟と考えると納得しやすい。編集面における意図的な作者の配置・分担の一例を右記したが、複雑、微妙な十一部門の分担・順列・組み合わせ等の編集について、和及直門の入集句多数の上位陣はともかく、その内部事情や、彼等の性格・実力等について、必ずしも明るくないと思われる竹翁一人では指導しきれないと考える方が、より自然で納得しやすい。何よりも右記の参考表9の事実が雄弁に物語っているように、静栄・暮四の俳諧活動は、当然と言えばそれまでであるが、和及や竹亭との連携なしには考えられない（参考表9の備考欄参看）。二人の死後、『正月事』（可休編。可休・暮四・静栄の三つ物等。元禄七年刊。『俳諧大辞典』323頁。『俳文学大辞典』402頁参看）等の刊行もあるが、静栄・暮四の活動が中断乃至一時期停滞すると思われる。その現象は裏返すと両者間の密接な連帯意識や連衆関係が想定される。俳交を通しての人脈関係や活動状況を総合的に勘案する時、和及直門や俳交関係にあった俳人達の協力を得やすいことは自明であり、違和感なく、円滑かつ効率的な編集と運営のため静栄・暮四をむしろ中枢に据えて実務に当らせ、助言・指導し、時に合議したのが竹翁であり、実質的にも共編であるが、その内実は、中核となって編集を推進した静栄・暮四の二人の貢献度の重さから、竹翁編の文字を顕在化させず、一種の匿名となったと考える。静栄・暮四の突出した異常とも見える入集句数の謎は、そう考える事によって説得力を増幅させるものである。その入集句数の異常さを側面から照明できる好資料として、25位の軒柳（発句3）と比較すると、その落差の実態は歴然たるものがある。軒柳は『貞享五年歳旦集』（和及・竹亭の連衆で二句入集）以来の両者の主要連衆で、前記の『彼此集』を除く13の俳書（参考表9）に延べ21句入集するが（但し、他の俳書は未調査で不明）、この数字は静栄の22句に迫り、暮四の30句に劣る。彼は和及編の『ひこばえ』では、暮四より多い入集（6句で、静栄と和及に次ぐ第3位。『雀の森』では3句で第6位）を果たし、『水茎の岡』の巻頭十句の主要門人十人衆の一人として静栄・暮四に伍して、一見遜色のない俳歴の持主であると思われる。

静栄を編者に擬する有力な傍証として、当然、和及追善の『水茎の岡』の自序の執筆と編集という実績を挙げるのが至当であろう。では、例えば軒柳などの主要俳人ではなく、なぜ暮四を編者として特定できるのか。

元禄の京都俳壇の実情や構成等を理解するに当って絶好の資料といわれる『京羽二重』（前記の参考表9）や『元[24]禄百人一句』（元禄四年三月木因序・五月廿七日刊）を見ると、『彼此集』に入集の俳人では、竹翁・和及・我黒・如泉・信徳等はさすがに点者や百人のメンバーとして両書に登録されているが、朋水・竹亭・荷翠・軒柳等は、前者では誹諧師・後者は誹諧作者目録（245人）の一員として両書に登録されており、俳人グループのランク付けが明確である。問題の静栄は両書にその名はなく、暮四は前者の誹諧師のランクに「亀林事」の肩書きで「暮四」として入集している。その改号の時期は、入集俳書の作者名によると、『帆懸舟』（元禄四年春・亀林）と『京の水』（同年五月・暮四）の両書の刊行年月の間と考えられる。『をだまき』（和及の跋文は七月三日）に亀林として入集する発句「梅柳いづれ階子《はしご》のさし所」の出典は、『雀の森』（元禄三年四月刊）であり、「唐崎の松にはなじめほととぎす」（出典不詳）も、亀林号時代のものと思われるので矛盾はない。さて、ここに暮四自身による重大な証言がある。それは『誹諧をだまき綱目』（享保十七年十一月刊）の暮四による「改板をたまき之跋」文の一節である。それには「誹式之祖松永長頭翁之嫡門良徳之末、良保孫々の正統を伝へし常矩より、和及竹亭両師の導にして、予に亀林と名づけられしも、はるかに五十とせちかきいにしへ、このをだまきに因有。歳々此書広流普して五度改刻し、（後略）」とある。[25] 歿年より逆算すると元禄四年には、和及43歳・竹亭34歳・暮四26歳となるはずであるが、41年前の出版に対し、「五十とせ云々」の言は、オーバーになるものの、同書の五か月前に、沾涼の手によって刊行された『綾錦』（享保十七年六月刊）の記述に一致する点に注目したい。同書の「〇他国宗匠大略」に「貞徳―良徳―良保―常矩又季吟門ト云―和及―竹亭―現暮四石寿庵」とあって、和及・竹亭・暮四の発句（各1句）が記載されている（下巻十七オ。架蔵本）。近世における俳人の系譜・伝記としては最も詳密な『誹家大系図』（天保九年三月自序）に、「片桐良保―常矩―竹亭―暮四」（下巻廿一オ〜廿二ウ。架蔵本）と記載される師系と相当部分共通する。宇城由文氏は、

『誹諧家譜』（宝暦元年十一月刊）における「暮四」の説明「元《ハ》和及《ノ》門人《ニシテ》、而号《ス》二亀林《ト》一後属《シテ》二而咲堂《ニ》一改《ム》二暮四《(ト)》一号《ス》二石寿庵《ト》一」（後略。師系は萩野安静―似船―鞭石―暮四。架蔵本）を論拠として、「はじめ和及門、のち鞭石（中川注。而笑堂）門」（『俳文学大辞典』841頁）とする。確かに暮四は後年鞭石と息が合い、例えば[26]『一枚起請』（宝永五年頃刊。団水一派の撰集。末尾の連句で、暮四が六句目、鞭石が七句目を担当。）や、[26]『その水』（宝永八年刊。東歌・雪点編。団水の追善集。末尾の歌仙で両者の前句・付句のコンビの句も四組ある。）等、極めて緊密な関係が認められる。鞭石と暮四とが師弟関係である点の立証は今後の課題の一つと思われるが、少なくとも知友の関係であることは確かであろう。暮四について、「亀林と号す。初め和及、後ち竹亭門。」（平林鳳二・大西一外著『新選俳諧年表』82頁。大正12年。書画珍本雑誌社。なお角田竹冷閲。牧野望東・星野麦人共著の『俳諧年表』96頁。明治34年。博文館、もほぼ同文。）とする見解を受けて、次のような極めて具体的な先覚の説明があり、留意すべき諸点を含む。即ち「初め高村和及に学び、亀林と称し、後林亭の門に入り暮四と改む。又鞭石を助けて常に机側を去（原文「云」）らず、鞭石、学に疎く、暮四を以て秘書と為すと、晩年五橋と更名し、享保十九年二月二十五日没す、年六十九。」（岩本梓石・宮沢朱明共著『増訂新撰俳諧辞典』「俳諧人名譜」84頁。昭和2年。大倉書店）とある点、大筋で私見と一致する。暮四が鞭石の秘書的存在（比喩。知恵袋）であったかどうかは不明であるが今後の課題としたい。一方、和及・竹亭の関係はどうか。宮田正信氏の直話では、竹亭は和及門であるとの確証はないとされるが、「先祖此道の開師松永貞徳翁の嫡伝良徳翁・良保生・常矩叟より、露吹庵（中川注。和及）につたへ、其正流をつぎて竹亭子世に広流せられし跡（後略）」（享保十六年刊。『誹諧をたまき綱目大成』）という新井弥兵衛の証言（同書の跋文）は、竹亭の和及門であることを、和及と親交のあった書肆側より立証するものであり、前記の『綾錦』・暮四の証言と相まって、その妥当性を裏書する貴重な資料として注目したい。

和及の元禄三年の発句に「心地死ぬべかりきを快気して」の前書で、「身の露の先ッ朝顔に勝にけり」とする句が目に付いたが、同四年十一月重病にかかり、翌五年正月十八日入寂するが、その前年の十一月廿一日に『をだまき』が刊行されている。暮四は前記の改号の頃、竹亭と実質的に師弟関係に入ったと考えるので、その実績（俳歴）からも、又、結果的に竹亭句の多くなった『彼此集』の編集（竹亭の入集句の総合点29点に対し、和及は6点又、和及追悼の発句5に対し、竹亭追悼の発句11、同歌仙一巻）においても、貴重な人材として編集に従事したと考えるわけである。本集の末尾の「賀之部」（如泉と和及の前句付）の設定は確かに追悼の意図を緩和するものの、和及句の少なさを補完し、竹亭句との均衡をとったとする土谷説に同調する。元禄六年当時、京都俳壇において、俳人として又前句付において竹翁より世俗的人気の高かった如泉の句が、和及の句とともに、巻尾を飾り、まさに有終の美を顕示していると受け取ることも可能であろう。『彼此集』という書名は、「初心のかれこれの書」（『をだまき』和及の跋文）と関係がありそうである。『彼此集』の編者を中心に、序文執筆者をそんたくし、竹亭と暮四の関係にまで言及するところで結びとする。足らざるところは『誹諧をだまき』十二種の影印と研究』で詳記する予定である。なお、紙幅があれば全文を翻刻したいところであるが、他日を期したい。

末尾になりましたが、原本の披見、又は判読について御援助を賜った木村三四吾・水田紀久・榎坂浩尚の諸氏、資料の提供と示唆をいただいた宮田正信・雲英末雄・土谷泰敏・宇城由文の諸氏をはじめ諸先覚の学恩に対しまして深甚の謝意を表します。

注

（1）天理図書館編『綿屋文庫連歌俳諧書目録第二』天理大学出版部・昭和61年。65頁。
（2）同右『同目録第二』天理大学出版部・昭和61年。84頁。
（3）編者島居清・久富哲雄両氏『校本芭蕉全集第十巻』富士見書房・平成2年。俳書解題44頁。「彼これ集」の項。
（4）『元禄京都諸家句集』勉誠社・昭和58年。422頁。

（5）雲英末雄氏他五名編「元禄時代俳人大観（九）」『近世文芸研究と評論』52号。平成9年。
（6）『彼これ集』の編者について―和及と竹亭の周辺事情―」『学大国文』37号。平成6年。
（7）井上宗雄氏他編『日本古典籍書誌学辞典』岩波書店・平成11年。290・264・375頁。
（8）雲英末雄氏編『元禄俳諧集』（早稲田大学資料影印叢書十）早稲田大学出版部・昭和59年。175～230頁。
（9）雲英末雄氏「誹諧ひこばえ」『元禄京都俳壇研究』勉誠社・昭和60年。425～439頁に翻刻。
（10）宮田正信氏『付合文芸史の研究』和泉書院・平成9年。454頁。
（11）前記の注（9）の同書。410～424頁に翻刻。
（12）俳書集成編集委員会編『天理図書館綿屋文庫俳書集成第七巻　俳諧歳旦集一』八木書店・平成7年。273～488頁に影印。（原本百三オ。他に百二オ。）
（13）前記の注（9）の同書。493～508頁に諸版本の解説。508～529頁に元禄四年版の翻刻。中川二本（元禄二・三年版）架蔵。
（14）簡略に注記する。1『都曲』は前記の注（8）の同書に影印。3『物見車』は、前田金五郎氏により、『専修国文』11～15号。昭和45年1月～同49年1月に影印。4『四国猿』は、『西鶴研究九』（古典文庫）昭和31年に影印。5『我が庵』は、島居清氏により、『京大国語国文資料叢書十』（臨川書店・昭和53年）に影印。7『河内羽二重』は、『俳書叢刊第三巻』（天理図書館綿屋文庫編。臨川書店・昭和63年）に再版翻刻。『俳書集成第二十巻・元禄俳書集大坂篇』に影印。（平成9年。209～270頁参照）8『難波曲』は、『近世文学資料類従　古俳諧編36』（勉誠社・昭和50年）に影印。9『きさらぎ』は、未見のため、便宜上「元禄時代俳人大観（七）」の句引参照（雲英末雄氏他五名編『近世文芸研究と評論』50号。平成8年）。10『新始』は、『未刊連歌俳諧資料　第四輯5』俳文学会・昭和36年に翻刻。
（15）宮田正信氏『雑俳史の研究』赤尾照文堂・昭和47年。105頁。
（16）前記の注（10）の547・555頁。（「林松軒」と「器水軒《きすいけん》」）
（17）『新撰増補京大絵図』は、『新修京都叢書』第23巻別冊（古地図集1）による。
（18）『誹諧小松原』は、前記の注（9）の同書440～470頁に翻刻。
（19）白石悌三氏校訂『西日本国語国文学会翻刻双書』として、昭和40年に翻刻。

(20)『貞享五年歳旦集』は前記の注(9)の同書372~409頁に翻刻。

(21) 4『破暁集』は未見のため、前記の注(14)の9「元禄時代俳人大観(四)」の句引参照(同47号。平成7年)。5『秋津嶋』は、『北條団水集俳諧篇上巻』(古典文庫)昭和57年に翻刻。6『誹諧三物尽』は、前記の注(19)の同書に同じ。7『帆懸舟』は、前記の注(12)の『俳書集成第十一巻　元禄俳書集京都篇』に影印。平成7年。329~384頁参照。8『京の水』は、未見のため前記の注(14)の9「元禄時代大観(五)」の句引参照。同48号。平成7年。10『誹諧京羽二重』は、『俳諧系譜逸話集下巻』(日本俳書大系普及版32)春秋社・昭和5年。123~162頁に翻刻。11『誹諧をだまき』元禄四年版による。(中川架蔵本七本。近年影印と研究等刊行予定。)

(22) 前記の注(10)の同書。550頁その他参照。

(23) 多数句入集者上位10名(但し土谷説による)と、竹翁との関係について、連衆として不断に交流を持ち、本書の中核をなすという前記の注(6)の土谷説がある。

(24)『元禄俳諧集』(新日本古典文学大系17)岩波書店・平成6年。171~188頁に翻刻。

(25) 和及・竹亭・暮四の三者の歿年は、和及「元禄五年壬申正月十八日寂。年四十四」(大系図上巻十五ウ)。竹亭「元禄五年壬申六月廿九日歿。行年三十五歳」(下巻二十二オ)。暮四「享保十九年甲寅二月廿五日歿。六十九歳」(下巻二十二ウ)であり、三者の歿年・行年は、ともに『誹諧家譜』の記述と完全に一致する。両書は中川架蔵本による。

(26)『俳諧一枚起請』と、『その水』は、前記の注(21)の古典文庫の同書による。

追記　(一)「暮四の師系についての参考資料」。三浦若海は、初め、その著書『俳諧人物便覧』で、「暮四、初亀林、鞭石門。初和及門、或云竹亭門。」(63頁)と説明し、後年、『俳家人物便覧』で、「暮四。初(『如』を訂正)名亀林、竹亭門人。」(481・597頁)と訂正する。(二)「竹亭の師系」。「竹亭。常矩門人。後、和及ニ属(ス)。」(『俳家人物便覧』)(503頁)とある。若海の二つの写本の執筆年代等の詳細は、加藤定彦氏の『俳諧人物便覧』ゆまに書房・平成11年参看。(591・592頁)

『無韻惣連千九百余吟』

和歌山県高野山安養院住職清野智海氏御秘蔵の発句集『無韻惣連千九百余吟』の清書帖一冊を、同氏の厚誼に依り披見する機に恵まれ、紹介を許されたので報告しておきたい。同一句題による発句合は必ずしも珍しくはなかろうが、元禄十一年という清書年次におけるこの種の発句集はまことに珍しいという宮田正信博士の御助言もあり、学界に些少なりとも裨益する点があれば幸いと考え、ここに紙面を借りて紹介する。

一、書　誌

㈠装幀　折本一冊。寸法縦二六・八糎×横二一・四糎。表裏の両表紙と見返しとを除き、表・裏各三九面、全七八面、内墨付七三面（表三九面、裏三四面、裏の末尾の五面は白紙）。用紙は鳥の子か。一枚分の寸法は長さ九一・五糎、幅二六・六糎である。

㈡表紙　前表紙と裏表紙ともに八ツ菊花と七宝と菱形の三つの模様を中心にした金襴表紙で、卵色の地に対し、模様の部分は緑・白・赤色を交互に使用し、金糸を織り込んだカラフルで豪華な清書巻である。

㈢題簽　中央、無辺、卵色の貼題簽に「無韻惣連千九百余吟」と墨書。寸法縦一五・六×横三・四五糎。

㈣見返し　金泥にて春めいた山野の景に一人の庵住の僧を配した構図。裏見返しには春の山野の景をあしらう。前者の構図は、句題の「木の芽」と巻頭句に因んでのものであろうか。

㈤書写年次　裏三四面の奥書に「物連千九百余吟内朏以上書載之／元禄十一戊寅睦月廿六日　清書所倫月（印）」と墨書と、倫月の印記がある。撰者無倫の高弟と目される倫月の自筆であり、本文の筆蹟と同一であるのはいうまでもない。印記の印文は篆字で判読不能。

㈥撰者　裏三二面の奥書「考印／無倫」は、撰者無倫の自筆と思われ、考印の右肩に印記と、無倫の左側に撰者の二顆が朱で捺印されており、上位の印字は「無倫」の二字を右から左への横書き。考印の右肩と無倫の左側の下位の印文は篆字で判読不能。

㈦評点と句数　寄句千九百余句の中、清書帖に書載の勝句は、「朏《みかづき》」以上の評点を得た句のみ（裏三四面の倫月の奥書による）。その句数は述べ一八六句。内訳は、金朏一（表一面）・銀朏九（表二～一〇面）・朱朏部三七（表一一～二三面）・朏部一三九（表二四～裏三二面）。評点の「金」「銀」は円形（直経〇・九糎）、「朏」はほぼ方形角丸（縦一・七五×横一・五糎）で、いずれも朱の印記。「朱朏部」「朏部」はいずれも朱筆。本清書帖はその最高点「金朏」を得た「芳株雅丈」（裏三三面の倫月による記載による）に対する褒賞用の勝句の高点順清書巻であろう。従って点者「無倫」自筆の署名捺印付きで点者より一番勝者「芳株」に贈られた本巻が何等かの経路を経て、安養院の何代か前の先住の入手するところとなって秘蔵されてきたものと思われる。

㈧発句題　句題の「木の芽」で統一された発句集（発句合）である。因みに「木芽」使用（字体の相違ある三句を含み）の句は一八二句、「芽」使用の句は三句であり、そのいずれの字も使用していない句は「しからみの木有情や水の息」（四十番目に入集の作者「雪砞《（ママ）》」の句）一句のみに過ぎない。

㈨作者　作者名記入なしの四句（裏三十面の三句と同三一面の一句）を除いて、実人員は百七十人と推定される。延べ人員は百八十二人であるが、内十二名は二句入集しているため。（字体の違う「浮水」と「孚水」、他に二つの違った異体字で記載のある「風柳」を、それぞれ同一人物と認めて計算。）

(十)付記　本清書帖には上質の雲母びきの厚手の用紙を料紙として使用しており、彩色の下絵にはなやかな意匠をこらしている部分もある。たとえば華麗な「紅梅の古木」（表一面）や「葦辺に五羽の飛雁」（表一四面）をあしらった風景画等都合五面の下絵を持っている。このゴージャスな装幀意匠とともに、一字名の作者名（異・一・儀・乍・松・柏）と相俟って、さる大名（藩）の関与している節も考えられないこともないという宮田正信・島居清両先生の御感想を付記しておく。今後の検証に俟ちたい。又本資料の所蔵者安養院の先住による入手経路解明の参考として、前記清野智海氏の御説明を付記しておく。安養院と大名家との関係では、毛利家（中川注　毛利元就公より長州萩の松平家等にいたる毛利家であろうか）の菩提寺であること。江戸との関係では「在番所」（現在の真言宗東京別院の前身的存在でもあるとか。）に先住達が交替で勤務され、その関係で、江戸の旗本衆や、在府中の諸国の藩士（家老クラス等）さらには大店といった上流町人衆との交際関係も相当幅広くあった点等である。

二、本　文

〔翻刻凡例〕

一、漢字および仮名の表記は、出来うる限り原本に従ったが、異体字は通用体になおし、、印を右側に付してこれを示した。

一、仮名遣い、濁点等は、すべて原本通りにした。

一、判読に困難な箇所は〔　〕によって示し、推読した文字を入れておいた。

一、誤写と解されるおそれのある箇所には、（ママ）を付した。

一、面の移りは」を以て示し、面数を数字で、その表・裏をオ・ウで記した。
一、便宜各句頭に通し番号を付した。
一、判読上特に問題となる点を翻刻本文の最後に注記した。
一、『俳諧蒲の穂』(無倫撰、後述)入集の作者と本資料の作者とが同一人名の場合、その句頭の通し番号を( )印で囲んで参考に供した。

金 胐
1 捨人の行脚催す木芽かな　芳株」1オ
銀 胐
2 雨遠く霞のほとく木芽哉　窓雫」2オ
(3)風鵊て野駒歯をむく木芽かな　梅園」3オ
4 木芽咲雀ふくるゝ梢かな　袖風」4オ
5 淡雪の二度目は青き木芽かな　令曲」5オ
(6)紅ひの緒撮むきのめかな　和賤」6オ
(7)虫の巣に包れなから木芽かな　東種」7オ
8 きのめ咲時や和く楠の石　袖也」8オ
(9)春雨に酒中花もとく木芽哉　一里」9オ
10 木芽身よ児の初歯の肉離れ　登鯉」10オ

朱胐部
11 哀れ也木芽の中の栗丸太　扇日
12 出よ木芽麒麟のめくむ角の肉　洞室」11オ
13 天知らぬ風の骨産木芽哉　瀧月
14 名桜の木芽ハいとへ鳥の觜　桃波
(15)茸狩の腰を延けり木芽摘　中四」12オ
16 蠟燭のまゝ口やかぬ木芽哉　也白
17 黒髪や一たひは其木芽時　袖角
(18)開割し鳥の翅や生木芽　一風」13オ
19 寄生の木芽捨子の頭堅　林心
20 揉通す錐や木芽の花作　和竹
21 枝折戸の柱哀れや木芽比　海石」14オ
22 春雨や蝸牛の角に見木芽　素地

23　名園の木芽尋つ宇治の哥　風柳
24　埋栗や己か口割木芽時　梅種」15オ
25　妙や法の木芽の片ほご《(ママ)》れ　花鷹
26　老髪に木芽はなきか枯かつら　水翁
27　神鳴に劈れし枝も木芽哉　ソ《(ママ)》流」16オ
28　芳しき宇治の木芽や夜の道　如艶
29　誰か見夜の木芽のあすならふ　空洞
30　緋桜と咲て見ゑたる木芽哉　一二」17オ
31　岩樟の千枝に覆り木芽砂　卜芝
(32)　雛燕觜よはき木芽哉　湖水
33　木芽より羽つくろひけり桜寺　風遊」18オ
34　消残る雪の木芽や鷹の糞　友計
35　素波や霞の木芽安房上総　来子
36　艶しや木芽三字の中略字　良窕」19オ
37　木芽山朝日や露の翻れ際　水竹
38　蝸牛の角か木芽の雨上り　夘木
39　天言木芽もいはぬ誠哉　快明」20オ
40　しからみの木有情や水の息　雪砞《(ママ)》
(41)　しかぞ住左雪折右木芽　鑑水

42　花に化荅にもどく木芽哉　匂哉」21オ
43　皀莢ハ襲やさしき木芽哉　言友
(44)　築垣や木芽彩る桜杭　宣柳
(45)　さはらすや木芽の尖麟の角　花蝶」22オ
46　木々の芽や哀れ茶ばかり夏知らす　一軌
47　凩と召セ木芽摘下女　倭夕」23オ

朏部

48　鳳の餌にならん木芽の朝日山　立適
(49)　爪するな花と青葉の木芽論　格水
50　糸遊や木芽岩戸の山葛　月泉」24オ
51　摩ては暗夜に章ある木芽哉　草涯
52　燕の觜や木芽の夕日栄　珍〔的〕
(53)　青帛の戦き木芽か神路山　桃水」25オ
54　点したる木芽悟るか花葛　松嵐
55　露幾つ朝日木芽の花丁子　穆人
56　深山木の木芽や花の潜龍　嘉言」26オ
57　一夜染纓や木芽の位山　嘉則
58　消かゝる雪や木芽の初笑ひ　客言
59　木芽しれ壁生草の不破の関　花月」27オ

60 山神の粢に捧く木芽かな　円角
61 青によし木芽や露の玉の松脂　風葉
62 春雨の糟うつくしき木芽哉　烔《ママ》子」28オ
63 見よ木芽蝸牛の角の千本糸　風外
64 折口や木芽ひとつの袂摺　二牛
65 雨と日はいかに御垣の木芽寺　通志」29オ
66 目覚しに横雲近き木芽かな　古井
67 人麿の筆の雫の木芽哉　知由
68 芳野より木芽の便や廿日待　飛心」30オ
69 夕附日見帰坂の木芽哉　紫牛
(70) 気つくしや芳野の木芽いつか〳〵　秋瓢
(71) 哥書筆や意味鶯の嚙木芽　蠢士」31オ
72 不言木芽や花の咲はしめ　有幻
73 生捨し松や花瓶に見木芽　風柳
74 誰植て瓦に生立木芽哉　梅種」32オ
75 木芽かや桜の香あり谷の雪　霜水
76 はや木芽衣更着ぬかむ又一重　霜芙《ママ》
(77) 潜龍の勇や木芽の含時　孚水」33オ
78 何木芽摘れて後に初むかし　袖松

79 木芽待栗の柱や室の梅　袖亀
(80) 老の咲みすか植木の木芽哉　梅月」34オ
(81) 去年接し木芽かそゆる花屋哉　不勝
(82) 花を夢と見は木芽や世の現　正勝
(83) 人ならハ笑ハぬさきの木芽哉　楓枝」35オ
(84) 夕映の跡を彩色木芽哉　紫洞
85 陽気には人の心も木芽かな　一知
86 香のあらハ刻昆布や木芽漬　乍」36オ
87 木芽かな麒麟よ鹿の袋角　儀
88 いの字をも戴て持木芽哉　異
89 花よりも杣の意味ある木芽哉　笑蔵」37オ
90 木芽とや柱の節にたまる脂　当車
91 木のめ知る古茶挽磨の湿味　古茶
92 見て見すや木芽か波間の二日月　波光」38オ
93 山椒の莿や芽時そ花心　工笑
94 梅散て移香ひねる木芽哉　扇日
(95) 衣かけの木芽や山の染下地　賀倫」39オ
96 遠山の初彩色や木芽立　柏

97 雪消て木芽も夢の夢たるか　柏〔棋〕、
98 鶯の琴柱よ今朝の木芽立　浦夕」1ウ
99 すき直す哥の反古也木芽立　軒蛍
100 古歌濯け木芽小町の白双紙、　林山
101 嬰子の歯痒顔や木芽立　海栗」2ウ
102 人ならは眠れる顔の木芽かな　淵子
(103) 名桜の木芽は夜の錦哉　湖水
104 釈迦頭嵯峨や木芽のほつれ口　塵、塗」3ウ
105 陽の気の人の鮑の木芽哉　斗尺
(106) 陽勢に開く木芽や人十月　絮菊
107 名の知れぬ木芽そ写す茶碗焼　敲枝」4ウ
108 木々の花国の木芽や淡路嶋　白思
109 木芽出て宇治ハ紅葉や上林　思陽
(110) 木芽から身は鴽や花の鳥　柳、閑」5ウ
111 癆瘵に用て見たし木芽立　閑水
112 五盃目や庵の酢味噌の木芽漬　旭松
113 花になる木芽や花の散初　鼠、眼」6ウ
114 花鳥月風雅胎る木芽哉　雪洞
115 木芽から梅は花から木芽也　蛙言
116 花散て跡の木芽や梅の殻、　仝」7ウ
(117) 木芽はる木の間の富士や青に羅紗　鸎言
118 やさしくも岡部雨待木芽哉　雪水
119 朗に花の艶ある木芽哉　花鷹」8ウ
(120) 有べしや雨に芳野の木芽狩　梅言
(121) 五色の絵筆あやなき木芽哉　仝
(122) 木母寺の哀れ尚増木芽哉　唇々」9ウ
123 見よ木芽越後の楠の石　松陰
124 霞より錦こほるゝ木芽哉　柳也
125 花落て嬾く梅の木芽哉　東風」10ウ
126 日に生立角や木芽の蝸牛　梅陽
127 曲る木も知れぬ木芽の柔和哉　喜香
128 木芽より眠る合歓木夢ハ何　梨嗝」11ウ
(129) 八重霞そよや木芽の日移ひ　倫艶
130 生壁に哀れ一夜の木芽哉　倫逸
131 鶪で見て頭たゝきし柚の芽哉　宗粱」12ウ
132 萌出つや木芽のうふ毛花の種　梅雨
133 かいはりの小菜や木芽の乳兄弟　学風
134 木芽には酒を出さぬうき世哉　一」13ウ

(135) 巻出る木芽や花の莟口　一行
136 律僧も木芽にうこく心かな　〔澂《ママ》〕夕
(137) 女坂や扱《ママ》れ〳〵も木芽立　風子」14ウ
138 養父入の女心や木芽立　、風遊
139 青柳も云は木芽の余情哉　、鼠子
140 室梅の痩め見決ぬ木芽哉　一梅」15ウ
141 杣人も蛸気出る木芽かな　愚口
142 木芽見て前髪恋ふる輪廻哉　秋月
143 我老ぬ木芽哀れや桜苗　函翁」16ウ
144 春雨の木芽開割音もなき　松
145 蘭の膠よしや隠者の待木芽　、雀淵
146 細〳〵ととがる木芽よ桜針　心角」17ウ
147 独活や〳〵木芽は売ぬ芳野山　仝
(148) 哀れさは薪の中の木芽哉　花蝶
149 花の座を知るや木芽の、塗所　露汕《ママ》」18ウ
150 花好や木芽朝起今幾日　馬年
(151) 胎るや木芽乳房の黒み様　浮水
152 髪屑や木芽草の芽若白髪　東令」19ウ
153 所から木芽もすこき箱根山　今井

154 杣人は木芽染也苧屑衣　芳水
(155) 罪いつれ木芽の樵夫臼作り　谷雨」20ウ
156 山居哉木芽の匂ひ鳥の声、　曲々子
157 心ある鉈捨谷や木芽狩　、遊詞
158 風は橋其根に分る木芽哉　水菊」21ウ
159 山寺や人の往来も木芽から　旭滝
160 時そ木芽人の浮沈ハ花落葉　冷鳩
161 黒木売すくろの木芽とも云ん　、烈風」22ウ
162 穧掘小原小塩や木芽比　藤樹
163 草の庵桁も柱も木芽哉　強人
164 木芽喰虫驚せ啄木鳥　沈浪」23ウ
165 隠れ家や衾干ても木芽比　有友
166 池の影鯉の鰭打木芽哉　林鳥
167 梢洩月も艶そふ木芽哉　里鶏」24ウ
168 花に似た雲も夢なし木芽比　旅風
169 初虹の翌日青し漸木芽　犬志
170 木芽哉滝に打る、枝なから　、規子」25ウ
171 旅人の月代寒し木芽比　虎口
172 木芽摘女を関の遠見哉　其景

173 京は梅咲か木芽の大和越　方雫」26ウ
174 木芽喰鳥なし鳥に心あり　紅菊
(175) 芽立けり木々も温泉の一廻り　冷水
176 覚えたか花の枝折路木芽狩　江亀」27ウ
177 されは社葛の細道木芽比　寛口
178 やよ木芽指木にせばや牛の鞭　初吟
179 上ハ乗や宇治の柴舟木芽狩　仝　」28ウ
180 百寺の木芽や花の足かため　藤枝
181 結曲る木芽を塗て桓根哉　左人

182 巣に洩る、十二の觜も木芽哉　翹子」29ウ
183 萌増る旭〳〵や木芽比
184 漸木芽浅黄に霞外山哉
185 木芽比人も潤へ四つの支　」30ウ
186 流れ木の中に凋はぬ木芽哉　」31ウ
○　考印／無倫（一の書誌㈥参照）」32ウ
○　芳株雅丈（同右㈦参照）」33ウ
○　（奥書は同右㈤参照）」34ウ

〔翻刻文の注記〕

①97・136の〔　〕中の人名は解読不能、便宜類似の字をかりに当てた。②岡田利兵衛先生の御意見では、19「捨子」は、「撫子」と読む可能性もある由。因みに「なてしこもかしらかたかれ岩坊」（『誹諧連歌抄』宗鑑自筆大永本）の用例が参考になる。③129「日」は「目」とも読める。④164の作者「浪」（或いは「泳」か）は原本における用紙の継ぎ目に当り判読困難なので推読した。⑤資料の解読には特に島居清先生より多大の御指導を賜った。

三、解　説

本資料の所見については筆者の任ではないので縷説を避け、後記の諸先学の御誘掖によったところを主とし、若

干気付いたいくつかの私見を蛇足ながら付記して責をふさぐことにする。

㈠解題の補足的事項

資料の解題については全面的に宮田正信先生の御誘掖と御著書に負うところが大きい。その中の三、四を紹介すると、(イ)本書の題名に冠せられた「無韻」は、歌仙・百韻といった形式によらない自由な形式を意図しているのかもわからない。(ロ)作者名記入なしの四句は、集った寄句を清書所で一旦作者名を取りはずして清書し、点者の許に届けるために、控えをとったり、適宜記号化する等の過程での手違いで不明になったのでは？ (ハ)清書所の倫月は、師の無倫の一字を貰った弟子と考えられ、相当の報酬を得ているものと思われる。(ニ)「考印／無倫」（資料の裏三一面）の「考印」とは確かに撰者となって目を通し評点をつけたという意味である。(ホ)本書成立の背景をなす興行形態や方法についても有益な示唆があったが、先生の御高著について見られたい。（特に『雑俳史の研究』中の三田浄久関係の資料を通して見た天和貞享期の前句付俳諧の興行形態・53～67頁など）右の解題に私見を付記したい。

右の(ハ)の倫月について。撰者無倫の高弟の一人と目される傍証として『俳諧岕文夾』（上巻は天理の綿屋文庫本、下巻は雲英末雄氏架蔵本をいずれも拝見、本資料と同じ無倫の撰で、かつ清書日より約五月早い元禄十年八月の序を持つ好資料。上巻については今泉準一氏の翻刻と解題『元禄江戸俳書集』がある。）を挙げたい。従来不明とされてきた下巻の巻末には撰者の五つの発句があり、その直前に倫月の句「採物や手杵の哥の吾妻ふり」が置かれている。いずれも無倫の撰になる『とりわけて』（実見、後記）における清書堂の「倫鶯」・『逸題点帖』（未見、前記の『雑俳史の研究』227頁で元禄十五年の筆写と推定されている。）における清書所の「倫卜」なども、「倫月」と同じく師の無倫の一字を貰った高弟達であろうか。最後に「評点」の「朏」について好資料を挙げておく。『俳諧反古集』（元禄九年十二月の序。遊林編。勉誠社の影印版による。中巻の「追加独吟」遊林子の条）に無倫の評点がある。即ち「右三十点之内／望月三有明二朏四長八・亦／子仲冬上澣／東武無倫在印」とある。「朏」はここでは第三位の高点におかれており、本資料の作者集団と比較して評価対象となった俳人（遊林）との力量差を暗示しているようでもあり興味深い。

㈡作者について

本資料と関係のある無倫撰の関連俳書と、撰者無倫と特に関係の深い周辺資料との調査結果を若干付記して参考に供したい。A～Fはいずれも無倫の撰。（Cは前記『雑俳史の研究』にもれているようなのでやや細説した。）

A『帋文夾』　前記、元禄十年八月の序、俳諧撰集、半紙本二冊、作者約二〇四名。

B『無韻物連千九百余吟』　本資料、元禄十一年一月二十六日写、大本写一冊、作者約百七十名。

C『とりわけて』　天理綿屋本、折本一冊。⑴撰者　裏三六面の奥書に「拾葉軒（中川注、朱の印記）／無倫」とあり、無倫の左側に点者の二顆が同じく朱で捺印されており、上位の印記と印文は本資料Bとほぼ同じ。⑵一番勝者　表一面で金朏の評点を得た作者「印舟雅丈」（裏三七面）。⑶評点と句数　「凡惣連／千八百七十余吟／内朏以上句載書」（裏三八面）とある通り、寄句の中三四二句・作者の実人員約三一六名。金朏一・銀朏九・朱朏珍重韻二五・朱朏部五六・朏部二五一句の内訳で、本資料Bの九・八％に対する一八・三％という倍増近い入選率に留意したい。又十位入賞句に使用した「金」「銀」「朏」の朱の印記と印文の形状と大きさも、本資料Bにほぼ同じ。⑷書写年次　「庚辰孟夏上旬／清書堂倫鶯□」（裏三九面、「鶯」は異体字、□は朱の印記、庚辰より元禄十三年の筆写とされる。）。⑸BとCとの異同点「一番勝者褒賞用清書帖」という共通項とともに、両者ともに作者の肩書に地名（住所）や取次者（それぞれの地域の作者集団におけるもの）などの記入は一切ない。ただしBと異って「とりわけておく〳〵」の前句を持つ前句付集である。

D『俳諧蒲の穂』　前記。元禄十三年五月序、半紙本二冊。上巻は鈴木勝忠氏御架蔵の由。ただし筆者未見のため同氏による未刊雑俳資料四十九期13による。作者延べ七九一名（上巻発句合四五〇名、下巻前句付三四〇名、他に撰者無倫の歌仙独吟）実人員七〇四名。

E『逸題点帖』前記。元禄十五年筆写説。

F『不断桜』仮題。元禄十六年七月序。綿屋本（写本）を実見、調査。

G『誹諧双子山前集』元禄十年不角撰、半紙本二冊。上巻のみ綿屋本で実見。未刊雑俳資料八期13（底本上野図書館本）による。

H『五句附洗朱』元禄十一年刊、大本二冊。但し綿屋本で上巻のみ実見。未刊雑俳資料十期8（底本洒竹文庫本）による。調和撰。

I『みつひらめ』元禄十一年六月刊、半紙本二冊。原本（国立国会図書館本）未見のため、前記『元禄江戸俳書集』（底本右記）による。編者は艶士。

J『俳諧伊達衣』元禄十二年成立、等躬編、半紙本二冊。「調和系の色彩最も濃厚な集」（荻野清先生『俳諧大辞典』）。『俳書集覧第四巻』（底本竹冷文庫本）による。

K『小弓俳諧集』元禄十二年刊、東鷲編、半紙本四冊。編者の交友広く、本書の作者も広範囲に及ぶ。調査本は右のJに同じ。

さて本資料Bの作者集団については、作者名のすべてに住所等を示す肩書が全く付いていないので、右の資料群C・D（Eは未見）とともに、現在のところ決定的なことは不明というほかない。しかし資料A『帋文夾』には延べ三十六人の作者に十六の異った地名が付いているように、左の三つの関連資料グループにはある程度（Fは全員）肩書が付いているので同一人物の場合の推定の手掛りを与えてくれる。すべて原則として成立上時間的に近接する俳書であって、㈠無倫撰の関連俳書（右のAとC〜F）、㈡無倫と同系統か又は交流関係の深い撰者の俳書（右のG〜J）、㈢その他何等かの意味で関連の相当程度深い俳書（右のK）に限られる。ただし右の条件を具えた同一人名が、本資料Bと同一人物であると即断する保証はない。そのような短絡の愚は避けねばならないが、看過でき難い事実なり可能性を提供してくれている場合、今後の研究の捨て石としても、本資料の性格や意義を考えるために無駄ではなかろう。（以下特にことわりのない限り、資料は右の記号を使う場合がある。）

結論を先に提示すると、本資料Bの作者「梅月」（通し番号80・表三四面）と「鑑水」（同41・表二一面）は二本松（『国花万葉記』では丹羽左京太夫長次の知行十万石の城下）の出身で、あるいは在府中の藩士である可能性も考えられるという点である。前記（一、書誌の(十)での宮田先生説）「在府中の紀州藩士」という単一集団の可能性とともに、或いは諸藩（又は士・町人といった各階層）の混成集団といった傍証資料としても考えてみたい。その論拠は決定打を欠くが次に示してみよう。一言でいえば、右の資料A（肩書に「二本松」）とIに「梅月」が、DとG（肩書に「二本松」）に「鑑水」が入集しているという事実である。この二本松との関連性を示すと、本資料Bには出ていないが、無倫の前記資料三群の中、(一)(二)群を通して、無倫撰の俳書の作者グループと密接な関係が指摘できる。たとえば俳人「八角」はA・G・J・Dに出ており、中A・Gには「二本松」Jには「二本松上田氏」と肩書が付く。又「文車」はA・K・J・Dの中、前二者には「二本松」、Jには「二本松百花堂」とあり、「惟氏」はA・Jの両者に「二本松」の肩書が付いているといった諸事実である。そこで同一人名の偶然性（又は反対の場合は必然性）を検証する一つの方法として、資料群相互間における同一人名の共通度の調査が考えられよう。一般論として特定の条件の下において共通性の確率が高い程偶然性は否定的となり、反対に同一人物としての蓋然性は高くなる筈である。そこで第一の着眼点は既に指摘した通り（本文の翻刻の過程で句頭の通し番号を（　）印で囲む）、本資料Bと蒲の穂Dとの関係で三十一名の作者名が同一である点である。その数字は本資料の作者の一八・二％に当るわけで看過でき難いものがあろう。以下紙幅の都合上説明は省略して資料群相互の同一人名の共通度の調査結果を示そう。

〈　〉内は肩書を、番号はBにおける句の通し番号を示す。

(1) BとA（言友43・花蝶45・風柳23・梅月80・賀倫95・倫月・無倫　計7名）

(2) BとC（一里9・花蝶45・桃水53・蛙言115 116・風子137　計5名）
(3) BとD（前記。計31名、但し無倫を除く。）
(4) AとC（花蝶　湖月〈肥後〉・彡子《てき》・白水　計4名）
(5) AとD（一雨〈二本松〉・一志・一口・横舟〈肥後〉・花蝶・賀倫・原《げん》倫・湖月〈肥後〉・如竹・松花・志水・調武・二葉〈勢州〉・八角〈二本松〉・梅月〈二本松〉・文車〈二本松〉・無倫・柳子　計18名）
(6) CとD（一里・意計・空蟬・花蝶・貫志・花遊・我省・蟻穴・谷水・湖月・菜花・松山・如・周山・雀子・沢水・釣翁・東石・桃雨・桃水・伴風・半月・風子・不一・不得・目力・友志・柳糸・和恵　計29名　但し無倫と無名を除く。）
(7) BとG（一風〈喜連川〉・花蝶〈甲州ツルセ〉・鑑水〈二本松〉・無倫　計4名）
(8) BとH（鸚言〈忍ノ住〉・花蝶・風子・和賤・和竹・無倫　計6名）
(9) BとI（梅月〈二本松〉・無倫　計2名）
(10) DとI（文車〈二本松〉・八角〈二本松〉・湖月・無倫　計4名）

右の資料の相互関係を通して「過去数年分の勝句を整理一括上梓した」（宮田正信先生）『蒲の穂』Dに対する、A・B・Cの深い関連性と他の俳書との有意差を指摘できるわけであり、傍証とする所以でもある。

㈢最後に点者の無倫と本書の資料的価値について

無倫について没年等その他未知数の部分がまだ多いように思われる。詳細な年譜考証の作成が要請されるわけで、その上に立って過不足のない妥当な評価が下される必要があろう。前記の今泉準一氏の著書においてその作風と、江戸俳壇における立場、影響力等について有益な御指摘もあるが今後の課題でもあろう。さて調和・不角の両人に続く元禄期末年における江戸俳壇におけるこの系統の新点者の点業の実状を伝える資料は極めて乏しく、数点を数えるのみという。前記無倫撰の『とりわけて』『蒲の穂』『不断桜』に先行して成立したと考えられる本資料は、この方面の文芸史的事実を提供する基礎資料の一つとして、その意味で貴重であろう。本資料の紹介がその欠を補う一端に少しでも参考になれば幸いである。

付記　本稿執筆について調査と発表を快諾され、かつ有益な御教示を賜った清野智海氏とともに、資料の解読には島居清・解題には宮田正信の両先生には多大の御指導を賜り、御三方に厚く御礼申し上げる次第である。又貴重な『帋文夾』の借覧を快諾された雲英末雄、無倫とその文献について有益な御教示を賜った木村三四吾、資料の判読と無倫の没年について（享保八年六十九歳説）御垂教を賜った岡田利兵衛の諸先生方その他部分的に御指導を戴いた大阪俳文学研究会の先生方に深甚の謝意を表します。

最後に本稿は高野山大学国文学会での研究発表会（昭和五十二年七月十日）で一部中間発表をし、さらに俳文学会第三十一回全国大会（昭和五十四年十月十三日）で発表した礎稿に手を加え作成し初めて発表するものである。同発表会場で野間光辰先生からも有益な御教示（題簽の「無韻」は後補で、「無倫」を誤記したものではないか。作者「湖水」についての資料等その他）を賜った事を深謝申し上げます。

俳諧作法書『をだまき』の諸本について
——通説の元禄十年版（二冊本）は他の異版である点を中心に——

一、

約七十点余りの版本『をだまき』を博捜し、調査した結果、完全とはいえないまでも、諸本の刊行状況がほぼ判明したように思われるので、管見に入った諸本を七類十五種に分類して、諸本系統図を作成した。同書についてはこの七年間にわたり二度発表してきたわけであるが[1]、その間痛感していた諸本についての書誌上の疑問点の大部分が、諸本参照の増加と相俟って解明できるようである。潁原退蔵氏によって、早くから本書は、俳諧作法書の中で「当時より後世に及ぶまで最も汎く行われた書である」（『俳諧精神の探究』俳論278頁）と指摘されながら[2]、どうして長らく放置されてきたのか不思議なくらいである。近年ようやく芭蕉を初めとして、関係俳人の句集の出典にも引用されており、後世への影響という視点からも、度外視できない歳時記の一つとして市民権を獲得するようになった[3]。

ところで諸善本の渉猟と、その書誌学の面よりの諸本の実態調査とともに、本文校合を通して異本を比較考察することが、いかに重要であるかを肌で感じている昨今である。

その第一の疑問点は、学界の通説に従う時[4]、元禄十年版は二種類（一冊本と二冊本）存在する事になり、同一の編者の手によって、同一の書肆より、同種類の作法書が全く同時に出版されている事になり、極めて不合理かつ不自然である。判断を誤らせた近因は何か。それは二類八種（後記の諸本系統図で指摘すると、第四類と第五類の計二類。より具体的には第四類一種と第五類甲1・2の二種と第五類乙の1～5の五種で計八種となる）の上方版は、本来すべて二つの奥付（系統図の第二類元禄十年版と該当書自身の刊記）を具備している点である。念のため具体例として問題の享保十七年版（第五類甲）で説明する。同書は、本来すべて第二類の元禄十年版（筆者架蔵本であって、他に同版を実見した事がない）の奥付一丁（元録十年版の露吹庵和及の跋と、書肆の新井弥兵衛版としての元禄十年の刊記）を持ち、次葉に享保十七年版の奥付一丁（暮四の改板をだまき之跋と、甲1は新井弥兵衛による享保十七年の刊記。甲2は、甲1の書肆名の左欄に田中庄兵衛求板の七文字が加わる）を持つはずである。ところがなんらかの事情で、後者の一丁分を欠く時は、結果的に一見元禄十年版となるわけである。近年某古書肆より元禄十年版と称する一本を購入したが、後者の一丁分を欠いた享保十七年版であった。今後の研究のために付記しておくと、『東京大学総合図書館連歌俳諧書目録』47頁に、元禄十年版として登録されている『をだまき綱目大成』二冊の合本（洒竹文庫本・図書番号洒四一九二）も同様、後者の一丁分を欠いた享保十七年版である。又『国書総目録』（第一巻と第八巻）に元禄十年版として登録されている諸本は、調査困難といわれる松宇文庫本を除き、実見の結果、すべて他の版本であることが判明した。志田文庫本（富山県立図書館）・岩瀬文庫本（西尾市立図書館）・竜野文庫本（竜野市立図書館）・竜谷大学図書館本の四本は、すべて安永十年の田中庄兵衛版（第五類乙4）である。岩瀬文庫本のみ下巻一冊で、他はすべて上下二冊本であり、前記の通り四本いずれも二つの奥付（二丁分）を持ち、「安永十年辛丑正月」の刊記を備えているわけである。又柿衛文庫本は、享保十七年版の中の田中求板本（第五類甲2）で、同様二つの奥付二丁分を持つ二冊本。静嘉堂文庫本は、下巻一冊で、元禄十年の奥付一丁分を持つが、前記の通りこの本自身の奥付一丁分を欠く。本文校合を通して、安永十年版と酷似している点のみ付記しておく。

右の諸本の実態が雄弁に語っているように、判断を誤らせる近因は、二種類の奥付を具備している点にある。特にその書自身の刊記一丁分を欠く時、刊年推定が困難となるであろう。従って判断を誤らせた遠因は、原版（元禄四年刊の第一類）をはじめとして、諸本の実態が不明であるため、異本間の異同点その他の比較考察が極めて不十分であったという点に帰着するようである。

二、

分類別に見た諸本の実態とその性格

上方版

第一類　原版で一冊本。管見の三本は明らかに同版で、いずれも刊年はなく、「皇都書賈新井弥兵衛 小佐治半左衛門板」とあるように巻末の跋文の後に書肆名が連記され、合版である事を示す。

第二類　原版の最初の増補改訂版で一冊本。管見では架蔵の一本のみで、「元禄十年丁丑孟春穀旦／洛下書林　新井弥兵衛版」とする刊記（／の記号は原本での行移りを示す。以下同じ）が、巻末の跋文の後にあり、新井の単独版として小佐治からの版権譲渡（独占）が考えられよう。諸本校合上重要な位置を持つ一本。

第三類　この第三類は第一類を原版として増補改訂したというよりは、第二類を原版として増補改訂したと言う方が、むしろ妥当であろう。専門家による解説の中で、元禄十年版の終りに、漢和式に関する十六項の記述があるとするのは誤りで、この第三類で初めてその十六項目と、俳論四項目の計二十項目が増補されてくる。つまり、第三類はそのような意味で、第二類の最初の大幅な増補改訂版と称して差し支えがない。第一類ではなく、第二類と全

『をだまき』諸本系統図（すべて管見の範囲内で作成）

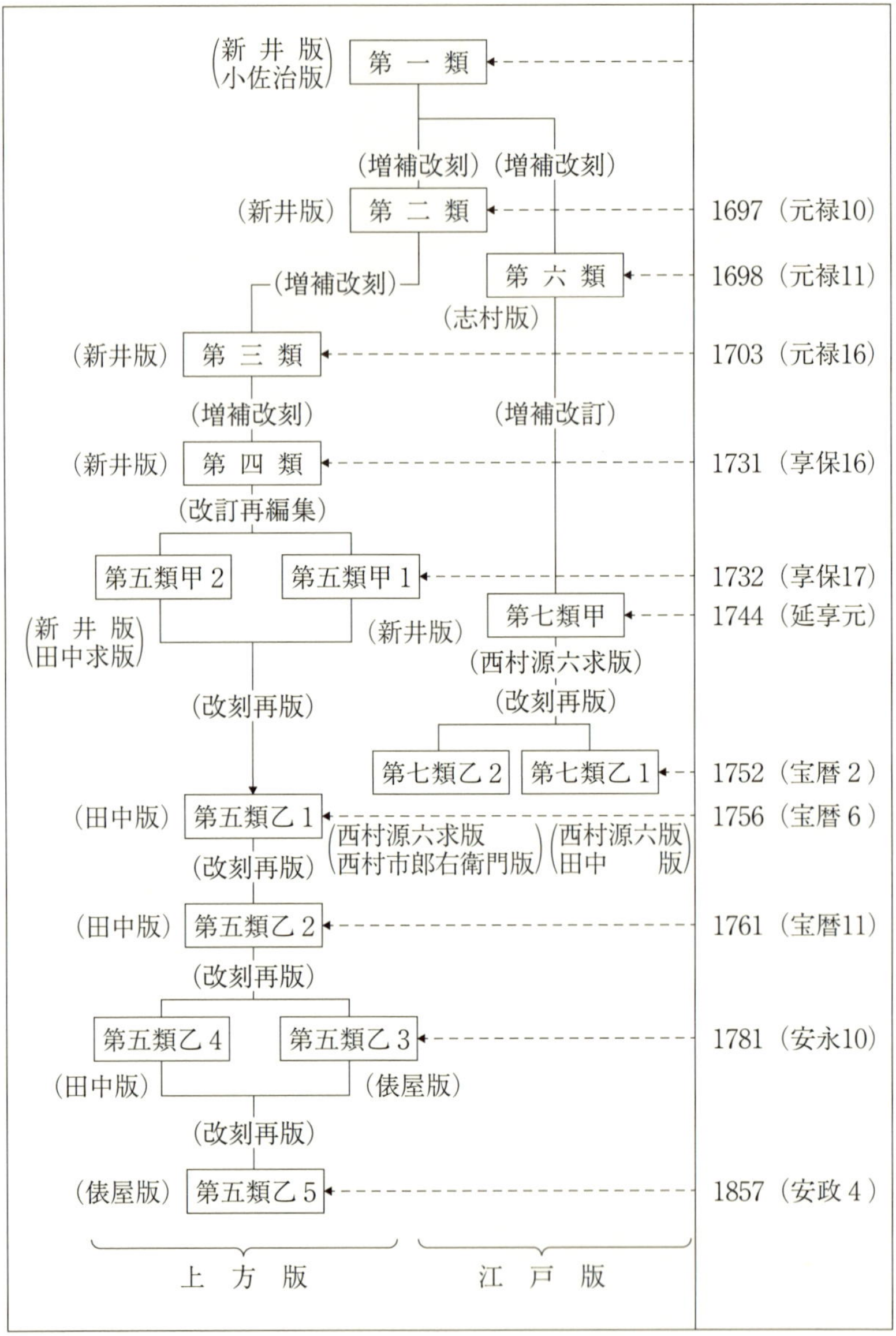

新井版
小佐治版
第一類
増補改刻
増補改刻
新井版
第二類
1697（元禄10）
増補改刻
第六類
1698（元禄11）
志村版
新井版
第三類
1703（元禄16）
増補改刻
増補改訂
新井版
第四類
1731（享保16）
改訂再編集
第五類甲2
第五類甲1
1732（享保17）
第七類甲
1744（延享元）
新井版
田中求版
新井版
西村源六求版
改刻再版
改刻再版
第七類乙2
第七類乙1
1752（宝暦2）
田中版
第五類乙1
1756（宝暦6）
西村源六求版
西村市郎右衛門版
西村源六版
田中版
改刻再版
田中版
第五類乙2
1761（宝暦11）
改刻再版
第五類乙4
第五類乙3
1781（安永10）
田中版
俵屋版
改刻再版
俵屋版
第五類乙5
1857（安政4）
上方版
江戸版

く共通する和及の跋文の後に「元禄十六癸未年七月日／洛下書林　新井弥兵衛版」と刊記がある。架蔵の三本を含む管見七本は、いずれも一冊本である。元禄十六年版と目録（461頁追加之部・わ八一―四一）に登録された綿屋本は、上巻のみであるが、本文校合を通して、書誌的にも安永十年版に酷似している点を指摘しておきたい。

第四類　この第四類は、ある意味で、後続の第五類（七種）の原版的性質を持つ重要な本であるが、管見では一本（五季文庫本）のみで、極めて貴重である。又第四類は第二類と第三類の両者を利用している点は明白である。一冊本を二分冊とする企画は、本書の跋文によってこの四類の時点である事が明白となる。この二分冊のスタイルが完全に実施されたのは、翌年刊行の第五類甲の版本からで、安政四年刊行の第五類乙5の版本までこのパターンは固定化して流布本を生むことになる（但し第五類乙1のみ例外）。さて、本書は上巻のみで、下巻（跋文では後編又は後集に当たる）は追て出板すると跋文に予告しているが、下巻は出版しなかったのではないかといわれる所蔵者の御意見に筆者も賛成する。前記の通り、二類八種の上方版が、本来二つの奥付（刊記）を持つパターンの原点はこの第四類にある。本文（九十二丁裏）の次葉に、第二類と全く同じ跋と刊記が続き、さらに前記の書肆の手による跋（出版予告と玉吟の募集宣伝など）と「享保十六年辛亥孟秋／書林　京寺町通五条上ル町　新井弥兵衛再版」の刊記一丁が続く。江戸版はもちろん、他の上方版にも全く認められない巻頭の発句集（延べ百九十五句・作者の実人員は百三十人）に留意する必要がある。

第五類甲1　最初に第五類を甲と乙とに二分類した論拠について説明する。それは書誌的な面での決定的な相違点と、本文校合上明確な断層が若干（細部に渡ると相当）指摘できるからである。その顕著な一例を示そう。例えば、前者では内題に例外なくそれぞれ『誹諧漢和をたまき大成』（甲）・『新版改正をたまき大成』（乙）とあり、後者ではこれも同様例外なく、知足の発句の前書（甲・乙とも上巻三丁裏の七番目の句）に「百姓の二男三男」（甲）・「百姓の子二男三男」（乙）とあって、乙本のみすべて「子」の一字が多いという具合である。これは一例に過ぎないが、両者を早く識別する方法（第一～第四類は一冊本、第六～第七類は全く編集が別）として有効な方法の一つと思われる。（なお第三類も甲と同じ内題を持つ点に留意する必要がある。又、第四類の内題は『増補重刻をたまき大成』である。）次ぎに甲を1と2とに二分した理由は単純で、1は新井の単独版、2は新井・田中の合版という書肆の出版事情に尽きる。管見では、架蔵の六本（うち三本は下巻のみ）を含む十四本の内訳は、甲1七本・甲2三本・不明四本である。

五類甲1の刊記は、暮四（初め和及、後竹亭門）の跋文の後に「享保十七壬子歳十一月吉辰／改正新板彫刻之所也／皇都書林　新井弥兵衛印」とある。印字は「新」と書肆名の一字を取るが、第一～第四類本には印記はない点留意する必要がある。

第五類甲2　刊記は「田中庄兵衛求板」の七字を、右の甲1の刊記の左欄に追加しただけである。甲1・2の両本ともに第四類と同様、第二類と同じ「跋と刊記」一丁分を、右の刊記一丁分の前葉に持つ。但し厳密に観察すると、五類はすべて（「新」の字の旁《つくり》の最後の一画のはね具合から見て）第二類ではなく、第四類を利用して「被彫《かぶせぼり》」をしている可能性のあることを付記しておく。右の刊記を通して、新井から田中への版権の譲渡が予想されるわけである。

第五類乙1　第五類を甲と乙とに二分した理由は前述の通りであるが、大局的に見た場合、第一～第五類間同志ほど断層がないと認められるので、同類としている点を再確認しておく。乙1類本は、管見では架蔵の一本のみで、刷りは極めて鮮明で初刷であろう。第五類中一冊本は、この版本のみであり、その理由として、本邦の特製本の一種といわれる薄葉本[5]であるため、重さはともかく、二分冊の中の一冊分程度の分量（かさ）という特殊性によるものと推定される。

乙類のすべての刊記（二丁分）は、甲類のパターンと完全に一致している。つまり、最初に、第二類の「跋と刊記」一丁分があり、後に暮四の跋文と自身の刊記とが続くという基本的スタイルである。従って、乙1本の巻末は「宝暦六年丙子九月／京寺町通五条上ル町／書林　田中庄兵衛印」となり、印字は田中の屋号「汲古斎」の二字を取って「汲古」（横書き）とする。

第五類乙2　管見では、架蔵の二本を含む五本で、比較的少ない。刊記は、乙1と比較して、「宝暦十一年辛巳正月」の九字のみ相違するわけで、乙1と同じ書肆。

第五類乙3　管見では五本で比較的少なく、乙4の十八本と極めて対照的である。この本で顕著な事実は、前記の甲と乙類に共通するパターンと相違する点が一つある事である。それは最初の一丁の刊記にある「新井弥兵衛版」の最後の「版」の一字を欠いている事である。従って二丁（つまり二種類）の刊記を持つ本でこの一字を欠くのは、乙3のみであるからこの本自身の刊記一葉を欠く場合でも識別に速効性を発揮するであろう。巻末に、前記のスタイルを通して「安永十年辛丑正月／京東高瀬正面上ル町／書林　俵屋清兵衛印」とあり、印字は俵屋の姓氏「横田」の二字を縦書きとする。

第五類乙4　架蔵の五本はすべてこの類で、前記の通り管見十八本という数字は、上方版五十七本（管見）の三分の一弱で、流布本と見做すことができ、筆者は同種類なので何回か購入を見送った経験談に立った数字である。刊記は、乙1・乙2と比較して「安永十年辛丑正月」のみ相違する。同じく田中庄兵衛が版元。

書	江戸日本橋通壱丁目	須原屋茂兵衛
	同　芝　神　明　前	岡田屋嘉　七
	尾　州　名　古　屋　本　町	永楽屋東四郎
	大阪（ママ）心斎橋筋北久太郎町	河内屋喜兵衛
林	同　筋　　本　町	河内屋藤兵衛
	同　筋　唐　物　町	河内屋吉兵衛
	京都麩屋町姉小路上ル	俵　屋清兵衛

第五類乙5　管見では二本のみで少なく、刊記は例の定位置に「安政四年丁巳六月八刻／京麩屋町通姉小路上ル町／書林　俵屋清兵衛印」とあって、第五類乙3と同じ印字を使用する。刊記の次葉には次のように八店の連名がある（上記参照）。

右の七店は共同出版者（合版）ではなく、最初の六店は売捌店（取次店）であって、末尾の一店は、版元が売捌店をかねるという意味で、俵屋の名が再度出ていると見るべきであろう。

以上、安政版を含めて、第一類〜第五類の諸本は、すべて上方版（特に京都の出版）である可能性が極めて高いと思われる。従って、元禄四年の初版より、安政四年に至る約百六十数年間の出版事情を総括する時、俳書『をだまき』の版権（上方版）は、新井・小佐治の合版から、新井の単独版となり、以後、田中、俵屋へと譲渡されていったと見ることができよう。一方販路も、京都を基点として大阪・江戸の三都に、さらには名古屋へと広がり、「広流普《あまねく》して五度改刻し」（第五類甲1の跋文）、発行部数も「三十五万部」（第四類の跋文）に及んだというわけである。

江戸版

第六類　江戸版としては原版の最初の増補改訂版である。架蔵の二本を含む管見五本は、いずれも一冊本であり、元禄十一年版を二冊本とする「俳書解題」もあるが、そのような本を寓目した事がまだない。又、名著『元禄名家句集』（344頁荻野清先生編）に鬼貫の発句（ぎやう水の句）をあげて元禄十一年版『をだまき綱目』を出典とするが、この句は管見五本にいずれもなく、上方版の第三・第四・第五類のすべての本（計三類九種の上巻の部五丁表一行目）に出ている。そのような異本があるのかどうか、これも今後の研究のために記しておきたい。書肆自身の手になる跋文の後に「元禄十一戊寅夏日／東都書林　志村孫七板」と刊記がある。なお参考までに記すと、「江戸板（ママ）」と言う言葉は、書肆田中庄兵衛が作成した宣伝用の「誹書目録」（第五類乙4の巻末に『誹諧をた巻　竹亭二冊』『同江戸板　二冊』とある）にも出てくるわけで注意する必要がある。版元の田中は、上方版（前記）と江戸版（第七類乙1）の両系統の版権を入手した唯一の本屋であるため、上方と江戸の二つの異版を並列して広告しているという事情が、背景にあると思われる。しかし、注意する必要があると断った一番大きい理由は、その広告の表現一つにも、上方版と江戸版の決定的でかつ重要な相違点が示唆されていると私には思われてならないからである。つまり一部報告済みであるが、江戸版は、結局原版の全内容（四十七項目）を丸取りしながら、竹亭の名を追放したという事実である。第六類に関してそれは編者兼版元である志村が、原版の序（竹亭の執筆）と、跋（竹亭と同門の友人和及の執筆）を抹消し、新たに自身で序と跋を書き、十項目を増補して新版らしく装った編集方針のしからしむるところである。しかるにその増補の十項目を微視的に点検すると、二項目（色紙短冊寸法幷書法と六義之沙汰）は、青木鷺水の『誹諧大成しんしき』を、他の八項目は、同人の『誹諧よせかき大成』を、それぞれ利用乃至盗用している点は明白である。対して上方版は、同じく季吟の『誹諧埋木』（第二類の上巻㊀項と第三類以下の上巻㊀㊁㊂㊄項）や、高田幸佐の『誹諧入船』（第三類以下の下巻漢和式の㊀〜㊉㊃項）を借用して増補改訂しながらも、原版の序跋を踏襲して、原版尊重（というより原編者尊重というべきか）の基本方針を一貫して堅持したという違いが明らかに認められる。

第七類甲　江戸版としては原版の第二次の増補改訂版である。完本としては管見では藤本文庫本（金沢市立図書館）唯一本で、その意味でも貴重で、上下二冊本である。但し同版に加藤定彦氏の御所蔵本があって、上巻のみであるがこれまた珍重に値する。『志田文庫目録』（富山県立図書館蔵21頁・図書番号SH07―58・誹諧をだまき綱目上巻）で延享年間として登録されている一本は、二度の調査で、第七類乙の管見諸本（九本）に一致するので、明らかに宝暦二年版と考えてよいのではないか。判定を誤らせた原因は、第七類甲（延享元年版）と第七類乙（宝暦二年版）の両者が、全く同一の版下による叙文を持っているためと推定される。つまり「元禄いつのとしにか撰たるをたまきあり　当時はいかいに遊ふ人この書によらすといふ事なし　されは合類あまたにして用捨も亦すくなからす　よってことし延享元のとしあらたに校正してこれを学ふもの、階梯とす」（以下巽窓湖十の叙を省略する。藤本文庫本第七類甲による）というわけで、叙（序）文中の延享の二字が原因であろう。刊記に「右旧本元禄十一戊寅年夏／開版時延享元甲子年仲／夏改正増益／東都書林　本町三丁目　西村源六求板」（藤本文庫本による。書肆の住所五字は、西村の右肩というよりはむしろ右の行に位置する）とある。零本等の場合の異本の識別法として参考に記すと、第七類甲と第七類乙との書誌的にみた決定的相違点の第一は、目録の丁付が完全に相違しており、「稽古心得」についていえば、三丁目（甲）と一丁目（乙）という工合である。第二は、目録の第三番目の項目の表記の相違で、「誹諧大意」（甲）と「誹諧大意差合沙汰」（乙）となる。但し、甲にない差合沙汰は本文にある。第三は、本文の版下が全く別であるため、本文各半葉における起筆・終筆の文字が当然相違し、従って、丁付けが全面的に改訂されている事になる。第四は、柱刻（版心）における上・下の文字の有無で、甲にはなくて、乙にはある。その他本文における題目の字の表記法（甲は黒地で白ぬきの文字つまり白文となるのに対して、乙は普通の表記）などであるが、識別は右の諸点で十分であろう。ここで参考のために、第六類と第七類甲の識別法の要点を記し、江戸版諸本の性格と、その源泉と影響という相互関係の実態の把握に資することができれば幸いである。第六類と第七類甲との書誌的にみた決定的相違点の第一は、当然、一冊本（第六類）と二冊本（第七類甲）という基本的編集方針の相違に基づくものである。具体的には、柱刻の丁付について、上下の区別なく一連の通し番号（第六類）に対して、上下巻別の通し番号（第七類甲）となる。第二は、第六類巻末の十項目中、五項目を第七類甲は削除し、五項目を残すとともに、「芭蕉翁幷古今発句」を巻末に増補した点で、八十句宛の延べ百六十の発句が収録されている。第三に、従って目次の総項目数は、六十五項（第六類）に対して、第七類甲では六十一項になるはずのものが、六十項しかない。（第七類甲において「指合の沙汰」が消失したためである）。その他、序文・目録題の相違点、項目の配列順の相違（特に、二十九番目の去嫌と三十番目の同字別吟が下巻に移動する）、前記以外の丁付の相違（特に第六類の三十二番目に相応する第七類甲の丁付を基点として大きく変る点）等煩雑となるので以下省略するが、上方版に見られない江戸版の飛丁（特に第七類甲では約二十三か所の飛丁）のねらいについて一考しておくべきであろう。

第七類乙1　管見では六本で、いずれも前記の通り上下二冊本。刊記は「右旧本元禄十一戊寅年夏開版／延享元甲子年仲夏改正／増益時宝暦二壬申年初春／再版／東都書林　本町三丁目　西村源六／皇都書林　寺町五条上ル町　田中庄兵衛」

第七類乙2　管見では三本で、上下二冊本。刊記は、右の乙1と比較して書肆の部分のみ相違する。「東都書林　本町三丁目　西村源六求板／皇都書林　堀川錦小路上ル町　同市郎右衛門」（乙1と乙2の刊記における書肆の住所五字の位置関係は、いずれも第七類甲本に同じ）右の西村二書肆は、おそらく同族と考えられる。[6]一説に享保年間、源六は市郎右衛門の江戸での出店であった事が論証されており、西村一族については同名の人物も多く諸説がある。[7]

以上、刊記を通して宝暦版を除き、他の諸本は、江戸で出版されているので江戸版と呼ばれる事に異論はないであろう。既に上方版の版権を持ち、拡大を図っていると思われる書肆田中の出版状況や西村一族の動向については必ずしも明確とは言い難いが、『をだまき』の江戸版は、宝暦の時点において上方でも刊行されたのであろうか。上方版に比較して、江戸版は予想外に少ないという感触を持つが（管見諸本の約二十三％）、その背景に、今日の社会通念では律し切れないだろうが、その偽版的存在であったという事情が介在しているのではないか。

三、

以上、分類別に見た諸本の実態とともに、その性格や特徴の大要を記す事によって、大きくは七類、細分して十五のグループに分類した論拠をある程度示したつもりである。その中第五類と第七類について、内容上大同小異であるにもかかわらず、版元や刊年の相違といった便宜上の要素も加味して分類したので、異論があることも予想される。以下紙幅の許すかぎり、具体的に資料を提示して、論点の補強を図るとともに、諸本の関係を整理して疑問となるいくつかの書誌的に見た謎の解明に役立てたい。又諸本の利用の仕方において、若干の混乱が学界で散見するようなので、軌道修正に資するところがあれば幸いである。

㈠　第一類を原版とする論拠と、元禄四年刊行の可能性について。この点については、既に今まで拙論で発表するところがあった。阿誰軒の『誹諧書籍目録』（下巻二十三丁裏・天理の綿屋文庫本による）の「をたまき《ママ》」の項の刊年「同（中川注。目録の配列と表記法より、元禄四年十一月廿一日）比」は、第一類の跋文の和及執筆年月「元禄辛未七月三日」とまことによく照応して無理がなく自然である点などである。なお右の阿誰軒の『目録』の「ひこはえ《ママ》」の項の刊年は、下欄に書かれていないが、元禄四年八月廿六日と考えられる。（同書の六つ前に登録する『卯辰集』の「同五月」は「同五日」の誤刻か。八月刊行予定の俳書群に置かれている点に留意）さて、『誹諧ひこばえ』は、『をだまき』第一類と全く同一の二書肆の連署（「皇都～版」の十七字の配列関係も含めて）を巻末に持つ俳書で、その書肆の直前に、第一類の編者「竹亭」の跋文を有し、序文に「辛未初秋　洛西壬生露吹庵　桑門和及」とある（綿屋本による。同書は「誹諧ひこはゑ」の書題簽を持つが後補。近年下垣内和人氏の蔵本を雲英末雄氏が翻刻されている）。跋文と自序という相違点はあるが、両者ともに元禄四年七月という同時期であり、前記の阿誰軒の目録と、刊記を持たない巻末の書肆名連署の同一方式にも留意したい。『目録』には一部の批判もあり[8]、無条件に信用するわけではないが、比較的信頼度も高く、『誹諧ひこばえ』を元禄四年の刊行と見做すのが通説で、かたがた両書共通の和及と竹亭の関係にも留意すべき点がある。なお付記すると「洛下溝口氏竹亭淡叟《そう》子のおたまきを撰らはれしは四十余ケ年のいにしへ也」（第四類の書林新井弥兵衛の跋文の冒頭文）という文は注意するに値する。この跋文は、下接する刊記より、享保十六年の執筆と考えられるが、その四十年前は、まさに第一類の刊行年代と考える元禄四年であり、原版の版元と同一人物（又は同名の子孫か）という点と、編集時期に近接する前記『目録』の刊年との照応と相俟って参考になるであろう。今一つ、近年入手した筆者の架蔵本は、一部欠丁と虫損あるも、報告済みの西禅院本より刷り工合のよい高岡本に比較してさらに刷りは、やや鮮明と考えられ、竹亭の序、和及の跋、二書肆の連署、その他本文校合を通して、刷次はともかく、三本まぎれもなく同版であり、前記の例のように当時の、刊記を持たない俳書も珍しくはないようなので、原版と考えて差し支えはないであろう。

㈡　上方版は、ある意味では、第一類よりは第二類（元禄十年版）を原版として利用したという事実があるという点である。具体的には、第三類（元禄十六年版）以降、第五類乙5（安政四年版）に至る三類九種の上方版は、約百五十数年にわたり第一項「誹諧之事」（三丁目表・裏）と第二類の第三項「俳諧大意」（八丁目裏八行目）より、下巻末尾の第廿八項「仮名遣大概」（百五十丁目裏九行）までの計百四十三丁分を殆んどそのまま利用しているという事実である。この数字は第二類本の約九十七％弱という過半の利用を意味するが、特に第三類本（元禄十六年版）は校合上、第二類本を原版としてかぶせ彫りをしていると判定できる。従って両者の匡郭の寸法もほぼ同じであって、それは、五十四の項目番号（一部変則、後記）と項目名（題目）を初めとして、柱刻の文字はもちろん、本文のすべてにわたる。従って本文各半葉における起筆・終筆もすべて同一行数の同一の位置にあることは言うまでもないが、ルビその他で、校合上僅少の相違点は認められる。今少し目録を通して説明すると、第一点。第二類の㈠「誹諧之事」（三オ・ウの一丁）は、第三類の㈠「誹諧之事」（一オ・ウの一丁）に、丁付のみ変更して利用した。第二点。第二類の㈡「同稽古心得」は、第三類でカットし、㈡「俳諧六体」㈢「俳諧六義」㈣「俳諧諸部之発句」㈤「俳諧三十体」の四項目を、目玉商品として増補し、さらに漢和式十六項目を巻尾に特設増補した。第三点。第二類の㈢「俳諧大意」（八丁ウ以下）を、第三類の㈥㈡「俳諧大意」（八丁ウ以下）に、丁付もそのまま本文もろとも利用した。第四点。第二類の㈣「等類差別」は、第三類にそのまま項目番号、丁付、本文もろとも利用した。第五点。第二類の㈤「発句切字」と㈥「同手爾於葉条々」は、第三類の㈤㈥「発句切字幷習の切字」にまとめて利用した。さて筆者はさきに『をだまき』における第一の謎、つまり右記に認められる「目録通し番号における変則性の謎」の解明について一部発表済みである。しかるにここで再度にわたりこの点を指摘するのは、二つの重要な意味を認めるわけで、その第一点は右の変則性は、第三類の元禄版以降、第五類乙5の安政版まで、約百五十数年にわたり完全にパターン化して、例外なく踏襲されているという不思議な事実である。その変則番号発生の原点は、第三類（元禄十六年版）の編集方針にある点を指摘しておきたい。その第二点は先に「俳書『をたまき』について追考」[1]の小論を発表した時、第五類甲（享保十七年版）の洒竹本を、『目録』（前記）と学界の通説に従い、第二類本（元禄十年版）と失考して、立論し、架蔵本との比較を試みたという事情による。ただし、その変則番号発生の原因を、編集者の立場より立論したその論証の大要は、今もまず誤りがないと思うので参照されたい。

㈢『をだまき』（上方版の第四類・第五類の計八種）のすべてにわたる目録中の二項目（項目番号と項目名、後記）脱落の謎の原点は、第四類（享保十六年版）の時点における単純な編集ミスにあると考えられる。具体的に指摘すると、上巻(廿七)「下の句二五四三」と(廿八)「文字あまり」の二つの欠番と、二つの題名が該当諸本にいずれも例外なくないという現象である。但し本文には目録番号も項目名も揃っている。それは故意か偶然か、そこまでは判定できないが、故意とする理由は全く判断に苦しむので、後者と今は考えておこうというわけである。しかし、これには若干関連する重要な編集方針が背景にあって、第四類の再編集のプロセスで見落したという推理も考えられるが保証の限りではない。つまり前記のように二分冊の編集方針を持つために、上下二巻の量的バランス等を配慮して、一冊本である第三類（元禄十六年版）の下巻(一)「さりきらい」（約八十五丁分）と、同じく(二十八)「かなつかひの大概」（約四丁分）を、二冊本の下巻のトップに置くという配列順の変更である。その方針では、上巻は九十二丁分、下巻は百六丁分（漢和式十七丁分を含む）となって、ほぼ均衡が維持できるわけである。付記すると、第四類の(三十)番「同字別吟」は、第一・第二・第三類の「半葉」に、新しく「半葉」を増補して、一丁分としており、以後このパターンは、第四・第五類のすべての『をだまき』諸本に踏襲されている点である。従って、第三類の一冊本の下の㊁「同字別吟」（下八十五丁目の丁付）が、第四類の二分冊の方針で、文字通り分冊された上巻の㊂㊉に繰り上り、第三類にあった前の項目㊀「さりきらい」《八十五丁分は分冊の下巻に回すため》が、第四類上巻の項目より姿を消し、第三類の「同字別吟」以下㊇㊈「執筆法様」までの二十六項は、すべて項目番号と丁付の二点で変更を余儀なくされる、というわけである。その若干複雑な再編集の過程で、項目二つの失考があったとみるわけである。今一点、第四・第五類の上方版すべての目録についてであるが、㊄㊅「発句切字并習の切字」の丁付が「十三」となっている点である。これは第三類の「十二」（本文十二丁目）が正しいわけで、この誤りの原点も、同様第四類より発生している点を指摘しておく。

㈣　第三の謎として、第五類本（甲と乙の七種）のすべてに共通する無番号の項目（二つ）の謎である。具体的に言うと、前記の通り、下巻の巻頭の「さりきらひ」と「かなつかひ大概」には、目録番号が無く、○印のみ付いているという点である。これは前記の通り、第五類以下すべての上方版は、特製本の第五類乙1本のみ例外で、二分冊のスタイルを踏襲するが、その原点は、企画という意味では第四類であるが、その二分冊の企画を実現した（前記の通り第四類は上巻のみ刊行）第五類甲本にあるともいえる。ところが、下巻では、第三類の「漢和式」十六項の踏襲を安易に図ろうとしたが、それらは独立項目のゆえに（ジャンルも相違する）上巻の部の五十五項目と連接して通し番号にできない。一方、前記の下巻に回った項目は僅か二つに過ぎず、上巻の通し番号五十五項目と、後続の漢和式十六項目の間に独立して、今さら一、二とアンバランスにはできず、（そう付けると結果的に、全巻で、一・二の番号がそれぞれ三種類宛できる点もある）○印としているわけであろう。

㈤　その他書誌的に見た顕著な具体的特徴を二、三付記する。第一点は、目録の「非尺教詞」（第一・第二・第三類は四字）は、第四類・第五類すべて「非尺教之詞」（五文字）で、その原点は第四類本である。第二点、第五類本（甲・乙）のすべてに共通する目録の㊄の「俳諧三十体」の五字の中、「十」の横文字が薄く（墨の付き工合）第五類甲本（享保十七年版）は殆ど「亅」に近く、従って㊄は「俳諧三—体」と誤読する恐れがないとはいえまい。その原点も第四類本である。第三点、第五類甲本（享保十七年版）の中には三都の書肆による「誹書目録」（五本）の付くものがあり、版本の識別に利用できるが、このスタイルの原点も第四類本である。第四点、異本校合の校異の一例として「非尺教詞」の項で、原版の「鐘《カネ》・高野山《タカノヤマ》・日枝山《ヒエサン》」の三語が、第二類で「愛宕《アタコ》神祇也尺教也」を加えて四語に増補され、六語の補注を付けて増幅されるが、これは原版を除く上方諸本に共通するスタイルで、その原本は第二類である。その他「夢現《ユメウツ》・夢幻《ユメマホロシ》」（「非夜分詞」第一類）が、「夢幻《ユメマホロシ》・夢現《ムケン》」（第二類以下の上方版）や「夢《ユメ》現《ウツツ》・夢幻《ユメマホロシ》」（第六・第七類共通）となる相違点など、配列位置や読み方の変更なども注意する必要があろう。

㈥　最後に、江戸版の第六類（元禄十一年版）の編者志村孫七の盗作的ともいうべき、原版の丸取りの編集方針の謎については、当時の必ずしも盗作的とはいえない無節制な偽版の横行という一風潮が背景にある点をも計算に入れる必要があると思うが、『西鶴置土産』の二つの江戸版『西鶴彼岸櫻』（元禄七年二月刊）と『朝くれなゐ』（同十一年正月）の編集の手口に照明を与えることによって、その共通性を発見することが可能であろう。紙幅の都合で省略するが、『西鶴彼岸櫻』の中に付載された追善四季八句について、版元志村孫七の自作の可能性ありとする野間光辰氏の御解説『西鶴年譜考證』（305頁）は、甚だ示唆的であり、多少の意見もあるが他日を期したい。

むすび

諸本について博捜の努力を怠らなかったつもりであるが、日暮れて道遠く、まだまだ不明な異本や、実態の把握に遺漏や判断のミスが多いと思われる。特に調査上、善本の入手が困難で、二冊本については取り合わせ本が比較的多く、判定を誤る恐れが多分にある事を痛感する。諸本の校異を通して、複雑な近世の版本の実態把握の困難さもさることながら、その流れとしての系譜の作成も誰かはしておく必要がなかろうか。なお二つの写本（高岡本と龍谷大学〈大宮〉図書館本）については、特異な形態を持つが、版本に限ったので触れない事にした。今後の検討にまちたい。

注

（1）①「俳書『をたまき』について」『高野山大学国語国文』3号。昭和51・12。②「〝俳書『をたまき』について〟追考」大阪俳文学研究会編集『会報』11号。昭和52・9。
（2）荻野清先生『元禄名家句集』創元社・昭和29・6。雲英末雄氏『貞門談林諸家句集』笠間書院・昭和46・10。
（3）尾形仂氏・小林祥次郎氏共編『近世前期歳時記十三種本文集成並びに総合索引』勉誠社・昭和56・12。（428頁「をだまき」の項）
（4）『俳諧大辞典』明治書院・昭和32・7。87頁。井本農一氏『季語の研究』古川書房・昭和56・4。57頁。（その他略す）
（5）長沢規矩也氏『古書のはなし』冨山房・昭和51年。27頁。
（6）長谷川強氏「刊記書肆連名考」『長沢先生古稀記念・図書学論集』三省堂・昭和48年。527頁。
（7）中島隆氏「西村市郎右衛門未達について」（『近世文芸』32号。24頁）。湯沢賢之助氏「西村市郎右衛門（代々）の出版文筆活動」（『国文学言語と文芸』88号。89頁）。
（8）藤井乙男氏『史話俳談』晃文社・昭和18・2。193頁。

付記　小稿執筆について貴重な資料の借覧を快諾され御教示を賜った「五季文庫主」（御希望で匿名）、加藤定彦、下垣内和人の諸氏、幸田文庫本（『国書総目録』中の『俳諧おたまき』は別の本である）の御調査の労を賜った檜谷昭彦氏、又貴重な柿衛文庫本の調査を許可された岡田利兵衛氏、高野山大学図書館の山口耕栄氏をはじめとしてその他前記の図書館、前回の発表で記した大勢の関係各位に対して改めて深甚の謝意を表します。

初出一覧

西鶴の創作意識の推移と作品の展開

㈠ 町人物の各説話に表れた警句法とテーマを中心として

＊原題「西鶴の創作意識の推移と作品の展開⑴―町人物の各説話に表れた警句法とテーマを中心として―」（『商業史研究所紀要』創刊号。平成2・10）

㈡ 『世間胸算用』と『西鶴織留』の各説話に表れた警句法とテーマを中心として

＊原題「西鶴の創作意識の推移と作品の展開⑵―『世間胸算用』と『西鶴織留』の各説話に表れた警句法とテーマを中心として―」（『大阪商業大学商業史研究所紀要』第2号。平成4・8）

㈢ 西鶴の町人物（三作品）の比較考察による町人物の総括と、『西鶴置土産』の各説話に表れた警句法とテーマを中心として

＊原題「西鶴の創作意識の推移と作品の展開（3）―西鶴の町人物（三作品）の比較考察による町人物の総括と、『西鶴置土産』の各説話に表れた警句法とテーマを中心として―」（『大阪商業大学商業史研究所紀要』第3号。平成6・10）

㈣ 『西鶴俗つれづれ』と『万の文反古』の考察

＊原題「西鶴の創作意識の推移と作品の展開（4）―『西鶴俗つれづれ』と『万の文反古』の考察―」（『大阪商業大学商業史研究所紀要』第4号。平成8・8）

『西鶴諸国ばなし』と伝承の民俗―「巻四の三」の素材と方法を中心として―

＊原題「『西鶴諸国ばなし』と伝承の民俗―「巻四の三」の素材と方法を中心として―」（檜谷昭彦編『論集近世文学3　西鶴とその周辺』勉誠社・平成3年）

「命に替る鼻の先」の素材と方法の再検討―『西鶴諸国はなし』考―

＊原題「「命に替る鼻の先」の素材と方法の再検討―『西鶴諸国はなし』考―」（『高野山大学国語国文』第9・10・11合併号。昭和59・12）

西鶴と『沙石集』

＊原題「西鶴と『沙石集』」（暉峻康隆編『近世文藝論叢』中央公論社・昭和53年）

『おくのほそ道』における「三代の栄耀」の読み方

＊原題「『おくのほそ道』における「三代の栄耀」の読み方」（『大阪商業大学論集』第70号。昭和59・11）

芭蕉における風狂性について―『おくのほそ道』の旅を中心として―

＊原題「芭蕉における風狂性について―『おくのほそ道』の旅を中心として―」（『大阪商業大学論集』第85号。平成元・12）

芭蕉における「無能」の表現意識について―『おくのほそ道』を中心とする―

＊原題「芭蕉における「無能」の表現意識について―『おくのほそ道』を中心とする―」（『大阪商業大学論集』第73号。昭和60・11）

『幻住庵記』序説―その構想と方法―

＊原題「『幻住庵記』序説―その構想と方法―」（『大阪商業大学論集』第88号。平成2・12）

『幻住庵記』考―主題と句解を中心として―

＊原題「『幻住庵記』考―主題と句解を中心として―」（『大阪商業大学論集』第91号。平成3・12）

『幻住庵記』における解釈上の問題点の考察
　＊原題「『幻住庵記』における解釈上の問題点の考察」（『大阪商業大学論集』第94号。平成4・12）
『幻住庵記』における解釈上の問題点
　＊原題「『幻住庵記』における解釈上の問題点」（『大阪商業大学論集』第97号。平成5・12）
芭蕉における「無能」の表現意識について―『幻住庵記』を中心として―
　＊原題「芭蕉における無能の表現意識について―「幻住庵記」を中心として―」（『大阪商業大学論集』第79号。昭和62・11）
『彼此集』の序文執筆者と編者について―解題を通して特に編者説を中心に、竹亭と暮四の位置づけに論及する―
　＊原題「『彼此集』の序文執筆者と編者について―解題を通して特に編者説を中心に、竹亭と暮四の位置づけに論究する。―」（『高野山大学国語国文』第23～26合併号。平成13・3）
『無韻物連千九百余吟』
　＊原題「『無韻物連千九百余吟』」（俳文学会『連歌俳諧研究』第58号。昭和55・1）
俳諧作法書『をだまき』の諸本について―通説の元禄十年版（二冊本）は他の異版である点を中心に―
　＊原題「俳諧作法書『をだまき』の諸本について―通説の元禄十年版（二冊本）は他の異版である点を中心に―」（『高野山大学国語国文』第8号。昭和57・3）

あとがき

本書は夫中川光利が今までに発表した論文の中から、本人が本書に収録することを望んだ論考を纏めたものです。

夫は若いころからたいへん研究に熱心で、多くの資料を渉猟し、何事も自分の納得がいくまで時間を掛けて行う性格でした。

「高野山大学で最初は西鶴のことを研究していたが、当時、高野山大学におられた荻野清先生に出会い、松尾芭蕉の研究に目を開かれ、更に勉強したいという気持ちを押さえ切れず、親を説得して早稲田大学大学院に進学した。」

これが、夫から聞かされている、学問としての西鶴及び芭蕉研究への愛着とその理由でした。

そうして夫は相当数の論文を発表し、やがてそれらを単著として出版したいという希望をもちはじめ、数年前から旧知の和泉書院の廣橋研三社長にもご相談していたようですが、「今少し、更に納得がいくまで研究を進めてから」と言っている間に齢を重ねてしまいました。

ついては差し出がましいとは思いましたが、二年ほど前、夫に「物事に完全ということはありません。今できていることを発表すればよいのではないでしょうか。もし、このまま志を果たすことができなくなれば後悔することになりませんか」と話しました。

ようやく夫は昨年初夏に和泉書院を訪ね、廣橋社長にすべての原稿をお渡しし、本書の出版を正式にお願いいたしました。

ところがこれで安心したのかもしれませんが、その頃から認知症の症状が現れ始めたために、夫自らが校正を行うことが困難となり、廣橋氏のご尽力により、初校正から松尾真知子先生に校正をお願いいたしました。極めて困難な校正作業をお引き受けくださいました松尾先生には、夫に代わってお礼を申し上げます。

最後になりましたが、本書を上梓し、夫の手に渡すことができますことは、ひとえに厳しい出版事情にもかかわらず、本書の出版を快くお引き受けくださった和泉書院の廣橋研三社長のおかげです。数々のご配慮に、幾重にもお礼の気持ちをお伝えいたしたく存じます。

平成二十七年六月

中川澄子

■著者紹介

中川光利（なかがわ　みつとし）

大正十三年生まれ。高野山大学卒業。早稲田大学大学院修士課程修了。元大阪商業大学教授。

論文「西鶴と『沙石集』」（暉峻康隆編『近世文藝論叢』中央公論社）、「『西鶴諸国ばなし』と伝承の民俗―「巻四の三」の素材と方法を中心として―」（檜谷昭彦編『論集近世文学3　西鶴とその周辺』勉誠社）、「西鶴の創作意識の推移と作品の展開」（『大阪商業大学商業史研究所紀要』）他多数。

研究叢書 463

近世文学考究
―西鶴と芭蕉を中心として―

二〇一五年七月二〇日初版第一刷発行
（検印省略）

著　者　中川光利
発行者　廣橋研三
印刷所　亜細亜印刷
製本所　渋谷文泉閣
発行所　有限会社　和泉書院

大阪市天王寺区上之宮町七―六
〒五四三―〇〇三七
電話　〇六―六七七一―一四六七
振替　〇〇九七〇―八―一五〇四三

ISBN978-4-7576-0761-3 C3395

研究叢書

431 八雲御抄の研究 名所部・用意部 本文篇・研究篇・索引篇 片桐洋一編 二〇〇〇〇円
432 源氏物語の享受 注釈・梗概・絵画・華道 岩坪健著 一六〇〇〇円
433 古代日本神話の物語論的研究 植田麦著 八五〇〇円
434 都市と周縁のことば 紀伊半島沿岸グロットグラム 岸江信介・太田有多子・中井精一・鳥谷善史編著 九〇〇〇円
435 枕草子及び尾張国歌枕研究 榊原邦彦著 一三〇〇〇円
436 近世中期歌舞伎の諸相 佐藤知乃著 一三〇〇〇円
437 論集 文学と音楽史 詩歌管絃の世界 磯水絵編 一五〇〇〇円
438 中世歌謡評釈 閑吟集開花 真鍋昌弘著 一五〇〇〇円
439 鹿島家 鍋島家 鹿陽和歌集 翻刻と解題 島津忠夫監修 松尾和義編著 一三〇〇〇円
440 形式語研究論集 藤田保幸編 一三〇〇〇円

（価格は税別）

研究叢書

王朝助動詞機能論 あなたなる場・枠構造・遠近法	渡瀬　茂著	441	八〇〇〇円
伊勢物語全読解	片桐洋一著	442	一五〇〇〇円
日本植物文化語彙攷	吉野政治著	443	八〇〇〇円
幕末・明治期における日本漢詩文の研究	合山林太郎著	444	七五〇〇円
源氏物語の巻名と和歌 物語生成論へ	清水婦久子著	445	九五〇〇円
引用研究史論 文法論としての日本語引用表現研究の展開をめぐって	藤田保幸著	446	一〇〇〇〇円
儀礼文の研究 第二巻 日本詠詞	三間重敏著	447	一五〇〇〇円
詩・川柳・俳句のテクスト文析 語彙の図式で読み解く	野林正路著	448	八〇〇〇円
論集 中世・近世説話と説話集	神戸説話研究会編	449	一三〇〇〇円
佛足石記佛足跡歌碑歌研究	廣岡義隆著	450	一五〇〇〇円

（価格は税別）

研究叢書

近世武家社会における待遇表現体系の研究 桑名藩下級武士による『桑名日記』を例として　佐藤志帆子著　451　一〇〇〇〇円

平安後期歌書と漢文学 真名序・跋・歌会注釈　鈴木徳男・北山円正著　452　七五〇〇円

天野桃隣と太白堂の系譜並びに南部畔李の俳諧　松尾真知子著　453　八五〇〇円

心敬十体和歌 評釈と研究　島津忠夫監修　456　一八〇〇〇円

語源辞書 松永貞徳『和句解』本文と研究　土居文人著　457　一一〇〇〇円

現代日本語の受身構文タイプとテクストジャンル　志波彩子著　454　一〇〇〇〇円

対称詞体系の歴史的研究　永田高志著　455　七〇〇〇円

拾遺和歌集論攷　中周子著　458　一〇〇〇〇円

『西鶴諸国はなし』の研究　宮澤照恵著　459　一三五〇〇円

蘭書訳述語攷叢　吉野政治著　460　一三〇〇〇円

（価格は税別）